쉽게 읽는 월인석보 7

月印千江之曲 第七 · 釋譜詳節 第七

지은이 **나찬연**은 1960년에 부산에서 태어났다. 부산대학교 국어국문학과를 나오고(1986), 같은 학교 대학원에서 문학석사(1993)와 문학박사(1997)학위를 받았다. 지금은 경성대학교 국어국문학과에서 교수로 재직하고 있으면서 국어학, 국어 교육, 한국어 교육 분야의 강의를 맡고 있다.

* 홈페이지: '학교 문법 교실 (http://scammar.com)'에서는 이 책의 내용과 관련된 자료를 온라인으로 제공합니다. 본 홈페이지에 개설된 자료실과 문답방에 올려져 있는 다양한 정보를 자유롭게 이용할 수 있고, 이 책의 내용에 대하여 저자의 답변을 받을 수 있습니다.
* 전화번호 : 051-663-4212
* 전자메일 : ncy@ks.ac.kr

주요 논저

우리말 이음에서의 삭제와 생략 연구(1993), 우리말 의미중복 표현의 통어·의미 연구(1997), 우리말 잉여 표현 연구(2004), 옛글 읽기(2011), 벼리 한국어 회화 초급 1, 2(2011), 벼리 한국어 읽기 초급 1, 2(2011), 제2판 언어·국어·문화(2013), 제2판 훈민정음의 이해(2013), 근대 국어 문법의 이해-강독편(2013), 국어 어문 규범의 이해(2013), 표준 발음법의 이해(2013), 제5판 중세 국어 문법의 이해-이론편(2014), 제5판 중세 국어 문법의 이해-주해편(2014), 제5판 중세 국어 문법의 이해-강독편(2014), 제5판 중세 국어 문법의 이해-서답형 문제편(2014), 중세 국어 문법의 이해-입문편(2015), 학교문법의 이해1(2015), 학교문법의 이해2(2015), 제4판 현대 국어 문법의 이해(2015), 쉽게 읽는 월인석보 서·1·2·4·7·8(2017~2018), 쉽게 읽는 석보상절 3·6·9(2018)

쉽게 읽는 월인석보 7(月印釋譜 第七)

ⓒ나찬연, 2018

1판 1쇄 인쇄_2018년 12월 10일
1판 1쇄 발행_2018년 12월 20일

지은이_나찬연
펴낸이_양정섭

펴낸곳_도서출판 경진
　　　등록_제2010-000004호
　　　이메일_mykyungjin@daum.net
　　　사업장주소_서울특별시 금천구 시흥대로 57길(시흥동) 영광빌딩 203호
　　　전화_070-7550-7776　팩스_02-806-7282

값 32,000원

ISBN 978-89-5996-588-5 94810
ISBN 978-89-5996-507-6(set)

쉽게 읽는

월인석보 7

月印千江之曲 第七·釋譜詳節 第七

나찬연

경진출판

▎머리말

『월인석보』는 조선의 제7대 왕인 세조(世祖)가 부왕인 세종(世宗)과 소헌왕후(昭憲王后), 그리고 아들인 의경세자(懿敬世子)를 추모하기 위하여 1549년에 편찬하였다.

『월인석보』에는 석가모니의 행적과 석가모니와 관련된 인물에 관한 여러 일화가 소개되어 있다. 따라서 이 책은 불교를 배우는 이들뿐만 아니라, 국어 학자들이 15세기 국어를 연구하는 데에도 매우 귀중한 자료가 된다. 특히 이 책은 국어 문법 규칙에 맞게 한문 원문을 번역되었기 때문에 문장이 매우 자연스럽다. 따라서 『월인석보』는 훈민정음으로 지은 초기의 문헌임에도 불구하고, 당대에 간행된 그 어떤 문헌보다도 자연스러운 우리말 문장으로 지은 문헌이라고 할 수 있다.

이처럼 『월인석보』가 중세 국어와 국어사 연구에 매우 중요한 역할을 하기 때문에, 일찍부터 이 책은 중세 국어 연구의 대상이 되었고 현대어로 옮기는 작업도 이루어졌다. 그 대표적인 성과가 '세종대왕기념사업회'에서 편찬한 『역주 월인석보』의 모둠책이다. 『역주 월인석보』의 간행 작업에는 허웅 선생님을 비롯한 그 분야의 대학자들이 참여하였기 때문에, 『역주 월인석보』는 그 차제로서 대단한 업적이다. 그러나 이 『역주 월인석보』는 1992년부터 순차적으로 간행되었는데, 간행된 책마다 역주한 이가 달라서 내용의 번역이나 형태소의 분석, 그리고 편집 방법이 통일되지 못한 아쉬움이 있다. 지은이는 이러한 점을 감안하여 15세기의 중세 국어를 익히는 학습자들이 『월인석보』를 쉽게 이해할 수 있도록, 현대어로 옮기는 방식과 형태소 분석 및 편집 형식을 새롭게 바꾸었다. 이러한 편찬 의도를 반영하여 이 책의 제호도 『쉽게 읽는 월인석보』로 정했다.

이 책은 중세 국어 학습자들이 『월인석보』를 쉽게 이해할 수 있는 책을 편찬하겠다는 원래의 취지를 살리기 위하여, 다음과 같은 방법으로 책의 내용과 형식을 구성하였다.

첫째, 현재 남아 있는 『월인석보』의 권 수에 따라서 이들 문헌을 현대어로 옮겼다. 이에 따라서 『월인석보』의 1, 2, 4, 7, 8, 9 등의 순서로 현대어 번역 작업이 이루진다. 둘째, 이 책에서는 『월인석보』의 원문의 영인을 페이지별로 수록하고, 그 영인 바로 아래에 현대어 번역문을 첨부했다. 셋째, 그리고 중세 국어의 문법을 익히는 이들에게 편의를 제공하기 위하여, 원문의 텍스트에 나타나는 어휘를 현대어로 풀이하고 각 어휘에 실현된 문법 형태소를 형태소 단위로 분석하였다. 넷째, 원문 텍스트에 나타나는 불교 용어를 쉽게 풀이함으로써, 불교의 교리를 모르는 일반 국어학자도 『월인석보』의 내용을 이해할 수 있도록 하였다. 다섯째, 책의 말미에 [부록]의 형식으로 [원문과 번역문의 벼리]를 실었다. 여기서는 『월인석보』의 텍스트에서 주문장의 사이에 삽입되어 있는 협주문(夾註文)을 생략하여 본문 내용의 맥락이 끊기지 않게 하였다. 여섯째, 이 책에 쓰인 문법 용어와 약어(略語)의 정의와 예시를 책 머리의 '일러두기'와 [부록]에 수록하여서, 이 책을 통하여 중세 국어를 익히려는 독자에게 도움을 주었다.

이 책에 쓰인 문법 용어는 가급적 『고등학교 문법』(2010)에서 사용되는 문법 용어를 그대로 사용하였다. 다만 일부 문법 용어는 허웅 선생님의 『우리 옛말본』(1975), 고영근 선생님의 『표준중세국어문법론』(2010), 지은이의 『중세 국어 문법의 이해-이론편』에서 사용한 용어를 빌려 썼다. 중세 국어의 어휘 풀이는 대부분 '한글학회'에서 지은 『우리말 큰사전 4-옛말과 이두 편』의 내용을 참조했으며, 일부는 남광우 님의 『교학고어사전』을 참조했다. 각 어휘에 대한 형태소 분석은 지은이가 2010년에 『우리말연구』의 제27집에 발표한 「옛말 문법 교육을 위한 약어와 약호의 체계」의 논문과 『중세 국어 문법의 이해-주해편, 강독편』에서 사용한 방법을 따랐다.

그리고 불교와 관련된 어휘는 국립국어원의 인터넷판 『표준국어대사전』, 인터넷판의 『두산백과사전』, 인터넷판의 『한국민족문화대백과』, 인터넷판의 『원불교사전』, 한국불교대사전편찬위원회의 『한국불교대사전』, 홍사성 님의 『불교상식백과』, 곽철환 님의 『시공불교사전』, 운허·용하 님의 『불교사전』 등을 참조하여 풀이하였다.

이 책을 간행하는 데에는 여러 사람의 도움이 있었다. 지은이는 2014년 겨울에 대학교 선배이자 독실한 불교 신자인 정안거사(正安居士, 현 동아고등학교의 박진규 교장)을 사석에서 만났다. 그 자리에서 정안거사로부터 국어학자뿐만 아니라 일반 사람들도 부처님의 생애를 쉽게 알 수 있는 책이 필요하다는 당부의 말을 들었는데, 이 일이 계기가 되어서 『쉽게 읽는 월인석보』의 모둠책이 세상에 나오게 되었다. 그리고 고려대학교 교육대학원의 국어교육전공에 재학 중인 나벼리 군은 『월인석보』의 원문의 모습을 디지털 영상으로 제작하고 편집하는 작업을 해 주었다. 이 책을 출판해 주신 도서출판 경진의 홍정표 대표님, 그리고 거친 원고를 수정하여 보기 좋은 책으로 편집해 주신 양정섭 이사님께 감사의 뜻을 전한다.

정안거사님의 뜻과 지은이의 바람이 이루어져서, 중세 국어를 익히거나 석가모니 부처의 일을 알고자 하는 일반인들에게 이 책이 조금이나마 도움이 되기를 바란다.

2018년 12월
나찬연

차례

머리말 • 4

일러두기 • 7

1. 이 책에서 형태소 분석에 사용하는 문법적 단위에 대한 약어는 다음과 같다.

범주	약칭	본디 명칭	범주	약칭	본디 명칭
품사	의명	의존 명사	조사	보조	보격 조사
	인대	인칭 대명사		관조	관형격 조사
	지대	지시 대명사		부조	부사격 조사
	형사	형용사		호조	호격 조사
	보용	보조 용언		접조	접속 조사
	관사	관형사	어말 어미	평종	평서형 종결 어미
	감사	감탄사		의종	의문형 종결 어미
불규칙 용언	ㄷ불	ㄷ 불규칙 용언		명종	명령형 종결 어미
	ㅂ불	ㅂ 불규칙 용언		청종	청유형 종결 어미
	ㅅ불	ㅅ 불규칙 용언		감종	감탄형 종결 어미
어근	불어	불완전(불규칙) 어근		연어	연결 어미
파생 접사	접두	접두사		명전	명사형 전성 어미
	명접	명사 파생 접미사		관전	관형사형 전성 어미
	동접	동사 파생 접미사	선어말 어미	주높	상대 높임의 선어말 어미
	조접	조사 파생 접미사		객높	주체 높임의 선어말 어미
	형접	형용사 파생 접미사		상높	객체 높임의 선어말 어미
	부접	부사 파생 접미사		과시	과거 시제의 선어말 어미
	사접	사동사 파생 접미사		현시	현재 시제의 선어말 어미
	피접	피동사 파생 접미사		미시	미래 시제의 선어말 어미
	강접	강조 접미사		회상	회상 표현의 선어말 어미
	복접	복수 접미사		확인	확인 표현의 선어말 어미
	높접	높임 접미사		원칙	원칙 표현의 선어말 어미
조사	주조	주격 조사		감동	감동 표현의 선어말 어미
	서조	서술격 조사		화자	화자 표현의 선어말 어미
	목조	목적격 조사		대상	대상 표현의 선어말 어미

___

* 이 책에서 쓰인 '문법 용어'와 '약어(略語)'에 대한 자세한 내용은 [부록]에 첨부된 '문법 용어의 풀이'를 참고하기 바란다.

2. 이 책의 형태소 분석에서 사용되는 약호는 다음과 같다.

부호	기능	용례
#	어절의 경계 표시.	철수가 # 국밥을 # 먹었다.
+	한 어절 내에서의 형태소 경계 표시.	철수+-가 # 먹-+-었-+-다
( )	언어 단위의 문법 명칭과 기능 설명.	먹(먹다)-+-었(과시)-+-다(평종)
[ ]	파생어의 내부 짜임새 표시.	먹이[먹(먹다)-+-이(사접)-]-+-다(평종)
	합성어의 내부 짜임새 표시.	국밥[국(국)+밥(밥)]-+-을(목조)
-a	a의 앞에 다른 말이 실현되어야 함.	-다, -냐 ; -은, -을 ; -음, -기 ; -게, -으면
a-	a의 뒤에 다른 말이 실현되어야 함.	먹(먹다)-, 자(자다)-, 예쁘(예쁘다)-
-a-	a의 앞뒤에 다른 말이 실현되어야 함.	-으시-, -었-, -겠-, -더-, -느-
a(←A)	기본 형태 A가 변이 형태 a로 변함.	지(←짓다, ㅅ불)-+-었(과시)-+-다(평종)
a(⬳A)	A 형태를 a 형태로 잘못 적음(오기)	국빱(⬳국밥)+-을(목)
Ø	무형의 형태소나 무형의 변이 형태	예쁘-+-Ø(현시)-+-다(평종)

3. 다음은 중세 국어의 문장을 약어와 약호를 사용하여 어절 단위로 분석한 예이다.

> 불휘 기픈 남ᄀᆞᆫ ᄇᆞᄅᆞ매 아니 뮐씨 곶 됴코 여름 하ᄂᆞ니 [용가 2장]

① 불휘: 불휘(뿌리, 根)+-Ø(←-이: 주조)

② 기픈: 깊(깊다, 深)-+-Ø(현시)-+-은(관전)

③ 남ᄀᆞᆫ: 낡(←나모: 나무, 木)+-ᄋᆞᆫ(-은: 보조사)

④ ᄇᆞᄅᆞ매: ᄇᆞᄅᆞᆷ(바람, 風)+-애(-에: 부조, 이유)

⑤ 아니: 아니(부사, 不)

⑥ 뮐씨: 뮈(움직이다, 動)-+-ㄹ씨(-으므로: 연어)

⑦ 곶: 곶(꽃, 花)

⑧ 됴코: 둏(좋아지다, 좋다, 好)-+-고(연어, 나열)

⑨ 여름: 여름[열매, 實: 열(열다, 結)-+-음(명접)]

⑩ 하ᄂᆞ니: 하(많아지다, 많다, 多)-+-ᄂᆞ(현시)-+-니(평종, 반말)

4. 단, 아래의 경우에는 예외적으로 다음과 같은 방법으로 어절의 짜임새를 분석한다.

　가. 명사, 동사, 형용사는 특별한 경우가 아니면 품사의 명칭을 표시하지 않는다.
　　단, 의존 명사와 보조 용언은 예외적으로 각각 '의명'과 '보용'으로 표시한다.

　　① 부톄: 부텨(부처, 佛) + - ㅣ (← -이: 주조)
　　② 괴오쇼셔: 괴오(사랑하다, 愛)- + -쇼셔(-소서: 명종)
　　③ 올ㅎ시이다: 옳(옳다, 是)- + -ㅇ시(주높)- + -이(상높)- + -다(평종)

　나. 한자말로 된 복합어는 더 이상 분석하지 않는다.

　　① 中國에: 中國(중국) + -에(부조, 비교)
　　② 無上涅槃을: 無上涅槃(무상열반) + -을 (목조)

　다. 특정한 어미가 다른 어미의 내부에 끼어들어서 실현될 때에는 다음과 같이 표기한
　　다. 이때 단일 형태소의 내부가 분리되는 현상은 '…'로 표시한다.

　　① 어리니잇가: 어리(어리석다, 愚: 형사)- + -잇(← -이-: 상높)- + -니…가(의종)
　　② 자거시늘: 자(자다, 宿: 동사)- + -시(주높)- + -거…늘(-거늘: 연어)

　라. 형태가 유표적으로 존재하지 않으면서도 문법적이 있는 '무형의 형태소'는 다음
　　과 같이 'Ø'로 표시한다.

　　① 가ᄆ라 비 아니 오ᄂᆞᆫ 싸히 잇거든
　　　·ᄀᆞᄆᆞ라: [가물다(동사): ᄀᆞ믈(가뭄, 旱: 명사) + -Ø(동접)-]- + -아(연어)
　　② 바ᄅᆞ 自性을 ᄉᆞ못 아ᄅᆞ샤
　　　·바ᄅᆞ: [바로(부사): 바ᄅᆞ다(바르다, 正: 형사)- + -Ø(부접)]
　　③ 불휘 기픈 남ᄀᆞᆫ
　　　·불휘(뿌리, 根) + -Ø(← -이: 주조)
　　④ 내 ᄒᆞ마 命終호라
　　　·命終ᄒᆞ(명종하다: 동사)- + -Ø(과시)- + -오(화자)- + -라(← -다: 평종)

마. 무형의 형태소로 실현되는 시제 표현의 선어말 어미는 다음과 같이 표기한다.

① 동사나 형용사의 종결형과 관형사형에서 나타나는 '과거 시제 표현'의 무형의
   선어말 어미는 '-∅(과시)-'로, '현재 시제 표현'의 무형의 선어말 어미는 '-∅
   (현시)-'로 표시한다.

    ㉠ 아들들히 아비 죽다 듣고
       ·죽다: 죽(죽다, 死: 동사)- + -∅(과시)- + -다(평종)
    ㉡ 엇던 行業을 지서 惡德애 뻐러딘다
       ·뻐러딘다: 뻐러디(떨어지다, 落: 동사)- + -∅(과시)- + -ㄴ다(의종)
    ㉢ 獄은 罪 지슨 사름 가도는 싸히니
       ·지슨: 짓(짓다, 犯: 동사)-+ -∅(과시)- + -ㄴ(관전)
    ㉣ 닐굽 히 너무 오라다
       ·오라(오래다, 久: 형사)- + -∅(현시)- + -다(평종)
    ㉤ 여슷 大臣이 힝뎌기 왼 둘 제 아라
       ·외(외다, 그르다, 誤: 형사)- + -∅(현시)- + -ㄴ(관전)

② 동사나 형용사의 연결형에 나타나는 과거 시제나 현재 시제 표현의 무형의
   선어말 어미는 표시하지 않는다.

    ㉠ 몸앳 필 뫼화 그르세 다마 男女를 내ᅀᆞᆼ니
       ·뫼화: 뫼호(모으다, 集: 동사)- + -아(연어)
    ㉡ 고히 길오 놉고 고드며
       ·길오: 길(길다, 長: 형사)- + -오(←-고: 연어)
       ·놉고: 높(높다, 高: 형사)- + -고(연어, 나열)
       ·고드며: 곧(곧다, 直: 형사)- + -ᄋᆞ며(-으며: 연어)

③ 합성어나 파생어의 내부에서 실현되는 과거 시제나 현재 시제 표현의 무형의
   선어말 어미는 표시하지 않는다.

    ㉠ 왼녁: [왼쪽, 左: 옳(오른쪽이다, 右)- + -은(관전▷관접) + 녁(녁, 쪽: 의명)]
    ㉡ 늘그니: [늙은이: 늙(늙다, 老)- + -은(관전) + 이(이, 者: 의명)]

『월인석보』의 해제

　세종대왕은 1443년(세종 25년) 음력 12월에 음소 문자(音素文字)인 훈민정음(訓民正音)의 글자를 창제하였다. 훈민정음 글자는 기존의 한자나 한자를 빌어서 우리말을 표기하는 글자인 향찰, 이두, 구결 등과는 전혀 다른 표음 문자인 음소 글자였다. 실로 글자의 역사상 유래를 찾아볼 수 없는 매우 독창적인 글자이면서도, 글자의 수가 28자에 불과하여 아주 배우기 쉬운 글자였다.

　훈민정음을 창제한 이후에 세종은 이 글자를 널리 보급하기 위하여 훈민정음의 제자 원리를 이론화하고 성리학적인 근거를 부여하는 데에 힘을 썼다. 곧, 최만리 등의 상소 사건을 통하여 사대부들이 훈민정음에 대하여 취하였던 부정적인 인식과 태도를 파악하였으므로, 이를 극복하는 적극적인 방법으로 훈민정음 글자에 대한 '종합 해설서'를 발간하기로 하였는데, 이것이 곧 『훈민정음 해례본』이다.

　그리고 새로운 글자를 창제하고 반포하는 데에 그치는 것이 아니라, 실제로 백성들이 널리 사용할 수 있도록 하기 위하여 여러 가지 뒷받침 사업을 진행하였다. 이를 위하여 세종은 새로운 문자인 훈민정음을 이용하여 국어의 입말을 실제로 문장의 단위로 적어서 그 실용성을 시험하는 작업을 수행하였다. 그 첫 번째 노력으로 『용비어천가(龍飛御天歌)』의 노랫말을 훈민정음으로 지어서 간행하였는데, 이로써 훈민정음 글자로써 국어의 입말을 실제로 적을 수 있는 가능성을 보였다. 그리고 소헌왕후 심씨가 사망함에 따라서 세종은 왕후의 명복을 빌기 위하여 아들인 수양대군(首陽大君)으로 하여금 석가모니의 연보(年譜)를 훈민정음으로 번역하여 『석보상절(釋譜詳節)』을 편찬하게 하였다. 이어서 『석보상절』의 내용을 바탕으로 『월인천강지곡(月印千江之曲)』을 직접 지어서 간행하였다. 이로써 국어의 입말을 훈민정음으로써 완벽하게 구현할 수 있음을 보였다. 그리고 한문본인 『훈민정음 해례본』의 내용 중에서 '어제 서(御製 序)'와 예의(例義)를 훈민정음으로 번역한 것도 대략 이 무렵의 일인 것으로 추정된다.

　세종이 승하한 후에 문종(文宗), 단종(端宗)에 이어서 세조(世祖)가 즉위하였는데, 1458년(세조 3년)에 세조의 맏아들인 의경세자(懿敬世子)가 요절하였다. 이에 세조는 1459년(세조 4년)에 부왕인 세종(世宗)과 세종의 정비인 소헌왕후 심씨, 그리고 요절한 의경세자의 명복을 빌기 위하여 『월인석보(月印釋譜)』를 편찬하였다. 그리고 어린 조카 단종을 폐위하고 왕위에 오른 후에, 단종을 비롯하여 자신의 집권에 반기를 든 수많은 신하를 죽인 업보에 대한 인간적인 고뇌를 불법의 힘으로 씻어 보려는 것도 『월인석보』를 편찬한 간접적인 동기였다.

『월인석보』는 세종이 지은 『월인천강지곡(月印千江之曲)』의 내용을 본문으로 먼저 싣고, 그에 대응되는 『석보상절(釋譜詳節)』의 내용을 붙여 합편하였다. 합편하는 과정에서 책을 구성하는 방법이나 한자어 표기법, 그리고 내용도 원본인 『월인천강지곡』이나 『석보상절』과 부분적으로 차이를 보인다. 예를 들어서 『월인천강지곡』에서는 한자음을 표기할 때 '씨時'처럼 한글을 큰 글자로 제시하고, 한자를 작은 글자로써 한글의 오른쪽에 병기하였다. 반면에 『월인석보』에서는 '時씽'처럼 한자를 큰 글자로써 제시하고 한글을 작은 글자로써 한자의 오른쪽에 병기하였다. 그리고 종성이 없는 한자음을 한글로 표기할 때에 『월인천강지곡』에서는 '씨時'처럼 종성 글자를 표기하지 않았는데, 『월인석보』에서는 '동국정운(東國正韻)식 한자음의 표기법'에 따라서 '時씽'처럼 종성의 자리에 음가가 없는 'ㅇ' 글자를 종성의 위치에 달았다. 이러한 차이는 『월인천강지곡』과 『석보상절』을 합본하여 『월인석보』를 편찬하는 과정에서 어쩔 수 없이 한자음을 표기하는 방법을 통일하였기 때문에 일어났다.

『월인석보』는 원간본인 1, 2, 7, 8, 9, 10, 12, 13, 14, 15, 17, 18, 23권과 중간본(重刊本)인 4, 21, 22권 등이 남아 있다. 그 당시에 발간된 책이 모두 발견된 것은 아니어서, 당초에 전체 몇 권으로 편찬하였는지 알 수가 없다.

『석보상절』, 『월인천강지곡』, 『월인석보』의 편찬은 세종 말엽에서 세조 초엽까지 약 13년 동안에 이룩된 사업이다. 따라서 그 최종 사업인 『월인석보』는 석가모니의 일대기를 기술하는 사업을 완결 짓는 결정판이다. 따라서 『월인석보』는 『석보상절』, 『월인천강지곡』과 더불어 훈민정음(訓民正音)이 창제된 이후 제일 먼저 나온 불경 번역서로서의 가치가 있다. 그리고 세종과 세조 당대에 쓰였던 자연스러운 말과 글의 모습이 잘 반영되어 있어서, 중세 국어나 국어사를 연구하는 데에도 매우 귀중한 가치가 있는 문헌으로 평가받고 있다.

『월인석보 제칠』의 해제

 『월인석보』 권7은 권8과 함께 세조 때에 간행된 책으로, 7권과 8권이 합본된 상태로 2권 2책으로 구성되어 있다.

 제7권의 내용은 『월인천강지곡』 제177장에서 제201장까지의 내용이 실려 있고, 권8의 내용은 『월인천강지곡』 제202장에서 제250장까지 내용이 실려 있다. 이 중에서 제7권은 마지막 장이 七十八로 인쇄되어 있는데, 중간에 54장이 54-1장(五十四之一), 54-2장(五十四之二), 54-3장(五十四之三)으로 세분되어 있기 때문에, 추가된 두 장을 감안하면 총 80장이 된다.

 주요 판본으로는 세조 당시의 간행된 초간본이 동국대학교 도서관에 소장되어 있고, 그 후 16세기 복각본이 남아 있으며, 최근에 경상북도 안동시 광흥사에 발견된 초간본이 있다.

 『월인석보』 제7권의 내용은 '아나율·발제출가연기(阿那律拔提出家緣記), 난타출가연기(難陀出家緣記), 나찰·용왕귀불연기(羅刹龍王歸佛緣記), 서방극락정토연기(西方極樂淨土緣記)' 등의 4부분으로 나누어져 있다.

 첫째, '아나율·발제출가연기(阿那律拔提出家緣記)'는 석가모니 부처의 사촌 동생인 아나율(阿那律)과 발제(拔提)가 출가하는 경위를 다룬 것이다. 이는 『월인천강지곡』의 기177의 운문과 이에 대응되는 『석보상절』의 산문으로 기술되어 있다.(제1장~제5장)

 둘째, '난타출가연기(難陀出家緣記)'는 석가모니의 사촌 동생인 난타(難陀)가 출가한 경위를 다룬 것이다. 이는 『월인천강지곡』의 기178에서 기181까지의 운문과 이에 대응되는 『석보상절』의 산문으로 기술되어 있다.(제5~제19장)

 셋째, '나찰·용왕귀불연기(羅刹龍王歸佛緣記)'는 나건하라국(那乾訶羅國)에 있는 나찰(羅刹)과 용왕(龍王)들이 석가모니 부처님께 귀의한 연기를 다룬 것이다. 이는 『월인천강지곡』의 기182에서 기199까지의 운문과 이에 대응되는 『석보상절』의 산문으로 기술되어 있다.(제19~제55장)

 넷째, 서방극락정토연기(西方極樂淨土緣記)'는 아미타불(阿彌陀佛)이 다스리고 있는 '서방극락정토(西方極樂淨土)'의 모습을 상세하게 묘사한 내용이다. 『월인천강지곡』의 기200부터 기211까지의 운문과 이에 대응되는 『석보상절』의 산문으로 기술되어 있다.(제55~78장)

月印千江之曲(월인천강지곡) 第七(제칠)

釋譜詳節(석보상절) 第七(제칠)

其一百七十七(일백칠십칠)

(발제가 출가를) 七年(칠년)을 물리자 하여 出家(출가)를 거스르니, 拔提(발제)의 말이 그것이 아니 우스우니?

(아나율이 출가를) 七日(칠일)을 물리자 하여 出家(출가)를

月_윓印_인千_천江_강之_징曲_콕 第_똉七_칧

釋_셕譜_봉詳_썅節_졇 第_똉七_칧

其_끵一_힗百_빅七_칧十_씹七_칧

七_칧年_년을 믈리져¹⁾ ᄒ야 出_츓家_강를 거스니³⁾ 跋_뺗提_똉⁴⁾ 말이 긔⁵⁾ 아니 웃ᄫ니⁶⁾

七_칧日_싏을 믈리져 ᄒ야 出_츓家_강를

---

1) 믈리져: 믈리[믈리다: 믈르(←므르다: 물러나다, 退, 자동)-+-이(사접)-]-+-져(-쟈: 청종, 아주 낮춤)
2) 出家: 출가. 번뇌에 얽매인 세속의 인연을 버리고 성자(聖者)의 수행 생활에 들어가는 것이다.
3) 거스니: 거스(←거슬다: 거스르다, 逆)-+-니(연어, 설명 계속)
4) 跋提: 발제. 감로반왕(甘露飯王)의 작은 아들이며, 사바(娑婆)의 아우이다. 싯다르타 태자의 사촌 동생으로, 석가모니 부처의 오대(五大) 제자(弟子) 중의 한 사람이다.
5) 긔: 그(그것, 彼: 지대, 정칭)+-ㅣ(←-이: 주조) ※ '그'는 '拔提의 말'을 대용하는데, 강조 용법으로 쓰였다.
6) 웃ᄫ니: 웃ᄫ[우습다, 可笑: 웃(웃다, 笑)-+-ᄫ(←-브-: 형접)-]-+-Ø(현시)-+-니(평종, 반말) ※ '웃ᄫ다'는 '웃브다'로 표기되기도 한다.

이루니, 阿那律(아나율)의 말이 그것이 아니 옳으니?

世尊(세존)이 彌尼授國(미니수국)에 있으시거늘, 釋種(석종)에 속한 아이들
이 世尊(세존)께 가서 出家(출가)하려 하더니, 拔提(발제)가 阿那律(아나율)
이더러 이르되 "우리가 이제 아직 出家(출가)를 말고 집에

일우니⁷⁾ 阿_항那_낭律_륳⁸⁾ 말이 긔 아니 올ᄒ니⁹⁾

世_솅尊_존이 彌_밍尼_닝授_쓯國_귁에 잇거시늘¹⁰⁾ 釋_셕種_죵앳¹¹⁾ 아ᄒ들히¹²⁾ 世_솅尊_존의¹³⁾ 가 出_츓家_강호려¹⁴⁾ ᄒ더니¹⁵⁾ 跋_뻟提_똉라셔¹⁶⁾ 阿_항那_낭律_륳이ᄃ려¹⁷⁾ 닐오ᄃᆡ¹⁸⁾ 우리 이제 안ᄌᆨ¹⁹⁾ 出_츓家_강 말오²⁰⁾ 지븨²¹⁾

---

7) 일우니: 일우[이루다, 成: 일(이루어지다, 成: 자동)- + -우(사접)-]- + -니(연어, 설명 계속)
8) 阿那律: 아나율. 산스크리트어 aniruddha의 음사이다. 석가모니 부처의 십대(十大) 제자(弟子) 중의 한 사람이다. 싯다르타 태자의 사촌 동생으로, 싯다르타 태자가 깨달음을 성취한 후에 고향에 왔을 때, 아난(阿難)·난타(難陀) 등과 함께 출가하였다. 통찰력이 깊어 '천안제일(天眼第一)'이라 일컬었다.
9) 올ᄒ니: 옳(←옳다: 옳다, 是)- + -Ø(현시)- + -니(평종, 반말) ※ '올ᄒ니'는 '올ᄒ니'를 오각한 형태이다.
10) 잇거시늘: 잇(← 이시다: 있다, 居)- + -시(주높)- + -거…늘(-거늘: 연어, 상황)
11) 釋種앳: 釋種(석종) + -애(-에: 부조, 위치) + -ㅅ(-의: 관조) ※ '釋種(석종)'은 석가씨(釋迦氏) 의 가문이다. '釋種앳'는 '석종에 속한'으로 의역하여서 옮긴다.
12) 아ᄒ들히: 아ᄒ들ㅎ[아이들, 童等: 아ᄒ(아이, 童) + -들ㅎ(-들: 복접)] + -이(주조)
13) 世尊의: 世尊(세존) + -의(-께: 부조, 상대, 높임) ※ '-의'는 [-ㅅ(-의: 관조) + 긔(거기에, 彼處: 의명)]의 방식으로 형성된 파생 조사이다.
14) 出家호려: 出家ᄒ[← 出家ᄒ다(출가하다): 出家(출가: 명사) + -ᄒ(동접)-]- + -오려(-려: 연어, 의도)
15) ᄒ더니: ᄒ(← ᄒ다: 하다, 보용, 의도)- + -더(회상)- + -니(연어, 설명 계속) ※ 'ᄒ더니'는 'ᄒ 더니'를 오각한 형태이다.
16) 跋提라셔: 跋提(발제: 인명) + -라셔(-에서: 부조, 위치, 의미상 주격) ※ '-라셔'는 원래는 위 치를 나타내는 부사격 조사이나, 여기서는 유정 명사 뒤에서 주격 조사처럼 쓰였다.
17) 阿那律이ᄃ려: 阿那律이[아나율(인명): 阿那律(아나율) + -이(접미, 어조 고름)] + -ᄃ려(-더러, -에게: 부조, 상대) ※ '-ᄃ려'는 [ᄃ리(데리다, 與)- + -어(연어▷조접)]의 방식으로 형성된 파 생 조사이다.
18) 닐오ᄃᆡ: 닐(← 니ᄅ다: 이르다, 曰)- + -오ᄃᆡ(-되: 연어, 설명 계속)
19) 안ᄌᆨ: 아직, 姑(부사)
20) 말오: 말(말다, 勿)- + -오(← -고: 연어, 나열)
21) 지븨: 집(집, 家) + -의(-에: 부조, 위치)

일곱 해를 있어서, 五欲(오욕)을 마음껏 편 後(후)에야 出家(출가)하자."
阿那律(아나율)이 이르되 "일곱 해가 너무 오래이다. 사람의 목숨이 無常
(무상)한 것이다." 拔提(발제)가 또 이르되 "여섯 해를 하자." 阿那律(아나
율)이 이르되 "여섯 해가 너무 오래이다. 사람의 목숨이 無常(무상)한 것
이다." 그 모양으로

닐굽 히를²²⁾ 이셔²³⁾ 五_옹欲_욕²⁴⁾을 무슴 ㄱ장²⁵⁾ 편 後_훙에사²⁶⁾ 出_츓家_강ᄒ져²⁷⁾ 阿_항那_낭律_륧이 닐오ᄃᆡ 닐굽 히²⁸⁾ 너무²⁹⁾ 오라다³⁰⁾ 사ᄅᆞ미³¹⁾ 목수미³²⁾ 無_뭉常_썅ᄒᆞᆫ³³⁾ 거시라³⁴⁾ 跋_뻕提_똉 ᄯᅩ³⁵⁾ 닐오ᄃᆡ 여슷 히를 ᄒ져 阿_항那_낭律_륧이 닐오ᄃᆡ 여슷 히 너무 오라다 사ᄅᆞ미 목수미 無_뭉常_썅ᄒᆞᆫ 거시라 그 양ᄋᆞ로³⁶⁾

---

22) 히를: 히(해, 年) + -를(목조)

23) 이셔: 이시(있다, 居)- + -어(연어)

24) 五欲: 오욕. 불교에서 오관(五官)의 욕망 및 그 열락(悅樂)을 가리키는 5종의 욕망이다. 눈·귀·코·혀·몸의 다섯 가지 감각기관, 즉 오근(五根)이 각각 색(色)·성(聲)·향(香)·미(味)·촉(觸)의 다섯 가지 감각대상, 즉 오경(五境)에 집착하여 야기되는 5종의 욕망이다. 또한 오경을 향락하는 것을 말한다. 대체로 세속적인 인간의 욕망 전반을 뜻한다. 그것이 인간의 다섯 가지 감각대상 그 자체는 욕망이 아니지만 욕망을 일으키는 원인이 되므로, 오경도 오욕이라고 부른다. 또 재욕(財欲)·성욕(性欲)·식욕(食欲)·명예욕(名譽欲)·수면욕(睡眠欲)의 다섯 가지도 오욕이라고 말한다.

25) 무슴 ㄱ장: 무슴(마음, 心) + -ㅅ(-의: 관조) # ㄱ장(끝까지, -껏: 의명) ※ '무슴 ㄱ장'은 '마음껏'으로 의역하여서 옮긴다.

26) 後에사: 後(후) + -에(부조, 위치) + -사(보조사, 한정 강조)

27) 出家ᄒ져: 出家ᄒ[출가하다: 出家(출가: 명사) + -ᄒ(동접)-]- + -져(-자: 청종, 아주 낮춤)

28) 히: 히(해, 年) + -Ø(←-이: 주조)

29) 너무: [너무, 已(부사): 넘(넘다, 越: 동사)- + -우(부접)]

30) 오라다: 오라(오래다, 久)- + -Ø(현시)- + -다(평종)

31) 사ᄅᆞ미: 사ᄅᆞᆷ(사람, 人) + -이(관조)

32) 목수미: 목숨[목숨, 命: 목(목, 喉) + 숨(숨, 息)] + -이(주조)

33) 無常ᄒᆞᆫ: 無常ᄒ[무상하다: 無常(무상: 명사) + -ᄒ(형접)-]- + -Ø(현시)- + -ㄴ(관전) ※ '無常(무상)'은 상주(常住)하는 것이 없다는 뜻으로, 나고 죽고 흥하고 망하는 것이 덧없음을 이르는 말이다.

34) 거시라: 것(것, 者: 의명) + -이(서조)- + -Ø(현시)- + -라(←-다: 평종)

35) ᄯᅩ: 또, 又(부사)

36) 양ᄋᆞ로: 양(양, 모양, 樣: 의명) + -ᄋᆞ로(부조, 방편)

줄여서 이레(七日)에 다다르거늘, 阿那律(아나율)이 이르되 "이레야말로 멀지 아니하다." 그때에 釋種(석종)들이 이레의 사이에 五欲(오욕)을 마음껏 펴고, 阿那律(아나율)과 拔提(발제)와 難提(난제)와 金毗羅(금비라)와 跋難陀(발난타)와 阿難陀(아난타)와【阿難陀(아난타)는 阿難(아난)이다. 】提婆達(제바달)이

조려³⁷⁾ 닐웨예³⁸⁾ 다듣거늘³⁹⁾ 阿_항那_낭律_륧이 닐오디 닐웨사⁴⁰⁾ 머디⁴¹⁾ 아니ᄒᆞ다 그 저긔⁴²⁾ 釋_셕種_죵들히 닐웻⁴³⁾ ᄉᆞᅀᅵ예⁴⁴⁾ 五_옹欲_욕을 ᄆᆞᆺ ᄀᆞ장 펴고 阿_항那_낭律_륧와 跋_뻕提_똉와 難_난提_똉⁴⁵⁾와 金_금毗_삥羅_랑⁴⁶⁾와 跋_뻕難_난陁_땅⁴⁷⁾와 阿_항難_난陁_땅⁴⁸⁾와【阿_항難_난陁_땅ᄂᆞᆫ 阿_항難_난이라】提_똉婆_뼁達_땋왜⁴⁹⁾

---

37) 조려: 조리[줄이다, 縮: 졸(줄다, 縮: 자동)- + -이(사접)-]- + -어(연어)
38) 닐웨예: 닐웨(이레, 七日) + -예(←-에: 부조, 위치)
39) 다듣거늘: 다듣[다다르다, 至: 다(다, 悉: 부사) + 듣(닫다, 달리다, 走)-]- + -거늘(연어, 상황)
40) 닐웨사: 닐웨(이레, 七日) + -사(-야말로: 보조사, 한정, 강조)
41) 머디: 머(←멀다: 멀다, 遠)- + -디(-지: 연어, 부정)
42) 저긔: 적(적, 때, 時: 의명) + -의(-에: 부조, 위치)
43) 닐웻: 닐웨(이레, 七日) + -ㅅ(-의: 관조)
44) ᄉᆞᅀᅵ예: ᄉᆞᅀᅵ(사이, 間) + -예(←-에: 부조, 위치)
45) 難提: 난제. 석가 종족의 한 사람으로서, 아나율(阿那律) 등과 함께 출가하여 부처의 제자가 되었다.
46) 金毗羅: 금비라. 석가 종족의 한 사람으로서, 아나율(阿那律) 등과 함께 출가하여 부처의 제자가 되었다. 천문(天文)과 역수(逆修)에 능하였다.
47) 跋難陁: 발난타. 석가 종족의 한 사람으로, 부처의 제자 중의 한 사람이다.
48) 阿難陁: 아난타. 석가모니의 종제(從弟)로서 십대제자(十大弟子)의 한 사람이며, 십육나한(十六羅漢)의 한 사람이다. 석가의 상시자(常侍者)로서 견문(見聞)이 많고 기억력이 좋아 불멸(佛滅) 후에 경권(經卷)의 대부분은 이 사람의 기억에 의하여 결집(結集)되었다고 한다. ※ 석가모니 부처의 십대제자(十大弟子)는 석가모니의 뛰어난 제자 열 사람이다. 두타(頭陀) 제일 마하가섭(摩訶迦葉), 다문(多聞) 제일 아난타(阿難陀), 지혜(智慧) 제일 사리불(舍利弗), 신통(神通) 제일 목건련(目犍連), 천안(天眼) 제일 아나율(阿那律), 해공(解空) 제일 수보리(須菩提), 설법 제일 부루나(富樓那), 논의(論議) 제일 가전연(迦旃延), 지율(知律) 제일 우바리(優婆離), 밀행(密行) 제일 나후라(羅睺羅)를 이른다.
49) 提婆達왜: 提婆達(제바달: 인명) + -와(접조) + -ㅣ(←-이: 주조) ※ '提婆達(제바달)'은 산스크리트어, 팔리어 devadatta의 음사이다. '提婆達多(제바달다)'나 '調達(조달)'이라고도 한다. 석가모니 부처의 사촌 동생으로, 출가하여 그의 제자가 되었다. 석가모니 부처에게 승단을 물려줄 것을 청하여 거절당하자 500여 명의 비구를 규합하여 승단을 이탈하였다. 여러 번 석가모니 부처를 살해하려다 실패하였다.

·똥
왜沐·목浴·욕 ·ᄒ고 香향 ᄇᆞᄅ·고 고·장
빗·어 瓔형珞·락 ·ᄒ고 象·썅 타城·쎵 밧·고
나 迦강毗뼁羅랑國·귁 ᄀᆞ·ᅢ·가 象·썅·이
며오시며 瓔형珞·락·이·며 모·호·아 優흫
波방離링·롤 다주·고 彌밍尼닝授쓩 國·귁
·뀌 ·ᄋᆞ·로니거·늘 優흫波방離링 ·너·곰·ᄃᆡ
내本·본來링 釋·셕子·ᄌᆞᆼ 돌·ᄒᆞᆯ브·터 사·ᄂᆞᆫ

沐浴(목욕)하고 香(향)을 바르고 매우 아름답게 꾸며 瓔珞(영락)하고, 象
(상, 코끼리)을 타서 城(성) 밖에 나가 迦毗羅國(가비라국)의 가(邊)에 가서,
象(상)이며 옷이며 瓔珞(영락)이며 모아 優婆離(우바리)에게 다 주고 彌尼
授國(미니수국)으로 가거늘, 優婆離(우바리)가 여기되 "내가 本來(본래) 釋
子(석자)들에게 붙어서 살더니,

沐_목浴_욕ᄒ고 香_향 ᄇᄅ고⁵⁰⁾ ᄀ장⁵¹⁾ 빗어⁵²⁾ 瓔_형珞_락ᄒ고⁵³⁾ 象_썅⁵⁴⁾ 타 城_썽 밧긔⁵⁵⁾ 나 迦_강毗_삥羅_랑國_귁⁵⁶⁾ ᄀ새⁵⁷⁾ 가 象_썅이며 오시며⁵⁸⁾ 瓔_형珞_락⁵⁹⁾이며 뫼호아⁶⁰⁾ 優_{ᅙᅮᆯ}波_방離_링를⁶¹⁾ 다 주고 彌_밍尼_닝授_{ᄻᆛᆼ}國_귁ᄋ로 니거늘⁶²⁾ 優_{ᅙᅮᆯ}波_방離_링 너교ᄃᆡ⁶³⁾ 내 本_본來_링 釋_셕子_중들ᄒᆞᆯ⁶⁴⁾ 브터⁶⁵⁾ 사다니⁶⁶⁾

---

50) ᄇᄅ고: ᄇᄅ(바르다, 塗)- + -고(연어, 나열)

51) ᄀ장: 매우, 甚(부사)

52) 빗어: 빗(← 비스다: 아름답게 꾸미다, 단장하다, 扮)- + -어(연어) ※ '빗어'는 '빙어'로 표기되기도 했다.

53) 瓔珞ᄒ고: 瓔珞ᄒ[영락하다: 瓔珞(영락: 명사) + -ᄒ(동접)-]- + -고(연어, 나열) ※ '瓔珞(영락)'은 구슬을 꿰어 만든 장신구를 목이나 팔 따위에 두르는 것이다.

54) 象: 상. 코끼리이다.

55) 밧긔: 밧(밖, 外) + -의(-에: 부조, 위치)

56) 迦毗羅國: 가비라국. 석가모니(釋迦牟尼)의 아버님인 정반왕(淨飯王)이 다스리던 나라이다. 싯다르타(悉達多) 태자(太子,) 곧 석존(釋尊)이 태어난 곳이다. 머리 빛이 누른 선인(仙人)이 이 나라에서 도리(道理)를 닦았으므로 가비라국(迦毗羅國)이라고 하며, 가비라위(迦毗羅衛)라고도 하고, 가유위(迦維衛)라고도 하며, 가이(迦夷)라고도 한다.

57) ᄀ새: ᄀᆺ(← ᄀᆺ: 가, 邊) + -애(-에: 부조, 위치)

58) 오시며: 옷(옷, 衣) + -이며(접조)

59) 瓔珞: 영락. 슬을 꿰어 만든 장신구로서, 목이나 팔 따위에 두른다.

60) 뫼호아: 뫼호(모으다, 集)- + -아(연어)

61) 優波離를: 優波離(우바리: 인명) + -를(-에게: 목조, 보조사적 용법, 의미상 부사격)※ '優波離를'은 '優波離에게'로 의역할 수 있다. ※ '優波離(우바리)'는 석가의 10대 제자 중 한 사람으로 계율에 통달하며 이를 잘 준수하여 지계제일(持戒第一)'이라 불리었다. 원래는 석가족(族) 궁정에서 일하던 이발사로서 하급 계급 출신이다.

62) 니거늘: 니(가다, 行)- + -거늘(연어, 상황)

63) 너교ᄃᆡ: 너기(여기다, 念)- + -오ᄃᆡ(-되: 연어, 설명 계속)

64) 釋子들ᄒᆞᆯ: 釋子들ᄒ[석자들: 釋子(석자) + -들ᄒ(-들: 복접)]- + -ᄋᆯ(-에게: 목조, 보조사적 용법, 의미상 부사격) ※ '釋子들ᄒᆞᆯ'은 '釋子들에게'로 의역하여서 옮길 수 있다. ※ '釋子(석자)'는 석가모니의 제자를 이른다.

65) 브터: 븥(붙다, 附)- + -어(연어)

66) 사다니: 사(← 살다: 살다, 生活)- + -다(← -더-: 회상)- + -Ø(← -오-: 화자)- + -니(연어, 설명 계속)

니나톨ᄇᆞ리고出츓家강ᄒᆞᄂᆞ니나도
出츓家강 ᄒᆞ리라ᄒᆞ고오시며瓔영珞락
이며남기ᄃᆞ오念념ᄒᆞ디아니와
가지리잇거든주노라ᄒᆞ고미조차니
거늘釋셕子ᄌᆞᆼᄃᆞ리優ᅙ흥波방離링더
ᄇᆞ오世솅尊존끠가절ᄒᆞᅀᆞᆸ고ᄉᆞᆯ보ᄃᆡ
우리出츓家강ᄒᆞ라오니우리는憍ᄭᅭᆼ

(석자들이) 나를 버리고 出家(출가)하나니 나도 出家(출가)하리라.” 하고,
옷이며 瓔珞(영락)이며 나무에 달고 念(염)하되 “아무나 와서 (옷과 영락
을) 가질 이가 있거든 주노라.” 하고 (석자들을) 뒤미쳐 쫓아 가거늘, 釋
子(석자)들이 優波離(우바리)를 더불고 世尊(세존)께 가서 절하고 사뢰되
“우리가 出家(출가)하러 오니 우리는

나를 브리고[67] 出훓家강ᄒᆞᄂᆞ니 나도 出훓家강호리라[68] ᄒᆞ고 오시며

瓔형珞락이며 남기[69] 들오[70] 念념호ᄃᆡ 아뫼나[71] 와 가지리[72] 잇거든

주노라[73] ᄒᆞ고 미조차[74] 니거늘 釋셕子ᄌᆞ들히 優훓波방離링 더블오[75]

世솅尊존쯰 가 절ᄒᆞ습고[76] 슬보ᄃᆡ[77] 우리 出훓家강ᄒᆞ라[78] 오니 우리

ᄂᆞ

---

67) 브리고: 브리(버리다, 棄)-+-고(연어, 나열, 계기)
68) 出家호리라: 出家ᄒᆞ[←出家ᄒᆞ다(출가하다): 出家(출가: 명사)+-ᄒᆞ(동접)-]-+-오(화자)-+-리(미시)-+-라(←-다: 평종)
69) 남기: 낡(←나모: 나무, 木)+-이(-에: 부조, 위치)
70) 들오: 들(달다, 縣)-+-오(←-고: 연어, 계기)
71) 아뫼나: 아모(아무, 某: 인대, 부정칭)+-ㅣ나(←-이나: 보조사, 선택)
72) 가지리: 가지(가지다, 持)-+-ㄹ(관전) # 이(이, 人: 의명)+-Ø(←-이: 주조)
73) 주노라: 주(주다, 授)-+-ㄴ(←-ᄂᆞ-: 현시)-+-오(화자)-+-라(←-다: 평종)
74) 미좇: 미좇[뒤미쳐 쫓다, 追: 미(←및다: 미치다, 이르다, 及)-+좇(쫓다, 從)-]-+-아(연어)
75) 더블오: 더블(더불다, 與)-+-오(←-고: 연어, 나열, 계기)
76) 절ᄒᆞ습고: 절ᄒᆞ[절하다, 敬禮: 절(절, 拜: 명사)+-ᄒᆞ(동접)-]-+-습(객높)-+-고(연어, 계기)
77) 슬보ᄃᆡ: 숣(←숣다, ㅂ불: 사뢰다, 白)-+-오ᄃᆡ(-되: 연어, 설명 계속)
78) 出家ᄒᆞ라: 出家ᄒᆞ[출가하다: 出家(출가: 명사)+-ᄒᆞ(동접)-]-+-라(-러: 연어, 목적)

慢망호미 술하니 優ᅙ波방離링ᄅᆞᆯ
져 出ᄒᆞ츓家강 ᄒᆞ쇼셔 世솅尊존이 몬져
優ᅙ波망離링ᄅᆞᆯ 出家강 ᄒᆞ시고
거 阿ᅌᅡ那낭律률 버 跋빵提똉 버
難난提똉 버거 金금毗삥羅랑ᄅᆞ러니
優ᅙ波방離링 上썅座쫭ㅣ 도외니라
우희ᄂᆞ이야 사ᄅᆞᆷ 업슬씨 일후미 上썅
座쫭ㅣ라 〇 自쫑利링利링他탕行ᅘᅵᆼ

憍慢(교만)한 마음이 많으니 優波離(우바리)를 먼저 出家(출가)시키소서.”
世尊(세존)이 먼저 優波離(우바리)를 出家(출가)시키시고 다음으로 阿那律
(아나율), 다음으로 跋提(발제), 다음으로 難提(난제), 다음으로 金毗羅(금
비라)이더니, 優波離(우바리)가 上座(상좌)가 되었느니라. 【 (그) 위에 다시 사
람이 없는 것이 이름이 上座(상좌)이다. ○ 自利利他行(자리이타행)

憍慢ᄒᆞᆫ⁷⁹⁾ ᄆᆞᅀᆞᆷ 하니⁸⁰⁾ 優_{ᅙᅮᇢ}波_방離_링를 몬져⁸¹⁾ 出_츓家_강ᄒᆡ쇼셔⁸²⁾ 世_솅尊_존이 몬져 優_{ᅙᅮᇢ}波_방離_링를 出_츓家_강ᄒᆡ시고 버거⁸³⁾ 阿_{ᅙᅡᆼ}那_낭律_{ᄙᅲᇙ} 버거 跋_{빠ᇙ}提_똉 버거 難_난提_똉 버거 金_금毗_뼁羅_랑ㅣ러니⁸⁴⁾ 優_{ᅙᅮᇢ}波_방離_링 上_썅座_쫭ㅣ⁸⁵⁾ ᄃᆞ외니라⁸⁶⁾【우희⁸⁷⁾ ᄂᆞ외야⁸⁸⁾ 사ᄅᆞᆷ 업슬 씨⁸⁹⁾ 일후미⁹⁰⁾ 上_썅座_쫭라⁹¹⁾ ○ 自_쫑利_링利_링他_탕行_{ᅘᅢᆼ}⁹²⁾

---

79) 憍慢ᄒᆞᆫ: 憍慢ᄒᆞ[교만하다: 憍慢(교만: 명사) + -ᄒᆞ(형접)-]- + -Ø(현시)- + -ㄴ(관전)

80) 하니: 하(많다, 크다, 多, 大)- + -니(연어, 이유)

81) 몬져: 먼저, 先(부사)

82) 出家ᄒᆡ쇼셔: 出家ᄒᆡ[출가시키다: 出家(출가: 명사) + -ᄒᆞ(동접)- + -ㅣ(←-이-: 사접)-]- + -쇼셔(-소서: 명종, 아주 높임)

83) 버거: [다음으로, 이어서, 次(부사): 벅(버금가다, 다음가다, 次: 동사)- + -어(연어▷부접)]

84) 金毗羅ㅣ러니: 金毗羅(금비라: 인명) + -ㅣ(←-이-: 서조)- + -러(←-더-: 회상)- + -니(연어, 설명 계속)

85) 上座ㅣ: 上座(상좌) + -ㅣ(←-이: 보조) ※ '上座(상좌)'는 원래 대중을 거느리고 사무를 맡아 보는 절의 주지(住持)나 법랍(法臘)이 많고 덕이 높은 강사(講師), 선사(禪師), 원로(元老) 들이 앉는 자리이다. 여기서는 그러한 지위에 있는 승려를 뜻한다.

86) ᄃᆞ외니라: ᄃᆞ외(되다, 爲)- + -Ø(과시)- + -니(원칙)- + -라(←-다: 평종)

87) 우희: 우ㅎ(위, 上) + -의(-에: 부조, 위치)

88) ᄂᆞ외야: [다시, 거듭하여, 復(부사): ᄂᆞ외(거듭하다, 復: 동사)- + -야(←-아: 연어▷부접)]

89) 씨: ㅅ(←ᄉᆞ: 것, 者, 의명) + -이(주조)

90) 일후미: 일훔(이름, 名) + -이(주조)

91) 上座라: 上座(상좌) + -Ø(←-ㅣ-←-이-: 서조)- + -Ø(현시)- + -라(←-다: 평종) ※ '上座라'는 '上座ㅣ라'를 오각한 형태이다.

92) 自利利他行: 자리이타행. '自利(자리)'는 스스로 수행하여 자기를 위하는 이익을 얻는 것이요, '利他行(이타행)'은 다른 이에게 공덕과 이익을 베풀어 주며 중생을 구제하는 것이다. 따라서 '自利利他行(자리이타행)'은 끝없이 깨달음을 추구하는 구도심으로서, 이웃과 더불어 고통을 나누고 기쁨을 더하는 보살행(菩薩行)이다.

業ㅅ느닌 일후미 下뺭士ㆁᆞᆺ씨오 ㅣ오 自쭝利
링잇고 利링他탕業ㅅ느닌 일후미
ㅣ오 ᆞ二싱利링 잇ᆞᆫㄴ 일후미
일후미 上뺭士ㆁᆞᆺ ㅣ라닌 그 젤 上뺭座
쌍 毗뼝羅랑茶땅 ㅣ各각別ᄜᅥᆯ히 阿항難난陁땅
룰出쯃家강 히ᄂᆞ며 上뺭座쩡
ㅣ跋뻟難난陁땅 와 提똉婆뻥達ᄠᅡᇙ多당
룰出쯃家강 히ᄂᆞ니랑 跋뻟提똉 阿항蘭란
若ᅀᅣᆼ 애ㅎ오ᅀᅡ잇다가 阿항蘭란若ᅀᅣᆼ
ᄂᆞᆫ 겨르ᄅᆞᆸ고 뺨

없는 이는 이름이 下士(하사)이요, 自利(자리)가 있고 利他(이타)가 없는 이는 이름이 中士(중사)이요, 二利(이리)가 있는 이는 이름이 上士(상사)이다. 】 그 때에 큰 上座(상좌)인 毗羅茶(비라다)가 各別(각별)히 阿難陁(아난타)를 出家(출가)시키고, 다음가는 上座(상좌)가 跋難陁(발난타)와 提婆達多(제파달다)를 出家(출가)시켰니라. ○ 跋提(발제)가 阿蘭若(아란야)에 혼자 있다가【 阿蘭若(아란야)는 '한가롭고 업스닌⁹³⁾ 일후미 下_행士_쑹ㅣ오⁹⁴⁾ 自_쭝利_링ㅣ 잇고 利_링他_탕 업스닌 일후미 中_듕士_쑹ㅣ오⁹⁵⁾ 二_싱利_링⁹⁶⁾ 잇ᄂ닌⁹⁷⁾ 일후미 上_썅士_쑹ㅣ라⁹⁸⁾ 】 그 제⁹⁹⁾ 큰 上_썅座_쫭 毗_삥羅_랑茶_땅ㅣ 各_각別_뼗히¹⁰⁰⁾ 阿_항難_난陀_땅를 出_츓家_강히으¹⁾ 버근²⁾ 上_썅座_쫭ㅣ 跋_뻟難_난陀_땅와 提_똉婆_뼁達_딿多_당를 出_츓家_강히니라 跋_뻟提_똉阿_항蘭_란若_샹³⁾애 ᄒᆞ오ᅀᅡ⁴⁾ 잇다가⁵⁾ 【阿_항蘭_란若_샹ᄂ 겨르롭고⁶⁾ 寂_쩍靜_쪙ᄒᆞᆫ⁷⁾

---

93) 업스닌: 없(없다, 無)- + -Ø(현시)- + -은(관전) # 이(이, 人: 의명) + -ㄴ(←-는: 보조사, 주제)
94) 下士ㅣ오: 下士(하사) + -ㅣ(←-이-: 서조)- + -오(←-고: 연어, 나열) ※ '下士(하사)'는 자기도 해탈(解脫)하려 하지도 않고, 남을 해탈케 하려고도 생각하지 않는 사람이다.
95) 中士: 중사. 자기만 해탈(解脫)하려 하고, 남을 해탈케 하려고는 생각하지 않는 사람이다.
96) 二利: 이리. '自利(자리)'와 '利他(이타)'를 아울러서 이르는 말이다.
97) 잇ᄂ닌: 잇(← 이시다: 있다, 有)- + -ᄂ(현시)- + -ㄴ(관전) # 이(이, 人: 의명) + -ㄴ(← -ᄂ: 보조사, 주제)
98) 上士ㅣ라: 上士(상사) + -ㅣ(←-이-: 서조)- + -Ø(현시)- + -라(←-다: 평종) ※ '上士(상사)'는 자기와 남을 함께 해탈(解脫)하려고 생각하는 보살(菩薩)이다.
99) 제: 제, 때(의명) ※ '제'는 [적(적, 때, 時: 의명) + -에(부조, 위치)]의 방식으로 형성된 의존명사이다.
100) 各別히: [각별히(부사): 各別(각별: 명사) + -ᄒᆞ(←-ᄒᆞ-: 형접)- + -이(부접)]
1) 出家히오: 出家히[출가시키다: 出家(출가: 명사) + -ᄒᆞ(동접)- + -ㅣ(←-이-: 사접)-]- + -으(←-오←-고: 연어, 계기) ※ '出家히으'는 '出家히오'를 오각한 형태이다.
2) 버근: 벅(다음가다, 次)- + -Ø(과시)- + -은(관전)
3) 阿蘭若: 아란야. 산스크리트어 araṇya 팔리어 arañña의 음사이다. '공한처(空閑處)·원리처(遠離處)'라고 번역한다. 한적한 삼림이나 마을에서 떨어져 수행자들이 머물기에 적합한 곳이라는 뜻이다.
4) ᄒᆞ오ᅀᅡ: 혼자, 獨(부사)
5) 잇다가: 잇(← 이시다: 있다, 居)- + -다가(연어, 동작의 전환)
6) 겨르롭고: 겨르롭[한가롭다, 閑: 겨를(겨를, 暇: 명사) + -ᄋᆞᆸ(형접)-]- + -고(연어, 나열)
7) 寂靜ᄒᆞᆫ: 寂靜ᄒᆞ[적정하다: 寂靜(적정: 명사) + -ᄒᆞ(형접)-]- + -Ø(현시)- + -ㄴ(관전) ※ '寂靜(적정)'은 매우 괴괴하고 고요한 것이다.

쪅 靜쪙ᄒᆞᆫ 慶쳥 所송ㅣ라 혼 ᄠᅳ디라 ᄯ
입힐훔 업다 혼 ᄠᅳ디니 ᄆ 술해 셔 다ᄉᆞᆺ
里링버ᇰ은 ᄯᅥ러 世솅間간과 힐후디 아니 ᄒᆞᆯᄊᆡ라 밤中듀ᇰ에 즐
거ᄫᅥ셔 소리ᄒᆞ거늘 겨틧 比삥丘쿨ㅣ
듣고 너교ᄃᆡ 이 跋빵提똉 지븨 이실
젯 五ᅌᅩ欲욕ᄋᆞᆯ ᄉᆡᇰ각ᄒᆞ고 그러ᄒᆞᄂᆞ니
이틋날 世솅尊존ㅅ긔 ᄉᆞᆲᄫᅡ놀 世솅尊존
이 블러 무르신대 對됭答답ᄒᆞᅀᆞᄫᅩᄃᆡ

處所(처소)이다.' 한 뜻이다. 또 '입씨름이 없다.' 한 뜻이니, 마을에서 다섯 里 (리)가 떨어진 데이라서, 世間(세간)과 다투지 아니하는 것이다. 】밤중에 "즐 겁구나!" 소리하거늘, 곁에 있는 比丘(비구)들이 듣고 여기되 "이는 拔提 (발제)가 집에 있을 때의 五欲(오욕)을 생각하고 그렇게 구느니." 이튿날 에 (비구들이) 世尊(세존)께 (이 일을) 사뢰거늘, 世尊(세존)이 (발제를) 불 러서 물으시니 (발제가) 對答(대답)하되

處청所송ㅣ라[8) 혼[9] 쁘디라[10] 쏘[11] 입힐훔[12] 업다 혼 쁘디니 무슬해셔[13] 다숫 里
링 버은[14] 짜히라[15] 世솅間간과 힐후디 아니홀 씨라】 밠中듕에[16] 즐거블쎠[17]
소리ᄒᆞ거늘[18] 겨틧[19] 比삥丘쿨들히[20] 듣고 너교ᄃᆡ[21] 이[22] 跋뿷提똉 지
븨 이싫 젯[23] 五ᅌᅩ欲욕을 싱각고[24] 그렁[25] 구ᄂᆞ니[26] 이틄날[27] 世솅尊
존싀[28] 솔바ᄂᆞᆯ[29] 世솅尊존이 블러[30] 무르신대[31] 對됭答답ᄒᆞᅀᆞᇦ오ᄃᆡ[32]

---

8) 處所ㅣ라: 處所(처소) + -ㅣ(←-이-: 서조)- + -∅(현시)- + -라(←-다: 평종)
9) 혼: ᄒᆞ(←ᄒᆞ다: 하다, 謂)- + -∅(과시)- + -오(대상)- + -ㄴ(관전)
10) 쁘디라: 뜯(뜻, 意) + -이(서조)- + -∅(현시)- + -라(←-다: 평종)
11) 쏘: 또, 又(부사)
12) 입힐훔: [입씨름, 말다툼, 言爭(명사): 입(입, 口: 명사) + 힐후(다투다, 爭: 동사)- + -ㅁ(명접)]
13) 무슬해셔: 무슬ᄒᆞ(마을, 村) + -애(-에: 부조, 위치) + -셔(-서: 보조사, 위치 강조)
14) 버은: 버으(←벙을다: 벌어지다, 떨어지다, 멀어지다, 隔)- + -∅(과시)- + -ㄴ(관전)
15) 짜히라: 짜ᄒᆞ(땅, 데, 地, 處) + -이(서조)- + -∅(현시)- + -라(←-아: 연어)
16) 밠中에: 밠中[밤중: 밤(밤, 夜) + -ㅅ(관조, 사잇) + 中(중: 명사)] + -에(부조, 위치)
17) 즐거블쎠: 즐겁[←즐겁다, ㅂ불(즐겁다, 喜): 즑(즐거워하다, 歡: 동사)- + -업(형접)-]- + -∅(현시)- + -을쎠(-구나: 감종)
18) 소리ᄒᆞ거늘: 소리ᄒᆞ[소리하다, 소리를 내다, 發聲: 소리(소리, 聲: 명사) + ᄒᆞ(동접)-]- + -거늘(연어, 상황)
19) 겨틧: 곁(곁, 傍) + -의(-에: 부조, 위치) + -ㅅ(-의: 관조) ※ '겨틧'은 '곁에 있는'으로 옮긴다.
20) 比丘들히: 比丘들ᄒᆞ[비구들: 比丘(비구) + -들ᄒᆞ(-들: 복접)] + -이(주조) ※ '比丘(비구)'는 출가하여 구족계(具足戒)를 받은 남자 승려이다.
21) 너교ᄃᆡ: 너기(여기다, 念)- + -오ᄃᆡ(-되: 연어, 설명 계속)
22) 이: 이(이것, 此: 지대, 정칭) + -∅(←-이: 주조)
23) 젯: 제(제, 때, 時: 의명) + -ㅅ(-의: 관조)
24) 싱각고: 싱각[←싱각ᄒᆞ다(생각하다, 思): 싱각(생각, 思: 명사) + ᄒᆞ(동접)-]- + -고(연어, 계기)
25) 그렁: 그렇게, 彼(부사)
26) 구ᄂᆞ니: 구(←굴다: 굴다, 行)- + -ᄂᆞ(현시)- + -니(평종, 반말)
27) 이틄날: [이튿날, 明日: 이틀(이틀, 二日) + -ㅅ(관조, 사잇) + 날(날, 日)]
28) 世尊ㅅᅴ: 世尊(세존) + -싀(-께: 부조, 상대, 높임)
29) 솔바ᄂᆞᆯ: 솗(←솗다, ㅂ불: 사뢰다, 白)- + -아ᄂᆞᆯ(-거늘: 연어, 상황)
30) 블러: 블르(←브르다: 부르다, 召)- + -어(연어)
31) 무르신대: 물(←묻다, ㄷ불: 묻다, 問)- + -으시(주높)- + -ㄴ대(-ㄴ데, -니: 연어, 반응)
32) 對答ᄒᆞᅀᆞᇦ오ᄃᆡ: 對答ᄒᆞ[대답하다: 對答(대답: 명사) + -ᄒᆞ(동접)-]- + -ᅀᆞᇦ(←-ᅀᆞᆸ-: 객높)- + -오ᄃᆡ(-되: 연어, 설명 계속)

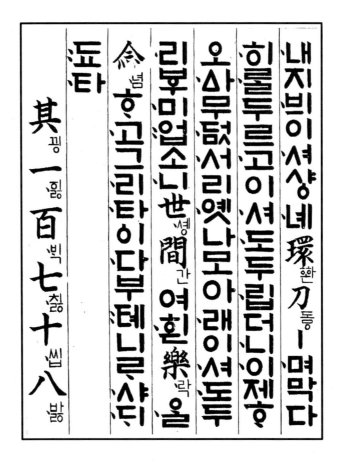

"내가 집에 있어서 늘 環刀(환도)며 막대기를 두르고 있어도 두렵더니, 이제 혼자 무덤의 사이에 있는 나무 아래에 있어도 두려움이 없으니, 世間(세간)을 떠난 樂(낙)을 念(염)하고 그리하더이다." 부처가 이르시되 "좋다."

其一百七十八(기일백칠십팔)

내 지븨 이셔³³⁾ 샹녜³⁴⁾ 環ᅘᅯᆫ刀ᄃᆦᆼㅣ며³⁵⁾ 막다히를³⁶⁾ 두르고³⁷⁾ 이셔

도³⁸⁾ 두립더니³⁹⁾ 이제⁴⁰⁾ ᄒᆞ오ᅀᅡ 무덦⁴¹⁾ 서리옛⁴²⁾ 나모⁴³⁾ 아래 이셔

도 두리부미⁴⁴⁾ 업소니⁴⁵⁾ 世솅間간 여희⁴⁶⁾ 樂락을 念념ᄒᆞ고 그리타이

다⁴⁷⁾ 부톄⁴⁸⁾ 니ᄅ샤ᄃᆡ⁴⁹⁾ 됴타⁵⁰⁾

其끵一ᅙᅵᆯ百ᄇᆡᆨ七칧十씹八밣

---

33) 이셔: 이시(있다, 居)- + -어(연어)

34) 샹녜: 늘, 항상, 常(부사)

35) 環刀ㅣ며: 環刀(환도)- + -ㅣ며(←-이며: 접조) ※ '還刀(환도)'는 예전에 군복(軍服)에 갖추어 차던 군도(軍刀)이다.

36) 막다히를: 막다히(막대, 棒) + -를(목조)

37) 두르고: 두르(두르다, 帶)- + -고(연어)

38) 이셔도: 이시(있다: 보용, 진행)- + -어도(연어, 양보) ※ '-고 이시다'는 동작의 진행을 나타내는 보조 용언인데, 15세기 국어에서는 아주 드물게 나타난다.

39) 두립더니: 두립[두렵다, 畏: 두리(두려워하다, 懼: 동사)- + -ㅂ(형접)-]- + -더(회상)- + -니(연어, 설명 계속)

40) 이제: 이제[이제(부사): 이(이, 此: 관사, 정칭) + 제(제, 때, 時: 의명)]

41) 무덦: 무덤[무덤, 墓: 묻(묻다, 埋: 동사)- + -엄(명접)] + -ㅅ(-의: 관조)

42) 서리옛: 서리(사이, 間) + -예(←-에: 부조, 위치) + -ㅅ(-의: 관조) ※ '서리옛'은 '사이에 있는'으로 의역하여서 옮긴다.

43) 나모: 나무, 木.

44) 두리부미: 두립[← 두립다(두렵다, 畏): 두리(두려워하다, 懼: 동사)- + -ㅂ(형접)-]- + -움(명전) + -이(주조)

45) 업소니: 없(없다, 無)- + -오(화자)- + -니(연어, 설명 계속)

46) 여희: 여희(여의다, 이별하다, 떠나다, 別)- + -Ø(과시)- + -ㄴ(관전)

47) 그리타이다: 그리ᄒᆞ[← 그리ᄒᆞ다(그리하다): 그리(그리, 彼: 부사) + -ᄒᆞ(동접)-]- + -다(←-더-: 회상)- + -Ø(←-오-: 화자)- + -이(상높, 아주 높임)- + -다(평종)

48) 부톄: 부텨(부처, 佛) + -ㅣ(←-이: 주조)

49) 니ᄅ샤ᄃᆡ: 니ᄅ(이르다, 曰)- + -샤(←-시-: 주높)- + -ᄃᆡ(←-오ᄃᆡ: -되, 설명 계속)

50) 됴타: 둏(좋다, 好)- + -Ø(현시)- + -다(평종)

難땅陁를 救공호리라 比뼁丘쿙
밍글오 뷘 房빵오물 호라호시
니
아내 그리볼씨 世솅尊존 나신수ㅿ|
로 녯지븨 가리라호니

其끵一힗百빅七칧十씹九궗

瓶뼝엣 믈이 디ᄢᅥ 며 다둔이 피엻어늘

(세존께서) 難陀(난타)를 救(구)하리라 (하고), (난타를) 比丘(비구)로 만드시고 (난타에게) 빈 房(방)을 지키라 하셨으니.

(난타가) 아내가 그리우므로, 世尊(세존)이 (집을) 나가신 사이에 (난타가) "옛 집에 가리라." 하였으니.

其一百七十九(기일백칠십구)

瓶(병)에 있는 물이 뒤집혀서 쏟아지며 닫은 문이 열리거늘,

難난陁땅[51]를 救궇호리라[52] 比삥丘쿻 밍ㄱ르시고[53] 뷘[54] 房빵을 딕ㅎ
라[55] ㅎ시니[56]

가시[57] 그리ᄫᆞᆯ씨[58] 世솅尊존 나신 ᄉᆞᅀᅵ로[59] 녯[60] 지븨[61] 가리라 ㅎ니

其끵一ᅙᅵᇙ百빅七칧十씹九굴

瓶뼝읫[62] 믈이[63] ᄢᅵ며[64] 다돈[65] 이피[66] 열어늘[67]

---

51) 難陁: 난타. 석가모니 부처의 이복(異腹) 아우이다. 부처님의 제자(弟子)인 목우 난타(牧牛難 陁)와 구별하기 위하여, 손타라 난타(孫陁羅難陁)라고도 한다. 출가하였으나 아내인 손타라(孫 陁羅)가 그리워서 승복을 벗으려 하자 부처의 방편(方便)으로 부처에 귀의하여 아라한과(阿羅 漢果)의 자리를 얻었다.

52) 救호리라: 救ㅎ[← 구ㅎ다(구하다): 救(구: 불어) + −ㅎ(동접)−] + −오(화자)− + −리(미시)− + − 라(← −다: 평종)

53) 밍ㄱ르시고: 밍글(만들다, 作)− + −ᄋᆞ시(주높)− + −고(연어, 계기)

54) 뷘: 뷔(비다, 空)− + −∅(과시)− + −ㄴ(관전)

55) 딕ㅎ라: 딕ㅎ(지키다, 守)− + −라(명종, 아주 낮춤)

56) ㅎ시니: ㅎ(하다, 謂)− + −시(주높)− + −∅(과시)− + −니(평종, 반말)

57) 가시: 갓(아내, 妻) + −이(주조)

58) 그리ᄫᆞᆯ씨: 그릸[← 그립다, ㅂ붏(그립다, 戀): 그리(그리워하다, 戀: 동사)− + −ㅂ(형접)−]− + − 을씨(−므로: 연어, 이유)

59) ᄉᆞᅀᅵ로: ᄉᆞᅀᅵ(사이, 間) + −로(부조, 방편) ※ 이때의 'ᄉᆞᅀᅵ에'는 '사이에'로 의역하여 옮긴다.

60) 녯: 녜(옛날, 昔: 명사) + −ㅅ(−의: 관조)

61) 지븨: 집(집, 家) + −의(−에: 부조, 위치)

62) 瓶읫: 瓶(병) + −의(−에: 부조, 위치) + −ㅅ(−의: 관조) ※ '瓶읫'은 '병에 있는'으로 의역하여 옮긴다.

63) 믈이: 믈(물, 水) + −이(주조)

64) ᄢᅵ며: ᄢᅵ(넘치다, 쏟아지다, 氾, 翻)− + −며(연어, 나열) ※ 'ᄢᅵ다'는 원래 '넘치다(氾)'의 뜻을 나타낸다. 그런데 이 글의 저본인 『雜寶藏經』(잡보장경)에는 이 부분의 'ᄢᅵ며'가 '翻(뒤집히다)' 으로 기술되어 있으므로, 이때의 'ᄢᅵ며'는 '뒤집혀서 쏟아지며'로 의역하여서 옮긴다.

65) 다돈: 닫(닫다, 閉)− + −∅(과시)− + −오(대상)− + −ㄴ(관전)

66) 이피: 잎(문, 扉)) + −이(주조)

67) 열어늘: 열(열리다, 開)− + −어늘(← −거늘: 연어, 상황) ※ 15세기 국어에서 '열다'는 자동사(= 열리다)와 타동사(= 열다)로 두루 쓰이는 능격 동사였다.

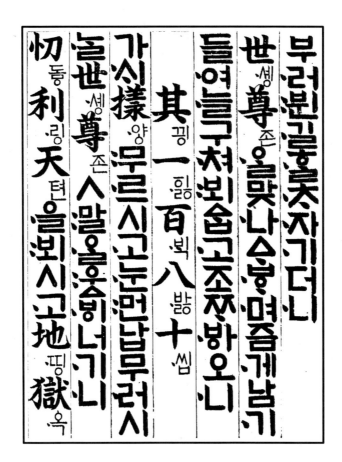

(난타가) 일부러 (세존이 없는) 빈 길을 찾아가더니.

　(난타가) 世尊(세존)을 만나며 큰 나무가 들리거늘, 억지로 (세존을) 뵙고 쫓아서 왔으니.

　　其一百八十(기일백팔십)

　(세존이 난타에게) 아내의 모습을 물으시고 눈먼 원숭이와 (비교하여 아내의 모습이 어떠한가를) 물으시거늘, (난타가) 世尊(세존)의 말을 우습게 여겼으니.

　(세존께서 난타에게) 忉利天(도리천)을 뵈이시고 地獄(지옥)을

부러⁶⁸⁾ 뷘 길흘⁶⁹⁾ ᄎᆞ자기더니⁷⁰⁾

世_솅尊_존을 맞나ᅀᆞᄫᆞ며⁷¹⁾ 즘게남기⁷²⁾ 들여늘⁷³⁾ 구쳐⁷⁴⁾ 뵈ᅀᆞᆸ고⁷⁵⁾ 조쯧바⁷⁶⁾ 오니⁷⁷⁾

其_끵一_힗百_{ᄇᆡᆨ}八_밣十_씹

가시⁷⁸⁾ 양⁷⁹⁾ 무르시고 눈먼⁸⁰⁾ 납⁸¹⁾ 무러시늘⁸²⁾ 世_솅尊_존ㅅ 말을 웃ᄫᅵ⁸³⁾ 너기니

忉_돌利_링天_텬⁸⁴⁾을 뵈시고 地_띵獄_옥⁸⁵⁾을

---

68) 부러: 일부러, 故(부사)
69) 길흘: 길ㅎ(길, 路) + -을(목조)
70) ᄎᆞ자기더니: ᄎᆞ자기[← ᄎᆞ자가다(찾아가다, 聘): 촞(찾다, 尋)- + -아(연어) + 가(가다, 行)-]- + -더(회상)- + -니(평종, 반말) ※ 'ᄎᆞ자기더니'는 'ᄎᆞ자가더니'를 오각한 형태이다.
71) 맞나ᅀᆞᄫᆞ며: 맞나[만나다, 遇: 맞(맞다, 迎)- + 나(나다, 出)-]- + -ᅀᆞᆸ(← -ᅀᆞᆸ-: 객높)- + -ᄋᆞ며(연어, 나열)
72) 즘게남기: 즘게남ㄱ[← 즘게나모(큰 나무, 大木): 즘게(나무, 木) + 나모(나무, 木)] + -이(주조)
73) 들여늘: 들이[들리다, 被擧: 들(들다, 擧)- + -이(피접)-]- + -어늘(-거늘: 연어, 상황)
74) 구쳐: [억지로, 慹(부사): 궂(궂다, 兇)- + -히(사접)- + -어(연어 ▷ 부접)]
75) 뵈ᅀᆞᆸ고: 뵈[뵙다, 뵈다, 謁見: 보(보다, 見 : 타동)- + -ㅣ(← -이-: 사접)-]- + -ᅀᆞᆸ(객높)- + -고(연어, 계기)
76) 조쯧바: 조(← 좇다: 쫓다, 從)- + -쯧(← -줗-: 객높)- + -아(연어)
77) 오니: 오(오다, 來)- + -Ø(과시)- + -니(평종, 반말)
78) 가시: 갓(아내, 妻) + -이(관조)
79) 양: 모양, 모습, 樣.
80) 눈먼: 눈머[← 눈멀다(눈멀다, 盲): 눈(눈, 目) + 멀(멀다, 遠)-]- + -Ø(과시)- + -ㄴ(관전)
81) 납: 원숭이, 猿.
82) 무러시늘: 물(← 묻다, ㄷ불: 묻다, 問)- + -시(주높)- + -어 … 늘(-거늘: 연어, 상황)
83) 웃ᄫᅵ: [우습게(부사): 웃(← 웃다, ㅅ불: 웃다, 笑, 동사)- + -ᄫᅵ(← -ᄇᆞ-: 형접)- + -이(부접)]
84) 忉利天: 도리천. 육욕천의 둘째 하늘이다. 섬부주 위에 8만 유순(由旬) 되는 수미산 꼭대기에 있는 곳으로, 가운데에 제석천이 사는 선견성(善見城)이 있으며, 그 사방에 권속되는 하늘 사람들이 살고 있는 8개씩의 성이 있다.
85) 地獄: 지옥. 죄업을 짓고 매우 심한 괴로움의 세계에 난 중생이나 그런 중생의 세계이다. 섬부주의 땅 밑, 철위산의 바깥 변두리 어두운 곳에 있다고 한다. 팔대 지옥, 팔한 지옥 따위의 136종이 있다.

보이시거늘, (난타가) 世尊(세존)의 말을 기쁘게 여겼으니.

其一百八十一(기일백팔십일)

(난타가 세존의 설법을 들은 지) 이레가 차지 못하여 羅漢果(나한과)를 得(득)
하였거늘, 比丘(비구)들이 (난타를) 讚歎(찬탄)하였으니.
오늘날뿐 아니라 (전생에도 세존께서) 迦尸國(가시국)을

뵈여시늘[86] 世셍尊존ㅅ 말을 깃비[87] 너기니

其끵一힗百빅八밣十씹一힗

닐웨[88] 츠디[89] 몯ㅎ야 羅랑漢한果광[90]를 得득ㅎ야늘 比삥丘쿻들히[91]

讚잔歎탄ㅎ니[92]

오ᄂᆞᆳ날[93] 쑨[94] 아니라[95] 迦강尸싱國귁[96]

---

86) 뵈여시늘: 뵈[보이다, 示: 보(보다, 見: 자동)-+-ㅣ(←-이-: 사접)-]-+-시(주높)-+-여…
   늘(←-어늘: -거늘, 연어, 상황)

87) 깃비: [기쁘게, 歡(부사): 깃(←깄다: 기뻐하다, 歡, 동사)-+-ㅂ(← -브-: 형접)-+-이(사
   접)]

88) 닐웨: 닐웨(이레, 七日)+-∅(←-이: 주조)

89) 츠디: 츠(차다, 滿)-+-디(-지: 연어, 부정)

90) 羅漢果: 나한과. 사과(四果)의 하나이다. 성문 사과의 가장 윗자리를 이른다. 수행을 완수하여
   모든 번뇌를 끊고 다시 생사의 세계에 윤회하지 않는 아라한의 자리로서, 소승 불교의 궁극에
   이른 성문(聲聞)의 첫 번째 지위이다.

91) 比丘들히: 比丘들ㅎ[비구들: 比丘(비구)+-들ㅎ(-들: 복접)]+-이(주조) ※ '比丘(비구)'는 출
   가하여 구족계(具足戒)를 받은 남자 승려이다. ※ '具足戒(구족계)'는 비구와 비구니가 지켜야
   할 계율이다. 비구에게는 250계, 비구니에게는 348계가 있다.

92) 讚歎ㅎ니: 讚歎ㅎ[찬탄하다: 讚歎(찬탄: 명사)+-ㅎ(동접)-]-+-∅(과시)-+-니(평종, 반말)
   ※ '讚歎(찬탄)'은 칭찬하며 감탄하는 것이다.

93) 오ᄂᆞᆳ날: [오늘날, 今日: 오늘(오늘, 今日)+-ㅅ(관조, 사잇)+날(날, 日)]

94) 쑨: 뿐(의명, 한정)

95) 아니라: 아니(아니다, 非)-+-라(←-아: 연어)

96) 迦尸國: 가시국. 석가모니 부처가 살아 있을 때에, 중인도에 있던 열여섯 강대국 중의 하나이
   다. '迦尸(가시)'는 산스크리트어 kāśi 팔리어 kāsi의 음사이다. 갠지스 강 중류, 지금의 바라나
   시(Varanasi) 지역에 있던 나라로, 도읍지는 바라나시(vārāṇasī). 기원전 6세기에 마갈타국에게
   멸망하였다.

救(구)하신 것을 比丘(비구)더러 이르셨으니.

如來(여래)가 迦毗羅國(가비라국)의 城(성)에 들어 乞食(걸식)하시어 難陀 (난타)의 집에 가시니, 難陀(난타)가 "부처가 門(문)에 와 계시다."(라고) 듣고 (여래를) 보려 나올 적에, 제 아내(妻)가 期約(기약)하되 "내 이마에 바른 香(향)이 못 말라 있거든, (향이 마르기 전에 나에게) 도로 오너라." 難陀(난타)가

救_굴ㅎ신 들⁹⁷⁾ 比_삥丘_쿨ᄃ려⁹⁸⁾ 니ᄅ시니

如_셩來_링⁹⁹⁾ 迦_강毗_삥羅_랑國_귁¹⁰⁰⁾ 城_쎵의 드러 乞_큻食_씩ㅎ샤¹⁾ 難_난陁_땅ㅣ 지븨 가시니 難_난陁_땅ㅣ 부톄 門_몬이 와 겨시다²⁾ 듣고 보ᅀᆞ보려³⁾ 나올 쩌긔⁴⁾ 제⁵⁾ 가시⁶⁾ 期_끵約_햑호ᄃᆡ⁷⁾ 내 니마해⁸⁾ ᄇᆞᄅᆫ⁹⁾ 香_향이 몯 ᄆᆞ랫거든¹⁰⁾ 도로¹¹⁾ 오나라¹²⁾ 難_난陁_땅ㅣ

---

97) 들: ᄃᆞ(것, 者: 의명) + -ㄹ(←-를: 목조)

98) 比丘ᄃ려: 比丘(비구) + -ᄃ려(-더러, -에게: 부조, 상대)

99) 如來: 如來(여래) + -∅(←-이: 주조) ※ '如來(여래)'는 여래 십호의 하나이다. 진리로부터 진리를 따라서 온 사람이라는 뜻으로 '부처'를 달리 이르는 말이다.

100) 迦毗羅國: 가비라국. 석가모니(釋迦牟尼)의 아버님 정반왕(淨飯王)이 다스리던 나라이다. 싯다르타(悉達多) 태자(太子) 곧 석존(釋尊)이 태어난 곳이다. 머리 빛이 누른 선인(仙人)이 이 나라에서 도리(道理)를 닦았으므로 가비라국(迦毗羅國)이라고 한다. 가비라위(迦毗羅衛)라고도 하고, 가유위(迦維衛)라고도 하며, 가이(迦夷)라고도 한다.

1) 乞食ㅎ샤: 乞食ㅎ[걸식하다: 乞食(걸식: 명사) + -ㅎ(동접)-]- + -샤(←-시-: 주높)- + -∅(←-아: 연어) ※ '乞食(걸식)'은 음식 따위를 빌어먹는 것이다.

2) 겨시다: 겨시(계시다: 보용, 완료 지속, 높임)- + -∅(현시)- + -다(평종)

3) 보ᅀᆞ보려: 보(보다, 看)- + -ᅀᆞᆸ(←-ᅀᆞᆸ-: 객높)- + -오려(-으려: 연어, 의도)

4) 쩌긔: 쩍(← 적: 적, 때, 時, 의명) + -의(-에: 부조, 위치)

5) 제: 저(저, 己: 인대, 재귀칭) + -ㅣ(←-의: 관조)

6) 가시: 갓(아내, 婦) + -이(주조)

7) 期約호ᄃᆡ: 期約ㅎ[← 期約ㅎ다(기약하다): 期約(기약: 명사) + -ㅎ(동접)-]- + -오ᄃᆡ(연어, 설명 계속)

8) 니마해: 니마ㅎ(이마, 額) + -애(-에: 부조, 위치)

9) ᄇᆞᄅᆫ 香: ᄇᆞᄅ(← ᄇᆞᄅ다: 바르다, 粧)- + -∅(과시)-+ -오(대상)- + -ㄴ(관전) # 香(향) + -이(주조) ※ '香'은 '粧(장, 화장)'을 이른다. 인도의 결혼한 여자들이 행운을 비는 뜻으로 이마에 찍었던 점이다. '빈디(bindi), 신두르(sindoor), 티까(tikka), 포뚜(pottu) 등의 이름으로 불린다.

10) ᄆᆞ랫거든: ᄆᆞᄅ(← ᄆᆞᄅ다: 마르다, 乾)- + -아(연어) + 잇(← 이시다: 있다, 보용, 완료 지속)- + -+ -거든(-으니: 연어, 설명의 계속, 이유)

11) 도로: [도로, 還(부사): 돌(돌다, 廻: 동사)- + -오(부접)]

12) 오나라: 오(오다, 入)- + -나(←-거-: 확인)- + -라(명종, 아주 낮춤) ※ "내 니마해 ᄇᆞᄅᆫ 香이 몯 ᄆᆞ랫거든 도로 오나라"는 "내 이마에 바른 향(粧)이 마르기 전에 나에게 도로 돌아오너라."의 뜻이다. 여래가 난타의 집에 걸식하러 갔을 때에 마침 난타가 아내와 더불어 화장품의 향을 만들어서 이마 사이에 반디 장식을 하고 있었다. 『雜寶藏經』(잡보장경)에는 이 문장이 "使我額上粧未乾頃 便還入來."로 기술되어 있다.

부처께 절하고 부처의 바리를 가져 집에 들어서 밥을 담아, (밖에) 나가서 부처께 바치거늘 부처가 (바리를) 아니 받으시니, 阿難(아난)이에게 주거늘 阿難(아난)이도 아니 받고 이르되 "네가 (이) 바리를 어디에 가서 얻었는가? 도로 (그곳에) 가져 다가 두어라." 하거늘, 難陀(난타)가 바리를 들고 부처를 뒤미처 쫓아서 尼拘屢精舍(이구루정사)에

[8앞]

부텻긔[13] 절ᄒᆞᅀᆸ고[14] 부텻 바리[15]ᄅᆞᆯ 가져 지븨 드러 밥 다마 나가 부텻긔 받ᄌᆞᄫᆞᄂᆞᆯ[16] 부톄 아니 바ᄃᆞ신대[17] 阿ᅙᅡᆼ難난이ᄅᆞᆯ[18] 주어늘 阿ᅙᅡᆼ難난이도 아니 받고 닐오ᄃᆡ 네[19] 바리ᄅᆞᆯ 어듸[20] 가 어든다[21] 도로 다가[22] 두어라[23] ᄒᆞ야ᄂᆞᆯ[24] 難난陁땅ㅣ 바리 들오[25] 부텨 미졷ᄌᆞᄫᅡ[26] 尼닝拘궁廔룽精졍舍샹[27]애

---

13) 부텻긔: 부텨(부처, 佛)+-ᄭᅴ(-께: 부조, 상대, 높임)
14) 절ᄒᆞᅀᆸ고: 절ᄒᆞ[절하다, 作禮: 절(절, 禮: 명사)+-ᄒᆞ(동접)-]-+-ᅀᆸ(객높)-+-고(연어, 계기)
15) 바리: 바리때. 鉢. 절에서 쓰는 승려의 공양 그릇이다.
16) 받ᄌᆞᄫᆞᄂᆞᆯ: 받(바치다, 奉)-+-ᄌᆞᇦ(←-ᄌᆞᆸ-: 객높)-+-아ᄂᆞᆯ(-거늘: 연어, 상황)
17) 바ᄃᆞ신대: 받(받다, 取)-+-ᄋᆞ시(주높)-+-ㄴ대(-니, -니까: 연어, 반응, 이유)
18) 阿難이ᄅᆞᆯ: 阿難이[아난이: 阿難(아난: 인명)+-이(접미, 어조 고름)]+-ᄅᆞᆯ(-에게: 목조, 보조사적 용법, 의미상 부사격) ※ '阿難(아난)'은 산스끄리트어의 아난다(Ānanda)를 음역한 것으로 부처님의 십대제자인 '아난다'를 이르는 말이다. 아난타(阿難陀)·아란존자라고도 함. 석가모니불의 사촌 동생이며, 십대제자 중 다문(多聞) 제일이다. 8세에 출가하여 수행하는 데 미남인 탓으로 여자들의 유혹이 많았으나 지조가 견고하여 끝까지 수행을 완수했다. 석가모니불이 전도를 시작한 지 20년 후에 여러 제자들 중에서 친근 시자(侍子)로 선출되어 부처님의 법문을 제일 많이 듣게 되었다. 기억력이 좋아서 석가모니불이 열반한 후 대가섭을 중심으로 한 제1차 결집 때에 많은 부분이 그의 기억에 따라서 결집되었다. 아란은 가섭존자의 뒤를 이어 제2조가 되었다.
19) 네: 너(너, 汝: 인대, 2인칭)+-ㅣ(←-이: 주조)
20) 어듸: 어디, 誰(지대, 미지칭)
21) 어든다: 얻(얻다, 得)-+-Ø(과시)-+-ㄴ다(-ㄴ가: 의종, 2인칭)
22) 다가: 다(← 다ᄀᆞ다: 다그다, 옮기다, 與)-+-아(연어) ※ '다ᄀᆞ다'는 현대어의 '다그다'에 해당하는데, 물건 따위를 어떤 방향으로 가까이 옮기는 것이다. 여기서는 '가져 다가'로 의역하여서 옮긴다.
23) 두어라: 두(두다, 置)-+-어(확인)-+-라(명종, 아주 낮춤) ※『잡보장경』에는 '阿難語言 "汝從誰得鉢 還與本處"'로 기술되어 있다.
24) ᄒᆞ야ᄂᆞᆯ: ᄒᆞ(하다, 曰)-+-야ᄂᆞᆯ(←-아ᄂᆞᆯ: -거늘, 연어, 상황)
25) 들오: 들(들다, 持)-+-오(←-고: 연어, 계기)
26) 미졷ᄌᆞᄫᅡ: 미졷[←미좇다(뒤미처 좇다, 逐): 미(←및: 미치다, 及)-+좇(좇다, 逐)-]-+-ᄌᆞᇦ(←-ᄌᆞᆸ-: 객높)-+-아(연어)
27) 尼拘廔精舍: 이구루 정사. '精舍(정사)'는 승려가 불상을 모시고 불도(佛道)를 닦으며 교법을 펴는 집이다.

가거늘 부처가 剃師(체사)를 시키시어【剃師(체사)는 남의 머리를 깎는 사람이다. 】"難陀(난타)의 머리를 깎아라." 하시거늘, 難陀(난타)가 怒(노)하여 머리를 깎는 사람을 주먹으로 지르고 이르되 "迦毗羅國(가비라국)의 사람을 네가 이제 다 깎으려 하는가?" 부처가 (난타의 말을) 들으시고 당신이 阿難(아난)이를 데리시고

니거늘 부톄 剃_톙師_승²⁸⁾를 시기샤²⁹⁾ 【剃_톙師_승는 느믹³⁰⁾ 머리 갓는³¹⁾ 사른

미라】 難_난陁_땅익 머리를 가신라³²⁾ 호야시늘³³⁾ 難_난陁_땅ㅣ 怒_농호야

머리 갓는 사른물 주머귀로³⁴⁾ 디르고³⁵⁾ 닐오딕 迦_강毗_뼁羅_랑國_귁 사

른물 네 이제 다 갓고려³⁶⁾ 호는다³⁷⁾ 부톄 드르시고³⁸⁾ 주걔³⁹⁾ 阿_항

難_난이 드리시고⁴⁰⁾

---

28) 剃師: 체사. 남의 머리를 깎는 사람이다.

29) 시기샤: 시기(시키다, 勅)-+-샤(←-시-: 주높)-+-Ø(←-아: 연어)

30) 느믹: 눔(남, 他人)+-익(관조)

31) 갓는: 갓(←갓다: 깎다, 剃)-+-ᄂ(현시)-+-ㄴ(관전)

32) 가신라: 갓(깎다, 剃)-+-ᄋ라(명종, 아주 낮춤)

33) 호야시늘: 호(하다, 言)-+-시(주높)-+-야⋯늘(←-아늘: -거늘, 연어, 상황)

34) 주머귀로: 주머귀(주먹, 拳)+-로(부조, 방편)

35) 디르고: 디르(지르다, 치다, 打)-+-고(연어, 계기)

36) 갓고려: 갓(깎다, 剃)-+-오려(-으려: 연어, 의도)

37) 호는다: 호(하다: 보용, 의도)-+-ᄂ(현시)-+-ㄴ다(-ㄴ가: 의종, 2인칭)

38) 드르시고: 들(←듣다, ㄷ불: 듣다, 聞)-+-으시(주높)-+-고(연어, 계기)

39) 주걔: 주갸(당신, 근: 인대, 재귀칭, 높임)+-ㅣ(←-이: 주조)

40) 드리시고: 드리(데리다, 共)-+-시(주높)-+-고(연어, 계기)

시고難난陁땅ㅣ억그에가신대難난陁
땅ㅣ구쳐갓ㄱ니라難난陁땅ㅣ머리
롤갓고도샹녜지븨가고져ᄒ거늘부
톄샹녜더브러ᄒ니실ᄊᆡ몯가더니ᄒᆞᆯ
ᄅᆞᆫ房빵딕ᄒᆞᄌᆞ비ᄒᆞ야오ᄂᆞᆯᅀᅡᅀᅵ원
과랏ㅅ경더니如ᅀᅧᆼ來링 와중개다
ᄂᆞ니거시ᄂᆞᆯ瓶뼝의므를기러두고ᅀᅡ

難陀(난타)에게 가시니 難陀(난타)가 억지로 깎았니라. 難陀(난타)가 머리를 깎고도 늘 집에 가고자 하거늘, 부처가 늘 (난타와) 더불어 움직이시므로 못 가더니, 하루는 房(방)을 지킬 채비를 하여 "오늘에야 (집에 갈) 틈을 얻었다." (하고) 기뻐하더니, 如來(여래)와 중이 다 나가시거늘, 瓶(병)에 물을 길어 두고야

難_난陁_땅이 그에⁴¹⁾ 가신대 難_난陁_땅ㅣ 구쳐⁴²⁾ 갓ᄀ니라⁴³⁾ 難_난陁_땅ㅣ 머리를 갓고도⁴⁴⁾ 샹녜⁴⁵⁾ 지븨 가고져 ᄒ거늘 부톄 샹녜 더브러⁴⁶⁾ ᄒ니실ᄊᆡ⁴⁷⁾ 몯⁴⁸⁾ 가더니 ᄒ룬⁴⁹⁾ 房_빵 딕홀⁵⁰⁾ ᄌ비⁵¹⁾ ᄒ야 오ᄂᆞᆯ사⁵²⁾ ᄉᆞᅀᅵ⁵³⁾ 얻과라⁵⁴⁾ 깃거ᄒ더니⁵⁵⁾ 如_{ᅀᅧ}來_링와 즁괘⁵⁶⁾ 다 나니거시늘⁵⁷⁾ 瓶_뼝의⁵⁸⁾ 므를⁵⁹⁾ 기러⁶⁰⁾ 두고ᅀᅡ⁶¹⁾

---

41) 難陁이 그에: 難陁(난타) + -이(관조) # 그에(거기에, 彼處: 의명, 위치) ※ '難陁이 그에'는 '난타에게'로 의역하여 옮긴다.

42) 구쳐: [억지로, 愁(부사): 궂(궂다, 兇)- + -히(사접)- + -어(연어▷부접)]

43) 갓ᄀ니라: 갔(깎다, 剃)- + -Ø(과시)- + -ᄋ니(원칙)- + -라(← -다: 평종)

44) 갓고도: 갔(깎다, 剃)- + -고(연어, 계기) + -도(보조사, 첨가)

45) 샹녜: 늘, 常(부사)

46) 더브러: 더블(더불다, 將)- + -어(연어)

47) ᄒ니실ᄊᆡ: ᄒ니(움직이다, 行)- + -시(주높)- + -ㄹᄊᆡ(-므로: 연어, 이유)

48) 몯: 못, 不能(부사)

49) ᄒ룬: ᄒ로(← ᄒᆞ로: 하루, 一日) + -ᄂ(보조사, 주제)

50) 딕홀: 딕ᄒ(지키다, 守)- + -ㅭ(관전)

51) ᄌ비: 채비. 差備. 어떤 일이 되기 위하여 필요한 물건, 자세 따위가 미리 갖추어져 차려지거나 그렇게 되게 하는 것이다.

52) 오ᄂᆞᆯ사: 오ᄂᆞᆯ(오늘, 今) + -사(-이야말로: 보조사, 한정 강조)

53) ᄉᆞᅀᅵ: 사이, 틈. 여기서 'ᄉᆞᅀᅵ'는 '기회'의 뜻으로 쓰였다.

54) 얻과라: 얻(얻다, 得)- + -Ø(과시)- + -과(← -아 -: 확인)- + -Ø(← -오-: 화자)- + -라(← -다: 평종)

55) 깃거ᄒ더니: 깃거ᄒ[기뻐하다, 歡: 깄(기뻐하다)- + -어(연어) + ᄒ(하다: 보용)-]- + -더(회상)- + -니(연어, 설명 계속)

56) 즁괘: 즁(중, 僧) + -과(접조) + -ㅣ(← -이: 주조)

57) 나니거시늘: 나니[나가다, 出: 나(나다, 出)- + 니(가다, 行)- + -시(주높)- + -거…늘(-거늘: 연어, 상황)

58) 瓶의: 瓶(병) + -의(-에: 부조, 위치)

59) 므를: 믈(물, 水) + -을(목조)

60) 기러: 길(← 긷다, ㄷ불: 긷다, 汲)- + -어(연어)

61) 두고ᅀᅡ: 두(두다: 보용, 완료 지속)- + -고(연어, 계기)- + -ᅀᅡ(보조사, 한정 강조)

가리라 ᄒ야 므를 기르니 ᄒᆞᆫ 甁_뼝이 ᄀᆞ
ᄃᆞ거든 ᄒᆞᆫ 甁_뼝이 ᄲᅦ곰ᄒ야 ᄒᆞᆫ ᄢᅦ도
록 긷다가 몯ᄒ야 너교ᄃᆡ 比_삥丘_쿨ᄃᆞᆯ
히 제 와 기르리니 지비 두고 가리라 ᄒ
야 지비 드려 두고 ᄒᆞᆫ 부체를 다ᄃᆞ니 ᄒᆞᆫ
부체 열이곰 ᄒᆞᄯᅥ니 ᄯᅩ 너교ᄃᆡ 쥬의 오시
일허도 어루 믈려리니 안ᄌᆞᆨ 더디고 가리

가리라." 하여 물을 길으니, 한 甁(병)에 (물이) 가득하면 한 甁(병)이 뒤집혀서 쏟아지곤 하여 한 때가 지나도록 긷다가 못하여, 여기되 "比丘(비구)들이 자기들이 와서 (물을) 긷겠으니, (병을) 집에 두고 가리라." 하여 집에 (병을) 들여 두고, 하나의 문을 닫으니 하나의 문이 열리곤 하므로, 또 여기되 "(이렇게 문을 열어 두어서) 중의 옷을 잃어 버려도 (내가 재물이 넉넉하여) 가히 (옷을) 물릴 수 있으니, 잠시 던지고 가리라."

가리라 ᄒᆞ야 므를 기르니 ᄒᆞᆫ 甁ᄈᆡᇰ의 ᄀᆞᄃᆞᆨ거든[62] ᄒᆞᆫ 甁ᄈᆡᇰ이 ᄢᅵ곰[63] ᄒᆞ야 ᄒᆞᆫ ᄢᅢ[64] 계도록[65] 긷다가 몯ᄒᆞ야 너교ᄃᆡ 比삐ᇰ丘쿠ᇢᄃᆞᆯ히 제[66] 와 기르려니[67] 지븨 두고 가리라 ᄒᆞ야 지븨 드려[68] 두고 ᄒᆞᆫ 부체를[69] 다ᄃᆞ니[70] ᄒᆞᆫ 부체 열이곰[71] ᄒᆞᆯᄊᆡ 쏘[72] 너교ᄃᆡ[73] 쥬의[74] 오시 일허도[75] 어루[76] 물려니[77] 안ᄌᆞᆨ[78] 더디고[79] 가리라

---

62) ᄀᆞᄃᆞᆨ거든: ᄀᆞᄃᆞᆨ[← ᄀᆞᄃᆞᆨᄒᆞ다(가득하다, 滿): ᄀᆞᄃᆞᆨ(가득, 滿: 부사) + -ᄒᆞ(형접)-]- + -거든(연어, 조건)

63) ᄢᅵ곰: ᄢᅵ(넘치다, 氾, 翻)- + -곰(-곤: 연어, 반복) ※ ※ 'ᄢᅵ다'는 원래 '넘치다(氾)'의 뜻을 나타낸다. 그런데 『雜寶藏經』(잡보장경)에는 'ᄢᅵ며'가 '翻(뒤집히다)'으로 기술되어 있으므로, 이때의 'ᄢᅵ며'는 '뒤집혀서 쏟아지며'로 의역하여서 옮긴다.

64) ᄢᅢ: ᄢᅢ(때, 時) + -∅(← -이: 주조)

65) 계도록: 계(지나다, 經)- + -도록(연어, 도달)

66) 제: 저(자기, 己: 인대, 재귀칭) + -ㅣ(← -이: 주조)

67) 기르려니: 길(← 긷다, ㄷ: 긷다, 汲)- + -으리(미시)- + -어(확인)- + -니(연어, 이유)

68) 드려: 드리[들이다, 들게 하다, ㅅ: 들(들다, 入: 자동)- + -이(사접)-]- + -어(연어)

69) 부체를: 부체(문, 扇) + -를(목조)

70) 다ᄃᆞ니: 닫(닫다, 閉)- + -ᄋᆞ니(연어, 설명 계속)

71) 열이곰: 열이[열리다, 開: 열(열다, 開: 타동)- + -이(피접)-]- + -곰(-곤: 연어, 동작 반복)

72) 쏘: 또, 又(부사)

73) 너교ᄃᆡ: 너기(여기다, 念)- + -오ᄃᆡ(-되: 연어, 설명 계속)

74) 쥬의: 즁(중, 僧) + -의(관조)

75) 일허도: 잃(잃다, 失)- + -어도(연어, 양보) ※ '오시 일허도'는 문맥상 '오ᄉᆞᆯ 일허도'을 오기한 형태로 생각된다.

76) 어루: 가히, 능히, 可(부사)

77) 물려니: 물리[물리다, 갚게 하다, 償: 물ᄅᆞ(물다, 갚다, 償)- + -이(사접)-]- + -어(확인)- + -니(연어, 이유) ※ '물리다'는 남에게 입힌 손해를 돈으로 갚아 주거나 본래의 상태로 만들어 주게 하는 것이다. 여기서 '어루 물려니'는 '가히 갚아줄 수가 있으니'으로 의역하여 옮긴다. ※ 『잡보장경』에는 이 부분이 "縱使失諸比丘衣物, 我饒財寶, 足有可償.(설령 여러 비구의 옷을 잃어 버려도 내가 재물이 넉넉하니 족히 갚아 줄 수 있을 것이다.)"로 기술되어 있다.

78) 안ᄌᆞᆨ: 잠깐, 당분간, 暫(부사)

79) 더디고: 더디(던지다, 投)- + -고(연어, 계기) ※ 전후의 문맥과 『잡보장경』의 내용을 감안하면 '더디고'는 '문을 열어 둔 채 그대로 두고'의 뜻으로 쓰였다.

라ᄒᆞ야부텨아니오시ᇙ낄ᄒᆞ로가더니
부텨ᄫᅵ㼅셔아ᄅᆞ시고그길ᄒᆞ로오거시
ᄂᆞᆯ부텨를보ᅀᆞᆸ고큰나모뒤헤드러
숨거늘그나ᇚ虛헝空콩애ᄃᆞᆯ이니難
난땅ᅵ숨디몯ᄒᆞ니라부텨더브러
精정舍샹애도라오샤무르샤ᄃᆡ녜겨
집그려가던다對됭答답ᄒᆞ슨ᄫᅳ실實

하여, 부처가 아니 오실 길로 가더니, 부처가 벌써 아시고 그 길로 오시거늘, (난타가) 부처를 바라보고 큰 나무의 뒤에 들어서 숨거늘, 그 나무가 虛空(허공)에 들리니 難陀(난타)가 숨지 못하였느니라. 부처가 (난타와) 더불어 精舍(정사)에 돌아오시어 물으시되 "네가 아내를 그리워하여 (집으로) 가던가?" (난타가) 對答(대답)하되

ᄒᆞ야 부텨 아니 오실 낄ᄒᆞ로[80] 가더니 부톄 ᄇᆞᆯ쎠[81] 아르시고[82] 그 길ᄒᆞ로 오거시ᄂᆞᆯ[83] 부텨를 ᄇᆞ라ᅀᆞᆸ고[84] 큰 나못[85] 뒤헤[86] 드러 숨거늘 그 남기[87] 虛헝空콩애 들이니[88] 難난陁땅ㅣ 숨디 몯ᄒᆞ니라[89] 부톄 더브러 精졍舍샹[90]애 도라오샤 무르샤ᄃᆡ[91] 네[92] 겨집[93] 그려[94] 가던다[95] 對됭答답ᄒᆞᅀᆞᆸ보ᄃᆡ[96]

---

80) 낄ᄒᆞ로: 낄ᄒᆞ(←길ᄒᆞ: 길, 路)+-ᄋᆞ로(-으로: 부조, 방편)

81) ᄇᆞᆯ쎠: 벌써, 旣(부사)

82) 아르시고: 알(알다, 知)-+-ᄋᆞ시(주높)-+-고(연어, 계기)

83) 오거시ᄂᆞᆯ: 오(오다, 來)-+-시(주높)-+-거 …ᄂᆞᆯ(-거늘: 연어, 상황)

84) ᄇᆞ라ᅀᆞᆸ고: ᄇᆞ라(바라보다, 遙見)-+-ᅀᆞᆸ(객높)-+-고(연어, 계기)

85) 나못: 나모(나무, 木)+-ㅅ(-의: 관조)

86) 뒤헤: 뒤ᄒᆞ(뒤, 後)+-에(부조, 위치)

87) 남기: 낡(←나모: 나무, 木)+-이(주조)

88) 들이니: 들이[들리다, 뜨다, 浮: 들(들다, 擧: 타동)-+-이(피접)-]-+-니(연어, 이유)

89) 몯ᄒᆞ니라: 몯ᄒᆞ[못하다, 不能(보용, 부정): 몯(못, 不能: 부사, 부정)+-ᄒᆞ(동접)-]-+-Ø(과시)-+-니(원칙)-+-라(←-다: 평종)

90) 精舍: 정사. 절(寺). 승려가 불상을 모시고 불도(佛道)를 닦으며 교법(敎法)을 펴는 집이다.

91) 무르샤ᄃᆡ: 물(←묻다, ㄷ불: 묻다, 問)-+-ᄋᆞ샤(←-ᄋᆞ시-: 주높)-+-ᄃᆡ(←-오ᄃᆡ: 연어, 설명이 계속)

92) 네: 너(너, 汝: 인대, 2인칭)+-ㅣ(←-이: 주조)

93) 겨집: 여자, 아내, 婦.

94) 그려: 그리(그리워하다, 戀)-+-어(연어)

95) 가던다: 가(가다, 去)-+-더(회상)-+-ㄴ다(-ㄴ가: 의종, 2인칭)

96) 對答ᄒᆞᅀᆞᆸ보ᄃᆡ: 對答ᄒᆞ[대답하다: 對答(대답: 명사)+-ᄒᆞ(동접)-]-+-ᅀᆞᆸ(←-ᅀᆞᆸ-: 객높)-+-오ᄃᆡ(-되: 연어, 설명 계속)

“實(실)은 그리하여 갔습니다.” 부처가 難陀(난타)를 더불으시고 阿那波
那山(아나파나산)에 가시어 물으시되 “너의 아내가 고우냐?” (난타가) 對
答(대답)하되 “곱습니다.” 그 산에 늙은 눈먼 獼猴(미후)가 있더니【獼猴
(미후)는 원숭이 같은 것이다. 】부처가 또 물으시되 “네 아내의 모습이 이
獼猴(미후)와 (견주어서) 어떠하냐?” 難陀(난타)가

實쎯엔[97] 그리ᄒᆞ야 가다이다[98] 부톄 難난陁땅 더브르시고[99] 阿항那낭
波방那낭山산애 가샤 무르샤ᄃᆡ 네 겨지비 고ᄫᆞ니여[100] 對됭答답ᄒᆞᅀᆞ
ᄫᅩᄃᆡ 고ᄫᆞ니이다[1] 그 뫼해[2] 늘근 눈먼[3] 獼밍猴ᅘᅮᇢ[4] ㅣ 잇더니【獼밍
猴ᅘᅮᇢᄂᆞᆫ 납[5] ᄀᆞ튼[6] 거시라】부톄 ᄯᅩ 무르샤ᄃᆡ 네 겨지븨[7] 양직[8] 이
獼밍猴ᅘᅮᇢ와 엇더뇨[9] 難난陁땅ㅣ

---

97) 實엔: 實(실, 사실: 불어)+ -에(부조, 위치, 이유)+ -ㄴ(← -는: 보조사, 주제)

98) 가다이다: 가(가다, 去)- + -다(← -더-: 회상)- + -이(상높, 아주 높임)- + -다(평종)

99) 더브르시고: 더블(더불다, 將)- + -으시(주높)- + -고(연어, 계기)

100) 고ᄫᆞ니여: 곯(← 곱다, ㅂ불: 곱다, 端正)- + -Ø(현시)- + -ᄋᆞ니여(-으냐: 의종, 판정)

1) 고ᄫᆞ니이다: 곯(← 곱다, ㅂ불: 곱다, 端正)- + -Ø(현시)- + -ᄋᆞ니(원칙)- + -이(상높, 아주 높
임)- + -다(평종)

2) 뫼해: 뫼ㅎ(산, 山)+ -애(-에: 부조, 위치)

3) 눈먼: 눈머[← 눈멀다, 瞎: 눈(눈, 目) + 멀(멀다, 盲)-]- + -Ø(과시)- + -ㄴ(관전)

4) 獼猴: 미후, 원숭이이다. 구세계원숭잇과와 신세계원숭잇과의 짐승을 통틀어 이르는 말이다.
늘보원숭이, 개코원숭이, 대만원숭이 따위가 있다.

5) 납: 원숭이, 猿.

6) ᄀᆞ튼: 곹(← ᄀᆞᆮᄒᆞ다: 같다, 如)- + -Ø(현시)- + -은(관전)

7) 겨지븨: 겨집(여자, 아내, 婦)+ -의(관조)

8) 양직: 양ᄌᆞ(모습, 모양, 樣子)+ -ㅣ(← -이: 주조)

9) 엇더뇨: 엇더[← 엇더ᄒᆞ다(어떠하다, 何如): 엇더(어쩌, 何: 불어)+ -ᄒᆞ(형접)-]- + -Ø(현시)-
+ -뇨(-냐: 의종, 설명)

ㅣ 츠기 너기수 ᄫᅡᄉᆞ로 ᄃᆡ내 겨지ᄇᆡ
고ᄫᆞ미 사ᄅᆞᇝ中듕에 ᄧᅡᆨ 업스니 부톄
엇뎨 獼밍猴ᅙᅮᇢ의 그에 가 졸ᄫᅵ시ᄂᆞ
잇고 부톄 ᄯᅩ 難난陁똥ᄃᆞ려 忉ᄃᆞᆸ利링
天텬上썅애 가샤 天텬宮궁을 구경케
ᄒᆞ시니 天텬宮궁마다 天텬子ᄌᆞᆼㅣ天
텬女녕 돌ᄒᆞᆯ 리고 노니더니 ᄒᆞᆫ天텬宮궁

섭섭하게 여겨서 사뢰되 "내 아내의 고운 것이 사람의 中(중)에서 (비교할) 짝이 없으니, 부처가 어찌 (내 아내를) 獼猴(미후)에게 비교하십니까?" 부처가 또 難陀(난타)더러 忉利天上(도리천상)에 가시어 天宮(천궁)을 구경하게 하시니, 天宮(천궁)마다 天子(천자)가 천녀(天女)들을 데리고 노닐더니, 한 天宮(천궁)에는 츠기¹⁰⁾ 너기ᅀᄫᅡ¹¹⁾ ᄉᆞᆲ보ᄃᆡ¹²⁾ 내 겨지븨 고ᄫᆞ미¹³⁾ 사ᄅᆞᆷ 中_{듀ᇰ}에도

ᄶᆞᆨ¹⁴⁾ 업스니 부톄 엇뎨¹⁵⁾ 獼_밍猴_{ᅘᅮᇢ}의 그에¹⁶⁾ 가ᄌᆞᆯ비시ᄂᆞ니잇고¹⁷⁾ 부

톄 쏘 難_난陁_{ᄯᅡᆼ}ᄃᆞ려¹⁸⁾ 忉_돌利_링天_텬上_{쌰ᇰ}¹⁹⁾애 가샤 天_텬宮_{구ᇰ}²⁰⁾을 구경

케²¹⁾ ᄒᆞ시니 天_텬宮_{구ᇰ}마다 天_텬子_{ᄌᆞᆼ}²²⁾ㅣ 天_텬女_녕²³⁾들 ᄃᆞ리고 노니더

니²⁴⁾ ᄒᆞᆫ 天_텬宮_{구ᇰ}엔²⁵⁾

---

10) 츠기: [섭섭히, 안타까이, 슬피, 懊惱(부사): 측(측, 惻: 불어) + -Ø(←-ᄒᆞ-: 형접) + -이(부접)]

11) 너기ᅀᄫᅡ: 너기(여기다, 念)- + -ᅀᆞᇦ(←-ᅀᆞᆸ-: 객높) + -아(연어)

12) ᄉᆞᆲ보ᄃᆡ: ᄉᆞᆲ(← ᄉᆞᆲ다, ㅂ불: 사뢰다, 言)- + -오ᄃᆡ(-되: 설명 계속)

13) 고ᄫᆞ미: 골(← 곱다, ㅂ불: 곱다, 端正)- + -옴(명전) + -이(주조)

14) ᄶᆞᆨ: 짝, 雙

15) 엇뎨: 어찌, 何(부사)

16) 獼猴의 그에: 獼猴(미후) + -의(관조) # 그에(거기에, 彼處: 의명, 위치) ※ '獼猴의 그에'는 '獼猴에게'로 의역하여 옮긴다.

17) 가ᄌᆞᆯ비시ᄂᆞ니잇고: 가ᄌᆞᆯ비(비교하다, 比)- + -시(주높)- + -ᄂᆞ(현시)- + -잇(←-이-: 상높, 아주 높임)- + -니…고(-까: 의종, 설명)

18) 難陁ᄃᆞ려: 難陁(난타: 인명) + -ᄃᆞ려(-더러, -에게: 부조, 상대)

19) 忉利天上: 도리천상. 도리천(忉利天)의 천상계(天上界)이다. ※ '忉利天(도리천)'은 육욕천(六欲天)의 둘째 하늘이다. 섬부주(贍部洲) 위에 8만 유순(由旬) 되는 수미산 꼭대기에 있는 곳으로, 가운데에 제석천(帝釋天)이 사는 선견성(善見城)이 있으며, 그 사방에 권속(眷屬)되는 하늘 사람들이 살고 있는 8개씩의 성이 있다.

20) 天宮: 천궁. 하늘에 있는 궁전이다.

21) 구경케: 구경ᄒᆞ[← 구경ᄒᆞ다(구경하다, 觀看): 구경(구경: 명사) + -ᄒᆞ(동접)-]- + -게(연어, 사동)

22) 天子: 천자. 하늘에서 사는 남자이다.

23) 天女: 천녀. 하늘에서 사는 여자이다.

24) 노니더니: 노니[노닐다, 娛樂: 노(← 놀다: 놀다, 遊)- + 니(다니다, 行)-]- + -더(회상)- + -니(연어, 설명 계속)

25) 天宮엔: 天宮(천궁) + -에(부조, 위치) + -ㄴ(←-는: 보조사, 주제)

궁엔五ᅘᅩᆼ百·빅天텬女녕ㅣ이쇼ᄃᆡ天
텬子ᄌᆞᆼㅣ업더니難난陁땅ㅣ부텻긔
묻ᄌᆞᄫᆞᆫ대부톄니ᄅ샤ᄃᆡ네가무러보
·라難난陁땅ㅣ
天텬子ᄌᆞᆼㅣ업스시ᄂᆞ뇻天텬女녕ㅣ對됭
答답ᄒᆞᄃᆡ閻염浮뽕提똉ㅅ內뉭예부
텻아ᄉᆞ難난陁땅ㅣ出츓家강ᄒᆞᆫ因

오백(五百) 天女(천녀)가 있되 天子(천자)가 없더니, 難陁(난타)가 부처께 (천자가 없는 이유를) 물으니, 부처가 이르시되 "네가 가서 물어 보라." 難陁(난타)가 묻되 "어찌 여기만이 天子(천자)가 없으시냐?" 天女(천녀)가 對答(대답)하되 "閻浮提(염부제)의 內(내)에 부처의 아우인 難陁(난타)가 出家(출가)한 因緣(인연)으로

五_옹百_빅 天_텬女_녕ㅣ 이쇼딕²⁶⁾ 天_텬子_ᄌㅣ 업더니 難_난陁_땅ㅣ 부텻긔²⁷⁾ 묻ᄌᆞᄫᆞᆫ대²⁸⁾ 부톄 니ᄅᆞ샤딕 네 가²⁹⁾ 무러 보라³⁰⁾ 難_난陁_땅ㅣ 무로딕 엇뎨 이에ᄲᆞᆫ³¹⁾ 天_텬子_ᄌㅣ 업스시뇨³²⁾ 天_텬女_녕ㅣ 對_됭答_답호딕 閻_염浮_뿔提_똉ㅅ³³⁾ 內_뇡예³⁴⁾ 부텻 아ᅀᆞ³⁵⁾ 難_난陁_땅ㅣ 出_츓家_강ᄒᆞ욘³⁶⁾ 因_힌緣_원³⁷⁾으로

---

26) 이쇼딕: 이시(있다, 有)- + -오딕(-되: 연어, 설명 계속)

27) 부텻긔: 부텨(부처, 佛) + -씌(-께: 부조, 상대, 높임)

28) 묻ᄌᆞᄫᆞᆫ대: 묻(묻다, 問)- + -ᄌᆞᇦ(←-ᄌᆞᆸ-: 객높)- + -ᄋᆞᆫ대(-은데, -니: 연어, 반응)

29) 가: 가(가다, 往)- + -아(연어)

30) 보라: 보(보다: 보용, 시도)- + -라(명종, 아주 낮춤)

31) 이에 ᄲᆞᆫ: 이에(여기에, 此處: 지대, 정칭) # ᄲᆞᆫ(뿐: 의명, 한정)

32) 업스시뇨: 없(없다, 無)- + -으시(주높)- + -Ø(현시)- + -뇨(-냐: 의종, 설명)

33) 閻浮提ㅅ: 閻浮提(염부제) + -ㅅ(-의: 관조) ※ '閻浮提(염부제)'는 사주(四洲)의 하나이다. 수미산 남쪽에 있다는 대륙으로, 인간들이 사는 곳이다.

34) 內예: 內(내) + -예(←-에: 부조, 위치)

35) 아ᅀᆞ: 아우, 弟.

36) 出家ᄒᆞ욘: 出家ᄒᆞ[출가하다:出家(출가: 명사) + -ᄒᆞ(동접)-]- + -Ø(과시)- + -요(←-오-: 대상)- + -ㄴ(관전)

37) 因緣: 인연. 인(因)과 연(緣)을 아울러 이르는 말이다. '인(因)'은 결과를 만드는 직접적인 힘이고, '연(緣)'은 그를 돕는 외적이고 간접적인 힘이다.

장차(將次) 여기에 와 우리의 天子(천자)가 되리라."難陀(난타)가 이르되
"내가 그이니 여기에 살고 싶다." 天女(천녀)가 이르되 "우리는 하늘이요
그대는 지금 사람이니, 도로 가서 사람의 목숨을 버리고 다시 여기에 와
서 나야, (여기에서) 살리라." 難陀(난타)가 부처께 와서 사뢰니, 부처가
이르시되

쟝ᄎ³⁸⁾ 이에³⁹⁾ 와 우리 天_텬子_중ㅣ ᄃᆞ외리라⁴⁰⁾ 難_난陁_땅ㅣ 닐오ᄃᆡ 내⁴¹⁾ 긔로니⁴²⁾ 이에 살아 지라⁴³⁾ 天_텬女_녕ㅣ 닐오ᄃᆡ 우리ᄂᆞᆫ 하ᄂᆞᆯ히오⁴⁴⁾ 그듸ᄂᆞᆫ⁴⁵⁾ 當_당時_씽⁴⁶⁾로 사ᄅᆞ미어니⁴⁷⁾ 도로⁴⁸⁾ 가 사ᄅᆞᄆᆡ 목숨⁴⁹⁾ ᄇᆞ리고⁵⁰⁾ 다시 이에 와 나아ᅀᅡ⁵¹⁾ 살리라 難_난陁_땅ㅣ 부텻긔 와 ᄉᆞᆲᄫᆞᆫ대⁵²⁾ 부톄 니ᄅᆞ샤ᄃᆡ

---

38) 쟝ᄎ: 장차, 將次(부사)

39) 이에: 여기, 此(지대, 정칭)

40) ᄃᆞ외리라: ᄃᆞ외(되다, 爲)- + -리(미시)- + -라(←-다: 평종)

41) 내: 나(나, 我: 인대, 1인칭) + -ㅣ(←-이: 주조)

42) 긔로니: 그(그, 是: 지대, 정칭) + -ㅣ(←-이-: 서조)- + -로(←-오-: 화자)- + -니(연어, 설명 계속)

43) 살아 지라: 살(살다, 居)- + -∅(←-아-←-가-: 확인, 화자)- + -아(연어) # 지(싶다: 보용, 희망)- + -∅(현시)- + -라(←-다: 평종)

44) 하ᄂᆞᆯ히오: 하ᄂᆞᆯㅎ(하늘, 天) + -이(서조)- + -오(←-고: 연어, 나열)

45) 그듸ᄂᆞᆫ: 그듸[그대, 汝(인대, 2인칭, 예사 높임): 그(그, 彼 : 지대, 정칭) + -듸(높접, 예사 높임)] + -ᄂᆞᆫ(보조사, 주제)

46) 當時: 당시. 지금. 今. ※ '當時(당시)'는 이야기하고 있는 그 시기이다.

47) 사ᄅᆞ미어니: 사ᄅᆞᆷ(사람, 人) + -이(서조)- + -어(←-거-: 확인)- + -니(연어, 이유)

48) 도로: [도로, 還(부사): 돌(돌다, 廻: 동사)- + -오(부접)]

49) 목숨: [목숨, 壽 : 목(목, 喉) + 숨(숨, 息)]

50) ᄇᆞ리고: ᄇᆞ리(버리다, 捨)- + -고(연어, 계기)

51) 나아ᅀᅡ: 나(나다, 出)- + -아ᅀᅡ(-아야: 연어, 필연적 조건)

52) ᄉᆞᆲᄫᆞᆫ대: ᄉᆞᆲ(←ᄉᆞᆲ다, ㅂ불: 사뢰다, 白)- + -ᄋᆞᆫ대(-ㄴ데, -니: 연어, 설명 계속, 반응)

네 아내가 고운 것이 天女(천녀)와 (비교해서) 어떠하더냐?" 難陀(난타)가
사뢰되 "天女(천녀)를 보니 내 아내야말로 눈먼 獼猴(미후)와 같습니다."
부처가 難陀(난타)를 데리시고 閻浮提(염부제)에 돌아오시니, 難陀(난타)가
하늘에 가서 나고자 하여 修行(수행)을 부지런히 하더라. 부처가 또 難陀
(난타)

네 겨지븨[53] 고보미[54] 天_텬女_녕와[55] 엇더ᄒᆞ더뇨[56] 難_난陁_땅ㅣ 슬ᄫᅩ디 天_텬女_녕를 보건댄[57] 내 겨지비ᅀᅡ[58] 눈먼 獼_밍猴_흫ᄅᆞᆯ ᄀᆞᆮ도소이다[59] 부톄 難_난陁_땅 ᄃᆞ리시고 閻_염浮_뿔提_똉예 도라오시니 難_난陁_땅ㅣ 하ᄂᆞᆯ해[60] 가 나고져[61] ᄒᆞ야 修_슣行_{ᅘᅥᆼ}[62]을 브즈러니[63] ᄒᆞ더라 부톄 ᄯᅩ 難_난陁_땅

---

53) 겨지븨: 겨집(아내, 妻) + -의(관조, 의미상 주격) ※ '겨지븨'는 관형격이지만 명사절 속에서 의미상 주격으로 쓰였다. 따라서 여기서 '겨지븨'는 '아내가'로 의역하여 옮긴다.

54) 고보미: 골(← 곱다, ㅂ불: 곱다, 端正)- + -옴(명전) + -이(주조)

55) 天女와: 天女(천녀) + -와(부조, 비교)

56) 엇더ᄒᆞ더뇨: 엇더ᄒᆞ[어떠하다, 何如: 엇더(어쩌, 何: 불어) + -ᄒᆞ(형접)-]- + -더(회상)- + -뇨(-냐: 의종, 설명)

57) 보건댄: 보(보다, 見)- + -거(확인)- + -ㄴ댄(-은즉, -니까: 연어, 이유) ※ '-ㄴ댄'은 앞 절의 일이 뒤 절의 근거나 이유나 조건임을 나타내는 연결 어미이다.

58) 겨지비ᅀᅡ: 겨집(아내, 妻) + -이(주조) + -ᅀᅡ(-야: 보조사, 한정 강조)

59) ᄀᆞᆮ도소이다: ᄀᆞᆮ(← ᄀᆞᇀ다 ← ᄀᆞᆮᄒᆞ다: 같다, 如)- + -Ø(현시)- + -돗(감동)- + -오이(← -ᄋᆞ이-: 상높, 아주 높임)- + -다(평종)

60) 하ᄂᆞᆯ해: 하ᄂᆞᆯㅎ(하늘, 天) + -애(-에: 부조, 위치)

61) 나고져: 나(나다, 出)- + -고져(-고자: 연어, 의도)

62) 修行: 수행. 부처의 가르침을 실천하고 불도를 닦는 데에 힘쓰는 것이다.

63) 브즈러니: [부지런히, 勤(부사): 브즈런(부지런, 勤: 명사) + -Ø(← -ᄒᆞ(형접)- + -이(부접)]

ᄯᅡᆼ 드려다가 地띵獄옥 올 보시니가마
돌해사ᄅᆞᆷ녀허두고ᄭᅳᆯ효ᄃᆡ호ᄒᆞᆫ가마
애뷘믈을ᄭᅳ히더니難난陁ᄯᅡᆼᅵ부텻
긔ᄆᆞᆯ주ᄒᆞᆫ대부톄니ᄅᆞ샤ᄃᆡ네가무러
보라難난陁ᄯᅡᆼᅵ獄옥卒ᄌᅗᆼ드려무로
ᄃᆡ녀ᄂᆞ가마ᄂᆞᆫ다罪쬥人ᅀᅵᆫ올ᄭᅳᆯ효ᄃᆡ
이가마ᄂᆞᆫ엇뎨뷔엿ᄂᆞ뇨對됭答답호

데려다가 地獄(지옥)을 보이시니, 가마들에 사람을 넣어 두고 끓이되 한 가마에 빈 물을 끓이더니, 難陁(난타)가 부처께 물으니 부처가 이르시되 "네가 가서 물어 보라." 難陁(난타)가 獄卒(옥졸)더러 묻되 "다른 가마는 다 罪人(죄인)을 끓이되 이 가마는 어찌 비어 있느냐?" (옥졸이) 對答(대답)하되

드려다가⁶⁴⁾ 地_띵獄_옥을 뵈시니⁶⁶⁾ 가마들해⁶⁷⁾ 사ᄅᆞ믈 녀허⁶⁸⁾ 두고 글효ᄃᆡ⁶⁹⁾ ᄒᆞᆫ 가마애 뷘⁷⁰⁾ 므를⁷¹⁾ 글히더니⁷²⁾ 難_난陁_땅ㅣ 부텻긔 묻ᄌᆞᄫᆞᆯ대⁷³⁾ 부톄 니ᄅᆞ샤ᄃᆡ 네 가 무러 보라 難_난陁_땅ㅣ 獄_옥卒_죻ᄃᆞ려⁷⁴⁾ 무로ᄃᆡ 녀느⁷⁵⁾ 가마는 다 罪_쬥人_신을 글효ᄃᆡ 이 가마는 엇뎨 뷔옛ᄂᆞ뇨⁷⁶⁾ 對_됭答_답호ᄃᆡ

---

64) 드려다가: 드리(데리다, 將)- + -어(연어) + -다가(보조사, 동작 유지, 강조) ※ '-다가'는 동사 '다ᄀᆞ다'의 연결형인 '다가'의 형태로 된 보조사인데, [다ᄀᆞ(다그다, 近接)- + -아(연어▷부접)] 의 방식으로 형성된 파생 보조사이다.

65) 地獄: 지옥. 죄업을 짓고 매우 심한 괴로움의 세계에 난 중생이나 그런 중생의 세계이다. 섬부 주의 땅 밑, 철위산의 바깥 변두리 어두운 곳에 있다고 한다. 팔대 지옥, 팔한 지옥 따위의 136종이 있다.

66) 뵈시니: 뵈[보이다, 보게 하다, 見: 보(보다, 見)- + -ㅣ(←-이-: 사접)-]- + -시(주높)- + -니 (연어, 설명 계속, 이유)

67) 가마들해: 가마들ㅎ[가마들, 諸鑊: 가마(가마, 鑊) + -들ㅎ(-들: 복접)] + -애(-에: 부조, 위치)

68) 녀허: 넣(넣다, 置)- + -어(연어)

69) 글효ᄃᆡ: 글히[끓이다, 煮: 긇(끓다, 沸: 자동)- + -이(사접)-]- + -오ᄃᆡ(-되: 연어, 설명 계속)

70) 뷘: 뷔(비다, 空)- + -Ø(과시)- + -ㄴ(관전)

71) 므를: 믈(물, 水) + -을(목조)

72) 글히더니: 글히[끓이다, 煮: 긇(끓다, 沸: 자동)- + -이(사접)-]- + -더(회상)- + -니(연어, 설명 계속)

73) 묻ᄌᆞᄫᆞᆯ대: 묻(묻다, 問)- + -ᄌᆞᇦ(←-ᄌᆞᆸ-: 객높)- + -은대(-은데, -으니: 연어, 반응)

74) 獄卒ᄃᆞ려: 獄卒(옥졸) + -ᄃᆞ려(-더러, -에게: 부조, 상대) ※ '獄卒(옥졸)'은 옥에 갇힌 사람을 맡아 지키던 사람이다.

75) 녀느: 여느, 다른, 他(관사)

76) 뷔옛ᄂᆞ뇨: 뷔(비다, 空)- + -여(←-어: 연어) + 잇(←-이시다: 있다, 보용, 완료 지속)- + -ᄂᆞ(현 시)- + -뇨(-냐: 의종, 설명) ※ '뷔옛ᄂᆞ뇨'는 '뷔여 잇ᄂᆞ뇨'가 축약된 형태이다.

> 閻浮提ㅅ內예 如來ㅅ 아ㅿ 難陁ㅣ 出家혼 功
> 德으로 하ᄂᆞᆯ해 가 냇다가 道理를
> 마로려 ᄒᆞ단젼ᄎᆞ로 하ᄂᆞᆯ 목수미 다ᄋᆞ
> 면 이 地獄 애 ᄃᆞ릴 ᄊᆡᆷ를 글혀
> 드리ᄂᆞ니라 難陁ㅣ 두려ᄫᅡ
> 녀흘까 ᄒᆞ야 닐오ᄃᆡ 南無 佛陁

閣浮提(염부제)의 內(내)에 如來(여래)의 아우인 難陁(난타)가 出家(출가)한 功德(공덕)으로 하늘에 가서 나 있다가, 道理(도리)를 그만두려고 하던 까닭으로 하늘의 목숨이 다하면 이 地獄(지옥)에 들겠으므로, 물을 끓여 기다리느니라." 難陁(난타)가 두려워하여 (옥졸들이 자기를 끓는 가마에) 잡아 넣을까 하여 이르되 "南無(나무) 佛陁(불타)시여.

閻염浮뿔提똉ㅅ 內뉭예 如셩來링ㅅ 아ᅀᆞ[77] 難난陁똥ㅣ 出츓家강혼[78] 功

공德득[79]으로 하늘해 가 냇다가[80] 道똘理링 마로려[81] 호단[82] 젼ᄎ

로[83] 하ᄂᆞᆶ 목수미 다ᄋᆞ면[84] 이 地똥獄옥애 들릴씨[85] 므를 글혀 기

드리ᄂᆞ니라[86] 難난陁똥ㅣ 두리여[87] 자바[88] 녀흘까[89] 호야 닐오ᄃᆡ 南

남無뭉[90] 佛뿛陁똥하[91]

---

77) 아ᅀᆞ: 아우, 弟.

78) 出家혼: 出家ᄒᆞ[← 出家ᄒᆞ다(출가하다): 出家(출가: 명사) + -ᄒᆞ(동접)-]- + -Ø(과시)- + -오 (대상)- + -ㄴ(관전)

79) 功德: 공덕. 좋은 일을 행한 덕으로 훌륭한 결과를 가져오게 하는 능력이다. 종교적으로 순수 한 것을 진실공덕(眞實功德)이라 이르고, 세속적인 것을 부실공덕(不實功德)이라 한다.

80) 냇다가: 나(나다, 出)- + -아(연어) + 잇(← 이시다: 있다, 보용, 완료 지속)- + -다가(연어, 동작 전환) ※ '냇다가'는 '나 잇다가'가 축약된 형태이다.

81) 마로려: 말(말다, 그만두다, 罷)- + -오려(-려: 연어, 의도) ※ '말로려'는 '그만두려'로 의역하 여 옮긴다.

82) 호단: ᄒᆞ(하다: 보용, 의도)- + -다(←-더-: 회상) + -Ø(←-오-: 대상)- + -ㄴ(관전)

83) 젼ᄎ로: 젼ᄎ(까닭, 由) + -로(부조, 방편)

84) 다ᄋᆞ면: 다ᄋᆞ(다하다, 盡)- + -면(연어, 조건)

85) 들릴씨: 들(들다, 墮)- + -리(미시)- + -ㄹ씨(-ᄆᆞ로: 연어, 이유)

86) 기드리ᄂᆞ니라: 기드리(기다리다, 待)- + -ᄂᆞ(현시)- + -니(원칙)- + -라(←-다: 평종)

87) 두리여: 두리(두려워하다, 恐怖)- + -여(←-어: 연어)

88) 자바: 잡(잡다, 捕)- + -아(연어)

89) 녀흘까: 녛(넣다, 留)- + -을까(의종, 판정, 미시)

90) 南無: 나무. 돌아가 의지한다는 뜻으로, 믿고 받들며 순종함을 이르는 말이다. 주로 부처나 보 살들의 이름 앞에 붙인다.

91) 佛陁하: 佛陀(불타) + -하(-시여: 호조, 아주 높임) ※ '佛陀(불타)'는 '부처'를 달리 이르는 말 이다.

나를 閻浮提(염부제)에 도로 데려가소서.” 부처가 이르시되 “네가 戒(계)를 부지런히 지녀 하늘에 가서 태어날 福(복)을 닦아라.” 難陀(난타)가 사뢰되 “하늘도 말고 이 地獄(지옥)에 아니 들고 싶습니다.” 부처가 그 제야 (난타를) 爲(위)하여 說法(설법)하시니, (난타가) 이레의 內(내)에 阿羅漢(아라한)을 이루거늘,

나를 閻염浮뿔提똉예 도로 드려가쇼셔⁹²⁾ 부톄 니ᄅ샤ᄃᆡ⁹³⁾ 네 戒갱⁹⁴⁾

를 브즈러니 디녀⁹⁵⁾ 하ᄂᆞᆯ해 가 낧⁹⁶⁾ 福복을 다ᇧ라⁹⁷⁾ 難난陁땅ㅣ

슬ᄫᅡ딘 하ᄂᆞᆯ도 마오⁹⁸⁾ 이 地띵獄옥애 아니 들아⁹⁹⁾ 지이다¹⁰⁰⁾ 부톄

그제ᅀᅡ¹⁾ 爲윙ᄒᆞ야 說쉃法법ᄒᆞ시니 닐웻²⁾ 內뇡예 阿항羅랑漢한³⁾을 일

워늘⁴⁾

---

92) 드려가쇼셔: 드려가[데려가다: 드리(데리다, 將)- + -어(연어) + 가(가다, 行)-)-]- + -쇼셔(-소
　　셔: 명종, 아주 높임)
93) 니ᄅ샤ᄃᆡ: 니ᄅ(이르다, 曰)- + -샤(←-시-: 주높)- + -ᄃᆡ(←-오ᄃᆡ: -되, 연어, 설명 계속)
94) 戒: 계. 죄를 금하고 제약하는 것이다. 율장(律藏)에서 설한 것으로, 소극적으로는 그른 일을
　　막고 나쁜 일을 멈추게 하는 힘이 되고, 적극적으로는 모든 선을 일으키는 근본이 된다.
95) 디녀: 디니(지니다, 持) + -어(연어)
96) 낧: 날(나다, 태어나다, 出)- + -ㅉ(관전) ※ ‘하ᄂᆞᆯ해 가 낧’은 ‘하늘에 가서 태어날’으로 의역하
　　여 옮긴다.
97) 다ᇧ라: 닦(닦다, 修)- + -ᄋᆞ라(명종, 아주 낮춤)
98) 마오: 마(← 말다: 말다, 勿)- + -오(←-고: 연어, 나열) ※ ‘하ᄂᆞᆯ도 마오’는 ‘하늘에 천자(天子)
　　로 태어나는 것도 말고’의 뜻으로 쓰였다.
99) 들아: 들(들다, 墮)- + -아(←-가-: 확인)- + -∅(←-오-: 화자)- + -아(연어)
100) 지이다: 지(싶다, 願: 보용, 희망)- + -이(상높, 아주 높임)- + -∅(현시)- + -다(평종)
1) 그제ᅀᅡ: 그제[그때, 當時: 그(그, 彼: 관사, 정칭) + 제(제, 때, 時: 의명)] + -ᅀᅡ(-야: 보조사, 한
　　정 강조)
2) 닐웻: 닐웨(이레, 七日) + -ㅅ(-의: 관조)
3) 阿羅漢: 아라한. 소승 불교의 수행자 가운데서 가장 높은 경지에 오른 사람이다. 온갖 번뇌를
　　끊고, 사제(四諦)의 이치를 바로 깨달아 세상 사람들의 존경을 받을 만한 공덕을 갖춘 성자(聖
　　者)를 이른다.
4) 일워늘: 일우[이루다, 成: 일(이루어지다, 成: 자동)- + -우(사접)-]- + -어늘(-거늘: 연어, 상황)

比丘(비구)들이 讚歎(찬탄)하여 이르되 "世尊(세존)이 世間(세간)에 나시어 甚(심)히 奇特(기특)하시구나." 부처가 이르시되 "(내가) 오늘뿐이 아니라 옛날도 이러하더라. 지나간 劫(겁)에 比提希國(비제희국)에 한 淫女(음녀)가 있거늘【淫女(음녀)는 淫亂(음란)한 여자이다. 】, 迦尸國王(가시국왕)이 "(그 음녀가) 곱다." 듣고 惑心(혹심)을 내어

比_뼹丘_쿨들히[5] 讚_잔歎_탄ᄒ야[6] 닐오ᄃᆡ 世_솅尊_존이 世_솅間_간애 나샤 甚_씸히[7] 奇_끵特_뜩ᄒ샷다[8] 부톄 니ᄅᆞ샤ᄃᆡ 오ᄂᆞᆯ뿌니[9] 아니라[10] 녜도[11] 이러ᄒ다라[12] 디나건[13] 劫_겁에 比_뼹提_똉希_힁國_귁에 ᄒᆞᆫ 姪_읤女_녕ㅣ 잇거늘【姪_읤女_녕는 姪_읤亂_롼ᄒᆞᆫ 겨지비라[16]】 迦_강尸_싱國_귁王_왕[17]이 곱다 듣고 惑_{ᅘᅮᆨ}心_심[18]을 내야

---

5) 比丘들히: 比丘들ㅎ[비구들, 諸比丘: 比丘(비구) + -들ㅎ(-들: 복접)] + -이(주조)
6) 讚歎ᄒ야: 讚歎ᄒ[찬탄하다: 讚歎(찬탄: 명사) + -ᄒ(동접)-] + -야(←-아: 연어) ※ '讚歎(찬탄)'은 칭찬하며 감탄하는 것이다.
7) 甚히: [심히, 甚(부사): 甚(심: 불어) + -ᄒ(←-ᄒ-: 형접)- + -이(부접)]
8) 奇特ᄒ샷다: 奇特ᄒ[기특하다: 奇特(기특: 명사) + -ᄒ(형접)-] + -샤(←-시-: 주높)- + -Ø(현시)- + -옷(감동)- + -다(평종) ※ '奇特(기특)'은 말하는 것이나 행동하는 것이 남과 다르게 신통한 것이다.
9) 오ᄂᆞᆯ뿌니: 오ᄂᆞᆯ(오늘, 今日) # 뿐(뿐: 의명, 한정) + -이(주조)
10) 아니라: 아니(아니다, 非)- + -라(←-아: 연어)
11) 녜도: 녜(옛날, 過去) + -도(보조사, 첨가)
12) 이러ᄒ다라: 이러ᄒ[이러하다, 如是: 이러(이러, 是: 불어) + -ᄒ(형접)-] + -다(←-더-: 회상)- + -Ø(←-오-: 화자)- + -라(←-다: 평종)
13) 디나건: 디나(지나다, 過)- + -거(확인)- + -Ø(과시)- + -ㄴ(관전)
14) 劫: 겁. 어떤 시간의 단위로도 계산할 수 없는 무한히 긴 시간이다. 하늘과 땅이 한 번 개벽한 때에서부터 다음 개벽할 때까지의 동안이라는 뜻이다.
15) 姪女: 음녀. 성격이나 행동이 음란하고 방탕한 여자이다.
16) 겨지비라: 겨집(여자, 女) + -이(서조)- + -Ø(현시)- + -라(←-다: 평종)
17) 迦尸國王: 가시국왕. ※ '迦尸國(가시국)'은 석가모니 부처가 살아 있을 때에, 중인도에 있던 열여섯 강대국 중의 하나이다. '迦尸(가시)'는 산스크리트어 kāśi 팔리어 kāsi의 음사이다. 갠지스 강 중류, 지금의 바라나시(Varanasi) 지역에 있던 나라로, 도읍지는 바라나시(vārāṇasī)이다. 기원전 6세기에 마갈타국에게 멸망하였다.
18) 惑心: 혹심. 무엇에 홀려 정신을 차리지 못하게 하는 마음이다.

惑훽 心심은 迷몡
惑훽 훈민·졍·혹·미라
·미라 使·씽者·쟝·
·흥댕그나·라·히아·니주거·늘다·시使·씽
者·쟝·브·려·닐·오·딕·잢·간서·르·보·고·다·쐤·
·쇼·시·예·도·로보·내·요·리·라比·삥提·뗑希·
·흥國·귁王·왕·이婬음女·녕·를·뷔·르·쵸·딕
·네·고·본양·ᄌ·며·뒷·논·직·조·롤·다·초·
·야·뵈·야迦강尸싱王·왕·이네·거·긔惑·훽

【 惑心(혹심)은 迷惑(미혹)한 마음이다. 】 使者(사자)를 부려 (음녀를) 求(구)하니 그 나라가 아니 주거늘, 다시 (가시국왕이) 使者(사자)를 부려 이르되 "잠깐 서로 보고 닷새의 사이에 (여자를 비제희국으로) 도로 보내리라." 比提希國王(비제희국왕)이 淫女(음녀)를 가르치되 "너의 고운 모습이며 가진 재주를 다 갖추어 보여서, 迦尸王(가시왕)이 너에게 惑(혹)하게

【惑_횡心_심은 迷_몡惑_횡홀¹⁹⁾ 무 수미라²⁰⁾ 】 使_승者_쟝²¹⁾ 브려²²⁾ 求_꿀혼대²³⁾ 그 나라히²⁴⁾ 아니 주거늘 다시 使_승者_쟝 브려 닐오디 잢간²⁵⁾ 서르²⁶⁾ 보고 다쐣²⁷⁾ 수시예²⁸⁾ 도로 보내요리라²⁹⁾ 比_삥提_똉希_횡國_귁王_왕이 姪_띯女_녕를 フ르쵸디³⁰⁾ 네 고불³¹⁾ 양지며³²⁾ 뒷논³³⁾ 직조를³⁴⁾ 다 フ초호야³⁵⁾ 뵈야³⁶⁾ 迦_강尸_싱王_왕이 네 거긔³⁷⁾ 惑_횡호게

---

19) 迷惑홀: 迷惑ᄒᆞ[미혹하다: 迷惑(미혹: 명사) + -ᄒᆞ(형접)-]- + -Ø(현시)- + -ㄴ(관전) ※ '迷惑(미혹)'은 무엇에 홀려 정신을 차리지 못하는 것이다.

20) 무수미라: 무숨(마음, 心) + -이(서조)- + -Ø(현시)- + -라(←-다: 평종)

21) 使者: 사자. 명령이나 부탁을 받고 심부름하는 사람이다.

22) 브려: 브리(부리다, 시키다, 使)- + -어(연어)

23) 求혼대: 求ᄒᆞ[구하다: 求(구: 불어) + -ᄒᆞ(동접)-]- + -ㄴ대(-ㄴ데, -니: 연어, 반응)

24) 나라히: 나라ㅎ(나라, 國) + -이(주조)

25) 잢간: [잠깐, 暫間(부사): 잠(잠, 暫) + -ㅅ(관조, 사잇) + 간(간, 間)]

26) 서르: 서로, 相(부사)

27) 다쐣: 다쐐(닷새, 五日) + -ㅅ(-의: 관조)

28) 수시예: 수시(사이, 間) + -예(←-에: 부조, 위치)

29) 보내요리라: 보내(보내다, 遣)- + -요(←-오-: 화자)- + -리(미시)- + -라(←-다: 평종)

30) フ르쵸디: フ르치(가르치다, 敎)- + -오디(-되: 연어, 설명 계속)

31) 고불: 곱(←곱다, ㅂ불: 곱다, 端正)- + -Ø(현시)- + -은(관전)

32) 양지며: 양ᄌᆞ(모습, 樣子) + -이며(접조)

33) 뒷논: 두(두다, 置)- + -Ø(←-어: 연어) + 잇(←이시다: 있다, 보용, 완료 지속)- + -ᄂ(←-ᄂᆞ-: 현시)- + -오(대상)- + -ㄴ(관전) ※ '뒷논'은 '두어 잇논'이 축약된 형태이다. 여기서는 문맥을 감안하여 '가진'으로 의역하여 옮긴다.

34) 직조를: 직조(재주, 伎能) + -를(목조)

35) フ초호야: [갖추다, 具備: フ초(갖추: 부사)- + -ᄒᆞ(동접)-]- + -야(←-아: 연어) ※ 'フ초ᄒᆞ다'는 부사인 'フ초'에 동사 파생 접미사인 '-ᄒᆞ-'가 붙어서 형성된 동사이다. 그리고 'フ초'는 [곳(갖추어져 있다: 형사)- + -호(사접)- + -Ø(부접)]로 짜인 파생 부사이다.

36) 뵈야: 뵈[보이다, 見: 보(보다, 見)- + -ㅣ(←-이-: 사접)-]- + -야(←-아: 연어)

37) 네 거긔: 너(너, 汝: 인대, 2인칭) + -ㅣ(←-의: 관조) # 거긔(거기에, 彼處: 의명) ※ '네 거긔'는 '너에게'로 의역하여 옮긴다.

> ᄒᆞ게 ᄒᆞ라 ᄒᆞ고 보내니라 다쐐 나거
> 늘 도로 가 블로 딀 큰 祭ᄅᆞᆼ 오려 ᄒᆞ노
> 니 모로매 이 ᄀᆞ시로 ᅀᅡᆼ ᄒᆞᆯ씨 잢간도
> 로 보내여든 祭ᄒᆞ고 도로 보내요리
> 라 迦尸王이 보내야ᄂᆞᆯ 祭 무
> ᄎᆞ놀 使者ᄅᆞᆯ 브려 보내오라 ᄒᆞ야ᄂᆞᆯ
> 對答ᄒᆞ되 來日 보내요리라

하라." 하고 (음녀를 가시국에) 보내었니라. (여자가 가시국에 간 뒤에) 닷새가 지나거늘, (비제희국왕이) 도로 (가시국에) 가서 (음녀를) 부르되 "큰 祭(제)를 하려 하는데 모름지기 이 여자로만 하겠으므로, 잠깐 (이 여자를 우리나라로) 도로 보내면 祭(제)를 하고 (이 여자를 가시국에) 도로 보내리라." 迦尸王(가시왕)이 (음녀를 비제국에) 보내거늘, (비제희국에서) 祭(제)를 마치거늘 (가시왕이) 使者(사자)를 부려서 "(여자를 가시국으로) 보내오." 하거늘, (비제희국왕이) 대답하되 "來日(내일) (여자를 가시국에) 보내리라."

ᄒᆞ라 ᄒᆞ고 보내ᄂᆞ니라³⁸⁾ 다쐐 디나거늘 도로 가 블로ᄃᆡ³⁹⁾ 큰 祭ᄌᆈ를 호려⁴⁰⁾ ᄒᆞ노니⁴¹⁾ 모로매⁴²⁾ 이 각시로ᅀᅡ⁴³⁾ ᄒᆞᆯ릴씨⁴⁴⁾ 잠깐 도로 보내여든⁴⁵⁾ 祭ᄌᆈᄒᆞ고 도로 보내요리라⁴⁶⁾ 迦강尸싱王왕이 보내야늘 祭ᄌᆈ ᄆᆞ차늘⁴⁷⁾ 使ᄉᆞᆼ者쟝 브려 보내오라⁴⁸⁾ ᄒᆞ야늘 對도ᇰ答답호ᄃᆡ 來ᄅᆡᆼ日ᅀᅵᇙ 보내요리라

---

38) 보내ᄂᆞ니라: 보내(보내다, 遣)- + -∅(과시)- + -니(원칙)- + -라(←-다: 평종)
39) 블로ᄃᆡ: 블르(← 브르다: 부르다, 喚)- + -오ᄃᆡ(-되: 연어, 설명 계속)
40) 호려: ᄒᆞ(← ᄒᆞ다: 하다, 爲)- + -오려(-려: 연어, 의도)
41) ᄒᆞ노니: ᄒᆞ(하다: 보용, 의도)- + -ㄴ(←-ᄂᆞ-: 현시)- + -오(화자)- + -니(연어, 이유)
42) 모로매: 모름지기, 반드시, 必(부사)
43) 각시로ᅀᅡ: 각시(여자, 女) + -로(부조, 방편) + -ᅀᅡ(보조사, 한정 강조)
44) ᄒᆞᆯ릴씨: ᄒᆞ(하다, 爲)- + -리(미시)- + -ㄹ씨(-므로: 연어, 이유)
45) 보내여든: 보내(보내다, 遣)- + -여든(-어든: -거든, 연어, 조건)
46) 보내요리라 : 보내(보내다, 遣)- + -요(←-오-: 화자)- + -리(미시)- + -라(←-다 : 평종)
47) ᄆᆞ차늘: 및(마치다, 訖)- + -아늘(-거늘: 연어, 상황)
48) 보내오라: 보내(보내다, 遣)- + -오라(←-고라: -오, 명종, 반말) ※ '-고라'는 상대 높임과 상대 낮춤이 중화된 상대 높임 표현이다. 여기서는 현대 국어의 예사 높임의 선어말 어미인 '-오'로 옮긴다.

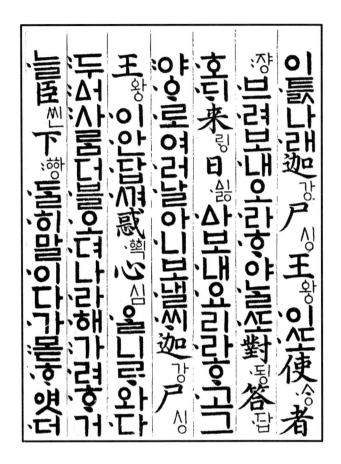

이튿날에 迦尸王(가시왕)이 또 使者(사자)를 부려 "(여자를) 보내오." 하거늘, (비제희국왕이) 또 대답하되 "來日(내일)이야말로 (여자를) 보내리라." 하고 그 모양으로 여러 날 (동안 여자를) 아니 보내므로, 迦尸王(가시왕) 이 속이 답답해져서 惑心(혹심)을 일으켜서 두어 사람을 더불고 저 나라 (= 비제희국)에 가려 하거늘, 臣下(신하)들이 말리다가 못 하였더니,

이튨나래⁴⁹⁾ 迦_강尸_싱王_왕이 坏 使_숭者_쟝 브려 보내오라 ᄒ야늘 坏

對_됭答_답호ᄃᆡ 來_링日_싏사⁵⁰⁾ 보내요리라 ᄒ고 그 야ᄋ로⁵¹⁾ 여러 날

아니 보낼씨 迦_강尸_싱王_왕이 안답쪄⁵²⁾ 惑_획心_심을 니ᄅ와다⁵³⁾ 두서⁵⁴⁾

사ᄅᆞᆷ 더블오⁵⁵⁾ 뎌⁵⁶⁾ 나라해 가려 ᄒ거늘 臣_씬下_행들히⁵⁷⁾ 말이다가⁵⁸⁾

몯⁵⁹⁾ ᄒ얫더니⁶⁰⁾

---

49) 이튨나래: 니튨날[이튿날, 明日: 이틀(이틀, 二日) + -ㅅ(관조, 사잇) + 날(날, 日)] + -애(-에: 부조, 위치)

50) 來日사: 來日(내일) + -사(-이야말로: 보조사, 한정 강조)

51) 야ᄋ로: 양(양, 모습, 樣: 의명) + -ᄋ로(부조, 방편)

52) 안답쪄: 안답끼[속이 답답해 하다: 안(마음, 속, 心: 명사) + 답끼(답답히 여기다: 동사)-]- + -어(연어) ※ '안답쪄'는 '속이 답답해져서'로 의역하여 옮긴다.

53) 니ᄅ와다: 니ᄅ완[일으키다, 起: 닐(일어나다, 起: 자동)- + -ᄋ(사접)- + -완(강접)-]- + -아(연어)

54) 두서: [두어, 二三(관사, 양수): 두(두, 二: 관사, 양수) + 서(← 세ᄒ: 셋, 三, 관사, 양수)]

55) 더블오: 더블(더불다, 將)- + -오(← -고: 연어, 나열, 계기)

56) 뎌: 저, 彼(관사, 지시, 정칭)

57) 臣下들히: 臣下들ᄒ[신하들, 諸臣: 臣下(신하: 명사) + 들ᄒ(-들: 복접)] + -이(주조)

58) 말이다가: 말이[말리다, 制止: 말(말다, 勿)- + -이(사접)-]- + -다가(연어, 전환)

59) 몯: 못, 不能(부사, 부정)

60) ᄒ얫더니: ᄒ(하다, 爲) + -야(← -아: 연어) + -잇(← 이시다: 보용, 완료 지속)- + -더(회상)- + -니(연어, 설명 계속) ※ 'ᄒ얫더니'는 'ᄒ야 잇더니'가 축약된 형태이다.

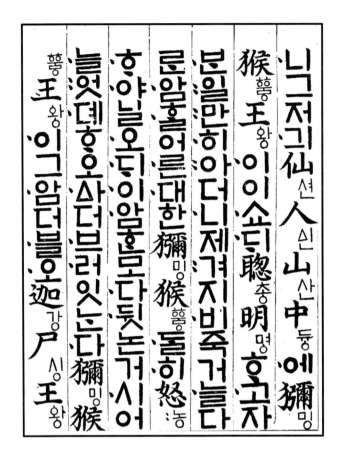

그때에 仙人山(선인산) 中(중)에 獼猴王(미후왕)이 있되, 聰明(총명)하고 잡은 일을 많이 알더니, 제 아내가 죽거늘 다른 암컷과 교합(交合)하니, 수많은 獼猴(미후)들이 怒(노)하여 이르되 "이 암컷은 모두 그냥 두고 있는 것이거늘, 어찌 혼자서 (이 암컷과) 더불어 있는가?" 獼猴王(미후왕)이 그 암컷을 더불고 迦尸王(가시왕)께

그 저긔 仙_션人_신山_산 中_듕에 獮_밍猴_홀王_왕[61]이 이쇼딕[62] 聰_총明_명ᄒ고 자분[63] 일 만히[64] 아더니[65] 제 겨지비 죽거늘 다른 암홀[66] 어른대[67] 한[68] 獮_밍猴_홀들히[69] 怒_농ᄒ야 닐오딕 이 암흔 모다[70] 뒷논[71] 거시어늘[72] 엇뎨[73] ᄒᆞ오ᅀᅡ[74] 더브러[75] 잇ᄂ다[76] 獮_밍猴_홀王_왕이 그 암 더블오 迦_강尸_싱王_왕끠

---

61) 獮猴王: 미후왕. 원숭이의 왕이다.

62) 이쇼딕: 이시(있다, 有)-+-오딕(-되: 연어, 설명 계속)

63) 자분 일: 잡(잡다, 執)-+-∅(과시)-+-ㄴ(관전) # 일(일, 事) ※ 여기서 '자분 일'은 다른 문헌에서는 나타나지 않는 표현이므로, 현대어로 해석하기가 어렵다. ※ 참고로 이 글의 저본이 된 『雜寶藏經』(잡보장경)에는 이 부분이 "時 仙人山中, 有獮猴王, 聰明博達, 多有所知(그때에 선인산의 중에 미후왕이 있되, 총명하여 널리 사물에 통달하고 아는 것이 많이 있더니)"로 기술되어 있다.

64) 만히: [많이, 多(부사): 많(많다, 多: 형사)-+-이(부접)]

65) 아더니: 아(←알다: 알다, 知)-+-더(회상)-+-니(연어, 설명 계속)

66) 암홀: 암ㅎ(암컷, 雌)+-올(-과: 목조, 보조사적 용법, 의미상 부사격)

67) 어른대: 얼(교합하다, 배필로 삼다, 交合, 婚)-+-은대(-는데, -니: 연어, 반응)

68) 한: 하(많다, 多)-+-∅(현시)-+-ㄴ(관전)

69) 獮猴들히: 獮猴들ㅎ[미후들, 원숭이들, 諸獮猴衆: 獮猴(미후, 원숭이)+-들ㅎ(-들: 복접)]+-이(주조)

70) 모다: [모두, 皆(부사): 몯(모이다, 集: 동사)-+-아(연어▷부접)]

71) 뒷논: 두(두다, 置)-+-∅(←-어: 연어)+잇(←이시다: 있다, 보용, 완료 지속)-+-ㄴ(←-ᄂ-: 현시)-+-오(대상)-+-ㄴ(관전) ※ '뒷논'은 '두어 잇논'이 축약된 형태이다. 여기서는 '그양 두고 있는'으로 의역하여 옮긴다.

72) 거시어늘: 것(것, 者: 의명)+-이(서조)-+-어늘(←-거늘: 연어, 상황)

73) 엇뎨: 어찌, 何(부사)

74) ᄒᆞ오ᅀᅡ: 혼자, 獨(부사)

75) 더브러: 더블(더불다, 與)-+-어(연어)

76) 잇ᄂ다: 잇(←이시다: 있다, 보용, 완료 지속)+-ᄂ(현시)-+-ㄴ다(-ㄴ가: 의종, 2인칭)

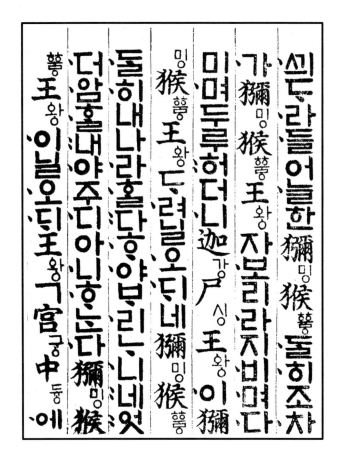

달려들거늘, 많은 獼猴(미후)들이 쫓아가 '獼猴王(미후왕)을 잡으리라.' 집이며 담이며 두루 헐더니, 迦尸王(가시왕)이 獼猴王(미후왕)더러 이르되 "너의 獼猴(미후)들이 내 나라를 다 헐어버리니, 네가 어찌 암컷을 내어 주지 아니하는가?" 獼猴王(미후왕)이 이르되 "王(왕)의 宮中(궁중)에

ᄃ라들어늘⁷⁷⁾ 한 獼_밍猴_{ᅘᅳᇢ}들히 조차⁷⁸⁾ 가 獼_밍猴_{ᅘᅳᇢ}王_왕 자보리라⁷⁹⁾ 지비며 다미며⁸⁰⁾ 두루⁸¹⁾ 허더니⁸²⁾ 迦_강尸_싱王_왕이 獼_밍猴_{ᅘᅳᇢ}王_왕ᄃ려 닐오ᄃᆡ 네⁸³⁾ 獼_밍猴_{ᅘᅳᇢ}들히 내 나라ᄒᆞᆯ 다 ᄒᆞ야ᄇ리ᄂᆞ니⁸⁴⁾ 네⁸⁵⁾ 엇 디⁸⁶⁾ 암ᄒᆞᆯ 내야 주디 아니ᄒᆞᄂᆞ다⁸⁷⁾ 獼_밍猴_{ᅘᅳᇢ}王_왕이 닐오ᄃᆡ 王_왕ㄱ⁸⁸⁾ 宮_궁中_듕⁸⁹⁾에

---

77) ᄃ라들어늘: ᄃ라들[달려들다, 走入: 둘(← ᄃᆞᆮ다, ᄃᆞᆯ: 달리다, 走)- + -아(연어) + 들(들다, 入)-]- + -어늘(-거늘: 연어, 상황)

78) 조차: 좇(좇다, 追逐)- + -아(연어)

79) 자보리라: 잡(잡다, 捕)- + -오(화자)- + -리(미시)- + -라(← -다: 평종)

80) 다미며: 담(담, 牆) + -이며(접조)

81) 두루: [두루, 周(부사): 둘(둘다, 週: 동사)- + -우(부접)]

82) 허더니: 허(← 헐다: 헐다, 壞)- + -더(회상)- + -니(연어, 설명 계속)

83) 네: 너(너, 汝: 인대, 2인칭) + -ㅣ(← -의: 관조)

84) ᄒᆞ야ᄇ리ᄂᆞ니: ᄒᆞ야ᄇ리(헐어버리다, 壞)- + -ᄂᆞ(현시)- + -니(연어, 설명 계속)

85) 네: 너(너, 汝: 인대, 2인칭) + -ㅣ(← -이: 주조)

86) 엇디: 어찌, 何(부사)

87) 아니ᄒᆞᄂᆞ다: 아니ᄒᆞ[아니하다, 不(보용, 부정): 아니(아니, 不: 부사, 부정) + -ᄒᆞ(동접)-]- + -ᄂᆞ(현시)- + -ㄴ다(-ㄴ가: 의종, 2인칭)

88) 王ㄱ: 王(왕) + -ㄱ(-의: 관조)

89) 宮中: 궁중. 궁궐의 안이다.

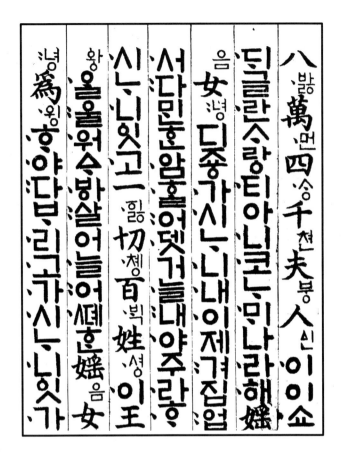

八萬四千(팔만사천)의 夫人(부인)이 있되, 그들은 사랑하지 아니하고 남의 나라에 淫女(음녀)를 뒤쫓아 가시나니, 내가 이제 아내가 없어 다만 한 암컷을 얻어 있거늘, (이 암컷을) 내어 주라 하십니까? 一切(일체)의 百姓(백성)이 王(왕)을 우러러 살거늘, 어찌 한 淫女(음녀)을 爲(위)하여 다 버리고 가십니까?

八_밣萬_먼四_숭千_쳔⁽⁹⁰⁾ 夫_붕人_신이 이쇼딕⁽⁹¹⁾ 글란⁽⁹²⁾ ᄉᆞ랑티⁽⁹³⁾ 아니코⁽⁹⁴⁾ ᄂᆞ
민⁽⁹⁵⁾ 나라해 姪_음女_녕 디죵⁽⁹⁶⁾ 가시ᄂᆞ니 내 이제 겨집 업서 다민⁽⁹⁷⁾
ᄒᆞᆫ 암홀 어뎃거늘⁽⁹⁸⁾ 내야 주라 ᄒᆞ시ᄂᆞ니잇고⁽⁹⁹⁾ 一_읽切_쳉 百_빅姓_셩
이 王_왕을 울워ᅀᆞᄫᅡ⁽¹⁰⁰⁾ 살어늘⁽¹⁾ 어쎼⁽²⁾ ᄒᆞᆫ 姪_음女_녕 爲_윙ᄒᆞ야 다
ᄇᆞ리고⁽³⁾ 가시ᄂᆞ니잇가⁽⁴⁾

---

90) 八萬四千: 팔만사천. 많은 수를 모두 나타내는 말이다.

91) 이쇼딕: 이시(있다, 有)- + -오딕(연어, 설명 계속)

92) 글란: 글(← 그: 그, 彼, 지대, 정칭) + -란(-는: 보조사, 주제)

93) ᄉᆞ랑티: ᄉᆞ랑ᄒᆞ[← ᄉᆞ랑ᄒᆞ다(사랑하다, 愛樂): ᄉᆞ랑(사랑, 愛: 명사) + -ᄒᆞ(동접)-] + -디(-지: 연어, 부정)

94) 아니코: 아니ᄒᆞ[← 아니ᄒᆞ다(아니하다, 不: 보용, 부정): 아니(아니, 不: 부사, 부정) + -ᄒᆞ(동접)-] + -고(연어, 나열)

95) ᄂᆞ민: ᄂᆞᆷ(남, 他) + -이(관조)

96) 디죵: 뒤밟기, 추적. ※ '디죵'은 15세기에 발행된 다른 문헌에서는 발견할 수가 없다. 『雜寶藏經』에는 '디죵 가시ᄂᆞ니'에 대응되는 부분이 '追逐'로 기술되어 있다. 이를 고려하면 '디죵'은 '뒤밟기'나 '추적(追跡)'으로 추정한다. 따라서 여기서는 원문에 쓰인 '디죵 가시ᄂᆞ니'를 '뒤쫓아 가시나니'로 의역하여 옮긴다.

97) 다민: 다민(← 다ᄆᆞᆫ: 다만, 但, 부사)

98) 어뎃거늘: 얻(얻다, 得)- + -어(연어) + 잇(← 이시다: 있다, 보용, 완료 지속)- + -거늘(연어, 상황) ※ '어뎃거늘'은 '어더 잇거늘'이 축약된 형태이다.

99) ᄒᆞ시ᄂᆞ니잇고: ᄒᆞ(하다, 謂)- + -시(주높)- + -ᄂᆞ(현시)- + -잇(← -이-: 상높, 아주 높임)- + -니…고(-까: 의종, 설명)

100) 울워ᅀᆞᄫᅡ: 울워(← 울월다: 우러르다, 仰)- + -ᅀᆞ(← -ᅀᆞᆸ-: 객높)- + -아(연어)

 1) 살어늘: 살(살다, 活)- + -어늘(← -거늘: 연어, 상황)

 2) 어쎼: 어찌, 何(부사)

 3) ᄇᆞ리고: ᄇᆞ리(버리다, 捐棄)- + -고(연어, 계기)

 4) 가시ᄂᆞ니잇가: 가(가다, 去)- + -시(주높)- + -ᄂᆞ(현시)- + -잇(← -이-: 상높, 아주 높임)- + -니…가(-까: 의종, 판정)

大^땡王^왕하아로쇼셔媱^음欲^욕앳이
론媱^음欲^욕은媱^음亂^란한欲^욕心^심이라즐거부미적고
受^쑹苦^콩ㅣ한니브룸거스려해자
봄ㄱ트니하부리ㄴㄴ곳곳야
이제모미데오뒷가니난곳곳야ㅎ고
빙너기면탕다이제모미더러부면
ㅎ며올그며渴^캃한제딴믈머덕ㅎ

大王(대왕)이시여, 아소서. 淫欲(음욕)에 관한 일은【淫欲(음욕)은 淫亂(음란)한 欲心(욕심)이다.】즐거움은 적고 受苦(수고)가 많아지나니, 바람을 거스려 홰를 잡는 것과 같아서 (음욕을) 놓아 버리지 아니하면 반드시 제 몸이 데고, (음욕은) 뒷간에 난 꽃과 같아서 고이 여기면 반드시 제 몸이 더러우며, (음욕은) 불에 옴을 긁으며 渴(갈)한 때에 짠물 먹듯 하여

大땡王왕하⁵⁾ 아르쇼셔⁶⁾ 婬음欲욕앳⁷⁾ 이른【婬음欲욕은 婬음亂롼흔 欲욕心심이라】 즐거부믄⁸⁾ 젹고⁹⁾ 受쓩苦콩ㅣ 하느니¹⁰⁾ ᄇ룸¹¹⁾ 거스려¹²⁾ 홰¹³⁾ 자봄¹⁴⁾ 근흐야¹⁵⁾ 노하¹⁶⁾ ᄇ리디¹⁷⁾ 아니흐면 당다이¹⁸⁾ 제 모미 데오¹⁹⁾ 뒷가니²⁰⁾ 난 곳²¹⁾ 근흐야 고비²²⁾ 너기면 당다이 제 모미 더러브며²³⁾ 브레²⁴⁾ 옴을²⁵⁾ 글그며²⁶⁾ 渴칧흔²⁷⁾ 제 믄²⁸⁾ 믈 먹덧²⁹⁾ 흐야

---

5) 大王하: 大王(대왕) + -하(-이시여: 호조, 아주 높임)

6) 아르쇼셔: 알(알다, 知)- + -ᄋ쇼셔(-으소서: 명종, 아주 높임)

7) 婬欲앳: 婬欲(음욕) + -애(-에: 부조, 위치) + -ㅅ(-의: 관조) ※ '婬欲앳'은 '婬欲앳'은 '淫慾에 관한'으로 의역하여 옮긴다.

8) 즐거부믄: 즐길[← 즐겁다, ㅂ블(즐겁다, 樂): 즑(즐거워하다, 嬉: 자동)- + -업(형접)-] + -움(명전) + -은(보조사, 주제)

9) 젹고: 젹(젹다, 작다, 少, 小)- + -고(연어, 나열)

10) 하느니: 하(많아지다, 커지다, 增, 大(동사)- + -ᄂ(현시)- + -니(연어, 설명 계속) ※ '하느니'에 현재 시제의 선어말 어미인 '-ᄂ-'가 실현된 점을 감안하여, '하다'를 동사로 처리하여 '많아지다'나 '커지다'로 옮긴다.

11) ᄇ룸: 바람, 風.

12) 거스려: 거스리(거스리다, 逆)- + -어(연어)

13) 홰: 홰. 燴炬. 화톳불을 놓는 데 쓰는 물건이다. 싸리, 갈대, 또는 노간주나무 따위를 묶어 불을 붙여서 밤길을 밝히거나 제사를 지낼 때에 쓴다.

14) 자봄: 잡(잡다, 執)- + -옴(명전)

15) 근흐야: 근흐(같다, 如)- + -야(← -아: 연어)

16) 노하: 놓(놓다, 放)- + -아(연어)

17) ᄇ리디: ᄇ리(버리다: 보용, 완료)- + -디(-지: 연어, 부정)

18) 당다이: 마땅히, 반드시, 必(부사)

19) 데오: 데(데다, 見燒害)- + -오(← -고: 연어, 나열)

20) 뒷가니: 뒷간[뒷간, 廁: 뒤(뒤, 後) + -ㅅ(관조, 사잇) + 간(간, 間)] + -이(-에: 부조, 위치)

21) 곳: 곳(← 곶: 꽃, 花)

22) 고비: [고이, 곱게, 麗(부사): 골(← 곱다, ㅂ블: 곱다, 麗)- + -이(부접)]

23) 더러브며: 더릴(← 더럽다, ㅂ블: 더럽다, 汚)- + -으며(연어, 나열)

24) 브레: 블(불, 火) + -에(부조, 위치)

25) 옴을: 옴(옴, 疥瘡) + -을(목조) ※ '옴'은 옴진드기가 기생하여 일으키는 전염 피부병이다.

26) 글그며: 긁(긁다, 爬)- + -으며(연어, 나열)

27) 渴흔: 渴흐[갈하다, 목마르다: 渴(갈: 불어) + -흐(형접)-] + -Ø(현시)- + -ㄴ(관전)

28) 믄: 뿟(짜다, 醎)- + -Ø(현시)- + -ㄴ(관전)

29) 먹덧: 먹(먹다, 飮)- + -덧(← -듯: -듯, 연어, 흡사) ※ '먹덧'은 '먹듯'을 오각한 형태이다.

싫어하고 미워하는 줄을 모르며【渴(갈)은 목이 마른 것이다. 】개의 뼈를
씹으면 입술이 헐어지는 줄을 모르고, 고기가 미끼를 貪(탐)하면 제 몸이
죽는 것을 모릅니다.”하니, 獼猴王(미후왕)은 이제의 내 몸이요, 迦尸王
(가시왕)은 이제의 難陀(난타)이요, 淫女(음녀)는 이제의 孫陀利(손타리)이
다.【孫陀利(손타리)는 難陀(난타)의 아내이다. 】내가 그때에도

슬밀³⁰⁾ 쓸³¹⁾ 모르며³²⁾ 【渴_칼은 목 마를³³⁾ 씨라³⁴⁾ 】 가히³⁵⁾ 쌔를³⁶⁾ 너흘

면³⁷⁾ 입시울³⁸⁾ 허야디는³⁹⁾ 들⁴⁰⁾ 모르고 고기⁴¹⁾ 밋글⁴²⁾ 貪_탐호면 제

몸 주글 뜰⁴³⁾ 모르느니이다⁴⁴⁾ 호니 獼_밍猴_흫王_왕은 이젯⁴⁵⁾ 내 모미

오 迦_강尸_싱國_귁王_왕은 이젯 難_난陁_땅ㅣ오 姪_씸女_녕는 이젯 孫_손陁_땅

利_링⁴⁶⁾라 【孫_손陁_땅利_링는 難_난陁_땅이 겨지비라 】 내 그 저긔도

---

30) 슬밀: 슬믜[싫어하고 미워하다 : 슬(← 슳다 : 싫어하다, 厭)- + 믜(미워하다, 憎)-]- + -ㄹ(관전)

31) 쓸: ㅆ(← ᄉ: 것, 者, 의명) + -을(목조)

32) 모르며: 모르(모르다, 不知)- + -며(연어, 나열)

33) 마를: 마르(마르다, 乾)- + -ㄹ(관전)

34) 씨라: ㅆ(← ᄉ: 것, 者, 의명) + -이(서조)- + -∅(현시)- + -라(← -다: 평종)

35) 가히: 개, 狗.

36) 쌔를: 쌔(← 쎼: 뼈, 骨) + -를(목조) ※ '쌔를'은 '쎼를'을 오각한 형태이다.

37) 너흘면: 너흘(씹다, 嚙)- + -면(연어, 조건)

38) 입시울: [입술, 脣: 입(입, 口: 명사) + 시울(시울, 가, 邊: 명사)] ※ '시울'은 약간 굽거나 휜 부분의 가장자리이다. 흔히 눈이나 입의 언저리를 이를 때에 쓴다.

39) 허야디는: 허야디(헐어지다, 毀)- + -ᄂ(현시)- + -ㄴ(관전)

40) 들: ᄃ(것, 者: 의명) + -ㄹ(← -를: 목조)

41) 고기: 고기(고기, 漁) + -∅(← -이: 주조)

42) 밋글: 몄(미끼, 餌) + -을(목조)

43) 뜰: ㄸ(← ᄃ: 것, 者: 의명) + -ㄹ(← -를: 목조)

44) 모르느니이다: 모르(모르다, 不知)- + -ᄂ(현시)- + -니(원칙)- + -이(상높, 아주 높임)- + -다(평종)

45) 이젯: 이제[이제, 今: 이(이, 此: 관사, 지시, 정칭) + 제(제, 때, 時: 의명)] + -ㅅ(-의: 관조)

46) 孫陁利: 손타리. 난타(難陁)의 아내이다. 어릴 때에 바사닉왕(波斯匿王)과 함께 부처님께 가서 사체법(四諦法)을 듣고 도를 깨달았다 한다.

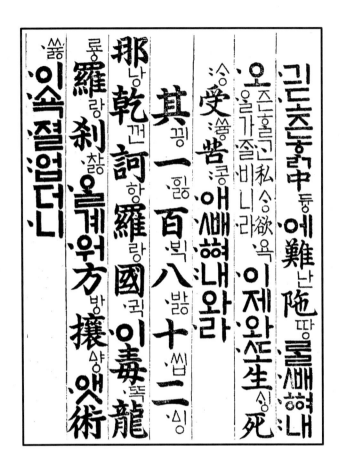

진흙 中(중)에서 難陀(난타)를 빼내고【진흙은 私欲(사욕)을 비유하였느니라. 】이 제 와서 또 (난타를) 生死(생사)의 受苦(수고)에서 빼내었다.

其一百八十二(기일백팔십이)

那乾訶羅國(나건하라국)이 毒龍(독룡)과 羅刹(나찰)을 못 이기어, 方攘(방양) 의 術(술)이 속절없더니.

즌흙⁴⁷⁾ 中_듕에 難_난陁_땅를 쌔혀내오⁴⁸⁾【즌흘군⁴⁹⁾ 私_송欲_욕을 가줄비니라⁵¹⁾】이제 와 坐 生_싱死_숭 受_쓩苦_콩⁵²⁾애 쌔혀내와라⁵³⁾

其_끵一_힗百_빅八_밣十_씹二_싱

那_낭乾_껀訶_항羅_랑國_귁⁵⁴⁾이 毒_똑龍_룡⁵⁵⁾ 羅_랑利_츙⁵⁶⁾을 계워⁵⁷⁾ 方_방攘_샹앳⁵⁸⁾ 術_쓩⁵⁹⁾이 쇽절업더니⁶⁰⁾

---

47) 즌흙: [진흙, 淤泥: 즈(← 즐다: 질다, 泥)- + -ㄴ(관전) + 흙(흙, 土)]

48) 쌔혀내오: 쌔혀내[빼내다, 引出: 쌔(빼다, 引)- + -혀(강접)- + 나(나다, 出)- + -ㅣ(← -이-: 사접)-]- + -오(←-고: 연어, 계기)

49) 즌흘군: 즌흙[진흙, 淤泥: 즈(← 즐다: 질다, 泥)- + -ㄴ(관전) + 흙(흙, 土)] + -은(보조사, 주제)

50) 私欲: 사욕. 자기 한 개인의 이익만을 꾀하는 욕심이다.

51) 가줄비니라: 가줄비(비유하다, 比)- + -∅(과시)- + -니(원칙)- + -라(← -다: 평종)

52) 生死 受苦: 생사 수고. 삶과 죽음을 겪는 고통이다.

53) 쌔혀내와라: 쌔혀내[빼내다, 拔出: 쌔(빼다, 拔)- + -혀(강접)- + 나(나다, 出)- + -ㅣ(← -이-: 사접)-]- + -∅(과시)- + -와(←-과 ← -거-: 확인)- + -∅(← -오-: 화자)- + -라(← -다: 평종)

54) 那乾訶羅國: 나건하라국. 고대 인도(印度)의 토후국(土侯國)의 하나이다. 석가모니(釋迦牟尼)가 이 나건하라국의 못(池)에 있는 독룡(毒龍)을 항복시킨 것으로 유명(有名)하다.

55) 毒龍: 독기를 품은 용이다.

56) 羅利: 나찰. 팔부(八部)의 하나이다. 푸른 눈과 검은 몸, 붉은 머리털을 하고서 사람을 잡아먹으며, 지옥에서 죄인을 못살게 군다고 한다. 나중에 불교의 수호신이 되었다.

57) 계워: 계우(못 이기다, 不勝)- + -어(연어)

58) 方攘앳: 方攘(방양) + -애(-에: 부조, 위치) + -ㅅ(-의: 관조) ※ '方攘(방양)'은 방술(方術)을 써서 나쁜 일을 물리치는 것이다. '方攘앳 術(술)'은 나쁜 일을 물리치기 위하여 방사(方士)가 행하는 신선의 술법이다.

59) 方攘앳 術: '방양의 술'은 '방술(方術)', 곧 방사(方士)가 행하는 신선의 술법이다.

60) 쇽절업더니: 쇽절업[← 쇽절업다(속절없다, 無策): 쇽절(속절: 명사) + 없(없다, 無: 형사)-]- + -더(회상)- + -니(평종, 반말) ※ '속절없다'는 단념할 수밖에 달리 어찌할 도리가 없는 것이다.

弗波浮提王(불파제왕)이 梵志(범지)인 空神(공신)의 말로 (향을 피웠더니), 精誠(정성)어린 香(향)이 金盖(금개)가 되었으니.

其一百八十三(기일백팔십삼)

琉璃山(유리산) 위에 있는 못에 七寶(칠보)로 된 行樹(행수)의 間(간)에, 銀堀(은굴)의 가운데에 金床(금상)이 이루어져 있더니.【間(간)은 사이이다.】

弗_붏波_방浮_뿔提_똉王_왕⁶¹⁾이 梵_뻠志_징⁶²⁾ 空_콩神_씬⁶³⁾이 말로 精_졍誠_쎵엣⁶⁴⁾

香_향이 金_금盖_갱⁶⁵⁾ 드외니⁶⁶⁾

其_끵一_힗百_빅八_밣十_씹三_삼

琉_륳璃_링山_산⁶⁷⁾ 우흿⁶⁸⁾ 모새⁶⁹⁾ 七_칧寶_볼⁷⁰⁾ 行_혱樹_쓩⁷¹⁾ 間_간애⁷²⁾ 銀_은堀_콢ㅅ 가온듸⁷³⁾ 金_금床_쌍⁷⁴⁾이 이렛더니⁷⁵⁾【間_간은 亽싀라⁷⁶⁾】

---

61) 弗波浮提王: 불파부제왕. '나건하라국(那乾訶羅國)'의 왕인 '불파부제(弗波浮提)'이다.
62) 梵志: 범지. 바라문 생활의 네 시기 가운데에 첫째이다. 스승에게 가서 수학(修學)하는 기간으로 보통 여덟 살부터 열여섯 살까지, 또는 열한 살부터 스물두 살까지이다.
63) 空神: 공신. 공중을 맡은 신(神)이다.
64) 精誠엣: 精誠(정성) + -에(부조, 위치) + -ㅅ(-의: 관조) ※ '精誠엣'은 '정성어린'으로 의역하여 옮긴다.
65) 金盖: 金盖(금개) + -Ø(←-이: 보조) ※ '金盖(금개)'는 금으로 만든 개(蓋)이다. '蓋(개)'는 불좌 또는 높은 좌대를 덮는 장식품이다. 나무나 쇠붙이로 만들어 법회 때 법사의 위를 덮는다. 원래는 인도에서 햇볕이나 비를 가리기 위하여 쓰던 우산 같은 것이었다.
66) 드외니: 드외(되다, 爲)- + -Ø(과시)- + -니(평종, 반말)
67) 琉璃山: 유리산. 유리로 만들어진 산이다. ※ '琉璃(유리)'는 석영, 탄산 소다, 석회암을 섞어 높은 온도에서 녹인 다음 급히 냉각하여 만든 물질이다. 투명하고 단단하며 잘 깨진다.
68) 우흿: 우ㅎ(위, 上) + -의(-에: 부조, 위치) + -ㅅ(-의: 관조) ※ '우흿'는 '위에 있는'으로 의역하여 옮긴다.
69) 모새: 못(못, 池) + -애(-에: 부조, 위치)
70) 七寶: 칠보. 일곱 가지 주요 보배이다. '金(금)·銀(은)·瑠璃(유리)·玻瓈(파려)·硨磲(차거)·赤珠(적주)·瑪瑙(마노)'를 이른다.
71) 行樹: 행수. 죽 벌여서 서 있는 큰 나무이다.
72) 間애: 間(간, 사이) + -애(-에: 부조, 위치) ※ '行樹 間(행수 간)'은 '쭉 늘어선 나무의 사이'이다.
73) 가온듸: 가운데, 中.
74) 金牀: 금상. 금으로 된 평상(平牀)이다. '平牀(평상)'은 나무로 만든 침상의 하나이다. 밖에다 내어 앉거나 드러누워 쉴 수 있도록 만든 것이다.
75) 이렛더니: 일(일다, 이루어지다, 成)- + -어(연어) + 잇(←이시다: 있다, 보용, 완료 지속)- + -더(회상)- + -니(평종, 반말) ※ '이렛더니'는 '이러 잇더니'가 축약된 형태이다.
76) 亽싀라: 亽싀(사이, 間) + -이(서조)- + -Ø(현시)- + -라(←-다: 평종)

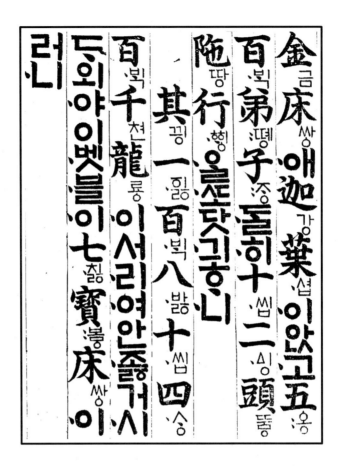

金床(금상)에 迦葉(가섭)이 앉고, 五百(오백) 弟子(제자)들이 十二(십이) 頭陀行(두타행)을 또 닦게 하였으니.

其一百八十四(기일백팔십사)

百千(백천)의 龍(용)이 (몸을) 서리어서 '앉는 것(= 의자, 座)'이 되어, 입에서 나는 불이 七寶床(칠보상)이더니.

金_금床_쌍애 迦_강葉_섭[77]이 앉고[78] 五_옹百_빅 弟_똉子_중들히[79] 十_씹二_싱 頭_뚷陁_땅行_행[80]을 쏘[81] 닷긔[82] 호니[83]

其_끵一_힗百_빅八_밣十_씹三_삼

百_빅千_천 龍_룡이 서리여[84] 안존[85] 거시 드외야 이벳[86] 블이[87] 七_칧寶_봏床_쌍이러니[88]

---

77) 迦葉: 가섭, 마하가섭(摩訶迦葉)이다. 석가모니의 10대 제자의 한 사람이다(?~?). 욕심이 적고 엄격한 계율로 두타(頭陀)를 행하였고 교단의 우두머리로 존경을 받았다.

78) 앉고: 앉(← 앉다: 앉다, 坐)- + -고(연어, 나열, 계기)

79) 弟子둘히: 弟子둘ㅎ[제자들, 諸弟子: 弟子(제자: 명사) + -둘ㅎ(-들: 복접)] + -이(주조)

80) 頭陁行: 두타행. '두타(頭陁)'는 번뇌(煩惱)의 티끌을 떨어 없애고, 의식주(衣食住)를 탐하지 않으며 청정하게 불도를 수행하는 것이다. 행(行)은 실행하는 방법으로서 여기에는 12종의 행법(行法)이 있다.

81) 쏘: 또, 又(부사)

82) 닷긔: 닷(← 닦다: 닦다, 修)- + -긔(-게: 연어, 사동)

83) 호니: 호(하다: 보용, 사동)- + -Ø(과시)- + -니(평종, 반말)

84) 서리여: 서리(서리다, 蟠)- + -여(← -어: 연어) ※ '서리다'는 뱀 따위가 몸을 똬리처럼 둥그렇게 감는 것이다.

85) 안존: 앉(앉다, 坐)- + -오(대상)- + -ㄴ(관전)

86) 이벳: 입(입, 口) + -에(부조, 위치) + -ㅅ(-의; 관조) ※ '이벳'는 '입에서 나는'으로 의역하여 옮긴다.

87) 블이: 블(불, 火) + -이(주조)

88) 七寶床이러니: 七寶床(칠보상) + -이(서조)- + -러(← -더-: 회상)- + -니(평종, 반말) ※ 아래에 있는 『석보상절』의 내용을 참조하면, '七寶床이러니'는 '七寶床(칠보상)이 되어 있더니'로 의역할 수 있다.

寶帳(보장)과 盖(개)와 幢(당)과 幡(번)의 아래에 大目揵連(대목건련)이 앉아,
(그의 모습이) 琉璃(유리)와 같아서 안팎이 (투명하게) 비치었으니.

其一百八十五(기일백팔십오)

雪山(설산)의 白玉堀(백옥굴)에 舍利弗(사리불)이 앉고, 五百(오백) 沙彌(사미)
가 七寶堀(칠보굴)에 앉았으니.

寶_볼帳_댱⁸⁹⁾ 盖_갱⁹⁰⁾ 幢_땅幡_편⁹¹⁾ 아래 大_땡目_목揵_껀連_련⁹²⁾이 안자 琉_률璃_링⁹³⁾ ᄀᆞᆮᄒᆞ야⁹⁴⁾ 안팟기⁹⁵⁾ 비취니⁹⁶⁾

其_끵一_힗百_빅八_밣十_씹四_{ᄉᆞ}

雪_쉃山_산⁹⁷⁾ 白_삑玉_옥堀_쿓⁹⁸⁾애 舍_샹利_링弗_붏⁹⁹⁾이 앉고 五_옹百_빅 沙_상彌_밍¹⁰⁰⁾ 七_칧寶_볼堀_쿓애 안ᄌᆞ니¹⁾

---

89) 寶帳: 보장. 보배로 장식한 화려(華麗)한 장막(帳幕)이다.

90) 盖: 개. '天蓋(천개)'이다. 불상을 덮는 일산(日傘)이나 법당 불전(佛殿)의 탁자를 덮는 닫집이다. 부처의 머리를 덮어서 비, 이슬, 먼지 따위를 막는다.

91) 幢幡: 당번. 당(幢)과 번(幡)을 아울러 이르는 말이다. ※ '幢(당)'은 법회 따위의 의식이 있을 때에, 절의 문 앞에 세우는 기(旗)이다. 장대 끝에 용머리를 만들고, 깃발에 불화(佛畫)를 그려 불보살의 위엄을 나타내는 장식 도구이다. 그리고 '幡(번)'은 부처와 보살의 성덕(盛德)을 나타내는 깃발이다. 꼭대기에 종이나 비단 따위를 가늘게 오려서 단다.

92) 大目揵連: 대목건련. 마우드갈리아야나(Maudgalyayana)이다. '목련(目連)'으로도 부른다. 석가모니의 십대 제자 가운데 한 사람이다. 마가다의 브라만 출신으로, 부처의 교화를 펼치고 신통(神通) 제일의 성예(聲譽)를 얻었다.

93) 琉璃: 琉璃(유리) + -∅(←-이: 부조, 비교)

94) ᄀᆞᆮᄒᆞ야: ᄀᆞᆮᄒᆞ(같다, 如)- + -야(←-아: 연어)

95) 안팟기: 안꽈[안꽈, 內外: 안ᄒᆞ(안, 內) + 밖(밖, 外)] + -이(주조)

96) 비취니: 비취(비치다, 照)- + -∅(과시)- + -니(평종, 반말)

97) 雪山: 설산. 눈이 덮인 산이다. ※ 불교 관련 서적 따위에서, '히말라야 산맥'을 달리 이르는 말이다. 꼭대기가 항상 눈으로 덮여 있어 이렇게 이른다.

98) 白玉堀: 백옥굴. 백옥으로 만든 굴이다.

99) 舍利弗: 사리불. 석가모니의 십대 제자 가운데 한 사람이다(?~B.C.486). 십육 나한의 하나로서, 석가모니의 아들 라훌라의 수계사(授戒師)로 유명하다.

100) 沙彌: 沙彌(사미) + -∅(←-이: 주조) ※ '沙彌(사미)'는 십계(十戒)를 받고 구족계(具足戒)를 받기 위하여 수행하고 있는 어린 남자 승려이다.

1) 안ᄌᆞ니: 앉(앉다, 坐)- + -∅(과시)- + -니(평종, 반말)

舍利弗(사리불)의 金色身(금색신)이 金色(금색)을 放光(방광)하고, 法(법)을
일러서 沙彌(사미)에게 듣게 하였으니.

其一百八十六(기일백팔십육)

蓮(연)꽃이 黃金臺(황금대)이고 (그) 위에 金盖(금개)이더니, 五百(오백) 比丘
(비구)를 迦旃延(가전연)이 데리고 갔으니.

舍샹利링弗붏 金금色싁身신²⁾이 金금色싁 放방光광³⁾ᄒ고 法법을 닐어⁴⁾ 沙샹彌밍를⁵⁾ 들이니⁶⁾

其끵一ᅙᅵᆯ百빅八밣十씹六륙

蓮련ㅅ고지⁷⁾ 黃ᅘᅪᆼ金금臺띵오⁸⁾ 우희⁹⁾ 金금盖갱러니¹⁰⁾ 五옹百빅 比삥丘쿨를 迦강旃젼延연¹¹⁾이 ᄃ리니¹²⁾

---

2) 金色身: 금색신. 금빛의 몸이다.

3) 放光: 방광. 부처가 광명을 내는 것이다.

4) 닐어: 닐(←니르다: 이르다, 說)-+-어(연어)

5) 沙彌를: 沙彌(사미)+-를(-에게: 목조, 보조사적 용법, 의미상 부사격) ※ '沙彌(사미)'는 십계(十戒)를 받고 구족계(具足戒)를 받기 위하여 수행하고 있는 어린 남자 승려이다.

6) 들이니: 들이[듣게 하다, 들려 주다: 들(←듣다, ㄷ불: 듣다, 聞)-+-이(사접)-]-+-Ø(과시)-+-니(평종, 반말)

7) 蓮ㅅ고지: 蓮ㅅ곶[연꽃, 蓮花: 蓮(연)+-ㅅ(관조, 사잇)+곶(꽃, 花)]+-이(주조)

8) 黃金臺오: 黃金臺(황금대)+-Ø(←-이-: 서조)-+-오(←-고: 연어, 나열) ※ '黃金臺(황금대)'는 황금으로 장식한 받침대(臺)이다.

9) 우희: 우ᅙ(위, 上)+-의(-에: 부조, 위치)

10) 金盖러니: 金盖(금개)+-Ø(←-이-: 서조)-+-러(←-더-: 회상)-+-니(연어, 설명 계속) ※ '金盖(금개)'는 금으로 장식한 천개(天盖)이다. 그리고 '天盖(천개)'는 불상을 덮는 일산(日傘)이나 법당 불전(佛殿)의 탁자를 덮는 닫집이다. 부처의 머리를 덮어서 비, 이슬, 먼지 따위를 막는다.

11) 迦旃延: 가전연. '迦栴延(가전연)'은 남인도(南印度)의 사람으로서, 세존(世尊)의 십대 제자(十大弟子) 중의 하나로 논의(論議) 제일(第一)이다.

12) ᄃ리니: ᄃ리(데리다, 伴)-+-Ø(과시)-+-니(평종, 반말) ※ 그 뒤에 나오는 『석보상절』의 산문의 내용을 참조하여, 'ᄃ리니'를 '데리고 갔으니'로 의역하여 옮긴다.

(오백 비구가) 臺上(대상)에 모여 앉아 (오백 비구의) 몸에 물이 나되, 花間(화간)에 흘러 땅이 아니 젖었으니.

其一百八十七(기일백팔십칠)

이 네 弟子(제자)들이 五百(오백) 比丘(비구)씩 데리고 이리 앉아 날아갔으니. 千二百五十(천이백오십) 弟子(제자)가

臺_똉上_썅¹³⁾애 모다¹⁴⁾ 안자 몸애 믈이¹⁵⁾ 나딕¹⁶⁾ 花_황間_간¹⁷⁾애 흘러 싸히¹⁸⁾ 아니 저즈니¹⁹⁾

其_끵一_힗百_빅八_밣十_씹七_칢

이 네 弟_똉子_중들히²⁰⁾ 五_옹百_빅 比_삥丘_쿨옴²¹⁾ 드려²²⁾ 이리²³⁾ 안자 ᄂᆞ라가니²⁴⁾

千_쳔二_싱百_빅五_옹十_씹 弟_똉子_중ㅣ

---

13) 臺上: 대상. 대(臺)의 위이다. ※ '臺(대)'는 흙이나 돌 따위로 높이 쌓아 올려 사방을 바라볼 수 있게 만든 곳이다.

14) 모다: 몯(모이다, 集)- + -아(연어)

15) 믈이: 믈(물, 水) + -이(주조)

16) 나딕: 나(나다, 出)- + -딕(←-오딕: -되, 연어, 설명 계속)

17) 花間: 화간. 꽃의 사이이다.

18) 싸히: 싸ㅎ(땅, 地) + -이(주조)

19) 저즈니: 젖(젖다, 潤)- + -Ø(과시)- + -니(평종, 반말)

20) 이 네 弟子들ㅎ: 이 네 제자들. ※ 釋迦牟尼(석가모니)의 으뜸가는 네 제자이다. 곧 須菩提(수보리), 迦旃延(가전연), 迦葉(가섭), 目犍連(목건련)이다.

21) 比丘옴: 比丘(비구) + -옴(-곰: -씩, 보조사, 각자) ※ '比丘(비구)'는 출가하여 구족계(具足戒)를 받은 남자 승려이다.

22) 드려: 드리(데리다, 與)- + -어(연어)

23) 이리: [이리, 如此(부사): 이(이, 此: 지대, 정칭) + -리(부접)]

24) ᄂᆞ라가니: ᄂᆞ라가[날아가다, 飛行: ᄂᆞᆯ(날다, 飛)- + -아(연어) + 가(가다, 行)-]- + -Ø(과시)- + -니(평종, 반말)

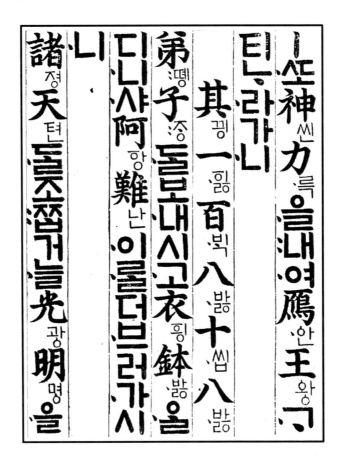

또 神力(신력)을 내어, 鴈王(안왕)같이 날아갔으니.

其一百八十八(기일백팔십팔)

(세존이) 弟子(제자)들을 보내시고, 衣鉢(의발)을 지니시어 阿難(아난)이와 더불어 가셨으니.

諸天(제천)들이 (부처를) 쫓거늘 光明(광명)을

쏘 神씬力륵²⁵⁾을 내여 鴈안王왕²⁶⁾ ᄀ티²⁷⁾ ᄂᆞ라가니

其끵一힗百빅八밣十씹八밣

弟뗑子중ᄃᆞᆯ 보내시고 衣ᅙᅴ鉢밣²⁸⁾을 디니샤²⁹⁾ 阿항難난이ᄅᆞᆯ³⁰⁾ 더브러³¹⁾
가시니
諸정天텬³²⁾ᄃᆞᆯ 조쫍거늘³³⁾ 光꽝明명을

---

25) 神力: 오력(五力)의 하나로서, 부처의 가르침을 믿고 그것에 의지하여 얻는 힘을 이른다.

26) 鴈王: 안왕. '기러기의 왕'이라는 뜻이다. 불교에서는 '부처(佛)'를 뜻하기도 한다.

27) ᄀ티: [같이, 如(부사): 곹(← ᄀᆞᇀᄒᆞ다: 같다, 如, 형사)- + -이(부접)]

28) 衣鉢: 의발. 옷(衣)과 바리(鉢)를 아울러서 이르는 말이다. ※ '바리'는 절에서 쓰는 승려의 공
양 그릇이다. 나무나 놋쇠 따위로 대접처럼 만들어 안팎에 칠을 한다.(= 바리때)

29) 디니샤: 디니(지니다, 持)- + -샤(←-시-: 주높)- + -Ø(←-아: 연어)

30) 阿難이ᄅᆞᆯ: 阿難이[阿難이: 阿難(아난: 인명) + -이(명접, 어조 고름)] + -ᄅᆞᆯ(-와: 목조, 보조사
적 용법, 의미상 부사격)

31) 더브러: 더블(더불다, 與)- + -어(연어)

32) 諸天: 제천. 모든 하늘. 욕계의 육욕천, 색계의 십팔천, 무색계의 사천(四天) 따위를 통틀어 이
른다. 마음을 수양하는 경계를 따라 나뉜다. 혹은 천상계의 모든 천신(天神)을 이른다.

33) 조쫍거늘: 조(←좇다: 쫓다, 從)- + -쫍(←-ᄌᆞᆸ-: 객높)- + -거늘(연어, 상황)

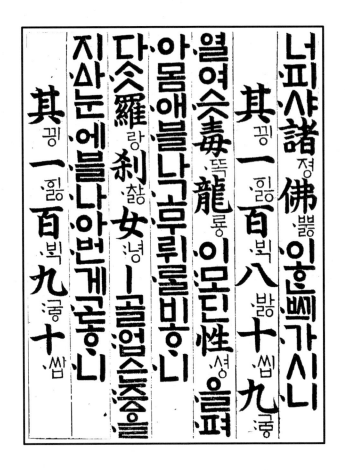

넓히시어 諸佛(제불)이 함께 (나건하라국에) 가셨으니.

其一百八十九(기일백팔십구)

열여섯 毒龍(독룡)이 모진 性(성)을 펴서, 몸에 불이 나고 우박을 흩뿌렸으니.

다섯 羅刹女(나찰녀)가 흉한 모습을 지어, 눈에 불이 나서 번개와 같으니.

其一百九十(기일백구십)

너피샤³⁴⁾ 諸_졍佛_뿛이 ᄒᆞᆫᄢᅴ³⁵⁾ 가시니

其_끵一_{ᅵᇙ}百_빅八_{바ᇙ}十_씹九_귷

열여슷 毒_똑龍_룡이 모딘³⁶⁾ 性_셩을 펴아 몸애 블 나고 무뤼를³⁸⁾ 비ᄒᆞ니³⁹⁾

다ᄉᆞᆺ 羅_랑利_링女_녕⁴⁰⁾ㅣ 골업슨⁴¹⁾ ᄌᆞᆯ을⁴²⁾ 지ᅀᅡ⁴³⁾ 눈에 블 나아 번게⁴⁴⁾ ᄀᆞᆮᄒᆞ니⁴⁵⁾

其_끵一_{ᅵᇙ}百_빅九_귷十_씹

---

34) 너피샤: 너피[넓히다, 擴: 넙(넓다, 廣: 형사)-+-히(사접)-]-+-샤(←-시-: 주높)-+-Ø(←-아: 연어)

35) ᄒᆞᆫᄢᅴ: [함께, 同(부사): ᄒᆞᆫ(한, 一: 관사, 양수)+ᄢᅴ(←ᄢ: 때, 時, 의명)+-의(-에: 부조▷부접)]

36) 모딘: 모디(←모딜다: 모질다, 惡)-+-Ø(현시)-+-ㄴ(관전)

37) 性: 성, 성질.

38) 무뤼를: 무뤼(우박, 雨雹)+-를(목조)

39) 비ᄒᆞ니: 빟(흩뿌리다, 散)-+-Ø(과시)-+-ᄋᆞ니(평종, 반말)

40) 羅利女: 나찰녀. 여자 나찰이다. 사람의 고기를 즐겨 먹으며, 큰 바다 가운데 산다고 한다.

41) 골업슨: 골없[모습이 흉하다, 사납다, 벙: 골(꼴, 形: 명사)+없(없다, 無: 형사)-]-+-Ø(현시)-+-은(관전)

42) ᄌᆞᆯ을: ᄌᆞᆯ(모양, 모습, 模樣)+-을(목조)

43) 지ᅀᅡ: 짓(←짓다, ㅅ불: 짓다, 作)-+-아(연어)

44) 번게: 번게(번개, 電)+-Ø(←-이: -와, 부조, 비교)

45) ᄀᆞᆮᄒᆞ니: ᄀᆞᆮᄒᆞ(같다, 如)-+-Ø(현시)-+-니(평종, 반말)

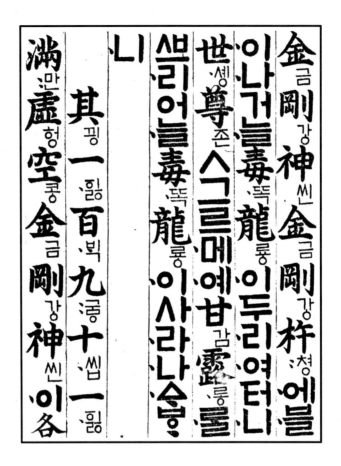

金剛神(금강신)의 金剛杵(금강저)에 불이 나거늘, 毒龍(독룡)이 두려워하더니.
世尊(세존)의 그림자에 (하늘에서) 甘露(감로)를 뿌리거늘, 毒龍(독룡)이 살아
났으니.

其一百九十一(기일백구십일)

滿虛空(만허공) (한) 金剛神(금강신)이

金금剛강神씬⁴⁶⁾　金금剛강杵청⁴⁷⁾에　블이　나거늘　毒똑龍룡이　두리여⁴⁸⁾
터니⁴⁹⁾

世솅尊존ㅅ　그르메예⁵⁰⁾　甘감露롱⁵¹⁾를　쁘리어늘⁵²⁾　毒똑龍룡이　사라나ᅀᆞ
ᄫᅵ니⁵³⁾

　　　　其끵一힗百빅九굴十씹一힗

滿만虛헝空콩⁵⁴⁾　金금剛강神씬이

---

46) 金剛神: 금강신. 금강역사(金剛力士)의 다른 이름이다. 여래의 비밀한 사적(事績)을 알아서 오백 야차신을 부려 현겁(賢劫) 천불의 법을 지킨다는 두 신이다. 절 문 또는 수미단 앞의 좌우에 세우는데, 허리에만 옷을 걸친 채 용맹스러운 모습을 하고 있다. 왼쪽은 밀적금강으로 입을 벌린 모양이며, 오른쪽은 나라연금강으로 입을 다문 모양이다.

47) 金剛杵: 금강저. 승려가 불도를 닦을 때 쓰는 법구(法具)의 하나이다. 이 불구의 형태는 손잡이 양쪽이 뾰족한 독고(獨鈷)만 있는 것과, 양끝이 2·3·4·5·9갈래로 갈라진 2고저(鈷杵)·3고저·4고저·5고저·9고저 등이 있다. 이 금강저는 번뇌를 깨뜨리는 보리심을 상징하는데, 독고(獨鈷)·삼고(三鈷)·오고(五鈷) 따위가 있다.

48) 두리여: 두리(두려워하다, 畏)-＋-여(←-어: 연어)

49) 터니: ㅎ(← ᄒ다: 하다, 보용)-＋-더(회상)-＋-니(평종, 반말)

50) 그르메예: 그르메(그림자, 影)＋-예(←-에: 부조, 위치)

51) 甘露: 감로. 천신(天神)의 음료, 하늘에서 내리는 단이슬이라는 뜻이다. 불교 경전에서는 주로 부처님의 교법이 중생을 잘 제도하는 데에 비우하는 예로 쓰인다.

52) 쁘리어늘: 쁘리(뿌리다, 灑)-＋-어늘(-거늘: 연어, 상황)

53) 사라나ᅀᆞᄫᅵ니: 사라나[살아나다, 活: 살(살다, 活)-＋-아(연어)＋나(나다, 出)-]-＋-ᅀᆞ(←-ᅀᆞᆸ-: 객높)-＋-Ø(과시)-＋-니(평종, 반말)

54) 滿虛空: 만허공. 허공에 가득차다.

各各(각각) 金剛杵(금강저)이니, (독룡이 아무리) 모진들 아니 두려워하리?
【 滿虛空(만허공)은 虛空(허공)에 가득한 것이다. 】

　滿虛空(만허공) 世尊(세존)이 各各(각각) 放光(방광)이시니, (독룡이 아무리)
모진들 아니 기뻐하리?

　　　其一百九十一(기일백구십일)

各_각各_각 金_금剛_강杵_청ㅣ어니⁵⁵⁾ 모딘들⁵⁶⁾ 아니 저쓰ᄫ리⁵⁷⁾【滿_만虛_헝空_콩ᄋᆞᆫ 虛_헝空_콩애 ᄀᆞ득홀⁵⁸⁾ 씨라】

滿_만虛_헝空_콩 世_솅尊_존이 各_각各_각 放_방光_광이어시니⁵⁹⁾ 모딘들 아니 깃ᄉᆞᄫ리⁶⁰⁾

其_끵一_{ᅙᅵᆳ}百_{ᄇᆡᆨ}九_굴十_씹二_{ᅀᅵᆼ}

---

55) 金剛杵ㅣ어니: 金剛杵(금강저) + -ㅣ(← -이-: 서조) - + -어(← -거-: 확인) - + -니(연어, 이유)
   ※ '金剛杵ㅣ어니'는 '金剛杵를 가졌으니'로 의역하여서 옮길 수 있다.
56) 모딘들: 모디(← 모딜다: 모질다, 惡) - + -ㄴ들(-ㄴ들: 연어, 양보)
57) 저쓰ᄫ리: 저(← 젛다: 두려워하다, 畏) - + -ᅀᆞᇦ(← -ᅀᆞᆸ-: 객높) - + -ᄋᆞ리(의종, 반말, 미시)
58) ᄀᆞ득홀: ᄀᆞ득ᄒᆞ[가득하다, 滿: ᄀᆞ득(가득, 滿: 부사) + -ᄒᆞ(형접)-] - + -ㄹ(관전)
59) 放光이어시니: 放光(방광) + -이(서조) - + -어(← -거-: 확인) - + -시(주높) - + -니(연어, 이유)
   ※ '放光이어시니'는 '방광하셨으니'로 의역하여 옮길 수 있다.
60) 깃ᄉᆞᄫ리: 깃(← 깄다: 기뻐하다, 歡) - + -ᅀᆞᇦ(← -ᅀᆞᆸ-: 객높) - + -ᄋᆞ리(의종, 반말, 미시)

龍王(용왕)이 (금강신을) 두려워하여, 七寶(칠보)로 된 平床座(평상좌)를 놓고 "부처시여, (우리를) 求(구)하소서." 하였으니.

國王(국왕)이 (세존을) 恭敬(공경)하여, 白氎(백첩) (위에) 眞珠網(진주망)을 펴고 "부처시여, (白氎縵 안에) 드소서." 하였으니.

其一百九十三(기일백구십삼)

龍_룡王_왕이 두리ᅀᄫᅡ⁶¹⁾ 七_칧寶_봏⁶²⁾ 平_뼝床_쌍座_쫭⁶³⁾ 노ᄊᆞᆸ고⁶⁴⁾ 부텨하⁶⁵⁾

救_굴ᄒᆞ쇼셔⁶⁶⁾ ᄒᆞ니

國_귁王_왕이 恭_공敬_경ᄒᆞᅀᄫᅡ 白_삑氎_떱⁶⁷⁾ 眞_진珠_즁網_망⁶⁸⁾ 펴ᅀᆸ고 부텨하

드르쇼셔⁶⁹⁾ ᄒᆞ니

其_끵一_힗百_빅九_굴十_씹三_삼

---

61) 두리ᅀᄫᅡ: 두리(두려워하다, 畏)- + -ᅀᆸ(←-ᅀᆸ-: 객높)- + -아(연어)
62) 七寶: 칠보. 일곱 가지 주요 보배이다. '金(금)·銀(은)·瑠璃(유리)·玻瓈(파려)·硨磲(차거)·赤珠(적주)·瑪瑙(마노)'를 이른다.
63) 平床: 평상. 나무로 만든 침상의 하나이다. 밖에다 내어 앉거나 드러누워 쉴 수 있도록 만든 것이다.
64) 노ᄊᆞᆸ고: 노(← 놓다: 놓다, 置)- + -ᄊᆞᆸ(←-ᅀᆸ-: 객높)- + -고(연어, 계기)
65) 부텨하: 부텨(부처, 佛) + -하(-이시여: 호조, 아주 높임)
66) 救ᄒᆞ쇼셔: 救ᄒᆞ[구하다: 救(구: 불어) + -ᄒᆞ(동접)-]- + -쇼셔(-소서: 명종, 아주 높임)
67) 白氎: 백첩. 흰 빛깔의 가는 모직물이다. 여기서는 백첩만(白氎縵)을 가리키는데, '만(縵)'은 휘장이니, '白氎縵(백첩만)'은 흰 빛깔의 가는 모직물로 만든 휘장이다.
68) 眞珠網: 진주로 만든 그물이다.
69) 드르쇼셔: 들(들다, 入)- + -으쇼셔(-으소서: 명종, 아주 높임) ※ '드르쇼셔'는 '白氎縵(백첩만)의 안으로 드소서'로 의역하여 옮길 수 있다.

(세존이) 발을 드시니 (장딴지에서) 五色(오색) 光明(광명)이 나시어, 꽃이 피고 (꽃 사이에서) 菩薩(보살)이 나셨으니.

(세존이) 팔을 드시니 보배로 된 꽃이 떨어져서, 金翅鳥(금시조)가 되어 龍(용)을 두렵게 하였으니.

其一百九十四(기일백십사)

七寶(칠보) 金臺(금대)에 七寶(칠보) 蓮花(연화)가

발을⁷⁰⁾ 드르시니⁷¹⁾ 五_옹色_식 光_광明_명이 나샤⁷²⁾ 고지⁷³⁾ 프고⁷⁴⁾ 菩_뽕薩_삻이 나시니⁷⁵⁾

블홀⁷⁶⁾ 드르시니 보비옛⁷⁷⁾ 고지 드라⁷⁸⁾ 金_금翅_싱⁷⁹⁾ 드외야 龍_룡을 저킈⁸⁰⁾ ᄒ니

其_끵一_힗百_빅九_굴十_씹四_{ᄉᆞ}

七_칧寶_볼 金_금臺_띵⁸¹⁾예 七_칧寶_볼 蓮_련花_황⁸²⁾ㅣ

---

70) 발을: 발(발, 足)+-을(목조)
71) 드르시니: 들(들다, 擧)-+-으시(주높)-+-니(연어, 이유)
72) 나샤: 나(나다, 出)-+-샤(←-시-: 주높)-+-Ø(←-아: 연어)
73) 고지: 곶(꽃, 花)+-이(주조)
74) 프고: 프(피다, 發)-+-고(연어, 나열)
75) 나시니: 나(나다, 出)-+-시(주높)-+-Ø(과시)-+-니(평종, 반말)
76) 블홀: 블ᄒ(팔, 手)+-올(목조)
77) 보비옛: 보비(보배, 寶)+-예(←-에: 부조, 위치)+-ㅅ(-의: 관조) ※ '보비옛'은 '보배로 된'으로 의역하여 옮긴다.
78) 드라: 들(←-듣다, ㄷ불: 듣다, 떨어지다, 落)-+-아(←-어: 연어) ※ '드라'는 '드러'를 오각한 형태이다.
79) 金翅: 金翅(금시, 금시조)+-Ø(←-이: 보조) ※ '金翅(금시)'는 금시조(金翅鳥)이다. 팔부중(八部衆)의 하나이다. 불경에 나오는 상상의 큰 새로, 매와 비슷한 머리에는 여의주가 박혀 있으며 금빛 날개가 있는 몸은 사람을 닮고 불을 뿜는 입으로 용을 잡아먹는다고 한다.(= 가루라, 迦樓羅)
80) 저킈: 젛(두려워하다, 畏)-+-긔(-게: 연어, 사동)
81) 金臺: 금대. 아름답게 장식한 대(臺)이다. 여기서는 '연화(蓮花)'가 모여서 대(臺) 모양의 무더기를 이룬 것을 이른다.(=연화대, 蓮花臺)
82) 蓮花: 연화. 연꽃이다.

이루어지거늘, 얼마의 부처가 加趺坐(가부좌)이시냐?

瑠璃堀(유리굴)의 가운데에 瑠璃座(유리좌)가 나거늘, 얼마의 比丘(비구)가 火光三昧(화광삼매)이냐?

其一百九十五(기일백구십오)

國王(국왕)이 (세존의) 變化(변화)를 보아서 좋은

일어늘⁸³⁾　현맛⁸⁴⁾　부톄　加_강趺_붕坐_쫭ㅣ어시뇨⁸⁵⁾

瑠_률璃_링堀_콯⁸⁶⁾ㅅ　가온딕⁸⁷⁾　瑠_률璃_링座_쫭⁸⁸⁾ㅣ　나거늘　현맛　比_삥丘_쿻ㅣ

火_황光_광三_삼昧_밍어뇨⁸⁹⁾

　　其_끵一_힗百_빅九_굴十_씹五_옹

國_귁王_왕이　變_변化_황　보ᄉᆞᄫᅡ⁹⁰⁾　됴ᄒᆞᆫ⁹¹⁾

---

83) 일어늘: 일(이루어지다, 成)- + -어늘(←-거늘: 연어, 상황)

84) 현맛: 현마(얼마, 何: 지대, 미지칭) + -ㅅ(-의: 관조)

85) 加趺坐ㅣ어시뇨: 加趺坐(가부좌) + -ㅣ(←-이-: 서조)- + -Ø(현시)- + -어(←-거-: 확인)- + -시(주높)- + -뇨(-냐: 의종, 설명) ※ '加趺坐(결가부좌)'는 부처의 좌법(坐法)으로 좌선할 때 앉는 방법의 하나이다. 왼쪽 발을 오른쪽 넓적다리 위에 놓고 오른쪽 발을 왼쪽 넓적다리 위에 놓고 앉는 것을 '길상좌'라고 하고 그 반대를 '항마좌'라고 한다. 손은 왼 손바닥을 오른 손바닥 위에 겹쳐 배꼽 밑에 편안히 놓는다. '加趺坐ㅣ어시뇨'는 '加趺坐(가부좌)를 하셨느냐'로 의역하여 옮길 수 있다.

86) 瑠璃堀: 유리굴. 유리(瑠璃)로 된 굴(堀)이다. ※ '瑠璃(유리)'는 인도의 고대 7가지 보배 중 하나로서, 산스크리트어로 바이두르야(vaidūrya)라 한다. 묘안석의 일종으로, 광물학적으로는 녹주석이다. 청석(靑石) 보석이라고 하지만 여러 가지 빛깔이 있는 것으로 보아 묘안석(猫眼石)의 일종으로 생각된다. 광물학적으로는 녹주석(綠柱石: 베릴)이라고 한다.

87) 가온딕: 가운데, 中.

88) 瑠璃座: 유리좌. 유리(瑠璃)로 된 자리(座)이다.

89) 火光三昧어뇨: 火光三昧(화광삼매) + -Ø(←-이-: 서조)- + -Ø(현시)- + -어(확인)- + -뇨(-냐: 의종, 설명) ※ 火光三昧(화광삼매): '火光(화광)'은 불빛이다. 그리고 '三昧(삼매)'는 잡념을 떠나서 오직 하나의 대상에만 정신을 집중하는 경지이다. 이 경지에서 바른 지혜를 얻고 대상을 올바르게 파악하게 된다. 여기서 '火光三昧(화광삼매)'는 몸에서 불을 내는 선정 (禪定)이다. 아난존자(阿難尊者)은 허공에 올라가 화광정(火光定)에 들어가 몸에서 불을 일으켜 적멸 (寂滅)에 들어갔다고 한다. ※ '火光三昧어뇨'는 '火光三昧에 들었느냐'로 의역하여 옮길 수 있다.

90) 보ᄉᆞᄫᅡ: 보(보다, 見)- + -ᅀᆞᆸ(←-ᅀᆞᆸ-: 객높)- + -아(연어)

91) 됴ᄒᆞᆫ: 둏(좋다, 好)- + -Ø(현시)- + -ㄴ(관전)

마음을 내니, 臣下(신하)도 또 (좋은 마음을) 내었습니다.

  龍王(용왕)이 金剛杵(금강저)를 두려워하여 모진 마음을 고치니, 羅刹(나찰)도 또 (모진 마음을) 고쳤습니다.

  其一百九十六(기일백구십육)

(부처가) 빈 바리의 供養(공양)이더니, 부처가 神力(신력)을 내시어 無量(무량)衆(중)을 충분히 겪었으니.

므ᅀᆞᆷ[92] 내니 臣씬下행도 ᄯᅩ 내니이다[93]

龍룡王왕이 金금剛강杵청 저허[94] 모딘 므ᅀᆞᆷ 고티니[95] 羅랑利찷[96]도 ᄯᅩ 고티니이다[97]

其끵一힗百빅九굴十씹六륙

뷘[98] 바리[99] 供공養양이러니[100] 부톄 神씬力륵 내샤[1] 無뭉量량 衆즁을 ᄌᆞ래[3] 겻그니[4]

---

92) 므ᅀᆞᆷ: 마음, 心.

93) 내니이다: 내[내다, 出: 나(나다, 出)-+-ㅣ(←-이-: 사접)-]-+-Ø(과시)-+-니(원칙)-+-이(상높, 아주 높임)-+-다(평종)

94) 저허: 젛(두려워하다, 畏)-+-어(연어)

95) 고티니: 고티[고치다, 改: 곧(곧다, 直: 형사)-+-히(사접)-]-+-니(연어, 이유)

96) 羅利: 나찰. 팔부의 하나이다. 푸른 눈과 검은 몸, 붉은 머리털을 하고서 사람을 잡아먹으며, 지옥에서 죄인을 못살게 군다고 한다. 나중에 불교의 수호신이 되었다.

97) 고티니이다: 고티[고치다, 改: 곧(곧다, 直: 형사)-+-히(사접)-]-+-Ø(과시)-+-니(원칙)-+-이(상높, 아주 높임)-+-다(평종)

98) 뷘: 뷔(비다, 空)-+-Ø(과시)-+-ㄴ(관전)

99) 바리: 바리. 바리때. 鉢. 절에서 쓰는 승려의 공양 그릇이다. 나무나 놋쇠 따위로 대접처럼 만들어 안팎에 칠을 한다.

100) 供養이러니: 供養(공양)+-이(서조)-+-러(←-더-: 회상)-+-니(연어, 설명 계속) ※ '供養(공양)'은 불(佛), 법(法), 승(僧)의 삼보(三寶)나 죽은 이의 영혼에게 음식, 꽃 따위를 바치는 일이다.

1) 내샤: 내[내다, 出: 나(나다, 出)-+-ㅣ(←-이-: 사접)-]-+-샤(←-시-: 주높)-+-Ø(←-아: 연어)

2) 無量衆: 무량중. 무량 대중(無量 大衆), 곧 수없이 많은 중생이다.(= 大衆)

3) ᄌᆞ래: [자라게, 충분히, 長(부사): ᄌᆞ라(자라다, 長: 동사)-+-ㅣ(←-이: 부접)]

4) 겻그니: 겪(겪다, 經驗)-+-Ø(과시)-+-으니(평종, 반말) ※ "부톄 神力 내샤 無量衆을 ᄌᆞ래 겻그니"는 그 뒤에 나오는 석보상절의 산문 내용을 참조하면, '부처가 신통력을 내어서 수많은 대중(大衆)에게 天食(천식)을 충분히 먹게 한 일'을 이른다.

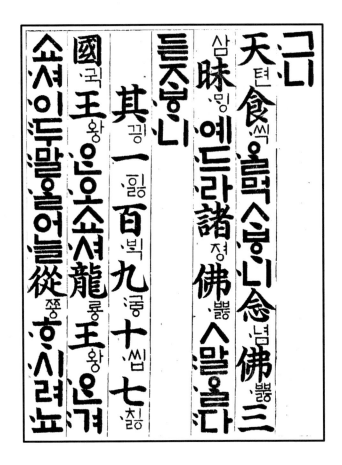

(무량 즁들이) 天食(쳔식)을 먹으니, (무량 즁들이) 念佛三昧(염블삼매)에 들어서 諸佛(졔블)의 말을 다 들었으니.

其一百九十七(긔일백구십칠)

國王(국왕)은 "(우리 나라의 城에) 오소서." (하고), 龍王(용왕)은 (여기에 그대로) 있으소서." (하니), (부처께서) 이 두 말을 어느 것을 從(종)하시겠느냐?

天텬食씩⁵⁾을 먹스ᄫᅵ니⁶⁾ 念념佛뿛三삼昧밍⁷⁾예 드라⁸⁾ 諸졍佛뿛ㅅ 말ᄋᆞᆯ
다 듣ᄌᆞᄫᅵ니⁹⁾

其끵一ᅙᅵᆳ百ᄇᆡᆨ九귷十씹七칧

國귁王왕ᄋᆞᆫ 오쇼셔¹⁰⁾ 龍룡王왕ᄋᆞᆫ 겨쇼셔¹¹⁾ 이 두 말ᄋᆞᆯ 어늘¹²⁾ 從쫑
ᄒᆞ시려뇨¹³⁾

---

5) 天食: 천식. 하늘에서 천신(天神)들이 먹는 음식이다.

6) 먹스ᄫᅵ니: 먹(먹다, 食)- + -ᅀᆞᇦ(← -ᅀᆞᆸ-: 객높)- + -ᄋᆞ니(연어, 설명 계속)

7) 念佛三昧: 염불삼매. 마음을 집중하여 오로지 염불하는 것이다. 또는 그렇게 함으로써 마음이
    산란하지 않고 평온하게 된 상태이다. ※ '三昧(삼매)'는 잡념을 떠나서 오직 하나의 대상에만
    정신을 집중하는 경지이다. 이 경지에서 바른 지혜를 얻고 대상을 올바르게 파악하게 된다

8) 드라: 들(들다, 入) + -아(← -어: 연어)

9) 듣ᄌᆞᄫᅵ니: 듣(듣다, 聞)- + -ᄌᆞᇦ(← -ᄌᆞᆸ-: 객높)- + -Ø(과시)- + -ᄋᆞ니(평종, 반말)

10) 오쇼셔: 오(오다, 來)- + -쇼셔(-소서: 명종, 아주 높임)

11) 겨쇼셔: 겨(있다, 在)- + -쇼셔(-소서: 명종, 아주 높임) ※ 참고로 중세 국어의 '겨시다'는 어
    근인 '겨-'에 주체 높임의 선어말 어미인 '-시-'가 붙어서 형성된 파생 동사이다.

12) 어늘: 어느(어느 것, 何: 지대, 미지칭) + -ㄹ(← -를: 목조)

13) 從ᄒᆞ시려뇨: 從ᄒᆞ[종하다, 따르다: 從(종: 불어) + -ᄒᆞ(동접)-]- + -시(주높)- + -리(미시)- + -
    어(확인)- + -뇨(-냐: 의종, 설명)

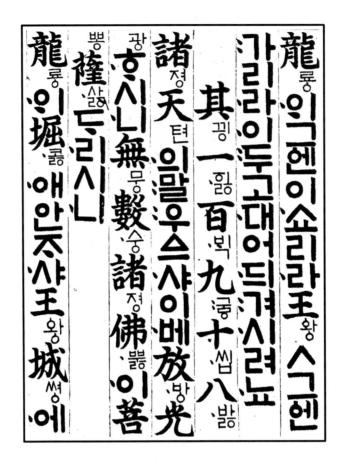

(세존이) 龍(용)에게는 "있으리라." 王(왕)에게는 "가리라." 하니, (세존이) 이 두 곳에 어디에 계시겠느냐?

其一百九十八(기일백구십팔)

(세존이) 諸天(체천)의 말에 웃으시어 입에서 放光(방광)하시니, 無數(무수)한 諸佛(제블)이 菩薩(보살)을 데리셨으니.

(세존이) 龍(용)의 堀(굴)에 앉으시어 王城(왕성)에

龍_룡이 그엔¹⁴⁾ 이쇼리라¹⁵⁾ 王_왕ㅅ 그엔¹⁶⁾ 가리라¹⁷⁾ 이 두 고대¹⁸⁾
어듸¹⁹⁾ 겨시려뇨²⁰⁾

　　其_끵一_힗百_빅九_굴十_씹八_밣

諸_정天_텬의 말 우스샤²¹⁾ 이베²²⁾ 放_방光_광ᄒ시니 無_뭉數_숭 諸_졍佛_뿛이
菩_뽕薩_삻²³⁾ ᄃ리시니²⁴⁾
龍_룡이 堀_콣애 안ᄌ샤²⁵⁾ 王_왕城_쎵에

---

14) 龍이 그엔: 龍(용) + -이(관조) # 그에(거기에, 彼處: 의명) + -에(부조, 위치) + -ㄴ(← -는: 보
　　조사, 주제) ※ '龍이 그엔'은 '용에게는'으로 의역하여서 옮긴다.
15) 이쇼리라: 이시(있다, 在) - + -오(화자)- + -리(미시)- + -라(← -다: 평종)
16) 王ㅅ 그엔: 王(용) + -ㅅ(-의: 관조) # 그에(거기에, 彼處: 의명) + -에(부조, 위치) + -ㄴ(← -
　　는: 보조사, 주제) ※ 관형격 조사인 '-ㅅ'은 높임의 대상이 되는 유정 명사 뒤에 실현된다.
17) 가리라: 가(가다, 去) - + -∅(← -오-: 화자)- + -리(미시)- + -라(← -다: 평종)
18) 고대: 곧(곳, 處: 의명) + -애(-에: 부조, 위치)
19) 어듸: 어디, 何處(지대, 미지칭)
20) 겨시려뇨: 겨시(계시다, 居) - + -리(미시)- + -어(확인)- + -뇨(-냐: 의종, 설명)
21) 우스샤: 웃(← 웃다, ㅅ불: 웃다, 笑) - + -으샤(← -으시-)- + -∅(← -아: 연어)
22) 이베: 입(입, 口) + -에(부조, 위치)
23) 菩薩: 보살. 부처가 전생에서 수행하던 시절, 수기를 받은 이후의 몸이다.
24) ᄃ리시니: ᄃ리(데리다, 與) - + -시(주높)- + -∅(과시)- + -니(평종, 반말) ※ 'ᄃ리시니'는 그
　　뒤에 나오는 『석보상절』의 내용을 참조하여, '데리고 계셨으니'로 의역하여 옮길 수 있다.
25) 안ᄌ샤: 앉(앉다, 坐) - + -ᄋ샤(← -ᄋ시-: 주높)- + -∅(← -아: 연어)

드시니, 無數(무수)한 諸國(제국)에 如來(여래)가 說法(설법)하시더니.

其一百九十九(기일백구십구)

(세존이) 十八變(십팔변)을 (용왕에게) 보이시고 그림자를 비추시어, (용왕에게) 모진 뜻을 고치라 하셨으니.

諸天(제천)이 모두 와서 (세존의) 그림자를 供養(공양)하여, 좋은 法(법)을 또 들었으니.

드르시니²⁶⁾ 無_뭉數_숭 諸_정國_귁에 如_셩來_링²⁷⁾ 說_쉃法_법더시니²⁸⁾

其_끵一_힗百_빅九_굴十_씹九_굴

十_씹八_밣變_변²⁹⁾ 뵈시고³⁰⁾ 그르멜³¹⁾ 비취샤³²⁾ 모딘 쁘들³³⁾ 고티라³⁴⁾
ᄒᆞ시니

諸_정天_텬이 모다³⁵⁾ 와 그르멜 供_공養_양ᄒᆞᅀᆞᄫᅡ³⁶⁾ 됴ᄒᆞᆫ 法_법을 쏘³⁷⁾
듣ᄌᆞᄫᅵ니³⁸⁾

---

26) 드르시니: 들(들다, 入)-＋-으시(주높)-＋-니(연어, 설명 계속)

27) 如來: 如來(여래)＋-∅(←-이: 주조) ※ '如來(여래)'는 여래 십호(如來 十號)의 하나이다. 진리로부터 진리를 따라서 온 사람이라는 뜻으로 '부처(佛)'를 달리 이르는 말이다.

28) 說法더시니: 說法[←說法ᄒᆞ다(설법하다): 說法(설법: 명사)＋-ᄒᆞ(동접)-]＋-더(회상)-＋-시(주높)-＋-니(평종, 반말) ※ '說法(설법)'은 법력이 높은 법사의 설교를 높이어 일컫는 말이다. 혹은 진리나 법을 말하여 교화하거나 불법을 다른 사람에게 설하여 가르치는 것이다.

29) 十八變: 십팔변. 부처나 보살이 중생을 구제하기 위해 불가사의하고 자유 자재한 능력으로 열여덟 가지로 변화하여 나타나는 것이다.

30) 뵈시고: 뵈[보이다, 示: 보(보다, 見: 타동)-＋-ㅣ(←-이-: 사접)-]＋-시(주높)-＋-고(연어, 계기)

31) 그르멜: 그르메(그림자, 影)＋-ㄹ(←-를: 목조)

32) 비취샤: 비취(비추다, 照)-＋-샤(←-시-: 주높)-＋-∅(←-아: 연어)

33) 쁘들: 쁟(뜻, 意)＋-을(목조)

34) 고티라: 고티[고치다, 改: 곧(곧다, 直: 형사)-＋-히(사접)-]＋-라(명종, 아주 낮춤)

35) 모다: ① [모두, 皆(부사): 몯(모이다, 集: 동사)-＋-아(연어▷부접)] ② 몯(모이다, 集)-＋-아(연어) ①과 ②의 두 가지 방식으로 분석할 수 있다.

36) 供養ᄒᆞᅀᆞᄫᅡ: 供養ᄒᆞ[공양하다: 供養(공양: 명사)＋-ᄒᆞ(동접)-]＋-ᅀᆞ(←-ᅀᆞᆸ-: 객높)-＋-아(연어)

37) 쏘: 또, 又(부사)

38) 듣ᄌᆞᄫᅵ니: 듣(듣다, 聞)-＋-ᅀᆞ(←-ᄌᆞᆸ-: 객높)-＋-∅(과시)-＋-ᄋᆞ니(평종, 반말)

那냥乾꺈詞항羅랑國귁古공仙션山
毒똑龍룡池띵ㅅㄱᆞᆺ애【毒똑龍룡池띵ᄂᆞᆫ 모딘 龍룡 잇ᄂᆞᆫ 모시라】羅랑刹챯穴ᅘᅯᇙ 가온ᄃᆡ【羅랑刹챯ᄋᆞᆫ ᄲᆞᆯ 귓거시라 ᄒᆞᄂᆞᆫ 마리라 穴ᅘᅯᇙᄋᆞᆫ 구무기라】다ᄉᆞᆺ 羅랑刹챯이 이셔 암龍룡이 ᄃᆞ외야 毒똑龍룡ᄋᆞᆯ 얻더니 龍룡도 무뤼 오게ᄒᆞ며 羅랑刹챯도 어즈러ᄫᅵ ᄃᆞᆫ니ᄊᆡ 네 ᄒᆡ를 艱간難간

那乾詞羅國(나건하라국)의 古仙山(고선산)에 있는 毒龍池(독룡지)의 가(邊)에【毒龍池(독룡지)는 모진 龍(용)이 있는 못이다.】 羅刹穴(나찰혈)의 가운데에【羅刹(나찰)은 빠른 귀신이라 하는 말이다. 穴(혈)은 구멍이다.】, 다섯 羅刹(나찰)이 있어 암龍(용)이 되어 毒龍(독룡)을 얻더니, 龍(용)도 우박이 오게 하며 羅刹(나찰)도 어지러이 다니므로, (그 나라에) 네 해를 艱難(간난)하고

那낭乾껀訶항羅랑國귁[39] 古공仙션山산 毒똑龍룡池띵[40]ㅅ ᄀᆞ새[41]【毒똑龍룡
池띵ᄂᆞᆫ 모딘[42] 龍룡 잇ᄂᆞᆫ 모시라】 羅랑利찷穴ᅗᅱᇙ[43]ㅅ 가온ᄃᆡ[44]【羅랑利찷ᄋᆞᆫ
ᄲᆞᄅᆞᆫ[45] 귓거시라[46] ᄒᆞ논 마리라 穴ᅗᅱᇙ은 굼기라[47]】 다ᄉᆞᆺ 羅랑利찷[48]이 이셔
암龍룡이[49] ᄃᆞ외야[50] 毒똑龍룡[51]을 얻더니 龍룡도 무뤼[52] 오게 ᄒᆞ며
羅랑利찷도 어즈러비[53] ᄃᆞᆮ닐씨[54] 네 히를 艱간難난ᄒᆞ고[55]

---

39) 那乾訶羅國: 나건하라국. 고대 인도(印度)의 토후국(土侯國)의 하나이다. 석가모니(釋迦牟尼)가 이 나건하라국의 못(池)에 있는 독룡(毒龍)을 항복시킨 것으로 유명(有名)하다.

40) 毒龍池: 독룡지. 독룡이 사는 연못이다.

41) ᄀᆞ새: ᄀᆞᇫ(← ᄀᆞᇫ: 가, 側) + -애(← -에: 부조, 위치)

42) 모딘: 모디(← 모딜다: 모질다, 惡)- + -Ø(현시)- + -ㄴ(관전)

43) 羅利穴: 나찰혈. 나찰(羅利)은 빠른 귀신이라는 말이고, 혈(穴)은 구멍이다. 羅利穴(나찰혈)은 나찰이 사는 구멍을 말한다.

44) 가온ᄃᆡ: 가운데, 中.

45) ᄲᆞᄅᆞᆫ: ᄲᆞᄅᆞ(빠르다, 速)- + -Ø(현시)- + -ㄴ(관전)

46) 귓거시라: 귓것[귀신: 귀(귀, 鬼) + -ㅅ(관조, 사잇) + 것(것, 者: 의명)] + -이(서조)- + -Ø(현시)- + -라(← -다: 평종)

47) 굼기라: 굶(← 구무: 구멍, 穴) + -이(서조)- + -Ø(현시)- + -라(← -다: 평종)

48) 羅利: 나찰. 팔부(八部)의 하나이다. 푸른 눈과 검은 몸, 붉은 머리털을 하고서 사람을 잡아먹으며, 지옥에서 죄인을 못살게 군다고 한다. 나중에 불교의 수호신이 되었다.

49) 암龍이: 암龍[암룡, 女龍: 암(← 암ㅎ: 암컷, 雌) + 룡(용, 龍)] + -이(보조)

50) ᄃᆞ외야: ᄃᆞ외(되다, 爲)- + -야(← -아: 연어)

51) 毒龍: 독룡. 독기를 품은 용이다.

52) 무뤼: 무뤼(누리, 우박. 雹) + -Ø(← -이: 주조)

53) 어즈러비: [어지러이, 어지럽게, 亂(부사): 어즐(불어) + -업(← -업-: 형접)- + -이(부접)]

54) ᄃᆞᆮ닐씨: ᄃᆞᆮ니[다니다, 行: ᄃᆞᆮ(닫다, 달리다, 走)- + 니(가다, 行)-] + -ㄹ씨(-므로: 연어, 이유)

55) 艱難ᄒᆞ고: 艱難ᄒᆞ[간난하다: 艱難(간난: 명사) + -ᄒᆞ(동접)-] + -고(연어, 나열) ※ '艱難(간난)'은 몹시 힘들고 고생스러운 것이다.

온역(瘟疫)이 흔하거늘, 그 나라의 王(왕)이 두려워하여 神靈(신령)께 빌다가 못하여, 呪師(주사)를 불러 "呪(주)하라." 하니 【 呪師(주사)는 呪(주)하는 사람이다. 】, 毒龍(독룡)과 羅刹(나찰)의 氣韻(기운)이 盛(성)하여 呪師(주사)가 術(술)을 못하므로, 王(왕)이 여기되 "한 神奇(신기) 사람을 얻어 이 羅刹(나찰)을 내쫓고 毒龍(독룡)을

쟝셕⁵⁶⁾ 흔ᄒ거늘⁵⁷⁾ 그 나랏 王_왕이 두리여⁵⁸⁾ 神_씬靈_령ᄭᅴ 비다가⁵⁹⁾

몯ᄒ야 呪_즇師_{ᄉᆞᆼ}⁶⁰⁾ 블러⁶¹⁾ 呪_즇ᄒ라⁶²⁾ ᄒ니【呪_즇師_{ᄉᆞᆼ}ᄂᆞᆫ 呪_즇ᄒᄂᆞᆫ 사ᄅᆞ미

라】毒_똑龍_룡 羅_랑刹_챯이 氣_킝韻_운⁶³⁾이 盛_쎵ᄒ야 呪_즇師_{ᄉᆞᆼ}ㅣ 術_쓣⁶⁴⁾을

몯ᄒᆯᄊᆡ 王_왕이 너교ᄃᆡ⁶⁵⁾ ᄒᆫ 神_씬奇_끵ᄒᆫ 사ᄅᆞᄆᆞᆯ 어더 이 羅_랑刹_챯ᄋᆞᆯ
내좃고⁶⁶⁾

---

56) 쟝셕: 온역(疾疫). 급성 전염병의 하나이다. 사철의 고르지 못한 기후 때문에 생기는데, 심하면
   말을 못 하게 되고 뺨에 작은 부스럼이 나며 입이 헐고 기침이 난다.

57) 흔ᄒ거늘: 흔ᄒ[흔하다, 多: 흔(흔: 불어) + -ᄒ(형접)-] - + -거늘(연어, 상황)

58) 두리여: 두리(두려워하다, 懼)- + -여(← -어: 연어)

59) 비다가: 비(← 빌다: 빌다, 禱)- + -다가(연어, 전환)

60) 呪師: 주사. 주술로써 재앙을 면하게 하는 신묘한 힘을 지닌 사람이다. 무당 따위를 이른다.(=
   주술사, 呪術師)

61) 블러: 블르(← 브르다: 부르다, 召)- + -어(연어)

62) 呪ᄒ라: 呪ᄒ[주하다: 呪(주: 명사) + -ᄒ(동접)-] - + -라(명종, 아주 낮춤) ※ '呪(주)'는 음양
   가나 점술에 정통한 사람이 글귀를 외어서 술법을 부리거나 귀신을 쫓는 것이다.

63) 氣韻: 기운. 어떤 일이 벌어지려고 하는 분위기이다.(= 기운, 氣運)

64) 術: 술. 주술(呪術)이다. 불행이나 재해를 막으려고 주문을 외거나 술법을 부리는 일이나, 또는
   그 술법이다.

65) 너교ᄃᆡ: 너기(여기다, 念)- + -오ᄃᆡ(-되: 연어, 설명 계속)

66) 내좃고: 내좃[내쫓다, 驅: 나(나다, 出)- + -ㅣ(← -이-: 사접)- + 좃(← 좇다: 쫓다, 逐)-] - + -
   고(연어, 계기)

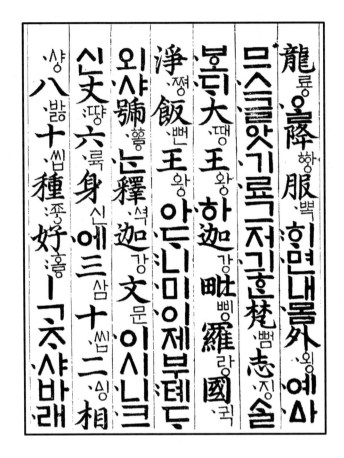

毒龍(독룡)을 降服(항복)시키면 내 몸 外(외)에야 무엇을 아끼랴?"그때에
한 梵志(범지)가 (왕께) 사뢰되 "大王(대왕)이시여, 迦毗羅國(가비라국)의
淨飯王(정반왕)의 아드님이 이제 부처가 되시어 號(호)는 釋迦文(석가문)
이시니, 크신 丈六身(장육신)에 三十二相(삼십이상) 八十種好(팔십종호)가
갖추어져 있으시어, 발에

毒_똑龍_룡을 降_행服_뽁히면⁽⁶⁷⁾ 내 몸 外_욍예사⁽⁶⁸⁾ 므스글⁽⁶⁹⁾ 앗기료⁽⁷⁰⁾ 그 저긔 흔 梵_뻠志_징⁽⁷¹⁾ 솔보디⁽⁷²⁾ 大_땡王_왕하⁽⁷³⁾ 迦_강毗_뼁羅_랑國_귁⁽⁷⁴⁾ 淨_쪙飯_뺀王_왕⁽⁷⁵⁾ 아드니미⁽⁷⁶⁾ 이제 부톄⁽⁷⁷⁾ 드외샤 號_흫는 釋_셕迦_강文_문이시니⁽⁷⁸⁾ 크신 丈_땽六_륙身_신⁽⁷⁹⁾에 三_삼十_씹二_싱相_샹⁽⁸⁰⁾ 八_밣十_씹種_죵好_흫ㅣ⁽⁸¹⁾ ㄱ즈샤⁽⁸²⁾ 바래

---

67) 降服히면: 降服ᄒ[항복시키다, 항복하게 하다, 降: 降服(항복: 명사) + -ᄒ(동접)- + -ㅣ(←-이-: 사접)-]- + -면(연어, 조건)

68) 外예사: 外(외, 밖) + -예(←-에: 부조, 위치) + -사(-야: 보조사, 한정 강조)

69) 므스글: 므슥(무엇, 何: 지대, 미지칭) + -을(목조)

70) 앗기료: 앗기(아끼다, 惜)- + -료(-랴: 의종, 설명, 미시)

71) 梵志: 梵志(범지) + -∅(←-이: 주조) ※ '梵志(범지)'는 바라문 생활의 네 시기 가운데에 첫째 이다. 스승에게 가서 수학(修學)하는 기간으로 보통 여덟 살부터 열여섯 살까지, 또는 열한 살 부터 스물두 살까지이다.

72) 솔보디: 솗(← 솗다, ㅂ불: 사뢰다, 白言)- + -오디(-되: 연어, 설명 계속)

73) 大王하: 大王(대왕) + -하(-이시여: 명종, 아주 높임)

74) 迦毗羅國: 가비라국. 석가모니(釋迦牟尼)의 아버님 정반왕(淨飯王)이 다스리던 나라이다. 싯다 르타(悉達多) 태자(太子), 곧 석존(釋尊)이 태어난 곳이다. 머리 빛이 누른 선인(仙人)이 이 나 라에서 도리(道理)를 닦았으므로 가비라국(迦毗羅國)이라고 한다.

75) 淨飯王: 정반왕. 중인도 가비라위국의 왕이다. 구리성의 왕인 선각왕의 누이동생 마야를 왕비 로 맞았는데, 왕비가 싯다르타(석가)를 낳고 죽자, 그녀의 동생을 후계 왕비로 맞아들여 싯다 르타를 기르게 하였으며, 그 후에 그녀에게서 난타가 태어났다.

76) 아드니미: 아드님[아드님, 子: 아드(← 아돌: 아들, 子) + -님(높접)] + -이(주조)

77) 부톄: 부텨(부처, 佛) + -ㅣ(←-이: 보조)

78) 釋迦文이시니: 釋迦文(석가문) + -이(서조)- + -시(주높)- + -니(연어, 설명 계속) ※ '釋迦文 (석가문)'은 석가모니(釋迦牟尼) 부처이다.

79) 丈六身: 장육신. 1장(丈) 6척(尺)의 키이다.

80) 三十二相: 삼십이상. 부처의 몸에 갖춘 서른두 가지의 독특한 모양이다. 발바닥이나 손바닥에 수레바퀴 같은 무늬가 있는 모양, 손가락이나 발가락이 가늘고 긴 모양, 정수리에 살이 상투처 럼 불룩 나와 있는 모양, 미간에 흰 털이 나와서 오른쪽으로 돌아 뻗은 모양 따위가 있다.

81) 八十種好: 팔십종호. 부처의 몸에 갖추어져 있는 미묘하고 잘생긴 여든 가지 상(相)이다. 순서 나 이름에 대해서는 각기 다른 설명이 있다.

82) ㄱ즈샤: 곷(갖추어져 있다, 備: 형사)- + -ᄋ샤(←-ᄋ시-: 주높)- + -∅(←-아: 연어)

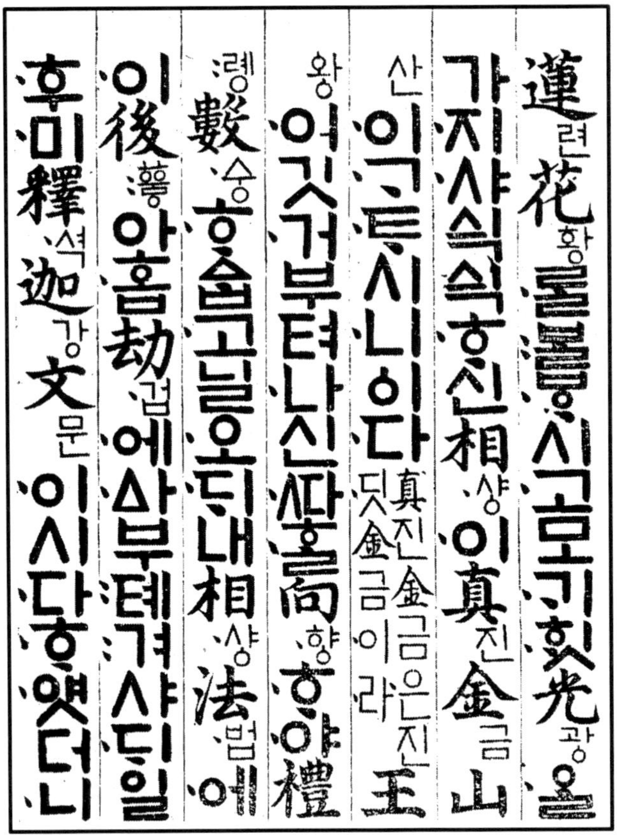
蓮련花황ᄅᆞᆯ ᄇᆞᆯᄫᆞ시고 모ᄀᆡ 힛光광ᄋᆞᆯ 가지샤 싁싁ᄒᆞ신 相샹이 眞진金금山산이 ᄀᆞᄐᆞ시니이다 眞진金금은 진딧金금이라 王왕이 깃거 부텨 나신 ᄯᅡ홀 向향ᄒᆞ야 禮롕數숭ᄒᆞᅀᆞᆸ고 닐오ᄃᆡ 내 相샹法법에 이 後ᅘᅮᇢ 아홉 劫겁에ᅀᅡ 부텨 겨샤ᄃᆡ 일후미 釋셕迦강文문이시다 ᄒᆞ얫더니

蓮花(연화)를 밟으시고 목에 햇빛을 가지시어, 장엄(莊嚴)하신 相(상)이 眞金山(진금산)과 같으십니다.【眞金(진금)은 진짜의 金(금)이다.】王(왕)이 기뻐하여 부처가 나신 땅을 向(향)하여 禮數(예수)하고 이르되 “나의 相法(상법)에 이 後(후) 아홉 劫(겁)에야 부처가 계시되, ‘이름이 釋迦文(석가문)이시다.’ 하였더니

蓮련花황룰 볼붕시고[83] 모기[84] 힛光광을[85] 가지샤 싁싁ᄒ신[86] 相샹[87]
이 眞진金금山산이[88] ᄀ틋시니이다[89]【眞진金금은 진딧[90] 金금이라】 王왕
이 깃거[91] 부텨 나신 짜흘[92] 向향ᄒ야 禮롕數숭ᄒᅀᆸ고[93] 닐오ᄃᆡ[94]
내 相샹法법[95]에 이 後흫 아홉 劫겁에ᅀᅡ[96] 부톄 겨샤ᄃᆡ[97] 일후미[98]
釋셕迦강文문이시다 ᄒ얫더니[99]

---

83) 볼붕시고: 넓(← 넓다, ㅂ불: 밟다, 躡)- + -ᄋᆞ시(주높)- + -고(연어, 계기)

84) 모기: 목(목, 項) + -이(-에: 부조, 위치)

85) 힛光을: 힛光[햇빛: 히(해, 日) + -ㅅ(관조, 사잇) + 光(광, 빛)] + -을(목조)

86) 싁싁ᄒ신: 싁싁ᄒ[장엄하다, 端嚴: 싁싁(장엄, 端嚴: 명사) + -ᄒ(형접)-]- + -시(주높)- + -Ø
   (현시)- + -ㄴ(관전)

87) 相: 상. 겉으로 나타난 모습이다.

88) 眞金山이: 眞金山(진금산) + -이(-과: 부조, 비교)

89) ᄀ틋시니이다: 곹(← 곹ᄒ다: 같다, 如)- + -ᄋᆞ시(주높)- + -Ø(현시)- + -니(원칙)- + -이(상높,
   아주 높임)- + -다(평종)

90) 진딧: 진짜의, 眞(관사)

91) 깃거: 깄(기뻐하다, 歡喜)- + -어(연어)

92) 짜흘: 짜ㅎ(땅, 地) + -을(목조)

93) 禮數ᄒᅀᆸ고: 禮數ᄒ[예수하다: 禮數(예수: 명사) + -ᄒ(동접)-]- + -ᅀᆸ(객높)- + -고(연어, 계
   기) ※ '禮數(예수)'는 명성이나 지위에 알맞은 예의와 대우이다.

94) 닐오ᄃᆡ: 닐(← 니ᄅᆞ다: 이르다, 語)- + -오ᄃᆡ(-되: 연어, 설명 계속)

95) 相法: 상법. 관상(觀相)을 보는 법이다.

96) 劫에ᅀᅡ: 劫(겁) + -에(부조, 위치) + -ᅀᅡ(-야: 보조사, 한정 강조)

97) 겨샤ᄃᆡ: 겨샤(← 겨시다: 계시다, 有)- + -ᄃᆡ(← -오ᄃᆡ: 연어, 설명 계속)

98) 일후미: 일훔(이름, 名) + -이(주조)

99) ᄒ얫더니: ᄒ(하다, 名)- + -야(← -아: 연어) # 잇(← 이시다: 있다, 보용, 완료 지속)- + -더(회
   상)- + -니(연어, 설명 계속) ※ 'ᄒ얫더니'는 'ᄒ야 잇더니'가 축약된 형태인데, '하였더니'로
   의역하여서 옮긴다.

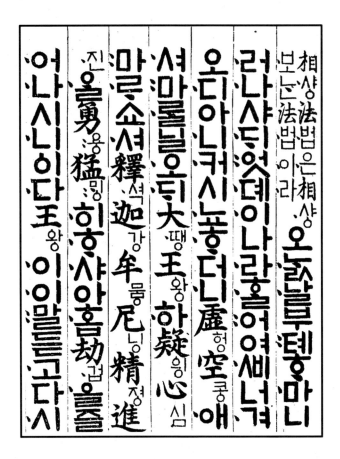

【 相法(상법)은 相(상)을 보는 法(법)이다. 】 오늘날 부처가 이미 일어나시되 어찌 이 나라를 불쌍히 여겨서 오지 아니하셨느냐?” 하더니, 虛空(허공)에서 말을 이르되 “大王(대왕)이시여, 疑心(의심) 마소서. 釋迦牟尼(석가모니)가 精進(정진)을 勇猛(용맹)하게 하시어 아홉 劫(겁)을 질러서 (이 세상에) 나셨습니다.” 王(왕)이 이 말을 듣고 다시

【 相_샹法_법은 相_샹 보는 法_법이라 】 오늜날 부톄 ᄒ마¹⁰⁰⁾ 니러나샤딕¹⁾ 엇뎨²⁾ 이 나라홀³⁾ 어여셰⁴⁾ 너겨 오디 아니커시뇨⁵⁾ ᄒ더니 虛_헝空_콩애셔 마를 닐오딕 大_땡王_왕하 疑_읭心_심 마ᄅ쇼셔⁶⁾ 釋_셕迦_강牟_뭏尼_닝 精_졍進_진⁷⁾을 勇_용猛_밍히⁸⁾ ᄒ샤 아홉 劫_겁을 즐어⁹⁾ 나시니이다¹⁰⁾ 王_왕이 이 말 듣고 다시

---

100) ᄒ마: 하마, 이미, 既(부사)

1) 니러나샤딕: 니러나[일어나다, 興: 닐(일어나다, 興)- + -어(연어) + 나(나다, 出)-]- + -샤(← -시-: 주높)- + -딕(← -오딕: 연어, 설명 계속)

2) 엇뎨: 어찌, 何(부사)

3) 나라홀: 나라ㅎ(나라, 國) + -올(목조)

4) 어여셰: [불쌍히, 哀(부사): 어엿ㅂ(← 어엿브다: 불쌍하다, 哀: 형사)- + -이(부접)]

5) 아니커시뇨: 아니ㅎ[← 아니ㅎ다(아니하다, 不: 보용, 부정): 아니(아니, 不: 부사, 부정)- + -ㅎ(동접)-]- + -거(확인)- + -시(주높)- + -Ø(과시)- + -뇨(-냐: 의종, 설명)

6) 마ᄅ쇼셔: 말(말다, 莫)- + -ᄋ쇼셔(-으소서: 명종, 아주 높임)

7) 精進: 정진. 일심(一心)으로 불도를 닦아 게을리하지 않는 것이다.

8) 勇猛히: [용맹하게(부사): 勇猛(용맹: 명사) + -ㅎ(← -ㅎ-: 형접)- + -이(부접)]

9) 즐어: 즐(← 즈르다: 지르다, 徑, 超越)- + -어(연어)

10) 나시니이다: 나(나다, 現)- + -시(주높)- + -Ø(과시)- + -니(원칙)- + -이(상높, 아주 높임)- + -다(평종)

쑤러 合掌ᄒᆞᅀᆞᄫᅡ 讚歎호ᄃᆡ
부텻 ᄆᆞᆯᄀᆞᆫ 智慧 내 ᄆᆞᅀᆞᄆᆞᆯ 아ᄅᆞ시
리니 慈悲ᄅᆞᆯ 구피샤 이 나라해 오
쇼셔 그ᄢᅴ 香 내 부텻 精舍애 가
니 힌 瑠璃 구루미 ᄀᆞ투야 부텻긔
닐굽 볼 머므러 金盖 ᄃᆞ외오 그 盖
예 바ᅌᅩ리 이셔 이든 소리 내야 부텨

꿇어 合掌(합장)하여 讚歎(찬탄)하되 "부처의 맑은 智慧(지혜)가 내 마음을 아시겠으니, 慈悲(자비)를 굽히시어 이 나라에 오소서." 그때에 香(향)내가 부처의 精舍(정사)에 가니, (그 향내가) 흰 琉璃(유리) 구름과 같아서 부처께 일곱 겹을 둘러서 金盖(금개)가 되고, 그 盖(개)에 방울이 있어 좋은 소리를 내어 부처와

ᄭ구러[11] 合ᄒᆞᆸ掌쟝ᄒᆞᅀᄫᅡ[12] 讚잔歎탄호ᄃᆡ 부텻 ᄆᆞᆯᄀᆞᆫ[13] 智딩慧휑[14] 내 ᄆᆞ

ᅀᆞᄆᆞᆯ[15] 아ᄅᆞ시리니[16] 慈쭝悲빙[17]ᄅᆞᆯ 구피샤[18] 이 나라해 오쇼셔[19] 그

ᄢᅴ[20] 香향ᄂᆡ[21] 부텻 精졍舍샹[22]애 가니 ᄒᆡᆫ[23] 瑠륳璃링[24] 구루미[25] ᄀᆞᆮ

ᄒᆞ야 부텻긔 닐굽 ᄇᆞᆯ[26] 버므러[27] 金금盖갱[28] ᄃᆞ외오[29] 그 盖갱예

바오리[30] 이셔 이든[31] 소리 내야 부텨와

---

11) ᄭ구러: ᄭ굴(긇다, 屈)- + -어(연어)

12) 合掌ᄒᆞᅀᄫᅡ: 合掌ᄒᆞ[합장하다: 合掌(합장: 명사) + -ᄒᆞ(동접)-]- + -ᅀᆞᆸ(←-ᅀᆞᆸ-: 객높)- + -아
(연어) ※ '合掌(합장)'은 두 손바닥을 합하여 마음이 한결같음을 나타내는 것이나, 또는 그런
예법이다. 본디 인도의 예법으로, 보통 두 손바닥과 열 손가락을 합한다.

13) ᄆᆞᆯᄀᆞᆫ: ᄆᆞᆰ(맑다, 淨, 明)- + -Ø(현시)- + -은(관전)

14) 智慧: 智慧(지혜) + -Ø(←-이: 주조)

15) ᄆᆞᅀᆞᄆᆞᆯ: ᄆᆞᅀᆞᆷ(마음, 心) + -ᄋᆞᆯ(목조)

16) 아ᄅᆞ시리니: 알(알다, 知)- + -ᄋᆞ시(주높)- + -리(미시)- + -니(연어, 이유)

17) 慈悲: 자비. 중생에게 즐거움을 주고 괴로움을 없게 하는 것이다.

18) 구피샤: 구피[굽히다, 屈: 굽(굽다, 曲: 자동)- + -히(사접)-]- + -샤(←-시-: 주높)- + -Ø(←
-아: 연어)

19) 오쇼셔: 오(오다, 臨)- + -쇼셔(-소서: 명종, 아주 높임)

20) ᄢᅴ: ᄢᅴ(←ᄢᅳ: 때, 時) + -의(-에: 부조, 위치)

21) 香ᄂᆡ: 香ᄂᆡ[향내, 香煙: 香(향) + ᄂᆡ(내, 냄새, 煙)] + -Ø(←-이: 주조)

22) 精舍: 정사. 승려가 불상을 모시고 불도(佛道)를 닦으며 교법을 펴는 집이다.(= 절, 寺)

23) ᄒᆡᆫ: ᄒᆡ(희다, 白)- + -Ø(현시)- + -ㄴ(관전)

24) 瑠璃: 유리. 거무스름한 푸른빛이 나는 보석이다.

25) 구루미: 구룸(구름, 雲) + -이(-과: 부조, 비교)

26) ᄇᆞᆯ: 겹, 帀(의명)

27) 버므러: 버믈(두르다, 繞)- + -어(연어)

28) 金盖: 金盖(금개) + -Ø(←-이: 보조) ※ '金盖(금개)'는 금으로 만든 개(蓋)이다. '蓋(개)'는 불
좌 또는 높은 좌대를 덮는 장식품이다. 나무나 쇠붙이로 만들어 법회 때 법사의 위를 덮는다.
원래는 인도에서 햇볕이나 비를 가리기 위하여 쓰던 우산 같은 것이었다.

29) ᄃᆞ외오: ᄃᆞ외(되다, 化爲)- + -오(←-고: 연어, 나열)

30) 바오리: 바올(방울, 鈴) + -이(주조)

31) 이든: 읻(좋다, 妙)- + -Ø(현시)- + -은(관전)

比丘僧(비구승)을 請(청)하더니, 그때에 如來(여래)가 比丘(비구)더러 이르시되 "六通(육통)을 갖추고 있는 이는 부처를 좇아 那乾訶羅王(나건하라왕)인 弗巴浮提(불파부제)의 請(청)을 받아라." 하시거늘, 摩訶迦葉(마하가섭)의 무리 五百(오백)이 瑠璃山(유리산)을 지으니, 山(산) 위마다 흐르는 샘과

比_뼁丘_쿨僧_승⁽³²⁾을 請_쳥ᄒᆞᅀᆞᆸ더니⁽³³⁾ 그 ᄢᅴ 如_셩來_링⁽³⁴⁾ 比_뼁丘_쿨ᄃᆞ려 니ᄅᆞ샤ᄃᆡ 六_륙通_통⁽³⁵⁾ ᄀᆞᆺ니ᄂᆞᆫ⁽³⁶⁾ 부텨 조차⁽³⁷⁾ 那_낭乾_껀詞_항羅_랑王_왕 弗_붏巴_방浮_뿔提_똉⁽³⁸⁾이 請_쳥을 바ᄃᆞ라⁽³⁹⁾ ᄒᆞ야시ᄂᆞᆯ⁽⁴⁰⁾ 摩_망詞_항迦_강葉_셥⁽⁴¹⁾의 물⁽⁴²⁾ 五_옹百_빅이 瑠_륳璃_링山_산⁽⁴³⁾을 지스니⁽⁴⁴⁾ 山_산 우마다⁽⁴⁵⁾ ᄒᆞ르는 심과⁽⁴⁶⁾

---

32) 比丘僧: 비구승. 출가하여 구족계를 받고, 독신으로 불도를 닦는 승려이다. ※ '具足戒(구족계)'는 비구와 비구니가 지켜야 할 계율이다. 비구에게는 250계, 비구니에게는 348계가 있다.

33) 請ᄒᆞᅀᆞᆸ더니: 請ᄒᆞ[청하다: 請(청: 명사) + -ᄒᆞ(동접)-]- + -ᅀᆞᆸ(객높)- + -더(회상)- + -니(연어, 설명 계속)

34) 如來: 如來(여래) + -Ø(←-이: 주조) ※ '如來(여래)'는 여래(如來) 십호(十號)의 하나이다. 진리로부터 진리를 따라서 온 사람이라는 뜻으로 '부처'를 달리 이르는 말이다.

35) 六通: 육통. 육신통(六神通)이다. ※ '六神通(육신통)'은 '천안통(天眼通)·천이통(天耳通)·타심통(他心通)·숙명통(宿命通)·신족통(神足通)·누진통(漏盡通)'의 여섯 가지 신통력이다.

36) ᄀᆞᆺ니ᄂᆞᆫ: ᄀᆞᆽ(갖추고 있다, 得: 형사)- + -Ø(현시)- + -은(관전) # 이(이, 人: 의명) + -ᄂᆞᆫ(보조사, 주제)

37) 조차: 좇(좇다, 따르다, 隨從)- + -아(연어)

38) 那乾詞羅王 弗巴浮提: 나건하라왕 불파부제. '나건하라국(那乾詞羅國)'의 왕인 '불파부제(弗巴浮提)'이다. 나건하라국(那乾詞羅國)은 인도(印度) 토후국(土侯國)의 하나이다. 석존(釋尊)이 이 나건하라국의 못(池)에 있는 독룡(毒龍)을 항복시킨 것으로 유명(有名)하다.

39) 바ᄃᆞ라: 받(받다, 受)- + -ᄋᆞ라(명종, 아주 낮춤)

40) ᄒᆞ야시ᄂᆞᆯ: ᄒᆞ(하다, 日)- + -시(주높)- + -야 … ᄂᆞᆯ(←-아ᄂᆞᆯ: -거늘, 연어, 상황)

41) 摩詞迦葉: 마하가섭. 석가모니의 10대 제자의 한 사람이다(?~?). 욕심이 적고 엄격한 계율로 두타(頭陀)를 행하였고 교단의 우두머리로 존경을 받았다.

42) 물: 무리, 徒衆.

43) 琉璃山: 유리산. 유리로 만들어진 산이다.

44) 지스니: 짛(← 짓다, ㅅ불: 짓다, 作)- + -으니(연어, 설명 계속)

45) 우마다: 우(← 웋: 위, 上)- + -마다(보조사, 각자)

46) 심과: 싑(샘, 泉) + -과(접조)

못과 七寶(칠보) 行樹(행수)가 있고【行樹(행수)는 느런히 선, 큰 나무이다. 】,
나모 아래마다 金牀(금상)에 銀光(은광)이 있어 그 光明(광명)이 堀(굴)이
되거늘, 迦葉(가섭)이 그 堀(굴)에 앉고 弟子(제자)들을 열두 頭陀行(두타행)
을 시키더니【頭陀(두타)는 '떨쳐버렸다.' 한 뜻이니, 煩惱(번뇌)를 떨어 버리는
것이다. 열두 행적(行蹟)은 阿蘭若(아난야)에 있음과, 항상 빌어먹는 것과, 누비
옷을

못과 七_칧寶_봏⁴⁷⁾ 行_행樹_쓩⁴⁸⁾ㅣ 잇고⁴⁹⁾【行_행樹_쓩는 느러니⁵⁰⁾ 션⁵¹⁾ 즘게남
기라⁵²⁾】 나모 아래마다 金_금牀_쌍⁵³⁾애 銀_은光_광이 이셔 그 光_광明_명
이 堀_콣이⁵⁴⁾ ᄃᆞ외어늘⁵⁵⁾ 迦_강葉_셥이 그 堀_콣애 앉고 弟_똉子_{ᄌᆞ}ᄃᆞᆯ흘
열두 頭_뚷陁_땅行_행⁵⁶⁾ᄋᆞᆯ 히더니⁵⁷⁾【頭_뚷陁_땅ᄂᆞᆫ ᄣᅥ러ᄇᆞ리다⁵⁸⁾ 혼 ᄠᅳ디니 煩_뻔
惱_놓⁵⁹⁾ᄅᆞᆯ ᄣᅥ러ᄇᆞ릴 씨라 열두 힝뎌근⁶⁰⁾ 阿_항蘭_란若_샹⁶¹⁾애 이숌과⁶²⁾ 샹녜⁶³⁾ 빌머
굼과⁶⁴⁾ 누비옷⁶⁵⁾

---

47) 七寶: 칠보. 일곱 가지 주요 보배이다. 金(금)·銀(은)·瑠璃(유리)·玻瓈(파려)·硨磲(차거)·赤珠(적주)·瑪瑙(마노)를 이른다.

48) 行樹: 행수. 죽 벌여서 서 있는 큰 나무이다.

49) 잇고: 잇(← 이시다: 있다, 有)-+-고(연어, 나열)

50) 느러니: 느런히, 죽 벌여서, 列(부사)

51) 션: 셔(서다, 立)-+-Ø(과시)-+-ㄴ(관전)

52) 즘게남기라: 즘게낡[← 즘게나모(큰나무, 大木): 즘게(나무, 木)+나모(나무, 木)]+-이(서조)-+-Ø(현시)-+-라(←-다: 평종)

53) 金牀: 금상. 금으로 된 평상(平牀)이다. '平牀(평상)'은 나무로 만든 침상의 하나이다. 밖에다 내어 앉거나 드러누워 쉴 수 있도록 만든 것으로, 살평상과 널평상의 두 가지가 있다.

54) 堀이: 堀(굴)+-이(보조)

55) ᄃᆞ외어늘: ᄃᆞ외(되다, 化爲)-+-어늘(-거늘: 연어, 상황)

56) 頭陁行: 두타행. 두타(頭陁)는 번뇌(煩惱)의 티끌을 떨어 없애고, 의식주(衣食住)를 탐하지 않으며 청정(淸淨)하게 불도(佛道)를 수행(修行)하는 것이다. 행(行)은 실행(實行)하는 방법(方法)으로서, 여기에는 12종의 행법(行法)이 있다.

57) 히더니: 히[시키다, 하게 하다, 勅: ᄒᆞ(하다, 爲)-+-ㅣ(←-이-: 사접)-]-+-더(회상)-+-니(연어, 설명 계속)

58) ᄣᅥ러ᄇᆞ리다: ᄣᅥ러ᄇᆞ리[떨쳐버리다, 振: ᄣᅥᆯ(떨다, 離)-+-어(연어)+ᄇᆞ리(버리다: 보용, 완료)-]-+-Ø(과시)-+-다(평종)

59) 煩惱: 번뇌. 마음이나 몸을 괴롭히는 노여움이나 욕망 따위의 망념(妄念)이다.

60) 힝뎌근: 힝뎍(행적, 行蹟)+-은(보조사, 주제)

61) 阿蘭若: 아란야. 촌락(村落)에서 멀리 떨어져 있어 수행(修行)하기에 알맞은 한적(閑寂)한 곳이라는 뜻으로 절(寺)을 이르는 말이다.

62) 이숌과: 이시(있다, 在, 居)-+-옴(명전)+-과(접조)

63) 샹녜: 늘, 항상, 常(부사)

64) 빌머굼과: 빌먹[빌어먹다, 乞食: 빌(빌다, 乞)-+먹(먹다, 食)-]-+-움(명전)+-과(접조)

65) 누비옷: [누비옷, 縷緋衣: 누비(누비, 縷緋: 명사)+옷(옷, 衣: 명사)] ※ '누비옷'은 두 겹의 천 사이에 솜을 넣고 줄이 죽죽 지게 박아서 지은 옷이다.

입는 것과, 하루 한 번 밥 먹는 것과, 밥을 먹는 대로 헤아려서 먹는 것과, 낮이 지나거든 물을 아니 먹는 것과, 寂靜(적정)한 무덤의 사이에 있는 것과, 나무 아래 있는 것과, 한데에 있는 것과, 늘 눕지 아니하는 것과, 부유한 이와 艱難(간난)한 이를 가리지 아니하여 次第(차제, 차례)로 빌어먹는 것과, 세 가지의 옷만 가져 움직이는 것이다. 세 가지의 옷은 세 가지의 袈裟(가사)이니, 大衣(대의)는 九條(구조), 十一條(십일조), 十三條(십삼조), 十五條(십오조), 十七條(십칠조), 十九條(십구조), 二十一條(이십일조), 二十三條(이십삼조), 二十五條(이십오조)이요, 中衣(중의)는 七條(칠조)이요, 下衣(하의)는 五條(오조)이다. 】

그 산이

니붐과[66] ᄒᆞᄅᆞ[67] ᄒᆞᆫ 번 밥 머굼과[68] 바ᄇᆞᆯ 머굻 대로 혜여[69] 머굼과 낫[70] 계어든[71] 믈 아니 머굼과 寂쪅靜쪙[72]ᄒᆞᆫ 무덤 ᄭᅥ리예[73] 이숌과 나모 아래 이숌과 한ᄃᆡ예[74] 이숌과 샹녜[75] 눕디 아니홈과 가ᅀᅳ며니[76] 艱간難난ᄒᆞ니[77] ᄀᆞᆯᄒᆡ디[78] 아니ᄒᆞ야 次충第똉로[79] 빌머굼과 세 가짓 옷 ᄲᅮᆫ[80] 가져 ᄒᆞ뇸괘라[81] 세 가짓 오ᄉᆞᆫ 세 가짓 袈강裟상ㅣ니[82] 大땡衣힁[83]ᄂᆞᆫ 九굴條똘[84] 十씹一ᅙᅵᆯ條똘 十씹三삼條똘 十씹五옹條똘 十씹七칧條똘 十씹九굴條똘 二ᅀᅵᆼ十씹一ᅙᅵᆯ條똘 二ᅀᅵᆼ十씹三삼條똘 二ᅀᅵᆼ十씹五옹條똘ㅣ오 中듕衣힁ᄂᆞᆫ 七칧條똘ㅣ오 下행衣힁ᄂᆞᆫ 五옹條똘ㅣ라】 그 뫼히[85]

---

66) 니붐과: 닙(입다, 着)- + -움(명전) + -과(접조)

67) ᄒᆞᄅᆞ: 하루, 一日.

68) 머굼과: 먹(먹다, 食)- + -움(명전) + -과(접조)

69) 혜여: 혜(헤아리다, 量)- + -여(←-어: 연어)

70) 낫: 낫(←낮: 낮, 晝)

71) 계어든: 계(지나다, 過)- + -어든(←-거든: 연어, 조건)

72) 寂靜: 적정. 매우 괴괴하고 고요하다.

73) 무덤 ᄭᅥ리예: 무덤[무덤, 墓: 묻(묻다, 埋)- + -엄(명접)] + -ㅅ(-의: 관전) # 서리(사이, 間) + -예(←-에: 부조, 위치)

74) 한ᄃᆡ예: 한ᄃᆡ[한데, 露天: 하(하다, 大)- + -ㄴ(관전) + ᄃᆡ(데, 處: 의명)] + -예(←-에: 부조, 위치)

75) 샹녜: 늘, 항상, 常(부사)

76) 가ᅀᅳ며니: 가ᅀᅳ며(←가ᅀᅳ멸다: 가멸다, 부유하다, 富)- + -∅(현시)- + -ㄴ(관전) # 이(이, 人: 의명) + -∅(←-이: 주조)

77) 艱難ᄒᆞ니: 艱難ᄒᆞ[간난하다: 艱難(간난: 명사) + -ᄒᆞ(형접)-]- + -∅(현시)- + -ㄴ(관전) # 이(이, 人: 의명) ※ 이때의 '艱難(간난)'은 문맥으로 볼 때에 '가난(貧)'의 뜻으로 쓰였다.

78) ᄀᆞᆯᄒᆡ디: ᄀᆞᆯᄒᆡ(가리다, 擇)- + -디(-지: 연어, 부정)

79) 次第로: 次第(차제, 차례) + -로(부조, 방편)

80) 옷 ᄲᅮᆫ: 옷(옷, 衣) # ᄲᅮᆫ(뿐: 의명, 한정)

81) ᄒᆞ뇸괘라: ᄒᆞ니(움직이다, 動)- + -옴(←-옴: 명전) + -과(접조) + -ㅣ(←-이-: 서조)- + -∅(현시)- + -라(←-다: 평종)

82) 袈裟ㅣ니: 袈裟(가사) + -ㅣ(←-이-: 서조)- + -니(설명 계속) ※ '袈裟(가사)'는 승려가 장삼 위에, 왼쪽 어깨에서 오른쪽 겨드랑이 밑으로 걸쳐 입는 법의(法衣)이다.

83) 大衣: 대의. 설법을 하거나 걸식할 때에 입는 승려의 옷이다. 삼의(三衣) 가운데 가장 큰 것이다.

84) 九條: 구조. 가사의 일종으로 좁고 긴 아홉 오라기 베를 가로로 기운 옷이다.

85) 뫼히: 뫼ᄒᆞ(산, 山) + -이(주조)

구름과 같아서 바람보다 빨리 古仙山(고선산)에 갔니라. 大目犍連(대목건
련)의 무리 五百(오백)은 百千(백천)의 龍(용)을 지어 몸을 서리어 座(좌)
가 되고, 입으로 불을 吐(토)하여 金臺(금대)에 七寶(칠보)의 床座(상좌)가
되니, 寶帳(보장)과 寶蓋(보개)와 幢幡(당번)이 다 갖추어져 있거늘,

구룸 ᄀᆞᆮ호야⁸⁶⁾ ᄇᆞᄅᆞᄆᆞ라와⁸⁷⁾ ᄲᆞ리⁸⁸⁾ 古공仙션山산⁸⁹⁾애 가니라⁹⁰⁾ 大땡
目목揵껀連련⁹¹⁾의 물⁹²⁾ 五ᅌᅩ百ᄇᆡᆨ은 百ᄇᆡᆨ千쳔 龍룡을 지ᅀᅥ 모ᄆᆞᆯ 서리
여⁹³⁾ 座쪙ㅣ ᄃᆞ외오 이브로⁹⁵⁾ 브를⁹⁶⁾ 吐통ᄒᆞ야⁹⁷⁾ 金금臺띵예 七
츯寶ᄇᆞᆯ 床쌍座쪙⁹⁹⁾ㅣ ᄃᆞ외니 寶ᄇᆞᆯ帳댱¹⁰⁰⁾과 寶ᄇᆞᆯ盖갱¹⁾와 幢땅幡펀²⁾이
다 ᄀᆞᆺ거늘³⁾

---

86) ᄀᆞᆮ호야: ᄀᆞᆮ호(같다, 如)- + -야(← -아: 연어)

87) ᄇᆞᄅᆞᄆᆞ라와: ᄇᆞᄅᆞᆷ(바람, 風) + -ᄋᆞ라와(-보다: 부조, 비교)

88) ᄲᆞ리: [빨리, 速(부사): ᄲᆞ르(← ᄲᆞ르다: 빠르다, 速: 형사)- + -이(부접)]

89) 古仙山: 고선산. 야건가라국(耶乾訶羅國)에 있는 산의 이름이다.

90) 가니라: 가(가다, 去)- + -∅(과시)- + -니(원칙)- + -라(← -다: 평종)

91) 大目揵連: 대목건련. 마우드갈리아야나(Maudgalyayana)이다. '목련(目連)'으로도 부른다. 석가
모니의 십대 제자 가운데 한 사람이다. 마가다의 브라만 출신으로, 부처의 교화를 펼치고 신통
(神通) 제일의 성예(聲譽)를 얻었다.

92) 물: 무리. 象.

93) 서리여: 서리(서리다, 盤)- + -여(← -어: 연어) ※ '서리다(盤)'는 뱀 따위가 몸을 똬리처럼 둥
그렇게 감는 것이다.

94) 座: 좌. 자리.

95) 이브로: 입(입, 口) + -으로(부조, 방편)

96) 브를: 블(불, 火) + -을(목조)

97) 吐ᄒᆞ야: 吐ᄒᆞ[토하다: 吐(토: 명사) + -ᄒᆞ(동접)-]- + -야(← -아: 연어)

98) 金臺: 금대. 황금으로 장식한 대이다.

99) 床座: 상좌. 평상으로 된 자리이다.

100) 寶帳: 보장. 보배로 장식한 화려(華麗)한 장막(帳幕)이다.

 1) 寶盖: 보개. 보주(寶珠) 따위로 장식된 천개(天蓋)이다. ※ '天蓋(천개)'는 불상을 덮는 일산(日
傘)이나 법당 불전(佛殿)의 탁자를 덮는 닫집이다. 부처의 머리를 덮어서 비, 이슬, 먼지 따위
를 막는다.

 2) 幢幡: 당번. 당(幢)과 번(幡)을 아울러 이르는 말이다. ※ '幢(당)'은 법회 따위의 의식이 있을
때에, 절의 문 앞에 세우는 기(旗)이다. 장대 끝에 용머리를 만들고, 깃발에 불화(佛畫)를 그려
불보살의 위엄을 나타내는 장식 도구이다. 그리고 '幡(번)'은 부처와 보살의 성덕(盛德)을 나타
내는 깃발이다. 꼭대기에 종이나 비단 따위를 가늘게 오려서 단다.

 3) ᄀᆞᆺ거늘: ᄀᆞᆺ(← ᄀᆞᆽ다: 갖추어져 있다, 備)- + -거늘(연어, 상황)

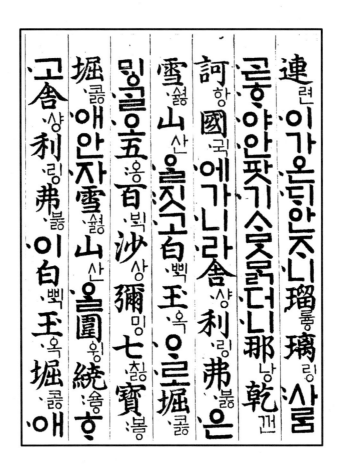

目連(목련)이 가운데에 앉으니 瑠璃(유리)로 된 사람과 같아서 안팎이 사
뭇 맑더니, (목련이) 那乾訶國(나건하국)에 갔니라. 舍利弗(사리불)은 雪山
(설산)을 짓고 白玉(백옥)으로 堀(굴)을 만들고, 五百(오백) 沙彌(사미)가
七寶堀(칠보굴)에 앉아 雪山(설산)을 圍繞(위요)하고, 舍利弗(사리불)이 白
玉堀(백옥굴)

目목連련이 가온딕 안즈니[4) 瑠륳璃링 사름 곧ᄒ야 안팟기[5) ᄉᄆᆺ[6)

ᄆᆰ더니[7) 那낭乾껀訶항國귁[8)에 가니라 舍샹利링弗붏[9)은 雪쉃山산[10)을 짓

고 白삑玉옥ᄋ로 堀콯 밍ᄀ로[11) 五옹百ᄇᆡᆨ 沙상彌밍[12) 七칧寶봏堀콯애

안자 雪쉃山산을 圍윙繞ᅀᅭ[13)ᄒ고 舍샹利링弗붏이 白삑玉옥堀콯애

---

4) 안즈니: 앉(앉다, 處, 坐)-+-ᄋ니(연어, 설명 계속)

5) 안팟기: 안팠[안팎, 表裏: 안ㅎ(안, 表) + 밧(밖, 裏)] + -이(주조)

6) ᄉᄆᆺ: 사뭇, 통하게, 澈(부사)

7) ᄆᆰ더니: ᄆᆰ(맑다, 淸)-+-더(회상)-+-니(연어, 설명 계속)

8) 那乾訶國: 나건하국. 나라 이름이다.

9) 舍利弗: 사리불. 사리푸트라(Sāriputra)의 음역이다. 석가모니의 십대 제자 가운데 한 사람 (?~B.C.486)이다. 십육 나한의 하나로 석가모니의 아들 라훌라의 수계사(授戒師)로 유명하다.

10) 雪山: 설산. 눈으로 덮여 있는 산이다.

11) 밍ᄀ로: 밍ᄀᆯ(만들다, 作)-+-오(←-고: 연어, 나열, 계기)

12) 沙彌: 沙彌(사미) + -Ø(←-이: 주조) ※ '沙彌(사미)'는 십계(十戒)를 받고 구족계(具足戒)를 받기 위하여 수행하고 있는 어린 남자 승려이다.

13) 圍繞: 위요. 둘레를 돌아다니는 일이다.

앉으니, (사리불이) 金(금) 사람과 같아서 金色(금색)으로 放光(방광)하고,
(사리불이) 큰 法(법)을 이르면 沙彌(사미)가 (설법을) 듣더니, (사미들도)
저 나라(= 나건하국)에 갔느니라. 摩訶迦栴延(마하가전연)은 眷屬(권속)인 五
百(오백) 比丘(비구)와 더불어 蓮花(연화)를 지으니 (그 연화가) 金臺(금대)
와 같더니, 比丘(비구)가 그 위에 있으니 몸 아래서 물이 나서 꽃 사이에

안즈니 金_금 사룸 ᄀᆞᆮᄒᆞ야 金_금色_싁 放_방光_광¹⁴⁾ᄒᆞ고 큰 法_법을 니르거든¹⁵⁾ 沙_상彌_밍 듣더니 뎌¹⁶⁾ 나라해¹⁷⁾ 가니라¹⁸⁾ 摩_망訶_항迦_강栴_젼延_연¹⁹⁾은 眷_권屬_쑉²⁰⁾ 五_옹百_빅 比_삥丘_쿨 더브러²¹⁾ 蓮_련花_황를 지스니²²⁾ 金_금臺_띵 ᄀᆞᆮ더니 比_삥丘_쿨ㅣ 그 우희²³⁾ 이시니 몸 아래셔 므리 나아 곳²⁴⁾ ᄉᆞᅀᅵ예²⁵⁾

---

14) 放光: 방광. 빛을 내쏘는 것이다.

15) 니르거든: 니르(이르다, 敷揚, 曰)- + -거든(-면: 연어, 조건)

16) 뎌: 저, 彼(관사, 지시, 정칭)

17) 나라해: 나라ㅎ(나라, 國) + -애(-에: 부조, 위치) ※ '뎌 나라ㅎ'은 那乾訶國(나건하국)이다.

18) 가니라: 가(가다, 往詣, 去)- + -Ø(과시)- + -니(원칙)- + -라(←-다: 평종)

19) 摩訶迦栴延: 마하가전연. 서인도 아반티국의 수도 웃제니에서 태어났다. 크샤트리야 계급 출신이다. 또는 브라만 계급으로 베나레스에서 출가하였다고도 한다. 아버지는 국왕 악생왕(惡生王)의 보좌관이었다. 왕명으로 부처를 초청하러 갔다가 출가한 뒤 왕과 많은 사람들을 불교에 귀의시켰다. 부처의 말을 논리 정연하게 해설하여 논의제일(論議第一)이라는 말을 들었다. 인도 전역을 돌아다니며 중생 교화에 힘쓴 포교사이기도 하다. 특히 마두라에서 아반티풋 국왕을 만나 사성(四姓) 제도의 모순을 설득한 것은 유명하다.

20) 眷屬: 권속. 한집에 거느리고 사는 식구이다.

21) 더브러: 더블(더불다, 與)- + -어(연어)

22) 지스니: 짓(← 짓다, ㅅ불: 짓다, 만들다, 作)- + -으니(연어, 설명 계속)

23) 우희: 우ㅎ(위, 上) + -의(-에: 부조, 위치)

24) 곳: 곳(← 곶: 꽃, 花)

25) ᄉᆞᅀᅵ예: ᄉᆞᅀᅵ(사이, 間) + -예(←-에: 부조, 위치)

흐르되 땅에 방울로 떨어지지 아니하고, 위의 金盖(금개)가 比丘(비구)를 덮어 있더니 또 저 나라에 갔느니라. 이렇듯 한 一千二百(일천이백) 쉰 (명의) 큰 弟子(제자)들이 各各(각각) 五百(오백) 比丘(비구)에게 여러 가지의 神統(신통)을 지어서, 虛空(허공)에 솟아올라 鴈王(안왕) 같이 날아【鴈王(안왕)은 기러기이다. 】 저

흘로딩²⁶⁾ 싸해²⁷⁾ 처디디²⁸⁾ 아니코²⁹⁾ 우희³⁰⁾ 金_금盖_갱³¹⁾ 比_삥丘_쿨를 두퍼³²⁾ 잇더니 쏘³³⁾ 뎌 나라해 가니라 이러틋³⁴⁾ 흔 一_힗千_쳔二_싱百_빅 쉰 굴근³⁵⁾ 弟_똉子_중둘히 各_각各_각 五_옹百_빅 比_삥丘_쿨드려 여러 가짓 神_씬通_통³⁶⁾을 지서 虛_헝空_콩애 소사올아³⁷⁾ 鴈_안王_왕³⁸⁾ マ티³⁹⁾ ᄂᆞ라⁴⁰⁾【鴈_안王_왕은 그려기라⁴¹⁾】뎌⁴²⁾

---

26) 흘로딩: 흘ㄹ(← 흐르다: 흐르다, 流)-+-오딩(-되: 연어, 설명 계속)

27) 싸해: 싸ㅎ(땅, 地)+-애(-에: 부조, 위치)

28) 처디디: 처디(방울로 떨어지다, 渧)-+-디(-지: 연어, 부정)

29) 아니코: 아니ㅎ[← 아니ㅎ다(아니하다, 不: 보용, 부정): 아니(아니, 不: 부사, 부정)+-ㅎ(동접)-]-+-고(연어, 나열, 계기)

30) 우희: 우ㅎ(위, 上)+-의(관조)

31) 金盖: 金盖(금개)+-∅(←-이: 주조)

32) 두퍼: 둪(덮다, 覆)-+-어(연어)

33) 쏘: 또, 又(부사)

34) 이러틋: 이렇[← 이러ㅎ다(이러하다, 如是): 이러(이러, 是: 불어)+-ㅎ(형접)-]-+-듯(-듯: 연어, 흡사)

35) 굴근: 굵(굵다, 크다, 大)-+-∅(현시)-+-ㄴ(관전) ※ '굴근 弟子'는 '큰 제자'이다.

36) 神通: 신통. 신통력이다.

37) 소사올아: 소사올ㄹ[← 소사오르다(솟아오르다, 踊): 솟(솟다, 踊)-+-아(연어)+오ᄅ(오르다, 登)-]-+-아(연어)

38) 鴈王: 안왕. '기러기의 왕'이다.

39) マ티: [같이, 如(부사): 곹(같다, 如: 형사)-+-이(부접)]

40) ᄂᆞ라: ᄂᆞᆯ(날다, 翔, 飛)-+-아(연어)

41) 그려기라: 그려기(기러기, 雁)+-이(서조)-+-∅(현시)-+-라(←-다: 평종)

42) 뎌: 저, 彼(관사, 지시, 정칭)

나랏해가니라그·ᄢ 世·솅尊존·이·오·니
·ᄇ시·고마·리·가·지·ᄉ시·고 阿항難·난·이 尼
師·ᄉ檀·딴·들이·시·고 虛헝空콩·ᄋᆞ·ᄫᆞ
·ᄇ·시·니四·ᄉ天텬王왕·과帝·뎽釋·셕·과
梵·뻠王왕·과無뭉數·숭·ᄒᆞ天텬子·ᄌᆞ·와
百·ᄇᆞ千쳔天텬女·녕ㅣ侍·ᄊᆞ衛·ᄫᅵ·ᄒᆞ·니
·ᄇ·니라그·ᄢ世·솅尊존·이뎡바·ᇇ金금

나라에 갔니라. 그때에 世尊(세존)이 옷을 입으시고 바리를 가지시고, 阿
難(아난)이에게 尼師檀(이사단)을 들리시고 虛空(허공)을 밟으시니, 四天
王(사천왕)과 帝釋(제석)과 梵王(범왕)과 無數(무수)한 天子(천자)와 百千(백
천) 天女(천녀)가 侍衛(시위)하였니라. 그때에 世尊(세존)이 정수리의

나라해 가니라 그 ᄢᅦ 世_솅尊_존이 옷 니브시고⁴³⁾ 바리 가지시고

阿_항難_난이⁴⁴⁾ 尼_닝師_{ᄉᆞᆼ}檀_딴⁴⁵⁾ 들이시고⁴⁶⁾ 虛_헝空_콩을 ᄇᆞᆲ시니⁴⁷⁾ 四_{ᄉᆞᆼ}

天_텬王_왕⁴⁸⁾과 帝_뎅釋_셕⁴⁹⁾과 梵_뻠王_왕⁵⁰⁾과 無_뭉數_숭흔 天_텬子_{ᄌᆞᆼ}와 百_{ᄇᆡᆨ}千

_쳔 天_텬女_녕ㅣ 侍_씽衛_윙ᄒᆞᅀᆞᄫᅵ니라⁵¹⁾ 그 ᄢᅦ 世_솅尊_존이 뎡바깃⁵²⁾

---

43) 니브시고: 닙(입다, 著)-+-으시(주높)-+-고(연어, 계기)

44) 阿難이: [아난이: 阿難(아난)+-이(접미, 어조 고름)] ※ 이때의 '阿難이'는 그 뒤에 '-의 게(-의 거기에, -에게)'가 생략된 형태이다. '阿難이에게'로 의역하여 옮긴다.

45) 尼師檀: 이사단. 비구니가 어깨에 걸치고 있다가 앉을 때는 자리로 쓰는 천이다.

46) 들이시고: 들이[들리다, 들게 하다, 勅持: 들(들다, 持)-+-이(사접)-]-+-시(주높)-+-고(연어, 계기)

47) ᄇᆞᆲ시니: ᄇᆞᆲ(←ᄇᆞᆲ다, ㅂ불: 밟다, 足步, 履)-+-ᄋᆞ시(주높)-+-니(연어, 설명 계속)

48) 四天王: 사천왕. 사왕천(四王天)의 주신(主神)으로 사방을 진호(鎭護)하며 국가를 수호하는 네 신이다. 동쪽의 지국천왕(持國天王), 남쪽의 증장천왕(增長天王), 서쪽의 광목천왕(廣目天王), 북쪽의 다문천왕(多聞天王)이다. 위로는 제석천(帝釋天)을 섬기고 아래로는 팔부중(八部衆)을 지배하여 불법에 귀의한 중생을 보호한다.

49) 帝釋: 제석. 범왕(梵王)과 함께 불법(佛法)을 지키는 신이다. 12천(天)의 하나로 동쪽의 수호신(守護神)이다. 수미산(須彌山) 꼭대기의 도리천(忉利天)에 살고, 희견성(喜見城)의 주인(主人)으로서 대위덕(大威德)을 가지고 있다.

50) 梵王: 범왕. 색계(色界) 초선천(初禪天)의 우두머리이다. 제석천(帝釋天)과 함께 부처를 좌우에서 모시는 불법 수호의 신이다.

51) 侍衛ᄒᆞᅀᆞᄫᅵ니라: 侍衛ᄒᆞ[시위하다: 侍衛(시위: 명사)+-ᄒᆞ(동접)-]-+-ᅀᆞᆸ(←-ᅀᆞᆸ-: 객높)-+-Ø(과시)-+-ᄋᆞ니(원칙)-+-라(←-다: 평종) ※ '侍衛(시위)'는 임금이나 어떤 모임의 우두머리를 모시어 호위하는 것이다.

52) 뎡바깃: 뎡바기(정수리, 頂)+-ㅅ(-의: 관조)

金色光(금색광)을 펴시어 一萬八千(일만팔천) 化佛(화불)을 지으시니, 化佛(화불)마다 머리에 放光(방광)하시어 또 一萬八千(일만팔천) 化佛(화불)을 지으시어, 부처들이 次第(차제, 차례)로 虛空(허공)에 가득하시어 鴈王(안왕)같이 날아 저 나라에 가시니, 그 王(왕)이 (부처를) 迎逢(영봉)하여 禮數(예수)하더라.

金금色싁光광⁵³⁾을 펴샤⁵⁴⁾ 一힔萬먼八밣千쳔 化황佛뿛⁵⁵⁾을 지스시니 化황佛뿛마다 마리예⁵⁶⁾ 放방光광ᄒᆞ샤 쏘 一힔萬먼八밣千쳔 化황佛뿛을 지스샤 부텨들히⁵⁷⁾ 次충第똉로 虛헝空콩애 ᄀᆞ득ᄒᆞ샤⁵⁸⁾ 鴈안王왕 ᄀᆞ티 ᄂᆞ라⁵⁹⁾ 뎌 나라해⁶⁰⁾ 가시니 그 王왕⁶¹⁾이 迎영逢뽕ᄒᆞᅀᆞᄫᅡ⁶²⁾ 禮롕數숭ᄒᆞᅀᆞᆸ더라⁶³⁾

---

53) 金色光: 금색광. 금색의 빛이다.

54) 펴샤: 펴(펴다, 放)- + -샤(←-시-: 주높)- + -Ø(←-아: 연어)

55) 化佛: 화불. 부처가 중생을 교화하기 위하여 변화한 여러 모습이다.

56) 마리예: 마리(머리, 頭) + -예(←-에: 부조, 위치)

57) 부텨들히: 부텨들ᄒᆡ[부처들, 諸佛: 부텨(부처, 佛) + -들ᄒᆡ(-들: 복접)] + -이(주조)

58) ᄀᆞ득ᄒᆞ샤: ᄀᆞ득ᄒᆞ[가득하다, 滿: ᄀᆞ득(가득, 滿: 부사) + -ᄒᆞ(형접)-]- + -샤(←-시-: 주높)- + -Ø(←-아: 연어)

59) ᄂᆞ라: ᄂᆞᆯ(날다, 翔)- + -아(연어)

60) 뎌 나라: 저 나라. 나건하라국(那乾訶羅國)이다.

61) 그 王: '그 왕'은 나건하라국(那乾訶羅國)의 불파부제왕(弗巴浮提王)이다.

62) 迎逢ᄒᆞᅀᆞᄫᅡ: 迎逢ᄒᆞ[영봉하다: 迎逢(영봉: 명사) + -ᄒᆞ(동접)-]- + -ᅀᆞ(← -ᅀᆞᆸ-: 객높)- + -아(연어) ※ '迎逢(영봉)'은 높은 지위의 손님을 맞이하여 만나는 것이다.

63) 禮數ᄒᆞᅀᆞᆸ더라: 禮數ᄒᆞ[예수하다: 禮數(예수: 명사) + -ᄒᆞ(동접)-]- + -ᅀᆞᆸ(객높)- + -더(회상)- + -라(←-다: 평종) ※ '禮數(예수)'는 명성이나 지위에 알맞은 예의와 대우이다. 혹은 주인과 손님이 서로 만나 인사하는 것이다.

그 ᄢᅢ 龍룡王왕이 世솅尊존을
보ᅀᆞᆸ고 어비아ᄃᆞᆯ제 물 열여슷 大땡
龍룡이 큰 구룸과 霹벽靂력 니르와다 우
르고 무뤼 비코ᄂᆞᆫ로 블내오 입으로
블 ᄩᅡᇂ니 비ᄂᆞᆯ와 터럭마다 블와 ᄂᆡ
왜 프며 다ᄉᆞᆺ 羅랑刹찷女녕ᅵ 골업슨
양ᄌᆞ롤 지서 【羅랑刹찷女녕는 겨집 羅
랑刹찷 ᄋᆡ니 사ᄅᆞᆷ 주기ᄂᆞᆫ

그때에 龍王(용왕)이 世尊(세존)을 보고, 부자(父子)인 자신들의 무리 열여섯 大龍(대룡)이 큰 구름과 霹靂(벽력)을 일으켜 소리치고, 우박을 흩뿌리고 눈으로 불을 내고 입으로 불을 吐(토)하니, 비늘과 털마다 불과 연기가 피며, 다섯 羅利女(나찰녀)가 꼴사나운 모습을 지어【羅利女(나찰녀)는 여자 羅利(나찰)이니, 사람을 죽이는 그 쁴 龍_룡王_왕[64]이 世_솅尊_존을 보습고 어비아들[65] 제[66] 물[67] 열여

슷 大_땡龍_룡[68]이 큰 구룸과 霹_픽靂_력[69] 니르와다[70] 우르고[71] 무뤼[72]

비코[73] 누느로[74] 블[75] 내오[76] 이브로[77] 블 吐_통ᄒ니[78] 비늘와[79] 터

럭마다[80] 블와 늰왜[81] 퓌며[82] 다ᄉ 羅_랑刹_챯女_녕ㅣ 골업슨[84] 양

ᄌ[85]를 지어[86] 【羅_랑刹_챯女_녕는 겨집 羅_랑刹_챯[87]이니 사름 주기ᄂ

---

64) 龍王: 용왕. 바다에 살며 비와 물을 맡고 불법을 수호하는 용 가운데의 임금이다.

65) 어비아들: [부자, 父子: 어비(← 어버싀: 아버지, 父) + 아들(아들, 子)]

66) 제: 저(저, 己: 인대, 재귀칭) + -ㅣ(← -의: 관조)

67) 물: 무리, 徒黨.

68) 大龍: 대룡. 큰 용이다.

69) 霹靂: 벽력. 벼락.

70) 니르와다: 니르완[일으키다, 興: 닐(일어나다, 起: 자동)- + -으(사접)- + -완(강접)-]- + -아 (연어)

71) 우르고: 우르(소리치다, 吼)- + -고(연어, 계기)

72) 무뤼: 우박, 雨雹.

73) 비코: 빟(흩뿌리다, 散)- + -고(연어, 나열)

74) 누느로: 눈(눈, 目) + -으로(부조, 방편)

75) 블: 불, 火.

76) 내오: 내[내다, 出: 나(나다, 出: 자동)- + -ㅣ(← -이-: 사접)-]- + -오(← -고: 연어, 나열)

77) 이브로: 입(입, 口) + -으로(부조, 방편)

78) 吐ᄒ니: 吐ᄒ[토하다: 吐(토: 명사) + -ᄒ(동접)-]- + -니(연어, 설명 계속)

79) 비늘와: 비늘(비늘, 鱗甲) + -와(← -과: 접조)

80) 터럭마다: 터럭(털, 身毛) + -마다(보조사, 각자)

81) 늰왜: 늰(연기, 煙) + -와(← -과: 접조) + -ㅣ(← -이: 주조)

82) 퓌며: 퓌(피다, 出)- + -며(연어, 나열)

83) 羅刹女: 나찰녀. 여자 나찰이다. 사람의 고기를 즐겨 먹으며, 큰 바다 가운데 산다고 한다.

84) 골업슨: 골없[모습이 흉하다, 醜惡: 골(꼴, 形) + 없(없다, 無)-]- + -Ø(현시)- + -은(관전)

85) 양ᄌ: 모습, 모양, 形.

86) 지어: 짓(← 짓다, ㅅ불: 짓다, 現)- + -어(연어)

87) 羅刹: 나찰. 팔부의 하나이다. 푸른 눈과 검은 몸, 붉은 머리털을 하고서 사람을 잡아먹으며, 지옥에서 죄인을 못살게 군다고 한다. 나중에 불교의 수호신이 되었다.

中듕엣 못 모딘 귓거시라 누니 번게 곧더니 부텻 알
픽 와 셔니라 그쁴 金금剛강神씬이 큰
金금剛강杵텅 잡고 無뭉數숭 혼 모미
드외야 金금剛강杵텅ㅅ 머리마다 브
리 술위띠 두르듯 ᄒᆞᆼ야 次층第똉로 虛헝
空콩ᄋᆞ로 ᄂᆞ려오ㄴ 브리 ᄒᆞ 盛쎵ᄒᆞ
야 龍룡ᄋᆞᆯ ᄉᆞᆯ모ᄅᆞᆯ ᄊᆡ 龍룡이 두리여 수

中(중)에 가장 모진 귀신이다. 】 눈이 번게와 같더니 (다섯 나찰녀가) 부처
의 앞에 와서 섰느니라. 그때에 金剛神(금강신)이 큰 金剛杵(금강저)를 잡고
無數(무수)한 몸이 되어, 金剛杵(금강저)의 머리마다 불이 수레바퀴를 두
르듯 하여 次第(차제, 차례)로 虛空(허공)으로부터 내려오니, 불이 하도 盛
(성)하여 龍(용)의 몸을 불사르므로, 龍(용)이 두려워하여 숨을

中_듕에 못⁸⁸⁾ 모딘 귓거시라⁸⁹⁾ 】 누니 번게⁹⁰⁾ 곧더니⁹¹⁾ 부텻 알픠⁹²⁾ 와

셔니라⁹³⁾ 그 쁴 金_금剛_강神_씬⁹⁴⁾이 큰 金_금剛_강杵_쳥⁹⁵⁾ 잡고 無_뭉數_숭

흔 모미 두외야 金_금剛_강杵_쳥ㅅ 머리마다 브리 술위띠⁹⁶⁾ 두르듯⁹⁷⁾

ᄒ야 次_충第_똉로 虛_헝空_콩으로 ᄂ려오니⁹⁸⁾ 브리 하⁹⁹⁾ 盛_쎵ᄒ야 龍_룡

이 모물 ᄉᆞᆯᄊᆡ¹⁰⁰⁾ 龍_룡이 두리여¹⁾ 수믈²⁾

---

88) 못: 가장, 제일, 最(부사)

89) 귓거시라: 귓것[귀신, 鬼神: 귀(鬼) + -ㅅ(관조, 사잇) + 것(것, 者: 의명)] + -이(서조)- + -Ø(현시)- + -라(← -다: 평종)

90) 번게: 번게(번게, 電) + -Ø(← -이: -와, 부조, 비교)

91) 곧더니: 곧(← 곹다 ← 곧ᄒ다: 같다, 如)- + -더(회상)- + -니(연어, 설명 계속)

92) 알픠: 앒(앞, 前) + -의(-에: 부조, 위치)

93) 셔니라: 셔(서다, 立)- + -Ø(과시)- + -니(원칙)- + -라(← -다: 평종)

94) 金剛神: 금강신. 금강역사(金剛力士)의 다른 이름이다. 여래의 비밀한 사적(事績)을 알아서 오백 야차신을 부려 현겁(賢劫) 천불의 법을 지킨다는 두 신이다. 절 문 또는 수미단 앞의 좌우에 세우는데, 허리에만 옷을 걸친 채 용맹스러운 모습을 하고 있다. 왼쪽은 밀적금강으로 입을 벌린 모양이며, 오른쪽은 나라연금강으로 입을 다문 모양이다.

95) 金剛杵: 금강저. 승려가 불도를 닦을 때에 쓰는 법구(法具)의 하나이다. 이 불구의 형태는 손잡이 양쪽이 뾰족한 독고(獨鈷)만 있는 것과, 양끝이 2·3·4·5·9갈래로 갈라진 2고저(鈷杵)·3고저·4고저·5고저·9고저 등이 있다. 이 금강저는 번뇌를 깨뜨리는 보리심을 상징하는데, 독고(獨鈷)·삼고(三鈷)·오고(五鈷) 따위가 있다.

96) 술위띠: [수레바퀴, 輪: 술위(수레, 車) + 띠(바퀴, 輪)]

97) 두르듯: 두르(두르다, 旋)- + -듯(연어, 흡사)

98) ᄂ려오니: ᄂ려오[내려오다, 下降: ᄂ리(내리다, 下)- + -어(연어) + 오(오다, 來)-]- + -니(연어, 설명 계속, 이유)

99) 하: [하, 심하게, 甚(부사): 하(많다, 크다, 多: 형사)- + -Ø(부접)]

100) ᄉᆞᆯᄊᆡ: ᄉᆞᆯ(불사르다, 燒)- + -ㄹᄊᆡ(-므로: 연어, 이유)

1) 두리여: 두리(두려워하다, 怖)- + -여(← -어: 연어)

2) 수믈: 숨(숨다, 遁)- + -을(관전)

물떠업서부텻그르메예ᄃᆞ라ᄂᆞ니부
텻그르메서ᄂᆞ러버ᄒᆞ 甘감露ᄅᆞᆯᄲᅳ리
ᄂᆞᆺᄒᆞᆫ듯 龍룡이더위ᄅᆞᆯ여희오울워
러보ᅀᆞᄫᆞ니 虛헝空콩애 無뭉數숭ᄒᆞᆫ放방
부텨 各각 各각 無뭉數숭ᄒᆞᆫ 放방光광
ᄒᆞ시고 放방光광마다그지업슨 化황
佛뿛이 ᄯᅩ 各각 各각 無뭉數숭ᄒᆞᆫ 放방

데가 없어 부처의 그림자에 달려드니, 부처의 그림자가 서늘하여 甘露(감로)를 뿌리는 듯하니, 龍(용)이 더위를 떨치고 우러러 보니 虛空(허공)에 無數(무수)한 부처가 各各(각각) 無數(무수)한 放光(방광)을 하시고, 放光(방광)마다 그지없는 化佛(화불)이 또 各各(각각) 無數(무수)한

띠³⁾ 업서 부텻 그르메예⁴⁾ 드라드니⁵⁾ 부텻 그르메⁶⁾ 서느러버⁷⁾ 甘
감露롱⁸⁾를 쓰리는⁹⁾ 듯¹⁰⁾ 흔대¹¹⁾ 龍룡이 더위를¹²⁾ 여희오¹³⁾ 울워러¹⁴⁾

보ᅀᆞᆸ니¹⁵⁾ 虛헝空콩애 無뭉數숭흔 부톄 各각各각 無뭉數숭흔 放방光광

ᄒᆞ시고 放방光광마다 그지업슨¹⁶⁾ 化횡佛뿛이 또 各각各각 無뭉數숭흔

---

3) 띠: 띠(←딕: 데, 處, 의명) + ∅(←-이: 주조)

4) 그르메예: 그르메(그림자, 影) + -예(←-에: 부조, 위치)

5) 드라드니: 드라드[← 드라들다(달려들다, 走入): 둘(← 둗다, ㄷ불: 달리다, 走)- + -아(연어) + 들(들다, 入)-]- + -니(연어, 설명 계속)

6) 그르메: 그르메(그림자, 影) + -∅(←-이: 주조)

7) 서느러버: 서느릴[← 서늘럽다, ㅂ불(서느렇다, 淸涼): 서늘(서늘, 淸涼: 불어) + -업(형접)-]- + -어(연어)

8) 甘露: 감로. 천신(天神)의 음료, 하늘에서 내리는 단이슬이라는 뜻이다. 불교 경전에서는 주로 부처님의 교법이 중생을 잘 제도하는 데에 비우하는 예로 쓰이기도 한다.

9) 쓰리는: 쓰리(뿌리다, 灑)- + -ᄂᆞ(현시)- + -ㄴ(관전)

10) 듯: 듯(의명, 흡사)

11) 흔대: ᄒᆞ(하다: 보용, 흡사)- + -ㄴ대(-ㄴ데, -니: 연어, 반응)

12) 더위를: 더위[더위, 熱: 더우(← 덥다, ㅂ불: 덥다, 熱, 형사)- + -ㅣ(←-이: 명접)] + -를(목조)
   ※ 이 단어는 '더븨〉더뷔〉더위'의 변화 과정을 거친 것으로 추정한다.

13) 여희오: 여희(떨치다, 없애다, 除)- + -오(←-고: 연어, 나열, 계기)

14) 울워러: 울월(우러르다, 仰)- + -어(연어)

15) 보ᅀᆞᆸ니: 보(보다, 視)- + -ᅀᆞᆸ(←-ᄉᆞᆸ-: 객높)- + -ᄋᆞ니(연어, 설명 계속, 반응)

16) 그지업슨: 그지없[그지없다, 無限: 그지(끝, 한도, 限: 명사) + 없(없다, 無: 형사)-]- + -∅(현시)- + -은(관전)

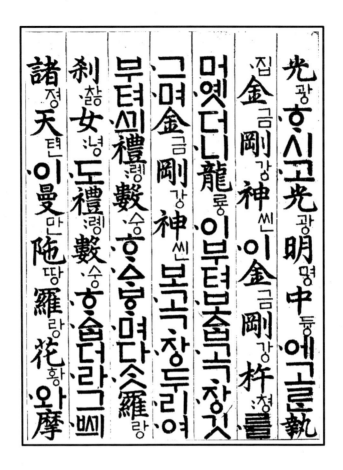

放光(방광) 하시고, 光明(광명) 中(중)에 모든 執金剛神(집금강신)이 金剛杵
(금강저)를 메고 있더니, 龍(용)이 부처를 보고 매우 기뻐하며 金剛神(금
강신)을 보고 매우 두려워하여, 부처께 禮數(예수)하며 다섯 羅利女(나찰
녀)도 (부처께) 禮數(예수)하더라. 그때에 諸天(제천)이 曼陁羅花(만다라화)
와 摩訶曼陀羅華(마하만다라화)와

放_방光_광 ᄒᆞ시고 光_광明_명 中_듕에 고른¹⁷⁾ 執_집金_금剛_강神_씬¹⁸⁾이 金_금剛_강杵_쳥를 머옛더니¹⁹⁾ 龍_룡이 부텨 보ᅀᆞᆸ고 ᄀᆞ장²⁰⁾ 깃그며²¹⁾ 金_금剛_강神_씬 보고 ᄀᆞ장 두리여²²⁾ 부텨끠 禮_롕數_숭ᄒᆞᅀᆞᆸ며 다ᄉᆞᆺ 羅_랑利_칧女_녕도 禮_롕數_숭ᄒᆞᅀᆞᆸ더라 그 ᄢᅴ 諸_졍天_텬²³⁾이 曼_만陁_땅羅_랑花_황²⁴⁾와

---

17) 고른: 고른(순수하다, 純)-+-Ø(현시)-+-ㄴ(관전) ※ 이 책의 저본인 『佛說觀佛三昧海經』(불설관불삼매해경)의 제7권에는 본문에 기술된 '光明 中에 고른 執金剛神'의 부분이 '諸光中一切皆是執金剛神'으로 기술되어 있다. 여기서 '고른'이 '一切皆是'에 대응된다는 점과, 『월인석보』의 전후 문맥을 고려하여, 본문의 '고른'을 '모든(一切皆)'으로 의역하여 옮긴다. 또 중세 국어에서 '純'을 번역할 때에 '고ᄅᆞ다'가 쓰이기도 했는데, 이때 '純'에는 '모두(皆)'나 '다(悉)'의 뜻도 있다.

18) 執金剛神: 집금강신. '금강역사(金剛力士)'를 달리 이르는 말이다. 여래의 비밀 사적(事績)을 알아서 오백 야차신을 부려 현겁(賢劫) 천불의 법을 지킨다는 두 신이다.

19) 머옛더니: 머이(메다, 擔)-+-어(연어)+잇(←이시다: 있다, 보용, 완료 지속)-+-더(회상)-+-니(연어, 설명 계속) ※ '메옛더니'는 '머여 잇더니'가 축약된 형태인데, 여기서는 '메고 있더니'로 의역하여 옮긴다.

20) ᄀᆞ장: 매우, 대단히, 極大(부사)

21) 깃그며: 깃(기뻐하다, 歡喜)-+-으며(연어, 나열)

22) 두리여: 두리(두려워하다, 惶怖)-+-여(←-어: 연어)

23) 諸天: 제천. 모든 하늘. 욕계의 육욕천, 색계의 십팔천, 무색계의 사천(四天) 따위를 통틀어 이른다. 마음을 수양하는 경계를 따라 나뉜다. 혹은 천상계의 모든 천신(天神)을 이른다.

24) 曼陁羅花: 만다라화. 산스크리트어의 만다라바(mandārava)의 음이다. 천상계에 핀다고 하는 성스러운 흰 연꽃이다. 불전에 보이는 천화(天花, 천계의 꽃)의 하나로서, 석가나 여래들의 깨달음이나 설법시에 이를 기뻐하는 신들의 뜻에 따라서 스스로 공중에 피어서 내려온다고 한다. 또한 수미산의 정상에는 높이 100유순(1유순 ≒ 14km)의 거대한 만다라 나무가 있으며, 그 밑에는 삼십삼천(三十三天)이 놀고 있다고 한다. 도리천, 극락세계, 다양한 불국토를 장엄하는 화수(花樹)로서도 등장하는데, 그 모델은 콩과의 식물이라고 한다. ※ 참고로 부처님을 공양하는 천화(天花)로서 '만다라화(曼荼羅華), 마하만다라화(摩訶曼陀羅華), 만수사화(曼殊沙花), 마하만수사화(摩訶曼殊沙花)' 등이 있다고 한다.

摩訶曼陀羅華(마하만다라화)와 曼殊沙華(만수사화)와 摩訶曼殊沙華(마하만
수사화)를 흩뿌려 (부처를) 供養(공양)하고【曼殊沙華(만수사화)는 '붉은 꽃
이라.' 한 말이다. 】, 하늘의 북이 절로 울며 諸天(제천)이 손을 고추 세워
서 空中(공중)에서 (부처를) 侍衛(시위)하여 서 있더니, 그 龍王(용왕)이 못
(池)에 七寶(칠보) 평상(平床)을 내어 (그것을) 손으로

摩_망訶_항曼_만陁_땅羅_랑花_황²⁵⁾와　曼_만殊_쓩沙_상花_황²⁶⁾와　摩_망訶_항曼_만殊_쓩沙_상

花_황²⁷⁾를　비허²⁸⁾　供_공養_양ᄒᆞᄉᆞᆸ고【曼_만殊_쓩沙_상ᄂᆞᆫ 블근²⁹⁾ 고지라³⁰⁾ 혼³¹⁾ 마

리라 】ᄒᆞᄂᆞᆯ 부피³²⁾ 절로³³⁾ 울며 諸_졍天_텬이 손 고초ᄉᆞᆸ고³⁴⁾ 空_콩中

_듕에　侍_씽衛_윙ᄒᆞᅀᄫᅡ³⁵⁾　셋더니³⁶⁾　그　龍_룡王_왕이 모새³⁷⁾ 七_칧寶_봉 平_뼝

床_쌍³⁸⁾을 내야³⁹⁾ 소ᄂᆞ로⁴⁰⁾

---

25) 摩訶曼陁羅花: 마하만다라화. 부처님을 공양할 때에 흩뿌리는 천화(天花) 중의 하나이다. 여기서 '摩訶(마하)'는 '크다(大)' 하는 뜻이다.

26) 曼殊沙花: 만수사화. 부처님을 공양할 때에 흩뿌리는 천화(天花) 중의 하나이다. 만수사(曼殊沙)는 보드랍다는 뜻인데, 이 꽃을 보면 악업(惡業)을 여읜다고 한다.

27) 摩訶曼殊沙花: 마하만수사화. 부처님을 공양할 때에 흩뿌리는 천화(天花) 중의 하나이다.

28) 비허: 빟(흩뿌리다, 雨)- + -어(연어)

29) 블근: 븕(븕다, 赤)- + -Ø(현시)- + -은(관전)

30) 고지라: 곶(꽃, 花) + -이(서조)- + -Ø(현시)- + -라(←-다: 평종)

31) 혼: ᄒ(← ᄒ다: 하다, 曰)- + -Ø(과시)- + -오(대상)- + -ㄴ(관전)

32) 부피: 붚(북, 鼓) + -이(주조)

33) 절로: [절로, 저절로, 自(부사): 절(← 저: 저, 己, 인대, 재귀칭) + -로(부조▷부접)]

34) 고초ᄉᆞᆸ고: 고초[곧추 세우다, 집중하다, 叉: 곶(꽂다, 拱: 타동)- + -호(사접)-]- + -ᅀᆞᆸ(객높)- + -고(연어, 계기) ※『佛說觀佛三昧海經』(불설관불삼매해경)의 권7에는 '손 고초ᄉᆞᆸ고'의 부분이 '叉手(차수)'로 기술되어 있는데, '叉手(차수)'는 두 손을 어긋매껴 마주 잡는 것이다.

35) 侍衛ᄒᆞᅀᄫᅡ: 侍衛ᄒᆞ[시위하다: 侍衛(시위): 명사) + -ᄒᆞ(동접)-]- + -ᅀᆞᆸ(← -ᄉᆞᆸ-: 객높)- + -아(연어) ※ '侍衛(시위)'는 임금이나 어떤 모임의 우두머리를 모시어 호위하는 것이다. 또는 그런 사람이다.

36) 셋더니: 셔(서다, 立)- + -어(연어) + 잇(← 이시다: 있다, 보용, 완료 지속)- + -더(회상)- + -니(연어, 설명 계속) ※ '셋더니'는 '셔 잇더니'가 축약된 형태이다.

37) 모새: 못(못, 池) + -애(-에: 부조, 위치)

38) 平床: 평상. 나무로 만든 침상의 하나이다. 밖에다 내어 앉거나 드러누워 쉴 수 있도록 만든 것이다.

39) 내야: 내[내다, 出: 나(나다, 出)- + -ㅣ(← -이-: 사접)-]- + -야(← -아: 연어)

40) 소ᄂᆞ로: 손(손, 手) + -ᄋᆞ로(부조, 방편)

받아 놓고 사뢰되 "世尊(세존)이시여. 나를 救(구)하시어 力士(역사)가 내 몸을 헐어버리지 아니하게 하소서." 하더라. 그때에 王(왕)이 높은 床(상)을 놓고 白氎縵(백첩만)을 두르고 【 縵(만)은 帳(장)이다. 】 眞珠(진주) 그물을 위에 덮고 부처를 請(청)하여 "縵(만) 中(중)에 드소서." 하거늘 부처가 (縵 중에 들어가려고) 발을 드시니 바다⁴¹⁾ 노쏩고⁴²⁾ 슬보디 世_솅尊_존하⁴³⁾ 나를 救_굴ᄒᆞ샤 力_륵士_쌍ㅣ⁴⁴⁾ 내 몸 ᄒᆞ야ᄇᆞ리디⁴⁵⁾ 아니케⁴⁶⁾ ᄒᆞ쇼셔 ᄒᆞ더라 그 ᄢᅴ 王_왕이 노ᄑᆞᆫ 床_쌍 노쏩고 白_{ᄈᆡᆨ}氎_뗩縵_만을⁴⁷⁾ 두르고【縵_만ᄋᆞᆫ 帳_댱이라⁴⁸⁾】 眞_진珠_즁 그므를⁴⁹⁾ 우희 둡ᄉᆞᆸ고⁵⁰⁾ 부텨를 請_쳥ᄒᆞᅀᆞᄫᅡ 縵_만 中_듕에 드르쇼셔⁵¹⁾ ᄒᆞ야ᄂᆞᆯ 부톄 바를⁵²⁾ 드르시니⁵³⁾

---

41) 바다: 받(받들다, 擎)- + -아(연어) ※ 『불설관불삼매해경』의 권7에는 '소ᄂᆞ로 바다 노쏩고'의 부분이 '手擎敷置(손으로 받들어서 펼쳐 놓다)'로 기술되어 있다.

42) 노쏩고: 노(← 놓다: 놓다, 置)- + -쏩(← -ᄉᆞᆸ-: 객높)- + -고(연어, 계기)

43) 世尊하: 世尊(세존) + -하(-이시여: 호조, 아주 높임)

44) 力士: 역사. 뛰어나게 힘이 센 사람이다. ※ 여기에서 '力士(역사)'는 앞에서 언급한 '집금강신 (= 執金剛神, 金剛力士)'을 가리키는 말이다.

45) ᄒᆞ야ᄇᆞ리디: ᄒᆞ야ᄇᆞ리(헐어버리다, 傷害)- + -디(-지: 연어, 부정)

46) 아니케: 아니ᄒᆞ[← 아니ᄒᆞ다(아니하다, 莫): 보용, 부정): 아니(아니, 不: 부사, 부정) + -ᄒᆞ(동 접)-]- + -게(연어, 사동)

47) 白氎縵: 백첩만. '만(縵)'은 휘장이니, '백첩만(白氎縵)'은 흰 빛깔의 가는 모직물로 만든 휘장 이다.

48) 帳: 장. 휘장.

49) 그므를: 그믈(그물, 羅網) + -을(목조) ※ 이때의 '그물'은 '羅網(나망)'을 이른다. '羅網(나망)'은 불전(佛殿)을 장식(裝飾)하는 기구(器具)로서, 구슬을 꿰어서 그물처럼 만든다.

50) 둡ᄉᆞᆸ고: 둡(← 둪다: 덮다, 彌覆)- + -ᄉᆞᆸ(객높)- + -고(연어, 계기)

51) 드르쇼셔: 들(들다, 處)- + + -으쇼셔(-으소서: 명종, 아주 높임)

52) 바를: 발(발, 足) + -을(목조)

53) 드르시니: 들(들다, 擧)- + + -으시(주높)- + + -니(연어, 설명 계속, 이유)

ᄉᆞᆫ허튀예 五_{ᅇᅩᆼ}色_{식}光_광이 나샤
부텻긔닐굽볼버믜 밧하ᄂᆞᆳ고ᄫᆞᆫ
지곳ᄒᆞ야 곳帳_댱이드외니 곳닙ᄉᆞᅀᅵ
예無_무數_수ᄒᆞᆫ 菩_뽕薩_삻이 드외야
掌_쟝ᄒᆞ야 讚_잔歎_탄ᄒᆞᅀᆞᆸ거든 空_콩
中_{듀ᇰ}엣 化_황佛_{ᄤᅳᆯ}이 다 ᄒᆞᆫ가지로 放_{바ᇰ}
光_광ᄒᆞ더시니 열여슷 혀근 龍_{료ᇰ}이 쇼

장단지에 五色(오색광)이 나시어, 부처께 일곱 겹을 둘러 하늘의 고운 꽃과 같아서 꽃의 帳(장)이 되니, 꽃잎 사이에 無數(무수)한 菩薩(보살)이 되어 合掌(합장)하여 讚歎(찬탄)하니, 空中(공중)에 있는 化佛(화불)이 다 한가지로 放光(방광)하시더니, 열여섯의 작은 龍(용)이

허튓비예⁵⁴⁾ 五_옹色_식光_광이 나샤 부텻긔 닐굽 볼⁵⁵⁾ 버므<ᅀᆞᆸ>바⁵⁶⁾ 하

ᄂᆞᆯ 고ᄫᆞᆯ⁵⁷⁾ 고지⁵⁸⁾ ᄀᆞᆮᄒᆞ야 곳⁵⁹⁾ 帳_댱이 ᄃᆞ외니⁶¹⁾ 곳닙⁶²⁾ ᄉᆞᅀᅵ예⁶³⁾

無_뭉數_승ᄒᆞᆫ 菩_뽕薩_삻이 ᄃᆞ외야⁶⁴⁾ 合_합掌_쟝ᄒᆞ야 讚_잔歎_탄ᄒᆞᅀᆞᆸ거든⁶⁵⁾ 空

콩中_듕엣⁶⁶⁾ 化_황佛_뿛이 다 ᄒᆞᆫ가지로⁶⁷⁾ 放_방光_광ᄒᆞ더시니⁶⁸⁾ 열여슷 혀

근⁶⁹⁾ 龍_룡이

---

54) 허튓비예: 허튓비[장단지, 腨: 허튀(종아리, 腓) + -ㅅ(관조, 사잇) + 비(배, 腹] + -예(← -에: 부조, 위치)

55) 볼: 겹, 帀(의명)

56) 버므ᅀᆞᆸ바: 버므(← 버믈다: 두르다, 繞)- + -ᅀᆞᆸ(← -ᅀᆞᆸ-: 객높)- + -아(연어)

57) 고ᄫᆞᆯ: 골(← 곱다, ㅂ불: 곱다, 妙)- + -Ø(현시)- + -은(관전)

58) 고지: 곶(꽃, 花) + -이(-과: 부조, 비교)

59) 곳: 곳(← 곶: 꽃, 花)

60) 帳: 장. 둘러쳐서 가리게 되어 있는 장막, 휘장, 방장 따위를 통틀어 이르는 말이다.

61) ᄃᆞ외니: ᄃᆞ외(되다, 化成)- + -니(연어, 설명 계속)

62) 곳닙: [꽃잎, 葉: 곳(← 곶: 꽃, 花) + 닙(← 닢: 잎, 葉)]

63) ᄉᆞᅀᅵ예: ᄉᆞᅀᅵ(사이, 間) + -예(← -에: 부조, 위치)

64) 無數ᄒᆞᆫ 菩薩이 ᄃᆞ외야: '無數ᄒᆞᆫ 菩薩이 ᄃᆞ외야 合掌ᄒᆞ야'는 한문 원문을 잘못 번역한 것이다. 곧, 『불설관불삼매해경』의 권7에는 '百千無數諸化菩薩 合掌讚偈'로 되어 있는데, 이를 번역하면 '百千의 無數한 모든 化菩薩이 合掌하여 讚歎하니'가 된다. 따라서 이 부분은 '無數ᄒᆞᆫ 모든 化菩薩이 合掌ᄒᆞ야 讚歎ᄒᆞᅀᆞᆸ거든'으로 옮겨야 올바르게 번역한 것이다. ※ '化菩薩(화보살)'은 중생을 구제하기 위하여 형상을 변하여 나타내 보이는 보살신(菩薩身)이다.

65) 讚歎ᄒᆞᅀᆞᆸ거든: 讚歎ᄒᆞ[찬탄하다: 讚歎(찬탄: 명사) + -ᄒᆞ(동접)-]- + -ᅀᆞᆸ(객높)- + -거든(-는데, -니: 연어, 설명 계속, 반응)

66) 空中엣: 空中(공중) + -에(부조, 위치) + -ㅅ(-의: 관조) ※ '空中엣'은 '空中(공중)에 있는'으로 의역하여 옮긴다.

67) ᄒᆞᆫ가지로: ᄒᆞᆫ가지[한가지, 一類(명사): ᄒᆞᆫ(한, 一: 관사, 양수) + 가지(가지, 類: 의명) + -로(부조, 방편)

68) 放光ᄒᆞ더시니: 放光ᄒᆞ[방광하다: 放光(방광: 명사) + -ᄒᆞ(동접)-]- + -더(회상)- + -시(주높)- + -니(연어, 설명 계속) ※ '放光(방광)'은 부처가 광명을 내는 것이다.

69) 혀근: 혁(작다, 小)- + -Ø(현시)- + -은(관전)

내:모콰:돌콰자반고 霹靂^{·력}:블니르와

다부텨씌오니모든한사·롬·두리여

호·거·늘 世_{·솅}尊_존이 金_금色_{·식}볼홀내

·샤소·놀펴·시·니손·까락·소·시·예·셔·굴·근

·보·비·옛·곳·비오더·니 大_{·땡}衆_{·즁}·돌·히그

·고·졸·보·디·다 化_{·황}佛_{·뿛}·이·도외·시·고龍_룡

·돌·히그·고·졸·보·디·다 金_금翅_{·싱}鳥_{·둏}

손에 산과 돌을 잡고 霹靂(벽력) 불을 일으켜서 부처께 오니 모인 많은 사람이 두려워하거늘, 世尊(세존)이 金色(금색) 팔을 내시어 손을 펴시니 손가락 사이에서 굵은 보배로 된 꽃비가 오더니, 大衆(대중)들은 그 꽃을 보되 (그 꽃이) 다 化佛(화불)이 되시고, 龍(용)들은 그 꽃을 보되 (그 꽃이) 다 金翅鳥(금시조)가

소내⁷⁰⁾ 뫼콰⁷¹⁾ 돌콰⁷²⁾ 잡고 霹_픽靂_력⁷³⁾ 블 니르와다⁷⁴⁾ 부텨씌 오니

모든⁷⁵⁾ 한⁷⁶⁾ 사ᄅ미 두리여ᄒ거늘⁷⁷⁾ 世_솅尊_존이 金_금色_{ᄾᅵᆨ} 불홀⁷⁸⁾ 내

샤 소늘 펴시니 손까락⁷⁹⁾ 싀예셔⁸⁰⁾ 굴근⁸¹⁾ 보ᄇᆡ옛⁸²⁾ 곳비⁸³⁾ 오

더니 大_땡衆_즁ᄃᆞᆯ혼⁸⁴⁾ 그 고즐 보ᄃᆡ⁸⁵⁾ 다 化_황佛_뿛⁸⁶⁾이 ᄃᆞ외시고 龍

_룡ᄃᆞᆯ혼 그 고즐 보ᄃᆡ 다 金_금翅_싱鳥_듛⁸⁷⁾ㅣ

---

70) 소내: 손(손, 手) + -애(-에: 부조, 위치)

71) 뫼콰: 뫼ㅎ(산, 山) + -과(접조)

72) 돌콰: 돌ㅎ(돌, 石) + -과(접조)

73) 霹靂: 벽력, 번게, 雷.

74) 니르와다: 니르완[일으키다, 起: 닐(일어나다, 起)- + -으(사접)- + -완(강접)-]- + -아(연어)

75) 모든: 몯(모이다, 集)- + -Ø(과시)- + -은(관전)

76) 한: 하(많다, 多)- + -Ø(현시)- + -ㄴ(관전)

77) 두리여ᄒ거늘: 두리여ᄒ[두려워하다, 畏: 두리(두려워하다, 畏)- + -여(←-어: 연어) + ᄒ(하다: 보용)-]- + -거늘(연어, 상황)

78) 불홀: 불ㅎ(팔, 臂) + -ᄋᆞᆯ(목조)

79) 손까락: [손가락, 指: 손(손, 手) + -ㅅ(관조, 사잇) + 가락(가락)]

80) 싀예셔: 싀(사이, 間) + -예(←-에: 부조, 위치) + -셔(-서: 보조사, 위치 강조)

81) 굴근: 굵(크다, 大)- + -Ø(현시)- + -은(관전)

82) 보ᄇᆡ옛: 보ᄇᆡ(보배, 寶) + -예(←-에: 부조, 위치) + -ㅅ(-의: 관조) ※ '보ᄇᆡ옛'은 '보배로 된'으로 의역하여서 옮긴다.

83) 곳비: 곳비[꽃비, 雨花: 곳(←곶: 꽃, 花) + 비(비, 雨)] + -Ø(←-이: 주조) ※ '곳비'는 하늘에서 비처럼 내리는 꽃이다.

84) 大衆ᄃᆞᆯ혼: 大衆ᄃᆞᆯㅎ[대중들: 大衆(대중) + -ᄃᆞᆯㅎ(-들: 복접)] + -은(보조사, 주제) ※ '大衆(대중)'은 많이 모인 승려나, 또는 비구, 비구니, 우바새, 우바니를 통틀어 이르는 말이다.

85) 보ᄃᆡ: 보(보다, 見)- + -ᄃᆡ(←-오ᄃᆡ: -되, 연어, 설명 계속)

86) 化佛: 화불. 부처가 중생을 교화하기 위하여 변화하는 여러 가지 모습이다.

87) 金翅鳥: 금시조. 팔부중(八部衆)의 하나이다. 불경에 나오는 상상의 큰 새로, 매와 비슷한 머리에는 여의주가 박혀 있으며 금빛 날개가 있는 몸은 사람을 닮고 불을 뿜는 입으로 용을 잡아 먹는다고 한다.(= 가루라, 迦樓羅)

ᄃᆞ외야 龍룡ᄋᆞᆯ자바머구려ᄒᆞᆯᄊᆡ 龍
룡이두리여부텻그리메예드ᄅᆞ러
머리조ᅀᅡ 救ᄀᆞᇢᄒᆞ쇼셔ᄒᆞ더라 부톄
縵만알ᄑᆡ가샤 阿ᅙᅡᆼ難난이드려 尼닝
師ᄉᆞᆼ檀딴ᄭᆞ라ᄒᆞ야시ᄂᆞᆯ 阿ᅙᅡᆼ難난이
縵만 中듀ᇰ에드러올ᄒᆞᆫ소ᄂᆞ로왼녁엇
ᄀᆡ옛 尼닝師ᄉᆞᆼ檀딴ᄋᆞᆯ드니 尼닝師ᄉᆞᆼ

되어 龍(용)을 잡아먹으려 하므로, 龍(용)이 두려워 부처의 그림자에 달
라들어 머리를 조아려 "(우리를) 救(구)하소서." 하더라. 부처가 縵(만) 앞
에 가시어 阿難(아난)이더러 "尼師檀(이사단)을 깔라." 하시거늘, 阿難(아
난)이 縵(만) 中(중)에 들어 오른손으로 왼쪽 어깨에 있는 尼師檀(이사단)
을 드니, 尼師檀(이사단)이

ᄃᄫᅴ야 龍_룡ᄋᆞᆯ 자바머구려⁸⁸⁾ 홀씨 龍_룡이 두리여⁸⁹⁾ 부텻 그르메예⁹⁰⁾ ᄃᆞ라드러⁹¹⁾ 머리 좃ᄉᆞᄫᅡ⁹²⁾ 救_굴ᄒᆞ쇼셔⁹³⁾ ᄒᆞ더라 부톄 縵_만 알ᄑᆡ⁹⁴⁾ 가샤 阿_항難_난이ᄃᆞ려⁹⁵⁾ 尼_닝師_{ᄉᆞ}檀_딴⁹⁶⁾ ᄭᆞᆯ라⁹⁷⁾ ᄒᆞ야시ᄂᆞᆯ⁹⁸⁾ 阿_항難_난이 縵_만 中_{듀ᇰ}에 드러 올ᄒᆞᆫ소ᄂᆞ로⁹⁹⁾ 왼녁¹⁰⁰⁾ 엇게옛¹⁾ 尼_닝師_{ᄉᆞ}檀_딴ᄋᆞᆯ ᄃᆞ니 尼_닝師_{ᄉᆞ}檀_딴이

---

88) 잡바머구려: 잡바먹[잡아먹다, 搏噬: 잡(잡다, 搏)- + -아(연어) + 먹(먹다, 噬)-]- + -우려(-으려: 연어, 의도)

89) 두리여: 두리(두려워하다, 畏)- + -여(← -어: 연어)

90) 그르메예: 그르메(그림자, 影) + -예(← -에: 부조, 위치)

91) ᄃᆞ라드러: ᄃᆞ라들[← ᄃᆞ라들다(달려들다, 走入): 둘(← ᄃᆞᆮ다, ᄃᆞᇦ불: 달리다, 走)- + -아(연어) + 들(들다, 入)-]- + -어(연어)

92) 좃ᄉᆞᄫᅡ: 좃(조아리다, 叩)- + -ᄉᆞᇦ(← -ᄉᆞᇦ-: 객높)- + -아(연어)

93) 救ᄒᆞ쇼셔: 救ᄒᆞ[구하다: 救(구: 불어) + -ᄒᆞ(동접)-]- + -쇼셔(-소서: 명종, 아주 높임)

94) 알ᄑᆡ: 앒(앞, 前) + -ᄋᆡ(-에: 부조, 위치)

95) 阿難이ᄃᆞ려: 阿難이[아난이: 阿難(아난: 인명) + -이(접미, 어조 고름)] + -ᄃᆞ려(-더러, -에게: 부조, 상대)

96) 尼師檀: 이사단. 비구니가 어깨에 걸치고 있다가 앉을 때는 자리로 쓰는 천이다.

97) ᄭᆞᆯ라: ᄭᆞᆯ(깔다, 敷)- + -라(명종, 아주 낮춤)

98) ᄒᆞ야시ᄂᆞᆯ: ᄒᆞ(하다, 勅言)- + -시(주높)- + -야…ᄂᆞᆯ(← 아ᄂᆞᆯ: -거늘, 연어, 상황)

99) 올ᄒᆞᆫ소ᄂᆞ로: 올ᄒᆞᆫ손[오른손, 右手: 옳(오른쪽이다, 옳다, 右, 是: 형사)- + -ᄋᆞᆫ(관전) + 손(손, 手)] + -ᄋᆞ로(부조, 방편)

100) 왼녁: [왼쪽, 左便: 외(왼쪽이다, 그르다, 左, 非: 형사)- + -ㄴ(관전▷관접) + 녁(녘, 쪽: 便)]

1) 엇게옛: 엇게(어깨, 肩) + -예(← -에: 부조, 위치) + -ㅅ(-의: 관조) ※ '엇게옛'은 '어깨에 있는'으로 의역하여 옮긴다.

檀딴이 즉자히 七칧寶ᄬᅭᆼ로 ᄉᆞᄆᆞᆫ 五ᅌᅩᆼ
百ᄇᆡᆨ億ᅙᅳᆨ 金금臺띵 ᄃᆞ외어늘 ᄭᆞᆯ려
ᄒᆞ니 즉자히 ᄯᅩ 七칧寶ᄬᅭᆼ 莊장嚴엄
五ᅌᅩᆼ百ᄇᆡᆨ億ᅙᅳᆨ 蓮련花황ㅣ ᄃᆞ외야 行
列령 지어 次ᄎᆞᆼ次ᄎᆞᆼ第똉로 縵만 안해 차
독ᄒᆞ니라 그ᄢᅴ 世솅尊존이 七칧寶ᄬᅭᆼ
床쌍애 ᄃᆞᆯ샤 結겷加강趺붕坐쫭ᄒᆞ

즉시로 七寶(칠보)로 꾸민 五百億(오백억) 金臺(금대)가 되거늘, (이사단을 를) 깔려고 하니 즉시로 또 七寶(칠보)로 莊嚴(장엄)한 五百億(오백억) 蓮花(연화)가 되어, 行列(행렬)을 지어 次次第(차차제)로 縵(만) 안에 차서 가득하니라. 그때에 世尊(세존)이 七寶(칠보) 床(상)에 드시어 結跏趺坐(결가부좌)하시니,

즉자히²⁾ 七칧寶뷸로 ꑜ문³⁾ 五옹百ᄇᆡᆨ億흑 金금臺ᄄᆡᆼ⁴⁾ ᄃᆞ외어늘 신로려⁵⁾ ᄒ니 즉자히 쏘 七칧寶뷸 莊장嚴엄혼⁶⁾ 五옹百ᄇᆡᆨ億흑 蓮련花황ㅣ ᄃᆞ외야 行ᅘᆡᆼ列렳 지서 次총次총第똉로⁷⁾ 縵만 안해⁸⁾ 차⁹⁾ ᄀᆞ득ᄒ니라¹⁰⁾ 그 ᄢ 世솅尊존이 七칧寶뷸 床쌍애 드르샤¹¹⁾ 結겷加강趺붕坐쫭¹²⁾ᄒ시니

---

2) 즉자히: 즉시, 卽(부사)

3) ꑜ문: 꾸미(꾸미다, 飾)- + -Ø(과시)- + -우(대상)- + -ㄴ(관전)

4) 金臺: 금대. 금으로 아름답게 장식한 대(臺)이다.

5) 신로려: 실(깔다, 敷)- + -오려(-려: 연어, 의도)

6) 莊嚴혼: 莊嚴ᄒ[← 莊嚴ᄒ다(장엄하다): 莊嚴(장엄: 명사) + -ᄒ(동접)-] + -Ø(과시)- + -오(대상)- + -ㄴ(관전) ※ '莊嚴(장엄)'은 좋고 아름다운 것으로 장식하는 것이다

7) 次次第로: 次次第(차차제) + -로(부조, 방편) ※ '次次第(차차제)'는 '차례차례'이다.

8) 안해: 안ㅎ(안, 內) + -애(-에: 부조, 위치)

9) 차: ᄎ(← ᄎ다: 차다, 滿)- + -아(연어)

10) ᄀᆞ득ᄒ니라: ᄀᆞ득ᄒ[가득하다, 滿: ᄀᆞ득(가득, 滿: 부사) + -ᄒ(형접)-] + -Ø(현시)- + -니(원칙)- + -라(←-다: 평종)

11) 드르샤: 들(들다, 入)- + -으샤(←-으시-: 주높)- + -Ø(←-아: 연어)

12) 結加趺坐: 결가부좌. 부처의 좌법(坐法)으로 좌선할 때 앉는 방법의 하나이다. 왼쪽 발을 오른쪽 넓적다리 위에 놓고 오른쪽 발을 왼쪽 넓적다리 위에 놓고 앉는 것을 '길상좌'라고 하고 그 반대를 '항마좌'라고 한다. 손은 왼 손바닥을 오른 손바닥 위에 겹쳐 배꼽 밑에 편안히 놓는다.

다룬 蓮花련·꽝又·희·다부·톄·안
·ᄌᆞᆺᆞ니라그·삥比·쿵·돌토부:텨·쎄
禮·롕數·숭·ᄒᆞ·ᅀᆞᆸ고各·각·각座·쫭·롷·ᄉᆞ
니比·삥丘·쿵·의座·쫭·도·다瑠·룡璃·링座·쫭
·쫭ᅵᄃᆞ외·어·늘比·삥丘·쿵·돌·히·드·러·안
·ᄌᆞ니瑠·룡璃·링座·쫭ᅵ瑠·룡璃·링光·광
·올·펴·아瑠·룡璃·링堀·콣·을짓·고比·삥丘

다른 蓮花(연화)의 위에 다 부처가 앉으셨니라. 그때에 比丘(비구)들도 부처께 禮數(예수)하고 각각 座(좌)를 까니, 比丘(비구)의 座(좌)도 다 瑠璃座(유리좌)가 되거늘 比丘(비구)들이 들어 앉으니, 瑠璃座(유리좌)가 瑠璃光(유리광)을 펴 瑠璃堀(유리굴)을 짓고, 比丘(비구)들이

녀느[13] 蓮련花황ㅅ 우희[14] 다 부톄 안즈시니라[15] 그 쁴[16] 比삥丘쿻

들토[17] 부텨씌 禮롕數숭ᄒᆞ᠍᠍᠍ᅌᆞᆸ고 各각各각 座쫭ᄅᆞᆯ 싯니[18] 比삥丘쿻의

座쫭도 다 瑠륳璃링座쫭ㅣ ᄃᆞ외어늘[20] 比삥丘쿻들히 드러 안ᄌᆞ니

瑠륳璃링座쫭ㅣ 瑠륳璃링光광[21]을 펴아 瑠륳璃링堀쿓[22]을 짓고 比삥丘쿻

들히

---

13) 녀느: 다른, 他(관사)

14) 우희: 우ㅎ(위, 上)+-의(-에: 부조, 위치)

15) 안즈시니라: 앉(앉다, 坐)-+-ᄋᆞ시(주높)-+-Ø(과시)-+-니(원칙)-+-라(←-다: 평종)

16) 쁴: ᄢ(←ᄠᅵ: 때, 時, 의명)+-의(-에: 부조, 위치)

17) 比丘들토: 比丘들ㅎ[비구들, 諸比丘: 比丘(비구: 명사)+-들ㅎ(-들: 복접)]+-도(보조사, 첨가)

18) 싯니: 싯(←ᄭᆞᆯ다: 깔다, 敷)-+-니(연어, 설명 계속, 이유)

19) 瑠璃座: 유리좌. 유리(瑠璃)로 된 자리(座)이다.

20) ᄃᆞ외어늘: ᄃᆞ외(되다, 化成)-+-어늘(←-거늘: 연어, 상황)

21) 瑠璃光: 유리광. 유리(瑠璃)에서 나는 빛(光)이다.

22) 瑠璃堀: 유리굴. 유리(瑠璃)로 된 굴(堀)이다.

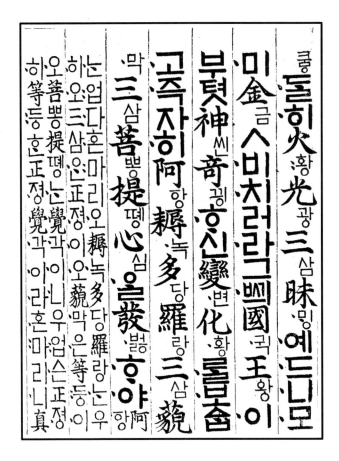

火光三昧(화광삼매)에 드니 몸이 金(금)빛이더라. 그때에 國王(국왕)이 부처의 神奇(신기)하신 變化(변화)를 보고 즉시 阿耨多羅三藐三菩提心(아뇩다라삼먁삼보리심)을 發(발)하여 【阿(아)는 '없다' 한 말이요, 耨多羅(뇩다라)는 '위'요, 三(삼)은 '正(정)'이요, 藐(먁)은 '等(등)'이요, 菩提(보리)는 '覺(각)'이니, '위가 없는 正(정)히 等(등)한 正覺(정각)이다.' 한 말이니,

火_황光_광三_삼昧_밍²³⁾예 드니 모미 金_금ㅅ비치러라²⁴⁾ 그 ᄢᅢ 國_귁王_왕이 부텻 神_씬奇_끵ᄒ신 變_변化_황ᄅᆞᆯ 보ᅀᆞᆸ고 즉자히²⁵⁾ 阿_{ᄒᆡᆼ}耨_녹多_당羅_랑 三_삼藐_막三_삼菩_뽕提_똉心_심²⁶⁾을 發_벓ᄒᆞ야【阿_{ᄒᆡᆼ}ᄂᆞᆫ 업다²⁷⁾ 혼 마리오 耨_녹多_당羅_랑ᄂᆞᆫ 우히오²⁸⁾ 三_삼ᄋᆞᆫ 正_정이오 藐_막ᄋᆞᆫ 等_등이오 菩_뽕提_똉ᄂᆞᆫ 覺_각이니 우 업슨 正_정히²⁹⁾ 等_등혼 正_정覺_각³⁰⁾이라 혼 마리니

---

23) 火光三昧: 화광삼매. '火光(화광)'은 불빛이다. '三昧(삼매)'는 잡념을 떠나서 오직 하나의 대상에만 정신을 집중하는 경지인데, 이 경지에서 바른 지혜를 얻고 대상을 올바르게 파악하게 된다. '火光三昧(화광삼매)'는 '화삼매(火三昧)' 또는 '화광정(火光定)'이라고도 말하며, 몸에서 불을 내는 선정 (禪定)이다. 아난존자(阿難尊者)는 허공에 올라가 화광정(火光定)에 들어가 몸에서 불을 일으켜 적멸 (寂滅)에 들어갔다고 한다.

24) 金ㅅ비치러라: 金ㅅ빛[금빛, 金色: 金(금) + -ㅅ(관조, 사잇) + 빛(빛, 色)] + -이(서조)- + -러 (←-더-: 회상)- + -라(←-다: 평종)

25) 즉자히: 즉시, 卽(부사)

26) 阿耨多羅三藐三菩提心: 아뇩다라삼먁삼보리심. 일체의 진상을 모두 아는 부처님의 무상의 승지(勝地), 곧 무상정각이다. 부처님의 지혜는 가장 뛰어나고 그 위가 없으며 평등한 바른 이치를 깨닫는 것이다. ※ '阿(아)'는 '없다'이다. '耨多羅(뇩다라)'는 '위'이다. '三(삼)'은 '正(정)'이다. '藐(먁)'은 '等(등)'이다. '菩提(보리)'는 '正覺(정각)'이다.

27) 업다: 업(← 없다: 없다, 無)- + -Ø(현시)- + -다(평종)

28) 우히오: 우ㅎ(위, 上) + -이(서조)- + -오(←-고: 연어, 나열)

29) 正히: [정히, 올바르게(부사): 正(정: 명사) + -ㅎ(←-ㅎ-: 형접)- + -이(부접)]

30) 正覺: 정각. 올바른 깨달음이다. 일체의 참된 모습을 깨달은 더할 나위 없는 지혜이다.

眞實ㅅ 性을 니르니 眞實ㅅ 性이 그 佛이시니 佛은 覺이라 혼 마리니 조려 니르면 覺이라 ᄒᆞ고 仔細히 니르면 無上正等覺이라 眞實ㅅ 性에 더우 上 업슬ᄊᆡ 無上이오 諸佛이며 衆生ᄋᆡ 이 性이 正히 平等ᄒᆞᆯᄊᆡ 正等이오 覺이 두려비 ᄇᆞᆯ가 너비 다 비취실ᄊᆡ 正覺이라 地極ᄒᆞᆫ 果ㅣ 因을 건내뛸ᄊᆡ 無上이오 正은 中道ᄅᆞᆯ 正히 보실씨오 等은 두 ᄀᆞᆯ ᄒᆞᆫᄢᅴ 비취실씨니 果 우흿 智라 臣下ᄅᆞᆯ

眞實(진실)의 性(성)을 이르니 眞實(진실)의 性(성)이 그것이 佛(불)이시니, 佛(불)은 '覺(각)'이라 한 말이니 줄여서 이르면 '覺(각)'이라 하고 子細(자세)히 이르면 '無上正等覺(무상정등각)'이다. 眞實(진실)의 性(성)에 더 위가 없으므로 '無上(무상)'이요, 諸佛(제불)이며 衆生(중생)에게 이 性(성)이 正(정)히 平等(평등)하므로 '正等(정등)'이요, 覺(각)이 둥그렇게 밝아서 널리 다 비추시므로 '正覺(정각)'이다. ○ 地極(지극)한 果(과)가 因(인)을 건너뛰므로 '無上(무상)'이요, 正(정)은 中道(중도)를 正(정)히 보시는 것이요, 等(등)은 두 가(邊)를 함께 비추시는 것이니, (阿耨多羅三藐三菩提心은) 果(과)의 위에 있는 세 가지 智(지)이다. 】 臣下(신하)에게

眞_진實_씷ㅅ 性_셩을 니르니 眞_진實_씷ㅅ 性_셩이 긔³¹⁾ 佛_뿛이시니 佛_뿛은 覺_각이라

혼 마리니 조려³²⁾ 니르면 覺_각이라 ᄒ고 子_{ᄌᆞᆼ}細_솅히 니르면 無_뭉上_썅正_정等_등正_정

覺_각³³⁾이라 眞_진實_씷ㅅ 性_셩에 더 우히 업슬씨 無_뭉上_썅이오 諸_정佛_뿛³⁴⁾이며

衆_즁生_싱이며 이 性_셩이 正_졍히 平_뼝等_등ᄒᆞᆯ씨 正_졍等_등이오 覺_각이 두려비³⁵⁾ ᄇᆞᆯ

가³⁶⁾ 너비³⁷⁾ 다 비취실씨³⁸⁾ 正_졍覺_각이라 ○ 至_징極_끅혼 果_광³⁹⁾ㅣ 因_인⁴⁰⁾을 걷내

뛰실씨⁴¹⁾ 無_뭉上_썅이오 正_졍은 中_듕道_똠⁴²⁾ᄅᆞᆯ 正_졍히 보실 씨오 等_등은 두 ᄀᆞ슬⁴³⁾

혼ᄢᅴ⁴⁴⁾ 비취실 씨니 果_광 우흿⁴⁵⁾ 세 智_딩라⁴⁶⁾ 】 臣_씬下_{ᅘᅡᆼ}ᄅᆞᆯ⁴⁷⁾

---

31) 긔: 그(그것, 彼: 인대, 정칭) + -ㅣ(← -이: 주조)

32) 조려: 조리[줄이다, 縮: 졸(줄다, 縮: 자동)- + -이(사접)-]- + -어(연어)

33) 無上正等覺: 무상정등각. 산스크리트어 'anuttarā-samyak-saṃbodhi'의 음사인데, 부처의 깨달음의 경지를 나타내는 말이다. anuttarā는 무상(無上), samyak은 정(正)·정등(正等), saṃbodhi는 등각(等覺)·정각(正覺)이라고 번역한다. 곧, 위없는 바르고 원만한 깨달음이라는 뜻이다.

34) 諸佛: 제불. 모든 부처이다.

35) 두려비: [둥그렇게, 圓(부사): 두렽(← 두렵다, ㅂ불: 둥글다, 圓, 형사)- + -이(부접)]

36) ᄇᆞᆯ가: 밝(밝다, 明)- + -아(연어)

37) 너비: [널리, 廣(부사): 넙(넓다, 廣: 형사)- + -이(부접)]

38) 비취실씨: 비취(비치다, 照)- + -시(주높)- + -ㄹ씨(-므로: 연어, 이유)

39) 果: 과. 원인으로 말미암아 생긴 결과이다.

40) 因: 인. 어떤 결과를 일으키는 직접 원인이나 내적 원인이다. 넓은 뜻으로는 간접 원인이나 외적 원인 또는 조건을 뜻하는 연(緣)도 포함한다.

41) 걷내뛰실씨: 걷내뛰[건너뛰다, 跳躍: 걷(걷다, 步)- + 나(나다, 出)- + -ㅣ(← -이-: 사접) + 뛰다, 踊)-]- + -ㄹ씨(-므로: 연어, 이유)

42) 中道: 중도. 치우치지 아니하는 바른 도리이다. 불교의 근본 입장으로, 대승·소승에 걸쳐 중요시되고 있다. 뜻하는 바는 종파에 따라 달라, 아함경에서는 팔정도의 실천이나 십이 연기(十二 緣起)의 정관(正觀)을 이르고, 중관론에서는 집착과 분별의 경지를 떠난 무소득의 경지를 이르며, 천태종에서는 중제(中諦)의 도리를 이른다.

43) ᄀᆞ슬: ᄀᆞᆾ(← ᄀᆞᆺ: 가, 가장자리, 邊) + -을(목조)

44) 혼ᄢᅴ: [함께, 共(부사): 혼(한, 一: 관사, 양수) + ᄢᅴ(← ᄢᅳ: 때, 時) + -의(-에: 부조, 위치)]

45) 우흿: 우ㅎ(위, 上) + -의(-에: 부조, 위치) + -ㅅ(-의: 관조) ※ '우흿'은 '위에 있는'으로 의역하여서 옮긴다.

46) 智라: 智(지, 지혜) + -∅(← -이-: 서조)- + -∅(현시)- + -라(← -다: 평종)

47) 臣下ᄅᆞᆯ: 臣下(신하) + -ᄅᆞᆯ(-에게: 목조, 보조사적 용법, 의미상 부사격)

:다 發·벓心심 ·호·라·호·며 龍·룡王·왕·은 金금
剛강大·땡力·륵士:쌍·롤두·리·여 阿항
耨·녹多당羅랑三삼藐·막三삼菩뽕提
·뗑心심·을 發·벓·호·며 羅랑剎·촳女:녕·도
菩뽕提·뗑心심·을 發·벓·호·니·라 그·쁴王
·왕·이부텨와즁:님내·씌 供공養:양·호·슣
·보·려·호·더·니부텨·니르·샤·딕:녀느거·슨

"다 發心(발심)하라." 하며, 龍王(용왕)은 金剛大力士(금강대역사)를 두려워
하여 阿耨多羅三藐三菩提心(아뇩다라삼먁삼보리심)을 發(발)하며, 羅刹女
(나찰녀)도 보리심(菩提心)을 發(발)하였느니라. 그때에 王(왕)이 부처와 스
님분들께 供養(공양)하려 하더니, 부처가 이르시되 "다른 것은

다 發_벎心_심ᄒ라⁴⁸⁾ ᄒ며 龍_룡王_왕ᄋᆫ 金_금剛_강大_땡力_륵士_쌍⁴⁹⁾ᄅᆞᆯ 두리

여⁵⁰⁾ 阿_항耨_녹多_당羅_랑三_삼藐_막三_삼菩_뽕提_뗑心_심을 發_벎ᄒ며 羅_랑利_링女_녕

도 菩_뽕提_뗑心_심⁵¹⁾을 發_벎ᄒ니라⁵²⁾ 그 ᄢᅴ 王_왕이 부텨와 즁님내ᄭᅴ⁵³⁾

供_공養_양ᄒᅀᄫ오려⁵⁴⁾ ᄒ더니 부톄 니ᄅ샤ᄃᆡ 녀느⁵⁵⁾ 거스란⁵⁶⁾

---

48) 發心ᄒ라: 發心ᄒ[발심하다: 發心(발심: 명사) + -ᄒ(동접)-] + -라(명종, 아주 낮춤) ※ '發心(발심)'은 '발보리심(發菩提心)'의 준말로서, 불도의 깨달음을 얻고 중생을 제도하려는 마음을 일으키는 일이다.

49) 金剛大力士: 금강대역사. 여래의 비밀 사적을 알아서 오백 야차신(夜叉神)을 부려 현겁(賢劫) 천불의 법을 지킨다는 두 신이다. 절의 문 또는 수미단(須彌壇) 앞의 좌우에 세우는데, 허리에만 옷을 걸친 채 용맹스러운 모습을 하고 있다. 왼쪽은 밀적금강(密迹金剛)으로 입을 벌린 모양이며, 오른쪽은 나라연금강(那羅延金剛)으로 입을 다문 모양이다.

50) 두리여: 두리(두려워하다, 怖畏)- + -여(←-어: 연어)

51) 菩提心: 보리심. 불도의 깨달음을 얻고 그 깨달음으로써 널리 중생을 교화하려는 마음이다.

52) 發ᄒ니라: 發ᄒ[발하다: 發(발: 불어) + -ᄒ(동접)-] + -Ø(과시)- + -니(원칙)- + -라(←-다: 평종)

53) 즁님내ᄭᅴ: 즁님내[스님분들: 즁(중, 僧) + -님(높접) + -내(복접, 높임)] + -ᄭᅴ(-께: 부조, 상대, 높임)

54) 供養ᄒᅀᄫ오려: 供養ᄒ[공양하다: 供養(공양: 명사) + -ᄒ(동접)-] + -ᅀᄫ(←-ᅀᆸ-: 객높)- + -오려(-으려: 연어, 의도)

55) 녀느: 다른, 他(관사)

56) 거스란: 것(것, 者: 의명) + -으란(-은: 보조사, 주제)

란마ᄋᆞᆨ룻분쟝망ᄒᆞ라 王왕이 ᄃᆞᆮᄌᆞᇦ
밥보ᄇᆡᆺ그ᄅᆞᆯ ᄉᆞᇙ准ᄌᆈᆫ備삥ᄒᆞ야ᄂᆞᆯ
텻神씬力륵 으로ᄒᆞᇙ須슝陁땅味밍
自쫑然션 히 그ᄅᆞ세 ᄃᆞ록ᄒᆞ거늘 須슝陁땅
ᄂᆞᆫ히다ᄒᆞ논ᄠᆮ디오 味밍는마시라 果
광報봄中듕間간ᄒᆞ니는 비치 져기 븕
고福복ᄂᆞ자ᄇ니는 다미 져기 거
ᄆᆞ니이베들면노가디ᄂᆞ니라 大땡
衆즁ᄃᆞᆯ히 그 밥 먹고 自쫑然션히 念념

말고 그릇만 장만하라.” 왕이 듣고 보배로 된 그릇을 準備(준비)하거늘, 부처의 神力(신력)으로 하늘의 須陀味(수타미)가 自然(자연)히 그릇에 가득하거늘 【須陀(수타)는 ‘희다’ 하는 뜻이요 味(미)는 맛이다. 果報(과보)가 中間(중간)되는 것(= 수타)은 빛이 조금 붉고, 福(복)이 낮은 것(=수타)은 조금 검으니, (수타미가) 입에 들면 녹아지느니라. 】, 大衆(대중)들이 그 밥을 먹고 自然(자연)히 念佛三昧(염불삼매)에 마오⁵⁷⁾ 그릇 분⁵⁸⁾ 쟝망ᄒ라⁵⁹⁾ 王_왕이 듣ᄌᄫᅡ 보ᄇᆡ옛 그르슬 准_쥰

備_삥ᄒ야늘⁶⁰⁾ 부텻 神_씬力_륵⁶¹⁾으로 하ᄂᆞᆳ⁶²⁾ 須_슝陁_땅味_밍⁶³⁾ 自_쭝然_션히⁶⁴⁾

그르세 ᄀᆞ득ᄒ거늘【須_슝陁_땅ᄂᆞᆫ 히다⁶⁵⁾ᄒ논 ᄠᅳ디오 味_밍ᄂᆞᆫ 마시라⁶⁶⁾ 果_광報

_{ᄫᅩᆯ}⁶⁷⁾ 中_듕間_간ᄒ니ᄂᆞᆫ⁶⁸⁾ 비치⁶⁹⁾ 져기⁷⁰⁾ 븕고⁷¹⁾ 福_복 눗가ᄫᆞ니ᄂᆞᆫ⁷²⁾ 비치 져기 거므

니⁷³⁾ 이베 들면 노가 디ᄂᆞ니라⁷⁴⁾】 大_땡衆_즁들히⁷⁵⁾ 그 밥 먹고 自_쭝然_션

히 念_념佛_뿛三_삼昧_밍⁷⁶⁾예

---

57) 마오: 마(← 말다: 말다, 勿)- + -오(← -고: 연어, 나열)

58) 그릇분: 그릇(그릇, 皿) # 분(← 뿐: 뿐, 만, 보조사, 한정)

59) 쟝망ᄒ라: 쟝망ᄒ[장만하다, 辦: 쟝망(장만, 辦: 불어) + -ᄒ(동접)-]- + -라(명종, 아주 낮춤)

60) 准備ᄒ야늘: 准備ᄒ[준비하다: 准備(준비: 명사) + -ᄒ(동접)-]- + -야늘(← -아늘: -거늘, 연어, 상황)

61) 神力: 신력. 신통력(神通力)이다.

62) 하ᄂᆞᆳ: 하늘(← 하늘ㅎ: 하늘, 天) + -ㅅ(-의: 관조)

63) 須陁味: 수타미. 감로(甘露)이다. 천하가 태평할 때에 하늘에서 내린다고 하는 단 이슬이다. 수다(須陁)는 희다는 뜻이고, 미(味)는 맛이다.

64) 自然히: [자연히, 저절로, 自(부사): 自然(자연: 명사) + -ᄒ(← -ᄒ-: 형접)- + -이(부접)]

65) 히다: 히(희다, 白)- + -Ø(현시)- + -다(평종)

66) 마시라: 맛(맛, 味) + -이(서조)- + -Ø(현시)- + -라(← -다: 평종)

67) 果報: 과보. 인과응보(因果應報). 전생에 지은 선악에 따라 현재의 행과 불행이 있고, 현세에서의 선악의 결과에 따라 내세에서 행과 불행이 있는 일이다.

68) 中間ᄒ니ᄂᆞᆫ: 中間ᄒ[중간이다: 中間(중간) + -ᄒ(형접)-]- + -Ø(현시)- + -ㄴ(관전) # 이(이, 것, 者: 의명) + -ᄂᆞᆫ(보조사, 주제)

69) 비치: 빛(빛, 光) + -이(주조)

70) 져기: [약간, 조금, 少(부사): 젹(젹다, 少: 형사)- + -이(부접)]

71) 븕고: 븕(붉다, 赤)- + -고(연어, 나열)

72) 눗가ᄫᆞ니ᄂᆞᆫ: 눗갑[← 눗갑다, ㅂ불(낮다, 低): 눗(← 눗다: 낮다, 低: 형사)- + -갑(형접)-]- + -Ø(현시)- + -은(관전) # 이(이, 것, 者: 의명) + -ᄂᆞᆫ(보조사, 주제)

73) 거므니: 검(검다, 黑)- + -으니(연어, 설명 계속)

74) 디ᄂᆞ니라: 디(지다: 보용, 피동)- + -ᄂᆞ(현시)- + -니(원칙)- + -라(← -다: 평종)

75) 大衆들히: 大衆들ㅎ[대중들, 諸大衆: 大衆(대중) + -들ㅎ(-들: 복접)] + -이(주조)

76) 念佛三昧: 염불삼매. 마음을 집중하여 오로지 염불하는 것이다. 또는 그렇게 함으로써 마음이 산란하지 않고 평온하게 된 상태이다.

佛_뿛三삼昧_밍 예 드 러 十_씹方_방佛_뿛、
을 보 슨 _· 몸 이 모 믹 _· ᄀ 업 스 시 며 쏘 說_·
法_법 을 들 쯔 _· 몸 _· 니 ᄀ 音_흠聲_셩 이 다 부
텨 念_념 ᄒ _· 며 法_법念_념 ᄒ _· 며 比_삥丘_쿻
僧_승念_념 ᄒ _· 믈 讚_잔歎_탄 ᄒ _· 시 며 쏘 六
波_방羅_랑蜜_밇 와_밇 은 六_·
록 波_방羅_랑蜜_밇
나 니 뎌 녁 ᄀ 새 건너
다 혼 ᄠ 디 라 三_삼十_씹七_칧品_픔助_·

들어 十方(시방)의 佛(불)을 보니 몸이 가(邊)가 없으시며, 또 說法(설법)을 들으니 그 音聲(음성)이 다 부처를 念(염)하며 法(법)을 念(염)하며 比丘僧 (비구승)을 念(염)하는 것을 讚歎(찬탄)하시며, 또 六波羅蜜(육바라밀)과【六 波羅蜜(육바라밀)은 六度(육도)이니, '저쪽의 가에 건넜다.' 한 뜻이다. 】三十七 品助菩提法(삼십칠품조보리법)을

드러 十씹方방⁷⁷⁾ 佛뿛을 보ᅀᆞᆸ니 모미 ᄀᆞᆺ⁷⁸⁾ 업스시며 ᄯᅩ 說쉃法법을 듣ᄌᆞᄫᆞ니 그 音흠聲셩이 다 부텨 念념ᄒᆞ며 法법 念념ᄒᆞ며 比삉丘쿻僧승⁷⁹⁾ 念념호ᄃᆞᆯ 讚잔歎탄ᄒᆞ시며 ᄯᅩ 六륙波방羅랑蜜밇⁸⁰⁾와【六륙波방羅랑蜜밇은 六륙度똥ㅣ니 뎌녁⁸¹⁾ ᄀᆞᅀᅢ⁸²⁾ 건나다⁸³⁾ ᄒᆞᆫ⁸⁴⁾ ᄠᅳ디라⁸⁵⁾】三삼十씹七칧品픔助쫑菩뽕提똉法법⁸⁶⁾을

---

77) 十方: 시방. 사방(四方), 사우(四隅), 상하(上下)를 통틀어 이르는 말이다. ※ '四方(사방)'은 '동·서·남·북'의 방향이다. 그리고 '四隅(사우)'는 네 모퉁이의 방위, 곧 '동남·동북·서남·서북'을 이른다.

78) ᄀᆞᆺ: 가, 邊.

79) 比丘僧: 비구승. 출가하여 구족계를 받고, 독신으로 불도를 닦는 승려이다.

80) 六波羅蜜: 육바라밀. 생사(生死)의 고해(苦海)를 건너 이상경인 열반(涅槃)의 피안(彼岸)에 이르기 위해 보살(菩薩)들이 수행하는 여섯 가지의 수도(修道) 방법이다.(= 六度) '보시(布施)·지계(持戒)·인욕(忍辱)·정진(精進)·선정(禪定)·지혜(智慧)'를 말한다. '보시(布施)'는 자비심으로 남에게 재물이나 불법을 베푸는 것이다. '지계(持戒)'는 계(戒)를 받은 사람이 계법(戒法)을 지키는 것이다. '인욕(忍辱)'은 마음을 가라앉혀 온갖 욕됨과 번뇌를 참고 원한을 일으키지 않는 것이다. '정진(精進)'은 일심(一心)으로 불도를 닦아 게을리하지 않는 것이다. '선정(禪定)'은 한마음으로 사물을 생각하여 마음이 하나의 경지에 정지하여 흐트러짐이 없는 것이다. '지혜(智慧)'는 제법(諸法)에 환하여 잃고 얻음과 옳고 그름을 가려내는 마음의 작용으로서, 미혹을 소멸하고 보리(菩提)를 성취하는 것이다.

81) 뎌녁: [저쪽, 彼處: 뎌(저, 彼: 관사) + 녁(녘, 쪽, 向)]

82) ᄀᆞᅀᅢ: ᄀᆞᇫ(← ᄀᆞᆺ: 가, 邊) + -애(-에: 부조, 위치)

83) 건나다: 건나[건너다, 渡: 걷(걷다, 步)- + 나(나다, 出)-]- + -Ø(과시)- + -다(평종)

84) ᄒᆞᆫ: ᄒᆞ(← ᄒᆞ다: 하다, 曰)- + -Ø(과시)- + -오(대상)- + -ㄴ(관전)

85) ᄠᅳ디라: ᄠᅳᆮ(뜻, 意) + -이(서조)- + -Ø(현시)- + -라(← -다: 평종)

86) 三十七品助菩提法: 삼십칠품조보리법. 깨달음(菩提)에 이르는 것을 돕는 서른일곱 가지의 수행법이다. '사염처(四念處), 사정근(四正勤), 사신족(四神足), 오근(五根), 오력(五力), 팔정도(八正道)' 등의 큰 수행법이 있다. 그리고 각각 큰 수행법은 다시 하위 수행법으로 나누어져서, 모두 서른일곱 가지의 작은 수행법으로 나누어진다.

菩뽕提똉 法법을 너비 니르더시니【三삼十씹七칧品픔助쭝菩뽕提똉法법은 설흔닐굽 가짓 菩뽕提똉 돕는 法법이니 四숭念념處청와 四숭正정勤끈과 四숭如영意힝足죡과 五웅根ㄱ과 五웅力륵과 七칧覺각支징와 八밣正정道똫왜라 四숭念념處청는 네 가짓 念념호 곳이디 몸이 조티 몯호믈 보며 受쓩호미 다 受쓩苦콩로외믈 보며 모솜미 無뭉常쌍호믈 보며 법에 나 업수믈 볼씨라 즐거본 受쓩도 잇건마론 즐거부미 업슬 저긔 셜볼씨 다 受쓩苦콩로외니라 됴호 法법과 구즌

널리 이르시더니【三十七品助菩提法(삼십칠품조보리법)은 서른일곱 가지의 菩提(보리)를 돕는 법이니, 四念處(사념처)와 四正勤(사정근)과 사여의족(四如意足)과 五根(오근)과 五力(오력)과 七覺支(칠각지)와 八正道(팔정도)이다. '四念處(사념처)'는 네 가지의 念(염)하는 곳이니, 몸이 깨끗하지 못함을 보며(= 身念處), 受(수)하는 일이 다 受苦(수고)로움을 보며(= 受念處), 마음이 無常(무상)함을 보며(= 心念處), 法(법)에 내가 없음을 보는 것(= 法念處)이다. 즐거운 受(수)도 있건마는, 즐거움이 없을 때가 괴로우므로 다 受苦(수고)로우니라. 좋은 法(법)과 궂은

너비⁸⁷⁾ 니르더시니【三삼十씹七칧品픔助쫑菩뽕提똉法법은 셜혼닐굽 가짓 菩뽕

提똉 돕는 法법이니 四숭念념處쳥와 四숭正정勤끈과 四숭如셩意힁足죡과 五옹根근

과 五옹力륵과 七칧覺각支징와 八밣正정道똘왜라 四숭念념處쳥⁸⁸⁾는 네 가짓 念념

ᄒᆞ는 고디니⁸⁹⁾ 모미 조티⁹⁰⁾ 몯호ᄆᆞᆯ 보며 受쓯ᄒᆞ논⁹¹⁾ 이리 다 受쓯苦콩ᄅᆞ빙요ᄆᆞᆯ⁹²⁾

보며 ᄆᆞᅀᆞ미 無뭉常썅호ᄆᆞᆯ⁹³⁾ 보며 法법에 나⁹⁴⁾ 업수ᄆᆞᆯ⁹⁵⁾ 볼 씨라 즐거ᄫᅳᆫ⁹⁶⁾ 受쓯

도 잇건마른⁹⁷⁾ 즐거부미 업슬 저기 셜ᄫᆞᆯ씨⁹⁸⁾ 다 受쓯苦콩ᄅᆞ빙니라⁹⁹⁾ 됴ᄒᆞᆫ 法법

과 구즌¹⁰⁰⁾

---

87) 너비: [널리, 廣(부사): 넙(넓다, 廣: 형사)- + -이(부접)]

88) 四念處: 사념처. 자신의 몸(身)과 감각(覺)과 마음(心)과 법(法)에서 일어나는 여러 가지 변화를 관찰함으로써, 진리를 깨닫고자 하는 것이다. 신념처(身念處)·수념처(受念處)·심념처(心念處)·법념처(法念處)의 네 가지 방법이 있다.

89) 고디니: 곧(곳, 處: 의명) + -이(서조)- + -니(연어, 설명 계속)

90) 조티: 좋(깨끗하다, 맑다, 淨)- + -디(-지: 연어, 부정)

91) 受ᄒᆞ논: 受ᄒᆞ[수하다, 받다: 受(수: 불어) + -ᄒᆞ(동접)-]- + -ㄴ(←-ᄂᆞ-: 현시)- + -오(대상)- + -ㄴ(관전) ※ '受(수)'는 괴로움이나 즐거움 등을 느끼는 감수(感受) 작용이다.

92) 受苦ᄅᆞ빙요ᄆᆞᆯ: 受苦ᄅᆞ빙[수고롭다: 受苦(수고: 명사) + -ᄅᆞ빙(-롭-: 형접)-]- + -욤(←-옴: 명전) + -ᄋᆞᆯ(목조)

93) 無常호ᄆᆞᆯ: 無常ᄒᆞ[← 無常ᄒᆞ다(무상하다): 無常(무상: 명사) + -ᄒᆞ(형접)-]- + -옴(명전) + -ᄋᆞᆯ(목조) ※ '無常(무상)'은 상주(常住)하는 것이 없다는 뜻으로, 나고 죽고 흥하고 망하는 것이 덧없음을 이르는 말이다.

94) 나: 나, 我(인대, 1인칭)

95) 업수ᄆᆞᆯ: 없(없다, 無)- + -움(명전) + -ᄋᆞᆯ(목조) ※ '나 업숨'은 '무아(無我)'를 직역한 말인데, 일체의 존재는 모두 무상하며 고(苦)이므로 '나(我)'라고 할 만한 것이 없는 것을 이른다. 무아는 다시 '인무아(人無我)'와 '법무아(法無我)'의 둘로 나눈다.

96) 즐거븐: 즐긮[← 즐겁다, ㅂ불(즐겁다, 喜): 즑(즐거워하다, 嬈: 동사) + -업(형접)-]- + -Ø(현시)- + -은(관전)

97) 잇건마른: 잇(← 이시다: 있다, 有)- + -건마른(-건마는: 연어, 인정 대조)

98) 셜ᄫᆞᆯ씨: 셟(← 셟다, ㅂ불: 괴롭다, 서럽다, 苦, 悲)- + -을씨(-므로: 연어, 이유)

99) 受苦ᄅᆞ빙니라: 受苦ᄅᆞ빙[수고롭다: 受苦(수고: 명사) + -ᄅᆞ빙(←-롭-: 형접)-]- + -Ø(현시)- + -니(원칙)- + -라(←-다: 평종)

100) 구즌: 궂(궂다, 凶)- + -Ø(현시)- + -은(관전)

[43 뒤]

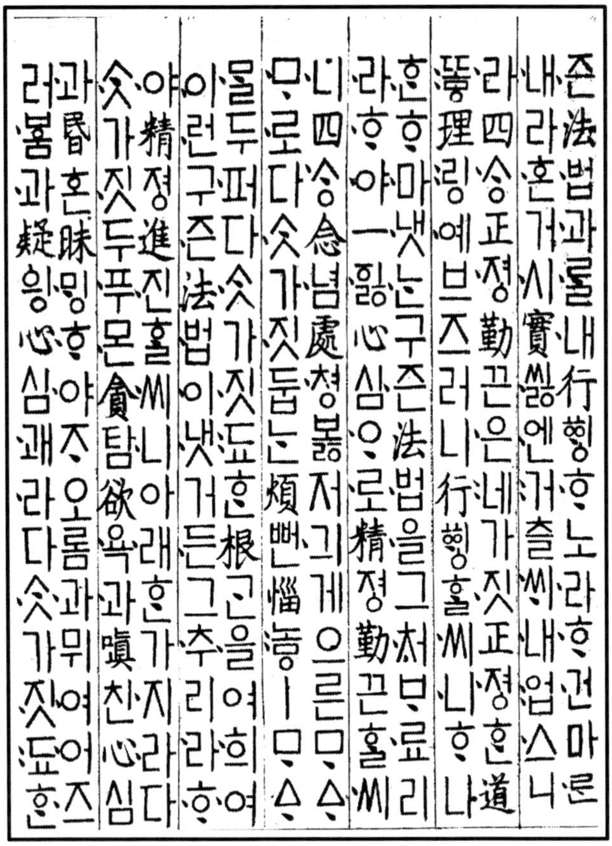
ᄌᆞᆫ法법과ᄅᆞᆯ내行ᅘᆡᇰᄒᆞ노라ᄒᆞ건마ᄅᆞᆫ
내라ᄒᆞᆫ거시實ᄊᆞᇙ엔거츨ᄊᆡ내업스니
라四ᄉᆞᆼ正졍勤끈은네가짓正졍ᄒᆞᆫ道
ᄯᅩᇢ理링예브즈러니行ᅘᆡᇰᄒᆞᆯᄊᆡ니ᄒᆞ나
ᄒᆞᆫᄒᆞ마냇ᄂᆞᆫ구즌法법을그처ᄇᆞ료리
라ᄒᆞ야一ᅙᅵᇙ心심으로精졍勤끈ᄒᆞᆯᄊᆡ
니四ᄉᆞᆼ念념處쳥ᄇᆞᇙ저긔게으른ᄆᆞᅀᆞ
ᄆᆞ로다ᄉᆞᆺ가짓ᄃᆞᆸᄂᆞᆫ煩뻔惱노ᇢㅣᄆᆞᅀᆞ
ᄆᆞᆯ두퍼다ᄉᆞᆺ가짓됴ᄒᆞᆫ根근을여희여
이런구즌法법이냇거든그추리라ᄒᆞ
야精졍進진ᄒᆞᆯᄊᆡ니아래ᄒᆞᆫ가지라다
ᄉᆞᆺ가짓두푼貪탐欲욕과嗔친心심
과昏혼昧ᄆᆡᇰᄒᆞ야ᄌᆞ오롬과뮈여어즈
러ᄫᅮᆷ과疑읭心심괘라다ᄉᆞᆺ가짓됴ᄒᆞᆫ

法(법)을 내가 行(행)한다고 하건마는, '나(我)'이라 한 것이 實(실)에는 허망(虛妄)하므로, '내'가 없으니라. '四正勤(사정근)'은 네 가지의 正(정)한 道里(도리)에 부지런히 行(행)하는 것이니, 하나는 (斷斷으로서), '이미 나 있는 궂은 法(법)을 끊어 버리리라.' 하여 一心(일심)으로 精勤(정근)하는 것이니, 四念處(사념처)를 볼 적에 게으른 마음으로 다섯 가지의 덮는 煩惱(번뇌)가 마음을 덮어서, 다섯 가지의 좋은 根(근)을 떠나서 이런 궂은 法(법)이 나 있으면, '(그 궂은 법을) 그치리라.' 하여 精進(정진)하는 것이니, 아래(= 下)와 한가지이다. 다섯 가지의 (마음을) 덮는 것은 貪欲(탐욕)과 嗔心(진심)과 昏昧(혼매)하여 조는 것과 움직여서 어지러운 것과 疑心(의심)이다. 다섯 가지의 좋은

法_법과를 내 行_행ᄒ노라¹⁾ ᄒ건마른 내라²⁾ 혼 거시 實_씷엔³⁾ 거츨씨⁴⁾ 내 업스니라 四_ᄉ正_정勤_끈⁵⁾은 네 가짓 正_정혼 道_똘理_링예 브즈러니⁶⁾ 行_행홀 씨니 ᄒ나흔⁷⁾ ᄒ마 냇ᄂ⁸⁾ 구즌 法_법을 그처⁹⁾ ᄇ료리라¹⁰⁾ ᄒ야 一_힗心_심ᄋ로 精_정勤_끈¹¹⁾홀 씨니 四_ᄉ念_념處_청 봃 저긔 게으른 ᄆᅀᆞᄆᆞ로 다ᄉ 가짓 둡ᄂ¹²⁾ 煩_뻔惱_놓ㅣ ᄆᅀᆞᆷ믈 두퍼 다ᄉ 가짓 됴혼 根_근¹³⁾을 여희여 이런 구즌 法_법이 냇거든 그추리라¹⁴⁾ ᄒ야 精_정進_진홀 씨니 아래¹⁵⁾ ᄒ가지라 다ᄉ 가짓 두푸몬¹⁶⁾ 貪_탐欲_욕과 嗔_친心_심¹⁷⁾과 昏_혼昧_밍¹⁸⁾ᄒ야 ᄌ오롬¹⁹⁾과 뮈여²⁰⁾ 어즈러봄²¹⁾과 疑_읭心_심괘라²²⁾ 다ᄉ 가짓 됴혼

---

1) 行ᄒ노라: 行ᄒ[행하다: 行(행: 불어) + -ᄒ(동접)-]- + -ᄂ(←-ᄂᆞ-: 현시)- + -오(화자)- + -라(←-다: 평종)
2) 내라: 나(나, 我: 인대, 1인칭) + -ㅣ(←-이-: 서조)- + -Ø(현시)- + -라(←-다: 평종)
3) 實엔: 實(실, 사실: 불어) + -에(부조, 위치) + -ㄴ(←-는: 보조사, 주제)
4) 거츨씨: 거츠(← 거츨다: 허망하다, 妄)- + -ㄹ씨(-ᄆᆞ로: 연어, 이유)
5) 四正勤: 사정근. 선법(善法)을 더욱 자라게 하고, 악법(惡法)을 멀리 여의려고 부지런히 수행하는 네 가지 올바른 노력이다. '단단(斷斷), 율의단(律儀斷), 수호단(隨護斷), 수단(修斷)'을 이른다.
6) 브즈러니: [부지런히, 勤(부사): 브즈런(부지런, 勤: 명사) + -Ø(←-ᄒ-: 형접)- + -이(부접)]
7) ᄒ나흔: ᄒ나ᄒ(하나, 一: 수사, 양수) + -은(보조사, 주제)
8) 냇ᄂ: 나(나다, 出)- + -아(연어) + 잇(← 이시다: 있다, 보용, 완료 지속)- + -ᄂ(현시)- + -ㄴ(관전) ※ '냇ᄂ'은 '나 잇ᄂ'이 축약된 형태이다.
9) 그처: 긏(끊다, 斷)- + -어(연어)
10) ᄇ료리라: ᄇ리(버리다: 보용, 완료)- + -오(화자)- + -리(미시)- + -라(←-다: 평종)
11) 精勤: 정근. 일이나 공부 따위에 부지런히 힘쓰는 것이다.
12) 둡ᄂ: 둡(← 둪다: 덮다, 蔽)- + -ᄂ(현시)- + -ㄴ(관전)
13) 五根: 오근. 번뇌를 누르고 깨달음의 길로 이끄는 다섯 가지 근원이다. ※ '五根(오근)'은 '신근(信根), 정진근(精進根), 염근(念根), 정근(定根), 혜근(慧根)'을 이른다.
14) 그추리라: 긏(끊다, 斷)- + -우(화자)- + -리(미시)- + -라(←-다: 평종)
15) 아래: 아래(아래, 下) + -Ø(←-이: -와, 부조, 비교) ※ '아래'는 다음에 언급하는 내용이다.
16) 두푸몬: 둪(덮다, 蔽)- + -움(명전) + -온(←-은: 보조사, 주체)
17) 嗔心: 진심. 왈칵 성내는 마음이다.
18) 昏昧: 혼매. 사리에 어둡고 어리석은 것이다.
19) ᄌ오롬과: ᄌ올(졸다, 睡: 동사)- + -옴(명전) + -과(접조)
20) 뮈여: 뮈(움직이다, 動)- + -여(←-어: 연어)
21) 어즈러봄과: 어즈럽[← 어즈럽다, ㅂ불(어지럽다, 眩: 형사): 어즐(어질: 불어) + -업(형접)-]- + -움(명전) + -과(접조)
22) 疑心괘라: 疑心(의심) + -과(접조) + -ㅣ(←-이-: 서조)- + -Ø(현시)- + -라(←-다: 평종)

根근은아래닐온五옹根근이니라둘흔
아니냇는구즌法법을나디
아니케ᄒᆞ야精정進진호미오세혼
냇는法법을내요精정進진호미오네혼
을길우리라ᄒᆞ야精정進진호미라四
씬如셩意ᅙᅴ足죡은네가짓欲욕如셩意ᅙᅴ足죡神씬四
땡을得득ᄒᆞ야ᄀᆞᆺ논ᄒᆡᆼ뎌기이러如셩意ᅙᅴ足죡
如셩意ᅙᅴ足죡을닷골씨오둘흔精정進진
人신이이ᅙᅵᆯ씨오定ᅙᅥᆼ心심得득如셩意ᅙᅴ足죡논

根(근)은 아래에 말한 五根(오근)이다. 둘은 (律儀斷으로서) '아니 나 있는 궂은 法(법)을 나지 아니하게 하리라.' 하여 精進(정진)하는 것이요, 셋은 (隨護斷으로서) '아니 나 있는 좋은 法(법)을 내리라.' 하여 精進(정진)하는 것이요, 넷은 (修斷으로서) '이미 나 있는 좋은 法(법)을 기르리라.' 하여 精進(정진)하는 것이다. 四如意足(사여의족)은 네 가지의 '(자신의) 뜻과 같은 神足(신족)'이니, 하나는 '欲如意足(욕여의족)'이니 欲(욕)이 主人(주인)이 되어 定(정)을 得(득)하여 이끄는 행적이 이루어져서 如意足(여의족)을 닦는 것이요, 둘은 '精進如意足(정진여의족)'이니 精進(정진)이 주인이 되어 定(정)을 得(득)하여 이끄는 행적이 이루어지는 것이요, 셋은 心如意足(심여의족)이니

根_군은 아래 닐온[23] 五_웅根_군이라 둘흔[24] 아니 냇는 구즌 法_법을 나디 아니케

호리라 ᄒᆞ야 精_졍進_진호미오[25] 세흔[26] 아니 냇는 됴흔 法_법을 내요리라[27] ᄒᆞ야

精_졍進_진호미오 네흔[28] ᄒᆞ마[29] 냇는 됴흔 法_법을 길우리라[30] ᄒᆞ야 精_졍進_진호미

라 四_{ᄉᆞ}如_셩意_{ᄒᆡᆼ}足_죡[31]은 네 가짓 ᄠᅳ[32] 근흔 神_씬足_죡[33]이니 ᄒᆞ나흔 欲_욕如_셩意_{ᄒᆡᆼ}

足_죡이니 欲_욕이 主_즁人_{ᅀᅵᆫ}이 ᄃᆞ외야 定_뗭[34]을 得_득ᄒᆞ야 긋논[35] 힝뎌기[36] 이러[37]

如_셩意_{ᄒᆡᆼ}足_죡을 닷ᄀᆞᆯ[38] 씨오 둘흔 精_졍進_진如_셩意_{ᄒᆡᆼ}足_죡이니 精_졍進_진이 主_즁人_{ᅀᅵᆫ}

이 ᄃᆞ외야 定_뗭을 得_득ᄒᆞ야 긋논 힝뎌기 일 씨오 세흔 心_심如_셩意_{ᄒᆡᆼ}足_죡이니

---

23) 닐온: 닐(←니ᄅᆞ다: 이르다, 曰)- + -Ø(과시)- + -오(대상)- + -ㄴ(관전)

24) 둘흔: 둘ㅎ(둘, 二: 수사, 양수) + -은(←-은: 보조사, 주제) ※ '둘흔'은 '둘혼'을 오각한 형태이다.

25) 精進호미오: 精進ㅎ[← 精進ᄒᆞ다(정진하다): 精進(정진: 명사) + -ᄒᆞ(동접)-]- + -옴(명전) + -이(서조)- + -오(←-고: 연어, 나열) ※ '精進(정진)'은 몸을 깨끗이 하고 마음을 가다듬는 것이다.

26) 세흔: 세ㅎ(셋, 三: 수사, 양수) + -은(보조사, 주제)

27) 내요리라: 내[내다, 出: 나(나다, 出: 자동)- + -ㅣ(←-이-: 사접)-]- + -요(←-오-: 화자)- + -리(미시)- + -라(←-다: 평종)

28) 네흔: 네ㅎ(넷, 四: 수사, 양수) + -은(보조사, 주제)

29) ᄒᆞ마: 이미, 旣(부사)

30) 길우리라: 길우[기르다, 養: 길(길다, 長: 형사)- + -우(사접)-]- + -리(미시)- + -라(←-다: 평종)

31) 四如意足: 사여의족. '如意足(여의족)'은 신통(神通)을 얻기 위한, 뛰어난 선정(禪定)에 드는 기반이다. 또는 마음대로 갈 수 있고 변할 수 있는 불가사의하고 자유 자재한 능력이다. '욕여의족(欲如意足), 정진여의족(精進如意足), 심여의족(心如意足), 사유여의족(思惟如意足)'이 있다.

32) ᄠᅳ: 뜻, 意.

33) 神足: 신족. 신기할 정도로 빠른 발이나, 또는 그런 걸음이다. 'ᄠᅳ 근흔 神足'는 '마음먹은 대로 하는 神足'의 뜻이다.

34) 定: 정. 선정(禪定). 한마음으로 사물을 생각하여 마음이 하나의 경지에 정지하여 흐트러짐이 없는 것이다.

35) 긋논: 긋(← 그스다: 끌다, 이끌다, 曳)- + -ㄴ(←-ᄂᆞ-: 현시)- + -오(대상)- + -ㄴ(관전)

36) 힝뎌기: 힝뎍(행적, 行績) + -이(주조)

37) 이러: 일(이루어지다, 成)- + -어(연어)

38) 닷ᄀᆞᆯ: 닭(닦다, 修)- + -ᄋᆞᆯ(관전)

근과慧·쀙·왜
이 ·오구·즌
法·립
을 잘
내·요
·민
力·륵이

·륵은·뎌
·기
信·신·과
精·정
進·진과
念·념
五·옹
定·띵
根·근

·평·며
如·성意·힁
·곤·호·면
結·겷·호야
使·승·롤·니
·그라·츌·智·딩·그·는

·히야願·원
·호·논·이·룰
다得·득·호리·라
智·딩得·득·호·디定·띵
四·숭·는

·눈하고定·띵·호·고
精·정進·진·더·니
이·제定·띵·이·네가·지

·념處·청·엣正·정호精·정進·진
랑·호·미主·즁人·신·이
딩慧·쀙·와라四·숭

네·호思·스惟·윙如·성意·힁足·죡·이·니·쓰·오
·죡·이·니모·슴·미主·즁人·신·이·두·윌·쎄四·숭正·念

마음이 主人(주인)이 되는 것이요, 넷은 '思惟如意足(사유여의족)'이니 생각하
는 것이 主人(주인)이 되는 것이다. 四念處(사념처)에 있는 實(실)한 智惠(지혜)
와 四正勤(사정근)에 있는 正(정)한 精進(정진), 이 두 가지는 많고 定力(정력)
이 적더니, 이제 네 가지의 定(정)을 得(득)하여 智(지)와 定(정)이 같아서 願
(원)하는 일을 다 得(득)하므로, '四如意足(사여의족)'이라 하였니라. 智(지)와
定(정)이 같으면 結使(결사)를 끊으므로, '이끄는 행적이 이루어졌다.' 하였니라.
五根(오근)과 五力(오력)은 信(신)과 精進(정진)과 念(염)과 定(정)과 慧(혜)이
니, 좋은 法(법)을 잘 내는 것은 根(근)이요, 궂은 法(법)을 잘 허는 것은 力(역)
이다.

ᄆᆞᅀᆞ미 主_즁人_{ᅀᅵᆫ}이 ᄃᆞ욀 씨오 네흔 思_{ᄉᆞᆼ}惟_윙如_{ᅀᅧᆼ}意_{ᅙᅵᆼ}足_죡이니 ᄉᆞ랑호미³⁹⁾ 主_즁人_{ᅀᅵᆫ}이 ᄃᆞ욀 씨라 四_{ᄉᆞᆼ}念_념處_쳥엣 實_{씰}ᄒᆞᆫ⁴⁰⁾ 智_딩慧_{ᅘᅨᆼ}와 四_{ᄉᆞᆼ}正_{져ᇰ}勤_끈엣 正_{져ᇰ}ᄒᆞᆫ⁴¹⁾ 精_{져ᇰ}進_진이 두 가지ᄂᆞᆫ 하고 定_{뗘ᇰ}力_륵⁴²⁾이 젹더니 이제 네 가짓 定_{뗘ᇰ}을 得_득ᄒᆞ야 智_딩와 定_{뗘ᇰ}괘 ᄀᆞᆮᄒᆞ야⁴³⁾ 願_원ᄒᆞ논⁴⁴⁾ 이를 다 得_득홀씨 四_{ᄉᆞᆼ}如_{ᅀᅧᆼ}意_{ᅙᅵᆼ}足_죡이라 ᄒᆞ니라 智_딩와 定_{뗘ᇰ}괘 ᄀᆞᆮᄒᆞ면 結_겷使_{ᄉᆞᆼ}⁴⁵⁾를 그츨씨 긋ᄂᆞᆫ 힘뎌기 이다⁴⁶⁾ ᄒᆞ니라⁴⁷⁾

五_{오ᇰ}根_근⁴⁸⁾ 五_{오ᇰ}力_륵⁴⁹⁾은 信_신과 精_{져ᇰ}進_진과 念_념과 定_{뗘ᇰ}과 慧_{ᅘᅨᆼ}왜니⁵⁰⁾ 됴ᄒᆞᆫ 法_법을 잘 내요ᄆᆞᆫ⁵¹⁾ 根_근이오 구즌 法_법을 잘 허로ᄆᆞᆫ⁵²⁾ 力_륵이라

---

39) ᄉᆞ랑호미: ᄉᆞ랑ᄒᆞ[← ᄉᆞ랑ᄒᆞ다(생각하다, 思): ᄉᆞ랑(생각, 思: 명사) + -ᄒᆞ(동접)-] + -옴(명전) + -이(주조)

40) 實ᄒᆞᆫ: 實ᄒᆞ[실하다(참되다, 眞): 實(실: 불어) + -ᄒᆞ(형접)-]- + -Ø(현시)- + -ㄴ(관전)

41) 正ᄒᆞᆫ: 實ᄒᆞ[정하다(바르다, 眞): 正(정: 명사) + -ᄒᆞ(형접)-]- + -Ø(현시)- + -ㄴ(관전)

42) 定力: 정력. 정신 수양으로 마음에 요란함이 없이 정신이 통일된 상태를 통해 얻게 되는 힘이다. 곧, 선정(禪定)에 의하여 마음을 적정(寂靜)하게 이끄는 힘이다.

43) ᄀᆞᆮᄒᆞ야: ᄀᆞᆮᄒᆞ(같다, 如)- + -야(←-아: 연어)

44) 願ᄒᆞ논: 願ᄒᆞ[원하다: 願(원: 명사) + -ᄒᆞ(동접)-]- + -ㄴ(←-ᄂᆞ-: 현시)- + -오(대상)- + -ㄴ(관전)

45) 結使: 결사. '번뇌'(煩惱)를 달리 이르는 말이다. 몸과 마음을 속박하고 중생을 따라다니면서 마구 부린다 하여 이렇게 이른다.

46) 이다: 이(← 일다: 이루어지다, 成)- + -Ø(과시)- + -다

47) ᄒᆞ니라: ᄒᆞ(하다, 謂)- + -Ø(과시)- + -니(원칙)- + -라(←-다: 평종)

48) 五根: 오근. 번뇌를 누르고 깨달음의 길로 이끄는 다섯 가지 근원이다. '신근(信根), 정진근(精進根), 염근(念根), 정근(定根), 혜근(慧根)'을 이른다.

49) 五力: 오력. 수행에 필요한 다섯 가지 힘이다. '신력(信力), 정진력(精進力), 염력(念力), 정력(定力), 혜력(慧力)'을 이른다.

50) 慧왜니: 慧(혜) + -와(접조) + -ㅣ(←-이-: 서조)- + -니(연어, 설명 계속, 이유)

51) 내요ᄆᆞᆫ: 내[내다, 生: 나(나다, 生)- + -ㅣ(←-이-: 서조)-]- + -욤(←-옴: 명전) + -ᄋᆞᆫ(보조사, 주제)

52) 허로ᄆᆞᆫ: 헐(헐다, 毁)- + -옴(명전) + -ᄋᆞᆫ(보조사, 주제)

라 信신根ᄀᆞᆫ이 力력을 得득ᄒᆞ면 一ᅙᅵᆶ
定떵히 디녀 疑ᅙᅴᆼ心심 아니ᄒᆞ고 精정
進진力력은 비록 法법을 몯 보아도 목숨
ᄆᆞᅀᆞ므로 道똠理링ᄅᆞᆯ 求꿓ᄒᆞ야 목숨
念념力력은 앗기디 아니ᄒᆞ야 스ᇰ녀 머므
각ᄒᆞ야 됴ᄒᆞᆫ 法법이 오나든 드리고 구즌
몬자 분별 사ᄅᆞᆷ 자받 대로 자바 무우디
수물호고 대로 자받 호ᇙ씨오 定떵力력은 智딩
諸정慧ᅓᆼ法법을 實씷相샤ᇰᄋᆞᆯ 實씷ᄃᆞᄫᅵ 잘 볼
머씨라 八밣正정道똠ᄂᆞᆫ 보ᄆᆞᆯ 正정히ᄒᆞ며 ᄆᆞᅀᆞᄆᆞᆯ 正정히ᄒᆞ며

信根(신근)이 力(역)을 得(득)하면 (그 力을) 一定(일정)히 지녀 疑心(의심)을 아니 하고, '精進力(정진력)'은 비록 法(법)을 못 보아도 한 마음으로 道理(도리)를 求(구)하여 목숨을 아끼지 아니하여 머물지 아니하는 것이요, '念力(염력)'은 늘 스승의 가르침을 것을 생각하여 좋은 法(법)이 오거든 들이고 궂은 法(법)이 오거든 들이지 아니하는 것이 門(문)을 잡은 사람과 같은 것이요, '定力(정력)'은 마음을 한 곳에 잡아서 움직이게 하지 아니하여 智慧(지혜)를 도우는 것이요, '智慧力(지혜력)'은 諸法(제법)의 實相(실상)을 사실대로 잘 보는 것이다. '八正道(팔정도)'는 보는 것을 正(정)히 하며, 생각을 正(정)히 하며, 말을 正(정)히 하며

信_신根_근[53)]이 力_륵을 得_득ᄒ면 一_힗定_뎡히[54)] 디녀[55)] 疑_읭心_심 아니 ᄒ고 精_졍進_진力_륵[56)]은 비록 法_법을 몯 보아도 ᄒᆞᆫ ᄆᆞᅀᆞᄆᆞ로[57)] 道_똘理_링를 求_꿀ᄒ야 목숨 앗기디[58)] 아니ᄒ야 머므디[59)] 아니홀 씨오 念_념力_륵[60)]은 샹녜[61)] 스승의 ᄀᆞᄅ쵸ᄆᆞᆯ[62)] 싱각ᄒ야 됴ᄒᆞᆫ 法_법이 오나든[63)] 드리고[64)] 구즌 法_법이 오나든 드리디 아니호미 門_몬 자ᄇᆞᆫ[65)] 사ᄅᆞᆷ ᄀᆞ톨 씨오 定_뎡力_륵[66)]은 ᄆᆞᅀᆞᄆᆞᆯ ᄒᆞᆫ 고대[67)] 자바 뮈우디[68)] 아니ᄒ야 智_딩慧_휑를 도톨[69)] 씨오 智_딩慧_휑力_륵[70)]은 諸_졍法_법 實_씷相_샹을 實_씷다비[71)] 잘 볼 씨라 八_밣正_졍道_똘[72)]는 보물 正_졍히 ᄒ며 ᄉᆞ랑[73)]을 正_졍히 ᄒ며 마를 正_졍히 ᄒ며

---

53) 信根: 신근. 오근(五根)의 하나로서, 삼보(三寶)와 사제(四諦)의 진리를 믿는 일을 이른다.

54) 一定히: [일정히(부사): 一定(일정: 명사) + -ᄒ(←-ᄒᆞ-: 형접)- + -이(부접)] ※ '一定히'는 '어떤 것의 크기, 모양, 범위, 시간 따위가 하나로 정하여져 있는 상태로'의 뜻이다.

55) 디녀: 디니(지니다, 持)- + -어(연어)

56) 精進力: 정진력. 오력(五力)의 하나로서, 불도에 정진하는 힘을 이른다.

57) ᄆᆞᅀᆞᄆᆞ로: ᄆᆞᅀᆞᆷ(마음, 心) + -ᄋᆞ로(부조, 방편)

58) 앗기디: 앗기(아끼다, 惜)- + -디(-지: 연어, 부정)

59) 머므디: 머므(← 머믈다: 머물다, 留)- + -디(-지: 연어, 부정)

60) 念力: 염력. 오력(五力)의 하나로서, 한 가지에 전념하여 그로써 장애를 극복하는 힘이나 또는 산란한 마음을 그치고 진실한 마음을 갖게 하는 힘을 이른다.

61) 샹녜: 항상, 常(부사)

62) ᄀᆞᄅ쵸ᄆᆞᆯ: ᄀᆞᄅ치(가르치다, 敎)- + -옴(명전) + -ᄋᆞᆯ(목조)

63) 오나든: 오(오다, 來) + -나든(← -거든: -거든, 연어, 조건)

64) 드리고: 드리[들이다, 들게 하다, 入: 들(들다, 入: 자동)- + -이(사접)-]- + -고(연어, 나열)

65) 자ᄇᆞᆫ: 잡(잡다, 執)- + -∅(과시)- + -ᄋᆞᆫ(관전)

66) 定力: 정력. 오력(五力)의 하나로서, 한 가지에 전념하여 그로써 장애를 극복하는 힘이나, 또는 산란한 마음을 그치고 진실한 마음을 갖게 하는 힘을 이른다.

67) 고대: 곧(곳, 處: 의명) + -애(-에: 부조, 위치)

68) 뮈우디: 뮈우[움직이다, 使動: 뮈(움직이다, 動: 자동)- + -우(사접)-]- + -디(-지: 연어, 부정)

69) 도톨: 돌(← 돕다, ㅂ불: 돕다, 助)- + -올(관전)

70) 智慧力: 지혜력. 오력(五力)의 하나로서, 제법(諸法)의 있는 그대로의 모양을 진실하고 미덥게 잘 보는 힘이다.

71) 實다비: [사실대로(부사): 實(실: 불어) + -닿(← -답-: 형접)- + -이(부접)]

72) 八正道: 팔정도. 중생이 열반의 세계로 나아가기 위해서 수행해야 하는 8가지 길이다. 정견(正見), 정사유(正思惟), 정어(正語), 정업(正業), 정명(正命), 정정진(正精進), 정념(正念), 정정(正定).

73) ᄉᆞ랑: 생각, 思.

며 業업을 正정히 ᄒᆞ며 命명을 正정히
ᄒᆞ며 精정進진을 正정히 ᄒᆞ며 念념을 正정히
ᄒᆞ며 定떙을 正정히 호ᇙ씨라 結
은 ᄆᆡᆯ씨니 煩뻔惱놓ᄋᆡ 受쓩苦콩ᄋᆡ
ᄆᆡ아니ᄒᆞᄂᆞᆫ 씨라 使승ᄂᆞᆫ 凡뻠夫붕
ㅣ ᄆᆞᆫ갓 곤ᄒᆞᆫ 惑홱心심ᄋᆞ로 妄망量량앳
모ᄆᆞᆯ 그치둘몯ᄒᆞ야 三삼界갱예
호미 그왯 使승者쟝ㅣ 罪찡人신 조차ᄃᆞ니ᄂᆞᆫ
ᄃᆞ시 홀씨 使승身신ㅣ라 使승ㅣ
열가지니 ᄒᆞ나ᄂᆞᆫ 身신見견이니 身신見견은 모ᄆᆞᆯ
볼씨니 ᄂᆞ릴씨 둘흔 邊변見견이라 邊변見견은
ᄒᆞᆫ녁ㄱ술 볼씨 本본來링 업슨거시라 時씽常쌍 잇ᄂᆞᆫ

業(업)을 正(정)히 하며, 命(명)을 正(정)히 하며, 精進(정진)을 正(정)히 하며, 念(념)을 正(정)히 하며, 定(정)을 正(정)히 하는 것이다. '結(결)'은 매는 것이니 煩惱(번뇌)의 受苦(수고)에 매이는 것이다. '使(사)'는 부리는 것이니, 凡夫(범부)가 잘못된 惑心(혹심)으로 妄量(망량)된 생각을 끊지 못하여 三界(삼계)에 나지 못하는 것이, 관청의 使者(사자)가 罪人(죄인)을 쫓아다니는 듯하므로 使(사)이라 하니, 使(사)가 열 가지이니, 하나는 '身見(신견)'이니 身見(신견)은 몸을 보는 것이니, '나(我)이다. 남(他)이다.' 하여 보는 것이다. 둘은 '邊見(변견)'이니, 邊見(변견)은 한쪽 가(邊)를 보는 것이니, '몸이 時常(시상) 있느니라.' 하는 것과 '(몸이) 本來(본래) 없는 것이다.' 하는 것이다.

業^{업74)}을 正_정히 ᄒ며 命_명⁷⁵⁾을 正_정히 ᄒ며 精_정進_진⁷⁶⁾을 正_정히 ᄒ며 念_념⁷⁷⁾을

正_정히 ᄒ며 定_뗭⁷⁸⁾을 正_정히 홀 씨라 結_겷은 밀⁷⁹⁾ 씨니 煩_뻔惱_놓ㅅ 受_쓩苦_콩애

ᄆᆡ일 씨라 使_{ᄉᆞᆼ}ᄂᆞᆫ 브릴 씨니 凡_뻠夫_붕⁸⁰⁾ㅣ 갓ᄀ⁸¹⁾ 惑_{ᅘᆡᆨ}心_심⁸²⁾ᄋᆞ로 妄_망量_량앳⁸³⁾

혜물⁸⁴⁾ 그치들⁸⁵⁾ 몯ᄒ야 三_삼界_갱⁸⁶⁾예 나디 몯호미 그윗⁸⁷⁾ 使_{ᄉᆞᆼ}者_쟝ㅣ 罪_쬥人_{ᅀᅵᆫ}

조차 ᄃᆞ니ᄂᆞᆫ⁸⁸⁾ ᄃᆞᆺ 홀씨 使_{ᄉᆞᆼ}ㅣ라 ᄒ니 使_{ᄉᆞᆼ}ㅣ 열 가지니 ᄒ나ᄒᆞᆫ 身_신見_견⁸⁹⁾이니

身_신見_견은 모ᄆᆞᆯ 볼 씨니 내라⁹⁰⁾ ᄂᆞ미라⁹¹⁾ ᄒ야 볼 씨라 둘흔 邊_변見_견⁹²⁾이니 邊

_변見_견은 ᄒᆞ녁⁹³⁾ ᄀᆞᅀᆞᆯ 볼 씨니 모미 時_씽常_썅⁹⁴⁾ 잇ᄂᆞ니라 홈과 本_본來_{ᄅᆡᆼ} 업슨 거

시라 홈괘라⁹⁵⁾

---

74) 業: 업. 몸과 입과 마음으로 짓는 선과 악의 소행(所行)이다.

75) 命: 명. 바른 생활. 정당한 방법으로 적당한 의식주를 구하는 생활이다.

76) 精進: 정진. 속(俗)된 생활을 버리고 선행을 닦아 오로지 불도(佛道)에만 열중하는 일이다.

77) 念: 염. 마음을 고요히 가라앉히고 어떠한 것을 떠올리는 것이다.

78) 定: 정. 마음을 집중하고 통일시키는 수행, 또는 그 수행으로 이르게 된 평온한 마음 상태이다.

79) 밀: ᄆᆡ(매다, 結: 타동)- + -ㄹ(관전)

80) 凡夫: 범부. 번뇌에 얽매여 생사를 초월하지 못하는 사람이다.

81) 갓ᄀ: 갓ᄀ(← 갓ᄀᆞᆯ다 : 거꾸로 되다, 잘못되다, 倒)- + -Ø(과시)- + -ㄴ(관전)

82) 惑心: 혹심. 중생의 마음을 어지럽히고 미혹하게 하는 번뇌에 찬 마음이다.

83) 妄量앳: 妄量(망량) + -애(-에: 부조, 위치) + -ㅅ(-의: 관조)

84) 혜물: 혬[혬, 생각, 量: 혜(헤아리다, 量: 동사)- + -ㅁ(명접)] + -을(목조)

85) 그치들: 그치[그치다, 止: 긏(끊어지다, 斷: 자동)- + -이(사접)-]- + -들(-지: 연어, 부정)

86) 三界: 삼계. 중생이 생사 왕래하는 세 가지 세계이다. 욕계, 색계, 무색계가 있다.

87) 그윗: 그위(관청, 官) + -ㅅ(-의: 관조)

88) ᄃᆞ니ᄂᆞᆫ: ᄃᆞ니[다니다, 流行: ᄃᆞᆮ(닫다, 달리다, 走)- + 니(가다, 行)-]- + -ᄂᆞ(현시)- + -ㄴ(관전)

89) 身見: 신견. 십사(十使)의 하나이다. 오온(五蘊)이 일시적으로 화합한 신체를 영원히 존재하는 주체인 '나'로 생각하고, '나'에 따른 모든 것을 자신의 소유라고 생각하는 그릇된 견해이다.

90) 내라: 나(나, 我: 인대, 1인칭) + -ㅣ(← -이-: 서조)- + -Ø(현시)- + -라(← -다: 평종)

91) ᄂᆞ미라: ᄂᆞᆷ(남, 他) + -이(서조)- + -Ø(현시)- + -라(← -다: 평종)

92) 邊見: 변견. 십사의 하나이다. 상견(常見)과 단견(斷見)의 어느 한 극단에 사로잡혀 중심을 얻지 못하는 그릇된 견해이다.

93) ᄒᆞ녁: [한녘, 一便: ᄒᆞ(← ᄒᆞᆫ: 한, 一, 관사, 양수) + 녁(녘, 쪽, 便: 의명)]

94) 時常: 시상. 언제나 늘, 평상시, 항상(부사)

95) 홈괘라: ᄒᆞ(← ᄒᆞ다: 하다, 曰)- + -옴(명전) + -과(접조) + -ㅣ(← -이-: 서조)- + -Ø(현시)- + -라(← -다: 평종)

셋은 ‘邪見(사견)’이니 ‘因果(인과)가 없다.’ 하여 邪曲(사곡)히 보는 것이다. 넷은 ‘戒取(계취)’이니 警戒(경계)를 가지는 것이니, (이는) 한갓 警戒(경계)를 지니는 것으로 道理(도리)를 삼아서 가지는 것이다. 다섯은 ‘見取(견취)’이니 사나운 法(법)을 잡아서 ‘(그 법이) 가장 높은 것이라.’ 하여 제가 보는 것을 옳다 하여 가지는 것이다. 여섯은 ‘貪(탐)’이요 일곱은 ‘嗔(진)’이요 여덟은 ‘癡(치)’요, 아홉은 ‘慢(만)’이니, 남을 업신여기는 것이다. 열은 ‘疑(의)’이니 疑心(의심)이다. 】 이 말을 듣고 더욱 기뻐하여 부처를 천 번 감돌았니라. 그때에 王(왕)이 부처를 세흔 邪쌍見견⁹⁶⁾이니 因힌果광ㅣ 업다 ᄒᆞ야 邪쌍曲콕히⁹⁷⁾ 볼 씨라 네흔 戒갱取

츙⁹⁸⁾ㅣ니 警경戒갱⁹⁹⁾를 가질 씨니 ᄒᆞᆫ갓¹⁰⁰⁾ 警경戒갱 디뉴ᄆᆞ로¹⁾ 道똘理링 사마 가

질 씨라 다ᄉᆞᆫ 見견取츙²⁾ㅣ니 사오나ᄫᆞᆫ³⁾ 法법을 자바 ᄆᆞᆺ⁴⁾ 노ᄑᆞ니라⁵⁾ ᄒᆞ야 제⁶⁾

보밀 올호라⁷⁾ ᄒᆞ야 가질 씨라 여스슨 貪탐⁸⁾이오 닐구븐 嗔친⁹⁾이오 여들븐 癡

팅¹⁰⁾오 아호ᄇᆞᆫ 慢만¹¹⁾이니 ᄂᆞᆷ 업시울¹²⁾ 씨라 열흔¹³⁾ 疑읭¹⁴⁾니 疑읭心심이라 】 이

말 듣ᄌᆞᆸ고 더욱 기ᄊᆞᄫᅡ¹⁵⁾ 부텨를 즈믄¹⁶⁾ 디위¹⁷⁾ 값도ᅀᆞᄫᅵ니라¹⁸⁾ 그

ᄢᅴ 王왕이 부텨를

---

96) 邪見: 사견. 십사(十使)의 하나이다. 인과(因果)의 도리를 무시하는 그릇된 견해를 이른다.

97) 邪曲히: [사곡히(부사): 邪曲(사곡: 명사) + -ᄒᆞ(←-ᄒᆞ-: 형접)- + -이(부접)] ※ '邪曲(사곡)' 은 요사스럽고 교활한 것이다.

98) 戒取: 계취. 그릇된 계율이나 금지 조항을 바른 것으로 간주하여 거기에 집착하는 견해이다.

99) 警戒: 경계. 옳지 않은 일이나 잘못된 일들을 하지 않도록 타일러서 주의하게 하는 것이다.

100) ᄒᆞᆫ갓: 한갓, 고작하여야 다른 것 없이 겨우(부사)

1) 디뉴ᄆᆞ로: 디니(지니다, 持)- + -움(명전) + -ᄋᆞ로(부조, 방편)

2) 見取: 견취. 그릇된 견해를 바른 것으로 간주하여 거기에 집착하는 견해이다.

3) 사오나ᄫᆞᆫ: 사오낳(← 사오납다, ㅂ불: 사납다, 猛)- + -Ø(현시)- + -ᄋᆞᆫ(관전)

4) ᄆᆞᆺ: 가장, 最(부사)

5) 노ᄑᆞ니라: 높(높다, 高)- + -Ø(현시)- + -ᄋᆞᆫ(관전) # 이(이, 것, 者: 의명) + -Ø(←-이-: 서 조)- + -Ø(현시)- + -라(←-다: 평종)

6) 제: 저(저, 자기, 己: 인대, 재귀칭) + -ㅣ(←-의: 관조, 의미상 주격)

7) 올호라: 옳(옳다, 是)- + -Ø(현시)- + -오(화자)- + -라(←-다: 평종)

8) 貪: 탐. 오욕 경계에서 지나치게 욕심을 내는 것이다. 탐욕·탐애·탐착이라고도 한다.

9) 嗔: 진. 활칵 화내는 마음이다.

10) 癡: 치. 癡(치. 어리석음) + -Ø(←-이-: 서조)- + -오(←-고: 연어, 나열)

11) 慢: 만. 남을 업신여기고 자신을 높이는 마음 작용이다.

12) 업시울: 업시우(업신여기다, 蔑)- + -ㄹ(관전)

13) 열흔: 열ㅎ(열, 十: 수사, 양수) + -ᄋᆞᆫ(보조사, 주제)

14) 疑: 의. 진리를 의심하는 마음 작용이다.

15) 기ᄊᆞᄫᅡ: 깃(← 깄다: 기뻐하다, 歡喜)- + -ᅀᆞ(←-ᅀᆞᆸ-: 객높)- + -아(연어)

16) 즈믄: 일천, 一千(관사, 양수)

17) 디위: 번, 帀(의명)

18) 값도ᅀᆞᄫᅵ니라: 값도[← 값돌다(감돌다, 繞): 값(감다, 紮)- + 쏠(← 돌다: 돌다, 廻)-]- + -ᅀᆞ(←-ᅀᆞᆸ-: 객높)- + -Ø(과시)- + -ᄋᆞ니(원칙)- + -라(←-다: 평종)

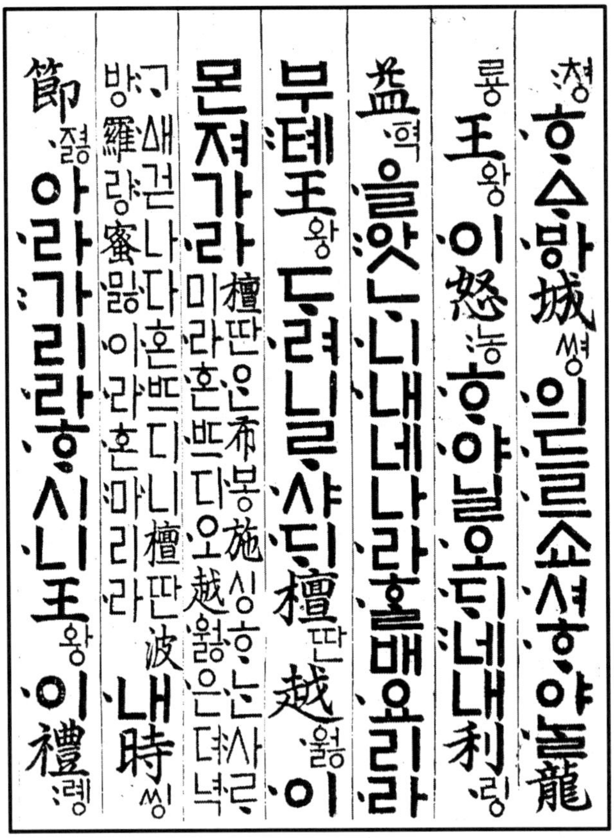

쳥ᄒᆞᅀᆞᄫᅡ 城셩의 드르쇼셔 ᄒᆞ야ᄂᆞᆯ 龍룡王왕이 怒노ᄒᆞ야 닐오ᄃᆡ 네 내 利리益력을 앗ᄂᆞ니 내 네 나라ᄒᆞᆯ 배요리라 부텨 王왕ᄃᆞ려 니ᄅᆞ샤ᄃᆡ 檀딴越웛이 몬져 가라 檀딴ᄋᆞᆫ 布봉施싱ᄒᆞᄂᆞᆫ 사ᄅᆞ미라 혼 ᄠᅳ디오 越웛ᄋᆞᆫ 뎌녁 ᄀᆞᅀᆡ 건나다 혼 ᄠᅳ디니 檀딴波방羅랑蜜밇이라 혼 마리라 내 時씽節졇 아라 가리라 ᄒᆞ시니 王왕이 禮롕

請(청)하여 “城(성)에 드소서.” 하거늘, 龍王(용왕)이 怒(노)하여 이르되 “네가 나의 利益(이익)을 빼앗나니, 내가 너의 나라를 없애리라.” 부처가 王(왕)더러 이르시되 “檀越(단월)이 먼저 가라.【檀(단)은 ‘布施(보시)하는 사람이다.’ 한 뜻이요, 越(월)은 ‘저쪽 가에 건넜다.’ 한 뜻이니, 檀波羅蜜(단바라밀)이라 한 말이다.】 내가 때를 알아서 가리라.” 하시니, 王(왕)이

請_청ᄒᆞᅀᆞᄫᅡ 城_쎵의 드르쇼셔¹⁹⁾ ᄒᆞ야늘 龍_룡王_왕이 怒_농ᄒᆞ야 닐오ᄃᆡ 네²⁰⁾ 내²¹⁾ 利_링益_혁을 앗ᄂᆞ니²²⁾ 내 네 나라ᄒᆞᆯ 배요리라²³⁾ 부톄 王_왕ᄃᆞ려 니ᄅᆞ샤ᄃᆡ 檀_딴越_웛이²⁴⁾ 몬져²⁵⁾ 가라【檀_딴은 布_봉施_싱²⁶⁾ᄒᆞᄂᆞᆫ 사ᄅᆞ미라 혼 ᄠᅳ디오 越_웛은 뎌녁²⁷⁾ ᄀᆞᅀᆡ²⁸⁾ 걷나다²⁹⁾ 혼 ᄠᅳ디니 檀_딴波_방羅_랑蜜_밇³⁰⁾이라 혼 마리라】내 時_씽節_젏³¹⁾ 아라³²⁾ 가리라 ᄒᆞ시니 王_왕이

---

19) 드르쇼셔: 들(들다, 入)-+-으쇼셔(-으소서: 명종, 아주 높임)

20) 네: 너(너, 汝: 인대, 2인칭)+-ㅣ(←-이: 주조)

21) 내: 나(나, 我: 인대, 1인칭)+-ㅣ(←-이: 관조)

22) 앗ᄂᆞ니: 앗(앗다, 빼앗다, 奪)-+-ᄂᆞ(현시)-+-니(연어, 설명 계속, 이유)

23) 배요리라: 배(뒤집다, 망치다, 없애다, 滅)-+-요(←-오-: 화자)-+-리(미시)-+-라(←-다: 평종)

24) 檀越이: 檀越[단월이(인명): 檀越(단월)]+-이(주조) ※ '檀越(단월)'은 자비심으로 조건 없이 절이나 승려에게 물건을 베풀어 주는 일이다.(= 시주, 施主) 여기서는 나건하라국(那乾訶羅國)의 왕(王)을 가리킨다.

25) 몬져: 먼저, 先(부사)

26) 布施: 보시. 자비심으로 조건 없이 절이나 승려에게 물건을 베풀어 주는 일이다.

27) 뎌녁: [저쪽, 彼岸: 뎌(저, 彼: 관사, 지시, 정칭)+녁(녘, 쪽, 便: 의명)] ※ '뎌녁'은 피안(彼岸)을 나타내는데, 사바세계 저쪽에 있는 깨달음의 세계이다.

28) ᄀᆞᅀᆡ: ᄀᆞᇫ(←ᄀᆞᇫ: 가, 邊)+-애(-에: 부조, 위치) ※ 'ᄀᆞᅀᆡ'는 'ᄀᆞᇫ애'로 표기되기도 했다.

29) 걷나다: 걷나[건너다, 渡: 걷(건다, 步)-+나(나다, 出)-]-+-Ø(과시)-+-다(평종)

30) 檀波羅蜜: 단바라밀. 육바라밀(六波羅蜜)의 하나이다. 단(檀)은 보시(布施)하는 사람이라는 뜻이고, 바라밀(波羅蜜)은 도(度)·도피안(到彼岸)이란 뜻이다. 생사의 바다를 건너 열반의 언덕에 이르는 수행의 법을 말한다.

31) 時節: 시절, 때, 時.

32) 아라: 알(알다, 知)-+-아(연어)

數ㅎ숩고흘러나거늘龍룡王왕과
羅랑剎챯女녕왜부텨씌戒갱ㄷᆞᆯᄌᆞᆹ
지이다ᄒᆞ야놀三삼歸귕五옹戒갱法법
ᄅᆞᆯ니ᄅ시니ᄀᆞ장깃ᄊᆞ방ᄒᆞ며眷권
屬쏙百ᄇᆡᆨ千천龍룡이모ᄉᆞᆯ로셔나아
禮롕數ㅎ숩더니부톄龍룡이목소
ᄅᆞᆯ조ᄎᆞ샤說ᅀᅯᆯ法법ᄒᆞ시니다깃ᄊᆞ

禮數(예수)하고 물러나거늘, 龍王(용왕)과 羅剎女(나찰녀)가 "부처께 戒(계)를 듣고 싶습니다."하거늘, (부처가) 三歸五戒法(삼귀오계법)을 이르시니, (용왕이) 매우 기뻐하며 眷屬(권속)인 百千(백천) 龍(용)이 못으로부터서 나와서 禮數(예수)하더니, 부처가 龍(용)의 목소리를 좇으시어 說法(설법)하시니 (용들이) 다 기뻐하여

禮_롕數_숭ᄒ습고 믈러나거늘³³⁾ 龍_룡王_왕과 羅_랑利_링女_녕왜³⁴⁾ 부텨씌 戒_갱³⁵⁾ 듣ᄌᆞᄫᅡ³⁶⁾ 지이다³⁷⁾ ᄒ야ᄂᆞᆯ 三_삼歸_귕五_옹戒_갱法_법³⁸⁾을 니르시니 ᄀᆞ장³⁹⁾ 기ᄊᆞᄫᅡ⁴⁰⁾ ᄒ며 眷_권屬_쑉⁴¹⁾ 百_빅千_쳔 龍_룡이 모ᄉᆞ로셔⁴²⁾ 나아 禮_롕數_숭ᄒ습더니 부톄 龍_룡이 목소리를 조ᄎᆞ샤⁴³⁾ 說_쉃法_법ᄒ시니다 기ᄊᆞᄫᅡ

---

33) 믈러나거늘: 믈러나[믈러나다, 退: 믈르(← 므르다: 물러나다, 退)- + -어(연어) + 나(나다, 出)-]- + -거늘(연어, 상황)

34) 羅利女왜: 羅利女(나찰녀) + -와(접조) + - ㅣ (←-이: 주조) ※ '羅利女(나찰녀)'는 용모가 매우 아름다우며, 큰 바다 가운데 있는 섬에 살면서 사람을 잡아먹는다는 귀녀(鬼女)이다.

35) 戒: 계. 죄를 금하고 제약하는 것이다. 율장(律藏)에서 설한 것으로, 소극적으로는 그른 일을 막고 나쁜 일을 멈추게 하는 힘이 되고, 적극적으로는 모든 선을 일으키는 근본이 된다.

36) 듣ᄌᆞᄫᅡ: 듣(듣다, 聞)- + -ᄌᆞᇦ(←-ᄌᆞᇦ-: 객높)- + -아(연어)

37) 지이다: 지(싶다: 보용, 희망)- + -Ø(현시)- + -이(상높, 아주 높임)- + -다(평종)

38) 三歸五戒法: 삼귀오계법. 출가하지 않은 처음에 삼귀 의례를 받고 다음에 오계(五戒)를 받는 법이다. 계율의 일종으로 이를 받은 이를 남자는 우바색(優婆塞), 여자는 우바이(優婆夷)라 한다. 우바색은 우바새, 우바이는 우바니(優婆尼)라고도 한다. ※ '三歸(삼귀)'는 '불(佛), 법(法), 승(僧)'의 삼보(三寶)에 돌아가 의지하는 것이다.(= 삼귀의, 三歸依)이다. 그리고 '五戒法(오계법)'은 속세에 있는 신자(信者)들이 지켜야 할 다섯 가지 계율이다. 일반적으로 처음 출가하여 승려가 된 사미(沙彌)와 재가(在家)의 신도들이 지켜야 할 것이라 하여 사미오계(沙彌五戒)·신도오계(信徒五戒) 등으로 부르고 있다. 사미오계는 ① 생명을 죽이지 말라(不殺生), ② 주지 않는 것을 가지지 말라(不偸盜), ③ 사음하지 말라(不邪婬), ④ 진실되지 않은 거짓말을 하지 말라(不妄語), ⑤ 술을 마시지 말라(不飮酒)는 것이다. 그리고 신도오계는 사미오계의 ③의불사음계가 간음하지 말라(不姦淫)로 바뀐 것이 다르다.

39) ᄀᆞ장: 매우, 大(부사)

40) 기ᄊᆞᄫᅡ: 깃(← 깄다: 기뻐하다, 歡喜)- + -ᅀᆞᇦ(←-ᅀᆞᇦ-: 객높)- + -아(연어)

41) 眷屬: 권속. 한집에 거느리고 사는 식구이다.

42) 모ᄉᆞ로셔: 못(못, 池) + -ᄋᆞ로(부조, 방향) + -셔(-서: 보조사, 위치 강조)

43) 조ᄎᆞ샤: 좇(좇다, 從)- + -ᄋᆞ샤(←-ᄋᆞ시-: 주높)- + -Ø(←-아: 연어)

부텨니 目_목連_련이시기샤 警_경戒_갱
ᄒᆞ라ᄒᆞ야시ᄂᆞᆯ 目_목連_련이 如_셩意_{ᄒᆡᆼ}
定_{ᄯᅵᇰ}에 드러 즉자히 百_빅千_쳔億_흑 金
翅_씽鳥_{ᄃᆜᇦ}ㅣ 드외야 各_각各_각 다ᄉᆞᆺ
龍_룡곰 ᄌ즐 드듸여 虛_헝空_콩 애 잇거
늘 龍_룡ᄃᆞᆯ히 닐오ᄃᆡ 부톄 和_{ᅘᅪᆼ}尙_{쌰ᇰ} ᄋᆞᆯ
시겨 우리를 警_경戒_갱 ᄒᆞ라ᄒᆞ야시

하더니, (부처가) 目連(목련)이에게 시키시어 "警戒(경계)하라." 하시거늘, 目連(목련)이 如意定(여의정)에 들어서, 즉시 百千億(백천억) 金翅鳥(금시조)가 되어 各各(각각) 다섯 龍(용)씩 꽉 눌러 밟아 虛空(허공)에 있거늘, 龍(용)들이 이르되 "부처가 和尙(화상)을 시키시어 '우리를 警戒(경계)하라.' 하시거늘

터니⁴⁴⁾ 目_목連_련이⁴⁵⁾ 시기샤⁴⁶⁾ 警_경戒_갱ᄒ라⁴⁷⁾ ᄒ야시ᄂᆞᆯ⁴⁸⁾ 目_목連_련이

如_셩意_ᅙ定_뗭⁴⁹⁾에 드러 즉자히 百_빅千_쳔億_ᅙ 金_금翅_싱鳥_됼ㅣ⁵⁰⁾ ᄃᆞ외야

各_각各_각 다ᄉᆞᆺ 龍_룡곰⁵¹⁾ 즈르드듸여⁵²⁾ 虛_헝空_콩애 잇거늘 龍_룡ᄃᆞᆯ히

닐오ᄃᆡ 부톄 和_{ᅘᅡᆼ}尙_쌍⁵³⁾ᄋᆞᆯ 시기샤 우리ᄅᆞᆯ 警_경戒_갱ᄒ라 ᄒ야시ᄂᆞᆯ

---

44) 터니: ᄒ(← ᄒ다: 하다, 보용)- + -더(회상)- + -니(연어)

45) 目連이: [목련이: 目連(목련: 인명) + -이(접미, 어조 고름)] ※ '目連(목련)'은 석가모니의 십대 제자 가운데 한 사람이다. 마가다의 브라만 출신으로, 부처의 교화를 펼치고 신통(神通) 제일 의 성예(聲譽)를 얻었다.

46) 시기샤: 시기(시키다, 勅)- + -샤(←-시-: 주높)- + -∅(←-아: 연어)

47) 警戒ᄒ라: 警戒ᄒ[경계하다: 警戒(경계: 명사) + -ᄒ(동접)-]- + -라(명종, 아주 낮춤) ※ '警戒 (경계)'는 옳지 않은 일이나 잘못된 일들을 하지 않도록 타일러서 주의하게 하는 것이다.

48) ᄒ야시ᄂᆞᆯ: ᄒ(하다, 曰)- + -시(주높)+ + -야ᄂᆞᆯ(←-아ᄂᆞᆯ: -거늘, 연어, 상황)

49) 如意定: 여의정. '如意(여의)'는 일이 뜻이나 생각대로 되는 것이며, '定(정)'은 불교에서 마음 을 하나의 대상에 집중하여 전혀 동요가 없는 상태를 일컫는 말이다.(= 禪定) 따라서 '如意定 (여의정)'은 어떠한 일을 뜻이나 생각대로 되게 하는 선정이다.

50) 金翅鳥ㅣ: 金翅鳥(금시조) + -ㅣ(←-이: 보조) ※ '金翅鳥(금시조)'는 인도(印度) 신화에 등장 하는 큰 새로서 용(龍)을 잡아먹는다 한다.(= 가루라, 迦樓羅).

51) 龍곰: 龍(용) + -곰(-씩: 보조사, 각자)

52) 즈르드듸여: 즈르드듸[꽉 눌러 밟다, 躐: 즈르(지르다)- + 드듸(디디다, 踏)-]- + -여(←-어: 연어) ※ '즈르다'는 현대어의 '지르다'에 대응되는데, 팔다리나 막대기 따위를 내뻗치어 대상 물을 힘껏 건드리는 행동이다.

53) 和尙: 화상. 수행을 많이 한 승려를 높여서 이르는 말이다.

놀엣뎁ᄃ의여보양ᄎ뢀ᄌᄉᆞ시ᄂᆞ니
잇고目_{·목}連_{·련}이닐오·ᄃᆞ네여러劫_{·겁}
에저프·디아니ᄒᆞᆫ거·긔저픈ᄆᆞᄉᆞᆷ·내
·며嗔_친心_{·심}업슨거·긔嗔_친心_{·심}·올·내
·며모·디룸업슨거·긔모딘ᄆᆞᄉᆞ·롤내ᄂᆞ
·니내實_{·씷}엔사·ᄅᆞ미어·늘네ᄆᆞᄉᆞ미모
딜·씨나·롤金_{·금}翅_{·싱}鳥_{·뚱}·애보ᄂᆞ·니·라

어찌 무서운 모습을 지으십니까?" 目連(목련)이 이르되 "네가 여러 劫 (겁)에 두렵지 아니한 데에 두려운 마음을 내며, 嗔心(진심)이 없는 데에 嗔心(진심)을 내며, 모짊이 없는 데에 모진 마음을 내나니, 내가 實(실)에 는 사람이거늘 네 마음이 모질므로 나를 金翅鳥(금시조)로 보느니라."

엇뎨⁵⁴⁾ 므싀여븐⁵⁵⁾ 양ᄌᆞ를⁵⁶⁾ 지ᅀᅳ시ᄂᆞ니잇고⁵⁷⁾ 目_목連_련이 닐오ᄃᆡ 네 여러 劫_겁에 저프디⁵⁸⁾ 아니ᄒᆞᆫ 거긔⁵⁹⁾ 저픈 ᄆᆞᅀᆞ믈 내며 嗔_친心_심⁶⁰⁾ 업슨 거긔 嗔_친心_심을 내며 모디롬⁶¹⁾ 업슨 거긔 모딘 ᄆᆞᅀᆞ믈⁶²⁾ 내ᄂᆞ니 내 實_{ᄊᆞᆯ}엔⁶³⁾ 사ᄅᆞ미어늘⁶⁴⁾ 네 ᄆᆞᅀᆞ미 모딜ᄊᆡ 나ᄅᆞᆯ 金_금翅_싱鳥_둏애⁶⁵⁾ 보ᄂᆞ니라

---

54) 엇뎨: 어찌, 何(부사)
55) 므싀여븐: 므싀엽[←므싀엽다, ㅂ불(무섭다, 恐怖): 므싀(무서워하다, 畏: 동사)-+-엽(←-업-: 형접)-]-+-Ø(현시)-+-은(관전)
56) 양ᄌᆞ를: 양ᄌᆞ(모습, 모양, 養子)+-를(목조)
57) 지ᅀᅳ시ᄂᆞ니잇고: 짓(←짓다, ㅅ불: 짓다, 作)-+-ᄋᆞ시(주높)-+-ᄂᆞ(현시)-+-잇(←-이-: 상높, 아주 높임)-+-니…고(-까: 의종, 설명)
58) 저프디: 저프[두렵다, 恐怖: 젛(무서워하다, 畏: 동사)-+-브(형접)-]-+-디(-지: 연어, 부정)
59) 거긔: 그곳에, 데에, 彼處(의명) ※ '저프디 아니ᄒᆞᆫ 거긔'는 '두렵지 아니한 데에'로 의역하여 옮긴다.
60) 嗔心: 진심. 자기 마음에 맞지 않는 경계에 대하여 미워하고 분하게 여겨서, 몸과 마음을 편안하지 못하게 하는 것이다.
61) 모디롬: 모딜(모질다, 惡)-+-옴(명전)
62) ᄆᆞᅀᆞ믈: ᄆᆞᅀᆞᆷ(마음, 心)+-을(목조)
63) 實엔: 實(실, 사실)+-에(부조, 위치)+-ㄴ(←-는: 보조사, 주제)
64) 사ᄅᆞ미어늘: 사ᄅᆞᆷ(사람, 人)+-이(서조)-+-어늘(←-거늘: 연어, 상황)
65) 金翅鳥애: 金翅鳥(금시조)+-애(←-로: 부조, 방편) ※ '金翅鳥애'는 '金翅鳥로'를 오각한 형태이다.

그때에 龍王(용왕)이 두려운 까닭으로, "殺生(살생)을 아니 하며【殺生(살생)은 산 것을 죽이는 것이다.】衆生(중생)을 괴롭히지 아니하리라."盟誓(맹서)하여 善心(선심)을 일으키거늘, 目連(목련)이 도로 本來(본래)의 몸이 되어 五戒(오계)를 이렀니라. 그때에 龍王(용왕)이 꿇어 合掌(합장)하여 世尊(세존)께 請(청)하되,

그 저긔 龍_룡王_왕이 두리욘⁶⁶⁾ 젼ᄎᆞ로⁶⁷⁾ 殺_삻生_{ᄉᆡᇰ} 아니 ᄒᆞ며【殺_삻生_{ᄉᆡᇰ}은 산 것 주길 씨라】衆_즁生_{ᄉᆡᇰ} 보차디⁶⁸⁾ 아니호리라⁶⁹⁾ 盟_{ᄆᆡᇰ}誓_쎼ᄒᆞ야 善_쎤心_심⁷⁰⁾을 니르와다ᄂᆞᆯ⁷¹⁾ 目_목連_련이 도로⁷²⁾ 本_본來_{ᄅᆡᆼ}ㅅ 모미 ᄃᆞ외야 五_옹戒_갱⁷³⁾를 니르니라⁷⁴⁾ 그 ᄢᅴ 龍_룡王_왕이 ᄭᅮ러⁷⁵⁾ 合_{ᅘᅡᆸ}掌_{쟈ᇰ}ᄒᆞ야 世_솅尊_존ᄭᅴ 請_{쳐ᇰ}ᄒᆞᅀᆞᆸ보ᄃᆡ⁷⁶⁾

---

66) 두리욘: 두리(두려워하다, 恐怖)- + -Ø(과시)- + -요(← -오-: 대상)- + -ㄴ(관전)

67) 젼ᄎᆞ로: 젼ᄎᆞ(까닭, 由)+ -로(부조, 방편)

68) 보차디: 보차(괴롭히다, 惱)- + -디(-지: 연어, 부정)

69) 아니호리라: 아니ᄒᆞ[← 아니ᄒᆞ다(아니하다, 不: 보용, 부정): 아니(아니, 不: 부사, 부정)+ -ᄒᆞ(동접)-]- + -오(화자)- + -리(미시)- + -라(← -다: 평종)

70) 善心: 선심. 자기 스스로와 남에게 부끄러움, 탐욕, 성냄, 어리석음이 없는 마음이다.

71) 니르와다ᄂᆞᆯ: 니르완[일으키다, 發: 닐(일다, 일어나다, 起: 자동)- + -으(사접)- + -완(강접)-]- + -아ᄂᆞᆯ(-거늘: 연어, 상황)

72) 도로: [도로, 還(부사): 돌(돌다, 廻)- + -오(부접)]

73) 五戒: 오계. 속세에 있는 신자(信者)들이 지켜야 할 다섯 가지 계율이다. 일반적으로 처음 출가하여 승려가 된 사미(沙彌)와 재가(在家)의 신도들이 지켜야 할 것이라 하여 '사미오계(沙彌五戒)'와 '신도오계(信徒五戒)' 등으로 부르고 있다. 사미오계는 ① 생명을 죽이지 말라(不殺生), ② 주지 않는 것을 가지지 말라(不偸盜), ③ 사음하지 말라(不邪婬), ④ 진실되지 않은 거짓말을 하지 말라(不妄語), ⑤ 술을 마시지 말라(不飮酒)는 것이다. 그리고 신도오계는 사미오계의 ③의불사음계가 간음하지 말라(不姦淫)로 바뀐 것이 다르다.

74) 니르니라: 니르(이르다, 說)- + -Ø(과시)- + -니(원칙)- + -라(← -다: 평종)

75) ᄭᅮ러: ᄭᅮᆯ(꿇다, 跪)- + -어(연어)

76) 請ᄒᆞᅀᆞᆸ보ᄃᆡ: 請ᄒᆞ[청하다: 請(청: 명사)+ -ᄒᆞ(동접)-]- + -ᅀᆞᇦ(← -ᅀᆞᆸ-: 객높)- + -오ᄃᆡ(-되: 연어, 설명 계속)

須菩提如來長常이어긔
쇼셔如來옷아니겨시면내모딘
마을내야菩提를몯일우리로
소이다ᄒᆞ야세번請ᄒᆞᅀᆞ반놀그저
긔梵天王이와合掌ᄒᆞ야
請ᄒᆞᅀᆞ보ᄃᆡ願ᄒᆞᆫ든薄伽梵
이未來世옛衆生ᄃᆞᆯ

"如來(여래)가 長常(장상, 늘) 여기에 계시소서. 如來(여래)야말로 아니 계시면 내가 모진 마음을 내어 菩提(보리)를 못 이루겠습니다."하여 세 번 請(청)하거늘, 그때에 梵天王(범천왕)이 와 合掌(합장)하여 請(청)하되 "願(원)하건대 薄伽梵(박가범)이 未來世(미래세)에 있는 衆生(중생)들을

如_셩來_링 長_땽常_썅⁷⁷⁾ 이어긔⁷⁸⁾ 겨쇼셔⁷⁹⁾ 如_셩來_링옷⁸⁰⁾ 아니 겨시면

내 모딘 ᄆᆞᅀᆞᄆᆞᆯ 내야 菩_뽕提_똉를 몯 일우리로소이다⁸¹⁾ ᄒᆞ야 세

번 請_쳥ᄒᆞᅀᆞᄫᅡᄂᆞᆯ⁸²⁾ 그 저긔⁸³⁾ 梵_뻠天_텬王_왕⁸⁴⁾이 와 合_합掌_쟝ᄒᆞ야 請

_쳥ᄒᆞᅀᆞᄫᅩᄃᆡ 願_원ᄒᆞᆫᄃᆞᆫ⁸⁵⁾ 薄_빠伽_꺙梵_뻠⁸⁶⁾이 未_밍來_링世_셍옛⁸⁷⁾ 衆_즁生_{ᄉᆡᆼ}ᄃᆞᆯ홀

---

77) 長常: 장상. 항상, 常(부사)

78) 이어긔: 여기, 此間(지대, 정칭)

79) 겨쇼셔: 겨(계시다, 住)- + -쇼셔(-소서: 명종, 아주 높임)

80) 如來옷: 如來(여래) + -옷(-야말로: 보조사, 한정 강조)

81) 일우리로소이다: 일우[이루다, 成: 일(이루어지다, 成: 자동)- + -우(사접)-]- + -리(미시)- + -롯(←-돗-: 감동)- + -오(화자)- + -이(상높, 아주 높임)- + -다(평종)

82) 請ᄒᆞᅀᆞᄫᅡᄂᆞᆯ: 請ᄒᆞ[청하다: 請(청: 명사) + -ᄒᆞ(동접)-]- + -ᅀᆞᇦ(←-ᅀᆞᆸ-: 객높)- + -아ᄂᆞᆯ(-거늘: 연어, 상황)

83) 저긔: 적(적, 때, 時: 의명) + -의(-에: 부조, 위치)

84) 梵天王: 범천왕. 색계(色界) 초선천(初禪天)의 우두머리이다. 제석천(帝釋天)과 함께 부처를 좌우에서 모시는 불법 수호의 신이다.

85) 願ᄒᆞᆫᄃᆞᆫ: 願ᄒᆞ[원하다: 願(원: 명사) -ᄒᆞ(동접)-]- + -ᆫᄃᆞᆫ(-건대: 연어, 주제 제시) ※ '-ᆫᄃᆞᆫ'은 [-ᆫ(관전) + ᄃᆞ(것, 者: 의명) + -ᆫ(←-ᄂᆞᆫ: 보조사, 주제)]의 방식으로 형성된 연결 어미이다. 뒤 절의 내용이 화자가 보거나 듣거나 바라거나 생각하는 따위의 내용임을 미리 밝히는 연결 어미이다.

86) 薄伽梵: 박가범. 산스크리트어 'bhagavat'의 음사이다. '유덕(有德)·중우(衆祐)·세존(世尊)'이라고 번역한다. 모든 복덕을 갖추고 있어서 세상 사람들의 존경을 받는 자이며, 세간에서 가장 존귀한 자, 곧 부처를 일컫는다.

87) 未來世옛: 未來世(미래세) + -예(←-에: 부조, 위치) + -ㅅ(-의: 관조) ※ '未來世옛'은 '未來世에 있는'으로 의역하여 옮긴다. ※ '未來世(미래세)'는 삼세(三世)의 하나로서, 죽은 뒤에 다시 태어나 산다는 미래의 세상을 이른다. ※ '三世(삼세)'는 '전세(前世), 현세(現世), 내세(來世)'의 세 가지이다.

爲윙ᄒᆞ시고 ᄒᆞ죠고맛 龍룡ᄋᆞᆯ 爲윙ᄒᆞ티
말ᄊᆞ쎠【薄빡伽꺙梵뻠은 德득이 ᄒᆞ샤 至징極끅 노피신 일후미시니 여슷 ᄠᅳ디 잇ᄂᆞ니 ᄒᆞ나ᄒᆞᆫ 自ᄍᆞᆼ在찡ᄒᆞ샤미오 둘흔 빗나 盛쎵ᄒᆞ샤미오 세ᄒᆞᆫ 端단正졍코 싁싁ᄒᆞᆯ씨오 네ᄒᆞᆫ 일훔 端단正졍ᄒᆞ샤 ᄆᆞᄉᆞ신 吉긿祼썅오 다ᄉᆞᄉᆞᆫ 尊존貴귕ᄒᆞ샤미오 여스슨 如ᅀᅧ來ᄅᆡᇰ 이 ᄉᆞ마 煩뻔惱놀애 ᄆᆡ이디 아니ᄒᆞ실씨 自ᄍᆞᆼ在찡ᄒᆞ시고 ᄆᆡᄫᆞᆯ 智딩慧ᅘᅰᆼㅅ 블로 ᄉᆞᆯ와 빗나 盛쎵 ᄒᆞᆯ씨 種쫑好ᅘᅩᇢ로 꾸며 겨실씨 相샤ᇰ 八밣十씹 種쫑好ᅘᅩᇢ로 꾸며 겨실씨 端단正정

爲(위)하시고 한 조그마한 龍(용)만 爲(위)하지 마소서.”【薄伽梵(박가범)은 德(덕)이 크시어 至極(지극)히 높으신 이름이시니, 여섯 가지의 뜻이 있나니, 하나는 自在(자재)하신 것이요, 둘은 빛나서 盛(성)하신 것이요, 셋은 端正(단정)하고 엄정(嚴正)하신 것이요, 넷은 이름을 떨치시는 것이요, 다섯은 吉祥(길상)하신 것이요, 여섯은 尊貴(존귀)하신 것이다. 如來(여래)가 다시 煩惱(번뇌)에 매이지 아니하시므로 自在(자재)하시고, 맹렬한 智慧(지혜)의 불로 단련하시므로 빛나서 盛(성)하신 것이요, 三十二相(삼십이상) 八十種好(팔십종호)로 꾸며 계시므로 端正(단정)하고

爲_윙ᄒ시고 혼 죠고맛⁸⁸⁾ 龍_룡 ᄲᅲᆫ⁸⁹⁾ 爲_윙티 마ᄅᆞ쇼셔⁹⁰⁾ 【 薄_빡伽_꺙梵_뻠

은 德_득이 ᄒ샤⁹¹⁾ 至_징極_끅 노ᄑᆞ신 일후미시니⁹²⁾ 여슷 가짓 ᄠᅳ디 잇ᄂᆞ니 ᄒ나ᄒ

自_쭝在_찡ᄒ샤미오⁹³⁾ 둘ᄒᆞᆫ 빗나⁹⁴⁾ 盛_쎵ᄒ샤미오⁹⁵⁾ 세ᄒᆞᆫ 端_돤正_졍코⁹⁶⁾ 싁싁ᄒ샤미

오⁹⁷⁾ 네ᄒ 일훔 숫이샤미오⁹⁸⁾ 다ᄉᆞᆫ 吉_긿祥_썅⁹⁹⁾ᄒ샤미오 여스슨 尊_존貴_귕ᄒ샤

미라 如_셩來_링 ᄂᆞ외야¹⁰⁰⁾ 煩_뻔惱_놀애 미이디 아니ᄒ실ᄊᆞᆫ 自_쭝在_찡ᄒ시고 ᄆᆡᄫᆞᆫ¹⁾

智_딩慧_{ᅘᆒ}ㅅ 블로²⁾ 불이실ᄊᆞ³⁾ 빗나 盛_쎵ᄒ샤미오 三_삼十_씹二_싱相_샹 八_밣十_씹種_죵

好_홀로 ᄭᅮ며⁴⁾ 겨실ᄊᆞ⁵⁾ 端_돤正_졍코

---

88) 죠고맛: 죠고마(조금, 小: 명사) + -ㅅ(-의: 관조) ※ '죠고맛'은 '조그마한'으로 옮긴다.

89) ᄲᅲᆫ: 뿐(의명, 한정)

90) 마ᄅᆞ쇼셔: 말(말다, 莫: 보용, 부정)- + -ᄋᆞ쇼셔(-으소서: 명종, 아주 높임)

91) ᄒ샤: 하(← ᄒ다: 크다, 大)- + -샤(← -시-: 주높)- + -Ø(← -아: 연어) ※ 'ᄒ샤'는 '하샤'를 오각한 형태이다.

92) 일후미시니: 일훔(이름, 名) + -이(서조)- + -시(주높)- + -니(연어, 설명 계속)

93) 自在ᄒ샤미오: 自在ᄒ[자재하다: 自在(자재: 명사) + -ᄒ(동접)-]- + -샤(← -시-: 주높)- + -ㅁ(← -옴: 명전) + -이(서조)- + -오(← -고: 연어, 나열) ※ '自在(자재)'는 속박이나 장애가 없이 마음대로 하는 것이다.

94) 빗나: 빗나[빛나다, 發光: 빗(← 빗: 빛, 光) + 나(나다, 發)-]- + -아(연어)

95) 盛ᄒ샤미오: 盛ᄒ[성하다: 盛(성: 불어) + -ᄒ(형접)-]- + -샤(← -시-: 주높)- + -ㅁ(← -옴: 명전) + -이(서조)- + -오(← -고: 연어, 나열) ※ '盛ᄒ다'는 기운이나 세력이 한창 왕성한 것이다.

96) 端正코: 端正ᄒ[← 端正ᄒ다(단정하다): 端正(단정: 명사) + -ᄒ(형접)-]- + -고(연어, 나열)

97) 싁싁ᄒ샤미오: 싁싁ᄒ[엄정하다: 싁싁(엄정, 장엄, 嚴正, 莊嚴: 명사) + -ᄒ(형접)-]- + -샤(← -시-: 주높)- + -ㅁ(← -옴: 명전) + -이(서조)- + -오(← -고: 연어, 나열)

98) 숫이샤미오: 숫이(드날리다, 널리 떨치다, 宣揚)- + -샤(← -시-: 주높)- + -ㅁ(← -옴: 명전) + -이(서조)- + -오(← -고: 연어, 나열)

99) 吉祥: 길상. 운수가 좋을 조짐이다.

100) ᄂᆞ외야: [다시, 復(부사): ᄂᆞ외(반복하다, 復: 동사)- + -아(연어▷부접)]

1) ᄆᆡᄫᆞᆫ: 밓(← 밉다, ㅂ불: 맵다, 맹렬하다, 사납다, 猛)- + -Ø(현시)- + -은(관전)

2) 블로: 블(불, 火) + -로(부조, 방편)

3) 불이실ᄊᆞ: 불이(불리다, 연마하다, 練磨)- + -시(주높)- + -ㄹᄊᆞ(-므로: 연어, 이유) ※ '불이다'는 문맥상 몸과 마음을 굳게 단련하는 것이다.

4) ᄭᅮ며: ᄭᅮ미(꾸미다, 飾)- + -어(연어)

5) 겨실ᄊᆞ: 겨시(계시다: 보용, 완료 지속, 높임)- + -ㄹᄊᆞ(-므로: 연어, 이유)

크싁ᄒᆞ샤미오 功德(공득)이 ᄀᆞᄌᆞ샤 모ᄅᆞᆯ 수 업슬ᄊᆡ 일훔 수미 샤미오 一切(힔촁) 世間(솅간)이 갓가ᄫᅵ 드러 供養(공양)ᄒᆞ야 다 讚嘆(잔탄)ᄒᆞᆯ씨 吉祥(긿샹)ᄒᆞ샤미오 一切(힔촁) 德(득)이 ᄀᆞᄌᆞ샤 상녜 方便(방편)으로 一切(힔촁) 衆生(즁ᄉᆡᆼ)을 利(링)케 ᄒᆞ며 즐겁게 ᄒᆞᆯ씨 尊貴(존귕)ᄒᆞ실ᄊᆡ라 百千(빅쳔) 梵王(뻠왕)이 ᄒᆞᆫ 소리로 請(쳥)ᄒᆞᅀᆞᄫᆞᆫ대 부텨 우ᅀᅳᇫ샤시고 이베셔 그지업슨 百千(빅쳔)光明(광명)을 내시니 光(광)

엄정하신 것이요, 功德(공덕)이 갖추어져 있어 모르는 이가 없으므로 이름을 떨치는 것이요, 一切(일체)의 世間(세간)이 (부처님을) 가까이 받들어 供養(공양)하여 다 讚嘆(찬탄)하므로 吉祥(길상)하신 것이요, 一切(일체)의 德(덕)이 갖추어져 있으시어 항상 方便(방편)으로 一切(일체)의 衆生(중생)을 利(이)하며 즐겁게 하시므로 尊貴(존귀)하신 것이다. 】 百千(백천)의 梵王(범왕)이 한 소리로 請(청)하더니, 부처가 빙긋 웃으시고 입에서 그지없는 百千(백천) 光明(광명)을 내시니, 그 光明(광명)마다 싁싁ᄒᆞ샤미오[6] 功공德득이 ᄀᆞᄌᆞ샤[7] 모ᄅᆞᅀᆞᄫᅵ리[8] 업슬씨 일훔 숫이샤미오 一ᅙퟆᆯ切쳉 世솅間간이 갓가ᄫᅵ[9] 드러[10] 供공養양ᄒᆞᅀᆞᄫᅡ 다 讚잔嘆탄ᄒᆞᅀᆞᄫᆯ씨[11] 吉긿祥쌍ᄒᆞ샤미오 一ᅙퟆᆯ切쳉 德득이 ᄀᆞᄌᆞ샤 샹녜[12] 方방便뼌[13]으로 一ᅙퟆᆯ切쳉 衆즁生ᅀᅵᆼ을 利링ᄒᆞ며 즐겁게 ᄒᆞ실씨 尊존貴궝ᄒᆞ샤미라[14] 】 百ᄇᆡᆨ千쳔 梵뻠王왕[15]이 ᄒᆞᆫ 소리로 請쳣ᄒᆞᅀᆞᆸ더니 부톄 우션ᄒᆞ시고[16] 이베셔[17] 그지업슨[18] 百ᄇᆡᆨ千쳔 光광明명을 내시니 그 光광明명마다

---

6) 싁싁ᄒᆞ샤미오: 싁싁ᄒᆞ[엄정하다, 嚴: 싁싁(엄정, 嚴: 명사) + -ᄒᆞ(형접)-] + -샤(←-시-: 주높) + -ㅁ(←-옴: 명전) + -이(서조) + -오(←-고: 연어, 나열)

7) ᄀᆞᄌᆞ샤: ᄀᆞᆽ(갖추어져 있다, 備)- + -ᄋᆞ샤(←-ᄋᆞ시-: 주높) + -Ø(←-아: 연어)

8) 모ᄅᆞᅀᆞᄫᅵ리: 모ᄅᆞ(모르다, 不知)- + -ᅀᆞ(←-ᅀᆞᆸ-: 객높)- + -ᄫᅳᆯ(관전) # 이(이, 人: 의명) + -Ø(←-이: 주조)

9) 갓가ᄫᅵ: [가까이, 近(부사): 갓갑(← 갓갑다, ㅂ불: 가깝다, 近, 형사)- + -이(부접)]

10) 드러: 들(들다, 받들다, 奉)- + -어(연어)

11) 讚嘆ᄒᆞᅀᆞᄫᆯ씨: 讚嘆ᄒᆞ[찬탄하다: 讚嘆(찬탄: 명사) + -ᄒᆞ(동접)-] + -ᅀᆞ(←-ᅀᆞᆸ-: 객높)- + -ᄅᆞᆯ씨(-므로: 연어, 이유)

12) 샹녜: 늘, 항상, 常(부사)

13) 方便: 방편. 십바라밀(十波羅蜜)의 하나로서, 중생을 구제하기 위하여 쓰는 묘한 수단과 방법이다.

14) 尊貴ᄒᆞ샤미라: 尊貴ᄒᆞ[존귀하다: 尊貴(존귀: 명사) + -ᄒᆞ(형접)-] + -샤(←-시-: 주높) + -ㅁ(←-옴: 명전) + -이(서조) + -Ø(현시)- + -라(←-다: 평종)

15) 梵王: 범왕. 색계(色界) 초선천(初禪天)의 우두머리이다.

16) 우션ᄒᆞ시고: 우션ᄒᆞ(빙긋 웃다, 微笑)- + -시(주높)- + -고(연어, 계기) ※ '우션ᄒᆞ다'는 '웃다(← 웃다, 笑)'와 형태와 의미적으로 관련이 있을 것으로 추정되나, 형태와 의미를 정확하게 단정하기가 어렵다. 『불설관불삼매경』에는 '우션ᄒᆞ시고'를 '微笑'로 기술하고 있으므로, '빙긋 웃다'로 의역하여 옮긴다.

17) 이베셔: 입(입, 口) + -에(부조, 위치) + -셔(-서: 보조사, 위치 강조)

18) 그지업슨: 그지없[그지없다, 無量: 그지(한도, 한계, 限: 명사) + 없(없다, 無: 형사)-] + -Ø(현시)- + -은(관전)

明명마다그지업슨化황佛뿛이다萬億·흑菩뽕薩·삻·을·든·려·기·시·더·라龍王왕이못가온·딩七·칢寶·뽛臺·띵·롤·내·야·받·즈·고·니·르·샤·딕願·원·호·든天텬尊존이이臺·띵·롤·받·즈·쇼·셔如셩來링·룰·슖·노라天텬尊존·이·라·호·니·라世·셰尊존·네·이·臺·띵·란·마·오羅랑刹·찷石·쎡堀·콩

그지없는 化佛(화불)이 다 萬億(만억)의 菩薩(보살)을 데리고 계시더라. 龍王(용왕)이 못 가운데에 七寶(칠보)의 臺(대)를 내어 바치고 이르되 "願(원)하건대 天尊(천존)이 이 臺(대)를 받으소서."【 天尊(천존)은 如來(여래)를 사뢰느라 天尊(천존)이라 하였니라. 】世尊(세존)이 이르시되 "네가 이 臺(대)는 말고 羅刹(나찰)의 石窟(석굴)을

그지업슨 化화佛뿛[19]이 다 萬먼億흑 菩뽕薩삻을 ᄃ려[20] 겨시더라 龍
룡王왕이 못 가온ᄃᆡ[21] 七칧寶뵴 臺띵[22]를 내야 받ᄌᆞᆸ고[23] 닐오ᄃᆡ 願
원ᄒᆞᆫᄃᆞᆫ[24] 天텬尊존[25]이 이 臺띵를 바ᄃᆞ쇼셔[26]【天텬尊존ᄋᆞᆫ 如셩來링를 ᄉᆞᆲ
노라[27] 天텬尊존이라 ᄒᆞ니라】 世솅尊존이 니ᄅᆞ샤ᄃᆡ 네 이 臺띵란[28] 마
오[29] 羅랑利칧 石쎡堀콯[30]을

---

19) 化佛: 화불. 부처가 중생을 교화하기 위하여 여러 모습으로 변화하는 일이나 그렇게 변화된
   모습이다.
20) ᄃ려: ᄃ리(데리다, 與)- + -어(연어)
21) 가온ᄃᆡ: 가운데, 中.
22) 七寶 臺: 칠보 대. 칠보로 만든 대(臺)이다.
23) 받ᄌᆞᆸ고: 받(바치다, 奉上)- + -ᄌᆞᆸ(객높)- + -고(연어, 계기)
24) 願ᄒᆞᆫᄃᆞᆫ: 願ᄒᆞ[원하다: 願(원: 명사) -ᄒᆞ(동접)-]- + -ㄴᄃᆞᆫ(-건대: 연어, 주제 제시) ※ '-ㄴᄃᆞᆫ'
   은 [-ㄴ(관전) + ᄃᆞ(것, 者: 의명) + -ㄴ(←-ᄂᆞᆫ: 보조사, 주제)]의 방식으로 형성된 연결 어미이
   다. 뒤 절의 내용이 화자가 보거나 듣거나 바라거나 생각하는 따위의 내용임을 미리 밝히는
   연결 어미이다.
25) 天尊: 천존. '석가모니'를 달리 이르는 말이다. 오천(五天) 가운데 가장 존귀하고 높은 제일의
   천이라는 뜻이다.
26) 바ᄃᆞ쇼셔: 받(받다, 受)- + -ᄋᆞ쇼셔(-으소서: 명종, 아주 높임)
27) ᄉᆞᆲ노라: ᄉᆞᆲ(사뢰다, 白)- + -노라(-느라고: 연어, 목적, 원인) ※ '-노라'는 앞 절의 사태가 뒤
   절의 사태에 목적이나 원인이 됨을 나타내는 연결 어미이다.
28) 臺란: 臺(대) + -란(보조사, 주제)
29) 마오: 마(←말다: 말다, 不須)- + -오(←-고: 연어, 나열)
30) 羅利 石堀: 나찰 석굴. 나찰(羅利)들이 살고 있는 석굴(石窟)이다.

오날주라 石쎡堀콣은 그저긔 梵뻠天
王왕과 無뭉數숭 天텬子중ㅣ 그
堀콣애 몬져들며 龍룡王왕이 여러가
짓보비로그堀콣을수미고 諸졍天텬
이 各각各각 寶봉衣힁룰바산것기
로그堀콣을 쓰더라 그저긔世솅尊존
이모맷光광明명 化황佛뿛을

나에게 주어라.【 石窟(석굴)은 돌 堀(굴)이다. 】그때에 梵天王(범천왕)과 無數(무수)한 天子(천자)가 그 堀(굴)에 먼저 들며, 龍王(용왕)이 여러 가지의 보배로 그 堀(굴)을 꾸미고, 諸天(제천)이 各各(각각) 寶衣(보의)를 벗어 다투어서 그 堀(굴)을 쓸더라. 그때에 世尊(세존)이 몸에 있는 光明(광명)과 化佛(화불)을 갖추시어,

날³¹⁾ 주라³²⁾ 【石_쎡堀_콯은 돌 堀_콯이라 】 그 저긔 梵_뻠天_텬王_왕과 無_뭉數_숭 天_텬子_중ㅣ 그 堀_콯애 몬져 들며 龍_룡王_왕이 여러 가짓 보비로³³⁾ 그 堀_콯을 꾸미고³⁴⁾ 諸_졍天_텬이 各_각各_각 寶_봏衣_힁³⁵⁾를 바사³⁶⁾ 난겻기로³⁷⁾ 그 堀_콯을 쓰더라³⁸⁾ 그 저긔 世_솅尊_존이 모맷³⁹⁾ 光_광明_명과 化_황佛_뿛을 ᄀ츠샤⁴⁰⁾

---

31) 날: 나(나, 我: 인대, 1인칭) + -ㄹ(-에게: 목조, 보조사적 용법, 의미상 부사격)

32) 주라: 주(주다, 授)- + -라(명종, 아주 낮춤)

33) 보비로: 보비(보배, 寶) + -로(부조, 방편)

34) 꾸미고: 꾸미(꾸미다, 莊)- + -고(연어, 계기)

35) 寶衣: 보의. 보배로 꾸민 옷이다.

36) 바사: 밧(벗다, 脫)- + -아(연어)

37) 난겻기로: 난겻기(다투기, 겨루기, 競) + -로(부조, 방편) ※ '낫겻기로'는 '다투어서'로 의역하여 옮긴다.

38) 쓰더라: 쓰(← 쓸다: 쓸다, 拂)- + -더(회상)- + -라(← -다: 평종)

39) 모맷: 몸(몸, 身) + -애(-에: 부조, 위치) + -ㅅ(-의: 관조) ※ '모맷'은 '몸에 있는'으로 의역하여 옮긴다.

40) ᄀ츠샤: ᄀ츠[← ᄀ초다(갖추다, 攝): 곷(갖추어져 있다, 備: 형사)- + -호(사접)-]- + -샤(← -시-: 주높)- + -∅(← -아: 연어) ※ 'ᄀ츠샤'는 'ᄀ초샤'를 오각한 형태이다.

(그 광명과 화불을) 정수리로 들게 하시고 혼자 그 堀(굴)에 드시니, 그 石
窟(석굴)이 七寶(칠보)가 되었니라. 그때에 羅刹女(나찰녀)와 龍王(용왕)이
四大弟子(사대제자)와 阿難(아난)이를 爲(위)하여【四大弟子(사대제자)는 네
큰 弟子(제자)이니, 摩訶迦葉(마하가섭)과 大目犍連(대목건련)과 舍利弗(사리불)
과 摩訶迦栴延(마하가전연)이다. 】 또 다섯 石窟(석굴)을 만들었니라.

뎡바기로[41] 들에[42] ᄒᆞ시고 ᄒᆞ오사[43] 그 堀ᇙ콣애 드르시니 그 石쎡

堀ᇙ콣이 七칧寶ᄫᅩᇦᆞ[44] ᄃᆞ외니라[44] 그 저긔 羅랑利칧女녕와 龍룡王왕괘[45]

四ᄉᆞᆼ大땡弟뗑子ᄌᆞᆼ[46]와 阿항難난이[47] 爲윙ᄒᆞ야【四ᄉᆞᆼ大땡弟뗑子ᄌᆞᆼᄂᆞᆫ 네 큰 弟

뗑子ᄌᆞᆼㅣ니 摩망訶항迦강葉셥[48]과 大땡目목揵껀連련[49]과 舍샹利링弗ᄫᅮᇙ[50]와 摩망訶

항迦강栴젼延연괘라[51]】 ᄯᅩ 다ᄉᆞᆺ 石쎡堀ᇙ콣을 밍ᄀᆞ니라[52]

---

41) 뎡바기로: 뎡바기[정수리, 頂: 뎡(정, 頂: 불어) + 바기(박, 桶)] + -로(부조, 방편)

42) 들에: 들(들다, 入)- + -에(←-게: 연어, 사동) ※

43) ᄒᆞ오사: 혼자, 獨(부사)

44) ᄃᆞ외니라: ᄃᆞ외(되다, 化)- + -Ø(과시)- + -니(원칙)- + -라(←-다: 평종)

45) 龍王괘: 龍王(용왕) + -과(접조) + -ㅣ(←-이: 주조)

46) 四大弟子: 사대 제자. 석가모니의 으뜸가는 네 제자이다. 수보리(須菩提), 가전연(迦旃延), 가섭(迦葉), 목건련(目犍連)을 이른다.

47) 阿難이: [아난이: 阿難(아난: 인명) + -이(접미, 어조 고름)] ※ '阿難(아난)'은 석가모니의 십대 제자 가운데 한 사람이다(?~?). 십육 나한의 한 사람으로, 석가모니 열반 후에 경전 결집에 중심이 되었으며, 여인 출가의 길을 열었다.

48) 摩訶迦葉: 마하가섭. 석가모니의 10대 제자의 한 사람이다.(?~?) 욕심이 적고 엄격한 계율로 두타(頭陀)를 행하였고 교단의 우두머리로 존경을 받았다.

49) 大目犍連: 대목건련. 수보리(須菩提)라고도 한다. 석가모니의 십대 제자 가운데 한 사람이다. 온갖 법이 공(空)하다는 이치를 처음 깨달은 사람이다.

50) 舍利弗: 사리불. 석가모니의 십대 제자 가운데 한 사람이다.(?~B.C.486) 십육 나한의 하나로 석가모니의 아들 라홀라의 수계사(授戒師)로 유명하다.

51) 摩訶迦栴延괘라: 摩訶迦栴延(마하가전연) + -과(접조) + -ㅣ(←-이-: 서조)- + -Ø(현시)- + -라(←-다: 평종) ※ '摩訶迦栴延(마하가전연)'은 남인도(南印度) 사람으로 세존(世尊)의 사대 제자(四大弟子) 중의 하나로 논의(論議) 제일(第一)이다.

52) 밍ᄀᆞ니라: 밍ᄀᆞ(← 밍ᄀᆞᆯ다: 만들다, 造)- + -Ø(과시)- + -니(원칙)- + -라(←-다: 평종)

그때에 世尊(세존)이 龍王(용왕)의 堀(굴)에 앉은 채로 계시되, 王(왕)의 請(청)을 들으시어 那乾訶城(나건하성)에 드시며, 耆闍崛山(기사굴산)과 舍衛國(사위국)과 迦毗羅城(가비라성)과 다른 住處(주처)에【 住處(주처)는 머물러 계신 데이다. 】다 부처가 계시며, 虛空(허공)의 蓮花座(연화좌)에

그 쁴 世_솅尊_존이 龍_룡王_왕 堀_콣애 안존⁵³⁾ 자히⁵⁴⁾ 겨샤딕⁵⁵⁾ 王_왕이 請_청을 드르샤⁵⁶⁾ 那_낭乾_껀訶_항城_쎵의⁵⁷⁾ 드르시며⁵⁸⁾ 耆_낑闍_쌍崛_꿇山_산⁵⁹⁾과 舍_샹衛_윙國_귁⁶⁰⁾과 迦_강毗_삥羅_랑城_쎵⁶¹⁾과 녀나믄⁶²⁾ 住_뜡處_청⁶³⁾에【住_뜡處_청는 머므러⁶⁴⁾ 겨신 짜히라⁶⁵⁾】 다 부톄 겨시며 虛_헝空_콩 蓮_련花_황座_쫭⁶⁶⁾애

---

53) 안존: 앉(앉다, 坐)- + -Ø(과시)- + -오(대상)- + -ㄴ(관전)

54) 자히: 채로(의명)

55) 겨샤딕: 겨샤(← 겨시다: 계시다, 居)- + -딕(← -오딕: 연어, 설명 계속)

56) 드르샤: 들(← 듣다, ㄷ불: 듣다, 聞)- + -으샤(← -으시-: 주높)- + -Ø(← -아: 연어)

57) 那乾訶城의: 那乾訶城(나건하성) + -의(-에: 부조, 위치)

58) 드르시며: 들(들다, 入)- + -으시(주높)- + -며(연어, 나열)

59) 耆闍崛山: 기사굴산. 팔리어 gijja-kūṭa의 음사이다. 영취(靈鷲)·취두(鷲頭)·취봉(鷲峰)이라 번역한다. 고대 인도에 있던 마가다국(magadha國)의 도읍지인 왕사성(王舍城)에서 동쪽 약 3km 지점에 있는 산이다.

60) 舍衛國: 사위국. 고대 인도의 도시이다. 쉬라바스티(śrāvasti)를 한역하여 사위성(舍衛城) 또는 사위국(舍衛國)이라고 한다. 석가(釋迦)시대 갠지스강 유역의 한 강국이었던 코살라국의 수도로서 북인도의 교통로가 모이는 장소로 상업상으로도 중요한 곳이었고, 성 밖에는 기원정사(祇園精舍)가 있다.

61) 迦毗羅城: 가비라성. 가비라국에 있는 성(城)이다. 가비라(迦毗羅)는 원래 '누른 빛'이라는 말이니, 석존보다 1세기쯤 전 가비라국(迦毗羅國)에서 도리(道理)를 닦았던 머리 빛이 누른 선인(仙人)이다. 머리 빛이 누른 선인이 이 나라에서 도리를 닦았으므로 가비라국이라고 하는데, 줄여서 가비라고도 한다.

62) 녀나믄: [그밖의, 다른, 諸(관사): 녀(← 녀느: 다른 것, 他, 명사) + 남(남다, 餘)- + -은(관전 ▷ 관접)]

63) 住處: 주처. 거주하고 있는 땅이다.

64) 머므러: 머믈(머무르다, 住)- + -어(연어)

65) 짜히라: 짜ㅎ(땅, 곳, 데, 處) + -이(서조)- + -Ø(현시)- + -라(← -다: 평종)

66) 蓮花座: 연화좌. 연꽃 모양으로 만든 불상(佛像)의 자리이다. 연화는 진흙 속에서 피어났어도 물들지 않는 덕이 있으므로, 연화로써 불보살의 앉는 자리를 만든다.

量량化황佛뿛이世솅界갱예 ᄀᆞᄃᆞᆨ거
시ᄂᆞᆯ龍룡王왕이 깃ᄉᆞᄫᅡ큰 願원을 發
ᄫᅡᆯᄒᆞ니라 王왕이 부텨를 닐웨 供공養양
ᄒᆞᅀᆞᇦ고 사ᄅᆞᆷ브려 八밣千쳔里링象
쌍ᄋᆞᆯ 올아 供공養양 ᄒᆞᇙ거슬 가져 【八밣千쳔
里링象쌍ᄋᆞᆫ ᄒᆞᄅᆞ 八밣千쳔里링 녀는象쌍이라】
一힗切쳉ㅅ 녀느
ᄂᆞ나라해 가 比삥丘쿻ᄃᆞᆯ흘 供공養양

無量(무량)의 化佛(화불)이 世界(세계)에 가득하시거늘, 龍王(용왕)이 기뻐하여 큰 願(원)을 發(발)하였니라. 王(왕)이 부처를 이레를 供養(공양)하고, 사람을 시켜서 八千里象(팔천리상)에 태워서 "供養(공양)할 것을 가져서【八千里象(팔천리상)은 하루에 八千里(팔천리)를 가는 象(상, 코끼리)이다.】一切(일체)의 다른 나라에 가서 比丘(비구)들을 供養(공양)하라."

無뭉量량[67] 化황佛뿛이 世솅界갱예 ᄀᆞ독거시늘[68] 龍룡王왕이 깃ᄉᆞ바[69] 큰 願원을 發벓ᄒᆞ니라[70] 王왕이 부텨를 닐웨[71] 供공養양ᄒᆞᄉᆞᆸ고 사ᄅᆞᆷ ᄇᆞ려[72] 八밣千쳔里링象썅ᄋᆞᆯ[73] ᄐᆡ와[74] 供공養양홇[75] 거슬 가져【八밣千쳔里링象썅ᄋᆞᆫ ᄒᆞᄅᆞ[76] 八밣千쳔里링옴[77] 녀는[78] 象썅이라】一ᇙ切쳉 녀느[79] 나라해 가 比삥丘쿻ᄃᆞᆯᄒᆞᆯ[80] 供공養양ᄒᆞ라[81]

---

67) 無量: 무량. 정도를 헤아릴 수 없을 만큼 많은 것이다.

68) ᄀᆞ독거시늘: ᄀᆞ독[← ᄀᆞ독ᄒᆞ다(가득하다, 滿): ᄀᆞ독(가득, 滿: 부사) + -ᄒᆞ(형접)-]- + -시(주높)- + -거…늘(-거늘: 연어, 상황)

69) 깃ᄉᆞ바: 깃(← 긼다: 기뻐하다, 歡喜)- + -ᅀᆞᇦ(← -ᅀᆞᆸ-: 객높)- + -아(연어)

70) 發ᄒᆞ니라: 發ᄒᆞ[발하다, 내다: 發(발: 불어) + -ᄒᆞ(동접)-]- + -Ø(과시)- + -니(원칙)- + -라(← -다: 평종)

71) 닐웨: 이레, 七日.

72) ᄇᆞ려: ᄇᆞ리(부리다, 시키다, 遣)- + -어(연어)

73) 八千里象ᄋᆞᆯ: 八千里象(팔천리상) + -ᄋᆞᆯ(-에: 목조, 보조사적 용법, 의미상 부사격) ※ '八千里象(팔천리상)'은 하루에 팔천리를 가는 코끼리이다. ※ '八千里象ᄋᆞᆯ'은 '八千里象에'로 의역하여 옮긴다.

74) ᄐᆡ와: ᄐᆡ오[태우다, 乘: ᄐᆞ(타다, 乘)- + -ㅣ(← -이-: 사접)- + -오(사접)-]- + -아(연어)

75) 供養홇: 供養ㅎ[← 供養ᄒᆞ다(공양하다): 供養(공양: 명사) + -ᄒᆞ(동접)-]- + -오(대상)- + -ᄚ(관전) ※ '供養(공양)'은 불(佛), 법(法), 승(僧)의 삼보(三寶)나 죽은 이의 영혼에게 음식, 꽃 따위를 바치는 일이다. 또는 그 음식을 이른다.

76) ᄒᆞᄅᆞ: 하루, 一日.

77) 八千里옴: 八千里(팔천리) + -옴(← -곰: -씩, 보조사, 각자)

78) 녀는: 녀(가다, 다니다, 行)- + -느(← -ᄂᆞ-: 현시)- + -ㄴ(관전) ※ '녀는'은 '녀ᄂᆞᆫ'을 오각한 형태이다.

79) 녀느: 그밖의 모든, 遍(관사)

80) 比丘ᄃᆞᆯᄒᆞᆯ: 比丘ᄃᆞᆯㅎ[비구들, 衆僧: 比丘(비구) + -ᄃᆞᆯㅎ(-들: 복접)] + -ᄋᆞᆯ(목조)

81) 供養ᄒᆞ라: 供養ᄒᆞ[공양하다: 供養(공양: 명사) + -ᄒᆞ(동접)-]- + -라(명종, 아주 낮춤)

하ᅌᅵᇰ아니ᄀᆞ잩ᄆᆞᄀᆞᆫ디마다 如來ᅀ�
링롤보ᅀᆞᆸ고도라와ᄉᆞᆯᄫᅩᄃᆡ 如성 來링
이나라ᄲᅮᆫ아니라녀느나라해도다겨
샤苦콩空콩無뭉常쌰無뭉我아와
룩波방羅랑蜜ᄆᆞᆶ을니ᄅᆞ더시이다
ᄂᆞᆫ世솅間간ㅅ法법이다受쓩苦콩ㄹ
ᄫᅵᆯ씨오空콩ᄋᆞᆫ受쓩苦콩ᅵ本본來
ᄂᆞᆫ性솅 ᅟᅵ本본來링
벼빌씨오無뭉我아ᄂᆞᆫ
·내라·혼것업슬씨라ᄂᆞᆫ王왕이드ᇰ고ᅀᅩ

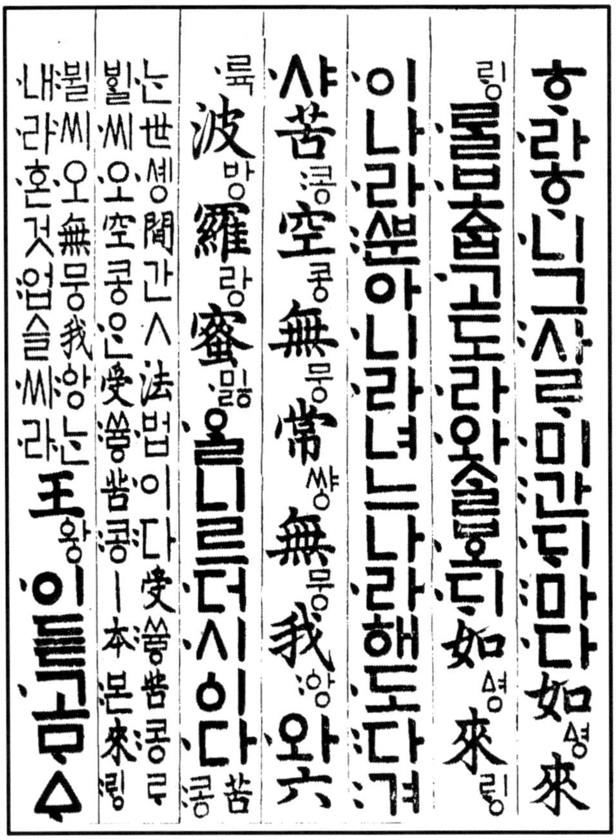

하니, 그 사람이 간 데마다 如來(여래)를 보고 돌아와 사뢰되 "如來(여래)가 이 나라뿐 아니라 다른 나라에도 다 계시어, 苦空(고공)·無常(무상)·無我(무아)와 六波羅蜜(육바라밀)을 이르셨습니다."【 苦(고)는 世間(세간)의 法(법)이 다 受苦(수고)로운 것이요, 空(공)은 受苦(수고)가 本來(본래) 빈 것이요, 無我(무아)는 '나(我)이다.' 한 것이 없는 것이다. 】王(왕)이 (부린 사람들의 말을) 듣고 마음이

ᄒᆞ니 그 사ᄅᆞ미 간 ᄃᆡ마다⁸²⁾ 如_{ᅀᅧ}來_ᇰ를 보ᅀᆞᆸ고 도라와 ᄉᆞᆲ보ᄃᆡ⁸³⁾ 如_{ᅀᅧ}來_ᇰ 이 나라 ᄲᅮᆫ⁸⁴⁾ 아니라⁸⁵⁾ 녀느⁸⁶⁾ 나라해도⁸⁷⁾ 다 겨샤 苦_콩 空_콩⁸⁸⁾ 無_뭉常_썅⁸⁹⁾ 無_뭉我_앙⁹⁰⁾와 六_륙波_방羅_랑蜜_밇⁹¹⁾을 니르더시니이 다⁹²⁾【苦_콩ᄂᆞᆫ 世_솅間_간ㅅ⁹³⁾ 法_법이 다 受_쓩苦_콩ᄅᆞ빌⁹⁴⁾ 씨오 空_콩ᄋᆞᆫ 受_쓩苦_콩ㅣ 本_본來_ᇰ 뷜⁹⁵⁾ 씨오⁹⁶⁾ 無_뭉我_앙ᄂᆞᆫ 내라⁹⁷⁾ 혼⁹⁸⁾ 것 업슬 씨라⁹⁹⁾】 王_{ᅌᅪᆼ}이 듣고 ᄆᆞᅀᆞ미¹⁰⁰⁾

---

82) ᄃᆡ마다: ᄃᆡ(데, 곳, 處: 의명) + -마다(보조사, 각자)

83) ᄉᆞᆲ보ᄃᆡ: ᄉᆞᆲ(← ᄉᆞᆲ다, ㅂ불: 사뢰다, 白) - + -오ᄃᆡ(-되: 연어, 설명 계속)

84) ᄲᅮᆫ: 뿐(의명, 한정)

85) 아니라: 아니(아니다, 非) - + -라(← -아: 연어)

86) 녀느: 다른, 그밖의, 餘(관사)

87) 나라해도: 나라ㅎ(나라, 國) + -애(-에: 부조, 위치) + -도(보조사, 첨가)

88) 苦空: 고공. '고(苦)'는 세상의 법이 다 수고(受苦)로운 것이고, '공(空)'은 수고가 본래(本來) 빈 것임을 이르는 말이다.

89) 無常: 무상. 상주(常住)하는 것이 없다는 뜻으로, 나고 죽고 흥하고 망하는 것이 덧없음을 이르는 말이다.

90) 無我: 무아. 일체의 존재는 모두 무상하며 고(苦)이므로 '나(我)'라고 할 만한 것이 없는 것이다. 인무아(人無我)와 법무아(法無我)의 둘로 나눈다.

91) 六波羅蜜: 육바라밀. 보살이 열반에 이르기 위해 실천해야 할 여섯 가지 덕목이다. '보시(布施), 인욕(忍辱), 지계(持戒), 정진(精進), 선정(禪定), 지혜(智慧)'를 이른다.

92) 니르더시니이다: 니르(이르다, 說) - + -더(회상) - + -시(주높) - + -니(원칙) - + -이(상높, 아주 높임) - + -다(평종) ※ '니르더시니이다'는 '이르시더이다'로 직역할 수 있는데, 여기서는 '이르 셨습니다'로 의역하여 옮긴다.

93) 世間ㅅ: 世間(세간) + -ㅅ(-의: 관조) ※ 世間(세간)은 세상 일반이다.

94) 受苦ᄅᆞ빌: 受苦ᄅᆞ빌[수고롭다: 受苦(수고: 명사) + -ᄅᆞ빌(← -롭-: 형접)-] - + -ㄹ(관전)

95) 뷜: 뷔(비다, 空) - + -ㄹ(관전)

96) 씨오: ㅆ(← ᄉᆞ: 것, 者, 의명) + -이(서조) - + -오(← -고: 연어, 나열)

97) 내라: 나(나, 我: 인대, 1인칭) + -ㅣ(← -이-: 서조) - + -Ø(현시) - + -라(← -다: 평종)

98) 혼: ᄒᆞ(← ᄒᆞ다: 하다, 曰) - + -Ø(과시) - + -오(대상) - + -ㄴ(관전)

99) 씨라: ㅆ(← ᄉᆞ: 것, 者, 의명) + -이(서조) - + -Ø(현시) - + -라(← -다: 평종)

100) ᄆᆞᅀᆞ미: ᄆᆞᅀᆞᆷ(마음, 心) + -이(주조)

미 훤ᄒᆞ야 無뭉生싱忍싄을 得득ᄒᆞ니
라 【無뭉生싱忍싄은 나디 몯ᄒᆞᆯᄊᆡ ᄎᆞᆷ논 거시니 ᄎᆞᆷ논 거시 두 가지니 生싱忍싄과 法
법忍싄괘라 生싱忍싄이 ᄯᅩ 두 가지니 ᄒᆞ나ᄒᆞᆫ 恭공敬경 供공養양
ᄒᆞ거든 憍慢ᄒᆞᆫ ᄆᆞᅀᆞᆷ 아니 내요
미오 둘흔 구지즈며 티거든 怒
롱ᄒᆞᆫ ᄆᆞᅀᆞᆷ 아니 내요미오 法법
忍싄이 ᄯᅩ 두 가지니 ᄒᆞ나ᄒᆞᆫ 치
ᄫᅳᆷ과 더ᄫᅳᆷ과 老ᄅᆞᆼ病삥死ᄉᆞᆼ 둘
히오 둘흔 怒롬과 시름과 疑心
과 淫欲과 憍慢과 邪曲ᄒᆞᆫ 봄
法히니 이 두 法법에 ᄎᆞ마 뮈디 아니ᄒᆞ
미라】

흰하여 無生忍(무생인)을 得(득)하였니라. 【無生忍(무생인)은 (생겨)나는 것이 없어 참는 것이니, 참는 것은 두 가지이니 生忍(생인)과 法忍(법인)이다. 生忍(생인)이 또 두 가지이니, 하나는 恭敬(공경)과 供養(공양)하거든 憍慢(교만)한 마음을 아니 내는 것이요, 둘은 꾸짖으며 치거든 노여운 마음을 아니 내는 것이다. 法忍(법인)이 또 두 가지이니 하나는 추움과 더움과 바람과 비와 배고픔과 목마름과 老病死(노병사) 들(等)이요, 둘은 怒(노)함과 시름과 疑心(의심)과 淫欲(음욕)과 憍慢(교만)과 邪曲(사곡)한 봄(見) 들(等)이니, 이 두 法(법)에 차마 움직이지 아니하는 것이

훤ᄒᆞ야¹⁾ 無_뭉生_싱忍_신²⁾을 得_득ᄒᆞ니라【無_뭉生_싱忍_신은 나미³⁾ 업서 ᄎᆞᄆᆞᆯ⁴⁾

씨니 ᄎᆞᄆᆞ미 두 가지니 生_싱忍_신⁵⁾과 法_법忍_신괘라⁶⁾ 生_싱忍_신이 ᄯᅩ 두 가지니 ᄒᆞ

나ᄒᆞᆫ 恭_공敬_경 供_공養_양커든 憍_{ᄀᆛᇢ}慢_만ᄒᆞᆫ ᄆᆞᅀᆞᆷ 아니 내요미오⁷⁾ 둘ᄒᆞᆫ 구지즈며⁸⁾

티거든⁹⁾ 怒_농ᄒᆞᄫᆞᆫ¹⁰⁾ ᄆᆞᅀᆞᆷ 아니 내요미라 法_법忍_신이 ᄯᅩ 두 가지니 ᄒᆞ나ᄒᆞᆫ 치ᄫᅮᆷ

과¹¹⁾ 더ᄫᅮᆷ과¹²⁾ ᄇᆞᄅᆞᆷ과 비와 빈골폼과¹³⁾ 목ᄆᆞᆯ롬과¹⁴⁾ 老_{ᄅᆞᇢ}病_뼝死_{ᄉᆞᆼ} 들히오¹⁵⁾ 둘ᄒᆞᆫ

怒_농홈과 시름과 疑_{ᅙᅴ}心_심과 婬_{ᅀᅳᆷ}欲_욕과 憍_{ᄀᆛᇢ}慢_만과 邪_썅曲_콕ᄒᆞᆫ 봄¹⁶⁾ 들히니 이

두 法_법에 ᄎᆞ마¹⁷⁾ 뮈디¹⁸⁾ 아니호미

---

1) 훤ᄒᆞ야: 훤ᄒᆞ[훤하다, 豁然.: 훤(훤: 불어) + -ᄒᆞ(형접)-]- + -야(←-아: 연어)

2) 無生忍: 무생인. 오인(五忍)의 넷째 단계이다. 모든 사물과 현상이 무상함을 깨달아 마음의 평정을 얻는 단계이다. ※ '五忍(오인)'은 불보살(佛菩薩)의 다섯 가지 수행 단계이다.

3) 나미: 나(나다, 생기다, 生)- + -ㅁ(←-옴: 명전) + -이(주조)

4) ᄎᆞᄆᆞᆯ: ᄎᆞᆷ(참다, 忍)- + -ᄋᆞᆯ(관전)

5) 生忍: 생인. 중생에게 어떠한 모욕이나 피해를 당하여도 참고 견디어 노여워하거나 원한을 일으키지 않고, 중생의 존경이나 공양을 받아도 그것에 집착하지 않는 것이다.

6) 法忍괘라: 法忍(법인) + -과(접조) + -ㅣ(←-이-: 서조)- + -Ø(현시)- + -라(←-다: 평종) ※ '法忍(법인)'은 사제(四諦)를 명료하게 주시하여 그것에 대한 미혹을 끊고 확실하게 인정하는 것이다. 곧, 진리를 확실하게 인정하고 거기에 안주하여 마음을 움직이지 않는 것이다.

7) 내요미오: 내[내다, 出: 나(나다, 生: 자동)- + -ㅣ(←-이-: 사접)-]- + -욤(←-옴: 명전) + -이(서조)- + -오(←-고: 연어, 나열)

8) 구지즈며: 구짖(꾸짖다, 叱)- + -으며(연어, 나열)

9) 티거든: 티(치다, 打)- + -거든(연어, 조건)

10) 怒ᄒᆞᄫᆞᆫ: 怒ᄒᆞᇦ[←怒ᄒᆞᆸ다, ㅂ블(노엽다, 怒): 怒(노: 불어) + -ᄒᆞ(동접)- + -ㅂ(형접)-]- + -Ø(현시)- + -ᄋᆞᆫ(관전)

11) 치ᄫᅮᆷ과: 칩[← 칩다, ㅂ블: 춥다, 寒)- + -움(명전) + -과(접조)

12) 더ᄫᅮᆷ과: 덥[← 덥다, ㅂ블: 덥다, 屠)- + -움(명전) + -과(접조)

13) 빈골폼과: 빈골ᄑᆞ[← 빈골ᄑᆞ다(배고프다, 飢): 빈(배, 腹) + 곯(곯다, 飢)- + -ㅂ(형접)-]- + -옴(명전) + -과(접조)

14) 목ᄆᆞᆯ롬과: 목ᄆᆞᆯ리[← 목ᄆᆞᆯ르다(목마르다, 渴): 목(목, 喉) + ᄆᆞᆯ(마르다, 乾)-]- + -옴(명전) + -과(접조)

15) 들히오: 들ᄒᆞ(들, 等: 의명) + -이(서조)- + -오(←-고: 연어, 나열)

16) 邪曲: 사곡. 요사스럽고 교활한 것이다.

17) ᄎᆞ마: [차마(부사): ᄎᆞᆷ(참다, 忍)- + -아(연어▷부접)]

18) 뮈디: 뮈(움직이다, 動)- + -디(-지: 연어, 부정)

법忍신이라 ○ 黑흑氏씨 梵뻠志징 神씬力륵
으로 두 소내 合합歡환梧옹桐똥花황자바
梧옹桐똥은 머귀니合합歡환
樹쓩ㅣ梧옹桐똥곤하니라
부텻긔供공養양하숩더니부톄노하바
리라하신대왼소냇고졸노하눌부톄쏘노하
또노하바리라하신대올한소냇고졸노하눌
부톄쏘노하바리라하신대梵뻠志징숩모디
셰尊존하두소니뷔어늘므스글노하라하
시니고부톄니르샤디고졸노하라란
혀논디아니라밧六륙塵띤과안六륙根곤
괏가온대六륙識식을노하바리라一힗時씽
에보려브릴것업슨싸히이네生싱死송忍
免면홇고디라梵뻠志징즉재無뭉生
싱忍

법忍(법인)이다. ○ 黑氏(흑씨) 梵志(범지)가 神力(신력)으로 두 손에 合歡梧桐花(합환오동화)을 잡아 [梧桐(오동)은 머귀이니, 合歡樹(합환수)가 梧桐(오동)과 같으니라.] 부처께 供養(공양)하더니, 부처가 "(합환오동화를) 놓아 버리라." 하시니 (범지가) 왼손에 있는 꽃을 놓거늘, 부처가 또 "놓아 버리라." 하시니 (범지가) 오른손에 있는 꽃을 놓거늘, 부처가 또 "놓아 버리라." 하시니, 梵志(범지)가 사뢰되 "世尊(세존)이시여. 두 손이 다 뷔었거늘 무엇을 놓아라 하십니까?" 부처가 이르시되 "'꽃을 놓아라.' 하는 것이 아니라 밖의 六塵(육진)과 안의 六根(육근)과 가운데의 六識(육식)을 놓아 버리라. 一時(일시)에 버려서 (더 이상) 버릴 것이 없는 데가, 이것이 네가 生死(생사)를 免(면)할 곳이다. 梵志(범지)가 즉시 無生忍(무생인)을

法_법忍_신이라 ○ 黑_흑氏_씽 梵_뻠志_징[19] 神_씬力_륵으로 두 소내 合_햅歡_환梧_옹桐_똥花_황[20] 자바 [梧_옹桐_똥은 머귀니 合_햅歡_환樹_쓩ㅣ[21] 梧_옹桐_똥 ᄀᆞ트니라[22]] 부텻긔 供_공養_양ᄒᆞᇫ더니 부톄 노하[23] ᄇᆞ리라 ᄒᆞ신대 왼소냇[24] 고즐 노하ᄂᆞᆯ 부톄 ᄯᅩ 노하 ᄇᆞ리라 ᄒᆞ신대 올ᄒᆞᆫ소냇[25] 고즐 노하ᄂᆞᆯ 부톄 ᄯᅩ 노하 ᄇᆞ리라 ᄒᆞ신대 梵_뻠志_징 슬ᄫᅩᄃᆡ 世_솅尊_존하 두 소니 다 뷔어늘[26] 므스글[27] 노ᄒᆞ라 ᄒᆞ시ᄂᆞ니잇고[28] 부톄 니ᄅᆞ샤ᄃᆡ 고즐 노ᄒᆞ라 ᄒᆞ논 디[29] 아니라[30] 밧[31] 六_륙塵_띤[32]과 안 六_륙根_근[33]과 가온딧 六_륙識_식[34]을 노하 ᄇᆞ리라 一_힗時_씽예 ᄇᆞ려 ᄇᆞ롫[35] 것 업슨 ᄯᅡ히 이네 生_싱死_{ᄉᆞᆼ} 免_면홇 고디라[36] 梵_뻠志_징 즉재[37] 無_뭉生_싱忍_신을

---

19) 黑氏 梵志: 흑씨 범지. ※ 梵志(범지)는 바라문 생활의 네 시기 가운데에 첫째이다.

20) 合歡梧桐花: 합환오동화. 오동나무의 꽃이다.

21) 合歡樹: 합환수. 오동나무이다.

22) ᄀᆞ트니라: ᄀᆞᇀ(같다, 如)-+-Ø(현시)-+-니(원칙)-+-라(←-다: 평종)

23) 노하: 놓(놓다, 放)-+-아(연어)

24) 왼소냇: 왼손[왼손, 左手: 외(그르다, 왼쪽이다, 非, 左: 형사)-+-ㄴ(관전▷관접)+손(손, 手)]+-애(-에: 부조, 위치)+-ㅅ(-의: 관조) ※ '손소냇'은 '왼손에 있는'으로 의역하여 옮긴다.

25) 올ᄒᆞᆫ소냇: 올ᄒᆞᆫ손[오른손, 右手: 옳(옳다, 오른쪽이다, 是, 右: 형사)-+-ᄋᆞᆫ(관전▷관접)+손(손, 手)]+-애(-에: 부조, 위치)+-ㅅ(-의: 관조)

26) 뷔어늘: 뷔(비다, 空)-+-어늘(←-거늘: 연어, 상황)

27) 므스글: 므슥(무엇, 何: 지대, 미치칭)+-을(목조)

28) ᄒᆞ시ᄂᆞ니잇고: ᄒᆞ(하다, 曰)-+-시(주높)-+-ᄂᆞ(현시)-+-잇(←-이-: 상높, 아주 높임)-+-니…고(-까: 의종, 설명)

29) 디: ᄃᆞ(←ᄃᆞ: 것, 者, 의명)+-이(보조)

30) 아니라: 아니(아니다, 非)-+-라(←-아: 연어)

31) 밧: 밧(←밝: 밖, 外)

32) 六塵: 육진. 육식(六識)의 대상인 '육경'(六境)을 달리 이르는 말이다. 중생의 참된 마음을 더럽히는 것들이라는 뜻이다. 색(色), 성(聲), 향(香), 미(味), 촉(觸), 법(法)이다.

33) 六根: 육근. 육식(六識)을 낳는 '눈(眼), 귀(耳), 코(鼻), 혀(舌), 몸(身), 뜻(意)'의 여섯 근원이다.

34) 六識: 육식. 육근(六根)에 의하여 대상을 깨닫는 여섯 가지 작용이다. '안식(眼識), 이식(耳識), 비식(鼻識), 설식(舌識), 신식(身識), 의식(意識)'을 이른다.

35) ᄇᆞ롫: ᄇᆞ리(버리다: 보용, 완료 지속)-+-오(대상)-+-ㅭ(관전)

36) 고디라: 곧(곳, 處: 의명)+-이(서조)-+-Ø(현시)-+-라(←-다: 평종)

37) 즉재: 즉시, 곧, 卽(부사)

알았나라. 】 그때에 부처가 神足(신족)을 거두시고 堀(굴)로부터서 나시어
比丘(비구)들을 데리시어, 예전의 세상에 菩薩(보살)이 되어 계실 때에 두
아기를 布施(보시)하신 땅과 주린 범에게 몸을 버리신 땅과 머리로 布施
(보시)하신 땅과 몸에 千燈(천등)을 켜신 땅과【 옛날의 閻浮提王(염부제왕)
의 이름이 虔闍尼婆梨(건도니바리)이시더니, 八萬四千(팔만사천) 마을을 가지고
계시더니, 一切(일체)를 慈悲(자비)하시어

아니라[38] 】 그 찌 부톄 神_씬足_죡[39] 가드시고[40] 堀_콩로셔 나샤 比_삥

丘_쿻들 드리샤[41] 아랫[42] 뉘예[43] 菩_뽕薩_삻[44] 드외야[45] 겨싫 제 두

아기 布_봉施_싱ᄒ신[46] 싸콰[47] 주으린[48] 버믜 게[49] 몸 ᄇ리신[50] 싸콰

머리로 布_봉施_싱ᄒ신 싸콰 모매 千_쳔燈_둥[51] 혀신[52] 싸콰【네[53] 閻_염浮_뿔提_똉王_왕[54] 일후미 虔_껀闍_쌍尼_닝婆_뺑梨_링러시니[55] 八_밣萬_먼四_숭千_쳔 ᄆ슬홀[56] 가져 겨시더니[57] 一_힗切_쳉를 慈_쫑悲_빙ᄒ샤[58]

---

38) 아니라: 아(← 알다: 알다, 知)- + -Ø(과시)- + -니(원칙)- + -라(← -다: 평종)

39) 神足: 신족. 신기할 정도로 빠른 발이다. 또는 그런 걸음이다.

40) 가드시고: 갇(걷다, 攝)- + -으시(주높)- + -고(연어, 계기)

41) 드리샤: 드리(데리다, 與)- + -샤(← -시-: 주높)- + -Ø(← -아: 연어)

42) 아랫: 아래(예전, 옛날, 昔) + -ㅅ(-의: 관조)

43) 뉘예: 뉘(누리, 세상, 世) + -예(← -에: 부조, 위치) ※ '아랫 뉘'는 '전세(前世)'이다.

44) 菩薩: 보살. 부처가 전생에서 수행하던 시절, 수기를 받은 이후의 몸이다.

45) 드외야: 드외(되다, 爲)- + -야(← -아: 연어)

46) 布施ᄒ신: 布施ᄒ[보시하다: 布施(보시: 명사) + -ᄒ(동접)-]- + -시(주높)- + -Ø(과시)- + -ㄴ ※ '布施(보시)'는 자비심으로 남에게 재물이나 불법을 베푸는 것이다.

47) 싸콰: 싸ㅎ(땅, 處) + -과(접조)

48) 주으린: 주으리(주리다, 餓)- + -Ø(과시)- + -ㄴ(관전)

49) 버믜 게: 범(범, 虎) + -의(관조) # 게(거기에, 彼處: 의명, 위치) ※ '범의 게'는 '범에게'로 의역한다.

50) ᄇ리신: ᄇ리(버리다, 投)- + -시(주높)- + -Ø(과시)- + -ㄴ(관전)

51) 千燈: 천개의 등불이다.

52) 혀신: 혀(켜다, 點火)- + -시(주높)- + -Ø(과시)- + -ㄴ(관전)

53) 녜: 옛날, 昔.

54) 閻浮提王: 염부제왕. 염부제의 왕이다. ※ '閻浮提(염부제)'는 사주(四洲)의 하나이다. 수미산 남쪽에 있다는 대륙으로, 인간들이 사는 곳이다.

55) 虔闍尼婆梨러시니: 虔闍尼婆梨(건도니파리) + -Ø(← -이-: 서조)- + -러(← -더-: 회상)- + -시(주높)- + -니(연어, 설명 계속)

56) ᄆ슬홀: ᄆ슬ㅎ(마을, 村) + -올(목조)

57) 겨시더니: 겨시(계시다: 보용, 완료 지속, 높임)- + -더(회상)- + -니(연어, 설명 계속)

58) 慈悲ᄒ샤: 慈悲ᄒ[자비하다: 慈悲(자비: 명사) + -ᄒ(동접)-]- + -샤(← -시-: 주높)- + -Ø(← -아: 연어) ※ '慈悲(자비)'는 중생에게 즐거움을 주고 괴로움을 없게 하는 것이다.

쌀이 넉넉하여 各各(각각) 安樂(안락)하되, 마음에 나쁘게 여기시어 "妙法(묘법)을 求(구)하여 利益(이익)되게 하리라." 하시어 出令(출령)하시되, "누가 妙法(묘법)으로 나에게 이르리오? 자기가 (쌀을) 가지고자 하는 대로 주리라." 한 婆羅門(바라문)이 이르되 "내가 法(법)을 두고 있습니다." 王(왕)이 (바라문을) 맞아 禮數(예수)하시고 이르시되 "願(원)하건대 大師(대사)가 法(법)을 밝혀서 들려 주소서." 婆羅門(바라문)이 사뢰되 "몸에 千(천) 개의 燈(등)을 켜서 供養(공양)하셔야, (내가 법을) 사뢰겠습니다." 王(왕)이 閻浮提(염부제) 內(내)에 出令(출령)하시되 "이 後(후) 이레에 몸에 千(천) 개의 燈(등)을 켜리라." 百姓(백성)들이 시름하여 王(왕)께 와서 사뢰되 "王(왕)이야말로 없으시면 (우리가) 누구를 믿겠습니까?

ᄡᆞ리[59] 가ᅀᆞ며러[60] 各각各각 安한樂락ᄒᆞ요ᄃᆡ ᄆᆞᅀᆞ매 낟비[61] 너기샤 妙묳法법을 求꿀ᄒᆞ야 利링益ᅙᅵᆨ게[63] 호리라[64] ᄒᆞ샤 出쳒슈령ᄒᆞ샤ᄃᆡ 뉘[65] 妙묳法법으로 내 게[66] 니ᄅᆞ려뇨[67] 제 가지고져 홀 양으로[68] 주리라 ᄒᆞᆫ 婆뼁羅랑門몬[69]이 닐오ᄃᆡ 내 法법을 뒷노이다[70] 王왕이 마자 禮롕數숭ᄒᆞ시고 니ᄅᆞ샤ᄃᆡ 願원ᄒᆞᆫᄃᆞᆫ 大땡師ᅀᅳᆼㅣ 法법을 ᄇᆞᆯ겨[71] 들이쇼셔[72] 婆뼁羅랑門몬이 슬ᄫᅩᄃᆡ 모매 千쳔燈등을 혀[73] 供공養양ᄒᆞ샤ᅀᅡ[74] 슬ᄫᅩ리이다[75] 王왕이 閻염浮뿧提똉 內뇡예 出츃슈령ᄒᆞ샤ᄃᆡ 이 後ᅘᅮᇢ닐웨예 모매 千쳔燈등 혀리라 百ᄇᆡᆨ姓셩ᄃᆞᆯ히 시름ᄒᆞ야 王왕ᄭᅴ 와 슬ᄫᅩᄃᆡ 王왕곳[76] 업스시면 누를[77] 믿ᄌᆞᄫᆞ리잇고[78]

---

59) ᄡᆞ리: ᄡᆞᆯ(쌀, 米) + -이(주조)

60) ᄀᆞᅀᆞ며러: ᄀᆞᅀᆞ멸(가멸다, 넉넉하다, 富)- + -어(연어)

61) 낟비: [나쁘게, 劣(부사): 낟ᄇᆞ(← 낟ᄇᆞ다: 나쁘다, 劣, 형사)- + -이(부접)]

62) 妙法: 묘법. 불교의 신기하고 묘한 법문이다.

63) 利益게: 利益ᅙᅵ[← 利益ᄒᆞ다(이익이 되다): 利益(이익: 명사) + -ᄒᆞ(형접)-]- + -게(연어, 사동)

64) 호리라: ᄒᆞ(← ᄒᆞ다: 보용, 사동)- + -오(화자)- + -리(미시)- + -라(← -다: 평종)

65) 뉘: 누(누구, 誰: 인대, 미지칭) + -ㅣ(← -이: 주조)

66) 내 게: 나(나, 我: 인대, 1인칭) + -ㅣ(← -의: 관조) # 게(거기에, 彼處: 의명, 위치)

67) 니ᄅᆞ려뇨: 니ᄅᆞ(이르다, 說)- + -리(미시)- + -어(확인)- + -뇨(-냐: 의종, 설명)

68) 양으로: 양(양, 대로, 만큼: 의명) + -으로(←-ᄋᆞ로: 부조, 방편)

69) 婆羅門: 바라문. 인도 카스트 제도에서 가장 높은 지위인 승려 계급이다.

70) 뒷노이다: 두(두다, 가지다, 置)- + -Ø(←-어: 연어) + 잇(← 이시다: 있다, 보용, 완료 지속)- + -ㄴ(←-ᄂᆞ-: 현시)- + -오(화자)- + -이(상높, 아주 높임)- + -다(평종)

71) ᄇᆞᆯ겨: ᄇᆞᆯ기[밝히다, 明: ᄇᆞᆰ(밝다, 明: 형사)- + -이(사접)-]- + -어(연어)

72) 들이쇼셔: 들이[들리다, 듣게 하다: 들((← 듣다, ㄷ불: 듣다, 聞)- + -이(사접)-]- + -쇼셔(-소서: 명종, 아주 높임) ※ '들이쇼셔'는 '들려 주소서'로 의역하여 옮긴다.

73) 혀: 혀(켜다, 點)- + -어(연어)

74) 供養ᄒᆞ샤ᅀᅡ: 供養ᄒᆞ[공양하다: 供養(공양: 명사) + -ᄒᆞ(동접)]- + -샤(←-시-: 주높)- + -ᅀᅡ(←-아ᅀᅡ: 연어, 필연적 조건)

75) 슬ᄫᅩ리이다: 숣(← 숣다, ㅂ불: 사뢰다, 白)- + -오(화자)- + -리(미시)- + -이(상높, 아주 높임)- + -다(평종)

76) 王곳: 王(왕) + -곳(-야말로: 보조사, 한정 강조)

77) 누를: 누(누구, 誰: 인대, 미지칭) + -를(목조)

78) 믿ᄌᆞᄫᆞ리잇고: 믿(믿다, 信)- + -ᄌᆞᇦ(←-ᄌᆞᆸ-: 객높)- + -ᄋᆞ리(미시)- + -잇(←-이-: 상높, 아주 높임)- + -고(-까: 의종, 설명)

[54-2 뒤]

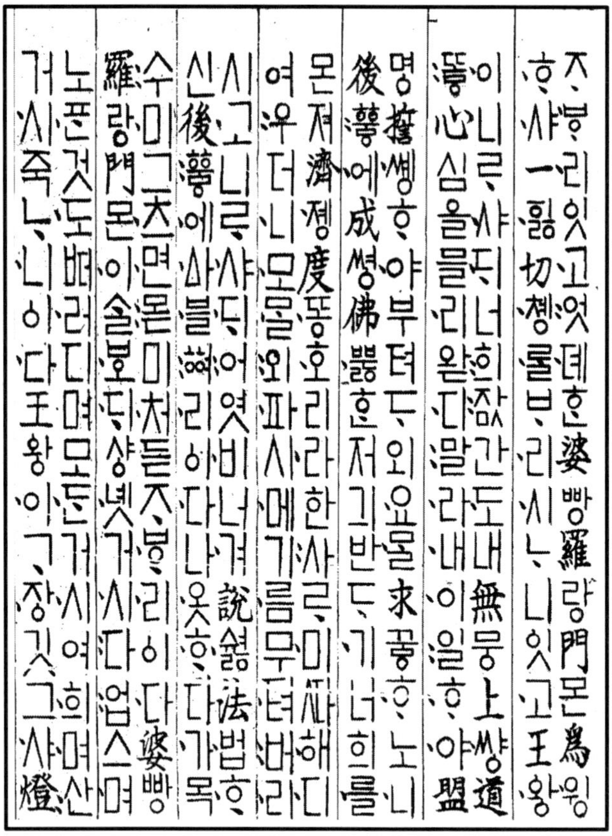
ᄌᆞᄫᆞ리잇고 엇뎨 ᄒᆞᆫ 婆빵羅랑門몬 爲윙
ᄒᆞ샤 一힗切쳉ᄅᆞᆯ ᄇᆞ리시ᄂᆞ니잇고 王왕
이 니ᄅᆞ샤ᄃᆡ 너희 잢간도 내 無뭉上썅道
ᄯᅩᇢ心심을 믈리완디 말라 내 이 일ᄒᆞ야 盟
명誓쎙ᄒᆞ야 부텨ᄃᆞ외요ᄆᆞᆯ 求끃ᄒᆞ노니
後ᅘᅮᇢ에 成쎵佛뿛ᄒᆞᇙ 저긔 반ᄃᆞ기 너희를
몬져 濟졩度똥ᄒᆞ리라 ᄒᆞᆫ 사ᄅᆞ미 ᄯᅡ해 디
여 우더니 모ᄆᆞᆯ 외ᄑᆞ 사메 기름 무텨 버리
시고 니ᄅᆞ샤ᄃᆡ 어엿비 너겨 說쉃法법ᄒᆞ
신 後ᅘᅮᇢ에ᅀᅡ 블 ᅘᅧ리ᅌᅵ다 나옷 ᄒᆞ다가 목
수미 그츠면 몯 미처 듣ᄌᆞᄫᆞ리ᅌᅵ다 婆빵
羅랑門몬이 ᄉᆞᆯᄫᆞᄃᆡ 샹녯 거시 다 업스며
노ᄑᆞᆫ 것도 ᄠᅥ러디며 모ᄃᆞᆫ 거시 여희며 산
거시 죽ᄂᆞ니이다 王왕이 ᄀᆞ장 깃그샤 燈

어찌 한 婆羅門(바라문)을 爲(위)하시어 一切(일체)를 버리십니까?" 王(왕)이 이르시되 "너희가 잠깐도 나의 無上道心(무상도심)을 물리치지 말라. 내가 이 일을 하여 盟誓(맹서)하여 부처가 되는 것을 求(구)하니, 後(후)에 成佛(성불)할 적에 반드시 너희를 먼저 濟度(제도)하리라." 많은 사람이 땅에 거꾸러져서 울더니, (왕이 자신의) 몸을 후벼파 심에 기름을 묻혀 (몸 위에) 벌이시고, 이르시되 "(바라문께서 나를) 불쌍히 여겨서 說法(설법)하신 後(후)에야 (등잔에) 불을 켜겠습니다. 나야말로 만일 목숨이 끊어지면 미처 (바라문의 설법을) 못 듣겠습니다." 婆羅門(바라문)이 (왕께) 사뢰되 "보통의 것이 다 없어지며 높은 것도 떨어지며 모든 것이 떠나며 산 것이 죽습니다." 王(왕)이 매우 기뻐하시어 "燈(등)을 엇뎨 ᄒᆞᆫ 婆뻥羅랑門몬 爲윙ᄒᆞ샤 一ᅙᅵᆯ切촁를 ᄇᆞ리시ᄂᆞ니잇고⁷⁹⁾ 王왕이 니ᄅᆞ샤ᄃᆡ

너희⁸⁰⁾ 잢간도⁸¹⁾ 내 無뭉上쌍道똘心심⁸²⁾을 믈리왇디⁸³⁾ 말라 내 이 일 ᄒᆞ야 盟명

誓쎙ᄒᆞ야 부텨 ᄃᆞ외요ᄆᆞᆯ 求꿀ᄒᆞ노니⁸⁴⁾ 後훃에 成쎵佛뿛ᄒᆞᆫ 저긔 반ᄃᆞ기⁸⁵⁾ 너희를

몬져 濟졩度똥호리라 ᄒᆞᆫ 사ᄅᆞ미 ᄯᅡ해 디여⁸⁶⁾ 우더니 모믈 외ᄑᆞ⁸⁷⁾ 시메⁸⁸⁾ 기름

무텨⁸⁹⁾ 버리시고⁹⁰⁾ 니ᄅᆞ샤ᄃᆡ 어엿비 너겨 說쉃法법ᄒᆞ신 後훃에ᅀᅡ⁹¹⁾ 블 혀리이

다⁹²⁾ 나옷⁹³⁾ ᄒᆞ다가⁹⁴⁾ 목수미 그츠면 몯 미처⁹⁵⁾ 듣ᄌᆞᄫᆞ리이다 婆뻥羅랑門몬이

ᄉᆞᆲ보ᄃᆡ 샹녯⁹⁶⁾ 거시 다 업스며⁹⁷⁾ 노ᄑᆞᆫ 것도 ᄣᅥ러디며⁹⁸⁾ 모든 거시 여희며 산 거

시 죽ᄂᆞ니이다 王왕이 ᄀᆞ장 깃그샤 燈등

---

79) ᄇᆞ리시ᄂᆞ니잇고: ᄇᆞ리(버리다, 棄)- + -시(주높)- + -ᄂᆞ(현시)- + -잇(←-이-: 상높, 아주 높임)- + -니…고(-까: 의종, 설명)

80) 너희: 너희[너희, 汝等: 너(너, 汝: 인대, 2인칭) + -희(복접)] + -Ø(주조)

81) 잢간도: 잢간[잠깐, 暫(부사): 잠(잠, 暫: 불어) + -ㅅ(관조, 사잇) + 간(간, 間: 불어)] + -도(보조사, 강조)

82) 無上道心: 무상도심. 그 위가 없는 불과(佛果)에 이르러서, 정각(正覺)을 이루려는 마음이다.

83) 믈리왇디: 믈리왇[물러나게 하다, 물리치다: 믈ᄅᆞ(←므르다: 무르다, 撤)- + -이(사접)- + -왇(강접)-]- + -디(-지: 연어, 부정)

84) 求ᄒᆞ노니: 求ᄒᆞ[구하다: 求(구: 불어) + -ᄒᆞ(동접)-]- + -ㄴ(←-ᄂᆞ-: 현시)- + -오(화자)- + -니(연어, 설명 계속)

85) 반ᄃᆞ기: 반드시, 必(부사)

86) 디여: 디(거꾸러지다, 倒)- + -여(←-어: 연어)

87) 외ᄑᆞ: 외ᄑᆞ[← 외ᄑᆞ다(후벼서 파다, 剜): 외(외-, 한쪽으로: 접두) + ᄑᆞ(파다, 刻)-]- + -아(연어)

88) 시메: 심(심지, 燈心) + -에(부조, 위치)

89) 무텨: 무티[묻히다, 湮: 묻(묻다, 着: 자동)- + -히(사접)-]- + -어(연어)

90) 버리시고: 버리(벌이다, 배열하다, 排列)- + -시(주높)- + -고(연어, 계기)

91) 後에ᅀᅡ: 後(후) + -에(부조, 위치) + -ᅀᅡ(-야: 보조사, 한정 강조)

92) 혀리이다: 혀(켜다, 着火)- + -리(미시)- + -이(상높, 아주 높임)- + -다(평종)

93) 나옷: 나(나, 我: 인대, 1인칭) + -옷(←-곳: -야말로, 보조사, 한정 강조)

94) ᄒᆞ다가: 만일, 若(부사)

95) 미처: 및(미치다, 이르다, 及)- + -어(연어)

96) 샹녯: 샹녜(보통, 常例: 명사) + -ㅅ(-의: 관조) ※ '샹녯 것'은 '보통의 사물'이다.

97) 업스며: 없(없어지다, 消: 동사)- + -으며(연어, 나열)

98) ᄣᅥ러디며: ᄣᅥ러디[떨어지다, 落: ᄣᅥᆯ(떨다, 離)- + -어(연어) + 디(지다: 보용, 피동)-]- + -며(연어, 나열)

커라.”하시니, (왕이) 求(구)하시는 法(법)은 佛道(불도)을 이루는 것을 爲(위)하시어, 惠明(혜명)으로 많은 사람을 비추어 (그들에게 법을) 알리리라. (왕이) 이 盟誓(맹서)를 發(발)하실 적에, 天地(천지)가 크게 움직여 위로 淨居天(정거천)에 이르도록 또 다 진동하더니, (정거천의 천신들이) 이 大士(대사)가 목숨을 돌아보지 아니하시는 것을 보고, 모두 다 내려와 虛空(허공)에 가득하여 있어 우니 눈물이 큰비와 같더니, 天帝(천제)가 (왕에게) 이르되 “괴로움이 이러하니 아니 뉘읏쁘냐?” (왕이) 對答(대답)하시되 “뉘읏쁘지 아니합니다.”하시고 盟誓(맹서)하여 이르시되 “나야말로 처음부터 나중까지 뉘읏쁜 마음이 없으니, 願(원)하건대 다 (내 몸이) 平復(평복)하게 하오.”하시니, 즉시로 (왕의 몸이) 平復(평복)하니, 그때의 王(왕)은 부처의 몸이시니라. 】

혀라 ᄒᆞ시니 求ᄀᆛᄒᆞ시논 法법은 佛ᅗᅮᇙ道ᄄᆛ 일우믈 爲윙ᄒᆞ샤 慧ᅘᆒᆼ明명으로 한 사ᄅᆞ믈 비취여 알외요리라 이 盟명誓쎵 發벓ᄒᆞ싫 저긔 天텬地띵 ᄀᆞ장 뮈여 우흐로 淨쪙居겅에 니르리 쏘 다 드러치더니 이 大땡士ᄊᆞᆼㅣ 목숨 도라보디 아니ᄒᆞ샤믈 보고 모다 다 ᄂᆞ려와 虛헝空콩애 ᄀᆞᄃᆞᆨᄒᆞ야 이셔 우니 눖므리 한 비 ᄀᆞᆮ더니 天텬帝뎽 닐오ᄃᆡ 셜부미 이러ᄒᆞ니 아니 뉘웃브녀 對됭答답ᄒᆞ샤ᄃᆡ 뉘웃브디 아니ᄒᆞ이다 ᄒᆞ시고 盟명誓쎵ᄒᆞ야 니르샤ᄃᆡ 나옷 처섬 乃냉終즁에 뉘웃븐 ᄆᆞᅀᆞᆷ 업손 딘댄 願원ᄒᆞᆫᄃᆞᆫ 다 平뼝復뽁ᄒᆞ고라 ᄒᆞ시니 즉재 平뼝復뽁ᄒᆞ니 그 젯 王왕은 부텻 모미시니라 】

<hr>

니미시 눈 希_힁 施_싱ᄒ신ᄯ콰 고기 버리
두릭 룡ᄒ신ᄯ해 노니거시ᄂᆞᆯ 龍_룡
이다 졷ᄌᆞᄫᆞ니 더니 부톄 나라해 도
라 오려커시ᄂᆞᆯ 龍_룡 王_왕 이 듣ᄌᆞᆸ 고 울
며솔ᄫᅩ디 부텨하 엇더 나ᄅᆞᆯᄇᆞ리고 가
시ᄂᆞ고 내 부텨를 몯 보ᅀᆞᄫᆞ면 당다이
모딘 罪_쬥 로 지ᅀᅮ려 이다 世_솅 尊_존 이

눈을 布施(보시)하신 곳과 (자신의) 고기를 베어서 비둘기를 대신하신 곳에서 노니시거늘, 龍(용)이 (부처를) 쫓아 움직이더니, 부처가 나라에 돌아오려 하시거늘 龍王(용왕)이 듣고 울며 사뢰되 "부처님이시여 어찌 나를 버리고 가시는가? 내가 부처를 못 보면 반드시 모진 罪(죄)를 지으렵니다." 世尊(세존)이

눈 布_봉施_싱ᄒ신 ᄯᅡ콰¹⁶⁾ 고기¹⁷⁾ ᄇ리¹⁸⁾ 비두릐¹⁹⁾ ᄀ름ᄒ신²⁰⁾ ᄯᅡ해

노니거시ᄂᆞᆯ²¹⁾ 龍_룡이 다 졷ᄌᆞᄫᅡ²²⁾ ᄒ니더니²³⁾ 부톄 나라해²⁴⁾ 도라

오려 커시ᄂᆞᆯ²⁵⁾ 龍_룡王_왕이 듣ᄌᆞᆸ고 울며 슬ᄫᅩᄃᆡ 부텨하²⁶⁾ 엇더²⁷⁾

나ᄅᆞᆯ ᄇ리고²⁸⁾ 가시ᄂᆞᆫ고²⁹⁾ 내 부텨를 몯 보ᅀᆞᄫᆞ면³⁰⁾ 당다이³¹⁾ 모

딘³²⁾ 罪_쬥를 지ᅀᅳ려이다³³⁾ 世_솅尊_존이

---

16) ᄯᅡ콰: ᄯᅡㅎ(곳, 處) + -과(접조)

17) 고기: 고기, 肉.

18) ᄇ리: ᄇ리(바르다, 베다, 저미다, 割)- + -어(연어) ※ 'ᄇ리'는 'ᄇ리어/ᄇ려'나 'ᄇ리고'를 오 각 형태이다. ※ 이 이야기는 『華嚴經』(화엄경)에 나오는 내용으로, 독수리에게 쫓겨서 자신의 품에 날아든 비둘기를 대신하여, 부처님이 자신의 살을 베어주고 나중에는 몸을 전체를 독수 리에게 내어 준 일화이다.

19) 비두릐: 비둘(← 비두리: 비둘기, 鴿)- + -의(-를: 관조, 의미상 목적격) ※ '비두릐'는 '비두리' 에 관형격 조사인 '-의'가 실현된 형태이다. 이때의 '-의'는 관형절 속에서 의미상 목적어로 해석된다. 곧, 그 뒤에 실현된 'ᄀ름ᄒ신'와 맺는 통사적인 관계를 고려하여, '비둘기를 대신하 신'으로 의역하여 옮긴다.

20) ᄀ름ᄒ신: ᄀ름ᄒ[갈음하다, 대신하다, 代: ᄀᆯ(갈다, 대신하다, 替: 동사)- + -음(명접) + -ᄒ(동 접)-]- + -시(주높)- + -∅(과시)- + -ㄴ(관전)

21) 노니거시ᄂᆞᆯ: 노니[노닐다, 遊行: 노(← 놀다: 놀다, 遊)- + 니(가다, 行)-]- + -시(주높)- + - 거…ᄂᆞᆯ(-거ᄂᆞᆯ: 연어, 상황) ※ '노닐다'는 한가하게 이리저리 왔다 갔다 하면서 노는 것이다.

22) 졷ᄌᆞᄫᅡ: 졷(← 좇다: 쫓다, 따르다, 隨從)- + -ᄌᆞᇦ(← -ᄌᆞᆸ-: 객높)- + -아(연어)

23) ᄒ니더니: ᄒ니(움직이다, 動)- + -더(회상)- + -니(연어, 설명 계속)

24) 나라해: 나라ㅎ(나라, 國) + -애(-에: 부조, 위치)

25) 커시ᄂᆞᆯ: ᄒ(← ᄒ다: 하다, 보용, 의도)- + -시(주높)- + -거…ᄂᆞᆯ(-거ᄂᆞᆯ: 연어, 상황)

26) 부텨하: 부텨(부처, 佛) + -하(-이시여: 호조, 아주 높임)

27) 엇더: 엇더(← 엇뎨: 어찌, 何, 부사) ※ '엇더'는 '엇뎨'를 오각한 형태이다.

28) ᄇ리고: ᄇ리(버리다, 捨)- + -고(연어, 계기)

29) 가시ᄂᆞᆫ고: 가(가다, 去)- + -시(주높)- + -ᄂᆞ(현시)- + -ㄴ고(-ㄴ가: 의종, 설명)

30) 보ᅀᆞᄫᆞ면: 보(보다, 見)- + -ᅀᆞᇦ(← -ᅀᆞᆸ-: 객높)- + -ᄋᆞ면(연어, 조건)

31) 당다이: 반드시, 마땅히, 當(부사)

32) 모딘: 모디(← 모딜다: 모질다, 惡)- + -∅(현시)- + -ㄴ(관전)

33) 지ᅀᅳ려이다: 짓(← 짓다, ㅅ불: 짓다, 作)- + -우(화자)- + -리(미시)- + -어(확인)- + -이(상높, 아주 높임)- + -다(평종)

龍룡王왕 올깃고호리라호샤 니르샤
딕내너 爲윙호야이堀콣애안자一힗
千쳔五옹百빅 히롤이쇼리라호시고
그堀콣애드러안즈샤 十씹八밣變변
호야뵈시고 모미솟드라돌해드르시
니롤ㄱ거우루곧호야소개겨신그르
메수비보더니머리이셔보숩고가짜

龍王(용왕)을 기쁘게 하리라.” 하시어 이르시되, “내가 너를 爲(위)하여 이 堀(굴)에 앉아 一千五百(일천오백) 해를 있으리라.” 하시고, 그 堀(굴) 에 들어 앉으시어 十八變(십팔변)을 하여 보이시고, 몸이 솟구쳐 달려 돌 에 드시니, (돌이) 맑은 거울 같아서 (돌) 속에 계신 (부처님의) 그림자가 꿰뚫어서 보이더니, 멀리 있어서는 (부처를) 보고

龍_룡王_왕을 깃긔³⁴⁾ 호리라³⁵⁾ ᄒᆞ샤³⁶⁾ 니ᄅᆞ샤ᄃᆡ 내 너 爲_윙ᄒᆞ야 이 堀_콸애 안자 一_힗千_천五_옹百_{ᄇᆡᆨ} 히를³⁷⁾ 이쇼리라³⁸⁾ ᄒᆞ시고 그 堀_콸애 드러 안ᄌᆞ샤 十_씹八_{ᄇᆞᇙ}變_변³⁹⁾ ᄒᆞ야 뵈시고⁴⁰⁾ 모미 솟ᄃᆞ라⁴¹⁾ 돌해⁴²⁾ 드르시니⁴³⁾ ᄆᆞᆯᄀᆞᆫ⁴⁴⁾ 거우루⁴⁵⁾ ᄀᆞᆮᄒᆞ야⁴⁶⁾ 소개⁴⁷⁾ 겨신 그르메⁴⁸⁾ ᄉᆞᄆᆞᆺ⁴⁹⁾ 뵈더니⁵⁰⁾ 머리⁵¹⁾ 이션⁵²⁾ 보ᅀᆞᆸ고

---

34) 깃긔: 깃(← 깄다: 기뻐하다, 歡)- + -긔(-게: 연어, 사동)

35) 호리라: ᄒᆞ(← ᄒᆞ다: 보용, 사동)- + -오(화자)- + -리(미시)- + -라(← -다: 평종)

36) ᄒᆞ샤: ᄒᆞ(하다, 曰)- + -샤(← -시-: 주높)- + -∅(← -야: 연어)

37) 히를: 히(해, 年) + -를(목조)

38) 이쇼리라: 이시(있다, 在)- + -오(화자)- + -리(미시)- + -라(← -다: 평종)

39) 十八變: 십팔변. 부처나 보살이 중생을 구제하기 위해 불가사의하고 자유 자재한 능력으로 열 여덟 가지로 변화하여 나타나는 것이다.

40) 뵈시고: 뵈[보이다, 現: 보(보다, 見:타동)- + -ㅣ(← -이-: 사접)-]- + -시(주높)- + -고(연어, 계기)

41) 솟ᄃᆞ라: 솟ᄃᆞᆯ[← 솟ᄃᆞᆮ다, ᄃᆞᆮ불(솟구쳐 달리다, 踊): 솟(솟다, 踊) + ᄃᆞᆮ(닫다, 달리다, 走)-]- + -아(연어)

42) 돌해: 돌ᄒᆞ(돌, 石) + -애(-에: 부조, 위치)

43) 드르시니: 들(들다, 入)- + -으시(주높)- + -니(연어, 설명 계속)

44) ᄆᆞᆯᄀᆞᆫ: ᄆᆞᆰ(맑다, 明)- + -∅(현시)- + -은(관전)

45) 거우루: 거울, 鏡.

46) ᄀᆞᆮᄒᆞ야: ᄀᆞᆮᄒᆞ(같다, 猶)- + -야(← -아: 연어)

47) 소개: 속(속, 內) + -애(-에: 부조, 위치)

48) 그르메: 그르메(그림자, 影) + -∅(← -이: 주조)

49) ᄉᆞᄆᆞᆺ: [관통하여, 꿰뚫어서, 映(부사); ᄉᆞᄆᆞᆺ(← ᄉᆞᄆᆞᆾ다: 사무치다, 꿰뚫다, 貫: 동사)- + -∅(부접)]

50) 뵈더니: 뵈[보이다, 現: 보(보다, 見: 타동)- + -ㅣ(← -이-: 피접)-]- + -더(회상)- + -니(연어, 설명 계속)

51) 머리: [멀리, 遠(부사): 멀(멀다, 遠: 형사)- + -이(부접)]

52) 이션: 이시(있다, 在)- + -어(연어) + -ㄴ(← -는: 보조사, 주제)

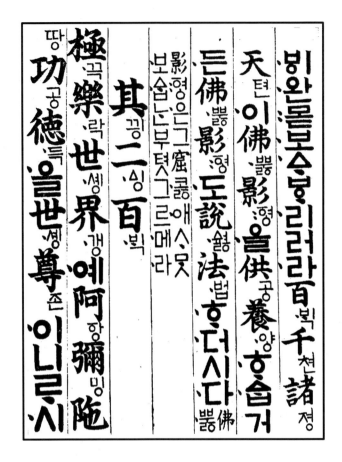

가까이 와서는 (부처를) 못 보겠더라. 百千(백천)의 諸天(제천)이 佛影(불영)을 供養(공양)하거든 佛影(불영)도 說法(설법)하시더라.【佛影(불영)은 (천인들이) 그 堀(굴)에 꿰뚫어 보는 부처의 그림자이다.】

其二百(기이백)

極樂世界(극락세계)에 (계신) 阿彌陀佛(아미타불)의 功德(공덕)을 世尊(세존)이 이르셨으니.

가까빙⁵³⁾ 완⁵⁴⁾ 몯 보ᅀᄫ리러라⁵⁵⁾ 百ᄇᆡᆨ千천 諸졍天텬⁵⁶⁾이 佛뿛影영⁵⁷⁾을 供공養양ᄒᆞᅀᆸ거든⁵⁸⁾ 佛뿛影영도 說쉃法법ᄒᆞ더시다【佛뿛影영은 그 窟콣애 ᄉᄆᆺ 보ᅀᆸᄂᆞᆫ 부텻 그르메라⁵⁹⁾】

其끵二ᅀᅵᆼ百ᄇᆡᆨ

極끅樂락世솅界갱⁶⁰⁾예 阿항彌밍陁땅⁶¹⁾ 功공德득을 世솅尊존이 니ᄅᆞ시니⁶²⁾

---

53) 가까빙: [가까이, 近(부사): 가깝(← 가ᇧ다, ㅂ불: 가깝다, 近, 형사)- + -이(부접)]

54) 완: 오(오다, 來: 동사)- + -아(연어) + -ㄴ(← -ᄂᆞᆫ: 보조사, 주제)

55) 보ᅀᄫ리러라: 보(보다, 見)- + -ᅀᆸ(← -ᅀᆸ-: 객높)- + -ᄋᆞ리(미시)- + -러(← -더-: 회상)- + -라(← -다: 평종)

56) 諸天: 제천. 천상계의 모든 천신(天神)이다. ※ '諸天(제천)'은 '모든 하늘'의 나타내기도 한다. 욕계(欲界)의 육욕천(六欲天), 색계(色界)의 십팔천(十八天), 무색계(無色界)의 사천(四天) 따위를 통틀어 이른다. 마음을 수양하는 경계를 따라 나뉜다.

57) 佛影: 불영. 부처의 그림자이다.

58) 供養ᄒᆞᅀᆸ거든: 供養ᄒᆞ[공양하다: 供養(공양: 명사) + -ᄒᆞ(동접)-]- + -ᅀᆸ(객높)- + -거든(연어, 조건)

59) 그르메라: 그르메(그림자, 影) + -∅(← -이-: 서조)- + -∅(현시)- + -라(← -다: 평종)

60) 極樂世界: 극락세계. 아미타불이 살고 있는 정토(淨土)로, 괴로움이 없으며 지극히 안락하고 자유로운 세상이다.

61) 阿彌陁: 아미타. 서방 정토에 있는 부처이다. 대승 불교 정토교의 중심을 이루는 부처로, 수행 중에 모든 중생을 제도하겠다는 대원(大願)을 품고 성불하여 극락에서 교화하고 있으며, 이 부처를 염하면 죽은 뒤에 극락에 간다고 한다.

62) 니ᄅᆞ시니: 니ᄅᆞ(이르다, 曰)- + -시(주높)- + -∅(과시)- + -니(평종, 반말)

祇桓精舍(기환정사)에 大衆(대중)이 모여 있거늘 舍利弗(사리불)이 (세존의 설
법을) 들었으니. 【祇(기)는 祇陁(기타)이요 桓(환)은 수풀이니, '祇陁樹(기타수)이
다.' 하는 것과 한가지이다. 】

其二百一(기이백일)

十萬億(십만억)의 佛土(불토)를 지나 아흔 世界(세계)가

祇_낑桓_뽠精_정舍_샹⁶³⁾애   大_땡衆_즁이   모댓거늘⁶⁴⁾   舍_샹利_링弗_붏⁶⁵⁾이   듣즈ᄫ
니⁶⁶⁾【祇_낑ᄂᆞᆫ 祇_낑陁_땅ㅣ오⁶⁷⁾ 桓_뽠은 수프리니⁶⁸⁾ 祇_낑陁_땅樹_쓩ㅣ라⁶⁹⁾ 호미⁷⁰⁾ ᄒᆞᆫ
가지라⁷¹⁾】

其_끵二_{ᅀᅵᆼ}百_{ᄇᆡᆨ}一_{ᅙᅵᆶ}

十_씹萬_먼億_흑   土_통⁷²⁾   디나⁷³⁾   아흔⁷⁴⁾   世_솅界_갱

---

63) 祇桓精舍: 기환정사. ※ '精舍(정사)'는 승려가 불상을 모시고 불도(佛道)를 닦으며 교법을 펴
는 집이다. 그리고 '기환정사(祇桓精舍)'는 인도 중부 마가다 사위성(舍衛城) 남쪽의 기수급고
독원(祇樹給孤獨園)에 있는 절로서, 다른 말로 '기원정사(祇園精舍)'이라고도 한다. 석가모니와
그 제자들이 설법하고 수도할 수 있도록 수달 장자(須達長者)가 세웠다.

64) 모댓거늘: 몯(모이다, 集)- + -아(연어) + 잇(← 이시다: 있다, 보용, 완료 지속)- + -거늘(연어,
상황)

65) 舍利弗: 사리불. 석가모니의 십대 제자 가운데 한 사람이다.(?~B.C.486) 십육 나한의 하나로
석가모니의 아들인 나홀라의 수계사(授戒師)로 유명하다.

66) 듣즈ᄫ니: 듣(듣다, 聞)- + -즐(← -즙-: 객높)- + -Ø(과시)- + -니(평종, 반말)

67) 祇陁ㅣ오: 祇陁(기타) + -ㅣ(← -이-: 서조)- + -오(← -고: 연어, 나열) ※ '祇陁(기타)'는 사위
국(舍衛國)의 바사닉왕(婆斯匿王)의 태자인 '기타태자(祇陁太子)'를 이른다.

68) 수프리니: 수플[수풀, 林: 숲(숲, 林) + 플(풀, 草)] + -이(서조)- + -니(연어, 이유)

69) 祇陁樹ㅣ라: 祇陁樹(기타수) + -ㅣ(← -이-: 서조)- + -Ø(현시)- + -라(← -다: 평종) ※ '祇陁
樹(기타수)'는 기타태자(祇陁太子)가 석가모니 부처에게 바친 수풀인데, 여기에 수달존자와 함
께 기환정사를 세웠다.

70) 호미: ᄒᆞ(← ᄒᆞ다: 하다, 曰)- + -옴(명전) + -이(-과: 부조, 비교)

71) ᄒᆞᆫ가지라: ᄒᆞᆫ가지[한가지, 마찬가지, 同一: ᄒᆞᆫ(한, 一: 관사, 양수) + 가지(가지, 種: 의명)] +
-Ø(← -이-: 서조)- + -Ø(현시)- + -라(← -다: 평종)

72) 土: 토. 불토(佛土)이다. 부처님이 계시면서 교화하는 국토이다.

73) 디나: 디나(지나다, 過)- + -아(연어)

74) 아흔: 아흔, 九十(관사, 양수)

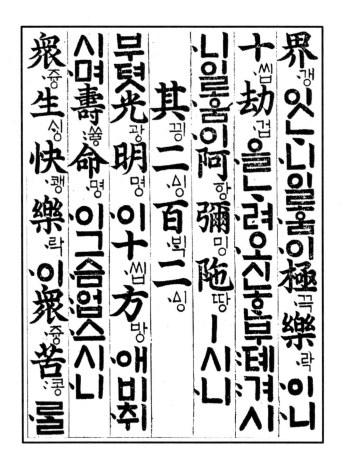

있나니 (그) 이름이 極樂(극락)이니.

十劫(십겁)을 내려오신 한 부처가 계시니 (그 부처가) 阿彌陁(아미타)이시니.

其二百二(기이백이)

부처의 光明(광명)이 十方(시방)에 비치시며 (중생의) 壽命(수명)이 끝이 없으시니.

衆生(중생)의 快樂(쾌락)이 衆苦(중고)를

잇ᄂ니[75] 일훔이[76] 極ᆨ樂라이니[77]

十씹劫겁[78]을 ᄂ려오신[79] ᄒᆞᆫ 부톄[80] 겨시니[81] 일훔이 阿ᇢ彌밍陁ᇰ ㅣ
시니[82]

其끵二ᅌᅵᆼ百ᄇᆡᆨ二ᅌᅵᆼ

부텻[83] 光광明명이 十씹方방[84]애 비취시며[85] 壽쓩命명이 그슴[86] 업스
시니[87]

衆즁生ᄉᆡᆼ 快쾡樂락이 衆즁苦콩[88]를

---

75) 잇ᄂ니: 잇(있다, 有)- + -ᄂ(현시)- + -니(연어, 설명 계속)
76) 일훔이: 일훔(이름, 名) + -이(주조)
77) 極樂이니: 極樂(극락) + -이(서조)- + -Ø(현시)- + -니(평종, 반말)
78) 十劫: 십겁. 법장보살(法藏菩薩)이 수행을 완성하여 아미타불(阿彌陀佛)이 된 이후 지금까지의
   시간을 이르는 말이다.
79) ᄂ려오신: ᄂ려오[내려오다, 下: ᄂ리(내리다, 降)- + -어(연어) + 오(오다, 來)-]- + -시(주높)-
   + -Ø(과시)- + -ㄴ(관전)
80) 부톄: 부텨(부처, 佛) + -ㅣ(←-이: 주조)
81) 겨시니: 겨시(계시다, 有)- + -니(연어, 설명 계속)
82) 阿彌陁ㅣ시니: 阿彌陁(아미타) + -ㅣ(←-이-: 서조)- + -시(주높)- + -Ø(현시)- + -니(평종,
   반말) ※ '阿彌陀(아미타)'는 서방 정토에 있는 부처이다. 대승 불교 정토교의 중심을 이루는
   부처로, 수행 중에 모든 중생을 제도하겠다는 대원(大願)을 품고 성불하여 극락에서 중생을 교
   화하고 있다. 이 부처를 염하면 죽은 뒤에 극락에 간다고 한다.
83) 부텻: 부텨(부처, 佛) + -ㅅ(-의: 관조)
84) 十方: 시방. 사방(四方), 사우(四隅), 상하(上下)를 통틀어 이르는 말이다. '사방(四方)'은 동, 서,
   남, 북 네 방위를 통틀어 이르는 말이며, '사우(四隅)'는 방 따위의 네 모퉁이의 방위. 곧 동남,
   동북, 서남, 서북을 이른다.
85) 비취시며: 비취(비치다, 照)- + -시(주높)- + -며(연어, 나열)
86) 그슴: 그슴(← 그슴: 끝, 한도, 限)
87) 업스시니: 없(없다, 無)- + -으시(주높)- + -Ø(현시)- + -니(평종, 반말)
88) 衆苦: 중고. 많은 수고(受苦)이다.

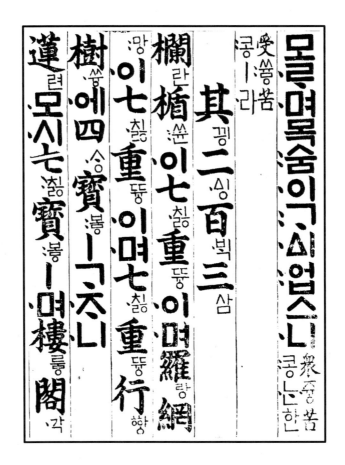

모르며 목숨이 끝이 없으니.【 衆苦(중고)는 많은 受苦(수고)이다. 】

其二百三(기이백삼)

(극락 국토에) 欄楯(난순)이 七重(칠중)이며, 羅網(나망)이 七重(칠중)이며, 七重(칠중)의 行樹(행수)에 四寶(사보)가 갖추어져 있으니.

(극락 국토에) 蓮(연)못이 七寶(칠보)이며, 樓閣(누각)이

모르며⁸⁹⁾ 목숨이⁹⁰⁾ ᄀᅀᅵ⁹¹⁾ 업스니⁹²⁾【衆_즁苦_콩는 한 受_쓩苦_콩 ᅵ라】

其_낑二_{ᅀᅵᆼ}百_빅三_삼

欄_란楯_쓘이⁹³⁾ 七_칧重_뜡이며⁹⁴⁾ 羅_랑網_망이⁹⁵⁾ 七_칧重_뜡이며 七_칧重_뜡 行_{ᅘᅢᆼ}
樹_쓩에⁹⁶⁾ 四_{ᄉᆞᆼ}寶_봏ᅵ⁹⁷⁾ ᄀᆞ지니⁹⁸⁾
蓮_련모시⁹⁹⁾ 七_칧寶_봏ᅵ며¹⁰⁰⁾ 樓_륳閣_각이¹⁾

---

89) 모르며: 모르(모르다, 不知)- + -며(연어, 나열)

90) 목숨이: 목숨[목숨, 命: 목(목, 喉) + 숨(숨, 息)] + -이(주조)

91) ᄀᆞᅀᅵ: ᄀᆞᆽ(← ᄀᆞᆺ: 가, 邊) + -이(주조)

92) 업스니: 없(없다, 無)- + -Ø(현시)- + -으니(평종, 반말)

93) 欄楯: 난순. 난간(欄干)과 난간에 있는 널이다.

94) 七重: 칠중. 일곱 겹이다.

95) 羅網: 나망. 구슬을 꿰어 그물처럼 만들어 불전(佛前)을 장식하는 기구이다.

96) 行樹: 행수. 쭉 벌려서 서 있는 큰 나무이다.

97) 四寶ᅵ: 四寶(사보) + -ᅵ(주조) ※ 여기서 말하는 '四寶(사보)'은 앞에 말한 欄(난)과 楯(순)과 羅網(나망)과 行樹(행수)이다.

98) ᄀᆞ지니: ᄀᆞᆽ(갖추어져 있다, 備)- + -Ø(현시)- + -ᄋᆞ니(평종, 반말)

99) 蓮못이: 蓮못[연못: 蓮(연) + 못(못, 池)] + -이(주조)

100) 七寶ᅵ며: 七寶(칠보) + -ᅵ며(← -이며: 연어, 나열)

1) 樓閣: 누각. 사방을 바라볼 수 있도록 문과 벽이 없이 다락처럼 높이 지은 집이다.

七寶(칠보)이며, 四邊(사변)의 階道(계도)에 四寶(사보)가 갖추어져 있으니.
【 階道(계도)는 섬돌의 길이다. 】

其二百四(기이백사)

(극락 국토에) 八功德水(팔공덕수)에 蓮(연)꽃이 피되, 수레바퀴와 같습니다.
(극락 국토에 있는 못의 연화가) 靑(청)·黃(황)·赤(적)·白(백)의 色(색)에

七_칧寶_뵳ㅣ며 四_숭邊_변²⁾ 階_갱道_뚈³⁾애 四_숭寶_뵳ㅣ ㄱㅈ니⁴⁾【階_갱道_뚈ᄂᆞᆫ 버텄⁵⁾ 길히라⁶⁾】

其_끵二_{ᅀᅵᆼ}百_빅四_숭

八_밣功_공德_득水_쉉⁷⁾예 蓮_련ㅅ고지 푸딕⁸⁾ 술위삐⁹⁾ ᄀᆞᆮᄒᆞ니이다¹⁰⁾

青_청黄_{ᅘᅪᆼ}赤_쳑白_삑 色_식애

---

2) 四邊: 사변. 사방의 네 변두리이다.
3) 階道: 계도. 계단이다.
4) ㄱㅈ니: ᄀᆽ(갖추어져 있다, 備)-+-Ø(현시)-+-ᄋᆞ니(평종, 반말)
5) 버텄: 버텅(섬돌, 階)+-ㅅ(-의: 관조) ※ '버텅(階)'은 섬돌이다. 집채의 앞뒤에 오르내릴 수 있게 놓은 돌층계이다.
6) 길히라: 길ㅎ(길, 路)+-이(서조)-+-Ø(현시)-+-라(←-다: 평종)
7) 八功德水: 팔공덕수. 여덟 가지 특성이 있는 물이다. 극락 정토에 있는 연못의 물은 맑고, 시원하고, 감미롭고, 부드럽고, 윤택하고, 온화하고, 갈증을 없애 주고, 신체의 여러 부분을 성장시키며, 또 수미산 주위에 있는 바닷물은 감미롭고, 시원하고, 부드럽고, 가볍고, 맑고, 냄새가 없고, 마실 때 목이 상하지 않고, 마시고 나서 배탈이 나지 않는다고 한다.
8) 푸딕: ㅍ(← 프다: 피다, 發)-+-우딕(-되: 연어, 설명 계속)
9) 술위삐: [수레바퀴, 輪: 술위(수레, 車)+삐(바퀴, 輪)]+-Ø(←-이: -와, 부조, 비교)
10) ᄀᆞᆮᄒᆞ니이다: ᄀᆞᆮᄒᆞ(같다, 如)-+-Ø(현시)-+-ᄋᆞ니(원칙)-+-이(상높, 아주 높임)-+-다(평종)

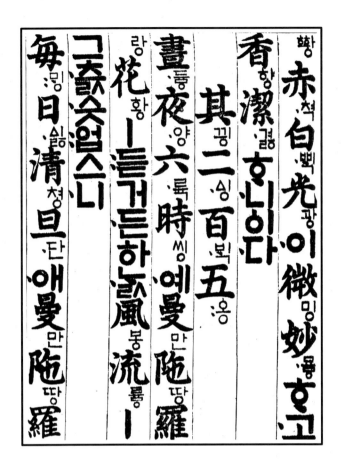

青(청)·黃(황)·赤(적)·白(백)의 光(광)이 微妙(미묘)하고 香潔(향결)합니다.

其二百五(기이백오)

(극락 국토에는) 晝夜(주야) 六時(육시)에 曼陁羅花(만다라화)가 떨어지면 하늘의 風流(풍류)가 그칠 사이가 없으니.

(극락 국토에는) 每日(매일) 淸旦(청단)에 曼陁羅花(만다라화)를

靑_청黃_황赤_젹白_빅 光_광이 微_밍妙_묠ᄒ고 香_향潔_겷ᄒ니이다[11]

  其_끵二_싱百_빅五_옹

晝_듛夜_양 六_륙時_씽[12]예 曼_만陀_땅羅_랑花_황[13]ㅣ 듣거든[14] 하ᄂᆞᆳ[15] 風_봉流_륳[16]ㅣ 그츯[17] 슷[18] 업스니

每_밍日_싪 淸_청旦_단[19]애 曼_만陀_땅羅_랑花_황ᄅᆞᆯ

---

11) 香潔ᄒ니이다: 香潔ᄒ[향결하다: 香潔(향결: 명사) + -ᄒ(형접)-]- + -Ø(현시)- + -니(원칙)- + -이(상높, 아주 높임)- + -다(평종) ※ '香潔(향결)'은 향기롭고 깨끗한 것이다.

12) 六時: 육시. 하루를 여섯으로 나눈 염불 독경의 시간이다. 밤낮을 6등분한 것으로, 신조(晨朝, 아침)·일중(日中, 한낮)·일몰(日沒, 해질 녘)·초야(初夜, 초저녁)·중야(中夜, 한밤중)·후야(後夜, 한밤중에서 아침까지의 동안)를 말함.

13) 曼陀羅花: 만다라화. 천상계에 핀다고 하는 성스러운 흰 연꽃이다.

14) 듣거든: 듣(떨어지다, 落)- + -거든(연어, 조건)

15) 하ᄂᆞᆳ: 하늘(← 하ᄂᆞᆯ: 하늘, 天) + -ㅅ(-의: 관조)

16) 風流: 풍류, 풍류나 음악이다.

17) 그츯: 긏(끊어지다, 切)- + -읋(관전)

18) 슷: 슷(← 슻: 사이, 틈, 間, 의명)

19) 淸旦: 청단. 맑은 날의 아침이다.

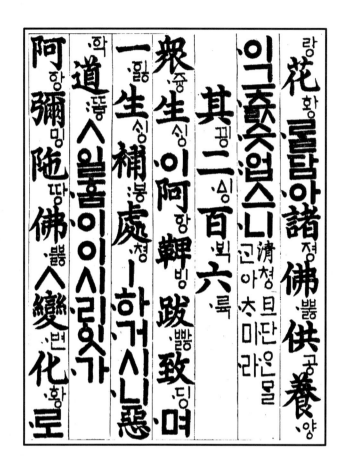

담아 諸佛(제불)의 供養(공양)이 그칠 사이가 없으니. 【淸旦(청단)은 맑은 아
침이다. 】

其二百六(기이백육)

(극락 국토에는) 衆生(중생)이 阿鞞跋致(아비발치)이며, 一生補處(일생보처)가
많으시니, 惡道(악도)의 이름(名)이 (어찌) 있겠습니까?

(극락 국토에는) 阿彌陁佛(아미타불)의 變化(변화)로

담아 諸_졍佛_뿛 供_공養_양[20)]이 그층 슷 업스니【淸_쳥旦_단은 몱근[21)] 아ᄎ

미라[22)] 】

其_끵二_{ᅀᅵᆼ}百_{ᄇᆡᆨ}六_륙

衆_즁生_{ᄉᆡᆼ}이 阿_항鞞_빙跋_{ᄈᆞᇙ}致_딩[23)]며 一_{ᅙᅵᇙ}生_{ᄉᆡᆼ} 補_봉處_쳥[24)]ㅣ 하거시니[25)] 惡

_학道_뚷[26)]ㅅ 일훔이[27)] 이시리잇가[28)]

阿_항彌_밍陁_땅佛_뿛[29)]ㅅ 變_변化_황로

---

20) 供養: 공양. 불(佛), 법(法), 승(僧)의 삼보(三寶)나 죽은 이의 영혼에게 음식, 꽃 따위를 바치는
일이다.

21) 몱근: 몱(맑다, 淸)- + -∅(현시)- + -은(관전)

22) 아ᄎ미라: 아ᄎᆷ(아침, 旦) + -이(서조)- + -∅(현시)- + -라(←-다: 평종)

23) 阿鞞跋致: 아비발치. 산스크리트어 avivartika의 음사로서, 불퇴(不退) 혹은 불퇴전(不退轉)이라
번역한다. 수행으로 도달한 경지에서 다시 범부(凡夫)의 상태로 후퇴하지 않는 것이다.

24) 一生補處: 일생보처. 보살의 가장 높은 지위이다. 단 한 번의 생사에 관련되어 일생을 마치면
다음에는 부처의 자리에 오른다.

25) 하거시니: 하(많다, 多)- + -거(확인)- + -시(주높)- + -니(연어, 설명 계속)

26) 惡道: 악도. 나쁜 길이다. 악업(惡業)을 지어서 죽은 뒤에 나는 고통(苦痛)의 세계(世界)이다.
지옥(地獄), 아귀(餓鬼), 축생(畜生), 수라(修羅)의 네 가지가 있다.

27) 일훔이: 일훔(이름, 名) + -이(주조)

28) 이시리잇가: 이시(있다, 有)- + -리(미시)- + -잇(←-이-: 상높, 아주 높임)- + -가(-까: 의종,
판정)

29) 阿彌陁佛: 아미타불. 서방 정토에 있는 부처이다. 대승 불교 정토교의 중심을 이루는 부처로,
수행 중에 모든 중생을 제도하겠다는 대원(大願)을 품고 성불하여 극락에서 교화하고 있으며,
이 부처를 염하면 죽은 뒤에 극락에 간다고 한다.

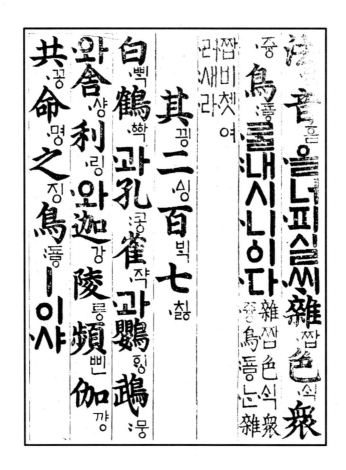

法音(법음)을 넓히시므로 雜色(잡색)의 衆鳥(중조)를 내셨습니다.【雜色(잡색)의 衆鳥(중조)는 雜(잡) 빛이 나는 여러 새이다. 】

　　其二百七(기이백칠)

　(극락 국토에는) 白鶴(백학)과 孔雀(공작)과 鸚鵡(앵무)와 舍利(사리)와 迦陵頻伽(가릉빈가)와 共命之鳥(공명지조)가 있어

法_법音_흠³⁰⁾을 너피실씨³¹⁾ 雜_짭色_식³²⁾ 衆_즁鳥_됴³³⁾를 내시니이다³⁴⁾【雜_짭色_식 衆_즁鳥_됴는 雜_짭 비쳇³⁵⁾ 여러 새라³⁶⁾】

其_끵二_싱百_빅七_칧

白_뻭鶴_혁³⁷⁾과 孔_콩雀_쟉³⁸⁾과 鸚_힝鵡_뭉³⁹⁾와 舍_샹利_링⁴⁰⁾와 迦_강陵_릉頻_삔伽_꺙⁴¹⁾ 共_꽁命_명之_징鳥_됴들ㅣ⁴²⁾ 이샤⁴³⁾

---

30) 法音: 법음. 설법하거나 독경하는 소리이다.
31) 너피실씨: 너피[넓히다, 擴: 넙(넓다, 廣: 형사)-+-히(사접)-]-+-시(주높)-+-ㄹ씨(-므로: 연어, 이유)
32) 雜色: 잡색. 여러 가지 색이 뒤섞인 색이다.
33) 衆鳥: 중조. 여러 새이다.
34) 내시니이다: 내[내다, 出: 나(나다, 生: 자동)-+-ㅣ(←-이-: 사접)-]-+-시(주높)-+-Ø(과시)-+-니(원칙)-+-이(상높, 아주 높임)-+-다(평종)
35) 비쳇: 빛(빛, 光)+-에(부조, 위치)+-ㅅ(-의: 관조) ※ '비쳇'은 '빛이 나는'으로 의역하여 옮긴다.
36) 새라: 새(새, 鳥)+-Ø(←-이-: 서조)-+-Ø(현시)-+-라(←-다: 평종)
37) 白鶴: 백학. 흰빛의 두루미이다.
38) 孔雀: 공작. 꿩과의 새이다. 꿩과 비슷하나 깃이 매우 화려하고 몸이 크다.
39) 鸚鵡: 앵무. 앵무과의 새를 통틀어 이르는 말이다.
40) 舍利: 사리. 봄의 꾀꼬리이다.
41) 迦陵頻伽: 가릉빈가. 불경에 나오는, 사람의 머리를 한 상상의 새이다. 히말라야 산에 살며, 그 울음소리가 곱고, 극락에 둥지를 튼다고 한다.
42) 共命之鳥ㅣ: 共命之鳥(공명지조)+-ㅣ(←-이: 주조) ※ '共命之鳥(공명지조)'는 산스크리트어 jīva-jīvaka의 음사이다. 인도의 북동 지역에 서식하는 꿩의 일종이다. 꿩의 일종으로 몸 하나에 두 머리가 있는데, 하나가 죽으면, 다른 하나도 따라 죽는 공동체의 생명이므로, 이로부터 얻은 이름이다.
43) 이샤: 이시(있다, 有)-+-샤(←-시-: 주높)-+-Ø(←-아: 연어)

五根(오근)과 五力(오력)과 七菩提(칠보리)와 八聖道分(팔성도분)을 밤과 낮으
로 演暢(연창)합니다.

其二百八(기이백팔)

(극락 국토에) 微風(미풍)이 지나니, 羅網(나망)과 行樹(행수)에 微妙聲(미묘
성)이 움직여 나느니.

五_옹根_군⁴⁴⁾과 五_옹力_륵⁴⁵⁾과 七_칧菩_뽕提_똉⁴⁶⁾ 八_밣聖_셩道_똠分_뿐⁴⁷⁾을 밤과

낮과 演_연暢_턍ᄒᆞᄂᆞ니이다⁴⁸⁾

　　其_끵二_{ᅀᅵᆼ}百_빅八_밣

微_밍風_봉이 디나니⁴⁹⁾ 羅_랑網_망⁵⁰⁾ 行_{ᅘᅵᆼ}樹_쓩⁵¹⁾에 微_밍妙_묠聲_셩⁵²⁾이 뮈여⁵³⁾

나ᄂᆞ니⁵⁴⁾

---

44) 五根: 오근. 번뇌를 누르고 깨달음의 길로 이끄는 다섯 가지 근원이다. '신근(信根), 정진근(精進根), 염근(念根), 정근(定根), 혜근(慧根)'을 이른다.

45) 五力: 오력. 수행에 필요한 다섯 가지 힘이다. 신력(信力), 정진력(精進力), 염력(念力), 정력(定力), 혜력(慧力)을 이른다.

46) 七菩提: 칠보리. 불도 수행에서 참과 거짓, 선악을 살피어서 올바로 취사선택하는 일곱 가지 지혜이다. '칠보리분(七菩提分)'이나 '칠각지(七覺支)'라고도 한다. '칠보리분'에는 '택법각분(擇法覺分), 정진각분(精進覺分), 희각분(喜覺分), 제각분(除覺分), 사각분(捨覺分), 정각분(定覺分), 염각분(念覺分)'이 있다.

47) 八聖道分: 팔성도분. 깨달음과 열반으로 이끄는 올바른 여덟 가지 길이다. '팔성도분'에는 정견(正見), 정사유(正思惟), 정어(正語), 정업(正業), 정명(正命), 정정진(正精進), 정념(正念), 정정(正定)이 있다.

48) 演暢ᄒᆞᄂᆞ니이다: 演暢ᄒᆞ[연창하다: 演暢(연창: 명사) + -ᄒᆞ(동접)-]- + -ᄂᆞ(현시)- + -이(상높, 아주 높임)- + -다(평종) ※ '演暢(연창)'은 어떤 사실이나 진리 등을 자세하게 설명하여 밝히는 것이다.

49) 디나니: 디나(지나다, 過)- + -니(연어, 설명 계속)

50) 羅網: 나망. 구슬을 꿰어 그물처럼 만들어 불전(佛前)을 장식하는 기구이다.

51) 行樹: 행수. 쭉 늘어선 나무이다.

52) 微妙聲: 미묘성. 미묘한 소리이다.

53) 뮈여: 뮈(움직이다, 動)- + -여(←-어: 연어)

54) 나ᄂᆞ니: 나(나다, 生)- + -ᄂᆞ(현시)- + -니(평종, 반말)

(극락 국토에) 백 가지 천 가지 種種(종종)의 風流(풍류)의 소리가 一時(일시)에 일어나는 듯하니.

其二百九(기이백구)

(극락 국토에 있는 중생들이) 行樹(행수)의 소리와 羅網(나망)의 소리와 새의 소리를 듣고 있어

(중생들이) 念佛(염불)의 마음과 念法(염법)의 마음과 念僧(염승)의 마음을 냅니다.

온⁵⁵⁾ 가지⁵⁶⁾ 즈믄⁵⁷⁾ 가지 種_죵種_죵⁵⁸⁾ 風_봉流_륳ㅅ⁵⁹⁾ 소리 一_힗時_씽예

니는⁶⁰⁾ 듯⁶¹⁾ ᄒ니

　　其_끵二_싱百_빅九_굴

行_행樹_쓩ㅅ⁶²⁾ 소리와 羅_랑網_망ㅅ⁶³⁾ 소리와 새 소리를 드러⁶⁴⁾ 이샤⁶⁵⁾

念_념佛_뿛⁶⁶⁾ ᄆᆞᅀᆞᆷ과 念_념法_법⁶⁷⁾ ᄆᆞᅀᆞᆷ과 念_념僧_승⁶⁸⁾ ᄆᆞᅀᆞᆷ을 내ᄂᆞ니이

다⁶⁹⁾

---

55) 온: 백, 百(관사, 양수)

56) 가지: 가지, 種(의명)

57) 즈믄: 천, 千(관사, 양수)

58) 種種: 종종. 모양이나 성질이 다른 여러 가지이다.

59) 風流ㅅ: 風流(풍류) + -ㅅ(-의: 관조) ※ '風流(풍류)'는 현대어의 풍류나 음악에 해당한다.

60) 니는: 니(← 닐다: 일다, 일어나다, 起)- + -ᄂᆞ(현시)- + -ㄴ(관전)

61) 듯: 듯(의명, 흡사)

62) 行樹: 행수. 쭉 늘어선 나무이다.

63) 羅網: 나망. 구슬을 꿰어 그물처럼 만들어 불전(佛前)을 장식하는 기구이다.

64) 드러: 들(← 듣다, ㄷ불: 듣다, 聞)- + -어(연어)

65) 이샤: 이샤(← 이시다: 있다, 보용, 완료 지속)- + -Ø(← -아: 연어)

66) 念佛: 염불. 부처의 모습과 공덕을 생각하면서 아미타불을 부르는 일이다.

67) 念法: 염법. 큰 공덕이 있는 부처의 설법을 전심으로 생각하는 일이다.

68) 念僧: 염승. 스님의 공덕을 늘 생각하는 일이다.

69) 내ᄂᆞ니이다: 내(내다, 出: 나(나다, 出)- + -ㅣ(← -이-: 사접)-]- + -ᄂᆞ(현시)- + -이(상높, 아주 높임)- + -다(평종)

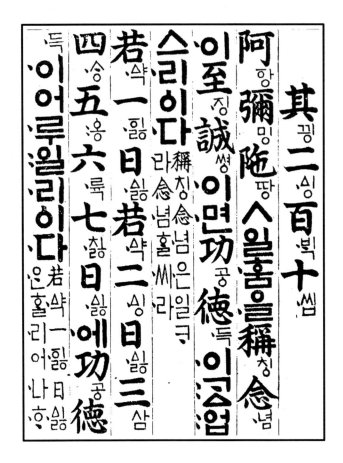

其二百十(기이백십)

(중생들이) 阿彌陁(아미타)의 이름을 稱念(칭념)하는 것이 至誠(지성)이면, (중생들의) 功德(공덕)이 가(邊)가 없겠습니다. 【 稱念(칭념)은 일컬어 念(염)하는 것이다. 】

一日(일일)이거나 二日(이일)이거나 三四五六七日(삼사오육칠일)에 (아미타불의 이름을 지성으로 칭념하는 중생의) 功德(공덕)이 가히 이루어지겠습니다. 【 若一日(약일일)은 하루이거나 하는

其_끵二_싱百_빅十_씹

阿_항彌_밍陁_땅ㅅ 일훔을 稱_칭念_념⁷⁰⁾이 至_징誠_쎵이면⁷¹⁾ 功_공德_득⁷²⁾이 ᄀᆞᆮ⁷³⁾ 업스리이다⁷⁴⁾【稱_칭念_념은 일ᄏᆞ라⁷⁵⁾ 念_념ᄒᆞᆯ 씨라 】

若_약⁷⁶⁾一_{ᅙᅵᆯ}日_싏 若_약二_싱日_싏 三_삼四_{ᄉᆞ}五_옹六_륙七_칧日_싏에 功_공德_득이 어루⁷⁷⁾ 일리이다⁷⁸⁾【若_약一_{ᅙᅵᆯ}日_싏은 ᄒᆞ리어나⁷⁹⁾ ᄒᆞᄂᆞᆫ⁸⁰⁾

---

70) 稱念: 칭념. 칭송하여 생각하는 것이다. 곧, 입으로 나무아미타불(南無阿彌陁佛)을 부르고, 마음으로 아미타불을 생각하는 것이다.

71) 至誠이면: 至誠(지성) + −이(서조)− + −면(연어, 조건) ※ '至誠(지성)'은 지극한 정성이다.

72) 功德: 공덕. 좋은 일을 행한 덕으로 훌륭한 결과를 가져오게 하는 능력이다.

73) ᄀᆞᆮ: 가, 邊.

74) 업스리이다: 없(없다, 無)− + −으리(미시)− + −이(상높, 아주 높임)− + −다(평종)

75) 일ᄏᆞ라: 일ᄏᆞᆯ(← 일ᄏᆞᆮ다, ㄷ불: 일컫다, 曰)− + −아(연어)

76) 若: 약. 선택을 나타내는 어조사이다. 보조사인 '−이거나'로 옮긴다.

77) 어루: 가히, 능히, 可, 能(부사)

78) 일리이다: 일(이루어지다, 成)− + −리(미시)− + −이(상높, 아주 높임)− + −다(평종)

79) ᄒᆞ리어나: ᄒᆞᆯ(← ᄒᆞᄅᆞ: 하루, 一日) + −이(서조)− + −어나(−거나: 보조사, 선택)

80) ᄒᆞᄂᆞᆫ: ᄒᆞ(하다, 謂)− + −ㄴ(← −ᄂᆞ−: 현시)− + −오(대상)− + −ㄴ(관전)

말이다. 】

其二百十一(기이백십일)

이 목숨을 마치는 날에 阿彌陁(아미타)가 聖衆(성중)을 데리시어 (목숨을 마치는 사람이) 갈 길을 알리시리【갈 길을 알리시는 것은 아래의 卷(권)에 일러 두셨느니라. 】

(극락 국토에서는) 七寶池(칠보지)의 蓮(연)꽃 위에 轉女爲男(전녀위남)하여 죽살이를 모르리니.

마리라 】

其_끵二_싱百_빅十_씹一_힗

이 목숨⁸¹⁾ 모촐⁸²⁾ 날애 阿_항彌_밍陁_땅ㅣ 聖_셩衆_즁⁸³⁾ 드리샤⁸⁴⁾ 값 길 홀⁸⁵⁾ 알외시리⁸⁶⁾【값 길 알외샤ᄆᆞᆫ⁸⁷⁾ 아랫⁸⁸⁾ 卷_권⁸⁹⁾에 닐어⁹⁰⁾ 겨시니라⁹¹⁾】

七_칧寶_봉池_띵⁹²⁾ 蓮_련ㅅ곳⁹³⁾ 우희⁹⁴⁾ 轉_뒨女_녕爲_윙男_남⁹⁵⁾ᄒᆞ야 죽사릴⁹⁶⁾ 모ᄅᆞ리니⁹⁷⁾

---

81) 목숨: [목숨, 命: 목(목, 喉) + 숨(숨, 息)]

82) 모촐: 몿(마치다, 終)- + -올(관전)

83) 聖衆: 성중. 부처님을 따라 다니는 성자의 무리이다. 부처와 성문, 연각, 보살 따위를 이른다. 혹은 극락에 있는 모든 보살을 이르기도 한다. 여기서는 문맥상 '극락에 있는 모든 보살'의 뜻으로 쓰였다.

84) 드리샤: 드리(데리다, 與)- + -샤(←-시-: 주높)- + -∅(←-아: 연어)

85) 길홀: 길ㅎ(길, 道) + -올(목조)

86) 알외시리: 알외[알리다, 告: 알(알다, 知: 타동)- + -오(사접)- + -ㅣ(←-이-: 사접)-]- + -시(주높)- + -리(평종, 반말, 미시)

87) 알외샤ᄆᆞᆫ: 알외[알리다, 告: 알(알다, 知: 타동)- + -오(사접)- + -ㅣ(←-이-: 사접)-]- + -샤(←-시-: 주높)- + -ㅁ(←-옴: 명전) + -은(보조사, 주제)

88) 아랫: 아래(아래, 下) + -ㅅ(-의: 관조)

89) 卷: 권. 책이다.

90) 닐어: 닐(←니르다: 이르다, 曰)- + -어(연어)

91) 겨시니라: 겨시(계시다: 보용, 완료 지속, 높임)- + -∅(과시)- + -니(원칙)- + -라(←-다: 평종) ※ '닐어 겨시니라'는 '일러 두셨니라'로 의역하여서 옮긴다.

92) 七寶池: 칠보지. 칠보로 꾸민 못(池)이다.

93) 蓮ㅅ곳: [연꽃: 蓮(연) + -ㅅ(관조, 사잇) + 곳(꽃, 花)]

94) 우희: 우ㅎ(위, 上) + -의(-에: 부조, 위치)

95) 轉女爲男: 전녀위남. 여자의 몸이 바뀌어서 남자가 되는 것이다.

96) 죽사릴: 죽사리[죽살이, 生死: 죽(죽다, 死)- + 살(살다, 生)- + -이(명접)] + -ㄹ(←-를: 목조)

97) 모ᄅᆞ리니: 모ᄅᆞ(모르다, 不知)- + -리(미시)- + -니(평종, 반말)

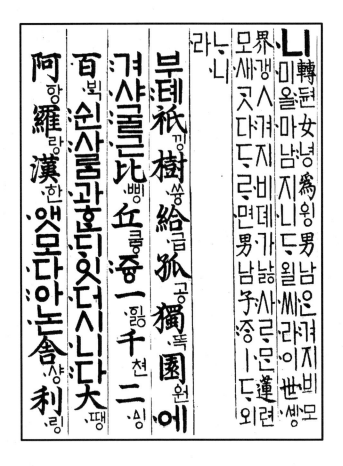

【 轉女爲男(전녀위남)은 여자의 몸이 옮아서 남자가 되는 것이다. 이 世界(세계)의 여자가 저기(= 극락국토)에 가서 나는 사람은 蓮(연)못에 막 다다르면 男子(남자)가 되느니라. 】

부처가 祇樹給孤獨園(기수급고독원)에 계시어 큰 比丘(비구) 중 一千二百(일천이백) 쉰 사람과 한데 있으시더니, 다 大阿羅漢(대아라한)에 속해 있는, 모두 아는 舍利弗(사리불)

【轉_둰女_녕爲_윙男_남[98)</sup>은 겨지븨[99)</sup> 모미 올마[100)</sup> 남지니[1)</sup> 드욀 씨라 이 世_솅界_갱ㅅ 겨지비 뎨[2)</sup> 가[3)</sup> 낧 사ㄹ미 蓮_련모새 ㄱ지[4)</sup> 다ㄷㄹ면[5)</sup> 男_남子_중ㅣ 드외ㄴ니라[6)</sup> 】

부톄 祇_낑樹_쓩給_급孤_공獨_똑園_원[7)</sup>에 겨샤 굴근[8)</sup> 比_삥丘_쿻 즁[9)</sup> 一_힗千_쳔 二_싱百_빅 쉰 사ㄹ과 흔듸[10)</sup> 잇더시니[11)</sup> 다[12)</sup> 大_땡阿_항羅_랑漢_한앳[13)</sup> 모다[14)</sup> 아논[15)</sup> 舍_샹利_링弗_붏[16)</sup>

---

98) 轉女爲男: 전녀위남. 여자가 바뀌어서 남자가 되는 것이다.

99) 겨지븨: 겨집(여자, 女) + -의(관조)

100) 올마: 옮(옮다, 移: 자동)- + -아(연어)

1) 남지니: 남진(남자, 男) + -이(보조)

2) 뎨: 뎨(← 뎌어긔: 저기, 彼: 지대, 정칭) ※ '뎨'는 극락국토을 가리킨다.

3) 가: 가(가다, 去)- + -아(연어)

4) ㄱ지: 이제 막(부사)

5) 다ㄷㄹ면: 다ㄷ[← 다ㄷㄷ다, ㄷ불(다닫다, 다다르다, 到着): 다(다, 悉: 부사) + ㄷ(닫다, 走)-]- + -ㅇ면(연어, 조건)

6) 드외ㄴ니라: 드외(되다, 爲)- + -ㄴ(현시)- + -니(원칙)- + -라(← -다: 평종)

7) 祇樹給孤獨園: 기수급고독원. 인도 슈라바스티 남쪽에 있는 석가의 설법 유적지로서 기원정사(祇園精舍)가 있는 곳이다. 이곳은 원래 바사닉왕의 태자인 기타태자(祇陀太子)가 소유한 원림(園林)이었는데, 급고독장자(給孤獨長者)가 그 땅을 사서 기원정사를 지어 석가모니불께 바치고, 기타태자((祇陀太子)는 그 수풀을 바쳤으므로, '기수급고독원(祇樹給孤獨園)'이라 하였다.

8) 굴근: 굵(굵다, 크다, 大)- + -Ø(현시)- + -은(관전)

9) 즁: 중, 僧.

10) 흔듸: [한데, 한군데, 同處: 흔(한, 一: 관사, 양수) + 듸(데, 處: 의명)]

11) 잇더시니: 잇(← 이시다: 있다, 在)- + -더(회상)- + -시(주높)- + -니(연어, 설명 계속)

12) 다: 다, 皆(부사)

13) 大阿羅漢앳: 大阿羅漢(대아라한) + -애(-에: 부조, 위치) + -ㅅ(-의: 관조) ※ '大阿羅漢(대아라한)'은 아라한(阿羅漢) 중에서 나이가 많고 덕이 높은 이를 말한다. 그리고 '大阿羅漢앳'은 '大阿羅漢에 속해 있는'으로 의역하여 옮긴다.

14) 모다: [모두, 衆(부사): 몯(모이다, 集: 동사)- + -아(연어▷부접)]

15) 아논: 아(← 알다: 알다, 知)- + -ㄴ(← -ㄴㄴ-: 현시)- + -오(대상)- + -ㄴ(관전)

16) 舍利弗: 사리불. 석가모니불 십대제자 중의 한 사람으로 지혜 제일이다. 사리자(舍利子)라고도 한다. 일찍 깨달음을 얻어 대중의 신뢰와 존경을 받아 주로 교화 활동에 종사했다.

弗 目 捷 連 摩 訶 迦 葉
摩 訶 迦 栴 延 等 큰
弟 子 文 殊 師 利 法 王 子
摩 訶 菩 薩 摩 訶 薩

目揵連(목건련), 摩訶迦葉(마하가섭), 摩訶迦栴延(마하가전연) 等(등) 큰 弟
子(제자)들과 菩薩摩訶薩(보살마하살), 文殊師利(문수사리) 法王子(법왕자)
【 摩訶(마하)는 큰 것이니, 菩薩摩訶薩(보살마하살)은 菩薩(보살)의 中(중)에
큰 菩薩(보살)이다. 文殊師利(문수사리)는 '妙得(묘득)이다.' 하는 말이다. 法王子
(법왕자)는 '佛子(불자)이다.' 하는 것과 같으니라. 】, 阿逸多菩薩(아일다보살)

目목揵껀連련¹⁷⁾ 摩망訶항迦강葉섭¹⁸⁾ 摩망訶항迦강栴젼延연¹⁹⁾ 等등 굴근 弟

몡子중들콰²⁰⁾ 菩뽕薩삻摩망訶항薩삻²¹⁾ 文문殊쓩師숭利링²²⁾ 法법王왕子중²³⁾

【摩망訶항ᄂᆞᆫ 클 씨니 菩뽕薩삻摩망訶항薩삻ᄋᆞᆫ 菩뽕薩삻ㅅ 中듕에 큰 菩뽕薩삻이

라 文문殊쓩師숭利링ᄂᆞᆫ 妙묳德득이라²⁴⁾ ᄒᆞᄂᆞᆫ 마리라 法법王왕子중ᄂᆞᆫ 佛뿛子중ㅣ

라²⁵⁾ 호미²⁶⁾ ᄀᆞᆮᄒᆞ니라²⁷⁾ 】 阿항逸잃多당菩뽕薩삻²⁸⁾

---

17) 目揵連: 목건련. 석가모니의 십대 제자 가운데 한 사람이다. 마가다의 브라만 출신으로, 부처의 교화를 펼치고 신통(神通) 제일의 성예(聲譽)를 얻었다.

18) 摩訶迦葉: 마하가섭. 석가모니의 10대 제자의 한 사람(?~?)이다. 욕심이 적고 엄격한 계율로 두타(頭陀)를 행하였고 교단의 우두머리로 존경을 받았다.

19) 摩訶迦栴延: 마하가전연. 석가모니의 십대제자 중 한 사람이다. 서인도 아반티국의 수도 웃제니에서 태어났다. 크샤트리야 계급 출신이다. 또는 브라만 계급으로 베나레스에서 출가하였다고도 한다. 아버지는 국왕 악생왕(惡生王)의 보좌관이었다. 왕명으로 부처를 초청하러 갔다가 출가한 뒤 왕과 많은 사람들을 불교에 귀의시켰다. 부처의 말을 논리 정연하게 해설하여 논의 제일(論議第一)이라는 말을 들었다.

20) 弟子들콰: 弟子들ᄒᆞ[제자들, 諸弟子: 弟子(제자: 명사) + -들ᄒᆞ(-들: 복접)] + -과(접조)

21) 菩薩摩訶薩: 보살마하살. ※ '菩薩(보살)'은 부처가 전생에서 수행하던 시절에, 수기를 받은 이후의 몸을 이른다. ※ '摩訶薩(마하살)'은 '보살'(菩薩)'을 아름답게 이르는 말이다.

22) 文殊師利: 문수사리. 사보살의 하나로서, 석가모니여래의 왼쪽에 있는 보살이다. 제불(諸佛)의 지혜를 맡은 보살로, 오른쪽에 있는 보현보살과 함께 삼존불(三尊佛)을 이룬다. 그 모양이 가지각색이나 보통 사자를 타고 오른손에 지검(智劍), 왼손에 연꽃을 들고 있다.

23) 法王子: 법왕자. '法王(법왕)'은 법문(法門)의 왕이라는 뜻으로, '부처'를 달리 이르는 말이다. 여기서 '法王子(법왕자)'는 미래에 부처님이 될 자리에 있는 보살(菩薩)이다. 세간의 국왕(國王)에게 왕자가 있듯이, 부처님을 법왕(法王)이라 함에 대하여 법왕자(法王子)라 한다. 특히 문수(文殊)·미륵(彌勒) 등의 보살을 가리켜 말한다. 여기서는 불자(佛子)의 뜻으로 쓰였다.

24) 妙德이라: 妙德(묘덕) + -이(서조)- + -∅(현시)- + -라(←-다: 평종) ※ '妙德(묘덕)'은 매우 뛰어난 덕, 또는 그런 덕을 갖춘 사람을 이른다.

25) 佛子ㅣ라: 佛子(불자) + -ㅣ(←-이-: 서조)- + -∅(현시)- + -라(←-다: 평종) ※ '佛子(불자)'는 불교에 귀의한 사람이다.

26) 호미: ᄒᆞ(← ᄒᆞ다: 하다, 名)- + -옴(명전) + -이(-과: 부조, 비교)

27) ᄀᆞᆮᄒᆞ니라: ᄀᆞᆮᄒᆞ(같다, 如)- + -∅(현시)- + -니(원칙)- + -라(←-다: 평종)

28) 阿逸多菩薩: 아일다보살. 내세에 성불하여 사바세계에 나타나서 중생을 제도하리라는 보살로서, 미륵보살(彌勒菩薩)이라고도 한다. 사보살(四菩薩)의 하나이다. 인도 파라나국의 브라만 집안에서 태어나, 석가모니의 교화를 받고, 미래에 부처가 될 수기(受記)를 받은 후 도솔천에 올라갔다.

乾陁訶提菩薩(건타하제보살), 常精進菩薩(상정진보살), 이렇듯 한 큰 菩薩
(보살)들과 釋提桓因(석제환인) 等(등) 無量(무량)한 諸天(제천)과 大衆(대중)
과 한데 있으시더니, 부처가 舍利弗(사리불)더러 이르시되 "이곳으로부터
西方(서방)으로 十萬億(십만억) 부처의 땅을 지나가 世界(세계)가 있되,

乾_껀陁_땅訶_항提_똉菩_뽕薩_삻²⁹⁾ 常_쌍精_졍進_진菩_뽕薩_삻³⁰⁾ 이러틋 흔³¹⁾ 굴근

菩_뽕薩_삻들콰 釋_셕提_똉桓_횐因_인³²⁾ 等_둥 無_뭉量_량 諸_졍天_텬 大_땡衆_즁과

흔딕³³⁾ 잇더시니³⁴⁾ 부톄 舍_샹利_링弗_붏드려³⁵⁾ 니ᄅ샤딕³⁶⁾ 일롯³⁷⁾ 西_셩

方_방ᄋᆞ로 十_씹萬_먼億_흑 부텻 ᄯᅡ홀³⁸⁾ 디나가 世_셍界_갱³⁹⁾ 이쇼딕⁴⁰⁾

---

29) 乾陁訶提菩薩: 건타하제보살. 산스크리트어 gandha-hastin의 음사이다. 아축불(阿閦佛)이 있는 곳에서 항상 반야바라밀(般若波羅蜜)을 수행하며, 모든 행위가 원만하고 걸림이 없어 중생을 열반에 이르게 한다는 보살이다. 금강계만다라(金剛界曼荼羅)에는 연꽃에 앉아 왼손은 허리에 두고 오른손에는 연꽃을 든 형상을 하고 있다.

30) 常精進菩薩: 상정진보살. 이름 그대로 끊임없이 정진(精進)하는 보살이다. '정진(常精)'은 작은 것을 소홀히 하지 않는 마음으로 노력하는 수행 태도를 말한다. 이 보살은 용맹정진(勇猛精進)하여 중생들에게 부처의 가르침을 몸으로 전한다.

31) 이러틋 흔: 이렇[← 이러ᄒ다(이러하다, 如此): 이러(불어) + -ᄒ(형접)-]- + -듯(연어, 흡사) # ᄒ(하다: 하다, 爲)- + -∅(현시)- + -ㄴ(관전)

32) 釋提桓因: 석제환인. 십이천(十二天)의 하나이다. 수미산(須彌山) 꼭대기에 있는 도리천(忉利天)의 임금으로, 사천왕과 삼십이천을 통솔하면서 불법과 불법에 귀의하는 사람을 보호하고 아수라(阿修羅)의 군대를 정벌한다고 한다.

33) 흔딕: [한데, 同處: 흔(한, 一: 관사, 양수) + 딕(데, 處: 의명)]

34) 잇더시니: 잇(← 이시다: 있다, 在)- + -더(회상)- + -시(주높)- + -니(연어, 설명 계속)

35) 舍利弗드려: 舍利弗(사리불) + -드려(-더러, -에게: 부조, 상대)

36) 니ᄅ샤딕: 니ᄅ(이르다, 告)- + -샤(← -시-: 주높)- + -딕(← -오딕: -되, 연어, 설명 계속)

37) 일롯: 일(← 이: 이, 此, 지대, 정칭) + -로(부조, 방편) + -ㅅ(-의: 관조) ※ '일롯'를 직역하면 '이로의'가 되는데, 여기서는 '이곳으로부터'로 의역하여 옮긴다.

38) ᄯᅡ홀: ᄯᅡᄒ(땅, 土) + -올(목조)

39) 世界: 世界(세계) + -∅(← -이: 주조)

40) 이쇼딕: 이시(있다, 有)- + -오딕(-되: 연어, 설명 계속)

이름이 極樂(극락)이다.【 極樂(극락)은 매우 즐거운 것이다. 】 그 땅에 부처가 계시되 이름이 阿彌陀(아미타)이시니, 이제 現(현)하여 계시어 說法(설법)하시느니라.【 阿彌陀(아미타)는 '無量壽(무량수)이다.' 한 말이니, 無量壽(무량수)는 그지없는 목숨이다. 】 舍利弗(사리불)아, 저 땅을 어떤 까닭으로 이름을 極樂(극락)이라 하였느냐? 그 나라의 衆生(중생)이

일후미⁴¹⁾ 極_끅樂_락이라⁴²⁾【極_끅樂_락은 ᄀ장 즐거볼⁴³⁾ 씨라 】 그 ᄯᅡ해 부

톄 겨샤ᄃᆡ⁴⁴⁾ 일후미 阿_항彌_밍陁_땅ㅣ시니⁴⁵⁾ 이제⁴⁶⁾ 現_현ᄒᆞ야 겨샤 說

_쉃法_법ᄒᆞ시ᄂᆞ니라⁴⁷⁾【阿_항彌_밍陁_땅ᄂᆞᆫ 無_뭉量_량壽_쓯ㅣ라⁴⁸⁾ ᄒᆞᆫ 마리니 無_뭉量_량壽

_쓯ᄂᆞᆫ 그지업슨⁴⁹⁾ 목수미라⁵⁰⁾】 舍_샹利_링弗_붏아 뎌⁵¹⁾ ᄯᅡᄒᆞᆯ 엇던⁵²⁾ 젼ᄎᆞ

로⁵³⁾ 일후믈 極_끅樂_락이라 ᄒᆞ거뇨⁵⁴⁾ 그 나랏 衆_즁生_{ᄉᆡᆼ}이

---

41) 일후미: 일훔(이름, 名) + -이(주조)

42) 極樂이라: 極樂(극락) + -이(서조)- + -Ø(현시)- + -라(← -다: 평종) ※ '極樂(극락)'은 아미타
불이 살고 있는 정토(淨土)로, 괴로움이 없으며 지극히 안락하고 자유로운 세상이다. 인간 세
계에서 서쪽으로 10만억 불토(佛土)를 지난 곳에 있다.

43) 즐거볼: 즐겁[← 즐겁다, ㅂ불: 즑(즐거워하다, 歡)- + -업(형접)-]- + -을(관전)

44) 겨샤ᄃᆡ: 겨샤(← 겨시다: 계시다, 有)- + -ᄃᆡ(-오ᄃᆡ: -되, 설명 계속)

45) 阿彌陁ㅣ시니: 阿彌陁(아미타) + -ㅣ(← -이-: 서조)- + -시(주높)- + -니(연어, 설명 계속) ※
'阿彌陁(아미타)'는 서방 정토에 있는 부처이다. 대승 불교 정토교의 중심을 이루는 부처로, 수
행 중에 모든 중생을 제도하겠다는 대원(大願)을 품고 성불하여 극락에서 교화하고 있으며, 이
부처를 염하면 죽은 뒤에 극락에 간다고 한다.

46) 이제: [이때에, 수(명사): 이(이, 此: 관사, 지시, 정칭) + 제(제, 때, 時: 의명)]

47) 說法ᄒᆞ시ᄂᆞ니라: 說法ᄒᆞ[설법하다: 說法(설법: 명사) + -ᄒᆞ(동접)-]- + -시(주높)- + -ᄂᆞ(현
시)- + -니(원칙)- + -라(← -다: 평종)

48) 無量壽ㅣ라: 無量壽(무량수) + -ㅣ(← -이-: 서조)- + -Ø(현시)- + -라(← -다: 평종) ※ '無量
壽(무량수)'는 아미타불 및 그 땅의 백성의 수명이 한량이 없는 것을 나타낸다.

49) 그지업슨: 그지없[그지없다, 無量: 그지(한도, 限: 명사) + 없(없다, 無: 형사)-]- + -Ø(현시)-
+ -은(관전)

50) 목수미라: 목숨[목숨, 壽: 목(목, 喉) + 숨(숨, 息)] + -이(서조)- + -Ø(현시)- + -라(← -다: 평종)

51) 뎌: 저, 彼(관사, 지시, 정칭)

52) 엇던: [어떤, 何(관사, 미지칭): 엇더(어떠: 불어) + -Ø(← -ᄒᆞ-: 형접)- + -ㄴ(관전▷관접)]

53) 젼ᄎᆞ로: 젼ᄎᆞ(까닭, 故) + -로(부조, 방편)

54) ᄒᆞ거뇨: ᄒᆞ(하다, 名)- + -Ø(과시)- + -거(확인)- + -뇨(-냐: 의종, 설명)

많은 受苦(수고)가 없고 오직 여러 가지의 快樂(쾌락)을 누리므로, 이름을 極樂(극락)이라 하느니라. 또 舍利弗(사리불)아, 極樂(극락) 國土(국토)에 七重(칠중)의 欄楯(난순)과【七重(칠중)은 일곱 겹이요, 欄(난)은 欄干(난간)이요, 楯(순)은 欄干(난간)에 있는 널이다. 】七重(칠중) 羅網(나망)과【羅網(나망)은 그물이다. 】七重(칠중) 行樹(행수)가 다 네 가지의 보배이니,

한 受_쓯苦_콩ㅣ 업고 오직 여러 가짓 快_쾡樂_락을 누릴씨⁵⁵⁾ 일후믈
極_끅樂_락이라 ᄒᆞᄂᆞ니라 ᄯᅩ 舍_샹利_링弗_붏아 極_끅樂_락 國_귁土_통애 七_칧
重_뜡⁵⁶⁾ 欄_란楯_쓘⁵⁷⁾과【七_칧重_뜡은 닐굽 ᄇ리오⁵⁸⁾ 欄_란은 欄_란干_간⁵⁹⁾이오 楯_쓘
은 欄_란干_간앳⁶⁰⁾ 너리라⁶¹⁾ 】 七_칧重_뜡 羅_랑網_망⁶²⁾과【羅_랑網_망은 그므리라⁶³⁾ 】
七_칧重_뜡 行_{ᄒᆡᆼ}樹_쓩왜⁶⁴⁾ 다 네 가짓 보비니⁶⁵⁾

---

55) 누릴씨: 누리(누리다, 受)- + -ㄹ씨(-므로: 연어, 이유)

56) 七重: 칠중. 일곱 겹이다.

57) 欄楯: 난순. 난간(欄干)과 난간에 있는 널이다.

58) ᄇ리오: 볼(발, 겹, 重) + -이(서조)- + -Ø(현시)- + -오(←-고: 연어, 나열)

59) 欄干: 난간. 층계, 다리, 마루 따위의 가장자리에 일정한 높이로 막아 세우는 구조물이다. 사람
이 떨어지는 것을 막거나 장식으로 설치한다.

60) 欄干앳: 欄干(난간) + -애(-에: 부조, 위치) + -ㅅ(-의: 관조) ※ '欄干앳'은 '난간(欄干)에 있는'
으로 의역하여 옮긴다.

61) 너리라: 널(널, 板) + -이(서조)- + -Ø(현시)- + -라(←-다: 평종) ※ '널'은 판판하고 넓게 켠
나뭇조각이다.

62) 羅網: 나망. 구슬을 꿰어 그물처럼 만들어 불전(佛前)을 장식하는 기구이다.

63) 그므리라: 그믈(그물, 網) + -이(서조)- + -Ø(현시)- + -라(←-다: 평종)

64) 行樹왜: 行樹(행수) + -와(←-과: 접조) + -ㅣ(←-이: 주조) ※ '行樹(행수)'는 쭉 벌려서 서
있는 큰 나무들이다.

65) 보비니: 보비(보배, 寶) + -Ø(←-이-: 서조)- + -니(연어, 설명 계속) ※ 여기서 말하는 '四寶
(사보)'은 바로 앞에 말한 欄(난)과 楯(순)과 羅網(나망)과 行樹(행수)이다.

비니 둘 어섯ᄀᆞ러이실ᄊᆡᆼ일후믈
極끅樂락이라ᄒᆞᄂᆞ니라 쏘舍샹利링
弗ᄫᅮᇙ아 極끅樂락國귁土통애七칠寶봉
모시잇ᄂᆞ니 八밣功공德득水쉬ᇰᄀᆞ
독ᄒᆞᄀᆞ못미틔ᄀᆞᆯ른金금몰애로ᄣᅡ호
ᄉᆞᆯᄋᆞ네ᄀᆞᆺ머텄길헤金금銀은瑠琉
링玻팡瓈령로미호아미ᇰᄀᆞᆯ오우희樓

(이것들이) 두루 둘러 얽히어 있으므로 이름을 極樂(극락)이라 하느니라. 또 舍利弗(사리불)아, 極樂(극락) 國土(국토)에 七寶(칠보)의 못(池)이 있나니, 八功德水(팔공덕수)가 가득하고 못 밑에 순수한 金(금) 모래로 땅을 깔고, (칠보의 못에 있는) 네 모퉁이의 돌층계 길을 金(금)·銀(은)·瑠璃(유리)·玻瓈(파려)로 모아서 만들고, (그) 위에

두루⁶⁶⁾ 둘어⁶⁷⁾ 범그러⁶⁸⁾ 이실씨 일후믈 極_끅樂_락이라 ᄒᆞᄂᆞ니라 쏘

舍_상利_링弗_붏아 極_끅樂_락 國_귁土_통애 七_칧寶_봏 모시⁶⁹⁾ 잇ᄂᆞ니 八_밣功

_공德_득水_슁⁷⁰⁾ ᄀᆞ득ᄒᆞ고 못 미틔⁷¹⁾ 고ᄅᆞᆫ⁷²⁾ 金_금 몰애로⁷³⁾ ᄯᅡ홀⁷⁴⁾ 실

오⁷⁵⁾ 네 ᄀᆞᆺ⁷⁶⁾ 버텼⁷⁷⁾ 길헤⁷⁸⁾ 金_금 銀_은 瑠_률璃_링 玻_팡瓈_령⁷⁹⁾로 뫼호

아⁸⁰⁾ 밍ᄀᆞ오⁸¹⁾ 우희⁸²⁾

---

66) 두루: [두루, 周(부사): 둘(둘다, 圍: 동사)- + -우(부접)]

67) 둘어: 둘(← 두르다: 두르다, 帀)- + -어(연어)

68) 범그러: 범글(얽히다, 걸리다, 圍繞)- + -어(연어)

69) 모시: 못(못, 池) + -이(주조)

70) 八功德水: 팔공덕수. 여덟 가지 특성이 있는 물이다. 극락 정토에 있는 연못의 물은 맑고, 시원하고, 감미롭고, 부드럽고, 윤택하고, 온화하고, 갈증을 없애 주고, 신체의 여러 부분을 성장시키며, 또 수미산 주위에 있는 바닷물은 감미롭고, 시원하고, 부드럽고, 가볍고, 맑고, 냄새가 없고, 마실 때 목이 상하지 않고, 마시고 나서 배탈이 나지 않는다고 한다.

71) 미틔: 밑(밑, 下) + -의(-에: 부조, 위치)

72) 고ᄅᆞᆫ: 고ᄅᆞ(고르다, 순수하다, 均, 純)- + -Ø(현시)- + -ㄴ(관전) ※ 15세기 국어에서 '고ᄅᆞ다'는 '고르다(均)'의 뜻과 '순수하다(純)'의 뜻으로 쓰였다. 『불설아미타경』에는 池底純以金沙布地로 기술되어 있다. 한문의 '純'을 의역하여서 '고ᄅᆞ다(均)'로 표현한 것 같다.

73) 몰애로: 몰애(모래, 沙) + -로(부조, 방편)

74) ᄯᅡ홀: ᄯᅡᇂ(땅, 地) + -올(목조)

75) 실오: 실(깔다, 布)- + -오(← -고: 연어, 나열, 계기)

76) ᄀᆞᆺ: ᄀᆞᆺ(가장자리, 모퉁이, 邊)

77) 버텼: 버텅(섬돌, 階) + -ㅅ(-의: 관조) ※ '버텅(階)'은 섬돌이다. 집채의 앞뒤에 오르내릴 수 있게 놓은 돌층계이다.

78) 길헤: 길ᄒᆡ(길, 道) + -에(← -올: 부조, 위치) ※ '길헤'는 '길홀'을 오기한 형태이다. 『아미타경언해』에는 '네 ᄀᆞᆺ 버텼 길홀 金·銀·瑠璃·玻瓈으로 뫼호아 밍ᄀᆞ오'으로 기술되어 있다. 그리고 그리고 『불설아미타경』에는 '四邊階道金銀琉璃頗梨合成(사변의 계도가 금·은·유리·파려가 합쳐져서 이루어지고)'로 기술되어 있다. 이러한 점을 고려하여 '네 모퉁이의 돌층계의 길을 금·은·유리·파려로 모아서 만들고'로 의역하여 옮긴다.

79) 玻瓈: 파려. 일곱 가지 보석 가운데 '수정(水晶)'을 이르는 말이다.

80) 뫼호아: 뫼호(모으다, 合)- + -아(연어)

81) 밍ᄀᆞ오: 밍ᄀᆞᆯ(만들다, 成)- + -오(← -고: 연어, 나열, 계기)

82) 우희: 웋(위, 上) + -의(-에: 부조, 위치)

樓閣(누각)이 있되【閣(각)은 큰 집이다.】또 '金(금)·銀(은)·瑠璃(유리)·玻
瓈(파려)·硨礴(차거)·赤珠(적주)·瑪瑙(마노)'로 장엄하게 꾸며 있나니, 못에
있는 蓮花(연화)가 크기가 수레바퀴 만하되, 靑色(청색)은 淸光(청광)이며,
黃色(황색)은 黃廣(황광)이며, 赤色(적색)은 赤光(적광)이며, 百色(백색)은
白光(백광)이다. 微妙(미묘)하고

樓_룽閣_각[83]이 이쇼딕[84]【閣_각은 굴근[85] 지비라】 또 金_금 銀_은 瑠_륭璃_링

玻_팡瓈_령 硨_챵磲_껑[86] 赤_쳑珠_즁[87] 瑪_망瑙_놀[88]로 싁싀기[89] 꾸몟ᄂ니[90] 모

샛[91] 蓮_련花_황ㅣ 킈[92] 술윗바회 만[93] ᄒ도ᄃᆡ[94] 靑_쳥色_싁 靑_쳥光_광이

며[95] 黃_勢色_싁 黃_勢光_광이며 赤_쳑色_싁 赤_쳑光_광이며 白_삑色_싁 白_삑光_광

이라 微_밍妙_묠코[96]

---

83) 樓閣: 누각. 사방을 바라볼 수 있도록 문과 벽이 없이 다락처럼 높이 지은 집이다.

84) 이쇼딕: 이시(있다, 有)-+-오딕(-되: 연어, 설명 계속)

85) 굴근: 굵(굵다, 크다, 大)-+-Ø(현시)-+-은(관전)

86) 硨磲: 차거. 보석과 같이 아름다운 돌이다.

87) 赤珠: 적주. 적진주(赤眞珠). 붉은 진주이다.

88) 瑪瑙: 마노. 석영, 단백석(蛋白石), 옥수(玉髓)의 혼합물이다. 화학 성분은 송진과 같은 규산(硅酸)으로, 광택이 있고 때때로 다른 광물질이 스며들어 고운 적갈색이나 흰색 무늬를 띠기도 한다. 아름다운 것은 보석이나 장식품으로 쓰고, 그 외에는 세공물이나 조각의 재료로 쓴다.

89) 싁싀기: [장엄히, 嚴(부사): 싁싁(嚴: 불어)+-Ø(←-ᄒ-: 형접)-+-이(부접)]

90) 꾸몟ᄂ니: 꾸미(꾸미다, 飾)-+-어(연어) # 잇(←이시다: 보용, 완료 지속)-+-ᄂ(현시)-+-니(연어, 설명 계속)

91) 모샛: 못(못, 池)+-애(-에: 부조, 위치)+-ㅅ(-의: 관조) ※ '모샛'은 '못에 있는'으로 의역하여서 옮긴다.

92) 킈: 킈[크기, 大: 크(크다, 大: 형사)-+-ㅣ(←-이: 명접)]+-Ø(←-이: 주조)

93) 술윗바회 만: [수레바퀴, 車輪: 술위(수레, 車)+-ㅅ(관조, 사잇)+바회(바퀴, 輪)] # 만(만: 의명, 비교)

94) ᄒ도ᄃᆡ: ᄒ(←ᄒ다: 하다, 보용)+-오딕(-되: 연어, 설명 계속)

95) 靑光이며: 靑光(청광)+-이(서조)-+-며(연어, 나열) ※ '靑色 靑光이며'는 '靑色(청색)의 蓮花(연화)는 淸光(청색)을 내며'로 의역할 수 있다.

96) 微妙코: 微妙ᄒ[←微妙ᄒ다(미묘하다): 微妙(미묘: 명사)+-ᄒ(형접)-]-+-고(연어, 나열)

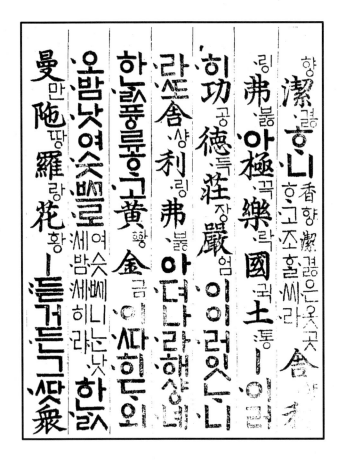

香潔(향결)하니【 香潔(향결)은 향기롭고 깨끗한 것이다. 】舍利弗(사리불)아,
極樂(극락) 國土(국토)가 이렇게 功德莊嚴(공덕장엄)이 이루어져 있느니라.
또 舍利弗(사리불)아, 저 나라에서 늘 하늘의 풍류를 하고 黃金(황금)이
땅이 되고, 밤낮 여섯 때로【여섯 때는 낮의 셋과 밤의 셋이다. 】하늘의
曼茶羅華(만다라화)가 떨어지거든, 그 땅의

香_향潔_겷ᄒ니⁹⁷⁾ 【香_향潔_겷은 옷곳ᄒ고⁹⁸⁾ 조홀⁹⁹⁾ 씨라】 舍_샹利_링弗_붏아 極_끅樂_락 國_귁土_통ㅣ 이러히¹⁰⁰⁾ 功_공德_득莊_장嚴_엄¹⁾이 이러²⁾ 잇ᄂ니라 ᄯᅩ 舍_샹利_링弗_붏아 뎌 나라해³⁾ 샹녜⁴⁾ 하ᄂᆳ 풍류⁵⁾ ᄒ고 黃_{ᅘᅪᇰ}金_금이 ᄯᅡ히⁶⁾ ᄃ외오⁷⁾ 밤낫⁸⁾ 여슷 ᄢᅵ로⁹⁾【여슷 ᄢᅵ니ᄂ¹⁰⁾ 낫 세 밤 세히라¹¹⁾】 하ᄂᆳ 曼_만陁_땅羅_랑花_황¹²⁾ㅣ 듣거든¹³⁾ 그 ᄯᅡᆺ¹⁴⁾

---

97) 香潔ᄒ니: 香潔ᄒ[향결하다: 香潔(향결: 명사) + -ᄒ(형접)-]- + -니(연어, 설명 계속) ※ '香潔(향결)'은 향기롭고 깨끗한 것이다.

98) 옷곳ᄒ고: 옷곳ᄒ[향기롭다, 香: 옷곳(香: 불어) + -ᄒ(형접)-]- + -고(연어, 나열)

99) 조홀: 좋(깨끗하다, 潔)- + -ᄋᆯ(관전)

100) 이러히: [이렇게, 如是: 이러ᄒ(← 이러ᄒ다, 如是: 형사)- + -이(부접)]

1) 功德莊嚴: 공덕장엄. ※ '功德(공덕)'은 좋은 일을 행한 덕으로 훌륭한 결과를 가져오게 하는 능력이다. '莊嚴(장엄)'은 좋고 아름다운 것으로 국토를 꾸미고, 훌륭한 공덕을 쌓아 몸을 장식하고, 향이나 꽃 따위를 부처에게 올려 장식하는 일이다. ※ 공덕장엄(功德莊嚴)은 이 세상을 좋은 공덕으로 꾸미는 것이다.

2) 이러: 일(이루어지다, 成)- + -어(연어)

3) 나라해: 나라ᄒ(나라, 國) + -애(-에: 부조, 위치)

4) 샹녜: 늘, 항상, 常(부사)

5) 풍류: 풍류, 樂.

6) ᄯᅡ히: ᄯᅡᄒ(땅, 地) + -이(보조)

7) ᄃ외오: ᄃ외(되다, 爲)- + -오(← -고: 연어, 나열)

8) 밤낫: [밤과 낮, 晝夜: 밤(밤, 夜) + 낫(← 낮: 낮, 晝)]

9) ᄢᅵ로: ᄢᅵ(때, 時: 의명) + -로(부조, 방편) ※ '밤낫 여슷 ᄢᅵ'는 육시(六時)를 이른다. '六時(육시)'는 하루를 여섯으로 나눈 염불 독경의 시간이다. '신조(晨朝), 일중(日中), 일몰(日沒), 초야(初夜), 중야(中夜), 후야(後夜)'이 있다.

10) ᄢᅵ니ᄂ: ᄢᅵ니(때, 時) + -ᄂ(보조사, 주제) ※ 'ᄢᅵ니'는 15세기 국어에서 '때(時)'의 뜻으로 쓰였는데, 현대 국어에서는 '날마다 일정한 시간에 먹는 밥'의 뜻으로 바뀌었다.

11) 세히라: 세ᄒ(셋, 三: 수사, 양수) + -이(서조) + -Ø(현시)- + -라(← -다: 평종)

12) 曼陁羅花: 만다라화. 천상계에 핀다고 하는 성스러운 흰 연꽃이다.

13) 듣거든: 듣(떨어지다, 雨)- + -거든(연어, 조건)

14) ᄯᅡᆺ: ᄯᅡ(← ᄯᅡᄒ: 땅, 地) + -ㅅ(-의: 관조)

衆生衆生(중생)이 항상 아침마다 各各(각각) 衣裓(의극)에【衣裓(의극)은 꽃을
담는 것이니, 옷자락 같은 것이다. 】많은 고운 꽃을 담아다가 다른 나라의
十萬億(십만억) 佛(불)을 供養(공양)하고, 즉시 밥을 먹을 때에 본국(本國)
에 돌아와 밥을 먹고 두루 다니나니, 舍利弗(사리불)아 極樂(극락) 國土
(국토)가 이렇게 功德莊嚴(공덕장엄)이

衆_즁生_싱이 샹녜 아춤마다¹⁵⁾ 各_각各_각 衣_힁裓_큭¹⁶⁾에【衣_힁裓_큭은 곳¹⁷⁾ 담는 거시니 오즈락¹⁸⁾ ᄀ튼¹⁹⁾ 거시라】한 고봀²⁰⁾ 고줄 다마다가²¹⁾ 다른 나랏 十_씹萬_먼億_흑 佛_뿛을 供_공養_양ᄒᅀᆸ고 즉자히²²⁾ 밥 머긇²³⁾ 쁴로²⁴⁾ 믿나라해²⁵⁾ 도라와 밥 먹고 두루²⁶⁾ ᄃᆞ니ᄂᆞ니²⁷⁾ 舍_샹利_링弗_뿛아 極_끅樂_락 國_귁土_통ㅣ 이러히 功_공德_득莊_장嚴_엄이

---

15) 아춤마다: 아춤(아침, 旦) + -마다(보조사, 각자)

16) 衣裓: 의극. 옷자락이다.

17) 곳: 곳(← 곶: 꽃, 花)

18) 오즈락: [옷자락, 衣裓: 오(← 옷, 衣) + 즈락(자락, 裓] ※ '옷즈락'은 옷의 아래로 드리운 부분이다.

19) ᄀ튼: ᄀᇀ(← ᄀᆮᄒᆞ다: 같다, 如)- + -Ø(현시)- + -은(관전)

20) 고봀: 곫(← 곱다, ㅂ불: 곱다, 麗)- + -Ø(현시)- + -은(관전)

21) 다마다가: 담(담다, 숌)- + -아(연어) + -다가(보조사, 동작 유지, 강조)

22) 즉자히: 즉시로, 卽(부사)

23) 머긇: 먹(먹다, 食)- + -읋(관전)

24) 쁴로: 쁴(때, 時) + -로(부조, 방편) ※ '쁴로'는 문맥을 고려하여 '때에'로 의역하여 옮긴다.

25) 믿나라해: 믿나라ㅎ[본국, 本國: 믿(← 밑: 밑, 本) + 나라ㅎ(나라, 國)] + -애(-에: 부조, 위치)

26) 두루: [두루, 徑(부사): 둘(둘다, 圍: 동사)- + -우(부접)]

27) ᄃᆞ니ᄂᆞ니: ᄃᆞ니[다니다, 行: ᄃᆞᆮ(닫다, 달리다, 走)- + 니(가다, 行)-]- + -ᄂᆞ(현시)- + -니(연어, 설명 계속)

엄〮이〯이〮러〮잇〮ᄂᆞ니〮라〮ᄯᅩᆮ舍〮상利〮링弗〮붏
아〮뎌〮나〮라〮해〯상네〯갓〯갓〯奇끵妙ᄆᆜᇢᇢᄒᆞᆺ雜
짬色〮ᄉᆡᆨ鳥〯ᄃᆞᇢ이〮 고微밍妙ᄆᆜᇢᇢᄒᆞᆯ씨〮오〮雜
짬色〮ᄉᆡᆨ인〮여〮러〮비〮치〮라〯 白〮ᄈᆡᆨ鶴〮ᅘᅡᆨ과〮白〮ᄈᆡᆨ鶴〮ᅘᅡᆨ은〮ᄒᆡᆫ두〮루〮미〮라〯
孔〯콩雀〮작 과〮鸚ᅙᅵᆼ鵡〮뭉와〮舍〮상利〮링와〮
고舍〮상利〮링ᄂᆞᆫ봆〮곳〮고〮리〮라〮혼〮마〮리라〯 迦강陵룽頻ᄈᆫ伽꺙
와〮共〮꽁命〮명鳥〯ᄃᆞᇢ이〮 이〮런〮여〮러〮새〮ᄃᆞ〯리〮

이루어져 있느니라. 또 舍利弗(사리불)아, 저 나라에 항상 갖갖 奇妙(기묘)한 雜色(잡색)의 鳥(조)가【奇妙(기묘)는 奇特(기특)하고 微妙(미묘)한 것이요, 雜色(잡색)은 여러 빛이다. 】白鶴(백학)과【白鶴(백학)은 흰 두루미이다. 】孔雀(공작)과 鸚鵡(앵무)와 舍利(사리)와【舍利(사리)는 봄의 꾀꼬리이라 한 말이다. 】迦陵頻伽(가릉빈가)와 共命鳥(공명조)의 이런 여러 새들이

이러²⁸⁾ 잇ᄂ니라²⁹⁾ ᄯᅩ 舍_샹利_링弗_붏아 뎌 나라해 샹녜 갓갓³⁰⁾ 奇_끵妙_묳ᄒᆫ 雜_짭色_싁³¹⁾ 鳥_듷ㅣ【奇_끵妙_묳ᄂ 奇_끵特_뜩고³²⁾ 微_밍妙_묳홀 씨오 雜_짭色_싁ᄋᆫ 여러 비치라】白_삑鶴_{ᅘᅡᆨ}³³⁾과【白_삑鶴_{ᅘᅡᆨ}ᄋᆫ 힌³⁴⁾ 두루미라】孔_콩雀_쟉³⁵⁾과 鸚_힝鵡_뭉³⁶⁾와 舍_샹利_링³⁷⁾와【舍_샹利_링ᄂ 봀 곳고리라³⁸⁾ ᄒᆞᆫ 마리라】迦_강陵_릉頻_삔伽_꺙³⁹⁾와 共_꽁命_명鳥_듷ㅣ⁴⁰⁾ 이런 여러 새들히

---

28) 이러: 일(이루어지다, 成)-＋-어(연어)

29) 잇ᄂ니라: 잇(← 이시다: 있다, 보용, 완료 지속)-＋-ᄂ(현시)-＋-니(확인)-＋-라(←-다: 평종)

30) 갓갓: [가지가지, 種種(명사): 갓(← 가지: 가지, 種)＋갓(← 가지: 가지, 種)]

31) 雜色: 잡색. 여러 가지 색이 뒤섞인 색이다.

32) 奇特고: 奇特[← 奇特ᄒ다(기특하다): 奇特(기특: 명사)＋-ᄒ(형접)-]-＋-고(연어, 나열)

33) 白鶴: 백학. 흰빛의 두루미이다.

34) 힌: 히(희다, 白)-＋-∅(현시)-＋-ㄴ(관전)

35) 孔雀: 공작.

36) 鸚鵡: 앵무. 앵무과의 새를 통틀어 이르는 말이다.

37) 舍利: 사리. 봄의 꾀꼬리이다.

38) 곳고리라: 곳고리(꾀꼬리, 黃鳥)＋-이(서조)-＋-∅(현시)-＋-라(←-다: 평종)

39) 迦陵頻伽: 가릉빈가. 불경에 나오는, 사람의 머리를 한 상상의 새이다. 히말라야 산에 살며, 그 울음소리가 곱고, 극락에 둥지를 튼다고 한다.

40) 共命鳥ㅣ: 共命鳥(공명조)＋-ㅣ(←-의: 관조) ※ '共命鳥(공명조)'는 산스크리트어 jīva-jīvaka 의 음사이다. 인도의 북동 지역에 서식하는 꿩의 일종이다. 꿩의 일종으로 몸 하나에 두 머리가 있는데, 하나가 죽으면 다른 하나도 따라 죽는 공동체의 생명이므로, 이로부터 얻은 이름이다.

밤낫여슷ᄢ로 和ᅘᅡᆼ雅ᅌᅡ호소리를내
ᄂᆞ니 和ᅘᅡᆼᄂᆞᆫ溫혼和ᅘᅡᆼ호씨오雅ᅌᅡᆼᄂᆞᆫ正정호씨라 그소리五
ᅌᅩᆼ根ᄀᆞᆫ五ᅌᅩᆼ力륵과七칧菩뽕提똉分분
과八밣聖셩道똘分분과이트렛法법
을演ᅌᅥᆫ暢턍호거든演ᅌᅥᆫ은너비필씨라暢턍은가
나며스ᄆᆞ출씨라그ᄯᅡᆺ衆즁生ᅀᅵᆼ이이소리를
고다念념佛뽛ᄒᆞ며念념法법ᄒᆞ며念

밤낮 여섯 때로 和雅(화아)한 소리를 내나니【 和(화)는 溫和(온화)한 것이
요, 雅(아)는 正(정)한 것이다. 】, 그 소리가 五根(오근)과 五力(오력)과 七菩
提分(칠보리분)과 八聖道分(팔성도분) (등) 이 종류의 法(법)을 演暢(연창)
하거든【 演(연)은 넓히는 것이요, 暢(창)은 자라나며 막힘이 없는 것이다. 】,
그 땅의 衆生(중생)이 이 소리를 듣고 다 念佛(염불)하며 念法(염법)하며
念僧(염승)하느니라.

밤낫 여슷 삐로[41] 和ᅘᅡᆼ雅ᅌᅡᆼ[42]ᄒᆫ 소리를 내ᄂᆞ니【和ᅘᅡᆼᄂᆞᆫ 溫ᅙᅩᆫ和ᅘᅡᆼᄒᆞᆯ 씨오 雅ᅌᅡᆼᄂᆞᆫ 正졍ᄒᆞᆯ 씨라】 그 소리 五ᅌᅩᆼ根ᄀᆫ[43] 五ᅌᅩᆼ力륵[44]과 七칧菩뽕提똉分뿐[45]과 八밣聖셩道똘分뿐[46]과 이 트렛[47] 法법을 演연暢턍ᄒᆞ거든[48]【演연은 너필[49] 씨오 暢턍은 기러나며[50] ᄉᆞᄆᆞᆾ[51] 씨라】 그 짯[52] 衆즁生ᄉᆡᆼ이 이 소리 듣고 다 念념佛뿛[53]ᄒᆞ며 念념法법[54]ᄒᆞ며 念념僧ᄉᆞᆼᄒᆞᄂᆞ니라[55]

---

41) 삐로: 삐(때, 時: 의명) + -로(부조, 방편)

42) 和雅: 화아. 온화(溫和)하고 맑은 것이다.

43) 五根: 오근. 번뇌를 누르고 깨달음의 길로 이끄는 다섯 가지 근원이다. '신근(信根), 정진근(精進根), 염근(念根), 정근(定根), 혜근(慧根)'을 이른다.

44) 五力: 오력. 수행에 필요한 다섯 가지 힘이다. 신력(信力), 정진력(精進力), 염력(念力), 정력(定力), 혜력(慧力)을 이른다.

45) 七菩提分: 칠보리분. '칠각지(七覺支)'라고도 한다. 불도 수행에서 참과 거짓, 선악을 살펴서 올바로 취사선택하는 일곱 가지 지혜이다. '칠보리분'에는 '택법각분(擇法覺分), 정진각분(精進覺分), 희각분(喜覺分), 제각분(除覺分), 사각분(捨覺分), 정각분(定覺分), 염각분(念覺分)'이 있다.

46) 八聖道分: 팔성도분. 깨달음과 열반으로 이끄는 올바른 여덟 가지 길이다. '팔성도분'에는 정견(正見), 정사유(正思惟), 정어(正語), 정업(正業), 정명(正命), 정정진(正精進), 정념(正念), 정정(正定)이 있다.

47) 트렛: 틀(틀, 따위 종류, 種類) + -에(부조, 위치) + -ㅅ(-의: 관조) ※ '틀'은 일정한 격식이나 형식이다.

48) 演暢ᄒᆞ거든: 演暢ᄒᆞ[연창하다: 演暢(연창: 명사) + -ᄒᆞ(동접)-]- + -거든(연어, 조건) ※ '演暢(연창)'은 널리 통하여 막힘이 없는 것이다. 곧, 어떤 사실이나 진리 등을 자세하게 설명하여 밝히는 것이다.

49) 너필: 너피[넓히다, 擴: 넙(넓다, 廣: 형사)- + -히(사접)-]- + -ㄹ(관전)

50) 기러나며: 기러나[자라나다, 成長: 길(자라다, 長: 동사)- + -어(연어) + 나(나다, 出)-]- + -며(연어, 나열)

51) ᄉᆞᄆᆞᆾ: ᄉᆞᄆᆞᆾ(통하다, 막힘이 없다, 貫)- + -올(관전)

52) 짯: 짜(← 짜ㅎ: 땅, 地) + -ㅅ(-의: 관조)

53) 念佛: 염불. 부처의 모습과 공덕을 생각하면서 아미타불을 부르는 일이다.

54) 念法: 염법. 큰 공덕이 있는 부처의 설법을 전심으로 생각하는 일이다.

55) 念僧ᄒᆞᄂᆞ니라: 念僧ᄒᆞ[염승하다: 念僧(염승: 명사) + -ᄒᆞ(동접)-]- + -ᄂᆞ(현시)- + -니(원칙)- + -라(← -다: 평종) ※ '念僧(염승)'은 스님의 공덕을 늘 생각하는 일이다.

舍利弗(사리불)아, 네가 "이 새가 罪(죄)를 지은 果報(과보)로 (저 나라에) 났다." 여기지 말라. "(그것이) 어째서이냐?" 한다면, 저 나라에 三惡道(삼 악도)가 없으니 【三惡道(삼악도)는 세 (가지의) 궂은 길이니, 地獄(지옥)·餓鬼 (아귀)·畜生(축생)이다.】, 舍利弗(사리불)아, 저 나라에 惡道(악도)의 이름 도 없으니 하물며 眞實(진실)의 새가 있겠느냐? 이

舍_샹利_링弗_붏아 네[56] 이 새를[57] 罪_쬥 지순[58] 果_광報_볼[59]로 나다[60] 너기디[61] 말라 엇뎨어뇨[62] ᄒᆞ란딘[63] 뎌 나라해 三_삼惡_학道_똘[64] ㅣ 업스니【三_삼惡_학道_똘ᄂᆞᆫ 세 구즌[65] 길히니[66] 地_띵獄_옥[67] 餓_앙鬼_귕[68] 畜_흉生_싱 이라[69] 】舍_샹利_링弗_붏아 뎌 나라해 惡_학道_똘ㅅ 일훔도[70] 업거니[71] ᄒᆞ믈며[72] 眞_진實_씷ㅅ 새[73] 이시리여[74] 이

---

56) 네: 너(너, 汝: 인대, 2인칭) + -ㅣ(←-이: 주조)

57) 새를: 새(새, 鳥) + -를(목조) ※ '새를'은 문맥을 고려하여 '새가'로 의역하여서 옮긴다.

58) 지순: 짓(←짓다, ㅅ불: 짓다, 作)- + -∅(과시)- + -우(대상)- + -ㄴ(관전)

59) 果報: 과보. 인과응보(因果應報). 전생에 지은 선악에 따라 현재의 행과 불행이 있고, 현세에서 의 선악의 결과에 따라 내세에서 행과 불행이 있는 일이다.

60) 나다: 나(나다, 出)- + -∅(과시)- + -다(평종)

61) 너기디: 너기(여기다, 念)- + -디(-지: 연어, 부정)

62) 엇뎨어뇨: 엇뎨(어째서, 何: 부사) + -∅(←-이-: 서조)- + -어(←-거-: 확인)- + -뇨(-냐: 의 종, 설명)

63) ᄒᆞ란딘: ᄒᆞ(하다, 謂)- + -란딘(-을 것이면, -을진대: 연어, 가정)

64) 三惡道: 삼악도. 악인이 죽어서 가는 세 가지의 괴로운 세계. 지옥도(地獄道), 축생도(畜生道), 아귀도(餓鬼道)이다.

65) 구즌: 궂(궂다, 나쁘다, 惡)- + -∅(현시)- + -은(관전)

66) 길히니: 길ㅎ(길, 道) + -이(서조)- + -니(연어, 설명 계속)

67) 地獄: 지옥. 지옥도(地獄道). 삼악도(三惡道)의 하나이다. 죄업을 짓고 매우 심한 괴로움의 세 계에 난 중생이나 그런 중생의 세계. 또는 그런 생존. 섬부주의 땅 밑, 철위산의 바깥 변두리 어두운 곳에 있다고 한다. 팔대 지옥, 팔한 지옥 따위의 136종이 있다.

68) 餓鬼: 아귀. 아귀도(餓鬼道). 삼악도의 하나이다. 아귀들이 모여 사는 세계이다. 이곳에서 아귀 들이 먹으려는 음식은 불로 변하여 늘 굶주리고, 항상 매를 맞는다고 한다.

69) 畜生이라: 畜生(축생) + -이(서조)- + -∅(현시)- + -라(←-다: 평종) ※ '축생도(畜生道)'는 삼 악도의 하나이다. 죄업 때문에 죽은 뒤에 짐승으로 태어나 괴로움을 받는 세계이다.

70) 일훔도: 일훔(이름, 名) + -도(보조사, 첨가)

71) 업거니: 업(←없다: 없다, 無)- + -거(확인)- + -니(연어, 설명 계속)

72) ᄒᆞ믈며: 하물며, 況(부사)

73) 새: 새(새, 鳥) + -∅(←-이: 주조)

74) 이시리여: 이시(있다, 有)- + -리(미시)- + -여(-냐: 의종, 판정)

새들은 다 阿彌陀佛(아미타불)이 '法音(법음)을 펴리라.' 하시어 變化(변화)로 지으셨느니라. 【法音(법음)은 法(법)의 소리이다. 】 舍利弗(사리불)아, 저 나라에 가만한 바람이 行樹(행수)와 羅網(나망)에 불면, 微妙(미묘)한 소리가 나되 百千(백천) 가지의 풍류가 함께하는 듯하니, 이 소리를 들으면 自然(자연)히 念佛(염불)

새들흔⁷⁵⁾ 다 阿_항彌_밍陁_땅佛_뿛⁷⁶⁾이 法_법音_흠⁷⁷⁾을 펴리라 ᄒᆞ샤 變_변化_황

로 지ᅀᅳ시니라⁷⁸⁾【法_법音_흠은 法_법 소리라】 舍_샹利_링弗_뿛아 뎌 나라해

ᄀᆞᄆᆞᆫ⁷⁹⁾ ᄇᆞᄅᆞ미⁸⁰⁾ 行_{ᅘᅢᆼ}樹_쓩⁸¹⁾ 羅_랑網_망을⁸²⁾ 불면 微_밍妙_묳ᄒᆞᆫ 소리

나ᄃᆡ⁸³⁾ 百_빅千_천 가짓 풍륫⁸⁴⁾ 흔ᄢᅴ⁸⁵⁾ ᄒᆞᄂᆞᆫ 둣⁸⁶⁾ ᄒᆞ니 이 소리 드

르면 自_쫑然_션히⁸⁷⁾ 念_념佛_뿛

---

75) 새들흔: 새들ㅎ[새들, 諸衆鳥: 새(새, 鳥) + -들ㅎ(-들: 복접)] + -은(보조사, 주제)

76) 阿彌陁佛: 아미타불. 서방 정토에 있는 부처이다. 대승 불교 정토교의 중심을 이루는 부처로, 수행 중에 모든 중생을 제도하겠다는 대원(大願)을 품고 성불하여 극락에서 교화하고 있으며, 이 부처를 염하면 죽은 뒤에 극락에 간다고 한다.

77) 法音: 법음. 설법하거나 독경하는 소리이다.

78) 지ᅀᅳ시니라: 짓(← 짓다, ㅅ불: 짓다, 作) + -ᄋᆞ시(주높) + -Ø(과시) + -니(원칙) + -라(← -다: 평종)

79) ᄀᆞᄆᆞᆫ: ᄀᆞᄆᆞᆫᄒᆞ[가만하다, 微: ᄀᆞᄆᆞᆫ(가만, 微: 부사) + -ᄒᆞ(형접)-] + -Ø(현시) + -ㄴ(관전) ※ 'ᄀᆞᄆᆞᆫᄒᆞ다'는 움직임 따위가 그다지 드러나지 않을 만큼 조용하고 은은한 것이다.

80) ᄇᆞᄅᆞ미: ᄇᆞᄅᆞᆷ(바람, 風) + -이(주조)

81) 行樹: 행수. 쭉 늘어선 나무이다.

82) 羅網을: 羅網(나망) + -을(-에: 목조, 보조사적 용법, 의미상 부사격) ※ '羅網(나망)'은 구슬을 꿰어 그물처럼 만들어 불전(佛前)을 장식하는 기구이다.

83) 나ᄃᆡ: 나(나다, 出) + -ᄃᆡ(← -오ᄃᆡ: 연어, 설명 계속)

84) 풍륫: 풍류(풍류, 樂) + -ㅣ(← -이: 주조)

85) 흔ᄢᅴ: [함께, 同時(부사): 흔(한, 一: 관사, 양수) + ㅲ시(← ᄢᅴ: 때, 時) + -의(-에: 부조▷부접)]

86) 둣: 둣(의명, 흡사)

87) 自然히: [자연히(부사): 自然(자연: 명사) + -ᄒᆞ(← -ᄒᆞ-: 형접)- + -이(부접)]

念法念僧 호·ᄆ·ᅀᆞᆷ·을 ·내ᄂᆞ·니
舍利弗·아 ·그 부텻 國土ㅣ
·이러·히 功德莊嚴·이 이러·잇
·ᄂᆞ·니·라 舍利弗·아 ·네 ·ᄠ·데 엇·뎌
·뇨 뎌 부텨·엇던 젼·ᄎᆞ·로 號·ᄅᆞᆯ 阿彌
陁ㅣ·시·다 ·ᄒᆞ·거·뇨 舍利弗·
·아 뎌 부텻 光明·이 ·그·지 ·업·서 十

念法(염법), 念僧(염승)을 할 마음을 내나니, 舍利弗(사리불)아 그 부처의 國土(국토)가 이렇게 功德莊嚴(공덕장엄)이 이루어져 있느니라. 舍利弗(사리불)아, 너의 뜻에는 어떠하냐? 부처가 어떤 까닭으로 號(호)를 '阿彌陁(아미타)이시다.' 하였느냐? 舍利弗(사리불)아, 저 부처의 光明(광명)이 그 지없어

念념法법 念념僧승 홀 ᄆᆞᅀᆞᄆᆞᆯ 내ᄂᆞ니⁸⁸⁾ 舍샹利링弗붏아 그 부텻 國귁土통ㅣ 이러히⁸⁹⁾ 功공德득莊장嚴엄이 이러⁹⁰⁾ 잇ᄂᆞ니라⁹¹⁾ 舍샹利링弗붏아 네⁹²⁾ ᄠᅦᆫ⁹³⁾ 엇더뇨⁹⁴⁾ 부톄 엇던⁹⁵⁾ 젼ᄎᆞ로⁹⁶⁾ 號뽛룰 阿항彌밍陁땅ㅣ시다⁹⁸⁾ ᄒᆞ거뇨⁹⁹⁾ 舍샹利링弗붏아 뎌 부텻 光광明명이 그지업서¹⁰⁰⁾

---

88) 내ᄂᆞ니: 내[내다, 出: 나(나다, 出: 자동)− + −ㅣ(←−이−: 사접)−]− + −ᄂᆞ(현시)− + −니(연어, 설명 계속)

89) 이러히: [이렇게, 如是(부사): 이러(불어) + −ᄒᆞ(←−ᄒᆞ−: 형접)− + −이(부접)]

90) 이러: 일(이루어지다, 成)− + −어(연어)

91) 잇ᄂᆞ니라: 잇(← 이시다: 있다, 보용, 완료 지속)− + −ᄂᆞ(현시)− + −니(원칙)− + −라(←−다: 평종)

92) 네: 너(너, 汝: 인대, 2인칭) + −ㅣ(←−의: 관조)

93) ᄠᅦᆫ: ᄠᅳᆮ(뜻, 意) + −에(부조, 위치) + −ㄴ(←−는: 보조사, 주제)

94) 엇더뇨: 엇더[← 엇더ᄒᆞ다(어떠하다, 云何): 엇더(어떠, 何: 불어) + −Ø(←−ᄒᆞ−: 형접)−]− + −Ø(현시)− + −뇨(−냐: 의종, 설명)

95) 엇던: [어떤, 何(관사, 지시, 미지칭): 엇더(← 엇더ᄒᆞ다(어떠하다, 何: 형사) + −ㄴ(관전▷관접)]

96) 젼ᄎᆞ로: 젼ᄎᆞ(까닭, 故) + −로(부조, 방편)

97) 號: 호. 본명이나 자(字) 이외에 쓰는 이름이다. 허물없이 쓰기 위하여 지은 이름이다.

98) 阿彌陁ㅣ시다: 阿彌陁(아미타) + −ㅣ(←−이−: 서조)− + −시(주높)− + −Ø(현시)− + −다(평종)

99) ᄒᆞ거뇨: ᄒᆞ(하다, 謂)− + −Ø(과시)− + −거(확인)− + −뇨(−냐: 의종, 설명)

100) 그지업서: 그지없[그지없다, 無量: 그지(한도, 限: 명사) + 없(없다, 無: 형사)−]− + −어(연어)

方　나라홀미추샤되、린디업스실
씨號、를阿彌陁ㅣㅅ다ᄒᆞᄂ
니라쏘舍利弗、아뎌부텻목숨
과그엣百姓、이無量無邊
阿僧祇劫、일씨일후믈阿
彌陁ㅣㅅ다ᄒᆞᄂ니舍利
弗、아阿彌陁佛、이成佛

十方(시방)의 나라를 비추시되 가린 데가 없으시므로, 號(호)를 阿彌陀(아
미타)이시다 하느니라. 또 舍利弗(사리불)아, 저 부처의 목숨과 거기에 있
는 百姓(백성)이 無量無邊(무량무변)의 阿僧祇(아승기) 劫(겁)이므로, 이름
을 阿彌陀(아미타)이시다 하나니, 舍利弗(사리불)아 阿彌陀佛(아미타불)이

十씹方방[1] 나라흘[2] 비취샤딕[3] フ린[4] 딕[5] 업스실씨 號흫롤 阿항彌밍

陀땅ㅣ시다 ᄒᄂ니라 ᄯᅩ[6] 舍샹利링弗붏아 뎌 부텻 목숨과[7] 그엣[8]

百빅姓셩이 無뭉量량無뭉邊변[9] 阿항僧승祇낑劫겁일씨[10] 일후믈 阿항彌밍

陀땅ㅣ시다 ᄒᄂ니 舍샹利링弗붏아 阿항彌밍陀땅佛뿛이

---

1) 十方: 시방. 사방(四方), 사우(四隅), 상하(上下)를 통틀어 이르는 말이다. '사방(四方)'은 동, 서, 남, 북 네 방위를 통틀어 이르는 말이며, '사우(四隅)'는 방 따위의 네 모퉁이의 방위. 곧 동남, 동북, 서남, 서북을 이른다.

2) 나라홀: 나라ㅎ(나라, 國) + -올(목조)

3) 비취샤딕: 비취(비추다, 照)- + -샤(← -시-: 주높)- + -딕(← -오딕: -되, 연어, 설명 계속)

4) フ린: フ리(가리다, 障㝵)- + -∅(과시)- + -ㄴ(관전)

5) 딕: 딕(데, 處: 의명) + -∅(← -이: 주조)

6) ᄯᅩ: 또, 又(부사)

7) 목숨과: 목숨[목숨, 壽命: 목(목, 喉) + 숨(숨, 息)] + -과(접조)

8) 그엣: 그에(거기에, 彼處: 지대, 정칭) + -ㅅ(-의: 관조) ※ '그에'에는 '阿彌陀'가 다스리는 국토를 가리킨다.

9) 無量無邊: 무량무변. 헤아릴 수 없고 끝도 없이 많음을 이르는 말이다.

10) 阿僧祇劫일씨: 阿僧祇劫(아승기겁) + -이(서조)- + -ㄹ씨(-므로: 연어, 이유) ※ '아승기 겁(阿僧祇 劫)'은 불교에서 사용하는 시간의 단위 중 하나이다. 아승기(阿僧祇) 역시 무한히 긴 시간 또는 수를 뜻하는 불교 용어로서 이를 수로 나타내면 10의 64승이고, 갠지스 강의 모래 수를 의미하는 항하사(恒河沙)의 만 배에 해당한다. 그리고 '겁(劫)'은 천지가 한번 개벽한 뒤부터 다음 개벽할 때까지의 기간을 말한다.

호·거신·디 이·제 열 劫·겁·이라·ᄉᆞᆞᇰ舍·샹
利·링弗·붏·아 ·뎌부:톄 無뭉量·량無뭉邊·변
聲·셔ᇰ聞문 弟·똉子·ᄌᆞ·롤 :두겨·시·니·라
阿항羅랑漢·한·이·니 筭·산ᄋᆞ·로 :혜·아·리·혜
여·알·리·며 菩뽕薩·샆衆·즁·도 ·ᄯᅩ·이·티
·하니 舍·샹利·링弗·붏·아 ·뎌부·텻 國·귁土
·또· ㅣ ·이·러·히 功고ᇰ德·득 莊장嚴엄·이

成佛(성불)하신 지가 이제 열 劫(겁)이다. 또 舍利弗(사리불)아, 저 부처가 無量無邊(무량무변)의 聲聞(성문) 弟子(제자)를 두고 계시니, (그 제자들이) 다 阿羅漢(아라한)이니 筭(산)으로 헤아려서는 (그 수를) 끝내 알지 못하겠으며, 菩薩衆(보살중)도 또 이와 같이 많으니, 舍利弗(사리불)아 저 부처의 國土(국토)가 이렇게 功德莊嚴(공덕장엄)이 이루어져

成_쎵佛_뿛ᄒ거신¹¹⁾ 디¹²⁾ 이제 열 劫_겁이라 ᄯᅩ 舍_샹利_링弗_뿛아 뎌 부 테 無_뭉量_량無_뭉邊_변 聲_셩聞_문¹³⁾ 弟_똉子_{ᄌᆞ}를 두겨시니¹⁴⁾ 다 阿_항羅_랑漢_한¹⁵⁾이니 筭_솬¹⁶⁾ᄋᆞ로 몯내¹⁷⁾ 혜여¹⁸⁾ 알리며¹⁹⁾ 菩_뽕薩_삻衆_즁²⁰⁾도 ᄯᅩ 이²¹⁾ ᄀᆞ티²²⁾ 하니²³⁾ 舍_샹利_링弗_뿛아 뎌 부텻 國_귁土_통ㅣ 이러히 功 _공德_득莊_장嚴_엄이 이러

---

11) 成佛ᄒ거신: 成佛ᄒ[성불하다: 成佛(성불: 명사) + -ᄒ(동접)-]- + -거(확인)- + -시(주높)- + -Ø(과시)- + -ㄴ(관전)

12) 디: 디(지: 의명, 시간 경과) + -Ø(←-이: 주조)

13) 聲聞: 성문. 설법을 듣고 사제(四諦)의 이치를 깨달아 아라한(阿羅漢)이 되고자 하는 불제자이다.

14) 두겨시니: 두(두다, 有)- + -Ø(←-어: 연어) # 겨시(계시다: 보용, 완료 지속, 높임)- + -니(연어, 설명 계속) ※ '두겨시니'는 '두어 겨시니'가 축약된 형태이다.

15) 阿羅漢: 아라한. 소승 불교의 수행자 가운데서 가장 높은 경지에 오른 이이다. 온갖 번뇌를 끊고, 사제(四諦)의 이치를 바로 깨달아 세상 사람들의 존경을 받을 만한 공덕을 갖춘 성자를 이른다.

16) 筭: 산. 계산(計算)이다.

17) 몯내: 못내, 非是(부사). '몯내'는 '끝내 ~하지 못하다'의 뜻을 나타낸다.

18) 혜여: 혜(헤아리다. 數)- + -여(←-어: 연어)

19) 알리며: 알(알다, 知)- + -리(미시)- + -며(연어, 나열) ※ 『佛說阿彌陀經』(불설아미타경)에는 '筭ᄋᆞ로 몯내 혜여 알리며'의 구절이 '非是筭數之所能知(= 계산으로 헤아려서 능히 알 수 있는 것이 아니다)'로 기술되어 있다. 이를 감안하여 '筭으로 헤아려서는 끝내 알지 못하겠으며'로 의역하여 옮긴다.

20) 菩薩衆: 보살중. 여러 보살(菩薩)을 이른다.

21) 이: 이(이, 是: 지대, 정칭) + -Ø(←-이: -와, 부조, 비교)

22) ᄀᆞ티: [같이, 如(부사): 곹(← ᄀᆞᇀᄒᆞ다: 같다, 如, 형사)- + -이(부접)]

23) 하니: 하(많다, 多)- + -니(연어, 설명 계속)

러잇ᄂᆞ니라ᄊᆞ舍利ᄅᆞ弗�아極극
樂락國국土통애난衆즁生ᄉᆞᆼ은다阿
鞞빙跋ᄈᆞᇙ致딩니阿항鞞빙跋ᄈᆞᇙ致
ᄋᆞ아니타혼마리니空콩位윙예드러믈러디
아니홈과假강行ᅘᆡᆼ애드러므르디아니홈과中듕念녬에드르므르디아니홀ᄄᆞ리니
니ᄒᆞᆷ괘라호念녬도相샹업수미空콩이니
니홇긔般반若ᅀᆞᆤᆞ두生ᄉᆞᆼ死ᄉᆞᆼ를여
니ᄒᆞᆯ씨假강ᄂᆞᆫ몬ᄀᆞ존法법업수미假강ᄂᆞᆫ거그
니ᄒᆞᆯ씨假강ᄂᆞᆫ비는거시니本본來링업슨거긔

있느니라. 또 舍利弗(사리불)아, 極樂(극락) 國土(국토)에 난 衆生(중생)은 다 阿鞞跋致(아비발치)이니【阿鞞跋致(아비발치)는 '물러나 구르지 아니하였다.' 한 말이니, '물러나지 아니함'이 세 뜻이 있나니, 空位(공위)에 들어 물러나지 아니함과, 假行(가행)에 들어 물러나지 아니함과, 中念(중념)에 들어 물러나지 아니하는 것이다. 한 念(염)도 相(상)이 없는 것이 空(공)이니, 그것이 般若(반야)이니 두 生死(생사)를 떠나기 때문이다. 못 갖추어져 있는 法(법)이 없는 것이 假(가)이니, 假(가)는 빌리는 것이니 本來(본래) 없는 것에

잇ᄂᆞ니라²⁴⁾ 쏘 舍_샹利_링弗_붏아 極_끅樂_락 國_귁土_통애 난 衆_즁生_싱은 다 阿_항鞞_빙跋_뻟致_딩²⁵⁾니【阿_항鞞_빙跋_뻟致_딩ᄂᆞᆫ 믈리²⁶⁾ 그우디²⁷⁾ 아니타²⁸⁾ 혼 마리니²⁹⁾ 므르디 아니호미 세 ᄠᅳ디³⁰⁾ 잇ᄂᆞ니 空_콩位_윙³¹⁾예 드러 므르디 아니홈과 假_강行_{ᅘᅢᆼ}³²⁾애 드러 므르디 아니홈과 中_듕念_념³³⁾에 드러 므르디 아니홈괘라³⁴⁾ ᄒᆞᆫ 念_념도 相_샹³⁵⁾ 업수미 空_콩이니 긔³⁶⁾ 般_반若_샹ㅣ니³⁷⁾ 두 生_싱死_{ᄉᆞᆼ}를 여흴ᄊᆞ니라³⁸⁾ 몯 ᄀᆞ존³⁹⁾ 法_법 업수미 假_강ㅣ니 假_강ᄂᆞᆫ 빌⁴⁰⁾ ᄊᆞ니 本_본來_링 업슨 거긔⁴¹⁾

---

24) 잇ᄂᆞ니라: 잇(←이시다: 있다, 보용, 완료 지속)- + -ᄂᆞ(현시)- + -니(원칙)- + -라(←-다: 평종)

25) 阿鞞跋致: 아비발치. 산스크리트어 avivartika의 음사이다. 불퇴(不退)·불퇴전(不退轉)이라 번역한다. 수행으로 도달한 경지에서 다시 범부의 상태로 후퇴하지 않는 것이다. 곧, 다시 범부의 상태로 후퇴하지 않는 경지이다.

26) 믈리: [물러나서, 退(부사): 믈ㄹ(←므르다: 물러나다, 退, 동사)- + -이(부접)]

27) 그우디: 그우(←그울다: 굴다, 구르다, 轉)- + -디(-지: 연어, 부정)

28) 아니타: 아니ᄒᆞ[←아니ᄒᆞ다(아니하다, 不: 보용, 부정): 아니(아니, 不: 부사, 부정) + -ᄒᆞ(동접)-]- + -Ø(과시)- + -다(평종)

29) 마리니: 말(말, 言) + -이(서조)- + -니(연어, 설명 계속)

30) ᄠᅳ디: ᄠᅳᆮ(뜻, 意) + -이(주조)

31) 空: 공. 온갖 것은 공무(空無)한 것이어서 한 물건도 실재한 것이 아니라는 것이다.

32) 假: 가. 한 물건도 실재하지 않지만 모든 현상은 뚜렷하게 있는 것이다.

33) 中: 중. 공(空)이나 가(假)의 어느 한쪽에 치우치지 않은 진리이다.

34) 아니홈괘라: 아니ᄒᆞ[←아니ᄒᆞ다(아니하다, 不: 보용, 부정): 아니(아니, 不: 부사, 부정) + -ᄒᆞ(동접)-]- + -옴(명전)- + -과(접조) + -ㅣ(←-이-: 서조)- + -Ø(현시)- + -라(←-다: 평종)

35) 相: 상. 볼 수 있고, 알 수 있는 모습이다. 자상(自相)과 공상(共相), 동상(同相)과 이상(異相) 따위로 나눈다.

36) 긔: 그(그것, 彼: 지대, 정칭) + -ㅣ(←-이: 주조)

37) 般若ㅣ니: 般若(반야) + -ㅣ(←-이-: 서조)- + -니(연어, 설명 계속) ※ '般若(반야)'는 대승 불교에서, 만물의 참다운 실상을 깨닫고 불법을 꿰뚫는 지혜. 온갖 분별과 망상에서 벗어나 존재의 참모습을 앎으로써 성불에 이르게 되는 마음의 작용을 이른다.

38) 여흴ᄊᆞ니라: 여희(떠나다, 別)- + -ㄹᄊᆞ(연어, 이유) + -Ø(←-이-: 서조)- + -Ø(현시)- + -니(원칙)- + -라(←-다: 평종) ※ '-ㄹᄊᆞ니라'는 이유나 원인을 나타내는 연결 어미 '-ㄹᄊᆞ'의 뒤에 '-이다'의 활용형이 결합된 형태이다. '혀흴ᄊᆞ니라'는 '떠나기 때문이다'로 의역하여 옮긴다.

39) ᄀᆞ존: ᄀᆞᆾ(갖추어져 있다, 備)- + -Ø(현시)- + -은(관전)

40) 빌: 빌(빌리다, 假)- + -ㄹ(관전)

41) 거긔: 거기에, 彼處(의명)

法법이슈미ᄐᆞ룸곤ᄒᆞ니라ᄒᆞ고 解갱脫퇋 닭이ᄒᆡᆼ뎌기ᄀᆞ조씨니라 ᄒᆞ나토아니며 다ᄅᆞᆨ도아니호미 中듕이니 法법身신이니 眞진實씷ㅅ 境경界갱를 法법 證징ᄒᆞ홀씨라 두 生ᄉᆡᆼ死ᄉᆞᆼᄂᆞᆫ 分분段똰 生ᄉᆡᆼ死ᄉᆞᆼ와 變변易역生ᄉᆡᆼ死ᄉᆞᆼ이라니 分분ᄯᅡᆫ은 제여곰 가ᄂᆞ니 목수미그 限ᄒᆞᆫ 이라 段똰ᄋᆞᆫ 그티니 모미얼구리라 變변易역ᄋᆞᆫ 고텨ᄃᆞ외씨며 果광ㅣ밧ᄀᆞᆯ씨라 그 中듕에 一ᅙᅵᆯ生ᄉᆡᆼ補봉處청ㅣ 해이셔 그 數숭ㅣ 一算산ᄋᆞ로 내ᄋᆞᆯ내알리오 ᄒᆞ직 無뭉量량

法(법)이 있는 것이 빌리는 것과 같으니라. 그것이 解脫(해탈)이니, 행적(行績)이 갖추어져 있기 때문이다. 하나도 아니며 다르지도 아니하는 것이 中(중)이니, 그것이 法身(법신)이니 眞實(진실)의 境界(경계)를 證(증)하기 때문이니라. 두 生死(생사)는 分段生死(분단생사)와 變易生死(변역생사)이니, 分(분)은 제각기 가는 것이니 목숨의 한계이다. 段(단)은 끝이니 몸의 형체이다. 變易(변역)은 고쳐서 되는 것이니 因(인)이 옮으며 果(과)가 바꾸는 것이다. 】그 中(중)에 一生補處(일생보처)가 많이 있어 그 數(수)가 筭(산)으로 끝내 알 수 없겠고, 오직 無量無邊(무량무변)의

法_법 이슈미⁴²⁾ 비룸⁴³⁾ 근ᄒ니라 그 解_갱脫_퇋이니⁴⁴⁾ 힝뎌기⁴⁵⁾ ᄀ줄씨니라⁴⁶⁾ ᄒ나

토⁴⁷⁾ 아니며 다ᄅ도⁴⁸⁾ 아니호미 中_듕이니 긔 法_법身_신⁴⁹⁾이니 眞_진實_씷ㅅ 境_경界

_갱를 證_징홀씨니라⁵⁰⁾ 두 生_싱死_{ᄉᆞᆼ}는 分_뿐段_똰生_싱死_{ᄉᆞᆼ}⁵¹⁾와 變_변易_역生_싱死_{ᄉᆞᆼ}⁵²⁾ㅣ

니 分_뿐ᄋᆞᆫ 제여곰⁵³⁾ 가ᄂᆞ니⁵⁴⁾ 목수믜 그지라⁵⁵⁾ 段_똰ᄋᆞᆫ 그티니⁵⁶⁾ 모미 얼구리라⁵⁷⁾

變_변易_역ᄋᆞᆫ 고텨⁵⁸⁾ ᄃᆞ욀 씨니 因_{ᅙᅵᆫ}이 올ᄆᆞ며⁵⁹⁾ 果_광ㅣ 밧골⁶⁰⁾ 씨라】 그 中_듕

에 一_{ᅙᅵᇙ}生_싱補_봉處_청⁶¹⁾ㅣ 해⁶²⁾ 이셔 그 數_숭ㅣ 籌_{ᄔᅲᇢ}ᄋᆞ로 몯내 알리

오 오직 無_뭉量_량無_뭉邊_변

---

42) 이슈미: 이시(있다, 有)- + -움(명전) + -이(주조)

43) 비룸: 빌(빌다, 빌리다, 借)- + -움(명전)

44) 解脫이니: 解脫(해탈) + -이(서조)- + -니(연어, 설명 계속) ※ '解脫(해탈)'은 번뇌의 얽매임에
서 풀리고 미혹의 괴로움에서 벗어나는 것이다.

45) 힝뎌기: 힝뎍(행적, 行績) + -이(주조)

46) ᄀ줄씨니라: 곳(갖추어져 있다)- + -ㄹ씨(-므로: 연어, 이유) + -이(서조)- + -Ø(현시)- + -니
(원칙)- + -라(←-다: 평종)

47) ᄒ나토: ᄒ나ᄒ(하나, 一: 수사, 양수) + -도(보조사, 강조)

48) 다ᄅ도: 다ᄅ(다르다, 異)- + -Ø(←-디: -지, 연어, 부정) + -도(보조사, 강조)

49) 法身: 법신. 삼신(三身)의 하나이다. 불법의 이치와 일치하는 부처의 몸을 이른다.

50) 證홀씨니라: 證ᄒ[증하다, 깨닫다: 證(증: 불어) + -ᄒ(동접)-]- + -ㄹ씨(-므로: 연어, 이유) +
-이(서조)- + -Ø(현시)- + -니(원칙)- + -라(←-다: 평종)

51) 分段生死: 분단생사. 삼계(三界)에서 태어나고 죽는 일을 되풀이하는 범부(凡夫)의 생사이다.

52) 變易生死: 변역생사. 삼계(三界)의 괴로움을 벗어난 성자가 성불할 때까지 받는 생사이다.

53) 제여곰: 제여곰(제각기, 各自) + -ㅅ(-의: 관조)

54) 가ᄂᆞ니: 가(가다, 行)- + -Ø(과시)- + -ㄴ(관전) # 이(것, 者: 의명) + -Ø(←-이-: 서조)- + -
니(연어, 설명 계속)

55) 그지라: 그지(한계, 限) + -Ø(←-이-: 서조)- + -Ø(현시)- + -라(←-다: 평종)

56) 그티니: 긑(끝, 段) + -이(서조)- + -니(연어, 설명 계속)

57) 얼구리라: 얼굴(형체, 모습, 形) + -이(서조)- + -Ø(현시)- + -라(←-다: 평종)

58) 고텨: 고티[고치다, 改: 곧(곧다, 直: 형사)- + -히(사접)-]- + -어(연어)

59) 올ᄆᆞ며: 옮(옮다, 移)- + -ᄋᆞ며(연어, 나열)

60) 밧골: 밧고(바꾸다, 易)- + -Ø(←-오-: 대상)- + -ㄹ(관전)

61) 一生補處: 일생보처. 보살의 가장 높은 지위이다. 단 한 번의 생사에 관련되어 일생을 마치면
다음에는 부처의 자리에 오른다.

62) 해: [많이, 多(부사): 하(많다, 多: 형사)- + -ㅣ(←-이: 부접)]

량無뭉邊변 阿항僧승祇낑로 닐올띠
니 舍샹利링弗뿛아 衆즁生ᅀᅵᇰ이 드러
든 뎌 나라해 나고져 發밠願원ᄒᆞ야ᅀᅡ
ᄒᆞ리니 엇뎨어뇨 ᄒᆞ란디 이러ᄒᆞᆫ 못 어
딘 사ᄅᆞᆷᄃᆞᆯ콰 ᄒᆞᆫᄃᆡ 이시릴ᄊᆡ니라 舍샹
利링弗뿛아 죠고맛 善쎤根ᄀᆞᆫ 福복德
득 因ᅙᅵᆫ緣원으로 뎌 나라해 나디 몯ᄒᆞᄂᆞ

阿僧祇(아승기)로 이를 것이니, 舍利弗(사리불)아 衆生(중생)이 (나의 말을) 듣거든 저 나라(= 극락 국토)에 나고자 發願(발원)하여야 하겠으니, "(그것이) 어째서냐?" 하면, 이러한 가장 어진 사람들과 한데 있을 것이기 때문이니라. 舍利弗(사리불)아, 조금의 善根(선근)과 福德(복덕)의 因緣(인연)으로 저 나라에 나지 못하나니

阿_항僧_승祇_낑로 닐옳⁶³⁾ 디니⁶⁴⁾ 舍_샹利_링弗_붏아 衆_즁生_싱이 드러든⁶⁵⁾ 뎌 나라해⁶⁶⁾ 나고져 發_벓願_원ᄒᆞ야ᅀᅡ⁶⁷⁾ ᄒᆞ리니 엇뎨어뇨⁶⁸⁾ ᄒᆞ란ᄃᆡ⁶⁹⁾ 이러ᄒᆞᆫ 뭇 어딘⁷⁰⁾ 사ᄅᆞᆷᄃᆞᆯ콰⁷¹⁾ ᄒᆞᆫᄃᆡ⁷²⁾ 이시릴ᄊᆡ니라⁷³⁾ 舍_샹利_링弗_붏아 죠고맛⁷⁴⁾ 善_쎤根_{ᄀᆞᆫ} 福_복德_득⁷⁶⁾ 因_{ᅙᅵᆫ}緣_원⁷⁷⁾으로 뎌 나라해 나디 몯ᄒᆞᄂᆞ니⁷⁸⁾

---

63) 닐옳: 닐(← 니ᄅᆞ다: 이르다, 說)- + -오(대상)- + -ᇙ(관전)

64) 디니: ᄃ(← 드: 것, 者, 의명) + -이(서조)- + -니(연어, 설명 계속)

65) 드러든: 들(← 듣다, ㄷ불: 듣다, 聞)- + -어든(← -거든: 연어, 조건)

66) 뎌 나라해: 뎌(저, 彼: 관사, 지시, 정칭) # 나라ㅎ(나라, 國) + -애(-에: 부조, 위치) ※ '저 나라'는 '극락 국토'를 가리킨다.

67) 發願ᄒᆞ야ᅀᅡ: 發願ᄒᆞ[발원하다: 發願(발원: 명사) + -ᄒᆞ(동접)-]- + -야ᅀᅡ(← -아ᅀᅡ: 연어, 필연적 조건)

68) 엇뎨어뇨: 엇뎨(어째서, 所以: 부사) + -Ø(← -이-: 서조)- + -어(← -거-: 확인)- + -뇨(-냐: 의종, 설명)

69) ᄒᆞ란ᄃᆡ: ᄒᆞ(하다, 謂)- + -란ᄃᆡ(-을 것이면, -을진대: 연어, 가정)

70) 어딘: 어디(← 어딜다: 어질다, 善)- + -Ø(현시)- + -ㄴ(관전)

71) 사ᄅᆞᆷᄃᆞᆯ콰: 사ᄅᆞᆷᄃᆞᆯㅎ[사람들, 人等: 사ᄅᆞᆷ(사람, 人) + -ᄃᆞᆯㅎ(-들: 복접)] + -과(접조)

72) ᄒᆞᆫᄃᆡ: [한데, 同處(부사): ᄒᆞᆫ(한, 一: 관사, 양수) + ᄃᆡ(데, 處: 의명)]

73) 이시릴ᄊᆡ니라: 이시(있다, 在)- + -리(미시)- + -ㄹᄊᆡ(-므로: 연어, 이유) + -이(서조)- + -Ø(현시)- + -니(원칙)- + -라(← -다: 평종) ※ '이시릴ᄊᆡ니라'는 '있을 것이기 때문이니라'로 의역하여 옮긴다.

74) 죠고맛: 죠고마(조금, 少: 명사) + -ㅅ(-의: 관조)

75) 善根: 선근. 좋은 과보(果報)를 낳게 하는 착한 일이다.

76) 福德: 복덕. 선행의 과보(果報)로 받는 복스러운 공덕이다.

77) 因緣: 인연. '인(因)'과 '연(緣)'을 아울러 이르는 말이다. '인(因)'은 결과를 만드는 직접적인 힘이고, '연(緣)'은 그를 돕는 외적이고 간접적인 힘이다.

78) 몯ᄒᆞᄂᆞ니: 몯ᄒᆞ[못하다, 不能(보용, 부정): 몯(못, 不能: 부사, 부정) + -ᄒᆞ(동접-)-]- + -ᄂᆞ(현시)- + -니(연어, 설명 계속)

舍利弗(사리불)아, 만일 善男子(선남자)이거나 善女人(선여인)이거나【善男子(선남자)는 좋은 남자요, 善女人(선여인)은 좋은 여자이다.】阿彌陀佛(아미타불)의 이름을 지녀서, 하루거나 이틀이거나 사흘이거나 나흘이거나 닷새이거나 엿새이거나 이레거나, 마음을 골똘히 먹어 (잡념을) 섞지 아니하면, 그

舍_상利_링弗_붏아 ᄒᆞ다가⁷⁹⁾ 善_쎤男_남子_{ᄌᆞ} ㅣ어나⁸⁰⁾ 善_쎤女_녕人_{ᅀᅵᆫ}이어나⁸¹⁾ 【善_쎤男_남子_{ᄌᆞ}ᄂᆞᆫ 이든⁸²⁾ 남지니오⁸³⁾ 善_쎤女_녕人_{ᅀᅵᆫ}은 이든 겨지비라】 阿_{ᅙᅡᆼ}彌_밍陁_땅佛_{뿌ᇙ}ㅅ 일후믈 디니ᅀᄫᅡ⁸⁴⁾ ᄒᆞᄅᆞ리어나⁸⁵⁾ 이트리어나⁸⁶⁾ 사ᅀᆞ리어나⁸⁷⁾ 나ᅀᆞ리어나⁸⁸⁾ 다쐐어나⁸⁹⁾ 여쐐어나⁹⁰⁾ 닐웨어나⁹¹⁾ ᄆᆞᅀᆞᄆᆞᆯ 고즈기⁹²⁾ 머거 섯디⁹³⁾ 아니ᄒᆞ면 그

---

79) ᄒᆞ다가: 만일, 若(부사)

80) 善男子ㅣ어나: 善男子(선남자)+-ㅣ어나(←-이어나: -이거나, 보조사, 선택) ※ '善男子(선남자)'는 현세에서 불법(佛法)을 믿고, 선을 닦는 남자이다.

81) 善女人이어나: 善女人(선여인)+-이어나(←-이어나: 보조사, 선택) ※ '善女人(선여인)'은 현세에서 불법(佛法)을 믿고, 선을 닦는 남자이다.

82) 이든: 읻(좋다, 곱다, 善)-+-Ø(현시)-+-은(관전)

83) 남지니오: 남진(남자, 男)+-이(서조)-+-오(←-고: 연어, 나열)

84) 디니ᅀᄫᅡ: 디니(지니다, 執持)-+-ᅀᆞ(←-ᅀᆞᆸ-: 객높)-+-아(연어)

85) ᄒᆞᄅᆞ리어나: ᄒᆞᆯ(←ᄒᆞᄅᆞ: 하루, 一日)+-이어나(-이거나: 보조사, 선택)

86) 이트리어나: 이틀(이틀, 二日)+-이어나(-이거나: 보조사, 선택)

87) 사ᅀᆞ리어나: 사ᄋᆞᆯ(사흘, 三日)+-이어나(-이거나: 보조사, 선택)

88) 나ᅀᆞ리어나: 나ᄋᆞᆯ(나흘, 三日)+-이어나(-이거나: 보조사, 선택)

89) 다쐐어나: 다쐐(닷새, 五日)+-어나(←-이어나: -이거나, 보조사, 선택)

90) 여쐐어나: 여쐐(엿새, 六日)+-어나(←-이어나: -이거나, 보조사, 선택)

91) 닐웨어나: 닐웨(이레, 七日)+-어나(←-이어나: -이거나, 보조사, 선택)

92) 고즈기: [골똘히, 한 마음으로, 一心(부사): 고즉(골똘: 불어)+-Ø(←-ᄒᆞ-: 형접)-+-이(부접)]

93) 섯디: 섯(←섟다: 섞다, 不亂)-+-디(-지: 연어, 부정) ※ '석디'는 '잡념을 섞지'로 의역하여 옮긴다.

사르미 命명終중홀쩌긔阿항彌밍陀떵
佛뿛이 聖셩衆중 드리시고 알피와
보시리니 이 사룸 命명終중홀쩌긔
스미어즐티아니ᄒᆞ야 즉자히 極끅樂락
國귁土통애 가아 나리니 舍샹利링
弗붏아 내 이런 利링ᄅᆞᆯ 볼ᄊᆡ 이런 마ᄅᆞᆯ
ᄒᆞ노니 이 말 드른 衆중生ᄉᆡᆼ 은 뎌 나라

사람이 命終(명종)할 적에 阿彌陀佛(아미타불)이 聖衆(성중)을 데리시고 앞에 와서 (모습을) 보이시겠으니, 이 사람이 命終(명종)할 적에 마음이 어찔하지 아니하여 즉시 極樂(극락) 國土(국토)에 가서 나겠으니, 舍利弗(사리불)아 내가 이런 利(이)를 보므로 이런 말을 하니, 이 말을 들은 衆生(중생)은 저 나라에

사르미 命_명終_즁홀⁹⁴⁾ 쩌긔⁹⁵⁾ 阿_항彌_밍陁_따佛_뿛이 聖_셩衆_즁⁹⁶⁾ 드리시고⁹⁷⁾ 알픠⁹⁸⁾ 와 뵈시리니⁹⁹⁾ 이¹⁰⁰⁾ 사름 命_명終_즁홇 저긔 무슨미 어즐티¹⁾ 아니ᄒᆞ야 즉자히 極_끅樂_락 國_귁土_통애 가아 나리니²⁾ 舍_샹利_링弗_붏아 내 이런 利_링³⁾를 볼씨⁴⁾ 이런 마를 ᄒᆞ노니⁵⁾ 이 말 드른⁶⁾ 衆_즁生_싱은 뎌⁷⁾ 나라해

---

94) 命終홀: 命終ᄒᆞ[명종하다, 죽다: 命終(명종: 명사) + -ᄒᆞ(동접)-] - + -ㄹ(관전)

95) 쩌긔: 쩍(← 적: 적, 때, 時, 의명) + -의(-에: 부조, 위치)

96) 聖衆: 성중. 성자의 무리이다. 부처와 성문, 연각, 보살 따위를 이른다. 혹은 극락에 있는 모든 보살을 이르기도 한다. 여기서는 문맥상 '극락에 있는 모든 보살'의 뜻으로 쓰였다.

97) 드리시고: 드리(데리다, 與) - + -시(주높) - + -고(연어, 계기)

98) 알픠: 앒(앞, 前) + -의(-에: 부조, 위치)

99) 뵈시리니: 뵈[보이다, 現: 보(보다, 見: 타동) - + -ㅣ(사접)-] - + -시(주높) - + -리(미시) - + -니(연어, 설명 계속)

100) 이: 이, 是(관사, 지시, 정칭)

1) 어즐티: 어즐ᄒᆞ[← 어즐ᄒᆞ다(어찔하다, 顚倒: 형사): 어즐(어찔: 불어) + -ᄒᆞ(형접)-] - + -디(-지: 연어, 부정)

2) 나리니: 나(나다, 生) - + -리(미시) - + -니(연어, 설명 계속)

3) 利: 이, 이익(利益)

4) 볼씨: 보(보다, 見) - + -ㄹ씨(-므로: 연어, 이유)

5) ᄒᆞ노니: ᄒᆞ(하다, 說) - + -ㄴ(← -ᄂᆞ-: 현시) - + -오(화자) - + -니(연어, 설명 계속)

6) 드른: 들(← 듣다, ㄷ불: 듣다, 聞) - + -Ø(과시) - + -은(관전)

7) 뎌: 저, 彼(관사, 정칭)

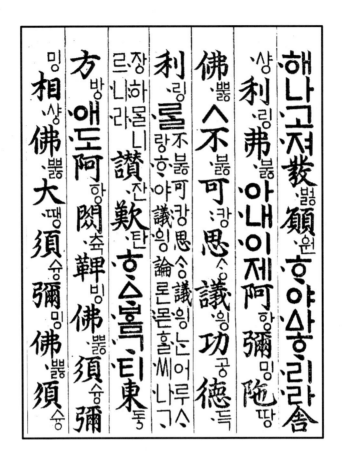

나고자 發願(발원)하여야 하리라. 舍利弗(사리불)아, 내가 이제 阿彌陀佛
(아미타불)의 不可思議(불가사의)한 功德(공덕)의 利(이)를【不可思議(불가사
의)는 능히 생각하여 議論(의논)을 못하는 것이니, 가장 큰 것을 일렀니라.】
讚歎(찬탄)하는 것같이, 東方(동방)에도 阿閦鞞佛(아촉비불)·須彌相佛(수미
상불)·大須彌佛(대수미불)·

나고져⁸⁾ 發_벓願_원ᄒ야ᅀᅡ⁹⁾ ᄒ리라 舍_샹利_링弗_붏아 내 이제 阿_항彌_밍陁_땅佛_뿛ㅅ 不_붏可_캉思_{ᄉᆞᆼ}議_읭¹⁰⁾ 功_공德_득 利_링ᄅᆞᆯ【不_붏可_캉思_{ᄉᆞᆼ}議_읭ᄂᆞᆫ 어루¹¹⁾ ᄉᆞ랑ᄒ야¹²⁾ 議_읭論_론 몯홀¹³⁾ ᄊᆡ니 ᄀᆞ장 하ᄆᆞᆯ¹⁴⁾ 니르니라¹⁵⁾】 讚_잔歎_탄ᄒᅀᆞᆸ옴¹⁶⁾ ᄀᆞ티¹⁷⁾ 東_동方_방애도¹⁸⁾ 阿_항閦_츅鞞_빙佛_뿛 須_슝彌_밍相_샹佛_뿛 大_땡須_슝彌_밍佛_뿛

---

8) 나고져: 나(나다, 生)- + -고져(-고자: 연어, 의도)
9) 發願ᄒ야ᅀᅡ: 發願ᄒ[발원하다: 發願(발원: 명사) + -ᄒ(동접)-]- + -야ᅀᅡ(←-아ᅀᅡ: 연어, 필연적 조건)
10) 不可思議: 불가사의. 사람의 생각으로는 미루어 헤아릴 수 없이 매우 많음을 나타낸다.
11) 어루: 가히, 능히, 可, 能(부사)
12) ᄉᆞ랑ᄒ야: ᄉᆞ랑ᄒ[생각하다, 思: ᄉᆞ랑(생각, 思: 명사) + -ᄒ(동접)-]- + -야(←-아: 연어)
13) 몯홀: 몯ᄒ[못하다, 不能: 몯(못, 不能: 부사, 부정) + -ᄒ(동접)-]- + -ㄹ(관전)
14) 하ᄆᆞᆯ: 하(많다, 多)- + -ㅁ(←-옴: 명전) + -ᄋᆞᆯ(목조)
15) 니르니라: 니르(이르다, 曰) + -Ø(과시)- + -니(원칙)- + -라(←-다: 평종)
16) 讚歎ᄒᅀᆞᆸ옴: 讚歎ᄒ[찬탄하다: 讚歎(찬탄: 명사) + -ᄒ(동접)-]- + -ᅀᆞᆸ(←-ᅀᆞᆸ-: 객높)- + -옴(명전)
17) ᄀᆞ티: [같이, 如(부사): ᄀᇀ(← ᄀᆞᆮᄒ다: 같다, 如)- + -이(부접)]
18) 東方애도: 東方(동방) + -애(-에: 부조, 위치) + -도(보조사, 첨가)

彌光佛、妙音佛、等恒
河沙數諸佛와恒河沙
 恒河앳몰애니부톄즈조이몰
 애로가줄벼說法ᄒᆞ실ᄊᆡ만ᄒᆞᆫ數ᄅᆞᆯ
 이몰애로가줄벼니ᄅᆞ시ᄂᆞ니라
 南方世界、
 옛日月燈佛名聞光
 佛大焰肩佛須彌燈
 佛無量精進佛等

須彌光佛(수미광불)·妙音佛(묘음불) 等(등) 恒河沙(항하사) 數(수)의 諸佛(제불)과【恒河沙(항하사)는 恒河(항하)에 있는 모래이니, 부처가 자주 이 물가에 와 說法(설법)하시므로, 많은 數(수)를 이 모래로 비교하여 이르시느니라. 】, 南方世界(남방세계)에 日月燈佛(일월등불)·名聞光佛(명문광불)·大焰肩佛(대염견불)·須彌燈佛(수미등불)·無量精進佛(무량정진불) 等(등)

須_슝彌_밍光_광佛_뿛 妙_묳音_흠佛_뿛 等_등¹⁹⁾ 恒_흥河_헝沙_상²⁰⁾ 數_숭 諸_졍佛_뿛와【恒_흥河_헝沙_상ᄂᆞᆫ 恒_흥河_헝앳²¹⁾ 몰애니²²⁾ 부톄 ᄌᆞ조²³⁾ 이 믌ᄀᆞ새²⁴⁾ 와 說_쉃法_법ᄒᆞ실씨 만흔²⁵⁾ 數_숭를 이 몰애로 가ᄌᆞᆯ벼²⁶⁾ 니르시ᄂᆞ니라²⁷⁾】南_남方_방世_솅界_갱예 日_{ᅀᅵᇙ}月_웛燈_등佛_뿛 名_명聞_문光_광佛_뿛 大_땡焰_염肩_견佛_뿛 須_슝彌_밍燈_등佛_뿛 無_뭉量_량精_졍進_진佛_뿛 等_등

19) 等: 등(의명)
20) 恒河沙: 항하사(관사, 수량). 갠지스강의 모래라는 뜻으로, 무한히 많은 것이다. 또는 그런 수량을 비유적으로 이르는 말이다.
21) 恒河앳: 恒河(항하, 갠지즈강) + -애(-에: 부조, 위치) + -ㅅ(-의: 관조) ※ '恒河앳'은 '恒河(항하)에 있는'으로 의역하여 옮긴다. ※ '恒河(항하)'는 인도에 있는 갠지스강을 이른다.
22) 몰애니: 몰애(모래, 沙) + -Ø(←-이-: 서조) + -니(연어, 설명 계속)
23) ᄌᆞ조: [자주, 頻(부사): 줏(잦다, 頻: 형사)- + -오(부접)]
24) 믌ᄀᆞ새: 믌ᄀᆞᆺ[←믌ᄀᆞᆺ(물가, 水邊): 믈(물, 水) + -ㅅ(관조, 사잇) + ᄀᆞᆺ(가, 邊)] + -애(-에: 부조, 위치)
25) 만흔: 많(많다, 多)- + -Ø(현시)- + -은(관전)
26) 가ᄌᆞᆯ벼: 가ᄌᆞᆯ비(비교하다, 비유하다, 比)- + -어(연어)
27) 니르시ᄂᆞ니라: 니르(이르다, 曰)- + -시(주높)- + -ᄂᆞ(현시)- + -니(원칙)- + -라(←-다: 평종)

恒河沙（항하사）　數（수）　諸佛（제불）과，西方（서방）　世界（세계）에　無量壽佛（무
량수불）·無量相佛（무량상불）·無量幢佛（무량동불）·大光佛（대광불）·大明佛（대
명불）·寶相佛（보상불）·淨光佛（정광불）　等（등）　恒河沙（항하사）　數（수）의　諸佛
（제불）과，北方（북방）　世界（세계）에　焰肩佛（염견불）·最勝音佛（최승음불）·

恒_흥河_행沙_상　　數_숭　　諸_졍佛_뿛와　西_셩方_방　世_셩界_갱예　無_뭉量_량壽_쓩佛_뿛

無_뭉量_량相_샹佛_뿛　無_뭉量_량幢_땅佛_뿛　大_땡光_광佛_뿛　大_땡明_명佛_뿛　寶_봏相_샹

佛_뿛　淨_쪙光_광佛_뿛　等_등　恒_흥河_행沙_상　　數_숭　諸_졍佛_뿛와　北_븍方_방　世

界_갱예　焰_염肩_견佛_뿛　最_죙勝_싱音_흠佛_뿛

難沮佛(난저불)·日生佛(일생불)·網明佛(망명불) 等(등) 恒河沙(항하사) 數(수)

의 諸佛(제불)과, 下方(하방) 世界(세계)에 師子佛(사자불)·名聞佛(명문불)·

名光佛(명광불)·達磨佛(달마불)·法幢佛(법동불)·持法佛(지법불) 等(등) 恒河

沙(항하사) 數(수)의 諸佛(제불)과, 上方(상방) 世界(세계)에

難난沮쩡佛뿛 日싏生싱佛뿛 網망明명佛뿛 等듬 恒薹河향沙상 數숭 諸졍
佛뿛와 下행方방 世솅界갱예 師숭子즈佛뿛 名명聞문佛뿛 名명光광佛뿛
達땷磨망佛뿛 法법幢똥佛뿛 持띵法법佛뿛 等듬 恒薹河향沙상 數숭 諸졍
佛뿛와 上쌍方방 世솅界갱예

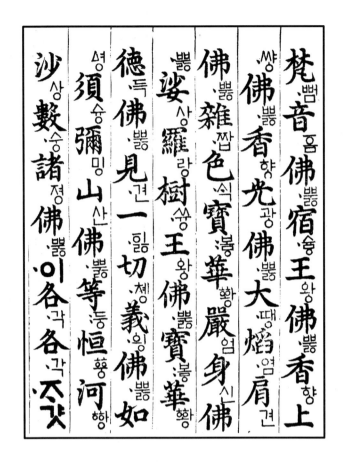

梵音佛(범음불)·宿王佛(숙왕불)·香上佛(향상불)·香光佛(향광불)·大焰肩佛(대염견불)·雜色寶華嚴身佛(잡색보화엄신불)·娑羅樹王佛(사라수왕불)·寶華德佛(보화덕불)·見一切義佛(견일절의불)·如須彌山佛(여수미산불) 等(등) 恒河沙(항하사) 數(수)의 諸佛(제불)이 各各(각각) 당신의

梵_뻠音_흠佛_뿛　宿_슉王_왕佛_뿛　香_향上_썅佛_뿛　香_향光_광佛_뿛　大_땡焰_염肩_견佛_뿛

雜_짭色_식寶_볼華_행嚴_엄身_신佛_뿛　娑_상羅_랑樹_쓩王_왕佛_뿛　寶_볼華_행德_득佛_뿛　見_견

一_힗切_쳉義_읭佛_뿛　如_셩須_슝彌_밍山_산佛_뿛　等_등　恒_흥河_행沙_상　數_숭　佛_뿛

이　各_각各_각　ᄌᆞ걋²⁸⁾

---

28) ᄌᆞ걋: ᄌᆞ갸(당신, 其: 인대, 재귀칭, 높임) + -ㅅ(-의: 관조) ※ 'ᄌᆞ갸'는 재귀칭의 인칭 대명사
인데, 재귀칭의 인칭 대명사인 '저'를 높여서 이르는 말이다. 여기서는 앞선 문맥에서 언급된
'각각의 부처'를 대용하는 말이다.

나라에 廣長舌相(광장설상)을 내시어 【廣長舌相(광장설상)은 넓고 긴 혀의 모습이다. 】, 三千大千世界(삼천대천세계)를 다 덮으시어 誠實(성실)한 말을 하시나니 【誠實(성실)은 허망(虛妄)하지 아니하여 實(실)한 것이니, 誠實(성실)한 말은 阿彌陀佛(아미타불)을 기리는 말이다. 】, 너희 衆生(중생)들이 (앞의 모든 부처들이 아미타불의) 이 不可思議(불가사의)한 功德(공덕)을 일컬어 讚歎(찬탄)하시는 것을 信(신)하라.

나라해[29] 廣광長땽舌쎯相샹[30]ᄋᆞᆯ 내샤【廣광長땽舌쎯相샹ᄋᆞᆫ 넙고[31] 긴 혓 양ᄌᆡ라[32]】 三삼千쳔大땡千쳔世솅界갱[33]ᄅᆞᆯ 다 두프샤[34] 誠쎵實씷ᄒᆞᆫ 마ᄅᆞᆯ ᄒᆞ시ᄂᆞ니【誠쎵實씷ᄋᆞᆫ 거츠디[35] 아니ᄒᆞ야 實씷ᄒᆞᆯ 씨니 誠쎵實씷ᄒᆞᆫ 마ᄅᆞᆫ 阿항彌밍陀땅佛뿛 기리ᅀᆞᆸᄂᆞᆫ[36] 마리라】 너희 衆즁生싱ᄃᆞᆯ히 이 不붏可캉思ᄉᆞᆼ議읭 功공德득 일ᄏᆞᆮᄌᆞᄫᅡ[37] 讚잔歎탄ᄒᆞ샤ᄆᆞᆯ[38] 信신ᄒᆞ라[39]

---

29) 나라해: 나라ㅎ(나라, 國) + -애(-에: 부조, 위치)

30) 廣長舌相: 장광설상. 삼십이상(三十二相)의 하나로서, 넓고 긴 부처님의 혀 모양을 이른다. 이는 허망하지 아니함을 나타내는 상(相)이다.

31) 넙고: 넙(넓다, 廣)- + -고(연어, 나열)

32) 양ᄌᆡ라: 양ᄌᆞ(모습, 樣子) + -ㅣ(← -이-: 서조)- + -Ø(현시)- + -라(← -다: 평종)

33) 三千大千世界: 삼천대천세계. 소천, 중천, 대천의 세 종류의 천세계가 이루어진 세계이다. 이 끝없는 세계가 부처 하나가 교화하는 범위가 된다.

34) 두프샤: 둪(덮다, 覆)- + -으샤(← -으시-: 주높)- + -Ø(← -아: 연어)

35) 거츠디: 거츠(거칠다, 허망하다, 虛妄)- + -디(-지: 연어, 부정)

36) 기리ᅀᆞᆸᄂᆞᆫ: 기리(기리다, 칭찬하다, 譽)- + -ᅀᆞᆸ(객높)- + -ᄂᆞ(현시)- + -ㄴ(관전)

37) 일ᄏᆞᆮᄌᆞᄫᅡ: 일ᄏᆞᆮ(일컫다, 稱)- + -ᄌᆞᇦ(← -ᄌᆞᆸ-: 객높)- + -아(연어)

38) 讚歎ᄒᆞ샤ᄆᆞᆯ: 讚歎ᄒᆞ[찬탄하다: 讚歎(찬탄: 명사) + -ᄒᆞ(동접)-]- + -샤(← -시-: 주높)- + -ㅁ(← -옴: 명전) + -ᄋᆞᆯ(목조) ※ '讚歎(찬탄)'은 칭찬하며 감탄하는 것이다.

39) 信ᄒᆞ라: 信ᄒᆞ[신하다, 믿다: 信(신, 믿음: 불어) + -ᄒᆞ(동접)-]- + -라(명종, 아주 낮춤)

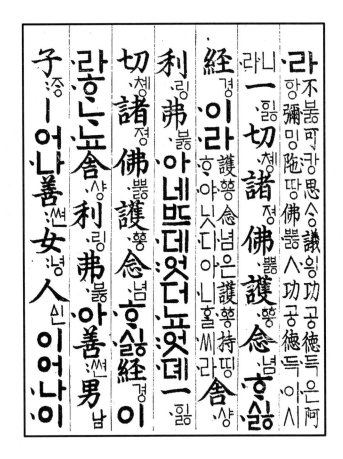

【 不可思議(불가사의) 功德(공덕)은 阿彌陀佛(아미타불)의 功德(공덕)이시니라. 】 (阿彌陀佛의 말은) 一切(일체) 諸佛(제불)이 護念(호념)하시는 經(경)이다. 【 護念(호념)은 護持(호지)하여 잊지 아니하는 것이다. 】 舍利弗(사리불)아, 너의 뜻에는 어떠하냐? 어찌해서 (阿彌陀佛의 말을) 一切(일체) 諸佛(제불)이 護念(호념)하시는 經(경)이라 하느냐? 舍利弗(사리불)아, 善男子(선남자)이거나 善女人(선여인)이거나, 이

【不_붏可_캉思_숭議_읭 功_공德_득은 阿_항彌_밍陁_땅佛_뿛ㅅ 功_공德_득이시니라⁴⁰⁾ 】 一_힗

切_쳉 諸_졍佛_뿛 護_뽕念_념ᄒᆞ싫⁴¹⁾ 經_경이라⁴²⁾【護_뽕念_념은 護_뽕持_띵ᄒᆞ야⁴³⁾ 닛

디⁴⁴⁾ 아니홀 씨라 】舍_샹利_링弗_뿛아 네⁴⁵⁾ 쁘데⁴⁶⁾ 엇더뇨⁴⁷⁾ 엇뎨⁴⁸⁾ 一_힗

切_쳉 諸_졍佛_뿛 護_뽕念_념ᄒᆞ싫 經_경이라 ᄒᆞᄂᆞ뇨⁴⁹⁾ 舍_샹利_링弗_뿛아 善_쎤

男_남子_중ㅣ어나⁵⁰⁾ 善_쎤女_녕人_신이어나⁵¹⁾ 이

---

40) 功德이시니라: 功德(공덕) + -이(서조)- + -시(주높)- + -Ø(현시)- + -니(원칙)- + -라(←-다: 평종)

41) 護念ᄒᆞ싫: 護念ᄒᆞ[호념하다: 護念(호념: 명사) + -ᄒᆞ(동접)-] + -시(주높)- + -ᅟᅙ(관전) ※ '護念(호념)'은 불보살이 선행을 닦는 중생을 늘 잊지 않고 보살펴 주는 일이다.

42) 經이라: 經(경) + -이(서조)- + -Ø(현시)- + -라(←-다: 평종)

43) 護持ᄒᆞ야: 護持ᄒᆞ[호지하다: 護持(호지: 명사) + -ᄒᆞ(동접)-] + -야(←-아: 연어) ※ '護持(호지)'는 보호하여 지니는 것이다.

44) 닛디: 닛(←닞다: 잊다, 忘)- + -디(-지: 연어, 부정)

45) 네: 너(너, 汝: 인대, 2인칭) + -ㅣ(←-의: 관조)

46) 쁘데: 쁟(뜻, 意) + -에(부조, 위치)

47) 엇더뇨: 엇더[← 엇더ᄒᆞ다(어떠하다, 云何): 엇더(어떠, 何: 불어) + -Ø(←-ᄒᆞ-: 형접)-] + -뇨(-냐: 의종, 설명)

48) 엇뎨: 어찌, 何故(부사)

49) ᄒᆞᄂᆞ뇨: ᄒᆞ(名爲)- + -ᄂᆞ(현시)- + -뇨(-냐: 의종, 설명)

50) 善男子ㅣ어나: 善男子(선남자) + -ㅣ어나(←-이어나: -이거나, 보조사, 선택) ※ '善男子(선남자)'는 현세에서 불법(佛法)을 믿고, 선을 닦는 남자이다.

51) 善女人이어나: 善女人(선여인) + -이어나(-이거나: 보조사, 선택) ※ '善女人(선여인)'은 현세에서 불법(佛法)을 믿고, 선을 닦는 남자이다.

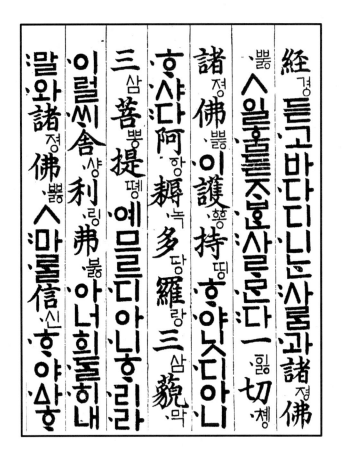

經(경)을 듣고 받아서 지니는 사람과 諸佛(제불)의 이름을 들은 사람은, 다 一切(일체)의 諸佛(제불)이 護持(호지)하여 잊지 아니하시어, 다 阿耨多羅 三藐三菩提(아뇩다라삼먁삼보리)에 물러나지 아니하리라. 이러므로 舍利弗 (사리불)아, 너희들이 내 말과 諸佛(제불)의 말을 信(신)하여야 하리라.

經경 듣고 바다[52] 디니ᄂᆞᆫ[53] 사ᄅᆞᆷ과 諸졍佛뿛ㅅ[54] 일훔 듣ᄌᆞᄫᆞᆫ[55] 사
ᄅᆞᄆᆞᆫ 다 一ᅙᅵᇙ切쳉 諸졍佛뿛이 護ᅘᅩᆼ持띵ᄒᆞ야 닛디[56] 아니ᄒᆞ샤 다 阿
항耨녹多당羅랑三삼藐막三삼菩뽕提똉[57]예 므르디[58] 아니ᄒᆞ리라 이럴ᄊᆡ[59]
舍샹利링弗뿛아 너희ᄃᆞᆯ히[60] 내 말와[61] 諸졍佛뿛ㅅ 마ᄅᆞᆯ 信신ᄒᆞ야ᅀᅡ[62]
ᄒᆞ리라

---

52) 바다: 받(받다, 受)- + -아(연어)

53) 디니ᄂᆞᆫ: 디니(지니다, 持)- + -ᄂᆞ(현시)- + -ㄴ(관전)

54) 諸佛: 제불, 여러 부처이다.

55) 듣ᄌᆞᄫᆞᆫ: 듣(듣다, 聞)- + -ᄌᆞᇦ(←-ᄌᆞᆸ-: 객높)- + -Ø(과시)- + -ᄋᆞᆫ(관전)

56) 닛디: 닛(← 닞다: 잊다, 忘)- + -디(-지: 연어, 부정)

57) 阿耨多羅三藐三菩提: 아뇩다라삼먁삼보리. 가장 완벽한 깨달음을 뜻하는 말이다. 산스크리트
어의 '아눗다라 삼먁 삼보디(anuttara-samyak-sambodhi)'를 음역하여 한자로 표현한 말이다.
'아뇩다라'란 '무상(無上)'이라는 뜻이다. '삼먁'이란 거짓이 아닌 진실, 삼보리라고 하는 모든
지혜를 널리 깨친다는 '정등각(正等覺)'의 뜻이다. 번역하면 '무상정등정각(無上正等正覺)'이라
는 뜻으로, 이보다 더 위가 없는 큰 진리를 깨쳤다는 말이다. 모든 무명 번뇌를 벗어버리고 크
게 깨쳐 우주 만유의 진리를 확실히 아는 부처님의 지혜라는 말로서, 삼세의 모든 부처님이
깨치게 되는 최고의 경지를 말한다.

58) 므르디: 므르(물러나다, 退)- + -디(-지: 연어, 부정)

59) 이럴ᄊᆡ: 이러[← 이러ᄒᆞ다(이러하다, 如此): 형사): 이러(이러: 불어) + -Ø(←-ᄒᆞ-: 형접)-]- +
-ㄹᄊᆡ(-므로: 연어, 이유)

60) 너희ᄃᆞᆯ히: 너희ᄃᆞᆯㅎ[너희들, 汝等(인대, 2인칭, 복수): 너(너, 汝: 인대, 2인칭) + -희(복접) + -
ᄃᆞᆯㅎ(-들: 복접)] + -이(주조)

61) 말와: 말(말, 語) + -와(←-과: 접조)

62) 信ᄒᆞ야ᅀᅡ: 信ᄒᆞ[신하다, 믿다: 信(신, 믿음: 불어) + -ᄒᆞ(동접)-]- + -야ᅀᅡ(←-아ᅀᅡ: 연어, 필연
적 조건)

舍利弗(사리불)아, 아무라도 벌써 發願(발원)커나 이제 發願(발원)커나 장
차(將次) 發願(발원)커나 하여, 阿彌陀佛國(아미타불국)에 나고자 할 사람
은, 다 阿耨多羅三藐三菩提(아뇩다라삼먁삼보리)에 물러나지 아니하여, 저
나라에 벌써 났거나 이제 나거나 장차(將次) 나거나 하리라.

舍_상利_링弗_붏아 아뫼어나⁶³⁾ 불쎠⁶⁴⁾ 發_벓願_원커나⁶⁵⁾ 이제 發_벓願_원커나 쟝츠⁶⁶⁾ 發_벓願_원커나 ᄒ야 阿_항彌_밍陁_따佛_뿛國_귁에 나고져⁶⁷⁾ 홇 사ᄅ ᄆᆫ 다 阿_항耨_녹多_당羅_랑三_삼藐_막三_삼菩_뽕提_똉예 므르디⁶⁸⁾ 아니ᄒ야 뎌⁶⁹⁾ 나라해 불쎠 나거나 이제 나거나 쟝츠 나거나 ᄒ리라

---

63) 아뫼어나: 아모(아무, 某: 인대, 미지칭) + -ㅣ어나(← -이어나: -이거나, 보조사, 선택) ※ '아 뫼어나'는 문맥을 감안하여 '아무라도'로 의역하여 옮긴다.

64) 불쎠: 벌써, 已(부사)

65) 發願커나: 發願ᄒ[← 發願ᄒ다(발원하다): 發願(발원: 명사) + -ᄒ(동접)-]- + -거나(연어, 선택)

66) 쟝츠: 장차, 將次(부사)

67) 나고져: 나(나다, 生)- + -고져(-고자: 연어, 의도)

68) 므르디: 므르(물러나다, 退)- + -디(-지: 연어, 부정)

69) 뎌: 저, 彼(관사, 지시, 정칭)

이러므로 舍利弗(사리불)아, 善男子(선남자)와 善女人(선여인)이 信(신)하는
이가 있거든, 저 나라에 나고자 發願(발원)하여야 하리라. 舍利弗(사리불)
아, 내가 이제 諸佛(제불)의 不可思議(불가사의)한 功德(공덕)을 일컬어 讚
歎(찬탄)하는 것과 같이, 諸佛(제불)도 나의 不可思議(불가사의)한 功德(공
덕)을

이럴씨 舍_샹利_링弗_붏아 善_쎤男_남子_중 善_쎤女_녕人_신이 信_신ᄒᆞ리⁷⁰⁾ 잇거든⁷¹⁾ 뎌 나라해 나고져 發_벓願_원ᄒᆞ야ᅀᅡ ᄒᆞ리라 舍_샹利_링弗_붏아 내 이제 諸_졍佛_뿛ㅅ 不_붏可_캉思_{ᄉᆞᆼ}議_읭 功_공德_득 일ᄏᆞᆮ바⁷²⁾ 讚_잔歎_탄홈⁷³⁾ ᄀᆞᆮᄒᆞ야⁷⁴⁾ 諸_졍佛_뿛도 내익⁷⁵⁾ 不_붏可_캉思_{ᄉᆞᆼ}議_읭 功_공德_득을

---

70) 信ᄒᆞ리: 信ᄒᆞ[신하다, 믿다: 信(신, 믿음: 불어) + -ᄒᆞ(동접)-]- + -ㄹ(관전) # 이(이, 人: 의명) + -Ø(← -이: 주조)

71) 잇거든: 잇(← 이시다: 있다, 有)- + -거든(연어, 조건)

72) 일ᄏᆞᆮ바: 일ᄏᆞᆮ(일컫다, 稱)- + -ᄌᆞᆸ(← -ᄌᆞᆸ-: 객높)- + -아(연어)

73) 讚歎홈: 讚歎ᄒᆞ[← 讚歎ᄒᆞ다(찬탄하다): 讚歎(찬탄: 명사) + -ᄒᆞ(동접)-]- + -옴(명전)

74) ᄀᆞᆮᄒᆞ야: ᄀᆞᆮᄒᆞ(같다, 如)- + -야(←-아: 연어) ※ 문맥을 고려하여 'ᄀᆞᆮᄒᆞ야'를 '같이'로 의역하여 옮긴다.

75) 내익: 나(나, 我: 인대, 1인칭) + -ㅣ(←-의: 관조) + -익(관조) ※ '내익'는 1인칭 대명사인 '나'에 관형격 조사가 겹쳐서 실현된 것이다.

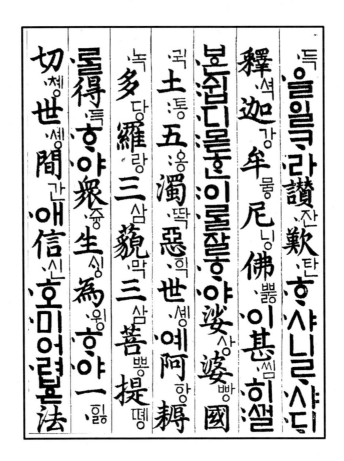

일컬어 讚歎(찬탄)하시어 이르시되, "釋迦牟尼佛(석가모니불)이 甚(심)히
어렵고 쉽지 못한 일을 잘하여, 裟婆(사바) 國土(국토)와 五濁惡世(오탁악
세)에 阿耨多羅三藐三菩提(아뇩다라삼먁삼보리)를 得(득)하여, 衆生(중생)
을 위하여 一切(일체)의 世間(세간)에 信(신)하는 것이 어려운 法(법)을

일ᄏ라⁷⁶⁾ 讚_잔歎_탄ᄒ샤 니ᄅ샤ᄃᆡ⁷⁷⁾ 釋_셕迦_강牟_뭉尼_닝佛_뿛이 甚_씸히⁷⁸⁾ 썰븐⁷⁹⁾ 쉽디 몯ᄒ 이를⁸⁰⁾ 잘ᄒ야 娑_상婆_빵⁸¹⁾ 國_귁土_통 五_옹濁_똭惡_학世_솅⁸²⁾예 阿_항耨_녹多_당羅_랑三_삼藐_막三_삼菩_뽕提_똉를 得_득ᄒ야 衆_즁生_{ᄉᆡᆼ} 爲_윙ᄒ야 一_힗切_촁 世_솅間_간애 信_신호미 어려븐⁸³⁾ 法_법을

---

76) 일ᄏ라: 일ᄏᆯ(← 일ᄏᆯ다, ㄷ불: 일컫다, 稱)- + -아(연어)

77) 니ᄅ샤ᄃᆡ: 니ᄅ(이르다, 言)- + -샤(← -시-: 주높)- + -ᄃᆡ(← -오ᄃᆡ: -되, 연어, 설명 계속)

78) 甚히: [심히(부사): 甚(심: 불어) + -ᄒ(← -ᄒ-: 형접)- + -이(부접)]

79) 썰븐: 쎫(← 쎫다, ㅂ불: 어렵다, 難)- + -Ø(현시)- + -은(관전) ※ 앞뒤의 문맥을 고려하여 '甚히 썰븐 쉽디 몯ᄒ 일'을 '심히 어렵고 쉽지 못한 일'로 의역하여서 옮긴다.

80) 이를: 일(일, 事) + -을(목조)

81) 娑婆: 사바. 산스크리트어인 sabhā의 음역이다. 괴로움이 많은 인간 세계, 곧 석가모니불이 교화하는 세계를 이른다.

82) 五濁惡世: 오탁악세. 오탁(五濁)으로 가득 찬 죄악의 세상이다. ※ '五濁(오탁)'은 세상의 다섯 가지 더러움이다. 명탁(命濁), 중생탁(衆生濁), 번뇌탁(煩惱濁), 견탁(見濁), 겁탁(劫濁)을 이른다. '명탁(命濁)'은 악한 세상에서 악업이 늘어나 8만 세이던 사람의 목숨이 점점 짧아져 백 년을 채우기 어렵게 됨을 이른다. '중생탁(衆生濁)'은 견탁(見濁)과 번뇌탁의 결과로 인간의 과보(果報)가 점점 쇠퇴하고 힘은 약해지며 괴로움과 질병은 많고 복은 적어짐을 이른다. '번뇌탁(煩惱濁)'은 애욕(愛慾)을 탐하여 마음을 괴롭히고 여러 가지 죄를 범하게 됨을 이른다. '견탁(見濁)'은 사악한 사상과 견해가 무성하게 일어나 더러움이 넘쳐흐름을 이른다. '겁탁(劫濁)'은 기근, 질병, 전쟁 따위의 여러 가지 재앙이 일어남을 이른다.

83) 어려븐: 어렿(← 어렵다, ㅂ불: 어렵다, 難)- + -Ø(현시)- + -은(관전)

이른다.” 하시느니라. 舍利弗(사리불)아, 알아라. 내가 五濁惡世(오탁악세)에 이런 어려운 일을 行(행)하여 阿耨多羅三藐三菩提(아뇩다라삼먁삼보리)를 得(득)하여, 一切(일체)의 世間(세간)을 爲(위)하여 信(신)하기가 어려운 法(법)을 이르는 것이, 이야말로 甚(심)히 어려운 것이다.

니르ᄂ다⁸⁴⁾ ᄒ시ᄂ니라⁸⁵⁾ 舍_샹利_링弗_붏아 알라 내⁸⁶⁾ 五_옹濁_똭惡_학世_솅예 이런 어려ᄫᅳᆫ 이를 行_{ᅘᅵᆼ}ᄒ야 阿_{ᅙᅡᆼ}耨_눅多_당羅_랑三_삼藐_막三_삼菩_뽕提_똉를 得_득ᄒ야 一_{ᅙᅵᇙ}切_촁 世_솅間_간 爲_윙ᄒ야 信_신호미 어려ᄫᅳᆫ 法_법 닐우미⁸⁷⁾ 이⁸⁸⁾ 甚_씸히 어려ᄫᅳᆫ 고디라⁸⁹⁾

---

84) 니르ᄂ다: 니르(이르다, 曰)- + -ᄂ(현시)- + -다(평종)

85) ᄒ시ᄂ니라: ᄒ(하다, 說)- + -시(주높)- + -ᄂ(현시)- + -니(원칙)- + -라(← -다: 평종)

86) 내: 나(나, 我: 인대, 1인칭) + -ㅣ(← -이: 주조)

87) 닐우미: 닐(← 니르다: 이르다, 說)- + -움(명전) + -이(주조)

88) 이: 이야말로, 是(부사) ※ '이'는 『佛說阿彌陀經』에 기술된 한자 '是'를 직역한 말인데, 이때의 '이(是)'는 강조 용법으로 쓰였다. ※ '信호미 어려ᄫᅳᆫ 法 닐우미 이 甚히 어려ᄫᅳᆫ 고디라'는 '信하기가 어려운 법을 이르는 것이, 이야말로 심히 어려운 것이다.'로 의역하여 옮긴다.

89) 고디라: 곧(것, 者: 의명) + -이(서조)- + -Ø(현시)- + -라(← -다: 평종)

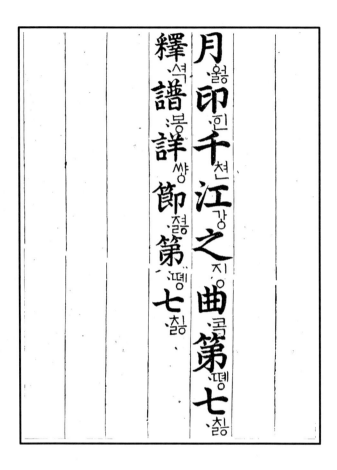

月印千江之曲(월인천강지곡) 第七(제칠)

釋譜詳節(석보상절) 第七(제칠)

月_윓印_힌千_쳔江_강之_징曲_콕第_똉七_칧

釋_셕譜_봉詳_썅節_졇第_똉七_칧

부록

'원문과 번역문의 벼리' 및 '문법 용어의 풀이'

부록 1. 원문과 번역문의 벼리

『월인석보 제칠』원문의 벼리

『월인석보 제칠』번역문의 벼리

부록 2. 문법 용어의 풀이

1. 품사
2. 불규칙 활용
3. 어근
4. 파생 접사
5. 조사
6. 어말 어미
7. 선어말 어미

[부록 1] 원문과 번역문의 벼리

『월인석보 제칠』 원문의 벼리

[1앞]月_윓印_힌千_천江_강之_징曲_콕 第_똉七_칧

釋_셕譜_봉詳_썅節_졇 第_똉七_칧

其_끵一_힗百_빅七_칧十_씹七_칧

七_칧年_년을 믈리져 ᄒᆞ야 出_츓家_강ᄅᆞᆯ 거스니 跋_{ᄈᆞᇙ}提_똉 말이 긔 아니 웃ᄫᅳ니

七_칧日_싏을 믈리져 ᄒᆞ야 出_츓家_강ᄅᆞᆯ [1뒤] 일우니 阿_{ᅙᅡᆼ}那_낭律_륧 말이 긔 아니 을ᄒᆞ니

世_솅尊_존이 彌_밍尼_닝授_쓯國_귁에 잇거시ᄂᆞᆯ 釋_셕種_죵앳 아ᄒᆡ들히 世_솅尊_존ᄭᅴ 가 出_츓家_강ᄒᆞ려 ᄒᆞ더니 跋_{ᄈᆞᇙ}提_똉라셔 阿_{ᅙᅡᆼ}那_낭律_륧이ᄃᆞ려 닐오ᄃᆡ 우리 이제 안즉 出_츓家_강 말오 지븨 닐굽 [2앞] ᄒᆡᄅᆞᆯ 이셔 五_옹欲_욕을 ᄆᆞᅀᆞᆷ ᄀᆞ장 편 後_{ᅘᅮᇢ}에ᅀᅡ 出_츓家_강ᄒᆞ져 阿_{ᅙᅡᆼ}那_낭律_륧이 닐오ᄃᆡ 닐굽 ᄒᆡ 너무 오라다 사ᄅᆞ미 목수미 無_뭉常_썅ᄒᆞᆫ 거시라 跋_{ᄈᆞᇙ}提_똉 ᄯᅩ 닐오ᄃᆡ 여슷 ᄒᆡᄅᆞᆯ ᄒᆞ져 阿_{ᅙᅡᆼ}那_낭律_륧이 닐오ᄃᆡ 여슷 ᄒᆡ 너무 오라다 사ᄅᆞ미 목수미 無_뭉常_썅ᄒᆞᆫ 거시라 그 양ᄋᆞ로 [2뒤] 조려 닐웨예 다ᄃᆞᆮ거늘 阿_{ᅙᅡᆼ}那_낭律_륧이 닐오ᄃᆡ 닐웨ᅀᅡ 머디 아니ᄒᆞ다

그 저긔 釋_셕種_죵들히 닐웻 ᄉᆞᅀᅵ예 五_옹欲_욕을 ᄆᆞᅀᆞᆷ ᄀᆞ장 펴고 阿_{ᅙᅡᆼ}那_낭律_륧와 跋_{ᄈᆞᇙ}提_똉와 難_난提_똉와 金_금毗_뼹羅_랑와 跋_{ᄈᆞᇙ}難_난陁_땅와 阿_{ᅙᅡᆼ}難_난陁_땅와 提_똉婆_뼁達_딿 [3앞] 沐_목浴_욕ᄒᆞ고 香_향 ᄇᆞᄅᆞ고 ᄀᆞ장 빗어 瓔_{ᅙᅧᆼ}珞_락ᄒᆞ고 象_썅 타 城_쎵 밧긔 나

迦강毗삥羅랑國귁ㄱ새 가 象썅이며 오시며 瓔ᅙᅧᆼ珞락이며 뫼호아 優ᇢ波방離링를 다 주고 彌밍尼닝授쓩國귁ᄋᆞ로 니거늘 優ᇢ波방離링 너교ᄃᆡ 내 本본來ᄙᆡᆼ 釋셕子중ᄃᆞᆯᄒᆞᆯ 브터 사다니 [3뒤] 나ᄅᆞᆯ ᄇᆞ리고 出츓家강ᄒᆞᄂᆞ니 나도 出츓家강호리라 ᄒᆞ고 오시며 瓔ᅙᅧᆼ珞락이며 남기 들오 念념호ᄃᆡ 아뫼나 와 가지리 잇거든 주노라 ᄒᆞ고 미조차 니거늘 釋셕子중ᄃᆞᆯ히 優ᇢ波방離링 더블오 世솅尊존ᄭᅴ 가 절ᄒᆞᆸ고 ᄉᆞᆯ보ᄃᆡ 우리 出츓家강ᄒᆞ라 오니 우리ᄂᆞᆫ 憍ᄀᆢ慢만ᄒᆞᆫ [4앞] ᄆᆞᅀᆞᆷ 하니 優ᇢ波방離링ᄅᆞᆯ 몬져 出츓家강ᄒᆞ쇼셔 世솅尊존이 몬져 優ᇢ波방離링ᄅᆞᆯ 出츓家강ᄒᆞ시고 버거 阿ᅙᅡᆼ那낭律륧 버거 跋ᄤᅳᆯ提뗑 버거 難난提뗑 버거 金금毗삥羅랑ㅣ러니 優ᇢ波방離링 上썅座쫭ㅣ ᄃᆞ외니라

그 제 큰 上썅座쫭 毗삥羅랑荼떵ㅣ 各각別ᄫᅧᆯ히 阿ᅙᅡᆼ難난陁떵ᄅᆞᆯ 出츓家강ᄒᆞᄋᆞ 버근 上썅座쫭ㅣ 跋ᄤᅳᆯ難난陁떵와 提뗑婆뼁達딿多당ᄅᆞᆯ 出츓家강ᄒᆞ니라 跋ᄤᅳᆯ提뗑 阿ᅙᅡᆼ蘭란若ᅀᅣᆼ애 ᄒᆞ오ᅀᅡ 잇다가 밤中듕에 즐거볼쎠 소리ᄒᆞ거늘 겨틧 比삥丘쿻ᄃᆞᆯ히 듣고 너교ᄃᆡ 이 跋ᄤᅳᆯ提뗑 지븨 이싫 젯 五ᅌᅩᆼ欲욕을 ᄉᆡᆼ각고 그렁 구ᄂᆞ니 이틄날 世솅尊존ㅅ긔 ᄉᆞᆯ바ᄂᆞᆯ 世솅尊존이 블러 무르신대 對됭答답ᄒᆞᅀᆞ보ᄃᆡ [5뒤] 내 지븨 이셔 상녜 環ᅘᅯᆫ刀돌ㅣ며 막다히를 두르고 이셔도 두립더니 이제 ᄒᆞ오ᅀᅡ 무덦 서리옛 나모 아래 이셔도 두리부미 업소니 世솅間간 여흰 樂락을 念념ᄒᆞ고 그리타이다 부톄 니ᄅᆞ샤ᄃᆡ 됴타

其끵一힔百ᄇᆡᆨ七칧十씹八밣 [6앞]

難난陁떵ᄅᆞᆯ 救귷호리라 比삥丘쿻 밍ᄀᆞ르시고 뷘 房뻐ᇰ을 딕ᄒᆞ라 ᄒᆞ시니

가시 그리볼씨 世솅尊존 나신 ᄉᆞᅀᅵ로 녯 지븨 가리라 ᄒᆞ니

其껭一힗百빅七칧十씹九굴

瓶뼝윗 믈이 뻬며 다돈 이피 열어늘 [6뒤]부러 뷘 길흘 ᄎ자기더니

世솅尊존을 맞나ᅀᆞᄫᅥ며 즘게남기 들여늘 구쳐 뵈ᅀᆞᆸ고 조ᄍᆞᄫᅡ 오니

其껭一힗百빅八밣十씹

가시 양 무르시고 눈먼 납 무러시늘 世솅尊존ㅅ 말을 웃ᄫᅵ 너기니

忉돌利링天텬을 뵈시고 地띵獄옥을 [7앞]뵈여시늘 世솅尊존ㅅ 말을 깃비 너기니

其껭一힗百빅八밣十씹一힗

닐웨 ᄎ디 몯ᄒᆞ야 羅랑漢한果광를 得득ᄒᆞ야늘 比뼝丘쿨들히 讚잔歎탄ᄒᆞ니

오ᄂᆞᆳ날 ᄲᅮᆫ 아니라 迦강尸싱國귁 救굴ᄒᆞ신 둘 [7뒤]比뼝丘쿨ᄃᆞ려 니ᄅᆞ시니

如셩來링 迦강毗뼝羅랑國귁 城쎵의 드러 乞쿯食씩ᄒᆞ샤 難난陁땅이 지븨 가시니 難난陁땅ㅣ 부톄 門몬이 와 겨시다 듣고 보ᅀᆞᄫᅩ려 나올 쩌긔 제 가시 期껭約햑ᄒᆞ 되 내 니마해 ᄇᆞᆯ론 香향이 몯 ᄆᆞᆯ랫거든 도로 오나라

難난陁땅ㅣ [8앞]부텻긔 절ᄒᆞᅀᆞᆸ고 부텻 바리를 가져 지븨 드러 밥 다마 나가 부텻긔 받ᄌᆞ바ᄂᆞᆯ 부톄 아니 바ᄃᆞ신대 阿항難난이를 주어늘 阿항難난이도 아니 받고 닐오ᄃᆡ 네 바리를 어듸 가 어든다 도로 다가 두어라 ᄒᆞ야늘 難난陁땅ㅣ 바리 들오 부텨 미좇ᄌᆞᄫᅡ 尼닝拘궁屢룽精졍舍샹애 [8뒤]니거늘 부톄 剃톙師ᄉᆞᆼ를 시기샤 難난陁땅이 머리를 가ᄀᆞᆯ라 ᄒᆞ야시늘 難난陁땅ㅣ 怒농ᄒᆞ야 머리 갓ᄂᆞᆫ 사ᄅᆞᄆᆞᆯ 주머귀로 디르고 닐오ᄃᆡ 迦강毗뼝羅랑國귁 사ᄅᆞᄆᆞᆯ 네 이제 다 갓고려 ᄒᆞᄂᆞᆫ다 부톄 드르

시고 ᄌᆞ개 阿항難난이 ᄃᆞ리시고 ^[9앞]難난陁땅이 그에 가신대 難난陁땅ㅣ 구쳐 갓ᄀᆞ니라

難난陁땅ㅣ 머리를 갓고도 샹네 지븨 가고져 ᄒᆞ거늘 부톄 샹네 더브러 ᄒᆞ니실ᄊᆡ 몯 가더니 흘른 房빵 딕ᄒᆞᆯ 즈비 ᄒᆞ야 오ᄂᆞᆯᅀᅡ 스싀 얻과라 깃거ᄒᆞ더니 如ᅀᅧ來링와 즁괘 다 나니거시ᄂᆞᆯ 瓶뼝의 므를 기러 두고ᅀᅡ ^[9뒤]가리라 ᄒᆞ야 므를 기르니 ᄒᆞᆫ 瓶뼝의 ᄀᆞ득거든 ᄒᆞᆫ 瓶뼝이 ᄣᅵ곰 ᄒᆞ야 ᄒᆞᆫ ᄢᅢ 계도록 긷다가 몯ᄒᆞ야 너교ᄃᆡ 比뼝丘쿨들히 제 와 기르려니 지븨 두고 가리라 ᄒᆞ야 지븨 드려 두고 ᄒᆞᆫ 부체를 다ᄃᆞ니 ᄒᆞᆫ 부체 열이곰 흘씨 ᄯᅩ 너교ᄃᆡ 쥬의 오시 일허도 어루 물려니 안ᄌᆨ 더디고 가리라 ^[10앞]ᄒᆞ야 부텨 아니 오실 낄ᄒᆞ로 가더니 부톄 ᄇᆞᆯ쎠 아ᄅᆞ시고 그 길ᄒᆞ로 오거시ᄂᆞᆯ 부텨를 ᄇᆞ라ᅀᆞᆸ고 큰 나못 뒤헤 드러 숨거늘 그 남기 虛헝空콩애 들이니 難난陁땅ㅣ 숨디 몯ᄒᆞ니라

부톄 더브러 精졍舍샹애 도라오샤 무르샤ᄃᆡ 네 겨집 그려 가던다 對됭答답ᄒᆞᅀᆞᄫᅩᄃᆡ 實씷엔 ^[10뒤]그리ᄒᆞ야 가다이다 부톄 難난陁땅 더브르시고 阿항那낭波방那낭山산애 가샤 무르샤ᄃᆡ 네 겨지비 고ᄫᆞ니여 對됭答답ᄒᆞᅀᆞᄫᅩᄃᆡ 고ᄫᆞ니이다 그 뫼해 늘근 눈먼 獼밍猴ᅘᅮᇰㅣ 잇더니 부톄 ᄯᅩ 무르샤ᄃᆡ 네 겨지븨 양ᄌᆡ 이 獼밍猴ᅘᅮᇰ와 엇더뇨 難난陁땅ㅣ ^[11앞]츠기 너기ᅀᆞᄫᅡ ᄉᆞᆯᄫᅩᄃᆡ 내 겨지븨 고ᄫᆞ미 사ᄅᆞᆷ 中듀ᇰ에도 ᄯᅡ 업스니 부톄 엇뎨 獼밍猴ᅘᅮᇰ의 그에 가ᄌᆞᆯᄫᅵ시ᄂᆞ니잇고

부톄 ᄯᅩ 難난陁땅ᄃᆞ려 忉돌利링天텬上썅애 가샤 天텬宮궁을 구경케 ᄒᆞ시니 天텬宮궁마다 天텬子ᄌᆞㅣ 天텬女녕들 ᄃᆞ리고 노니더니 ᄒᆞᆫ 天텬宮궁엔 ^[11뒤]五옹百ᄇᆡᆨ 天텬女녕ㅣ 이쇼ᄃᆡ 天텬子ᄌᆞㅣ 업더니 難난陁땅ㅣ 부텻긔 묻ᄌᆞᄫᆞᆯ대 부톄 니ᄅᆞ샤ᄃᆡ 네 가 무러 보라 難난陁땅ㅣ 무로ᄃᆡ 엇뎨 이에ᄲᅮᆫ 天텬子ᄌᆞㅣ 업스시뇨 天텬女녕ㅣ 對됭答답호ᄃᆡ 閻염浮뿔提똉ㅅ 內뇡예 부텻 아ᅀᆞ 難난陁땅ㅣ 出츓家강ᄒᆞ욘 因인緣원

으로 [12앞] 쟝 추 이에 와 우리 天텬子중ㅣ 두외리라 難난陁땅ㅣ 닐오디 내 긔로니 이에 살아 지라 天텬女녕ㅣ 닐오디 우리는 하늘히오 그듸는 當당時씽로 사름미어니 도로 가 사름미 목숨 브리고 다시 이에 와 나아사 살리라

難난陁땅ㅣ 부텻긔 와 술 온대 부톄 니르샤디 [12뒤] 네 겨지븨 고보미 天텬女녕와 엇더 더뇨 難난陁땅ㅣ 술보디 天텬女녕를 보건댄 내 겨지비사 눈먼 獼밍猴흫 근도소이다 부톄 難난陁땅 드리시고 閻염浮뿔提똉예 도라오시니 難난陁땅ㅣ 하늘해 가 나고져 ᄒ야 修슈行ᅘᆫ을 브즈러니 ᄒ더라 부톄 쏘 難난陁땅 [13앞] 드려다가 地띵獄옥을 뵈시니 가마들해 사름믈 녀허 두고 글효디 ᄒᆞᆫ 가마애 뷘 므를 글히더니 難난陁땅ㅣ 부텻긔 묻ᄌᆞᆸ온대 부톄 니르샤디 네 가 무러 보라 難난陁땅ㅣ 獄옥卒쫓드려 무로디 녀느 가마는 다 罪쮕人ᅀᅵᆫ을 글효디 이 가마는 엇뎨 뷔옛ᄂᆞ뇨 對됭答답호디 [13뒤] 閻염浮뿔提똉ㅅ 內뇡예 如셩來ᇰ닝ㅅ 아ᅀᆞ 難난陁땅ㅣ 出츓家강혼 功공德득으로 하늘해 가 냇다가 道뚤理링 마로려 ᄒᆞ단 젼ᄎ로 하ᄂᆞᆯ 목수미 다ᄋᆞ면 이 地띵獄옥애 들릴씨 므를 글혀 기드리ᄂᆞ니라

難난陁땅ㅣ 두리여 자바 녀홀까 ᄒ야 닐오디 南남無뭉 佛뿛陁땅하 [14앞] 나를 閻염浮뿔提똉예 도로 드려가쇼셔 부톄 니르샤디 네 戒갱를 브즈러니 디녀 하늘해 가 낧 福복을 다ᄉᆞ라 難난陁땅ㅣ 술보디 하늘도 마오 이 地띵獄옥애 아니 들아 지이다 부톄 그제사 爲윙ᄒ야 說쉃法법ᄒ시니 닐웻 內뇡예 阿ᅙ羅랑漢한을 일워늘 比삥丘쿨들히 [14뒤] 讚잔歎탄ᄒ야 닐오디 世솅尊존이 世솅間간애 나샤 甚씸히 奇끵特뜩ᄒ샷다

부톄 니르샤디 오ᄂᆞᆯ 뿐니 아니라 녜도 이러ᄒ다라 디나건 劫겁에 比삥提똉希힁國귁에 ᄒᆞᆫ 婬음女녕ㅣ 잇거늘 迦강尸싱國귁王왕이 곱다 듣고 惑ᅘᅳᆨ心심을 내야

[15앞]使ᄉᆞᆼ者쟝 브려 求끃ᄒᆞᆫ대 그 나라히 아니 주거늘 다시 使ᄉᆞᆼ者쟝 브려 닐오ᄃᆡ 잢간 서르 보고 다ᄉᆞᆺ 스싀예 도로 보내요리라 比ᄈᆞᆼ提똉希힁國귁王왕이 姪ᅙᅵᆷ女녕를 ᄀᆞᄅᆞ쵸ᄃᆡ 네 고ᄫᆞᆯ 양ᄌᆞ며 됫논 ᄌᆡ조를 다 ᄀᆞ초ᄒᆞ야 뵈야 迦강尸싱王왕이 네 거긔 惑ᅘᅱᆨᄒᆞ게 [15뒤]ᄒᆞ라 ᄒᆞ고 보내니라

다ᄉᆞᆺ 디나거늘 도로 가 블로ᄃᆡ 큰 祭곙를 ᄒᆞ려 ᄒᆞ노니 모로매 이 각시로ᅀᅡ ᄒᆞᆯ씨 잢간 도로 보내여든 祭곙ᄒᆞ고 도로 보내요리라 迦강尸싱王왕이 보내야ᄂᆞᆯ 祭곙 ᄆᆞ차ᄂᆞᆯ 使ᄉᆞᆼ者쟝 브려 보내오라 ᄒᆞ야ᄂᆞᆯ 對됭答답호ᄃᆡ 來ᄅᆡᆼ日ᅀᅵᇙ 보내요리라 [16앞] 이틋나래 迦강尸싱王왕이 ᄯᅩ 使ᄉᆞᆼ者쟝 브려 보내오라 ᄒᆞ야ᄂᆞᆯ ᄯᅩ 對됭答답호ᄃᆡ 來ᄅᆡᆼ日ᅀᅵᇙᅀᅡ 보내요리라 ᄒᆞ고 그 야ᅌᆞ로 여러 날 아니 보낼씨 迦강尸싱王왕이 안답ᄭᅧ 惑ᅘᅱᆨ心심을 니ᄅᆞ와다 두서 사ᄅᆞᆷ 더블오 뎌 나라해 가려 ᄒᆞ거늘 臣씬下ᅘᅡᆼ들히 말이다가 몯 ᄒᆞ얫더니

[16뒤] 그 저긔 仙션人ᅀᅵᆫ山산 中듕에 獮민猴ᅘᅮᇢ王왕이 이쇼ᄃᆡ 聰총明명ᄒᆞ고 자ᄇᆞᆫ 일 만히 아더니 제 겨지비 죽거늘 다ᄅᆞᆫ 암ᄒᆞᆯ 어른대 한 獮민猴ᅘᅮᇢ들히 怒농ᄒᆞ야 닐오ᄃᆡ 이 암ᄒᆞᆫ 모다 됫논 거시어늘 엇뎨 ᄒᆞ오ᅀᅡ 더브러 잇ᄂᆞᆫ다 獮민猴ᅘᅮᇢ王왕이 그 암 더블오 迦강尸싱王왕씌 [17앞] ᄃᆞ라들어늘 한 獮민猴ᅘᅮᇢ들히 조차 가 獮민猴ᅘᅮᇢ王왕 자보리라 지비며 다미며 두루 허더니 迦강尸싱王왕이 獮민猴ᅘᅮᇢ王왕ᄃᆞ려 닐오ᄃᆡ 네 獮민猴ᅘᅮᇢ들히 내 나라ᄒᆞᆯ 다 ᄒᆞ야ᄇᆞ리ᄂᆞ니 네 엇디 암ᄒᆞᆯ 내야 주디 아니ᄒᆞᄂᆞᆫ다

獮민猴ᅘᅮᇢ王왕이 닐오ᄃᆡ 王왕ㄱ 宮궁中듕에 [17뒤] 八밣萬먼四ᄉᆞᆼ千천 夫붕人ᅀᅵᆫ이 이쇼ᄃᆡ 글란 ᄉᆞ랑티 아니코 ᄂᆞ믹 나라해 姪ᅙᅵᆷ女녕 ᄃᆞ죵 가시ᄂᆞ니 내 이제 겨집 업서 다민 ᄒᆞᆫ 암ᄒᆞᆯ 어뎃거늘 내야 주라 ᄒᆞ시ᄂᆞ니잇고 一ᅙᅵᇙ切촁百빅姓셩이 王왕ᄋᆞᆯ 울위ᅀᆞᄫᅡ 살어늘 어졔 ᄒᆞᆫ 姪ᅙᅵᆷ女녕 爲윙ᄒᆞ야 다 ᄇᆞ리고 가시ᄂᆞ니잇가 [18앞]

大땡王왕하 아ᄅᆞ쇼셔 婬음欲욕앳 이른 즐거부미 젹고 受쓩苦콩ㅣ 하ᄂᆞ니 ᄇᆞ름

거스려 해 자봄 곧ᄒᆞ야 노하 ᄇᆞ리디 아니ᄒᆞ면 당다이 제 모미 데오 ᄃᆞᆫ가ᄂᆞ 난

곳 곧ᄒᆞ야 고비 너기면 당다이 제 모미 더러ᄫᅳ며 ᄇᆞ레 옴을 글그며 渴칧ᄒᆞᆫ 제

ᄲᅳᆫ 믈 먹덧 ᄒᆞ야 [18뒤]슬밀 쑬 모ᄅᆞ며 가히 ᄲᅢ를 너흘면 입시울 ᄒᆞ야디ᄂᆞᆫ 들 모

ᄅᆞ고 고기 밋글 貪탐ᄒᆞ면 제 몸 주글 ᄯᅢ 모ᄅᆞᄂᆞ니이다 ᄒᆞ니 獼밍猴ᅘᅮᇢ王왕ᄋᆞᆫ 이

젯 내 모미오 迦강尸싱國귁王왕ᄋᆞᆫ 이젯 難난陁땅ㅣ오 婬음女녕ᄂᆞᆫ 이젯 孫손陁땅

利링라 내 그 저ᄀᆡ도 [19앞]즌흙 中듕에 難난陁땅ᄅᆞᆯ ᄲᅢᅘᅧ내오 이제 와 ᄯᅩ 生싱死

ᄉᆞᆼ 受쓩苦콩애 ᄲᅢᅘᅧ내와라

其끵一ᅙᅵᆯ百ᄇᆡᆨ八밣十씹二ᅀᅵᆼ

那낭乾껀訶항羅랑國귁이 毒똑龍룡 羅랑利링ᄅᆞᆯ 계워 方방攘ᅀᅣᆼ앳 術쓣이 쇽절업더니

[19뒤]弗ᄫᅮᇙ波방浮ᄬᅮᇢ提똉王왕이 梵뻠志징 空콩神씬이 말로 精졍誠쎵엣 香향이 金금盖

갱 ᄃᆞ외니

其끵一ᅙᅵᆯ百ᄇᆡᆨ八밣十씹三삼

琉륳璃링山산 우횟 모새 七칧寶봏 行ᅘᆡᆼ樹쓩 間간애 銀은堀콯ㅅ 가온ᄃᆡ 金금床쌍

이 이럿더니 [20앞]

金금床쌍애 迦강葉셥이 앉고 五ᅌᅥᆼ百ᄇᆡᆨ 弟똉子ᄌᆞᆼᄃᆞᆯ히 十씹二ᅀᅵᆼ 頭뜰陁땅行ᅘᆡᆼ을

ᄯᅩ 닷ᄀᆡ ᄒᆞ니

其끵一ᅙᅵᆯ百ᄇᆡᆨ八밣十씹四ᄉᆞᆼ

百ᄇᆡᆨ千쳔 龍룡이 서리여 안ᅀᆞᆫ 거시 ᄃᆞ외야 이벳 블이 七칧寶봏床쌍이러니 [20뒤]

寶_볼帳_댱 盖_갱 幢_뙁幡_펀 아래 大_땡目_목揵_껀連_련이 안자 琉_률璃_링 ᄀᆞᆮᄒᆞ야 안팟

기 비취니

　　　其_끵一_힗百_빅八_밣十_씹五_옹

雪_슗山_산 白_삑玉_옥堀_콿애 舍_상利_링弗_붏이 앉고 五_옹百_빅 沙_상彌_밍 七_칧寶_볼堀_콿애 안ᄌᆞ니 [21앞]

舍_상利_링弗_붏 金_금色_식身_신이 金_금色_식 放_방光_광ᄒᆞ고 法_법을 닐어 沙_상彌_밍를

들이니

　　　其_끵一_힗百_빅八_밣十_씹六_륙

蓮_련ㅅ고지 黃_{ᅘᅪᇰ}金_금臺_띵오 우희 金_금盖_갱러니 五_옹百_빅 比_삉丘_쿻를 迦_강旃_젼延_연이 드리니 [21뒤]

臺_띵上_썅애 모다 안자 몸애 믈이 나ᄃᆡ 花_황間_간애 흘러 ᄯᅡ히 아니 저즈니

　　　其_끵一_힗百_빅八_밣十_씹七_칧

이 네 弟_똉子_{ᄌᆞ}ᄃᆞᆯ히 五_옹百_빅 比_삉丘_쿻옴 ᄃᆞ려 이리 안자 ᄂᆞ라가니

千_쳔二_싱百_빅五_옹十_씹 弟_똉子_{ᄌᆞ}ㅣ [22앞]ᄯᅩ 神_씬力_륵을 내여 鴈_안王_왕 ᄀᆞ티 ᄂᆞ라가니

　　　其_끵一_힗百_빅八_밣十_씹八_밣

弟_똉子_{ᄌᆞ}ᄃᆞᆯ 보내시고 衣_{ᅙᅴ}鉢_밣을 디니샤 阿_항難_난이ᄅᆞᆯ 더브러 가시니

諸_졍天_텬ᄃᆞᆯ 조쫍거늘 光_광明_명을 [22뒤]너피샤 諸_졍佛_뿛이 ᄒᆞᆫᄢᅴ 가시니

其_끵一_힗百_빅八_밣十_십九_굴

열여슷 毒_똑龍_룡이 모딘 性_셩을 펴아 몸애 블 나고 무뤼를 비ᄒᆞ니

다ᄉᆞᆺ 羅_랑利_릥女_녕ㅣ 골업슨 즛을 지ᅀᅡ 눈에 블 나아 번게 ᄀᆞᆮᄒᆞ니

其_끵一_힗百_빅九_굴十_씹 ^[23앞]

金_금剛_강神_씬 金_금剛_강杵_청에 블이 나거늘 毒_똑龍_룡이 두리여 터니

世_솅尊_존ㅅ 그르메예 甘_감露_롱를 ᄲᅳ리어늘 毒_똑龍_룡이 사라나ᅀᆞᄫᆡ니

其_끵一_힗百_빅九_굴十_씹一_힗

滿_만虛_헝空_콩 金_금剛_강神_씬이 各_각各_각 ^[23뒤] 金_금剛_강杵_청ㅣ어니 모딘들 아니 저쓰ᄫᆞ리

滿_만虛_헝空_콩 世_솅尊_존이 各_각各_각 放_방光_광이어시니 모딘들 아니 깃ᄉᆞᄫᆞ리

其_끵一_힗百_빅九_굴十_씹二_싱 ^[24앞]

龍_룡王_왕이 두리ᅀᆞᄫᅡ 七_칧寶_봏 平_뼝床_쌍座_쫭 노ᅀᆞᆸ고 부텨하 救_굴ᄒᆞ쇼셔 ᄒᆞ니

國_귁王_왕이 恭_공敬_겅ᄒᆞᅀᆞᄫᅡ 白_삑氎_땹 眞_진珠_즁網_망 펴ᅀᆞᆸ고 부텨하 드르쇼셔 ᄒᆞ니

其_끵一_힗百_빅九_굴十_씹三_삼 ^[24뒤]

발을 드르시니 五_옹色_싴 光_광明_명이 나샤 고지 프고 菩_뽕薩_삻이 나시니

블흘 드르시니 보비옛 고지 드라 金_금翅_싱 도외야 龍_룡을 저�퀴ᄒᆞ니

其끵一힗百빅九궁十씹四숭

七칧寶볼 金금臺띵예 七칧寶볼 蓮련花황ㅣ [25앞 일어늘 현맛 부톄 加강趺붕坐쫭ㅣ어시뇨

瑠륳璃링堀쿯ㅅ 가온ᄃᆡ 瑠륳璃링座쫭ㅣ 나거늘 현맛 比삥丘쿻ㅣ 火황光광三삼昧밍어뇨

其끵一힗百빅九궁十씹五옹

國귁王왕이 變변化황 보ᅀᆞ바 됴ᄒᆞᆫ [25뒤 ᄆᆞᅀᆞᆷ 내니 臣씬下향도 ᄯᅩ 내니이다

龍룡王왕이 金금剛강杵쳥 저허 모딘 ᄆᆞᅀᆞᆷ 고티니 羅랑刹찷도 ᄯᅩ 고티니이다

其끵一힗百빅九궁十씹六륙

뷘 바리 供공養양이러니 부톄 神씬力륵 내샤 無뭉量량 衆즁을 ᄌᆞ래 겻그니 [26앞

天텬食씩ᄋᆞᆯ 먹ᄉᆞᄫᆞ니 念념佛뿛三삼昧밍예 드라 諸졍佛뿛ㅅ 말ᄋᆞᆯ 다 듣ᄌᆞᄫᆞ니

其끵一힗百빅九궁十씹七칧

國귁王왕ᄋᆞᆫ 오쇼셔 龍룡王왕ᄋᆞᆫ 겨쇼셔 이 두 말ᄋᆞᆯ 어늘 從쭁ᄒᆞ시려뇨 [26뒤

龍룡이 그엔 이쇼리라 王왕ㅅ 그엔 가리라 이 두 고대 어듸 겨시려뇨

其끵一힗百빅九궁十씹八밣

諸졍天텬의 말 우ᅀᅳ샤 이베 放방光광ᄒᆞ시니 無뭉數숭 諸졍佛뿛이 菩뽕薩삻 ᄃᆞ리시니

龍_룡이 堀_콯애 안ㅈ샤 王_왕城_쎵에 ^[27앞]드르시니 無_뭉數_숭 諸_졍國_귁에 如_셩來_링 說_쉃法_법더시니

其_끵一_힗百_빅九_굴十_씹九_굴

十_씹八_밢變_변 뵈시고 그르멜 비취샤 모딘 뜨들 고티라 ᄒᆞ시니

諸_졍天_텬이 모다 와 그르멜 供_공養_양ᄒᆞᅀᆞᄫᅡ 됴ᄒᆞᆫ 法_법을 ᄯᅩ 듣ㅈᄫᅵ니 ^[27뒤]

那_낭乾_껀訶_항羅_랑國_귁 古_공仙_션山_산 毒_똑龍_룡池_띵ㅅ ᄀᆞ새 羅_랑利_칧穴_{ᅘᆑᆶ}ㅅ 가온 ᄃᆡ 다ᄉᆞᆺ 羅_랑利_칧이 이셔 암龍_룡이 ᄃᆞ외야 毒_똑龍_룡을 얻더니 龍_룡도 무뤼 오게 ᄒᆞ며 羅_랑利_칧도 어즈러비 ᄃᆞᆮ닐ᄊᆡ 네 히ᄅᆞᆯ 艱_간難_난ᄒᆞ고 ^[28앞]장셕 흉ᄒᆞ거늘 그 나랏 王_왕이 두리여 神_씬靈_령ᄭᅴ 비다가 몯ᄒᆞ야 呪_즇師_{ᄉᆞᆼ} 블러 呪_즇ᄒᆞ라 ᄒᆞ니【呪_즇師_{ᄉᆞᆼ}ᄂᆞᆫ 呪_즇ᄒᆞᄂᆞᆫ 사ᄅᆞ미라】 毒_똑龍_룡 羅_랑利_칧이 氣_킝韻_운이 盛_쎵ᄒᆞ야 呪_즇師_{ᄉᆞᆼ}ㅣ 術_쓣을 몯홀ᄊᆡ 王_왕이 너교ᄃᆡ ᄒᆞᆫ 神_씬奇_끵ᄒᆞᆫ 사ᄅᆞ믈 어더 이 羅_랑利_칧ᄅᆞᆯ 내 ᄶᅩᆺ고 毒_똑龍_룡을 ^[28뒤]降_행服_뽁히면 내 몸 外_욍예사 므스글 앗기료

그 저긔 ᄒᆞᆫ 梵_뻠志_징 솔보ᄃᆡ 大_땡王_왕하 迦_강毗_삥羅_랑國_귁 淨_쪙飯_뻔王_왕 아ᄃᆞ니 미 이제 부톄 ᄃᆞ외샤 號_{ᅘᅶᇢ}ᄂᆞᆫ 釋_셕迦_강文_문이시니 크신 丈_땽六_륙身_신에 三_삼十_씹二_{ᅀᆞᆼ}相_샹 八_밣十_씹種_죵好_{ᅘᅳᇢ}ㅣ ᄀᆞᄌᆞ샤 바래 ^[29앞]蓮_련花_황ᄅᆞᆯ 볼ᄫᅵ시고 모기 힛光_광을 가지샤 싁싁ᄒᆞ신 相_샹이 眞_진金_금山_산이 ᄀᆞᄐᆞ시니이다 王_왕이 깃거 부텨 나신 싸 ᄒᆞᆯ 向_향ᄒᆞ야 禮_롕數_숭ᄒᆞᅀᆞᆸ고 닐오ᄃᆡ 내 相_샹法_법에 이 後_{ᅘᅮᇢ} 아홉 劫_겁에ᅀᅡ 부톄 겨샤ᄃᆡ 일후미 釋_셕迦_강文_문이시다 ᄒᆞ얫더니 ^[29뒤]오ᄂᆞᆯ날 부톄 ᄒᆞ마 니러나샤ᄃᆡ 엇뎨 이 나라ᄒᆞᆯ 어여ᄲᅵ 너겨 오디 아니커시뇨 ᄒᆞ더니 虛_헝空_콩애셔 마ᄅᆞᆯ 닐오ᄃᆡ

大_땡王_왕하 疑_읭心_심 마르쇼셔 釋_셕迦_강牟_뭏尼_닝 精_정進_진을 勇_용猛_밍히 ᄒᆞ샤 아홉 劫_겁을 즐어 나시니이다 王_왕이 이 말 듣고 다시 ^[30앞] 수러 合_{ᅘᅡᆸ}掌_쟝ᄒᆞᅀᆞ바 讚_잔歎_탄호ᄃᆡ 부텻 ᄆᆞᆯᄀᆞᆫ 智_딩慧_휑 내 ᄆᆞᅀᆞᄆᆞᆯ 아ᄅᆞ시리니 慈_쭝悲_빙를 구피샤 이 나라해 오쇼셔

그 ᄢᅴ 香_향ㄴᆡ 부텻 精_정舍_샹애 가니 ᄒᆡᆫ 瑠_률璃_링 구루미 ᄀᆞᆮᄒᆞ야 부텻긔 닐굽 볼 버므러 金_금盖_갱 ᄃᆞ외오 그 盖_갱예 바오리 이셔 이든 소리 내야 부텨와 ^[30뒤] 比_삥丘_쿻僧_승을 請_청ᄒᆞᅀᆞᆸ더니 그 ᄢᅴ 如_{ᅀᅧ}來_링 比_삥丘_쿻ᄃᆞ려 니ᄅᆞ샤ᄃᆡ 六_륙通_통 ᄀᆞᄌᆞ니ᄂᆞᆫ 부텨 조차 那_낭乾_껀訶_항羅_랑王_왕 弗_붏巴_방浮_뿔提_똉이 請_청을 바ᄃᆞ라 ᄒᆞ야시늘 摩_망訶_항迦_강葉_셥의 물 五_옹百_빅이 瑠_률璃_링山_산을 지스니 山_산 우마다 흐르는 심과 ^[31앞] 못과 七_칧寶_봏 行_{ᅘᆡᆼ}樹_쓩ㅣ 잇고 나모 아래마다 金_금床_쌍애 銀_은光_광이 이셔 그 光_광明_명이 堀_콣이 ᄃᆞ외어늘 迦_강葉_셥이 그 堀_콣애 앉고 弟_똉子_중들흘 열두 頭_뚷陁_땅行_{ᅘᆡᆼ}을 히더니 ^[31뒤] 그 뫼히 ^[32앞] 구룸 ᄀᆞᆮᄒᆞ야 ᄇᆞᄅᆞᄆᆞ라와 샐리 古_공仙_션山_산애 가니라

大_땡目_목犍_껀連_련의 물 五_옹百_빅은 百_빅千_천 龍_룡을 지서 모ᄆᆞᆯ 서리여 座_쫭ㅣ ᄃᆞ외오 이브로 브를 ᄩᅮ통ᄒᆞ야 金_금臺_띵예 七_칧寶_봏 床_쌍座_쫭ㅣ ᄃᆞ외니 寶_봏帳_댱과 寶_봏盖_갱와 幢_땅幡_펀이 다 ᄀᆞᆽ거늘 目_목連_련이 ^[32뒤] 가온ᄃᆡ 앉ᄌᆞ니 瑠_률璃_링 사ᄅᆞᆷ ᄀᆞᆮᄒᆞ야 안팟기 ᄉᆞᄆᆞᆺ ᄆᆞᆰ더니 那_낭乾_껀訶_항國_귁에 가니라

舍_샹利_링弗_붏은 雪_셇山_산을 짓고 白_삥玉_옥으로 堀_콣 밍ᄀᆞ오 五_옹百_빅 沙_상彌_밍 七_칧寶_봏堀_콣애 안자 雪_셇山_산을 圍_윙繞_{ᅀᅭᆸ}ᄒᆞ고 舍_샹利_링弗_붏이 白_삥玉_옥堀_콣애 ^[33앞] 앉ᄌᆞ니 金_금 사ᄅᆞᆷ ᄀᆞᆮᄒᆞ야 金_금色_{ᄉᆡᆨ} 放_방光_광ᄒᆞ고 큰 法_법을 니르거든 沙_상彌_밍 듣더니 뎌 나라해 가니라

摩_망訶_항迦_강栴_젼延_연은 眷_권屬_쑉 五_옹百_빅 比_삥丘_쿻 더브러 蓮_련花_황를 지스니

金금臺띵 ᄀᆞᆮ더니 比삥丘큥ㅣ 그 우희 이시니 몸 아래셔 므리 나아 곳 스싀예 [33뒤] 흘로ᄃᆡ 싸해 ᄠᅥ디디 아니코 우희 金금盖갱 比삥丘큥를 두퍼 잇더니 ᄯᅩ 뎌 나라해 가니라

이러틋 ᄒᆞᆫ 一ᅙᅵᆶ千쳔二ᇫᅵᆼ百ᄇᆡᆨ 쉰 굴근 弟뗑子ᄌᆞᆼ들히 各각各각 五ᅌᅩᆼ百ᄇᆡᆨ 比삥丘큥ᄃᆞ려 여러 가짓 神씬通통을 지ᅀᅥ 虛헝空콩애 소사올아 鴈안王왕 ᄀᆞ티 ᄂᆞ라 뎌 [34앞] 나라해 가니라

그 ᄢᅴ 世솅尊존이 옷 니브시고 바리 가지시고 阿항難난이 尼닝師ᄉᆞ檀딴 들이시고 虛헝空콩을 ᄇᆞᆯᄇᆞ시니 四ᄉᆞᆼ天텬王왕과 帝뎅釋셕과 梵뻠王왕과 無뭉數숭ᄒᆞᆫ 天텬子ᄌᆞᆼ와 百ᄇᆡᆨ千쳔 天텬女녕ㅣ 侍씽衛윙ᄒᆞᅀᆞᄫᆞ니라 그 ᄢᅴ 世솅尊존이 뎡바깃 金금色ᄉᆡᆨ光광을 [34뒤] 펴샤 一ᅙᅵᆶ萬먼八밣千쳔 化황佛뿛을 지ᅀᆞ시니 化황佛뿛마다 마리예 放방光광ᄒᆞ샤 ᄯᅩ 一ᅙᅵᆶ萬먼八밣千쳔 化황佛뿛을 지ᅀᆞ샤 부텨들히 次충第똉로 虛헝空콩애 ᄀᆞ득ᄒᆞ샤 鴈안王왕 ᄀᆞ티 ᄂᆞ라 뎌 나라해 가시니 그 王왕이 迎ᅌᅧᆼ逢뽕ᄒᆞᅀᆞᄫᅡ 禮롕數숭ᄒᆞᅀᆞᆸ더라 [35앞]

그 ᄢᅴ 龍룡王왕이 世솅尊존을 보ᅀᆞᆸ고 어비아ᄃᆞᆯ 제 물 열여슷 大땡龍룡이 큰 구룸과 霹픽靂력 니르와다 우르고 무뤼 비코 누느로 블 내오 이브로 블 ᄠᅡ톻ᄒᆞ니 비늘와 터럭마다 블와 ᄂᆡ왜 퓌며 다ᄉᆞᆺ 羅랑利잃女녕ㅣ 골업슨 양ᄌᆞ를 지ᅀᅥ [35뒤] 누니 번게 ᄀᆞᆮ더니 부텻 알ᄑᆡ 와 셔니라

그 ᄢᅴ 金금剛강神씬이 큰 金금剛강杵청 잡고 無뭉數숭ᄒᆞᆫ 모미 ᄃᆞ외야 金금剛강杵청ㅅ 머리마다 브리 술위ᄢᅵ 두르듯 ᄒᆞ야 次충第똉로 虛헝空콩ᄋᆞ로 ᄂᆞ려오니 브리 하 盛쎵ᄒᆞ야 龍룡이 모ᄆᆞᆯ 슬씨 龍룡이 두리여 수물 [36앞] ᄠᅢ 업서 부텻 그르메예 ᄃᆞ라드니 부텻 그르메 서느러버 甘감露롱를 ᄲᅳ리ᄂᆞᆫ ᄃᆞᆺ ᄒᆞᆫ대 龍룡이 더위를 여희오 울워러 보ᅀᆞᄫᆞ니 虛헝空콩애 無뭉數숭ᄒᆞᆫ 부톄 各각各각 無뭉數숭ᄒᆞᆫ 放방光광

ᄒᆞ시고 放ᄫᅡᇰ光광마다 그지업슨 化ᅘᅪᆼ佛ᄬᅳᆯ이 ᄯᅩ 各각各각 無뭉數숭ᄒᆞᆫ 放ᄫᅡᇰ光광 [36뒤]
ᄒᆞ시고 光광明명 中듀ᇰ에 고른 執집金금剛강神씬이 金금剛강杵청를 머엣더니 龍료ᇰ이
부텨 보ᅀᆞᆸ고 ᄀᆞ장 깃그며 金금剛강神씬 보고 ᄀᆞ장 두리여 부텨끠 禮롕數숭ᄒᆞᅀᆞᄫᆞ
며 다ᄉᆞᆺ 羅랑利ᇙ女녕도 禮롕數숭ᄒᆞᅀᆞᆸ더라

　그 ᄢᅴ 諸졍天텬이 曼만陁땅羅랑花황와 [37앞] 摩망訶항曼만陁땅羅랑花황와 曼만殊쓩
沙상花황와 摩망訶항曼만殊쓩沙상花황를 비허 供고ᇰ養야ᇰᄒᆞᅀᆞᆸ고 하ᄂᆞᆯ 부피 절로 울
며 諸졍天텬이 손 고초ᅀᆞᆸ고 空콩中듀ᇰ에 侍씽衛윙ᄒᆞᅀᆞᄫᅡ 셋더니 그 龍료ᇰ王와ᇰ이 모
새 七칧寶봉 平뼈ᇰ床쌍ᄋᆞᆯ 내야 소ᄂᆞ로 [37뒤] 바다 노ᇧ고 술보ᄃᆡ 世솅尊존하 나를 救
굴ᄒᆞ샤 力륵士ᄊᆞᆼㅣ 내 몸 ᄒᆞ야ᄇᆞ리디 아니케 ᄒᆞ쇼셔 ᄒᆞ더라

　그 ᄢᅴ 王와ᇰ이 노ᄑᆞᆫ 床쌍 노ᇧ고 白삑氎뗩縵만ᄋᆞᆯ 두르고 眞진珠즁 그므를 우희
둡ᄉᆞᆸ고 부텨를 請쳐ᇰᄒᆞᅀᆞᄫᅡ 縵만 中듀ᇰ에 드르쇼셔 ᄒᆞ야ᄂᆞᆯ 부톄 바ᄅᆞᆯ 드르시니 [38앞]
허튓비예 五오ᇰ色ᄉᆡᆨ光광이 나샤 부텼긔 닐굽 볼 버므ᅀᆞᄫᅡ 하ᄂᆞᆯ 고ᄫᆞᆯ 고지 근ᄒᆞ야
곳 帳댜ᇰ이 ᄃᆞ외니 곳닙 ᄉᆞᅀᅵ예 無뭉數숭ᄒᆞᆫ 菩뽀ᇰ薩사ᇙ이 ᄃᆞ외야 合합掌쟈ᇰᄒᆞ야 讚잔
歎탄ᄒᆞᅀᆞᆸ거든 空콩中듀ᇰ엣 化ᅘᅪᆼ佛ᄬᅳᆯ이 다 ᄒᆞᆫ가지로 放ᄫᅡᇰ光광ᄒᆞ더시니 열여슷 혀근
龍료ᇰ이 소내 [38뒤] 뫼콰 돌콰 잡고 霹벽靂력 블 니르와다 부텨끠 오니 모든 한 사
ᄅᆞ미 두리여ᄒᆞ거늘 世솅尊존이 金금色ᄉᆡᆨ 불홀 내샤 소ᄂᆞᆯ 펴시니 손까락 ᄉᆞᅀᅵ예셔
굴근 보비옛 곳비 오더니 大때ᇰ衆즁둘ᄒᆞᆫ 그 고ᄌᆞᆯ 보ᄃᆡ 다 化ᅘᅪᆼ佛ᄬᅳᆯ이 ᄃᆞ외시고 龍
료ᇰ둘ᄒᆞᆫ 그 고ᄌᆞᆯ 보ᄃᆡ 다 金금翅싀ᇰ鳥둏ㅣ [39앞] ᄃᆞ외야 龍료ᇰᄋᆞᆯ 자바머구려 홀씨 龍료ᇰ
이 두리여 부텻 그르메예 ᄃᆞ라드러 머리 좃ᅀᆞᄫᅡ 救굴ᄒᆞ쇼셔 ᄒᆞ더라

　부톄 縵만 알픽 가샤 阿항難난이ᄃᆞ려 尼닝師ᄉᆞᆼ檀딴 실라 ᄒᆞ야시ᄂᆞᆯ 阿항難난이
縵만 中듀ᇰ에 드러 올ᄒᆞᆫ소ᄂᆞ로 왼녁 엇게옛 尼닝師ᄉᆞᆼ檀딴ᄋᆞᆯ 드니 尼닝師ᄉᆞᆼ檀딴이

[39뒤] 즉자히 七_칧寶_봉로 꾸뮨 五_옹百_빅億_흑 金_금臺_띵 드외어늘 싣로려 ᄒᆞ니 즉자히 ᄯᅩ 七_칧寶_봉 莊_장嚴_엄혼 五_옹百_빅億_흑 蓮_련花_황] 드외야 行_행列_렳 지어 次_충次_충 第_똉로 縵_만 안해 차 ᄀᆞ득ᄒᆞ니라 그 ᄢᅴ 世_솅尊_존이 七_칧寶_봉 床_쌍애 드르샤 結_겷加_강趺_붕坐_쫭ᄒᆞ시니 [40앞] 녀느 蓮_련花_황ㅅ 우희 다 부톄 안ᄌᆞ시니라 그 ᄢᅴ 比_뼁丘_쿨도 부텨ᄭᅴ 禮_롕數_숭ᄒᆞᅀᆞᆸ고 各_각各_각 座_쫭ᄅᆞᆯ 싣니 比_뼁丘_쿨의 座_쫭도 다 瑠_륭璃_링座_쫭] 드외어늘 比_뼁丘_쿨ᄃᆞᆯ히 드러 안ᄌᆞ니 瑠_륭璃_링座_쫭] 瑠_륭璃_링光_광을 펴아 瑠_륭璃_링堀_콯을 짓고 比_뼁丘_쿨ᄃᆞᆯ히 [40뒤] 火_황光_광三_삼昧_밍예 드니 모미 金_금ㅅ 비치러라

그 ᄢᅴ 國_귁王_왕이 부텻 神_씬奇_끵ᄒᆞ신 變_변化_황ᄅᆞᆯ 보ᅀᆞᆸ고 즉자히 阿_항耨_녹多_당羅_랑 三_삼藐_막三_삼菩_뽕提_똉心_심을 發_벓ᄒᆞ야 [41앞] 臣_씬下_행ᄅᆞᆯ [41뒤] 다 發_벓心_심ᄒᆞ라 ᄒᆞ며 龍_룡王_왕ᄋᆞᆫ 金_금剛_강大_땡力_륵士_{ᄊᆞᆼ}ᄅᆞᆯ 두리여 阿_항耨_녹多_당羅_랑三_삼藐_막三_삼菩_뽕提_똉心_심을 發_벓ᄒᆞ며 羅_랑利_링女_녕도 菩_뽕提_똉心_심을 發_벓ᄒᆞ니라

그 ᄢᅴ 王_왕이 부텨와 즁님내ᄭᅴ 供_공養_양ᄒᆞᅀᆞᄫᅩ려 ᄒᆞ더니 부톄 니ᄅᆞ샤ᄃᆡ 녀느 거스란 [42앞] 마오 그릇 분 ᄌᆞᆼ망ᄒᆞ라 王_왕이 듣ᄌᆞᄫᅡ 보ᄇᆡ옛 그르슬 准_쥰備_뼁ᄒᆞ야늘 부텻 神_씬力_륵으로 하ᄂᆞᆯ 須_슝陁_땅味_밍 自_쭝然_션히 그르세 ᄀᆞ득ᄒᆞ거늘 大_땡衆_즁ᄃᆞᆯ히 그 밥 먹고 自_쭝然_션히 念_념佛_뿛三_삼昧_밍예 [42뒤] 드러 十_씹方_방 佛_뿛을 보ᅀᆞᄫᅵ니 모미 ᄀᆞᆺ 업스시며 ᄯᅩ 說_{ᄉᆑᆯ}法_법을 듣ᄌᆞᄫᅵ니 그 音_{ᅙᆷ}聲_셩이 다 부텨 念_념ᄒᆞ며 法_법 念_념ᄒᆞ며 比_뼁丘_쿨僧_승 念_념호ᄆᆞᆯ 讚_잔歎_탄ᄒᆞ시며 ᄯᅩ 六_륙波_방羅_랑蜜_밇와 三_삼十_씹七_칧品_픔助_쫑菩_뽕提_똉法_법을 [43앞] 너비 니르더시니 [46앞] 이 말 듣ᄌᆞᆸ고 더욱 기ᄊᆞᄫᅡ 부텨를 즈믄 디위 값도ᅀᆞᄫᅵ니라

그 ᄢᅴ 王_왕이 부텨를 請_청ᄒᆞᅀᆞᄫᅡ [46뒤] 城_셩의 드르쇼셔 ᄒᆞ야늘 龍_룡王_왕이 怒_농ᄒᆞ야 닐오ᄃᆡ 네 내 利_링益_혁을 앗ᄂᆞ니 내 네 나라흘 배요리라 부톄 王_왕ᄃᆞ려 니

ㄹ샤딕 檀딴越윓이 몬져 가라 내 時씽節졇 아라 가리라 ᄒᆞ시니 王왕이 禮롕數숭ᄒᆞ
ᅀᆞᆸ고 [47앞] 믈러나거늘 龍룡王왕과 羅랑利링女녕왜 부텨씌 戒갱 듣ᄌᆞ바 지이다 ᄒᆞ야
늘 三삼歸귕五옹戒갱法법을 니르시니 ᄀᆞ장 깃ᄊᆞ바 ᄒᆞ며 眷권屬쑉 百빅千쳔 龍룡이
모ᄉᆞ로셔 나아 禮롕數숭ᄒᆞᅀᆞᆸ더니 부톄 龍룡ᄋᆡ 목소리를 조ᄎᆞ샤 說쉃法법ᄒᆞ시니
다 깃ᄊᆞ바 터니 [47뒤] 目목連련이 시기샤 警겅戒갱ᄒᆞ라 ᄒᆞ야시늘 目목連련이 如셩意
힁定뗑에 드러 즉자히 百빅千쳔億흑 金금翅싱鳥뚈ㅣ ᄃᆞ외야 各각各각 다ᄉᆞᆺ 龍룡곰
ᄌᆞ르드듸여 虛헝空콩애 잇거늘 龍룡둘히 닐오ᄃᆡ 부톄 和뙇尙썅ᄋᆞᆯ 시기샤 우리를
警겅戒갱ᄒᆞ라 ᄒᆞ야시늘 [48앞] 엇뎨 므싀여ᄫᆞᆫ 양ᄌᆞ를 지ᅀᆞ시ᄂᆞ니잇고 目목連련이 닐
오ᄃᆡ 네 여러 劫겁에 저프디 아니ᄒᆞᆫ 거긔 저픈 ᄆᆞᅀᆞᆷ믈 내며 嗔친心심 업슨 거긔
嗔친心심을 내며 모디롬 업슨 거긔 모딘 ᄆᆞᅀᆞᆷ믈 내ᄂᆞ니 내 實씷엔 사ᄅᆞ미어늘 네
ᄆᆞᅀᆞ미 모딜ᄊᆡ 나를 金금翅싱鳥뚈애 보ᄂᆞ니라 [48뒤] 그 저긔 龍룡王왕이 두리욘 젼
ᄎᆞ로 殺삻生싱 아니 ᄒᆞ며 衆즁生싱 보차디 아니호리라 盟밍誓쎙ᄒᆞ야 善쎤心심을
니르와다늘 目목連련이 도로 本본來링ㅅ 모미 ᄃᆞ외야 五옹戒갱를 니르니라

그 ᄢᅵ 龍룡王왕이 ᄭᅮ러 合ᄒᆞᆸ掌쟝ᄒᆞ야 世솅尊존씌 請쳥ᄒᆞᅀᆞᄫᅩᄃᆡ [49앞] 如셩來링
長땽常썅 이어긔 겨쇼셔 如셩來링옷 아니 겨시면 내 모딘 ᄆᆞᅀᆞᆷ믈 내야 菩뽕提똉를
몯 일우리로소이다 ᄒᆞ야 세 번 請쳥ᄒᆞᅀᆞᄫᅡᄂᆞᆯ 그 저긔 梵뻠天텬王왕이 와 合ᄒᆞᆸ掌쟝
ᄒᆞ야 請쳥ᄒᆞᅀᆞᄫᅩᄃᆡ 願원ᄒᆞᆫᄃᆞᆫ 薄빡伽꺙梵뻠이 未밍來링世솅옛 衆즁生싱ᄃᆞᆯᄒᆞᆯ [49뒤] 爲
윙ᄒᆞ시고 ᄒᆞᆫ 죠고맛 龍룡 ᄲᅮᆫ 爲윙티 마ᄅᆞ쇼셔 [50앞] 百빅千쳔 梵뻠王왕이 ᄒᆞᆫ 소리로
請쳥ᄒᆞᅀᆞᆸ더니 부톄 우ᅀᅳᆫᄒᆞ시고 이베셔 그지업슨 百빅千쳔 光광明명을 내시니 그
光광明명마다 [50뒤] 그지업슨 化황佛뿛이 다 萬먼億흑 菩뽕薩삻ᄋᆞᆯ ᄃᆞ려 겨시더라 龍
룡王왕이 못 가온디 七칧寶뽛 臺똉를 내야 받ᄌᆞᆸ고 닐오ᄃᆡ 願원ᄒᆞᆫᄃᆞᆫ 天텬尊존이 이

臺띵룰 바ᄃ쇼셔 世솅尊존이 니ᄅ샤ᄃ 네 이 臺띵란 마오 羅랑利링 石쎡堀콣을 [51앞
날 주라 그 저긔 梵뻠天텬王왕과 無뭉數숭ᄒ 天텬子중ㅣ 그 堀콣애 몬져 들며 龍룡王왕이 여러 가짓 보ᄇᆞ로 그 堀콣을 ᄭᅮ미고 諸졍天텬이 各각各각 寶봄衣ᄒᆡᆼ를 바사 난겻기로 그 堀콣을 ᄲᅳ더라 그 저긔 世솅尊존이 모맷 光광明명과 化황佛뿛을 ᄀᆞ초샤 [51뒤 뎡바기로 들에 ᄒ시고 ᄒᆞ오ᅀᅡ 그 堀콣애 드르시니 그 石쎡堀콣이 七칧寶봄ㅣ ᄃᆞ외니라 그 저긔 羅랑利링女녕와 龍룡王왕괘 四ᄉᆞᆼ大땡弟똉子중와 阿항難난이 爲윙ᄒᆞ야 ᄯᅩ 다ᄉᆞᆺ 石쎡堀콣을 밍ᄀᆞ니라 [52앞

그 ᄢᅴ 世솅尊존이 龍룡王왕 堀콣애 안존 자히 겨샤ᄃᆡ 王왕이 請쳥을 드르샤 那낭乾껀訶항城쎵의 드르시며 耆끼闍썅崛꿇山산과 舍샹衛윙國귁과 迦강毗삥羅랑城쎵과 녀나ᄆᆞᆫ 住뜡處쳥에 다 부톄 겨시며 虛헝空콩 蓮련花황座쫭애 無뭉量량 [52뒤 化황佛뿛이 世솅界갱예 ᄀᆞᄃᆞᆨ거시ᄂᆞᆯ 龍룡王왕이 깃ᄉ바 큰 願원을 發벓ᄒᆞ니라 王왕이 부텨를 닐웨 供공養양ᄒᆞᅀᆞᆸ고 사ᄅᆞᆷ 브려 八밣千쳔里링象썅을 틔와 供공養양홀 거슬 가져 一ᅙᅵᆯ切촁 녀ᄂᆞ 나라해 가 比삥丘쿨ᄃᆞᆯᄒᆞᆯ 供공養양ᄒᆞ라 [53앞 ᄒᆞ니 그 사ᄅᆞ미 간 ᄃᆡ마다 如ᅀᅧ來링를 보ᅀᆞᆸ고 도라와 술보ᄃᆡ 如ᅀᅧ來링 이 나라 ᄲᅮᆫ 아니라 녀ᄂᆞ 나라해도 다 겨샤 苦콩空콩 無뭉常쌍 無뭉我앙와 六륙波방羅랑蜜밇을 니ᄅᆞ더시니이다 王왕이 듣고 ᄆᆞᅀᆞ미 [53뒤 횐ᄒᆞ야 無뭉生ᄉᆡᆼ忍신을 得득ᄒᆞ니라 [54-1뒤

그 ᄢᅴ 부톄 神씬足죡 가ᄃᆞ시고 堀콣로셔 나샤 比삥丘쿨ᄃᆞᆯ 드리샤 아랫 뉘예 菩뽕薩ᇙ 드외야 겨싫 제 두 아기 布봉施싱ᄒᆞ신 ᄯᅡ콰 주으린 버믜 게 몸 ᄇᆞ리신 ᄯᅡ콰 머리로 布봉施싱ᄒᆞ신 ᄯᅡ콰 모매 千쳔燈등 혀신 ᄯᅡ콰 [54-3뒤 눈 布봉施싱ᄒᆞ신 ᄯᅡ콰 고기 ᄇᆞ리 비두릐 ᄀᆞ름ᄒᆞ신 ᄯᅡ해 노니거시ᄂᆞᆯ 龍룡이 다 졷ᄌᆞ바 ᄒᆞ니더니 부톄 나라해 도라오려 커시ᄂᆞᆯ 龍룡王왕이 듣ᄌᆞᆸ고 울며 술보ᄃᆡ 부텨하 엇뎌 나ᄅᆞᆯ ᄇᆞ리

고 가시ᄂᆞᆫ고 내 부텨를 몯 보ᅀᆞᄫᆞ면 당다이 모딘 罪ㅣ씽를 지ᅀᅮ려이다 世ㅅᆐ尊존이 [55앞] 龍룡王왕ᄋᆞᆯ 깃기 호리라 ᄒᆞ샤 니ᄅᆞ샤ᄃᆡ 내 너 爲윙ᄒᆞ야 이 堀콜애 안자 一ᅙᅵᆶ 千쳔五ᅌᅩᆼ百ᄇᆡᆨ ᄒᆡ를 이쇼리라 ᄒᆞ시고 그 堀콜애 드러 안ᄌᆞ샤 十씹八바ᇙ變변 ᄒᆞ야 뵈시고 모미 솟ᄃᆞ라 돌해 드르시니 ᄆᆞᆯᄀᆞᆫ 거우루 ᄀᆞᆮᄒᆞ야 소개 겨신 그르메 ᄉᆞᄆᆞᆺ 뵈더니 머리 이션 보ᅀᆞᆸ고 가ᄭᆞᄫᅵ [55뒤] 완 몯 보ᅀᆞᄫᆞ리러라 百ᄇᆡᆨ千쳔 諸졍天텬이 佛ᄤᅮᇙ影ᅙᅧᆼ을 供공養양ᄒᆞᅀᆞᆸ거든 佛ᄤᅮᇙ影ᅙᅧᆼ도 說ᄉᆑᇙ法법ᄒᆞ더시다

其끵二ᅀᅵᆼ百ᄇᆡᆨ

極끅樂락世ㅅᆐ界갱예 阿ᅙᅡᆼ彌밍陁땅 功공德득을 世ㅅᆐ尊존이 니ᄅᆞ시니 [56앞] 祇낑桓쾐精졍舍샹애 大땡衆즁이 모댓거늘 舍샹利링弗부ᇙ이 듣ᄌᆞᄫᆞ니

其끵二ᅀᅵᆼ百ᄇᆡᆨ一ᅙᅵᆶ

十씹萬먼億흑 土통 디나 아ᄒᆞᆫ 世ㅅᆐ界갱 [56뒤] 잇ᄂᆞ니 일홈이 極끅樂락이니 十씹劫겁을 ᄂᆞ려오신 ᄒᆞᆫ 부톄 겨시니 일홈이 阿ᅙᅡᆼ彌밍陁땅ㅣ시니

其끵二ᅀᅵᆼ百ᄇᆡᆨ二ᅀᅵᆼ

부텻 光광明명이 十씹方방애 비취시며 壽쑤ᇢ命명이 그슴 업스시니 衆즁生ᄉᆡᆼ 快쾡樂락이 衆즁苦콩ᄅᆞᆯ [57앞] 모ᄅᆞ며 목숨이 ᄀᆞᅀᅵ 업스니

其끵二ᅀᅵᆼ百ᄇᆡᆨ三삼

欄란楯쓘이 七치ᇙ重뜡이며 羅랑網망이 七치ᇙ重뜡이며 七치ᇙ重뜡 行ᅘᅢᆼ樹쓩에 四ᄉᆞᆼ寶

븨 ᄀᆞᄌᆞ니

蓮련모시 七칧寶ᄫᅳᆯㅣ며 樓를閣각이 [57뒤]七칧寶ᄫᅳᆯㅣ며 四ᄉᆞᆼ邊변 階갱道똘애 四ᄉᆞᆼ寶ᄫᅳᆯㅣ ᄀᆞᄌᆞ니

其끵二ᅀᅵᆼ百ᄇᆡᆨ四ᄉᆞᆼ

八밣功궁德득水쉉예 蓮련ㅅ고지 푸듸 술위띠 ᄀᆞᆮᄒᆞ니이다

靑청黃ᄬᅟᅢᆼ赤쳑白ᄤᅵᆨ 色ᄾᅵᆨ애 靑청黃ᄬᅟᅢᆼ赤쳑白ᄤᅵᆨ 光광이 [58앞]微밍妙뮿ᄒᆞ고 香ᄒᅟᅡᆼ潔겷ᄒᆞ니이다

其끵二ᅀᅵᆼ百ᄇᆡᆨ五ᅌᅩᆼ

晝듛夜양 六륙時씽예 曼만陁땅羅랑花황ㅣ 듣거든 하ᄂᆞᆳ 風붕流를ㅣ 그츨 슷 업스니

每밍日ᅀᅵᇙ 淸쳥旦단애 曼만陁땅羅랑花황를 [58뒤]담아 諸졍佛뿛 供공養양이 그츨 슷 업스니

其끵二ᅀᅵᆼ百ᄇᆡᆨ六륙

衆즁生ᄉᆡᆼ이 阿ᅙᅡᆼ鞞빙跋ᄤᅡᆯ致딩ᄒᆞ며 一ᅙᅵᇙ生ᄉᆡᆼ 補봉處쳥ㅣ 하거시니 惡ᅙᅡᆨ道똘ㅅ 일훔이 이시리잇가

阿ᅙᅡᆼ彌밍陁땅佛뿛ㅅ 變변化황로 [59앞]法법音ᅙᅳᆷ을 너피실ᄊᆡ 雜짭色ᄾᅵᆨ 衆즁鳥둏ᄅᆞᆯ 내시니이다

其끵二ᅀᅵᆼ百ᄇᆡᆨ七칧

白ᄤᅵᆨ鶴ᅘᅡᆨ과 孔콩雀쟉과 鸚ᅙᅵᆼ鵡뭉와 舍샹利링와 迦강陵릉頻삔伽꺙 共꽁命명之징

鳥듛ㅣ 이샤 [59뒤]

　五웅根군과 五웅力륵과 七칧菩뽕提똉 八밣聖셩道똘分뿐을 밤과 낮과 演연暢탱ᄒ
ᄂ니이다

　　　　其끵二싱百빅八밣

微밍風봉이 디나니 羅랑網망 行행樹쓩에 微밍妙뮬聲셩이 뮈여 나ᄂ니 [60앞]
온 가지 즈믄 가지 種죵種죵 風봉流륳ㅅ 소리 一힗時씽예 니는 듯 ᄒ니

　　　　其끵二싱百빅九굴

行행樹쓩ㅅ 소리와 羅랑網망ㅅ 소리와 새 소리를 드러 이샤
念념佛뿛 ᄆ슴과 念념法법 ᄆ슴과 念념僧숭 ᄆ슴을 내ᄂ니이다 [60뒤]

　　　　其끵二싱百빅十씹

阿항彌밍陁땅ㅅ 일훔을 稱칭念념이 至징誠쎵이면 功공德득이 ᄀ 업스리이다
若쟉一힗日싫 若쟉二싱日싫 三삼四ᄉ五웅六륙七칧日싫에 功공德득이 어루 일리
이다 [61앞]

　　　　其끵二싱百빅十씹一힗

이 목숨 ᄆ츌 날애 阿항彌밍陁땅ㅣ 聖셩衆즁 ᄃ리샤 값 길흘 알외시리
七칧寶봏池띵 蓮련ㅅ곶 우희 轉뒌女녕爲윙男남ᄒ야 죽사릴 모ᄅ리니 [61뒤]

부톄 祇낑樹쓩給급孤공獨똑園원에 겨샤 굴근 比삥丘쿻 중 一힗千쳔二싱百빅 쉰 사ᄅᆞᆷ과 ᄒᆞᆫᄃᆡ 잇더시니 다 大땡阿항羅랑漢한앳 모다 아ᄂᆞᆫ 舍샹利링弗붏 [62앞 目목揵껀連련 摩망訶항迦강葉셥 摩망訶항迦강栴젼延연 等등 굴근 弟똉子ᄌᆞᆼᄃᆞᆯ콰 菩뽕薩삻摩망訶항薩삻 文문殊쓩師ᄉᆞᆼ利링 法법王왕子ᄌᆞᆼ 阿항逸잃多당菩뽕薩삻 [62뒤 乾껀陁땅訶항提똉菩뽕薩삻 常썅精졍進진菩뽕薩삻 이러틋 ᄒᆞᆫ 굴근 菩뽕薩삻ᄃᆞᆯ콰 釋셕提똉桓퐌因인 等등 無뭉量량 諸졍天텬 大땡衆즁과 ᄒᆞᆫᄃᆡ 잇더시니

부톄 舍샹利링弗붏ᄃᆞ려 니ᄅᆞ샤ᄃᆡ 일롯 西솅方방ᄋᆞ로 十씹萬먼億흑 부텻 ᄯᅡᄒᆞᆯ 디나가 世솅界갱 이쇼ᄃᆡ [63앞 일후미 極끅樂락이라 그 ᄯᅡ해 부톄 겨샤ᄃᆡ 일후미 阿항彌밍陁땅ㅣ시니 이제 現현ᄒᆞ야 겨샤 說쉃法법ᄒᆞ시ᄂᆞ니라 舍샹利링弗붏아 뎌 ᄯᅡᄒᆞᆯ 엇던 젼ᄎᆞ로 일후믈 極끅樂락이라 ᄒᆞ거뇨 그 나랏 衆즁生ᄉᆡᆼ이 [63뒤 한 受쓩苦콩ㅣ 업고 오직 여러 가짓 快쾡樂락ᄋᆞᆯ 누릴ᄊᆡ 일후믈 極끅樂락이라 ᄒᆞᄂᆞ니라 ᄯᅩ 舍샹利링弗붏아 極끅樂락 國귁土통애 七칧重뜡 欄란楯쓘과 七칧重뜡 羅랑網망과 七칧重뜡 行ᅘᆡᆼ樹쓩왜 다 네 가짓 보ᄇᆡ니 [64앞 두루 둘어 범그러 이실ᄊᆡ 일후믈 極끅樂락이라 ᄒᆞᄂᆞ니라

ᄯᅩ 舍샹利링弗붏아 極끅樂락 國귁土통애 七칧寶봉 모시 잇ᄂᆞ니 八밣功공德득水슁 ᄀᆞᄃᆞᆨᄒᆞ고 못 미틔 고ᄅᆞᆫ 金금 몰애로 ᄯᅡᄒᆞᆯ ᄭᆞᆯ오 네 ᄀᆞᆺ 버텅 길헤 金금 銀은 瑠륳璃링 玻팡瓈롕로 뫼호아 ᄆᆡᆼᄀᆞ로 우희 樓릏閣각이 [64뒤 이쇼ᄃᆡ ᄯᅩ 金금 銀은 瑠륳璃링 玻팡瓈롕 硨챵磲껑 赤쳑珠즁 瑪망瑙놓로 싁싀기 ᄭᅮ몟ᄂᆞ니 모샛 蓮련花황ㅣ 킈 술윗바회 만 호ᄃᆡ 靑쳥色식 靑쳥光광이며 黃ᅘᅪᆼ色식 黃ᅘᅪᆼ光광이며 赤쳑色식 赤쳑光광이며 白ᄈᆡᆨ色식 白ᄈᆡᆨ光광이라 微밍妙묳코 香향潔겷ᄒᆞ니 [65앞 舍샹利링弗붏아 極끅樂락 國귁土통ㅣ 이러히 功공德득莊장嚴엄이 이러 잇ᄂᆞ니라

坚 舍_상利_링弗_붏아 뎌 나라해 샹녜 하ᄂᆞᆳ 풍류 ᄒᆞ고 黃_{ᅘᅡᆼ}金_금이 ᄯᅡ히 ᄃᆞ외오 밤 낫 여슷 ᄢᅵ로 하ᄂᆞᆳ 曼_만陁_땅羅_랑花_황ㅣ 듣거든 그 ᄯᅡᆺ 衆_즁生_{ᄉᆡᆼ}이 ^[65뒤] 샹녜 아ᄎᆞᆷ마 다 各_각各_각 衣_{ᄒᆡᆼ}裓_큭에 한 고ᄫᆞᆯ 고ᄌᆞᆯ 다마다가 다ᄅᆞᆫ 나랏 十_씹萬_먼億_흑 佛_붏을 供_공養_양ᄒᆞᅀᆞᆸ고 즉자히 밥 머긂 ᄢᅵ로 믿나라해 도라와 밥 먹고 두루 ᄃᆞ니ᄂᆞ니 舍_상利_링弗_붏아 極_끅樂_락 國_귁土_통ㅣ 이러히 功_공德_득莊_장嚴_엄이 ^[66앞] 이러 잇ᄂᆞ니라 坚 舍_상利_링弗_붏아 뎌 나라해 샹녜 갓갓 奇_끵妙_묳ᄒᆞᆫ 雜_짭色_{ᄉᆡᆨ} 鳥_둏ㅣ 白_{ᄈᆡᆨ}鶴_{ᅘᅡᆨ}과 孔_콩雀_쟉과 鸚_{ᅙᅵᆼ}鵡_뭉와 舍_상利_링와 迦_강陵_릉頻_삔伽_깡와 共_꽁命_명鳥_둏ㅣ 이런 여러 새들히 ^[66뒤] 밤낫 여슷 ᄢᅵ로 和_{ᅘᅪᆼ}雅_양ᄒᆞᆫ 소리ᄅᆞᆯ 내ᄂᆞ니 그 소리 五_옹根_군 五_옹力_륵과 七_칧菩_뽕提_똉分_분과 八_밣聖_셩道_똫分_분과 이 트렛 法_법을 演_연暢_탕ᄒᆞ거든 그 ᄯᅡᆺ 衆_즁生_{ᄉᆡᆼ}이 이 소리 듣고 다 念_념佛_붏ᄒᆞ며 念_념法_법ᄒᆞ며 念_념僧_승ᄒᆞᄂᆞ니라 ^[67앞] 舍_상利_링弗_붏아 네 이 새ᄅᆞᆯ 罪_쬥 지슨 果_광報_봏로 나다 너기디 말라 엇뎨어뇨 ᄒᆞ란 ᄃᆡ 뎌 나라해 三_삼惡_학道_똫ㅣ 업스니 舍_상利_링弗_붏아 뎌 나라해 惡_학道_똫ㅅ 일훔 도 업거니 ᄒᆞ믈며 眞_진實_씷ㅅ 새 이시리여 이 ^[67뒤] 새들흔 다 阿_{ᅙᅡᆼ}彌_밍陁_땅佛_붏이 法_법音_흠을 펴리라 ᄒᆞ샤 變_변化_황로 지ᅀᆞ시니라

舍_상利_링弗_붏아 뎌 나라해 ᄀᆞᄆᆞᆫ ᄇᆞᄅᆞ미 行_{ᅘᆡᆼ}樹_쓩 羅_랑網_망을 불면 微_밍妙_묳ᄒᆞᆫ 소리 나디 百_{ᄇᆡᆨ}千_천 가짓 풍뤼 ᄒᆞᇭ ᄒᆞᄂᆞᆫ ᄃᆞᆺ ᄒᆞ니 이 소리 드르면 自_{ᄍᆞᆼ}然_{ᅀᅧᆫ}히 念_념佛_붏 ^[68앞] 念_념法_법 念_념僧_승 홀 ᄆᆞᅀᆞᄆᆞᆯ 내ᄂᆞ니 舍_상利_링弗_붏아 그 부텻 國_귁土_통ㅣ 이러히 功_공德_득莊_장嚴_엄이 이러 잇ᄂᆞ니라

舍_상利_링弗_붏아 네 ᄠᅳ덴 엇더뇨 부톄 엇던 젼ᄎᆞ로 號_{ᅘᅭᆸ}ᄅᆞᆯ 阿_{ᅙᅡᆼ}彌_밍陁_땅ㅣ시다 ᄒᆞ거뇨 舍_상利_링弗_붏아 뎌 부텻 光_광明_명이 그지업서 十_씹方_방 ^[68뒤] 나라홀 비취샤 ᄃᆡ ᄀᆞ린 ᄃᆡ 업스실ᄊᆡ 號_{ᅘᅭᆸ}ᄅᆞᆯ 阿_{ᅙᅡᆼ}彌_밍陁_땅ㅣ시다 ᄒᆞᄂᆞ니라 坚 舍_상利_링弗_붏아 뎌

부텻 목숨과 그엣 百빅姓셩이 無뭉量량無뭉邊변 阿항僧승祇낑劫겁일씨 일후믈 阿항
彌밍陁땅ㅣ시다 ᄒᆞ느니 舍샹利링弗붏아 阿항彌밍陁땅佛뿛이 ^[69앞]成쎵佛뿛ᄒᆞ거신
디 이제 열 劫겁이라

쏘 舍샹利링弗붏아 뎌 부톄 無뭉量량無뭉邊변 聲셩聞문 弟똉子ᄌᆞ를 두겨시니 다
阿항羅랑漢한이니 筭솬ᄋᆞ로 몯내 혜여 알리며 菩뽕薩삻衆즁도 쏘 이 ᄀᆞ티 하니 舍
샹利링弗붏아 뎌 부텻 國귁土통ㅣ 이러히 功공德득莊장嚴엄이 이러 ^[69뒤]잇ᄂᆞ니라

쏘 舍샹利링弗붏아 極끅樂락 國귁土통애 난 衆즁生ᄉᆡᆼ은 다 阿항鞞빙跋ᄈᆞᇙ致딩니
^[70앞]그 中듀ᇰ에 一ᅙᅵᇙ生ᄉᆡᆼ補봉處쳥ㅣ 해 이셔 그 數숭ㅣ 筭솬ᄋᆞ로 몯내 알리오 오직
無뭉量량無뭉邊변 ^[70뒤]阿항僧승祇낑로 닐옳 디니 舍샹利링弗붏아 衆즁生ᄉᆡᆼ이 드러
든 뎌 나라해 나고져 發벓願원ᄒᆞ야ᅀᅡ ᄒᆞ리니 엇뎨어뇨 ᄒᆞ란디 이러ᄒᆞᆫ 믓 어딘 사
ᄅᆞᆷ들콰 ᄒᆞᆫ디 이시릴씨니라

舍샹利링弗붏아 죠고맛 善쎤根ᄀᆞᆫ 福복德득 因ᅙᅵᆫ緣원으로 뎌 나라해 나디 몯ᄒᆞ
ᄂᆞ니 ^[71앞]舍샹利링弗붏아 ᄒᆞ다가 善쎤男남子ᄌᆞㅣ어나 善쎤女녕人ᅀᅵᆫ이어나 阿항彌
밍陁땅佛뿛ㅅ 일후믈 디니ᅀᆞᄫᅡ 홀리어나 이트리어나 사ᄋᆞ리어나 나ᄋᆞ리어나 다쐐
어나 여쐐어나 닐웨어나 ᄆᆞᅀᆞ믈 고ᄌᆞ기 머거 섯디 아니ᄒᆞ면 그 ^[71뒤]사ᄅᆞ미 命명
終즁홀 쩌긔 阿항彌밍陁땅佛뿛이 聖셩衆즁 ᄃᆞ리시고 알ᄑᆡ 와 뵈시리니 이 사ᄅᆞᆷ 命
명終즁홇 저긔 ᄆᆞᅀᆞ미 어즐티 아니ᄒᆞ야 즉자히 極끅樂락 國귁土통애 가아 나리니
舍샹利링弗붏아 내 이런 利링를 볼씨 이런 마를 ᄒᆞ노니 이 말 드른 衆즁生ᄉᆡᆼ은 뎌
나라해 ^[72앞]나고져 發벓願원ᄒᆞ야ᅀᅡ ᄒᆞ리라

舍샹利링弗붏아 내 이제 阿항彌밍陁땅佛뿛ㅅ 不붏可캉思ᄉᆞ議읭 功공德득 利링
를 讚잔歎탄ᄒᆞᅀᆞᆷ ᄀᆞ티 東동方방애도 阿항閦츅鞞빙佛뿛 須슝彌밍相샹佛뿛 大땡須

슝彌밍佛뿛 須슝彌밍光광佛뿛 [72뒤 妙묳音ᅙᅳᆷ佛뿛 等둥 恒ᅘᅳᆼ河ᅘᅡᆼ沙상 數ᄉᆞᆼ 諸졍佛뿛와 南남方방世솅界갱예 日ᅀᅵᇙ月ᅌᅯᇙ燈둥佛뿛 名명聞문光광佛뿛 大땡焰염肩견佛뿛 須슝彌밍燈둥佛뿛 無뭉量량精졍進진佛뿛 等둥 [73앞 恒ᅘᅳᆼ河ᅘᅡᆼ沙상 數ᄉᆞᆼ 諸졍佛뿛와 西솅方방 世솅界갱예 無뭉量량壽쓯佛뿛 無뭉量량相샹佛뿛 無뭉量량幢뙁佛뿛 大땡光광佛뿛 大땡明명佛뿛 寶볼相샹佛뿛 淨쪙光광佛뿛 等둥 恒ᅘᅳᆼ河ᅘᅡᆼ沙상 數ᄉᆞᆼ 諸졍佛뿛와 北븍方방 世솅界갱예 焰염肩견佛뿛 最죙勝싱音ᅙᅳᆷ佛뿛 [73뒤 難난沮쪙佛뿛 日ᅀᅵᇙ生ᄉᆡᆼ佛뿛 網망明명佛뿛 等둥 恒ᅘᅳᆼ河ᅘᅡᆼ沙상 數ᄉᆞᆼ 諸졍佛뿛와 下ᅘᅡᆼ方방 世솅界갱예 師ᄉᆞᆼ子ᄌᆞᆼ佛뿛 名명聞문佛뿛 名명光광佛뿛 達딿磨망佛뿛 法법幢뙁佛뿛 持띵法법佛뿛 等둥 恒ᅘᅳᆼ河ᅘᅡᆼ沙상 數ᄉᆞᆼ 諸졍佛뿛와 上썅方방 世솅界갱예 [74앞 梵뻠音ᅙᅳᆷ佛뿛 宿슉王왕佛뿛 香향上썅佛뿛 香향光광佛뿛 大땡焰염肩견佛뿛 雜짭色ᄉᆡᆨ寶볼華ᅘᅪᆼ嚴ᅌᅥᆷ身신佛뿛 娑상羅랑樹쓩王왕佛뿛 寶볼華ᅘᅪᆼ德득佛뿛 見견一ᅙᅵᇙ切쳉義ᅌᅵᆼ佛뿛 如ᅀᅧᆼ須슝彌밍山산佛뿛 等둥 恒ᅘᅳᆼ河ᅘᅡᆼ沙상 數ᄉᆞᆼ 佛뿛이 各각各각 ᄌᆞ걋 [74뒤 나라해 廣광長땽舌쎯相샹ᄋᆞᆯ 내샤 三삼千쳔大땡千쳔世솅界갱ᄅᆞᆯ 다 두프샤 誠쎵實씷ᄒᆞᆫ 마ᄅᆞᆯ ᄒᆞ시ᄂᆞ니 너희 衆즁生ᄉᆡᆼᄃᆞᆯ히 이 不붏可캉思ᄉᆞᆼ議ᅌᅵᆼ 功공德득 일ᄏᆞᆮᄌᆞ바 讚잔歎탄ᄒᆞ샤ᄆᆞᆯ 信신ᄒᆞ라 [75앞

一ᅙᅵᇙ切쳉 諸졍佛뿛 護ᅘᅩᆼ念념ᄒᆞ싫 經경이라 舍샹利링弗붏아 네 ᄠᅳ데 엇더뇨 엇뎨 一ᅙᅵᇙ切쳉 諸졍佛뿛 護ᅘᅩᆼ念념ᄒᆞ싫 經경이라 ᄒᆞᄂᆞ뇨 舍샹利링弗붏아 善쎤男남子ᄌᆞᆼㅣ어나 善쎤女녕人ᅀᅵᆫ이어나 이 [75뒤 經경 듣고 바다 디니ᄂᆞᆫ 사ᄅᆞᆷ과 諸졍佛뿛ㅅ 일훔 듣ᄌᆞᄫᆞᆫ 사ᄅᆞ믄 다 一ᅙᅵᇙ切쳉 諸졍佛뿛이 護ᅘᅩᆼ持띵ᄒᆞ야 닛디 아니ᄒᆞ샤 다 阿ᅙᅡᆼ耨녹多당羅랑三삼藐막三삼菩뽕提똉예 므르디 아니ᄒᆞ리라 이럴ᄊᆡ 舍샹利링弗붏아 너희ᄃᆞᆯ히 내 말와 諸졍佛뿛ㅅ 마ᄅᆞᆯ 信신ᄒᆞ야ᅀᅡ ᄒᆞ리라 [76앞

舍샹利링弗붏아 아뫼어나 ᄇᆞᆯ써 發벓願ᅌᅯᆫ커나 이제 發벓願ᅌᅯᆫ커나 쟝ᄎᆞ 發벓願ᅌᅯᆫ

커나 ᄒᆞ야 阿ᅘᅡᆼ彌ᇝ陁땅佛뿛國귁에 나고져 홀 사ᄅᆞ몬 다 阿ᅘᅡᆼ耨혹多당羅랑三삼藐막三삼菩뽕提똉예 므르디 아니ᄒᆞ야 뎌 나라해 ᄇᆞᆯ쎠 나거나 이제 나거나 쟝ᄎᆞ 나거나 ᄒᆞ리라 [76뒤] 이럴씨 舍상利링弗뿛아 善쎤男남子중 善쎤女녕人ᅀᅵᆫ이 信신ᄒᆞ리 잇거든 뎌 나라해 나고져 發벓願원ᄒᆞ야ᅀᅡ ᄒᆞ리라

舍상利링弗뿛아 내 이제 諸졍佛뿛ㅅ 不붏可캉思ᄉᆞᆼ議ᅌᅴᆼ 功공德득 일ᄏᆞᆺ바 讚잔歎탄홈 ᄀᆞᇀᄒᆞ야 諸졍佛뿛도 내이 不붏可캉思ᄉᆞᆼ議ᅌᅴᆼ 功공德득을 [77앞] 일ᄏᆞ라 讚잔歎탄ᄒᆞ샤 니ᄅᆞ샤ᄃᆡ 釋셕迦강牟뭏尼닝佛뿛이 甚씸히 썰븐 쉽디 몯ᄒᆞᆫ 이를 잘ᄒᆞ야 娑상婆빠 國귁土통 五옹濁똭惡학世솅예 阿ᅘᅡᆼ耨혹多당羅랑三삼藐막三삼菩뽕提똉를 得득ᄒᆞ야 衆즁生ᄉᆡᆼ 爲윙ᄒᆞ야 一ᅙᅵᇙ切촁 世솅間간애 信신호미 어려ᄫᆞᆫ 法법을 [77뒤] 니르ᄂᆞ다 ᄒᆞ시ᄂᆞ니라

舍상利링弗뿛아 알라 내 五옹濁똭惡학世솅예 이런 어려ᄫᆞᆫ 이를 行ᅘᆡᆼᄒᆞ야 阿ᅘᅡᆼ耨혹多당羅랑三삼藐막三삼菩뽕提똉를 得득ᄒᆞ야 一ᅙᅵᇙ切촁 世솅間간 爲윙ᄒᆞ야 信신호미 어려ᄫᆞᆫ 法법 닐우미 이 甚씸히 어려ᄫᆞᆫ 고디라 [78앞]

月ᅌᅯᇙ印ᅙᅵᆫ千쳔江강之징曲콕第똉七칧
釋셕譜봉詳쌍節졇第똉七칧

『월인석보 제칠』 번역문의 벼리

석보상절(釋譜詳節) 제칠(第七)

일백칠십칠(其一百七十七)

(발제가 출가를) 칠년(七年)을 물리자 하여 출가(出家)를 거스르니, 발제(拔提)의 말이 그것이 아니 우스우니?

(아나율이 출가를) 칠일(七日)을 물리자 하여 출가(出家)를 [1뒤] 이루니, 아나율(阿那律)의 말이 그것이 아니 옳으니?

세존(世尊)이 미니수국(彌尼授國)에 있으시거늘, 석종(釋種)에 속한 아이들이 세존(世尊)께 가서 출가(出家)하려 하더니, 발제(拔提)가 아나율(阿那律)이더러 이르되 "우리가 이제 아직 출가(出家)를 말고 집에 일곱 [2앞] 해를 있어서, 오욕(五欲)을 마음껏 편 후(後)에야 출가(出家)하자." 아나율(阿那律)이 이르되 "일곱 해가 너무 오래이다. 사람의 목숨이 무상(無常)한 것이다." 발제(拔提)가 또 이르되 "여섯 해를 하자." 아나율(阿那律)이 이르되 "여섯 해가 너무 오래이다. 사람의 목숨이 무상(無常)한 것이다." 그 모양으로 [2뒤] 줄여서 이레(七日)에 다다르거늘, 아나율(阿那律)이 이르되 "이레야말로 멀지 아니하다."

그때에 석종(釋種)들이 이레의 사이에 오욕(五欲)을 마음껏 펴고, 아나율(阿那律)과 발제(拔提)와 난제(難提)와 금비라(金毘羅)와 발난타(跋難陀)와 아난타(阿難陀)와 제바달(提婆達)이 [3앞] 목욕(沐浴)하고 향(香)을 바르고 매우 아름답게 꾸며 영락(瓔珞)하고, 코끼리(象)를 타서 성(城) 밖에 나가 가비라국(迦毗羅國)의 가(邊)에 가서, 코끼리(象)이며 옷이며 영락(瓔珞)이며 모아 우바리(優婆離)에게 다 주고 彌尼授國(미니수국)으로 가거늘, 우바리(優婆離)가 여기되 "내가 본래(本來) 석자(釋子)들에게 붙어서 살더니, [3뒤] (석자들이) 나를 버리고 출가(出家)하나니 나도 출가(出家)하리라." 하고, 옷이며 영락(瓔珞)을 나무에 달고 염(念)하되 "아무나 와서 (옷과 영락을) 가질 이가 있거든 주노라.”하고 (석자들을) 뒤미쳐 쫓아 가거늘, 석자(釋子)들이 우바리(優婆離)를 더불고 세존(世尊)께 가서 절하고 사뢰되 “우리가 출가(出家)하러 오니 우리는 교만(憍慢)한 [4앞] 마음이 많으니 우바리(優波離)를 먼저 출가(出家)시키소서.” 세존(世尊)이 먼저 우바리(優波離)를 출가(出家)시키시고 다음으로 아나율(阿那律), 다음으로 발제(跋提), 다음으로 난제(難提), 다음으로 금비라(金毘羅)이더니, 우바리(優波離)가 상좌(上座)가 되었느니라. [4뒤]

그때에 큰 상좌(上座)인 비라다(毗羅茶)가 각별(各別)히 아난타(阿難陁)를 출가(出家)시키고, 다음가는 상좌(上座)가 발난타(跋難陁)와 제파달다(提婆達多)를 출가(出家)시켰느니라. ○ 발제(跋提)가 아란야(阿蘭若)에 혼자 있다가 [5앞] 밤중에 “즐겁구나!” 소리하거늘, 곁에 있는 비구(比丘)들이 듣고 여기되 “이는 발제(拔提)가 집에 있을 때의 오욕(五欲)을 생각하고 그렇게 구느니.” 이튿날에 (비구들이) 세존(世尊)께 (이 일을) 사뢰거늘, 세존(世尊)이 (발제를) 불러서 물으시니 (발제가) 대답(對答)하되 [5뒤] “내가 집에 있어서 늘 환도(環刀)며 막대기를 두르고 있어도 두렵더니, 이제 혼자 무덤의 사이에 있는 나무 아래에 있어도 두려움이 없으니, 세간(世間)을 떠난 낙(樂)을 염(念)하고 그리하더이다.” 부처가 이르시되 “좋다.”

기일백칠십팔(其一百七十八) [6앞]

(세존께서) 난타(難陁)를 구(救)하리라 (하고), 비구(比丘)로 만드시고 빈 방(房)을 지키라 하셨으니.

(난타가) 아내가 그리우므로, 세존(世尊)이 (집을) 나가신 사이에 (난타가) “옛날의 집에 가리라.” 하였으니.

기일백칠십구(其一百七十九)

병(瓶)에 있는 물이 뒤집혀서 쏟아지며 닫은 문이 열리거늘, [6뒤] (난타가) 일부러 (세존이 없는) 빈 길을 찾아가더니.

(난타가) 세존(世尊)을 만나며 큰 나무가 들리거늘, 억지로 (세존을) 뵙고 쫓아서 왔으니.

기일백팔십(其一百八十)

(세존이 난타에게) 아내의 모습을 물으시고 눈먼 원숭이와 (비교하여 아내의 모습이 어떠한가를) 물으시거늘, (난타가) 세존(世尊)의 말을 우습게 여겼으니.

(세존께서 난타에게) 도리천(忉利天)을 뵈이시고 지옥(地獄)을 [7앞] 보이시거늘, (난타가) 세존(世尊)의 말을 기쁘게 여겼으니.

기일백팔십일(其一百八十一)

(난타가 세존의 설법을 들은 지) 이레가 차지 못하여 나한과(羅漢果)를 득(得)하였거늘, 비구(比丘)들이 (난타를) 찬탄(讚歎)하였으니.

오늘날뿐 아니라 (전생에도 세존께서) 가시국(迦尸國)을 구(救)하신 것을 [7뒤] 비구(比丘)더러 이르셨으니.

여래(如來)가 가비라국(迦毗羅國)의 성(城)에 들어 걸식(乞食)하시어 난타(難陀)의 집에 가시니, 난타(難陀)가 "부처가 문(門)에 와 계시다."(라고) 듣고 (여래를) 보려 나올 적에, 제 아내(妻)가 기약(期約)하되 "내 이마에 바른 향(香)이 못 말라 있거든, (나에게) 도로 오너라."

난타(難陀)가 [8앞] 부처께 절하고 부처의 바리를 가져 집에 들어서 밥을 담아, 나가서, 부처께 바치거늘 부처가 (바리를) 아니 받으시니, 아난(阿難)이에게 주거늘 아난(阿難)이도 아니 받고 이르되 "네가 (이) 바리를 어디에 가서 얻었는가? 도로 (그곳에) 가져 다가 두어라." 하거늘, 난타(難陀)가 바리를 들고 부처를 뒤미처 쫓아서 이구루정사(尼拘屢精舍)에 [8뒤] 가거늘 부처가 체사(剃師)를 시키시어 "난타(難陀)의 머리를 깎아라." 하시거늘, 난타(難陀)가 노(怒)하여 머리를 깎는 사람을 주먹으로 지르고 이르되 "가비라국(迦毗羅國)의 사람을 네가 이제 다 깎으려 하는가?" 부처가 (난타의 말을) 들으시고 당신이 아난(阿難)이를 데리시고 [9앞] 난타(難陀)에게 가시니 난타(難陀)가 억지로 깎았느라.

난타(難陀)가 머리를 깎고도 늘 집에 가고자 하거늘, 부처가 늘 더불어 움직이시므로 못 가더니, 하루는 방(房)을 지킬 채비를 하여 "오늘에야 (집에 갈) 틈을 얻었다.”(하고) 기뻐하더니, 여래(如來)와 중이 다 나서 나가시거늘, 병(瓶)에 물을 길어 두고야 [9뒤] 가리라.”하여 물을 길으니, 한 병(瓶)에 (물이) 가득하면 한 병(瓶)이 뒤집혀서 쏟아지곤 하여 한 때가 지나도록 긷다가 못하여, 여기되 “비구(比丘)들이 자기들이 와서 (물을) 긷겠으니, 병(瓶)을 집에 들여 두고 가리라.”하여 집에 (병을) 들여 두고, 하나의 문을 닫으니 하나의 문이 열리곤 하므로, 또 여기되 “중의 옷은 잃어 버려도 가히 (옷을) 물릴 수 있으니, 잠깐 (옷을 방에) 던지고 가리라.” [10앞] 하여, 부처가 아니 오실 길로 가더니, 부처가 벌써 아시고 그 길로 오시거늘, (난타가) 부처를 바라보고 큰 나무의 뒤에 들어서 숨거늘, 그 나무가 허공(虛空)에 들리니 난타(難陀)가 숨지 못하였니라.

부처가 (난타와) 더불어 정사(精舍)에 돌아오시어 물으시되 “네가 아내를 그리워하여 (집으로) 가던가?”(난타가) 대답(對答)하되 “실(實)은 [10뒤] 그리하여 갔습니다.”부처가 난타(難陀)를 더불으시고 아나파나산(阿那波那山)에 가시어 물으시되 “너의 아내가 고우냐?”(난타가) 대답(對答)하되 “곱습니다.”그 산에 늙은 눈먼 미후(獼猴)가 있더니 부처가 또 물으시되 “네 아내의 모습이 이 미후(獼猴)와 (견주어서) 어떠하냐?”난타(難陀)가 [11앞] 섭섭하게 여겨서 사뢰되 “내 아내의 고운 것이 사람의 중(中)에서 (비교할) 짝이 없으니, 부처가 어찌 (내 아내를) 미후(獼猴)에게 비교하십니까?”

부처가 또 난타(難陀)더러 도리천상(忉利天上)에 가시어 천궁(天宮)을 구경하게 하시니, 천궁(天宮)마다 천자(天子)가 천녀(天女)들을 데리고 노닐더니, 한 천궁(天宮)에는 [11뒤] 오백(五百) 천녀(天女)가 있되 천자(天子)가 없더니, 난타(難陀)가 부처께 (천자가 없는 이유를) 물으니 부처가 이르시되 “네가 가서 물어 보라.”난타(難陀)가 묻되 “어찌 여기만이 천자(天子)가 없으시냐?”천녀(天女)가 대답(對答)하되 “염부제(閻浮提)의 내(內)에 부처의 아우인 난타(難陀)가 출가(出家)한 인연(因緣)으로 [12앞] 장차(將次) 여기에 와 우리의 천자(天子)가 되리라.”난타(難陀)가 이르되 “내가 그이니 여기에 살고 싶다.”천녀(天女)가 이르되 “우리는 하늘이요 그대는 지금 사람이니, 도로 가서 사람의 목숨을 버리고 다시 여기에 와서 나야, (여기에서) 살리라.”

난타(難陀)가 부처께 와서 사뢰니, 부처가 이르시되 [12뒤] 네 아내가 고운 것이

천녀(天女)와 (비교해서) 어떠하더냐?" 난타(難陀)가 사뢰되 "천녀(天女)를 보니까 내 아내야말로 눈먼 미후(獼猴)와 같습니다." 부처가 난타(難陀)를 데리시고 염부제(閻浮提)에 돌아오시니, 난타(難陀)가 하늘에 가서 나고자 하여 수행(修行)을 부지런히 하더라. 부처가 또 난타(難陀) [13앞 데려다가 지옥(地獄)을 보이시니, 가마들에 사람을 넣어 두고 끓이되 한 가마에 빈 물을 끓이더니, 난타(難陀)가 부처께 물으니 부처가 이르시되 "네가 가서 물어 보라." 난타(難陀)가 옥졸(獄卒)더러 묻되 "다른 가마는 다 죄인(罪人)을 끓이되 이 가마는 어찌 비어 있느냐?" (옥졸이) 대답(對答)하되 [13뒤 염부제(閻浮提)의 내(內)에 여래(如來)의 아우인 난타(難陀)가 출가(出家)한 공덕(功德)으로 하늘에 가서 나 있다가, 도리(道理)를 그만두려고 하던 까닭으로 하늘의 목숨이 다하면 이 지옥(地獄)에 들겠으므로, 물을 끓여 기다리느니라."

난타(難陀)가 두려워하여 (옥졸들이 자기를 끓는 가마에) 잡아 넣을까 하여 이르되 "나무(南無) 불타(佛陀)시여. [14앞 나를 염부제(閻浮提)에 도로 데려가소서." 부처가 이르시되 "네가 계(戒)를 부지런히 지녀 하늘에 가서 태어날 복(福)을 닦아라." 난타(難陀)가 사뢰되 "하늘도 말고 이 지옥(地獄)에 아니 들고 싶습니다." 부처가 그제야 (난타를) 위(爲)하여 설법(說法)하시니, (난타가) 이레의 내(內)에 아라한(阿羅漢)을 이루거늘, 비구(比丘)들이 [14뒤 찬탄(讚歎)하여 이르되 "세존(世尊)이 세간(世間)에 나시어 심(甚)히 기특(奇特)하시구나."

부처가 이르시되 "(내가) 오늘뿐이 아니라 옛날도 이러하더라. 지나간 겁(劫)에 비제희국(比提希國)에 한 음녀(淫女)가 있거늘, 가시국왕(迦尸國王)이 "(그 음녀가) 곱다." 듣고 혹심(惑心)을 내어 [15앞 사자(使者)를 부려 (음녀를) 구(求)하니 그 나라가 아니 주거늘, 다시 (가시국왕이) 사자(使者)를 부려 이르되 "잠깐 서로 보고 닷새의 사이에 (여자를 비제희국으로) 도로 보내리라." 비제희국왕(比提希國王)이 음녀(淫女)를 가르치되 "너의 고운 모습이며 가진 재주를 다 갖추어 보여서, 가시왕(迦尸王)이 너에게 혹(惑)하게 [15뒤 하라." 하고 (음녀를 가시국에) 보내었니라.

(여자가 가시국에 간 뒤에) 닷새가 지나거늘, (비제희국왕이) 도로 (가시국에) 가서 (음녀를) 부르되 "큰 제(祭)를 하려 하는데 모름지기 이 여자로만 하겠으므로, 잠깐 (이 여자를 우리나라로) 도로 보내면 제(祭)를 하고 (이 여자를 가시국

에) 도로 보내리라." 가시왕(迦尸王)이 (음녀를 비제국에) 보내거늘, (비제희국에서) 제(祭)를 마치거늘 (가시왕이) 사자(使者)를 부려서 "(여자를 가시국으로) 보내오." 하거늘, (비제희국왕이) 대답하되 "내일(來日) (여자를 가시국에) 보내리라." [16앞] 이튿날에 가시왕(迦尸王)이 또 사자(使者)를 부려 "(여자를) 보내오." 하거늘, (비제희국왕이) 또 대답하되 "내일(來日)이야말로 (여자를) 보내리라." 하고 그 모양으로 여러 날 (동안 여자를) 아니 보내므로, 가시왕(迦尸王)이 속이 답답해져서 혹심(惑心)을 일으켜서 두어 사람을 더불고 저 나라(= 비제희국)에 가려 하거늘, 신하(臣下)들이 말리다가 못 하였더니,

[16뒤] 그때에 선인산(仙人山) 중(中)에 미후왕(獼猴王)이 있되, 총명(聰明)하고 잡은 일을 많이 알더니, 제 아내가 죽거늘 다른 암컷과 교합(交合)하니, 수많은 미후(獼猴)들이 노(怒)하여 이르되 "이 암컷은 모두 그냥 두고 있는 것이거늘, 어찌 혼자서 (이 암컷과) 더불어 있는가?" 미후왕(獼猴王)이 그 암컷을 더불고 가시왕(迦尸王)께 [17앞] 달려들거늘, 많은 미후(獼猴)들이 쫓아가 '미후왕(獼猴王)을 잡으리라.' 집이며 담이며 두루 헐더니, 가시왕(迦尸王)이 미후왕(獼猴王)더러 이르되 "너의 미후(獼猴)들이 내 나라를 다 헐어버리니, 네가 어찌 암컷을 내어 주지 아니하는가?"

미후왕(獼猴王)이 이르되 "왕(王)의 궁중(宮中)에 [17뒤] 팔만사천(八萬四千)의 부인(夫人)이 있되 그들은 사랑하지 아니하고 남의 나라에 음녀(淫女)를 뒤쫓아 가시나니, 내가 이제 아내가 없어 다만 한 암컷을 얻어 있거늘, (이 암컷을) 내어 주라 하십니까? 일체(一切)의 백성(百姓)이 왕(王)을 우러러 살거늘, 어찌 한 음녀(淫女)을 위(爲)하여 다 버리고 가십니까? [18앞]

대왕(大王)이시여, 아소서. 음욕(淫欲)에 관한 일은 즐거움은 적고 수고(受苦)가 많아지나니, 바람을 거스려 홰를 잡는 것과 같아서 (음욕을) 놓아 버리지 아니하면 반드시 제 몸이 데고, (음욕은) 뒷간에 난 꽃과 같아서 고이 여기면 반드시 제 몸이 더러우며, (음욕은) 불에 옴을 긁으며 갈(渴)한 때에 물 먹듯 하여 [18뒤] 싫어하고 미워하는 줄을 모르며 개의 뼈를 씹으면 입술이 헐어지는 줄을 모르고, 고기가 미끼를 탐(貪)하면 제 몸이 죽는 것을 모릅니다." 하니, 미후왕(獼猴王)은 이제의 내 몸이요, 가시왕(迦尸王)은 이제의 난타(難陀)이요, 음녀(淫女)는 이제의 손타리(孫陀利)이다. 내가 그때에도 [19앞] 진흙 중(中)에서 난타(難陀)를 **빼내고** 이제

와서 또 (난타를) 생사(生死)의 수고(受苦)에서 **빼내었다.**

기일백팔십이(其一百八十二)

나건하라국(那乾訶羅國)이 독룡(毒龍)과 나찰(羅刹)을 못 이기어, 방양(方攘)의 술(術)이 속절없더니. [19뒤]

불파부제왕(弗波浮提王)이 범지(梵志)인 공신(空神)의 말로 (향을 피웠더니), 정성(精誠)어린 향(香)이 금개(金盖)가 되었으니.

기일백팔십삼(其一百八十三)

유리산(琉璃山) 위에 있는 못에 칠보(七寶)로 된 행수(行樹)의 간(間)에, 은굴(銀堀)의 가운데에 금상(金床)이 이루져 있더니. [20앞]

금상(金床)에 가섭(迦葉)이 앉고, 오백(五百) 제자(弟子)들이 십이(十二) 두타행(頭陀行)을 또 닦게 하였으니.

기일백팔십사(其一百八十四)

백천(百千)의 용(龍)이 (몸을) 서리어서 '앉는 것(의자, 座)'이 되어, 입에서 나는 불이 칠보상(七寶床)이더니. [20뒤]

보장(寶帳)과 개(盖)와 당(幢)과 번(幡)의 아래에 대목건련(大目揵連)이 앉아, (그의 모습이) 유리(琉璃)와 같아서 안팎이 (투명하게) 비치었으니.

기일백팔십오(其一百八十五)

설산(雪山)의 백옥굴(白玉堀)에 사리불(舍利弗)이 앉고, 오백(五百) 사미(沙彌)가 칠보굴(七寶堀)에 앉았으니. [21앞]

사리불(舍利弗)의 금색신(金色身)이 금색(金色)을 방광(放光)하고, 법(法)을 일러서 사미(沙彌)에게 듣게 하였으니.

기일백팔십육(其一百八十六)

연(蓮)꽃이 황금대(黃金臺)이고 (그) 위에 금개(金盖)이더니, 오백(五百) 비구(比丘)를 가전연(迦旃延)이 데리고 갔으니. [21뒤]

(오백 비구가) 대상(臺上)에 모여 앉아 몸에 물이 나되, 화간(花間)에 흘러 땅이 아니 젖었으니.

기일백팔십칠(其一百八十七)

이 네 제자(弟子)들이 오백(五百) 비구(比丘)씩 데리고 이리 앉아 날아갔으니.

천이백오십(千二百五十) 제자(弟子)가 [22앞] 또 신력(神力)을 내어, 안왕(鴈王)같이 날아갔으니.

기일백팔십팔(其一百八十八)

(세존이) 제자(弟子)들을 보내시고, 의발(衣鉢)을 지니시어 아난(阿難)이와 더불어 가셨으니.

제천(諸天)들이 (부처를) 쫓거늘 광명(光明)을 [22뒤] 넓히시어 제불(諸佛)이 함께 (나건하라국에) 가셨으니.

기일백팔십구(其一百八十九)

열여섯 독룡(毒龍)이 모진 성(性)을 펴서, 몸에 불이 나고 우박을 흩뿌렸으니.

다섯 나찰녀(羅刹女)가 흉한 모습을 지어, 눈에 불이 나서 번개와 같으니.

기일백구십(其一百九十) [23앞]

금강신(金剛神)의 금강저(金剛杵)에 불이 나거늘, 독룡(毒龍)이 두려워하더니.

세존(世尊)의 그림자에 (하늘에서) 감로(甘露)를 뿌리거늘, 독룡(毒龍)이 살아났으니.

기일백구십일(其一百九十一)

만허공(滿虛空)(한) 금강신(金剛神)이 각각(各各) [23뒤] 금강저(金剛杵)이니, (독룡이 아무리) 모진들 아니 두려워하리?

만허공(滿虛空) 세존(世尊)이 각각(各各) 방광(放光)이시니, (독룡이 아무리) 모진들 아니 기뻐하리?

기일백구십이(其一百九十二) [24앞]

용왕(龍王)이 (금강신을) 두려워하여, 칠보(七寶)로 된 평상좌(平床座)를 놓고 "부처시여, (우리를) 구(求)하소서." 하였으니.

국왕(國王)이 (세존을) 공경(恭敬)하여, 백첩(白氎) (위에) 진주망(眞珠網)을 펴고 "부처시여, (白氎縵 안에) 드소서." 하였으니.

기일백구십삼(其一百九十三) [24뒤]

(세존이) 발을 드시니 (장딴지에서) 오색(五色) 광명(光明)이 나시어, 꽃이 피고 (꽃 사이에서) 보살(菩薩)이 나셨으니.

(세존이) 팔을 드시니 보배로 된 꽃이 떨어져서, 금시조(金翅鳥)가 되어 용(龍)을 두렵게 하였으니.

기일백구십사(其一百九十四)

칠보(七寶) 금대(金臺)에 칠보(七寶) 연화(蓮花)가 [25앞] 이루어지거늘, 얼마의 부처가 가부좌(加趺坐)이시냐?

유리굴(瑠璃堀)의 가운데에 유리좌(瑠璃座)가 나거늘, 얼마의 비구(比丘)가 화광삼매(火光三昧)이냐?

기일백구십오(其一百九十五)

국왕(國王)이 (세존의) 변화(變化)를 보아서 좋은 [25뒤] 마음을 내니, 신하(臣下)도 또 (좋은 마음을) 내었습니다.

용왕(龍王)이 금강저(金剛杵)를 두려워하여 모진 마음을 고치니, 나찰(羅刹)도 또 (모진 마음을) 고쳤습니다.

기일백구십육(其一百九十六)

(부처가) 빈 바리의 공양(供養)이더니, 부처가 신력(神力)을 내시어 무량(無量) 衆(중)을 충분히 겪었으니. [26앞]

(무량 중들이) 천식(天食)을 먹으니, 염불삼매(念佛三昧)에 들어서 제불(諸佛)의 말을 다 들었으니.

기일백구십칠(其一百九十七)

국왕(國王)은 "(우리 나라의 城에) 오소서." (하고), 용왕(龍王)은 (여기에 그대로) 있으소서." (하니), (부처께서) 이 두 말을 어느 것을 종(從)하시겠느냐? [26뒤]

(세존이) 용(龍)에게는 "있으리라." 왕(王)에게는 "가리라." 하니, (세존이) 이 두 곳에 어디에 계시겠느냐?

기일백구십팔(其一百九十八)

(세존이) 체천(諸天)의 말에 웃으시어 입에서 방광(放光)하시니, 무수(無數)한 제불(諸佛)이 보살(菩薩)을 데리셨으니.

(세존이) 용(龍)의 굴(堀)에 앉으시어 왕성(王城)에 [27앞] 드시니, 무수(無數)한 제국(諸國)에 여래(如來)가 설법(說法)하시더니.

기일백구십구(其一百九十九)

(세존이) 십팔변(十八變)을 (용왕에게) 보이시고 그림자를 비추시어, (용왕에게) 모진 뜻을 고치라 하셨으니.

제천(諸天)이 모두 와서 (세존의) 그림자를 공양(供養)하여, 좋은 법(法)을 또 들었으니. [27뒤]

나건하라국(那乾訶羅國)의 고선산(古仙山)에 있는 독룡지(毒龍池)의 가(邊)에 나찰혈(羅利穴)의 가운데에, 다섯 나찰(羅利)이 있어 암용(龍)이 되어 독룡(毒龍)을 얻더니, 용(龍)도 우박이 오게 하며 나찰(羅利)도 어지러이 다니므로, (그 나라에) 네 해를 간난(艱難)하고 ^[28앞] 온역(瘟疫)이 흔하거늘, 그 나라의 왕(王)이 두려워하여 신령(神靈)께 빌다가 못하여, 주사(呪師)를 불러 "주(呪)하라." 하니, 독룡(毒龍)과 나찰(羅利)의 기운(氣韻)이 성(盛)하여 주사(呪師)가 술(術)을 못하므로, 왕(王)이 여기되 "한 신기(神奇) 사람을 얻어 이 나찰(羅利)을 내쫓고 독룡(毒龍)을 ^[28뒤] 항복(降服)시키면 내 몸 외(外)에야 무엇을 아끼랴?"

그때에 한 범지(梵志)가 (왕께) 사뢰되 "대왕(大王)이시여, 가비라국(迦毗羅國)의 정반왕(淨飯王)의 아드님이 이제 부처가 되시어 호(號)는 석가문(釋迦文)이시니, 크신 장육신(丈六身)에 삼십이상(三十二相) 팔십종호(八十種好)가 갖추어져 있으시어, 발에 ^[29앞] 연화(蓮花)를 밟으시고 목에 햇빛을 가지시어, 장엄(莊嚴)하신 상(相)이 진금산(眞金山)과 같으십니다. 왕(王)이 기뻐하여 부처가 나신 땅을 향(向)하여 예수(禮數)하고 이르되 "나의 상법(相法)에 이 후(後) 아홉 겁(劫)에야 부처가 계시되, '이름이 석가문(釋迦文)이시다.' 하였더니 ^[29뒤] 오늘날 부처가 이미 일어나시되 어찌 이 나라를 불쌍히 여겨서 오지 아니하셨느냐?" 하더니, 허공(虛空)에서 말을 이르되 "대왕(大王)이시여, 의심(疑心) 마소서. 석가모니(釋迦牟尼)가 정진(精進)을 용맹(勇猛)하게 하시어 아홉 겁(劫)을 질러서 (이 세상에) 나셨습니다." 왕(王)이 이 말을 듣고 다시 ^[30앞] 꿇어 합장(合掌)하여 찬탄(讚歎)하되 "부처의 맑은 지혜(智慧)가 내 마음을 아시겠으니, 자비(慈悲)를 굽히시어 이 나라에 오소서."

그때에 향(香)내가 부처의 정사(精舍)에 가니, (그 향내가) 흰 유리(琉璃) 구름과 같아서 부처께 일곱 겹을 둘러서 금개(金盖)가 되고, 그 개(盖)에 방울이 있어 좋은 소리를 내어 부처와 ^[30뒤] 비구승(比丘僧)을 청(請)하더니, 그때에 여래(如來)가 비구(比丘)더러 이르시되 "육통(六通)을 갖추고 있는 이는 부처를 좇아 나건하라왕(那乾訶羅王)인 불파부제(弗巴浮提)의 청(請)을 받아라." 하시거늘,

마하가섭(摩訶迦葉)의 무리 오백(五百)이 유리산(瑠璃山)을 지으니, 산(山) 위마다 흐르는 샘과 ^[31앞] 못과 칠보(七寶) 행수(行樹)가 있고, 나무 아래마다 금상(金牀)에 은광(銀光)이 있어 그 광명(光明)이 굴(堀)이 되거늘, 가섭(迦葉)이 그 굴(堀)에

앉고 제자(弟子)들을 열두 두타행(頭陀行)을 시키더니 ^[31뒤] 그 산이 ^[32앞] 구름과 같아서 바람보다 빨리 고선산(古仙山)에 갔니라.

대목건련(大目犍連)의 무리 오백(五百)은 백천(百千)의 용(龍)을 지어 몸을 서리어 좌(座)가 되고, 입으로 불을 토(吐)하여 금대(金臺)에 칠보(七寶)의 상좌(床座)가 되니, 보장(寶帳)과 보개(寶蓋)와 당번(幢幡)이 다 갖추어져 있거늘, 목련(目連)이 ^[32뒤] 가운데에 앉으니 유리(瑠璃)로 된 사람과 같아서 안팎이 사뭇 맑더니, (목련이) 나건하국(那乾訶國)에 갔니라.

사리불(舍利弗)은 설산(雪山)을 짓고 백옥(白玉)으로 굴(堀)을 만들고, 오백(五百) 사미(沙彌)가 칠보굴(七寶堀)에 앉아 설산(雪山)을 위요(圍繞)하고, 사리불(舍利弗)이 백옥굴(白玉堀) ^[33앞] 앉으니, (사리불이) 금(金) 사람과 같아서 금색(金色)으로 방광(放光)하고, 큰 법(法)을 이르면 사미(沙彌)가 (설법을) 듣더니, (사미들도) 저 나라(= 나건하국)에 갔니라.

마하가전연(摩訶迦栴延)은 권속(眷屬)인 오백(五百) 비구(比丘)와 더불어 연화(蓮花)를 지으니 (그 연화가) 금대(金臺)와 같더니, 비구(比丘)가 그 위에 있으니 몸 아래서 물이 나서 꽃 사이에 ^[33뒤] 흐르되 땅에 처지지 아니하고, 위의 금개(金盖)가 비구(比丘)를 덮어 있더니 또 저 나라에 갔니라.

이렇듯 한 일천이백(一千二百) 쉰 (명의) 큰 제자(弟子)들이 각각(各各) 오백(五百) 비구(比丘)에게 여러 가지의 신통(神統)을 지어서, 허공(虛空)에 솟아올라 안왕(鴈王) 같이 날아 저 ^[34앞] 나라에 갔니라.

그때에 세존(世尊)이 옷을 입으시고 바리를 가지시고, 아난(阿難)이에게 이사단(尼師檀)을 들리시고 허공(虛空)을 밟으시니, 사천왕(四天王)과 제석(帝釋)과 범왕(梵王)과 무수(無數)한 천자(天子)와 백천(百千) 천녀(天女)가 시위(侍衛)하였니라. 그때에 세존(世尊)이 정수리의 금색광(金色光)을 ^[34뒤] 펴시어 일만팔천(一萬八千) 화불(化佛)을 지으시니, 화불(化佛)마다 머리에 방광(放光)하시어 또 일만팔천(一萬八千) 화불(化佛)을 지으시어, 부처들이 차제(次第, 차례)로 허공(虛空)에 가득하시어 안왕(鴈王)같이 날아 저 나라에 가시니, 그 왕(王)이 (부처를) 영봉(迎逢)하여 예수(禮數)하더라. ^[35앞]

그때에 용왕(龍王)이 세존(世尊)을 보고, 부자(父子)인 자신들의 무리 열여섯 대룡(大龍)이 큰 구름과 벽력(霹靂)을 일으켜 소리치고 우박을 흩뿌리고 눈으로 불을 내고 입으로 불을 토(吐)하니, 비늘과 털마다 불과 연기가 피며, 다섯 나찰녀(羅刹女)가 꼴사나운 모습을 지어 ^[35뒤] 눈이 번게와 같더니 (다섯 나찰녀가) 부처의 앞에 와서 섰니라.

그때에 금강신(金剛神)이 큰 금강저(金剛杵)를 잡고 무수(無數)한 몸이 되어, 금강저(金剛杵)의 머리마다 불이 수레바퀴를 두르듯 하여 차제(次第, 차례)로 허공(虛空)으로부터 내려오니, 불이 하도 성(盛)하여 용(龍)의 몸을 불사르므로, 용(龍)이 두려워하여 숨을 ^[36앞] 데가 없어 부처의 그림자에 달려드니, 부처의 그림자가 서늘하여 감로(甘露)를 뿌리는 듯하니, 용(龍)이 더위를 떨치고 우러러 보니 허공(虛空)에 무수(無數)한 부처가 각각(各各) 무수(無數)한 방광(放光)을 하시고, 방광(放光)마다 그지없는 화불(化佛)이 또 각각(各各) 무수(無數)한 방광(放光) ^[36뒤] 하시고, 광명(光明) 중(中)에 모든 집금강신(執金剛神)이 금강저(金剛杵)를 메고 있더니, 용(龍)이 부처를 보고 매우 기뻐하며 금강신(金剛神)을 보고 매우 두려워하여, 부처께 예수(禮數)하며 다섯 나찰녀(羅刹女)도 (부처께) 예수(禮數)하더라.

그때에 제천(諸天)이 만다라화(曼陀羅花)와 마하만다라화(摩訶曼陀羅華)와 ^[37앞] 마하만다라화(摩訶曼陀羅華)와 만수사화(曼殊沙華)와 마하만수사화(摩訶曼殊沙華)를 흩뿌려 (부처를) 공양(供養)하고, 하늘의 북이 절로 울며 제천(諸天)이 손을 고추 세워서 공중(空中)에서 (부처를) 시위(侍衛)하여 서 있더니, 그 용왕(龍王)이 못(池)에 칠보(七寶) 평상(平床)을 내어 (그것을) 손으로 ^[37뒤] 받아 놓고 사뢰되 "세존(世尊)이시여. 나를 구(救)하시어 역사(力士)가 내 몸을 헐어버리지 아니하게 하소서." 하더라.

그때에 왕(王)이 높은 상(床)을 놓고 백첩만(白㲲縵)을 두르고 진주(眞珠) 그물을 위에 덮고 부처를 청(請)하여 "만(縵) 중(中)에 드소서."하거늘 부처가 (만 중에 들어가려고) 발을 드시니 ^[38앞] 장단지에 오색광(五色光)이 나시어, 부처께 일곱 겹을 둘러 하늘의 고운 꽃과 같아서 꽃의 장(帳)이 되니, 꽃잎 사이에 무수(無數)한 보살(菩薩)이 되어 합장(合掌)하여 찬탄(讚歎)하니, 공중(空中)에 있는 화불(化佛)이 다 한가지로 방광(放光)하시더니, 열여섯의 작은 용(龍)이 손에 ^[38뒤] 산과 돌을 잡고 벽력(霹靂) 불을 일으켜서 부처께 오니 모인 많은 사람이 두려워하거늘, 세존(世

尊)이 금색(金色) 팔을 내시어 손을 펴시니 손가락 사이에서 굵은 보배로 된 꽃비가 오더니, 대중(大衆)들은 그 꽃을 보되 (그 꽃이) 다 화불(化佛)이 되시고, 용(龍)들은 그 꽃을 보되 (그 꽃이) 다 금시조(金翅鳥)가 ^[39앞] 되어 용(龍)을 잡아먹으려 하므로, 용(龍)이 두려워 부처의 그림자에 달라들어 머리를 조아려 "구(救)하소서." 하더라.

부처가 만(縵) 앞에 가시어 아난(阿難)이더러 "이사단(尼師檀)을 깔라." 하시거늘, 아난(阿難)이 만(縵) 중(中)에 들어 오른손으로 왼쪽 어깨에 있는 이사단(尼師檀)을 드니, 이사단(尼師檀)이 ^[39뒤] 즉시로 칠보(七寶)로 꾸민 오백억(五百億) 금대(金臺)가 되거늘, (이사단을) 깔려고 하니 즉시로 또 칠보(七寶)로 장엄(莊嚴)한 오백억(五百億) 연화(蓮花)가 되어, 행렬(行列)을 지어 차차제(次次第)로 만(縵) 안에 차서 가득하니라. 그때에 세존(世尊)이 칠보(七寶) 상(床)에 드시어 결가부좌(結跏趺坐)하시니, ^[40앞] 다른 연화(蓮花)의 위에 다 부처가 앉으셨니라. 그때에 비구(比丘)들도 부처께 예수(禮數)하고 각각 좌(座)를 까니, 비구(比丘)의 좌(座)도 다 유리좌(瑠璃座)가 되거늘 비구(比丘)들이 들어 앉으니, 유리좌(瑠璃座)가 유리광(瑠璃光)을 펴 유리굴(瑠璃堀)을 짓고, 비구(比丘)들이 ^[40뒤] 화광삼매(火光三昧)에 드니 몸이 금(金)빛이더라.

그때에 국왕(國王)이 부처의 신기(神奇)하신 변화(變化)를 보고 즉시 아뇩다라삼먁삼보리심(阿耨多羅三藐三菩提心)을 발(發)하여 ^[41앞] 신하(臣下)에게 ^[41뒤] "다 발심(發心)하라." 하며, 용왕(龍王)은 금강대역사(金剛大力士)를 두려워하여 아뇩다라삼먁삼보리심(阿耨多羅三藐三菩提心)을 발(發)하며, 나찰녀(羅刹女)도 보리심(菩提心)을 발(發)하였니라.

그때에 왕(王)이 부처와 스님분들께 공양(供養)하려 하더니, 부처가 이르시되 "다른 것은 ^[42앞] 말고 그릇만 장만하라." 왕이 듣고 보배로 된 그릇을 준비(準備)하거늘, 부처의 신력(神力)으로 하늘의 수타미(須陀味)가 자연(自然)히 그릇에 가득하거늘, 대중(大衆)들이 그 밥을 먹고 자연(自然)히 염불삼매(念佛三昧)에 ^[42뒤] 들어 시방(十方)의 불(佛)을 보니 몸이 가(邊)가 없으시며, 또 설법(說法)을 들으니 그 음성(音聲)이 다 부처를 염(念)하며 법(法)을 염(念)하며 비구승(比丘僧)을 염(念)하는 것을 찬탄(讚歎)하시며, 또 육바라밀(六波羅蜜)과 삼십칠품조보리법(三十七品助菩提

法)을 ^{[43앞} 널리 이르시더니 ^{[46앞} 이 말을 듣고 더욱 기뻐하여 부처를 천 번 감돌았니라.

그때에 왕(王)이 부처를 청(請)하여 ^{[46뒤} "성(城)에 드소서." 하거늘, 용왕(龍王)이 노(怒)하여 이르되 "네가 나의 이익(利益)을 빼앗나니, 내가 너의 나라를 없애리라." 부처가 왕(王)더러 이르시되 "단월(檀越)이 먼저 가라. 내가 때를 알아서 가리라." 하시니, 왕(王)이 예수(禮數)하고 ^{[47앞} 물러나거늘, 용왕(龍王)과 나찰녀(羅刹女)가 "부처께 계(戒)를 듣고 싶습니다." 하거늘, (부처가) 삼귀오계법(三歸五戒法)을 이르시니, (용왕이) 매우 기뻐하며 권속(眷屬)인 백천(百千) 용(龍)이 못으로부터서 나와서 예수(禮數)하더니, 부처가 용(龍)의 목소리를 좇으시어 설법(說法)하시니, (모두) 다 기뻐하여 ^{[47뒤} 하더니 목련(目連)이에게 시키시어 "경계(警戒)하라." 하시거늘, 목련(目連)이 여의정(如意定)에 들어서, 즉시 백천억(百千億) 금시조(金翅鳥)가 되어 각각(各各) 다섯 용(龍)씩 꽉 눌러 밟아 허공(虛空)에 있거늘, 용(龍)들이 이르되 "부처가 화상(和尙)을 시키시어 '우리를 경계(警戒)하라.' 하시거늘 ^{[48앞} 어찌 무서운 모습을 지으십니까?" 목련(目連)이 이르되 "네가 여러 겁(劫)에 두렵지 아니한 데에 두려운 마음을 내며, 진심(瞋心)이 없는 데에 진심(瞋心)을 내며, 모짊이 없는 데에 모진 마음을 내나니, 내가 실(實)에는 사람이거늘 네 마음이 모질므로 나를 금시조(金翅鳥)로 보느니라." ^{[48뒤}

그때에 용왕(龍王)이 두려운 까닭으로, "살생(殺生)을 아니 하며 중생(衆生)을 괴롭히지 아니하리라." 맹서(盟誓)하여 선심(善心)을 일으키거늘, 목련(目連)이 도로 본래(本來)의 몸이 되어 오계(五戒)를 이렀니라.

그때에 용왕(龍王)이 꿇어 합장(合掌)하여 세존(世尊)께 청(請)하되, ^{[49앞} 여래(如來)가 장상(長常) 여기에 계시소서. 여래(如來)야말로 아니 계시면 내가 모진 마음을 내어 보리(菩提)를 못 이루겠습니다." 하여 세 번 청(請)하거늘, 그때에 범천왕(梵天王)이 와 합장(合掌)하여 청(請)하되 "원(願)하건대 박가범(薄伽梵)이 미래세(未來世)에 있는 중생(衆生)들을 ^{[49뒤} 위(爲)하시고 한 조그마한 용(龍)만 위(爲)하지 마소서." ^{[50앞} 백천(百千)의 범왕(梵王)이 한 소리로 청(請)하더니, 부처가 빙긋 웃으시고 입에서 그지없는 백천(百千) 광명(光明)을 내시니, 그 광명(光明)마다 ^{[50뒤} 그지없는 화불(化佛)이 다 만억(萬億)의 보살(菩薩)을 데리고 계시더라.

용왕(龍王)이 못 가운데에 칠보(七寶)의 대(臺)를 내어 바치고 이르되 "원(願)하건대 천존(天尊)이 이 대(臺)를 받으소서." 세존(世尊)이 이르시되 "네가 이 대(臺)는 말고 나찰(羅利)의 석굴(石窟)을 [51앞] 나에게 주어라. 그때에 범천왕(梵天王)과 무수(無數)한 천자(天子)가 그 굴(堀)에 먼저 들며, 용왕(龍王)이 여러 가지의 보배로 그 굴(堀)을 꾸미고, 제천(諸天)이 각각(各各) 보의(寶衣)를 벗어 다투어서 그 굴(堀)을 쓸더라. 그때에 세존(世尊)이 몸에 있는 광명(光明)과 화불(化佛)을 갖추시어, [51뒤] (그 광명과 화불을) 정수리로 들게 하시고 혼자 그 굴(堀)에 드시니, 그 석굴(石窟)이 칠보(七寶)가 되었느니라. 그때에 나찰녀(羅利女)와 용왕(龍王)이 사대제자(四大弟子)와 아난(阿難)이를 위(爲)하여 또 다섯 석굴(石窟)을 만들었느니라. [52앞]

그때에 세존(世尊)이 용왕(龍王)의 굴(堀)에 앉은 채로 계시되, 왕(王)의 청(請)을 들으시어 나건하성(那乾訶城)에 드시며, 기사굴산(耆闍崛山)과 사위국(舍衛國)과 가비라성(迦毗羅城)과 다른 주처(住處)에 다 부처가 계시며, 허공(虛空)의 연화좌(蓮花座)에 무량(無量)의 [52뒤] 화불(化佛)이 세계(世界)에 가득하시거늘, 용왕(龍王)이 기뻐하여 큰 원(願)을 발(發)하였느니라. 왕(王)이 부처를 이레를 공양(供養)하고, 사람을 시켜서 팔천리상(八千里象)에 태워서 "공양(供養)할 것을 가져서 일체(一切)의 다른 나라에 가서 비구(比丘)들을 공양(供養)하라." [53앞] 하니, 그 사람이 간 데마다 여래(如來)를 보고 돌아와 사뢰되 "여래(如來)가 이 나라뿐 아니라 다른 나라에도 다 계시어, 고공(苦空)·무상(無常)·무아(無我)와 육바라밀(六波羅蜜)을 이르셨습니다." 왕(王)이 (부린 사람들의 말을) 듣고 마음이 [53뒤] 훤하여 무생인(無生忍)을 득(得)하였느니라. [54-1뒤]

그때에 부처가 신족(神足)을 거두시고 굴(堀)로부터서 나시어 비구(比丘)들을 데리시어, 예전의 세상에 보살(菩薩)이 되어 계실 때에 두 아기를 보시(布施)하신 곳과, 주린 범에게 몸을 버리신 곳과, 머리로 보시(布施)하신 곳과 몸에 천등(千燈)을 켜신 곳과, [54-3뒤] 눈을 보시(布施)하신 곳과 자신의 고기를 베어서 비둘기를 갚음하신 곳에서 노니시거늘, 용(龍)이 (부처를) 쫓아 움직이더니, 부처가 나라에 돌아오려 하시거늘 용왕(龍王)이 듣고 울며 사뢰되 "부처님이시여 어찌 나를 버리고 가시는가? 내가 부처를 못 보면 반드시 모진 죄(罪)를 지으렵니다." 세존(世尊)이 [55앞] 용왕(龍王)을 기쁘게 하리라." 하시어 이르시되, "내가 너를 위(爲)하여 이

굴(堀)에 앉아 일천오백(一千五百) 해를 있으리라.”하시고, 그 굴(堀)에 들어 앉으시어 십팔변(十八變)을 하여 보이시고, 몸이 솟구쳐 달려 돌에 드시니, (돌이) 맑은 거울 같아서 (돌) 속에 계신 (부처님의) 그림자가 꿰뚫어서 보이더니, 멀리 있어서는 (부처를) 보고 가까이 [55뒤] 와서는 (부처를) 못 보겠더라. 백천(百千) 제천(諸天)이 불영(佛影)을 공양(供養)하거든 불영(佛影)도 설법(說法)하시더라.

기이백(其二百)

극락세계(極樂世界)에 (계신) 아미타불(阿彌陀佛)의 공덕(功德)을 세존(世尊)이 이르셨으니. [56앞]

기환정사(祇桓精舍)에 대중(大衆)이 모여 있거늘 사리불(舍利弗)이 (세존의 설법을) 들었으니.

기이백일(其二百一)

십만억(十萬億)의 불토(佛土)를 지나 아흔 세계(世界)가 [56뒤] 있나니 이름이 극락(極樂)이니.

십겁(十劫)을 내려오신 한 부처가 계시니 (그 부처가) 아미타(阿彌陁)이시니.

기이백이(其二百二)

부처의 광명(光明)이 시방(十方)에 비치시며 (중생의) 수명(壽命)이 끝이 없으시니.

중생(衆生)의 쾌락(快樂)이 중고(衆苦)를 [57앞] 모르며 목숨이 끝이 없으니.

기이백삼(其二百三)

난순(欄楯)이 칠중(七重)이며, 나망(羅網)이 칠중(七重)이며, 칠중(七重)의 행수(行樹)에 사보(四寶)가 갖추어져 있으니.

연(蓮) 못이 칠보(七寶)이며, 누각(樓閣)이 [57뒤] 칠보(七寶)이며, 사변(四邊)의 계도(階道)에 사보(四寶)가 갖추어져 있으니.

기이백사(其二百四)

팔공덕수(八功德水)에 연(蓮)꽃이 피되, 수레바퀴와 같습니다.

(연꽃에는) 청(靑)·황(黃)·적(赤)·백(白)의 색(色)에 청(靑)·황(黃)·적(赤)·백(白)의 광(光)이 [58앞] 미묘(微妙)하고 향결(香潔)합니다.

기이백오(其二百五)

주야(晝夜) 육시(六時)에 만다라화(曼陁羅花)가 떨어지면 하늘의 풍류(風流)가 그칠 사이가 없으니.

매일(每日) 청단(淸旦)에 만다라화(曼陁羅花)를 [58뒤] 담아 제불(諸佛)의 공양(供養)이 그칠 사이가 없으니.

기이백육(其二百六)

중생(衆生)이 아비발치(阿鞞跋致)이며 일생보처(一生補處)가 많으시니, 악도(惡道)의 이름(名)이 (어찌) 있겠습니까?

아미타불(阿彌陁佛)의 변화(變化)로 [59앞] 법음(法音)을 넓히시므로 잡색(雜色)의 중조(衆鳥)를 내셨습니다.

기이백칠(其二百七)

백학(白鶴)과 공작(孔雀)과 앵무(鸚鵡)와 사리(舍利)와 가릉빈가(迦陵頻伽)와 공명지조(共命之鳥)가 있어 [59뒤]
오근(五根)과 오력(五力)과 칠보리(七菩提)와 팔성도분(八聖道分)을 밤과 낮으로 연창(演暢)합니다.

기이백팔(其二百八)

미풍(微風)이 지나니, 나망(羅網)과 행수(行樹)에 미묘성(微妙聲)이 움직여 나느니. [60앞]

백 가지 천 가지 종종(種種)의 풍류(風流)의 소리가 일시(一時)에 일어나는 듯하니.

기이백구(其二百九)

(중생들이) 행수(行樹)의 소리와 나망(羅網)의 소리와 새의 소리를 듣고 있어

(중생들이) 염불(念佛)의 마음과 염법(念法)의 마음과 염승(念僧)의 마음을 냅니다. [60뒤]

기이백십(其二百十)

(중생들이) 아미타(阿彌陁)의 이름을 칭념(稱念)하는 것이 지성(至誠)이면, (중생들의) 공덕(功德)이 가(邊)가 없겠습니다.

일일(一日)이거나 이일(二日)이거나 삼사오육칠일(三四五六七日)에 (아미타불의 이름을 지성으로 칭념하는 중생의) 공덕(功德)이 가히 이루어지겠습니다.[61앞]

기이백십일(其二百十一)

이 목숨을 마치는 날에 아미타(阿彌陁)가 성중(聖衆)을 데리시어 (목숨을 마치는 사람이) 갈 길을 알리시리

칠보지(七寶池)의 연(蓮)꽃 위에 전녀위남(轉女爲男)하여 죽살이를 모르리니. [61뒤]

부처가 기수급고독원(祇樹給孤獨園)에 계시어 큰 비구(比丘) 중 일천이백(一千二百) 쉰 사람과 한데 있으시더니, 다 대아라한(大阿羅漢)에 속해 있는, 모두 아는 사리불(舍利弗), [62앞] 목건련(目揵連), 마하가섭(摩訶迦葉), 마하가전연(摩訶迦旃延) 등(等) 큰 제자(弟子)들과 보살마하살(菩薩摩訶薩), 문수사리(文殊師利) 법왕자(法王子), 아일다보살(阿逸多菩薩), [62뒤] 건타하제보살(乾陁訶提菩薩), 상정진보살(常精進菩薩), 이렇듯 한 큰 보살(菩薩)들과 석제환인(釋提桓因) 등(等) 무량(無量)한 제천(諸天)과 대중(大衆)과 한데 있으시더니,

부처가 사리불(舍利弗)더러 이르시되 "이곳으로부터 서방(西方)으로 십만억(十

萬億) 부처의 땅을 지나가 세계(世界)가 있되, [63앞] 이름이 극락(極樂)이다. 그 땅에 부처가 계시되 이름이 아미타(阿彌陀)이시니, 이제 현(現)하여 계시어 설법(說法)하시느니라. 사리불(舍利弗)아, 저 땅을 어떤 까닭으로 이름을 극락(極樂)이라 하였느냐? 그 나라의 중생(衆生)이 [63뒤] 많은 수고(受苦)가 없고 오직 여러 가지의 쾌락(快樂)을 누리므로, 이름을 극락(極樂)이라 하느니라. 또 사리불(舍利弗)아, 극락(極樂) 국토(國土)에 칠중(七重)의 난순(欄楯)과 칠중(七重) 나망(羅網)과 칠중(七重) 행수(行樹)가 다 네 가지의 보배이니, [64앞] 두루 둘러 얽히어 있으므로 이름을 극락(極樂)이라 하느니라.

또 사리불(舍利弗)아, 극락(極樂) 국토(國土)에 칠보(七寶)의 못(池)이 있나니, 팔공덕수(八功德水)가 가득하고 못 밑에 순수한 금(金) 모래로 땅을 깔고, 네 모퉁이에 있는 돌층계의 길을 금(金)·은(銀)·瑠璃(유리)·파려(玻瓈)로 모아서 만들고, (그) 위에 누각(樓閣)이 [64뒤] 있되 또 '금(金)·은(銀)·유리(瑠璃)·파려(玻瓈)·차거(硨磲)·적주(赤珠)·마노(瑪瑙)'로 장엄하게 꾸며 있나니, 못에 있는 연화(蓮花)가 크기가 수레바퀴 만하되, 청색(靑色)은 청광(淸光)이며, 황색(黃色)은 황광(黃廣)이며, 적색(赤色)은 적광(赤光)이며, 백색(百色)은 백광(白光)이다. 미묘(微妙)하고 향결(香潔)하니 [65앞] 사리불(舍利弗)아, 극락(極樂) 국토(國土)가 이렇게 공덕장엄(功德莊嚴)이 이루어져 있느니라.

또 사리불(舍利弗)아, 저 나라에서 늘 하늘의 풍류를 하고 황금(黃金)이 땅이 되고, 밤낮 여섯 때로 하늘의 만다라화(曼茶羅華)가 떨어지거든, 그 땅의 중생(衆生)이 [65뒤] 항상 아침마다 각각(各各) 의극(衣械)에 많은 고운 꽃을 담아다가 다른 나라의 십만억(十萬億) 불(佛)을 공양(供養)하고, 즉시 밥을 먹을 때에 본국(本國)에 돌아와 밥을 먹고 두루 다니나니, 사리불(舍利弗)아 극락(極樂) 국토(國土)가 이렇게 공덕장엄(功德莊嚴)이 [66앞] 이루어져 있느니라.

또 사리불(舍利弗)아, 저 나라에 항상 갖갖 기묘(奇妙)한 잡색(雜色)의 조(鳥)가, 백학(白鶴)과 공작(孔雀)과 앵무(鸚鵡)와 사리(舍利)와 가릉빈가(迦陵頻伽)와 공명조(共命鳥)의 이런 여러 새들이 [66뒤] 밤낮 여섯 때로 화아(和雅)한 소리를 내나니, 그 소리가 오근(五根)과 오력(五力)과 칠보리분(七菩提分)과 팔성도분(八聖道分) (등) 이 종류의 법(法)을 연창(演暢)하거든, 그 땅의 중생(衆生)이 이 소리를 듣고 다 염불

(念佛)하며 염법(念法)하며 염승(念僧)하느니라. [67앞] 사리불(舍利弗)아, 네가 "이 새가 죄(罪)를 지은 과보(果報)로 (저 나라에) 났다." 여기지 말라. "(그것이) 어째서이냐?" 한다면, 저 나라에 삼악도(三惡道)가 없으니, 사리불(舍利弗)아, 저 나라에 악도(惡道)의 이름도 없으니 하물며 진실(眞實)의 새가 있겠느냐? 이 [67뒤] 새들은 다 아미타불(阿彌陀佛)이 '법음(法音)을 펴리라.' 하시어 변화(變化)로 지으셨느니라.

사리불(舍利弗)아, 저 나라에 가만한 바람이 행수(行樹)와 나망(羅網)에 불면, 미묘(微妙)한 소리가 나되 백천(百千) 가지의 풍류가 함께하는 듯하니, 이 소리를 들으면 자연(自然)히 염불(念佛) [68앞] 염법(念法), 염승(念僧)을 할 마음을 내나니, 사리불(舍利弗)아 그 부처의 국토(國土)가 이렇게 공덕장엄(功德莊嚴)이 이루어져 있느니라.

사리불(舍利弗)아, 너의 뜻에는 어떠하냐? 부처가 어떤 까닭으로 호(號)를 '아미타(阿彌陀)이시다.' 하였느냐? 사리불(舍利弗)아, 저 부처의 광명(光明)이 그지없어 시방(十方) [68뒤] 나라를 비추시되 가린 데가 없으시므로, 호(號)를 아미타(阿彌陀)이시다 하느니라.

또 사리불(舍利弗)아, 저 부처의 목숨과 거기에 있는 백성(百姓)이 무량무변(無量無邊)의 아승기(阿僧祇) 겁(劫)이므로, 이름을 아미타(阿彌陀)이시다 하나니, 사리불(舍利弗)아 아미타불(阿彌陀佛)이 [69앞] 성불(成佛)하신 지가 이제 열 겁(劫)이다.

또 사리불(舍利弗)아, 저 부처가 무량무변(無量無邊)의 성문(聲聞) 제자(弟子)를 두고 계시니, (그 제자들이) 다 아라한(阿羅漢)이니 산(算)으로 헤아려서는 (그 수를) 끝내 알지 못하겠으며, 보살중(菩薩衆)도 또 이와 같이 많으니, 사리불(舍利弗)아 저 부처의 국토(國土)가 이렇게 공덕장엄(功德莊嚴)이 이루어져 [69뒤] 있느니라.

또 사리불(舍利弗)아, 극락(極樂) 국토(國土)에 난 중생(衆生)은 다 아비발치(阿鞞跋致)이니 [70앞] 그 중(中)에 일생보처(一生補處)가 많이 있어 그 수(數)가 산(算)으로 끝내 알 수 없겠고, 오직 무량무변(無量無邊)의 [70뒤] 아승기(阿僧祇)로 이를 것이니, 사리불(舍利弗)아 중생(衆生)이 (나의 말을) 듣거든 저 나라(= 극락 국토)에 나고자 발원(發願)하여야 하겠으니, "(그것이) 어째서냐?" 하면, 이러한 가장 어진 사람들과 한데 있을 것이기 때문이니라.

사리불(舍利弗)아, 조금의 선근(善根)과 복덕(福德)의 인연(因緣)으로 저 나라에

나지 못하나니 [71앞] 사리불(舍利弗)아, 만일 선남자(善男子)이거나 선여인(善女人)이
거나 아미타불(阿彌陀佛)의 이름을 지녀서, 하루거나 이틀이거나 사흘이거나 나흘
이거나 닷새이거나 엿새이거나 이레거나, 마음을 골똘히 먹어 (잡념을) 섞지 아
니하면, 그 [71뒤] 사람이 명종(命終)할 적에 아미타불(阿彌陀佛)이 성중(聖衆)을 데리
시고 앞에 와서 (모습을) 보이시겠으니, 이 사람이 명종(命終)할 적에 마음이 어
쩔하지 아니하여 즉시 극락(極樂) 국토(國土)에 가서 나겠으니, 사리불(舍利弗)아
내가 이런 이(利)를 보므로 이런 말을 하니, 이 말을 들은 중생(衆生)은 저 나라에
[72앞] 나고자 발원(發願)하여야 하리라.

사리불(舍利弗)아, 내가 이제 아미타불(阿彌陀佛)의 불가사의(不可思議)한 공덕
(功德)의 이(利)를 찬탄(讚歎)하는 것같이, 동방(東方)에도 아촉비불(阿閦鞞佛)·수미
상불(須彌相佛)·대수미불(大須彌佛)·수미광불(須彌光佛)·[72뒤] 묘음불(妙音佛) 등(等) 항
하사(恒河沙) 수(數)의 제불(諸佛)과, 남방세계(南方世界)에 일월등불(日月燈佛)·명문
광불(名聞光佛)·대염견불(大焰肩佛)·수미등불(須彌燈佛)·무량정진불(無量精進佛) 등(等)
[73앞] 항하사(恒河沙) 수(數) 제불(諸佛)과, 서방(西方) 세계(世界)에 부량수불(無量壽
佛)·무량상불(無量相佛)·무량동불(無量幢佛)·대광불(大光佛)·대명불(大明佛)·보상불
(寶相佛)·정광불(淨光佛) 등(等) 항하사(恒河沙) 수(數)의 제불(諸佛)과, 북방(北方) 세
계(世界)에 염견불(焰肩佛)·최승음불(最勝音佛) [73뒤] 난저불(難沮佛)·일생불(日生佛)·
망명불(網明佛) 등(等) 항하사(恒河沙) 수(數)의 제불(諸佛)과, 하방(下方) 세계(世界)
에 사자불(師子佛)·명문불(名聞佛)·명광불(名光佛)·달마불(達磨佛)·법동불(法幢佛)·지
법불(持法佛) 등(等) 항하사(恒河沙) 수(數)의 제불(諸佛)과, 상방(上方) 세계(世界)에
[74앞] 범음불(梵音佛)·숙왕불(宿王佛)·향상불(香上佛)·향광불(香光佛)·대염견불(大焰肩
佛)·잡색보화엄신불(雜色寶華嚴身佛)·사라수왕불(娑羅樹王佛)·보화덕불(佛寶華德)·견
일절의불(見一切義佛)·여수미산불(如須彌山佛) 등(等) 항하사(恒河沙) 수(數)의 불(佛)
이 각각(各各) 당신의 [74뒤] 나라에 광장설상(廣長舌相)을 내시어, 삼천대천세계(三千
大千世界)를 다 덮으시어 성실(誠實)한 말을 하시나니, 너희 중생(衆生)들이 (앞의
모든 부처들이 아미타불의) 이 불가사의(不可思議)한 공덕(功德)을 일컬어 찬탄(讚
歎)하시는 것을 신(信)하라. [75앞]

(阿彌陀佛의 말은) 일체(一切) 제불(諸佛)이 호념(護念)하시는 경(經)이다. 사리

불(舍利弗)아, 너의 뜻에는 어떠하냐? 어찌해서 (阿彌陀佛의 말을) 일체(一切) 제불(諸佛)이 호념(護念)하시는 경(經)이라 하느냐? 사리불(舍利弗)아, 선남자(善男子)이거나 선여인(善女人)이거나, 이 [75뒤] 경(經)을 듣고 받아서 지니는 사람과 제불(諸佛)의 이름을 들은 사람은, 다 일체(一切)의 제불(諸佛)이 호지(護持)하여 잊지 아니하시어, 다 아뇩다라삼먁삼보리(阿耨多羅三藐三菩提)에 물러나지 아니하리라. 이러므로 사리불(舍利弗)아, 너희들이 내 말과 제불(諸佛)의 말을 신(信)하여야 하리라. [76앞] 사리불(舍利弗)아, 아무라도 벌써 발원(發願)커나 이제 발원(發願)커나 장차(將次) 발원(發願)커나 하여, 아미타불국(阿彌陀佛國)에 나고자 할 사람은, 다 아뇩다라삼먁삼보리(阿耨多羅三藐三菩提)에 물러나지 아니하여, 저 나라에 벌써 났거나 이제 나거나 장차(將次) 나거나 하리라. [76뒤] 이러므로 사리불(舍利弗)아, 선남자(善男子)와 선여인(善女人)이 신(信)하는 이가 있거든, 저 나라에 나고자 발원(發願)하여야 하리라. 사리불(舍利弗)아, 내가 이제 제불(諸佛)의 불가사의(不可思議)한 공덕(功德)을 일컬어 찬탄(讚歎)하는 것과 같아서, 제불(諸佛)도 나의 불가사의(不可思議)한 공덕(功德)을 [77앞] 일컬어 찬탄(讚歎)하시어 이르시되, "석가모니불(釋迦牟尼佛)이 심(甚)히 어렵고 쉽지 못한 일을 잘하여, 사바(裟婆) 국토(國土)와 오탁악세(五濁惡世)에 아뇩다라삼먁삼보리(阿耨多羅三藐三菩提)를 득(得)하여, 중생(衆生)을 위하여 일체(一切)의 세간(世間)에 신(信)하는 것이 어려운 법(法)을 [77뒤] 이른다." 하시느니라.

사리불(舍利弗)아, 알아라. 내가 오탁악세(五濁惡世)에 이런 어려운 일을 행(行)하여 아뇩다라삼먁삼보리(阿耨多羅三藐三菩提)를 득(得)하여, 일체(一切)의 세간(世間)을 위(爲)하여 신(信)하기가 어려운 법(法)을 이르는 것이, 이야말로 심(甚)히 어려운 것이다. [78앞]

월인천강지곡(月印千江之曲) 제칠(第七)
석보상절(釋譜詳節) 제칠(第七)

[부록 2] 문법 용어의 풀이[*]

1. 품사

한 언어에 속하는 수많은 단어를 문법적인 특징에 따라서 갈래지어서 그 범주를 설정한 것이다.

가. 체언

'체언(體言, 임자씨)'은 어떠한 대상의 이름이나 수량(순서)을 나타내거나 명사를 대신하는 단어들의 부류들이다. 이러한 체언에는 '명사', '대명사', '수사'가 있다.

① 명사(명사): 어떠한 '대상, 일, 상황' 등의 이름을 나타내는 단어이다.
  - 자립 명사: 문장 내에서 관형어의 도움 없이 홀로 쓰일 수 있는 명사이다.
    (1) ㄱ. 國은 나라히라 (나라ㅎ + -이- + -다)　　　　　　　　　[훈언 2]
    　　 ㄴ. 國(국)은 나라이다.
  - 의존 명사(의명): 홀로 쓰일 수 없어서 반드시 관형어와 함께 쓰이는 명사이다.
    (2) ㄱ. 어린 百姓이 니르고져 홇 배 이셔도 (바 + -이)　　　　　[훈언 2]
    　　 ㄴ. 어리석은 百姓(백성)이 이르고자 할 바가 있어도…

② 인칭 대명사(인대): 사람을 직시하거나 대용하는 대명사이다.
    (3) ㄱ. 내 太子를 셤기ᅀᆞᄫᅩ딕 (나 + -이)　　　　　　　　　　[석상 6:4]
    　　 ㄴ. 내가 太子(태자)를 섬기되…

---

[*] 이 책에서 사용된 문법 용어와 약어에 대하여는 '도서출판 경진'에서 간행한 『학교 문법의 이해 2(2015)』와 '교학연구사'에서 간행한 『중세 국어 문법의 이해: 이론편, 주해편, 강독편 (2015)』의 내용을 참조하기 바란다.

③ 지시 대명사(지대): 명사를 직접 가리키거나 대용하는 말이다.

    (4) ㄱ. 내 <u>이</u>를 爲ᄒᆞ야 어엿비 너겨 (<u>이</u> + -를)   [훈언 2]

        ㄴ. 내가 이를 위하여 불쌍히 여겨…

④ 수사(수사): 사람이나 사물의 수량이나 차례를 나타내는 체언이다.

    (5) ㄱ. 點이 <u>둘히</u>면 上聲이오 (<u>둘ㅎ</u> + -이- + -면)   [훈언 14]

        ㄴ. 點(점)이 둘이면 上聲(상성)이고…

나. 용언

'용언(用言, 풀이씨)'은 문장 속에서 서술어로 쓰여서 주어로 표현되는 대상(주체)의 움직임이나 상태, 혹은 존재의 유무(有無)를 풀이한다. 이러한 용언에는 문법적 특징에 따라서 '동사'와 '형용사', '보조 용언' 등으로 분류한다.

① 동사(동사): 주어로 쓰인 대상의 움직임을 표현하는 용언이다. 동사에는 목적어를 취하는 타동사(= 타동)와 목적어를 취하지 않는 자동사(= 자동)가 있다.

    (6) ㄱ. 衆生이 福이 <u>다ᄋ거다</u> (<u>다ᄋ</u>- + -거- + -다)   [석상 23:28]

        ㄴ. 衆生(중생)이 福(복)이 다했다.

    (7) ㄱ. 어마님이 毘藍園을 <u>보라</u> 가시니 (<u>보</u>- + -라)   [월천 기17]

        ㄴ. 어머님이 毘藍園(비람원)을 보러 가셨으니.

② 형용사(형사): 주어로 표현되는 대상의 성질이나 상태를 풀이하는 용언이다.

    (8) ㄱ. 이 東山ᄋᆞᆫ 남기 <u>됴ᄒᆞᆯ씬</u> (<u>둏</u>- + -ᄋᆞᆯ씬)   [석상 6:24]

        ㄴ. 이 東山(동산)은 나무가 좋으므로…

③ 보조 용언(보용): 문장 안에서 홀로 설 수 없어서 반드시 그 앞의 다른 용언에 붙어서 문법적인 뜻을 더해 주는 기능을 하는 용언이다.

    (9) ㄱ. 勞度差ㅣ 또 ᄒᆞᆫ 쇼를 지서 <u>내니</u> (<u>내</u>- + -니)   [석상 6:32]

        ㄴ. 勞度差(노도차)가 또 한 소(牛)를 지어 내니…

다. 수식언

'수식언(修飾言, 꾸밈씨)'은 체언이나 용언 등을 수식(修飾)하면서 그 의미를 한정(限定)한다. 이러한 수식언으로는 '관형사'와 '부사'가 있다.

① 관형사(관사): 체언을 수식하면서 체언의 의미를 제한(한정)하는 단어이다.

<blockquote>
(10) ㄱ. 녯 대예 새 竹筍이 나며   [금삼 3:23]

ㄴ. 옛날의 대(竹)에 새 竹筍(죽순)이 나며…
</blockquote>

② 부사(부사): 특정한 용언이나 부사, 관형사, 체언, 절, 문장 등 여러 가지 문법적인 단위를 수식하여, 그들 문법적 단위의 의미를 한정하거나 특정한 말을 다른 말에 이어 준다.

<blockquote>
(11) ㄱ. 이거시 더듸 떠러딜식   [두언 18:10]

ㄴ. 이것이 더디게 떨어지므로

(12) ㄱ. 반드기 甘雨ㅣ 느리리라   [월석 10:122]

ㄴ. 반드시 甘雨(감우)가 내리리라.

(13) ㄱ. 호다가 술옷 몯 먹거든 너덧 번에 는화 머기라   [구언 1:4]

ㄴ. 만일 술을 못 먹거든 너덧 번에 나누어 먹이라.

(14) ㄱ. 道國王과 밋 舒國王은 實로 親호 兄弟니라   [두언 8:5]

ㄴ. 道國王(도국왕) 및 舒國王(서국왕)은 實(실로)로 親(친)한 兄弟(형제)이니라.
</blockquote>

라. 독립언

감탄사(감탄사): 문장 속의 다른 말과 문법적인 관계를 맺지 않고 독립적으로 쓰인다.

<blockquote>
(15) ㄱ. 의 丈夫ㅣ여 엇뎨 衣食 爲호야 이 굿호매 니르뇨   [법언 4:39]

ㄴ. 아아, 丈夫여, 어찌 衣食(의식)을 爲(위)하여 이와 같음에 이르렀느냐?

(16) ㄱ. 舍利佛이 슬보딕 엥 올호시이다   [석상 13:47]

ㄴ. 舍利佛(사리불)이 사뢰되, "예, 옳으십니다."
</blockquote>

2. 불규칙 용언

용언의 활용에는 어간이나 어미가 불규칙적으로 바뀌어서(개별적으로 교체되어) 일반적인 변동 규칙으로는 설명할 수 없는 것이 있다. 이처럼 불규칙하게 활용하는 용언을 '불규칙 용언'이라고 한다. 여기서는 'ㄷ 불규칙 용언, ㅂ 불규칙 용언, ㅅ 불규칙 용언'만 별도로 밝힌다.

① 'ㄷ' 불규칙 용언(ㄷ불): 어간이 /ㄷ/으로 끝나는 용언 중에는, 어간에 모음으로 시작하는 어미가 붙어서 활용할 때에, 어간의 끝 소리 /ㄷ/이 /ㄹ/로 바뀌는 용언이다.

    (1) ㄱ. 瓶의 므를 <u>기러</u> 두고사 가리라 (긷- + -어)   [월석 7:9]
       ㄴ. 瓶(병)에 물을 길어 두고야 가겠다.

② 'ㅂ' 불규칙 용언(ㅂ불): 어간이 /ㅂ/으로 끝나는 용언 중에는, 어간에 모음으로 시작하는 어미가 붙어서 활용할 때에, 어간의 끝 소리 /ㅂ/이 /ㅸ/으로 바뀌는 용언이다.

    (2) ㄱ. 太子ㅣ 性 <u>고ᄫᆞ샤</u> (곱- + -ᄋᆞ시- + -아)   [월석 21:211]
       ㄴ. 太子(태자)가 性(성)이 고우시어…

    (3) ㄱ. 벼개 노피 벼여 <u>누우니</u> (눕- + -으니)   [두언 15:11]
       ㄴ. 베개를 높이 베어 누우니…

③ 'ㅅ' 불규칙 용언(ㅅ불): 어간이 /ㅅ/으로 끝나는 용언 중에는, 어간에 모음으로 시작하는 어미가 붙어서 활용할 때에, 어간의 끝 소리인 /ㅅ/이 /ㅿ/으로 바뀌는 용언이다.

    (4) ㄱ. (道士ᄃᆞᆯ히)…表 <u>지ᅀᅥ</u> 엳ᄌᆞᄫᆞ니 (짓- + -어)   [월석 2:69]
       ㄴ. 道士(도사)들이 … 表(표)를 지어 여쭈니…

3. 어근

어근은 단어 속에서 중심적이면서 실질적인 의미를 나타내는 실질 형태소이다.

  (1) ㄱ. 굴가마괴 (굴- + ᄀ마괴), 쇠어미 (쇠- + 어미)

    ㄴ. 무덤 (묻- + -엄), 놀개 (놀- + -개)

  (2) ㄱ. 밤낮 (밤 + 낮), 쌀밥 (쌀 + 밥), 불뭇골 (불무 + -ㅅ + 골)

    ㄴ. 검븕다 (검- + 븕-), 오ᄅᄂ리다 (오ᄂ- + ᄂ리-), 도라오다 (돌- + -아 + 오-)

- 불완전 어근(불어): 품사가 불분명하며 단독으로 쓰이는 일이 없고, 다른 말과의 통합에 제약이 많은 특수한 어근이다(= 특수 어근, 불규칙 어근).

  (3) ㄱ. 功德이 이러 당다이 부톄 ᄃ외리러라 (당당 + -이)   [석상 19:34]

    ㄴ. 功德(공덕)이 이루어져 마땅히 부처가 되겠더라.

  (4) ㄱ. 그 부톄 住ᄒ신 싸히 … 常寂光이라 (住 + -ᄒ- + -시- + -ㄴ) [월석 서:5]

    ㄴ. 그 부처가 住(주)하신 땅이 이름이 常寂光(상적광)이다.

4. 파생 접사

접사 중에서 어근에 새로운 의미를 더하거나 단어의 품사를 바꿈으로써, 새로운 단어를 만들어 주는 것을 '파생 접사'라고 한다.

가. 접두사(접두)

접두사는 어근의 앞에 붙어서 새로운 단어를 형성하는 파생 접사이다.

  (1) ㄱ. 아ᅀᆞ와 아츤아돌왜 비록 이시나 (아츤- + 아돌)   [두언 11:13]

    ㄴ. 아우와 조카가 비록 있으나 …

나. 접미사(접미)

접미사는 어근의 뒤에 붙어서 새로운 단어를 형성하는 파생 접사이다.

① 명사 파생 접미사(명접): 어근에 뒤에 붙어서 명사를 파생하는 접미사이다.

    (2) ㄱ. ㅂ롬가비(ㅂ롬 + -가비), 무덤(묻- + -음), 노픠(높- + -의)

        ㄴ. 바람개비, 무덤, 높이

② 동사 파생 접미사(동접): 어근의 뒤에 붙어서 동사를 파생하는 접미사이다.

    (3) ㄱ. 풍류ᄒ다(풍류 + -ᄒ- + -다), 그르ᄒ다(그르 + -ᄒ- + -다), ᄀ믈다(ᄀ믈 + -∅- + -다)

        ㄴ. 열치다, 벗기다 ; 넓히다 ; 풍류하다 ; 잘못하다 ; 가물다

③ 형용사 파생 접미사(형접): 어근의 뒤에 붙어서 형용사를 파생하는 접미사이다.

    (4) ㄱ. 녇갑다(녙- + -갑- + -다), 골포다(곯- + -ᄇ- + -다), 受苦롭다(受苦 + -롭- + -다), 외롭다(외 + -롭- + -다), 이러ᄒ다(이러 + -ᄒ- + -다)

        ㄴ. 얕다, 고프다, 수고롭다, 외롭다

④ 사동사 파생 접미사(사접): 어근의 뒤에 붙어서 사동사를 파생하는 접미사이다.

    (5) ㄱ. 밧기다(밧- + -기- + -다), 너피다(넙- + -히- + -다)

        ㄴ. 벗기다, 넓히다

⑤ 피동사 파생 접미사(피접): 어근의 뒤에 붙어서 피동사를 파생하는 접미사이다.

    (6) ㄱ. 두피다(둪- + -이- + -다), 다티다(닫- + -히- + -다), 담기다(담- + -기- + -다), 둠기다(둠- + -기- + -다)

        ㄴ. 덮이다, 닫히다, 담기다, 잠기다

⑥ 관형사 파생 접미사(관접): 어근의 뒤에 붙어서 부사를 파생하는 접미사이다.

    (7) ㄱ. 모든(몯- + -은), 오은(오올- + -ㄴ), 이런(이러- + -ㄴ)

        ㄴ. 모든, 온, 이런

⑦ 부사 파생 접미사(부접): 어근의 뒤에 붙어서 부사를 파생하는 접미사이다.

(8) ㄱ. 몯내(몯 + -내), 비르서(비릇- + -어), 기리(길- + -이), 그르(그르- + -∅)

ㄴ. 못내, 비로소, 길이, 그릇

⑧ 조사 파생 접미사(조접): 어근의 뒤에 붙어서 조사를 파생하는 접미사이다.

(9) ㄱ. 阿鼻地獄브터 有頂天에 니르시니 (븥- + -어)　　　　[석상 13:16]

ㄴ. 阿鼻地獄(아비지옥)부터 有頂天(유정천)에 이르시니…

⑨ 강조 접미사(강접): 어근의 뒤에 붙어서 강조의 뜻을 더하면서 새로운 단어를 파생하는 접미사이다.

(10) ㄱ. 니르왇다(니르- + -왇- + -다), 열티다(열- + -티- + -다), 니르혀다(니르- + -혀- + -다)

ㄴ. 받아일으키다, 열치다, 일으키다

⑩ 높임 접미사(높접): 어근의 뒤에 붙어서 높임의 뜻을 더하면서 새로운 단어를 파생하는 접미사이다.

(11) ㄱ. 아바님(아비 + -님), 어마님(어미 + -님), 그듸(그+ -듸), 어마님내(어미 + -님 + -내), 아기씨(아기 + -씨)

ㄴ. 아버님, 어머님, 그대, 어머님들, 아기씨

5. 조사

'조사(助詞, 관계언)'는 주로 체언에 결합하여, 그 체언이 문장 속의 다른 단어와 맺는 관계를 나타내거나 특별한 뜻을 더해 주는 단어이다.

가. 격조사

그 앞에 오는 말이 문장 안에서 일정한 문장 성분으로서의 기능함을 나타내는 조사이다.

① 주격 조사(주조): 주어로서 기능하는 것을 나타내는 격조사이다.

(1) ㄱ. 부텻 모미 여러 가짓 相이 ㄱㆍㅈ샤 (몸 + -이)　　　　　　　[석상 6:41]

ㄴ. 부처의 몸이 여러 가지의 相(상)이 갖추어져 있으시어…

② 서술격 조사(서조): 서술어로서 기능하는 것을 나타내는 격조사이다.

(2) ㄱ. 國은 나라히라 (나라ㅎ + -이- + -다)　　　　　　　　　　　[훈언 1]

ㄴ. 國(국)은 나라이다.

③ 목적격 조사(목조): 목적어로서 기능하는 것을 나타내는 격조사이다.

(3) ㄱ. 太子를 하늘히 글히샤 (太子 + -를)　　　　　　　　　　　　[용가 8장]

ㄴ. 太子(태자)를 하늘이 가리시어…

④ 보격 조사(보조): 보어로서 기능하는 것을 나타내는 격조사이다.

(4) ㄱ. 色界 諸天도 ㄴ려 仙人이 ᄃᆞ외더라 (仙人 + -이)　　　　　[월석 2:24]

ㄴ. 色界(색계) 諸天(제천)도 내려 仙人(선인)이 되더라.

⑤ 관형격 조사(관조): 관형어로서 기능하는 것을 나타내는 격조사이다.

(5) ㄱ. 네 性이 … 죵이 서리예 淸淨ㅎ도다 (죵 + -이)　　　　　　[두언 25:7]

ㄴ. 네 性(성: 성품)이 … 종(從僕) 중에서 淸淨(청정)하구나.

(6) ㄱ. 나랏 말ㅆ미 中國에 달아 (나라 + -ㅅ)　　　　　　　　　　[훈언 1]

ㄴ. 나라의 말이 中國과 달라…

⑥ 부사격 조사(부조): 부사어로서 기능하는 것을 나타내는 격조사이다.

(7) ㄱ. 世尊이 象頭山애 가샤 (象頭山 + -애)　　　　　　　　　　[석상 6:1]

ㄴ. 世尊(세존)이 象頭山(상두산)에 가시어…

⑦ 호격 조사(호조): 독립어로서 기능하는 것을 나타내는 격조사이다.

(8) ㄱ. 彌勒아 아라라 (彌勒 + -아)　　　　　　　　　　　　　　　[석상 13:26]

ㄴ. 彌勒(미륵)아 알아라.

나. 접속 조사(접조)

체언과 체언을 이어서 명사구를 형성하는 조사이다.

(9) ㄱ. 입시울와 혀와 엄과 니왜 다 됴ᄒᆞ며 (혀 + -와)　　　　[석상 19:7]

ㄴ. 입술과 혀와 어금니와 이가 다 좋으며…

다. 보조사(보조사)

체언에 화용론적인 특별한 뜻을 덧보태는 조사이다.

(10) ㄱ. 나ᄂᆞᆫ 어버ᅀᅵ 여희오 (나 + -ᄂᆞᆫ)　　　　[석상 6:5]

ㄴ. 나는 어버이를 여의고…

(11) ㄱ. 어미도 아ᄃᆞᄅᆞᆯ 모ᄅᆞ며 (어미 + -도)　　　　[석상 6:3]

ㄴ. 어머니도 아들을 모르며…

6. 어말 어미

'어말 어미(語末語尾, 맺음씨끝)'는 용언의 끝자리에 실현되는 어미인데, 그 기능에 따라서 '종결 어미, 연결 어미, 전성 어미'로 나누어진다.

가. 종결 어미

① 평서형 종결 어미(평종): 말하는 이가 자신의 생각을 듣는 이에게 단순하게 진술하는 평서문에 실현된다.

(1) ㄱ. 네 아비 ᄒᆞ마 주그니라 (죽- + -Ø(과시)- + -으니- + -다) [월석 17:21]

ㄴ. 너의 아버지가 이미 죽었느니라.

② 의문형 종결 어미(의종): 말하는 이가 듣는 이에게 대답을 요구하는 의문문에 실현된다.

(2) ㄱ. 엇뎨 겨르리 업스리오 (없- + -으리- + -고)　　　　[월석 서:17]

ㄴ. 어찌 겨를이 없겠느냐?

③ 명령형 종결 어미(명종): 말하는 이가 듣는 이에게 어떠한 행동을 하도록 요구하는 명령문에 실현된다.

> (3) ㄱ. 너희들히 … 부텻 마를 바다 디니라 (디니- + -라)　　　　[석상 13:62]
> 　　ㄴ. 너희들이 … 부처의 말을 받아 지니라.

④ 청유형 종결 어미(청종): 말하는 이가 듣는 이에게 어떠한 행동을 함께 하도록 요구하는 청유문에 실현된다.

> (4) ㄱ. 世世예 妻眷이 ᄃᆞ외져 (ᄃᆞ외- + -져)　　　　　　　　[석상 6:8]
> 　　ㄴ. 世世(세세)에 妻眷(처권)이 되자.

⑤ 감탄형 종결 어미(감종): 말하는 이가 듣는 이를 의식하지 않고 자신의 감정을 표출하는 감탄문에 실현된다.

> (5) ㄱ. 義ᄂᆞᆫ 그 큰뎌 (크- + -∅(현시)- + -ㄴ뎌)　　　　　[내훈 3:54]
> 　　ㄴ. 義(의)는 그것이 크구나.

나. 전성 어미

용언이 본래의 서술 기능을 유지하면서도 다른 품사처럼 쓰이도록 문법적인 기능을 바꾸는 어미이다.

① 명사형 전성 어미(명전): 특정한 절 속의 서술어에 실현되어서, 그 절을 명사처럼 쓰이게 하는 어미이다.

> (6) ㄱ. 됴ᄒᆞᆫ 法 닷고믈 몯ᄒᆞ야 (닭- + -옴 + -을)　　　　　[석상 9:14]
> 　　ㄴ. 좋은 法(법)을 닦는 것을 못하여…

② 관형사형 전성 어미(관전): 특정한 절 속의 용언에 실현되어서, 그 절을 관형사처럼 쓰이게 하는 어미이다.

> (7) ㄱ. 어미 주근 後에 부텨ᄭᅴ 와 묻ᄌᆞᄫᆞ면(죽- + -∅- + -ㄴ)　[월석 21:21]
> 　　ㄴ. 어미 죽은 後(후)에 부처께 와 물으면…

다. 연결 어미(연어)

이어진 문장의 앞절과 뒷절을 잇거나, 본용언과 보조 용언을 잇는 어미이다. 연결 어미에는 '대등적 연결 어미, 종속적 연결 어미, 보조적 연결 어미'가 있다.

① 대등적 연결 어미: 앞절과 뒷절을 대등한 관계로 잇는 연결 어미이다.

    (8) ㄱ. 子는 아ᄃ리오 孫은 孫子ㅣ니 (아들 + -이- + -고)   [월석 1:7]

        ㄴ. 子(자)는 아들이고 孫(손)은 孫子(손자)이니…

② 종속적 연결 어미: 앞절을 뒷절에 이끌리는 관계로 잇는 연결 어미이다.

    (9) ㄱ. 모딘 길헤 ᄢ러디면 恩愛를 머리 여희여 (ᄢ러디- + -면) [석상 6:3]

        ㄴ. 모진 길에 떨어지면 恩愛(은애)를 멀리 떠나…

③ 보조적 연결 어미: 본용언과 보조 용언을 잇는 연결 어미이다.

    (10) ㄱ. 赤眞珠ㅣ ᄃ외야 잇ᄂ니라 (ᄃ외야: ᄃ외- + -아)   [월석 1:23]

        ㄴ. 赤眞珠(적진주)가 되어 있느니라.

7. 선어말 어미

'선어말 어미(先語末語尾, 안맺음 씨끝)'는 용언의 끝에 실현되지 못하고, 어간과 어말 어미 사이에 실현되어서 문법적인 기능을 나타내는 어미이다.

① 상대 높임의 선어말 어미(상높): 말을 듣는 '상대(相對)'를 높여서 표현하는 선어말 어미이다.

    (1) ㄱ. 이런 고디 업스이다 (없- + -∅(현시)- + -으이- + -다) [능언 1:50]

        ㄴ. 이런 곳이 없습니다.

② 주체 높임의 선어말 어미(주높): 문장에서 주어로 실현되는 대상인 '주체(主體)'를 높여서 표현하는 선어말 어미이다.

(2) ㄱ. 王이 그 蓮花룰 ㅂ리라 ᄒ시다   [석상 11:31]

   (ᄒ- + -시- + -∅(과시)- + -다)

   ㄴ. 王(왕)이 "그 蓮花(연화)를 버리라." 하셨다.

③ 객체 높임의 선어말 어미(객높): 문장에서 목적어나 부사어로 표현되는 대상인 '객체(客體)'를 높여서 표현하는 선어말 어미이다.

   (3) ㄱ. 벼슬 노푼 臣下ㅣ 님그믈 돕ᄉᆞᄫᅡ (돕- + -ᅀᆞᇦ- + -아)   [석상 9:34]

      ㄴ. 벼슬 높은 臣下(신하)가 임금을 도와…

④ 과거 시제의 선어말 어미(과시): 동사에 실현되어서 발화시 이전에 어떠한 일이 일어났음을 무형의 선어말 어미인 '-∅-'이다.

   (4) ㄱ. 이 ᄢᅴ 아들ᄃᆞᆯ히 아비 죽다 듣고(죽- + -∅(과시)- + -다) [월석 17:21]

      ㄴ. 이때에 아들들이 "아버지가 죽었다." 듣고…

⑤ 현재 시제의 선어말 어미(현시): 발화시에 어떠한 일이 일어나고 있음을 나타내는 선어말 어미이다. 동사에는 선어말 어미인 '-ᄂᆞ-'가 실현되어서, 형용사에는 무형의 선어말 어미인 '-∅-'가 현재 시제를 나타낸다.

   (5) ㄱ. 네 이제 ᄯᅩ 묻ᄂᆞ다 (묻- + -ᄂᆞ- + -다)   [월석 23:97]

      ㄴ. 네 이제 또 묻는다.

   (6) ㄱ. 이런 고디 업스이다 (없- + -∅(현시)- + -으이- + -다)   [능언 1:50]

      ㄴ. 이런 곳이 없습니다.

⑥ 미래 시제의 선어말 어미(미시): 발화시 이후에 어떠한 일이 일어날 것임을 나타내는 선어말 어미이다.

   (7) ㄱ. 아들ᄯᆞ를 求ᄒ면 아들ᄯᆞ를 得ᄒ리라 (得ᄒ- + -리- + -다) [석상 9:23]

      ㄴ. 아들딸을 求(구)하면 아들딸을 得(득)하리라.

⑦ 회상 표현의 선어말 어미(회상): 말하는 이가 발화시 이전에 직접 경험한 어떤 때(경험시)로 자신의 생각을 돌이켜서, 그때를 기준으로 해서 일이 일어난 시간을 나타내는 선어말 어미이다.

(8) ㄱ. ᄠᅳ데 몯 마ᄌᆞᆫ 이리 다 願 ᄀᆞ티 ᄃᆞ외더라   [월석 10:30]

　　(ᄃᆞ외- + -더- + -다)

　ㄴ. 뜻에 못 맞은 일이 다 願(원)같이 되더라.

⑧ 확인 표현의 선어말 어미(확인): 심증(心證)과 같은 말하는 이의 주관적인 믿음에 근거하여, 어떤 일을 확정된 것으로 표현하는 선어말 어미이다.

(9) ㄱ. 安樂國이ᄂᆞᆫ 시르미 더욱 깁거다   [월석 8:101]

　　(깊- + -∅(현시)- + -거- + -다)

　ㄴ. 安樂國(안락국)이는… 시름이 더욱 깊다.

⑨ 원칙 표현의 선어말 어미(원칙): 말하는 이가 객관적인 믿음에 근거하여, 어떤 일을 확정된 것으로 표현하는 선어말 어미이다.

(10) ㄱ. 사ᄅᆞ미 살면… 모로매 늙ᄂᆞ니라   [석상 11:36]

　　(늙- + -ᄂᆞ- + -니- + -다)

　ㄴ. 사람이 살면… 반드시 늙느니라.

⑩ 감동 표현의 선어말 어미(감동): 말하는 이의 '느낌(감동, 영탄)'의 뜻을 나타내는 태도 표현의 선어말 어미이다.

(11) ㄱ. 그듸내 貪心이 하도다   [석상 23:46]

　　(하- + -∅(현시)- + -도- + -다)

　ㄴ. 그대들이 貪心(탐심)이 크구나.

⑪ 화자 표현의 선어말 어미(화자): 주로 종결형이나 연결형에서 실현되어서, 문장의 주어가 말하는 사람(화자, 話者)임을 나타내는 선어말 어미이다.

(12) ㄱ. ᄒᆞ오ᅀᅡ 내 尊호라 (尊ᄒᆞ- + -∅(현시)- + -오- + -다)   [월석 2:34]

　　ㄴ. 오직(혼자) 내가 존귀하다.

⑫ 대상 표현의 선어말 어미(대상): 관형절이 수식하는 체언(피한정 체언)이, 관형절에서 서술어로 표현되는 용언에 대하여 의미상으로 객체(목적어나 부사어로 쓰인

대상)일 때에 실현되는 선어말 어미이다.

(13) ㄱ. 須達이 지순 精舍마다 드르시며　　　　　　　　[석상 6:38]

　　　(짓- + -Ø(과시)- + -우- + -ㄴ)

　　ㄴ. 須達(수달)이 지은 精舍(정사)마다 드시며…

(14) ㄱ. 王이 … 누본 자리예 겨샤 (눕- + -Ø(과시)- + -우- + -은) [월석 10:9]

　　ㄴ. 王(왕)이 … 누운 자리에 계시어…

〈 인용된 '약어'의 문헌 정보 〉

약어	문헌 이름		발간 연대	
	한자 이름	한글 이름		
용가	龍飛御天歌	용비어천가	1445년	세종
석상	釋譜詳節	석보상절	1447년	세종
월천	月印千江之曲	월인천강지곡	1448년	세종
훈언	訓民正音諺解(世宗御製訓民正音)	훈민정음 언해본(세종 어제 훈민정음)	1450년경	세종
월석	月印釋譜	월인석보	1459년	세조
능언	愣嚴經諺解	능엄경 언해	1462년	세조
법언	妙法蓮華經諺解(法華經諺解)	묘법연화경 언해(법화경 언해)	1463년	세조
구언	救急方諺解	구급방 언해	1466년	세조
내훈	內訓(일본 蓬左文庫 판)	내훈(일본 봉좌문고 판)	1475년	성종
두언	分類杜工部詩諺解 初刊本	분류두공부시 언해 초간본	1481년	성종
금삼	金剛經三家解	금강경 삼가해	1482년	성종

참고 문헌

〈 중세 국어의 참고문헌 〉

강성일(1972), 「중세국어 조어론 연구」, 『동아논총』 9, 동아대학교.

강신항(1990), 『훈민정음연구』(증보판), 성균관대학교 출판부.

강인선(1977), 「15세기 국어의 인용구조 연구」, 석사학위 논문, 서울대학교.

고성환(1993), 「중세국어 의문사의 의미와 용법」, 『국어학논집』 1, 태학사.

고영근(1981), 『중세국어의 시상과 서법』, 탑출판사.

고영근(1995), 「중세어의 동사형태부에 나타나는 모음동화」, 『국어사와 차자표기 - 소곡 남
　　　풍현 선생 화갑 기념 논총』, 태학사.

고영근(2010), 『제3판 표준 중세국어 문법론』, 집문당.

곽용주(1986), 「동사 어간 - 다' 부정법의 역사적 고찰」, 『국어연구』 138, 국어연구회.

교육인적자원부(2010), 『고등학교 교사용 지도서 문법』, (주)두산동아.

교육인적자원부(2010), 『고등학교 문법』, (주)두산동아.

구본관(1996), 「15세기 국어 파생법에 대한 연구」, 박사학위 논문, 서울대학교.

국립국어원, 『표준 국어 대사전』, 인터넷판.

권용경(1990), 「15세기 국어 서법의 선어말어미에 대한 연구」, 『국어연구』 101, 국어연구회.

김문기(1999), 「중세국어 매인풀이씨 연구」, 석사학위 논문, 부산대학교.

김소희(1996), 「16세기 국어의 '거/어'의 교체에 대한 연구」, 『국어연구』 142, 국어연구회.

김송원(1988), 「15세기 중기 국어의 접속월 연구」, 박사학위 논문, 건국대학교.

김영배(2010), 『역주 월인석보 4』, 세종대왕기념사업회.

김영욱(1990), 「중세국어 관형격조사 '익/의, ㅅ'의 기술과 관련된 문제 해결을 위하여」, 『주
　　　시경학보』 8, 탑출판사.

김영욱(1995), 『문법형태의 역사적 연구』, 박이정.

김정아(1985), 「15세기 국어의 '-ㄴ가' 의문문에 대하여」, 『국어국문학』 94.

김정아(1993), 「15세기 국어의 비교구문 연구」, 박사학위 논문, 서울대학교.

김진형(1995), 「중세국어 보조사에 대한 연구」, 『국어연구』 136, 국어연구회.

김차균(1986), 「월인천강지곡에 나타나는 표기체계와 음운」, 『한글』 182, 한글학회.

김충회(1972), 「15세기 국어의 서법체계 시론」, 『국어학논총』 5, 6, 단국대학교.

나진석(1971), 『우리말 때매김 연구』, 과학사.

나찬연(2011), 『수정판 옛글 읽기』, 도서출판 월인.

나찬연(2013ㄴ), 제2판 『언어·국어·문화』, 도서출판 월인.

나찬연(2013ㄷ), 제2판 『훈민정음의 이해』, 도서출판 월인.

나찬연(2013ㄹ), 『국어 어문 규범의 이해』, 도서출판 월인.

나찬연(2014ㄱ), 제5판 『중세 국어 문법의 이해-주해편』, 교학연구사.

나찬연(2014ㄴ), 제5판 『중세 국어 문법의 이해-강독편』, 교학연구사.

나찬연(2014ㄷ), 제5판 『중세 국어 문법의 이해-서답형 문제편』, 교학연구사.

나찬연(2015ㄱ), 제4판 『현대 국어 문법의 이해』, 도서출판 월인.

나찬연(2015ㄴ), 『학교 문법의 이해』 1, 도서출판 경진.

나찬연(2015ㄷ), 『학교 문법의 이해』 2, 도서출판 경진.

남광우(2009), 『교학 고어사전』, (주)교학사.

남윤진(1989), 「15세기 국어의 접속어미에 대한 연구」, 『국어연구』 93. 국어연구회.

노동헌(1993), 「선어말어미 '-오-'의 분포와 기능 연구」, 『국어연구』 114, 국어연구회.

류광식(1990), 「15세기 국어 부정법의 연구」, 박사학위 논문, 건국대학교.

리의도(1989), 「15세기 우리말의 이음씨끝」, 『한글』 206, 한글학회

민현식(1988), 「중세국어 어간형 부사에 대하여」, 『선청어문』 16, 17집, 서울대학교 국어교육과.

박태영(1993), 「15세기 국어의 사동법 연구」, 석사학위 논문, 단국대학교.

박희식(1984), 「중세국어의 부사에 대한 연구」, 『국어연구』 63, 국어연구회

배석범(1994), 「용비어천가의 문제에 대한 일고찰」, 『국어학』 24, 국어학회.

성기철(1979), 「15세기 국어의 화계 문제」, 『논문집』 13, 서울산업대학교.

손세모돌(1992), 「중세국어의 'ㅂ리다'와 '디다'에 대한 연구」, 『주시경학보』 9, 탑출판사.

안병희·이광호(1993), 『중세국어문법론』, 학연사.

양정호(1991), 「중세국어의 파생접미사 연구」, 『국어연구』 105, 국어연구회.

유동석(1987), 「15세기 국어 계사의 형태 교체에 대하여」, 『우해 이병선 박사 회갑 기념 논총』.

이광정(1983), 「15세기 국어의 부사형어미」, 『국어교육』 44, 45.

이광호(1972), 「중세국어 '사이시옷' 문제와 그 해석 방안」, 『국어사 연구와 국어학 연구-안
　　　병희 선생 회갑 기념 논총』, 문학과 지성사.

이광호(1972), 「중세국어의 대격 연구」, 『국어연구』 29. 국어연구회.

이광호(1995), 「후음 'ㅇ'과 중세국어 분철표기의 신해석」, 『국어사와 차자표기-남풍현 선

생 회갑기념』, 태학사.

이기문(1963), 『국어표기법의 역사적 연구-신정판』, 한국연구원.

이기문(1998), 『국어사개설 - 신정판』, 태학사.

이숭녕(1981), 『중세국어문법 - 개정 증보판』, 을유문화사.

이승희(1996), 「중세국어 감동법 연구」, 『국어연구』 139, 국어연구회.

이정택(1994), 「15세기 국어의 입음법과 하임법」, 『한글』 223, 한글학회.

이주행(1993), 「후기 중세국어의 사동법」, 『국어학』 23, 국어학회.

이태욱(1995), 「중세국어의 부정법 연구」, 박사학위 논문, 성균관대학교.

이현규(1984), 「명사형어미 '-기'의 변화」, 『목천 유창돈 박사 회갑 기념 논문집』, 계명대학
          교 출판부.

이홍식(1993), 「'-오-'의 기능 구명을 위한 서설」, 『국어학논집』 1. 태학사.

임동훈(1996), 「어미 '시'의 문법」, 박사학위 논문, 서울대학교.

전정례(995), 「새로운 '-오-' 연구」, 한국문화사.

정 철(1954), 「원본 훈민정음의 보존 경위에 대하여」, 『국어국문학』 제9호, 국어국문학회.

정재영(1996), 「중세국어 의존명사 'ᄃᆞ'에 대한 연구」, 『국어학총서』 23, 태학사.

최동주(1995), 「국어 시상체계의 통시적 변화에 관한 연구」, 박사학위 논문, 서울대학교.

최현배(1961), 『고친 한글갈』, 정음사.

최현배(1980=1937), 『우리말본』, 정음사.

한글학회(1985), 『訓民正音』, 영인본.

한재영(1984), 「중세국어 피동구문의 특성에 대한 연구」, 『국어연구』 61, 국어연구회.

한재영(1986), 「중세국어 시제체계에 관한 관견」, 『언어』 11-2, 한국언어학회.

한재영(1990), 「선어말어미 '-오/우-'」, 『국어 연구 어디까지 왔나』, 동아출판사.

한재영(1992), 「중세국어의 대우체계 연구」, 『울산어문논집』 8, 울산대학교 국어국문학과.

허웅(1975=1981), 『우리 옛말본』, 샘문화사.

허웅(1981), 『언어학』, 샘문화사.

허웅(1986), 『국어 음운학』, 샘문화사.

허웅(1989), 『16세기 우리 옛말본』, 샘문화사.

허웅(1992), 『15·16세기 우리 옛말본의 역사』, 탑출판사.

허웅(1999), 『20세기 우리말의 통어론』, 샘문화사.

허웅(2000), 『20세기 우리말의 형태론(고침판)』, 샘문화사.

허웅·이강로(1999), 『주해 월인천강지곡』, 신구문화사.

홍윤표(1969), 「15세기 국어의 격연구」, 『국어연구』 21, 국어연구회.

홍윤표(1994), 「중세국어의 수사에 대하여」, 『국문학논집』, 단국대학교 국어국문학과.

홍종선(1983), 「명사화어미의 변천」, 『국어국문학』 89, 국어국문학회.

황선엽(1995), 「15세기 국어의 '-(으)니'의 용법과 기원」, 『국어연구』 135, 국어연구회.

〈 불교 용어의 참고문헌 〉

곽철환(2003), 『시공불교사전』, 시공사.

국립국어원(2016), 인터넷판 『표준국어대사전』, (http://stdweb2.korean.go.kr/main.jsp)

두산동아(2016), 인터넷판 『두산백과사전』, (http://www.doopedia.co.kr/)

운허·용하(2008), 『불교사전』, 불천.

원광대학교 종교문제연구소((1974), 인터넷판 『원불교사전』, 원광대학교 출판부.

이명환 역(2004), 『무기사전』, 이치카와 사다하루 저. 들녘.

한국불교대사전 편찬위원회(1982), 『한국불교대사전』, 보련각.

한국학중앙연구원(2016), 인터넷판 『한국민족문화대백과』, (http://encykorea.aks.ac.kr/)

홍사성(1993), 『불교상식백과』, 불교시대사.

〈 불교 경전 〉

『佛說觀佛三昧海經』(불설관불삼매해경) 권 제7

『雜寶藏經』(잡보장경) 권 제8

『佛說阿彌陁經』(불설아미타경)